Windspiel
Verlag
Scharbeutz
www.windspiel-verlag.de

Der Autor

Jürgen Vogler wurde 1946 in Plön/Holsteinische Schweiz geboren und wohnt heute an der Ostseeküste. Nach seinem Dienst als Pressesprecher bei der Bundespolizei arbeitet er seit 1988 als Freier Journalist und Autor. Schon immer von historischen Ereignissen fasziniert schrieb er zunächst wöchentliche Zeitungskolumnen über die Vergangenheit Ostholsteins. Wenn er nicht mit der Recherche für seine historischen Romane beschäftigt ist, schreibt der Autor augenzwinkernde Kurzkrimis, die in zahlreichen Anthologien veröffentlicht wurden.
Näheres ist zu finden unter: www.juergenvogler.de

Im Windspiel Verlag erschienene historische Romane des Autors:

„Der Mohr von Plön"
„Der Marquis von Lübeck"

Jürgen Vogler

Der Narr von Eutin

Historischer Roman

Besuchen Sie uns im Internet:

www.windspiel-verlag.de

Impressum

2. Auflage September 2016
Lektorat/Korrektorat
Birgit Rentz, Itzehoe
Künstlerische Gestaltung Umschlag
UlinneDesign, Neuenkirchen
Satz und Technik
Martin Kreber, Scharbeutz

ISBN 978-3-9813966-27-0

„Wer ohne jede Narrheit lebt,
ist nicht so weise, wie er glaubt."

François VI. Duc de La Rochefoucauld (1613–1680)

Prolog

Heiligenhafen, im Herbst 1597

Nebelschwaden wälzten sich über die Ostsee, als wollten sie die Wellen erdrücken. Das Klagen der Möwen schien verstummt zu sein. Wo sonst Meeresrauschen zu hören war oder das Scheppern der Fensterläden, wenn der Sturm die Gischt gegen das Fischerhaus auf dem Graswarder in Heiligenhafen peitschte, war heute nur Stille. Ungewöhnlich. Beängstigend.

Das einzige gleichbleibende Geräusch, das Frauke Bergmann an diesem Morgen vernahm, war das grunzende Schnarchen ihres Mannes im Bett neben sich. Karl, der Fischer. Es war ein guter Mann. Fleißig, ein wenig derb, aber im Grunde seines Herzens ein liebenswürdiger Kerl. Zwei Kinder hatte sie ihm geschenkt. Elisabeth und Hartmut, die jetzt drei und vier Jahre alt waren und die er abgöttisch liebte.

„Kannst du wieder nicht schlafen?" Karl Bergmann war aufgewacht, hatte sich im Bett aufgesetzt und sah seine Frau sorgenvoll an.

„Es ist schon gut, Karl, aber ich glaube, du solltest heute nicht rausfahren.“

Der Fischer stand auf und sah aus dem Fenster. „Nebel hat uns noch nie gestört. Also, was spricht dagegen, dass ich auch heute rausfahre? Spätestens gegen Mittag kommt Wind auf und bläst die trübe Suppe weg.“

„Es ist wegen des Unwetters.“

Karl Bergmann drehte sich um und starrte seine Frau entgeistert an. „Du hast wieder etwas gesehen, oder?“ Er ging auf sie zu, setzte sich auf die Bettkante und ergriff ihre Hände.

„Ja, Karl, es war schrecklich. Zwei Boote sind nicht wiedergekommen. Sturm, Gewitter, Blitz und Donner haben die Ostsee in einen Hexenkessel verwandelt.“ Frauke fing an zu weinen.

Karl Bergmann drückte seine Frau an seine breite Brust und streichelte ihr tröstend den Rücken.

„Du bleibst doch im Hafen?“, fragte sie, nachdem sie sich wieder beruhigt hatte.

„Wir müssen vorsichtig sein, Frauke. Bei dem ruhigen Wetter, das wir jetzt haben, glaubt mir doch kein Mensch, dass ein Unwetter aufziehen könnte. Und du weißt genau, dass einige im Dorf uns belauern, weil du ihnen mit deinen Kräutern und den heilenden Händen verdächtig vorkommst. Wenn ich jetzt noch erzähle, dass deine nächtlichen Bilder mich davon abhalten, meine Segel zu setzen, dann kommen wir in Teufels Küche.“

„Bergmann, bist du noch bei Trost oder hast du am frühen Morgen schon zu tief in die Buddel geguckt?“ Hinnerk Puttfarken, der Ältermann der Fischer, funkelte Karl Bergmann ungläubig an.

„Was soll der Schwachsinn, Karl? Sag uns einen Grund, weshalb wir nicht raussegeln sollen.“ Fiete Ohmsen schüttelte ebenfalls voller Unverständnis den Kopf.

Damit war er nicht allein, auch unter den zwölf anderen Fischern gab es keinen, der Karl Bergmanns Bedenken teilte. Sie machten sich lustig über ihn und schimpften ihn einen Hasenfuß. „Guck dir doch den Himmel an! Woher soll denn da ein Unwetter kommen? Oder hat dir deine allwissende Frauke wieder etwas geflüstert?“

Karl Bergmann drehte sich um und verließ ohne ein Wort die Fischhalle am Hafen. Die Debatte hatte eine gefährliche Wendung genommen, der er sich nicht länger aussetzen wollte. Was sollte er machen? Fraukes Visionen folgen, im Hafen bleiben und sich den Spott der anderen anhören oder die Einwände seiner Frau ignorieren und allen drohenden Zeichen zum Trotz doch auslaufen?

„Verflucht, das kommt noch dicker. So was habe ich noch nicht erlebt!“

„Was hast du noch nicht erlebt, Merten?“ Karl Bergmann setzte sich am späten Nachmittag in der Fischerklause an den Tisch, an dem vier alte Fischer saßen und ihren Grog schlürften.

Merten Sass war der Älteste von ihnen. Ein von Wind und Wetter gegerbter Seemann, von dem niemand wusste, wie alt er eigentlich war. „Du bist nicht rausgefahren, Karl? Wirst wohl deine Gründe haben. Guckt mal aus dem Fenster! Da braut sich mächtig was zusammen. Gott möge den armen Seelen da draußen gnädig sein.“

Merten Sass sah Karl Bergmann mit einem durchdringenden Blick an. Schon zur Mittagszeit war Wind aufgekommen und hatte die Nebelschwaden in kürzester

Zeit vertrieben. Inzwischen fegten heftige Sturmböen über das brodelnde Wasser. Im Westen türmten sich bedrohlich dunkle Wolkenbänke auf, die immer wieder durch zuckende Blitze kurz erhellt wurden. Noch war der rollende Donner fern. Doch lange würde es nicht mehr dauern, bis das Unwetter auch Fehmarn und Heiligenhafen erreicht hatte.

„Warum ist dein Karl nicht rausgefahren?"

„Du hast die anderen auf dem Gewissen!"

„Ich habe es ja schon immer gesagt, hier geht etwas nicht mit rechten Dingen zu."

„Sie steckt mit dem Teufel unter einer Decke!"

„Frauke Bergmann, du bist eine Hexe!"

Frauke wusste nicht, wie ihr geschah, als sie zwei Tage später auf den Markt ging und dort von den anderen Frauen mit wüsten Beschimpfungen empfangen wurde. Nach dem verheerenden Sturm waren zwei Fischerboote nicht wieder in den Hafen zurückgekehrt. Von ihnen fehlte jede Spur. Einige hatten es nur mit zerfetzten Segeln und gebrochenen Masten geschafft, zwei weitere waren auf Fehmarn gestrandet.

Fluchtartig verließ Frauke die aufgebrachten Frauen und verkroch sich in ihrem Haus am Graswarder.

Als Karl Bergmann am Abend nach Hause kam, hatte er Mühe, seine in Tränen aufgelöste Frau zu beruhigen.

„Halte dich fern von den aufgescheuchten Hühnern, Frauke. Lass Gras über die Sache wachsen und gib ihnen keinen weiteren Anlass, schlecht über dich zu reden." Er strich ihr sanft über das Haar. So zuversichtlich, wie er sich gab, war er jedoch nicht. Karl Bergmann wusste, dass seine Worte nur wenig ausrichten konnten.

Missgunst und Aberglaube suchten nach Schuldigen. Da waren er, der dem Unglück auf wundersame Weise entkommen war, und Frauke, das geheimnisvolle Fischweib mit seinen Kräuterkenntnissen, das schon lange misstrauisch beäugt wurde, willkommene Opfer. Als Hexe hatte man sie bisher allerdings noch nicht beschimpft.
Karl Bergmann fuhr ein Schauder über den Rücken.

Fünf Wochen gingen ins Land, und es schien, dass sich die Gemüter ein wenig beruhigt hatten. Karl fuhr regelmäßig zum Fischen und vermied, so gut es ging, Gespräche mit anderen Fischern. Frauke ließ sich während dieser Zeit im Dorf nicht sehen, und für die Einkäufe schickte sie ihre Magd Erna auf den Markt. Auch die sonst üblichen nachbarlichen Klönschnacks vermied Frauke nach Möglichkeit. „Das ist der beste Weg, um keine schlafenden Hunde zu wecken", hatte Karl gesagt.

„Frauke, es ist einfach schrecklich." Gesine, die Frau vom Fischer Wolter, war am Morgen händeringend und schluchzend in Fraukes Küche gestürzt. „Meine kleine Ruth ist tot. Sie ist einfach tot!" Erst vor zwei Monaten hatte Gesine ihre Tochter, ein gesundes und dralles Mädchen, auf die Welt gebracht.
„Was ist geschehen, Gesine?" Frauke nahm die verzweifelte Mutter in den Arm.
„Ich weiß es nicht. Heute Morgen, als ich sie aus der Wiege nehmen wollte, um sie zu füttern, war sie einfach tot."
„Komm mit!" Frauke drehte sich um und eilte mit Gesine ins Nachbarhaus. Neben Gesines Eltern, drei weiteren Kindern und zwei älteren Fischerfrauen traf sie dort

auch Pastor Schickedanz an, und sie alle blickten hilflos und betreten auf das Kind in der Wiege.

„Macht Platz!", befahl Frauke barsch und warf einen kurzen Blick auf das blasse Kind. Behutsam hob sie die kleine Ruth aus der Wiege.

„Welch ein Frevel. Ihr stört die Totenruhe. Gott stehe uns bei!"

Der Pastor schien einer Ohnmacht nahe. Auch die Fischerfrauen schlugen sich entsetzt die Hände vor den Mund.

Doch Frauke achtete nicht auf sie. Sanft legte sie das Kind auf den Tisch, knotete die Haube auf, die es auf dem Kopf trug, und zog ihm das Kleidchen aus. Der lautstarke Protest des Pastors erreichte sie nicht, ebenso wie das Gejammer der Frauen. Streichelnd massierte sie die Brust der kleinen Ruth und summte dabei eine Melodie, die wie ein Schlaflied klang. Plötzlich schlug sie dem Kind mit der rechten Faust auf die kleine Brust. Heulendes Entsetzen aller Umstehenden hallte durch das Fischerhaus, das Sekunden später von einem krähenden Kinderschrei unterbrochen wurde. Frauke hob die kleine Ruth auf, küsste sie auf die Stirn und legte sie ihrer schluchzenden Mutter in die Arme. „Solange du lebst, wird sie dein Sonnenschein sein, Gesine. Gib gut auf sie Acht!"

„Was hast du gemacht, Frauke? Bist du denn von allen guten Geistern verlassen?" Karl Bergman tobte, als er am Abend nach Hause kam. Das Wunder hatte sich wie ein Lauffeuer in dem kleinen Fischerdorf herumgesprochen. Gleichzeitig aber predigte auch Pastor Schickedanz lauthals, dass die Rettung der kleinen Ruth Teufelswerk gewesen und Frauke Gottes Willen mit satanischen Beschwörungsformeln begegnet sei.

„Was sollte ich denn tun, Karl? Ich konnte das Kind doch nicht sterben lassen. Ich musste helfen!"

„Alle erzählen, das Kind war schon tot und du hast es wieder zum Leben erweckt. Sie sagen, in dich sei der Leibhaftige gefahren."

„Glaubst du das auch, Karl?" Frauke war den Tränen nahe.

„Nein, Frauke, das glaube ich nicht. Das weißt du. Aber ich habe Angst um dich. Unbändige Angst."

Erst spät gingen sie an diesem Abend zu Bett. In der Nacht wälzte sich Frauke unruhig von einer Seite auf die andere. Sie sah rote Nebelschwaden, die sich zu Wolken auftürmten und kurz drauf in zerfranste und flackernde Schleier zerfielen. Begleitet wurden die schnell wechselnden Bilder von einem unheilvollen Knistern, das sich zu einem prasselnden Feuer entwickelte. Reisig brannte. Ein Scheiterhaufen. An einem Pfahl sah Frauke ein wehendes Gewand, das sich vergeblich zerrend den leckenden und gierigen Flammen entwinden wollte. Immer deutlicher wurde die Gestalt in dem Gewand – bis Frauke voller Entsetzen in ihr eigenes Gesicht blickte.

Schweißüberströmt schrak sie hoch. Ein markerschütternder Schrei brach durch die Nacht und wurde vom Rauschen der Wellen verschluckt ...

Kapitel I

Eutin, im Frühjahr 1633

Tag für Tag erwachte die kleine Stadt im hohen Norden bereits bei Sonnenaufgang zum Leben. Die Wachsoldaten öffneten wie üblich die Stadttore, um Bauern und Händler hereinzulassen. Pferdehufe und eisenbeschlagene Karren klapperten über das Pflaster. Hier und da bellte ein Hund. Auf dem Marktplatz wurden Stände und Buden errichtet. Wenig später erklangen die ersten Rufe der Marktschreier, die ihre Waren anpriesen. Es wurde gefeilscht, gestritten und lamentiert, aber es blieb auch Zeit für den Austausch neuester Nachrichten. Ein ganz normaler Tag in der kleinen Residenzstadt Eutin.

Doch heute schien alles ganz anders zu sein. Vom Trubel auf dem Marktplatz keine Spur. Gähnende Leere rund um das Rathaus. Es sah so aus, als hätten selbst die Hunde an diesem Morgen ihre Freude am Bellen verloren. Lediglich vom Kirchturm schwebten die letzten sieben Glockenschläge träge über die Dächer der Stadt. Es war Sonntag. Die Bürger der Stadt würden ihre Festtagskleidung anlegen und sehr bald dem Ruf der Kirchenglocken zum Gottesdienst folgen. Zeit der Besinnung und der Einkehr.

Im Haus des Apothekers und Stadtrats Henricus Seedorf direkt am Markplatz war der sonntägliche

Frieden bereits beim familiären Frühstück gehörig aus den Fugen geraten.

„Martin, es ist unerträglich, dass ich mich für dein ungebührliches und närrisches Verhalten immer wieder entschuldigen muss. Was bildest du dir eigentlich ein?“, entrüstete sich der Apotheker nicht das erste Mal über seinen ältesten Sohn.

„Vater, verzeiht, wenn ich Euch Unannehmlichkeiten bereitet habe, aber ich bin mir keiner Schuld bewusst“, versuchte Martin sich zu verteidigen.

„Aber genau das setzt dem Ganzen ja noch die Krone auf. Hast du gestern den Stadtrat Pechstein auf dem Marktplatz getroffen? Und hat er sich erkundigt, ob du in der Kanzlei deine Arbeiten ordentlich verrichtet hast?“

„Ja, Vater, das hat er.“

„Und was hast du darauf geantwortet?“

„Ich habe ihn gleichermaßen freundlich begrüßt und ihm erklärt, dass ich meine Aufgaben nach bestem Wissen erfüllt habe.“

„Das war aber noch nicht alles.“

„Nein, Vater, ich habe den Stadtrat Pechstein dann noch gefragt, ob denn auch er seine Aufgaben zum Wohle der Bürger Eutins gerecht und pflichtgemäß vollzogen habe.“

Die Runde am Esstisch des Stadtrats Seedorf reagierte belustigt. „Das ist nicht zum Lachen“, wies der Stadtrat seine Familienmitglieder empört zurecht. „Einem ehrwürdigen Rat und Kaufmann der Stadt hat man Respekt zu erweisen und keine vorwitzigen Fragen zu stellen.“

„Nun, Henricus, jetzt muss ich auch einmal das Wort

ergreifen", warf Elisabeth Seedorf, die Ehefrau des Stadtrats, ein, was diesen verwundert aufblicken ließ. „So, wie ich die Lage sehe, hat unser Sohn sich durchaus korrekt verhalten. Wie wir ihn alle kennen, wird er seine Frage an Stadtrat Pechstein freundlich und respektvoll formuliert haben." Sie blickte ihren Gemahl herausfordernd an.

„Elisabeth, ich glaube nicht, dass dies der richtige Rahmen ist, grundsätzliche Fragen des Anstandes vor den Kindern zu diskutieren. Fest steht, dass Martin sich einmal mehr aufsässig und ungebührlich gegenüber angesehenen Personen der Stadt verhalten hat, was ich jetzt und auch in Zukunft nicht dulden werde."

Henricus Seedorf hielt es für notwendig, ein Machtwort zu sprechen. Dieser Junge konnte einen stets aufs Neue zur Weißglut bringen. Jetzt fiel ihm, dem Familienoberhaupt, auch noch sein Weib in den Rücken. Und das vor den Kindern! Der Stadtrat war entrüstet.

Martin konnte sich ein Schmunzeln kaum verkneifen, besonders wenn er in die Gesichter seiner Geschwister sah. Die zwei Jahre jüngeren Zwillinge Andreas und Elsbeth feixten. Selbst seine ältere Schwester Margret, die als die Vernünftigste von allen galt, wie ihr Vater stets betonte, hatte ein schelmisches Blitzen in den Augen. Alle Kinder wussten, dass ihr Vater gesteigerten Wert auf Anstand und Reputation legte. Das war er seiner Stellung als Apotheker und Mitglied des Rates der Stadt Eutin schuldig. Nach seiner Vorstellung gehörte auch eine gesellschaftliche Ordnung dazu, die jedem seinen Platz zuwies und der sich jeder zu fügen hatte. Eine Auffassung, mit der der Stadtrat im eigenen Hause jedoch immer wieder an seine Grenzen stieß. Elisabeth

Seedorf hatte ihre Kinder zwar nach strengen Regeln erzogen, ihnen aber auch sehr deutlich klargemacht, dass alle Menschen vor Gott gleich waren.

„Verzeiht, Vater, wenn ich erneut um eine Erklärung bitte", formulierte Martin seine Worte bewusst behutsam, nachdem sich die Erregung des Vaters ein wenig gelegt hatte. „Ist es mein jugendliches Alter, das es mir verbietet, ergrauten Bürgern ebenbürtige Fragen zu stellen?"

Henricus Seedorf musterte seinen Sohn eine Weile, schüttelte dann bedächtig den Kopf. „Martin, der Stadtrat Pechstein empfand deine Frage als vorlaut und impertinent. Kein erwachsener Mensch lässt sich gern von einem siebzehnjährigen Bengel einen Spiegel vorhalten ..."

„Wobei wir uns langsam dem Kern der Geschichte nähern", bemerkte Martins Mutter nicht ohne süffisanten Unterton.

„Wie darf ich dich verstehen, meine Liebe?", reagierte der Apotheker erneut irritiert auf den Einwand seines Eheweibes.

„Nun, es ist doch allgemein bekannt, dass der ach so ehrenwerte Stadtrat Pechstein lieber auf der faulen Haut liegt oder sich in Wirtshäusern aufhält, als seinen eigentlichen Aufgaben nachzukommen."

„Elisabeth, ich bitte dich! Das gehört doch nun wirklich nicht hierher."

„Oh doch, lieber Gemahl, denn er scheint über Martins Frage nur aus diesem Grunde entrüstet gewesen zu sein. Hattest du nicht selbst eben von dem Spiegel gesprochen? Kurzum, der hochverehrte Herr Stadtrat fühlte sich ertappt. Wobei ich davon ausgehe, dass Martin von der Art, wie Pechstein sein Amt ausführt, bis jetzt nichts gewusst hat, oder?“ Elisabeth Seedorf blickte ihren Sohn fragend an.

„Nein, Mutter, wirklich nicht. Davon höre ich zum ersten Mal.“ Martin blieb nicht verborgen, dass seine Mutter aufgrund seiner eiligen Antwort skeptisch die linke Augenbraue hob.

Martin lag auf seinem Bett, die Hände hinter dem Kopf verschränkt, und dachte über die Worte seiner Eltern nach. Er konnte es sich nicht erklären, weshalb es ihm immer wieder gelang, erwachsene Menschen mit seinen Fragen und Bemerkungen innerhalb kürzester Zeit zu verwundern oder gar zu entrüsten. Er schien die Menschen mit ganz anderen Augen zu sehen. Besondere Eigenarten in ihrem Verhalten fielen ihm sofort auf, wie er auch persönliche Merkmale ihres Aussehens gleich entdeckte.

Schon häufiger hatte er vor dem großen Spiegel im Ankleideraum seiner Eltern ohne Mühe einige seiner Mitmenschen nachgeahmt. Als Elsbeth und Andreas ihn einmal dabei ertappt hatten, konnten sie gar nicht genug davon sehen. Immer wieder musste er die alte Marktfrau mit den Kartoffeln spielen, deren Nase große Ähnlichkeit mit ihren Erdäpfeln hatte. Auch die Kopie des schlurfenden Nachtwächters Sägemiel, des näselnden Schneidermeisters Klopf und des gebeugten Stadtschreibers Neumann begeisterten die Kinder.

Martin verblüffte zudem auch mit einer ungeahnten Fingerfertigkeit, wenn er Münzen auf unerklärliche Weise verschwinden ließ, die kurz darauf hinter den

Ohren seiner Betrachter wieder auftauchten, oder wenn er eine Nuss, die eben noch auf dem Tisch gelegen hatte, wenig später aus der Jackentasche seines Nachbarn hervorzauberte. Es war schon erstaunlich, auf welch einfache Weise die Menschen zu belustigen waren.

Weniger amüsant dagegen fand Martin die Bilder, die sich ohne Ankündigung wie in einem Traum in seinem Kopf zeigten. Wann sie auftreten würden, wusste er nicht. Sie überfielen ihn stets unvermutet. Das, was Martin beunruhigte und erschreckte, war die Tatsache, dass in den darauf folgenden Tagen diese Bilder zur grausamen Wirklichkeit wurden. Das Bild der von einem Blitz getroffenen und daraufhin umstürzenden Eiche vor dem Stadttor hatte er am Abend vor dem Gewitter ebenso gesehen, wie er seine Tante bereits auf dem Totenbett hatte liegen sehen, noch bevor sie starb. Zwei Tage später war ihr Leben zu Ende gewesen. Martin hatte mit niemandem darüber gesprochen. Einerseits weil er fürchtete, dass man ihn für verrückt halten könnte, andererseits weil er wusste, dass Menschen mit vergleichbaren Gaben sehr schnell bezichtigt wurden, mit dem Teufel im Bunde zu sein.

Und Pechstein? Martin musste schmunzeln. Es gab kaum jemanden in der Stadt, der nicht wusste, dass der ehrenwerte Herr Stadtrat ein zwielichtiger Geselle war, der die Arbeit nicht erfunden hatte. Hinter vorgehaltener Hand war von windigen Machenschaften die Rede. Es wurde sogar behauptet, dass der Stadtrat seine Mündel betrog und sie um ihre Erbschaft brachte.

Martin erinnerte sich an Karl Lafrenz. Auch für diesen jungen Mann hatte Pechstein nach dem Tod der Eltern die Vormundschaft übernommen. Nach seiner

Volljährigkeit hatte Karl das Haus umbauen und dort eine Korbflechterei betreiben wollen. Doch er war angezeigt worden, weil er, angeblich unrechtmäßig, im Forst des Herzogs Weiden geschnitten haben sollte. Beim Prozess hatten sich dann die beiden Zeugen als stadtbekannte Säufer herausgestellt, die irgendjemand bezahlt haben musste. Karl war freigesprochen worden, doch sein Ruf war für alle Zeit ruiniert und er verließ die Stadt. Vorher aber hatte der ehrenwerte Stadtrat und Pferdehändler Leberecht Pechstein ihm sein Haus für einen Spottpreis abgekauft und danach diese Tat noch als gnädigen Akt verkündet.

Unwillig schüttelte Martin den Kopf. Und dieser armseligen Kreatur sollte er nach Auffassung seines Vaters respektvoll begegnen?

Kapitel 2

In Gedanken versunken schritt Pater Simon über den Schlosshof. Irgendetwas stimmte nicht. Es waren keine theologischen oder philosophischen Fragen, auf die er Antworten suchte und die ihn nicht selten in ferne Sphären trugen – weit entrückt von der Realität des Alltags. Heute waren es ganz profane Zahlen und Zeichen, die auf irgendeine Weise nicht zueinander passen wollten.

„Ich gehe davon aus, Pater Simon, dass Ihr nicht unbedingt nach einem Pferd verlangen wollt."

Der Pater schreckte aus seinen Gedanken auf und blickte sein Gegenüber irritiert an. Vor ihm stand der Zweite Stallmeister des Herzogs, Hartmut Bergmann, der aus dem Marstall getreten war und ihn verständnisvoll anlächelte. „Ich registriere mit großer Besorgnis, Meister Bergmann, dass Ihr mich zu gut kennt."

Er mochte den Stallmeister, der wie kaum ein anderer über ausgeprägte Pferdekenntnisse verfügte und zudem ein strenges Regiment über seine Bediensteten im Marstall führte. Kein leichtes Amt für einen Mann, der nicht von Adel war.

„Nun, Pater Simon, da Ihr noch nie den Wunsch geäußert habt, Euch auf den Rücken eines Pferdes zu schwingen, war meine Prognose nicht allzu schwer."

„Ihr habt recht, Meister Bergmann, und ich werde Euch den Grund verraten, weshalb ich einen respektvollen Abstand zu den großen Vierbeinern halte: Ein Priester mit einer hochgerafften Kutte auf einem Pferd – welch ein gar schrecklicher Anblick!"

„Das wundert mich aber schon, Pater Simon, denn bisher war ich der Meinung, dass Eitelkeit nicht zu Euren Lastern gehören würde."

„Auch ein Mann Gottes ist nicht frei von solchen nur zu menschlichen Tiefen. Außerdem bin ich fest davon überzeugt, dass es in ferner Zukunft Menschen geben wird, die über dieses Tier ein einhelliges Urteil fällen werden. Das Pferd ist vorn wie hinten gleichermaßen gefährlich und in der Mitte zudem äußerst unbequem."

Der Stallmeister wusste, dass der Pater seine Abneigung Pferden gegenüber nur vortäuschte und sie zum Anlass nahm, das Thema zu wechseln.

Pater Simon war als zweiter Sohn des Grafen Engelhart von Hohenstein mit Pferden aufgewachsen. Doch da die Erbfolge im Holsteinischen nur dem Erstgeborenen, in diesem Falle Pater Simons Bruder Laurentz, Gut und Ländereien vermachte, entschieden sich die Zweitgeborenen und weitere Söhne für eine militärische Laufbahn, oder sie wurden Priester, wie auch Pater Simon, der auf den Namen Graf Sebastian von Hohenstein getauft worden war. Unter den zahlreichen Kirchenmännern am Hof des Fürstbischofs in Eutin gehörte er zu den wenigen, die auch eine menschliche Seite zeigten.

Pater Simon war ein weiser Mann. Unerschütterlich in seinem Glauben, aber auch mit der Gabe gesegnet, allen menschlichen Schwächen gegenüber Verständnis zu zeigen und sie nicht selten durch eine humorvolle Brille zu sehen. Die vielen Falten um seine Augen waren ein deutlicher Beweis dafür. Seine schlanke, asketische Erscheinung und sein aufrechter Gang strahlten Selbstsicherheit und Würde aus. Sein Bart verriet nicht, ob er die Vierzig schon überschritten hatte oder ob er bereits in jungen Jahren ergraut war.

„Wo ich Euch gerade sehe, Meister Bergmann, eine Frage nur. Hat es in Eurem Bereich in der jüngsten Vergangenheit irgendwelche besonderen Verkäufe gegeben?"

„Seid Ihr unter die Kaufleute gegangen?" Der Stallmeister war verwundert über diese ungewöhnliche Frage aus dem Mund des Kirchenmannes.

„Nein, keine Angst, ich werde meinen Studien und Übersetzungen nicht untreu. Ich wollte lediglich wissen, ob Pferde oder Kutschen veräußert wurden. Nur so ein Gedanke."

„Nein, Pater Simon, es ist alles ganz normal im Marstall. Keine Auffälligkeiten dieser Art."

„Schön, mehr wollte ich gar nicht wissen. Nun werde ich mich mal wieder meinen alten Griechen zuwenden und versuchen, deren Geheimnisse zu ergründen. Gott mit Euch, Meister Bergmann." Pater Simon wandte sich um und schritt über den Hof dem Schlosstor zu.

Seit nunmehr drei Tagen kam er nicht zur Ruhe. Zu viel Ungewissheit hatte sich in dieser Zeit vor ihm aufgetürmt. Was hatte Pater Anselm ihm kurz vor seinem Tod nicht mehr verraten können? Er war der Schatzmeister gewesen, der die Einnahmen und Ausgaben des Hofes in Eutin verwaltet hatte. Einen Hofkämmerer gab es nicht, da die Herzöge nicht in Eutin weilten. Zu später Stunde hatte ihn der alte Mann ans Krankenbett gerufen. Pater Simon erinnerte sich an den traurigen Moment: Als er dort eingetroffen war, befand sich Pater Anselm bereits im Delirium, und in den wenigen wachen Momente stammelte er Unverständliches: „Die Zahlen lügen ...", „Ich bin nur ein Knecht ...", und „Gnade mir armem Sünder ...".

Dies, einige dahingeworfene wilde Zahlenreihen und der Ruf nach Hilfe erschütterten den ohnehin kraftlosen Leib des sterbenden Priesters. Pater Simon war es ein Bedürfnis, ihn zu beruhigen und ihm Trost zuzusprechen. Noch in derselben Nacht starb Pater Anselm, ohne sein Geheimnis verraten zu haben.

Pater Simon bemühte sich, aus den Bruchstücken, die ihm im Gedächtnis geblieben waren, ein Ganzes zu bilden. Er sah sich, kurz nachdem der alte Priester die Augen für immer geschlossen hatte, in dessen Kammer um. Die karge Einrichtung wurde von einem Stehpult bestimmt, auf dem ein in Leder gebundenes Buch lag. Daneben befanden sich Tintenfass und Federn. Auf einem angrenzenden Regal stapelten sich Dokumente und Urkunden.

Der Pater schlug das Buch an der Stelle auf, an der ein Blatt Papier herausragte. Zahlenkolonnen und fein säuberliche Eintragungen in steiler Schrift sprangen ihm entgegen. Auch für den nicht eingeweihten Betrachter war schnell zu erkennen, dass in diesem Hauptbuch die Schätze des Schlosses verwaltet wurden. Hinter jeder Position waren Beträge in Talern und Schillingen vermerkt, sei es für den Kauf von Weizen und Gerste oder für den Verkauf von Dokumenten, die die Gottesmänner als Duplikate angefertigt hatten. Pater Simon blätterte zurück. Nichts Auffälliges, das die Unruhe und Aufgeregtheit des sterbenden Priesters hätte erklären können.

Pater Simon hörte ein Rascheln vor der Tür. Eilig schlug er das Buch zu und ergriff die Kerze. Durch seine hastige Bewegung fiel etwas zu Boden, doch er bemerkte es nicht und setzte sich schnell wieder an das Bett des toten Priesters.

„Wie geht es unserem Bruder Anselm?“ In der Tür stand der Dekan des Stifts, Pater Benedict.

„Er hat soeben das Zeitliche gesegnet und steht nun vor unserem Herrgott.“

„Der Herr sei seiner armen Seele gnädig. Lasst uns für ihn beten.“

Beide Gottesmänner falteten die Hände und versanken in ein stilles Gebet.

„Ich gehe davon aus, Bruder Simon, da Ihr ihm das letzte Geleit gegeben habt, dass Ihr auch die nötigen Vorbereitungen für die Trauerfeier und seine Beisetzung treffen werdet“, ordnete der Dekan nach dem „Amen“ an. „Um alles andere werde ich mich kümmern. Wir müssen uns zuerst Gedanken darüber machen, wer ab sofort das Amt des Schatzmeisters übernehmen wird.“ Mit diesen Worten verließ der Dekan leisen Schrittes die Kammer des Toten.

Pater Simon runzelte die Stirn. Er kannte Pater Benedict seit einigen Jahren. Ein sachlicher Mann, dem eine gewisse Überheblichkeit anhaftete, die seine adlige Herkunft nicht verleugnen konnte. Als Vertreter des Propstes hielt er alle Fäden im Eutiner Schloss in der Hand. Der unterkühlte Auftritt angesichts des gerade verstorbenen Bruders Anselm verwunderte Pater Simon ein wenig. Viel mehr noch beschäftigten ihn die wirren Worte, die der Sterbende von sich gegeben hatte. Wovor hatte Pater Anselm Angst gehabt? Welche

Zahlen hatten ihn derart gequält, dass er offensichtlich um sein Seelenheil fürchtete?

Erneut ergriff Pater Simon die Kerze und wandte sich dem Stehpult zu. Plötzlich spürte er etwas unter seinem rechten Fuß. Er bückte sich und leuchtete auf den Boden. Vor ihm lag ein Buch auf den Fliesen. Es sah aus wie ein Gesangbuch und war in geprägtes Leder eingeschlagen. Er hob es auf und betrachtete es von allen Seiten. Es trug keine Aufschrift. Als er es aufschlug, entdeckte er Zahlen, Daten und ungeordnete Buchstaben. Dazwischen fand er ähnliche Eintragungen wie in dem großen Hauptbuch.

„Verkauf 30 ha Stendorf – 1200 Taler"

Pater Simon stutzte. Drei Seiten weiter ein erneuter Eintrag: „Verkauf 25 ha Friedrichsburg – 1000 Taler"

Die genannten Dörfer und die dazugehörigen Ländereien gehörten dem Fürstbischof. Grundsätzlich war es das Bestreben aller adligen Herrschaften, ihre Güter und Ackerbauflächen zu erweitern, um so ihre regelmäßigen Einkünfte zu mehren. Wieso aber hatte man hier herzogliches Land verkauft? Pater Simon konnte sich darauf keinen Reim machen. Erst recht nicht, als er noch einmal in das Hauptbuch blickte und unter den angegebenen Daten keine Einträge fand. Kurzerhand steckte er das kleine Buch ein und verließ die Kammer des verstorbenen Paters Anselm.

Kapitel 3

Martin war an diesem Morgen frohen Mutes. Seit einem Jahr war er in der Kanzlei des Advokaten Friedrich Mauritius beschäftigt. Seine Tätigkeit hatte sich anfangs nur auf das Abschreiben von Verträgen und Dokumenten beschränkt – eine Arbeit, die keine großen Anforderungen an ihn stellte. Die verschiedenen Botengänge, die er wenig später zusätzlich für den Advokaten zu erledigen hatte, machten ihm dagegen große Freude.

Eigentlich war er nur der Empfehlung seines Vaters gefolgt und hatte eher lustlos seinen Dienst in der Kanzlei angetreten. Ob er je die Chance erhalten würde, ein Studium der Jurisprudenz aufzunehmen, stand ohnehin in den Sternen. Viel wichtiger war seinem Vater daran gelegen, Martin so schnell wie möglich aus der Lateinschule zu nehmen, da es keinen Tag gegeben hatte, an dem sich die Lehrer nicht über den vorlauten und alles besser wissenden Schüler beklagt hatten.

Bücher hatten auf Martin schon in jüngster Kindheit eine magische Anziehungskraft ausgeübt. Förderlich war dabei eine umfassende Bibliothek gewesen, die sein inzwischen verstorbener Großvater väterlicherseits der Familie hinterlassen hatte.

Seine Worte klangen Martin bis heute im Ohr: „Nur wer viel weiß, wird es im Leben weit bringen." So blieb es nicht aus, dass der Junge jede Gelegenheit nutzte, um in den alten Büchern zu stöbern. Die Folge war, dass sich dabei in dem jungen Hirn immer mehr Fragen anhäuften, die beantwortet werden mussten. Während sein Vater nicht selten Martins ungestüme Fragen mit einem „Dafür bist du noch zu jung!“ abtat, fand er bei seinem Onkel Hartmut, dem Bruder seiner Mutter, stets ein offenes Ohr und viel Geduld.

Hartmut Bergmann war kein unbedeutender Mann. Seine Stellung am herzoglichen Hof in Eutin bedeutete Anerkennung und Privileg zugleich, da solche herausgehobenen Positionen in der Regel von Männern edler Abstammung erfüllt wurden. Es gab wohl kaum jemanden, der so viel über Pferde wusste wie Hartmut Bergmann. Dieses Wissen und die Fähigkeit, die richtigen Pferde für die verschiedenen Aufgaben bei Hofe auszuwählen und auszubilden, hatte Martins Onkel in den vergangenen Jahren die Anerkennung des Herzogs und somit auch die Stellung als Zweiter Stallmeister eingebracht.

Da der Erste Stallmeister ein Junker aus gräflichem Landadel war, der sich viel lieber in die Lustbarkeiten des Hoflebens stürzte, als sich mit schwitzenden Pferdeleibern und dampfenden Pferdeäpfeln abzugeben, hatte Hartmut Bergmann im herzoglichen Marstall freie Hand.

Ein Grund, weshalb Martin an diesem sonnigen Morgen voller Tatendrang der Kanzlei zustrebte, war ein bevorstehender Botengang zum Schloss. Der alte Kanzleischreiber Heckenrat hatte ihm am Vortag bereits angekündigt, dass noch am Morgen einige wichtige Verträge dem Kanzleidirektor des Herzogs zu überbringen seien. Und dass Martin sich dabei ruhig Zeit lassen könne, denn der Advokat sei an diesem Tag ohnehin nicht in der Stadt.

Die Aussicht, bei dem Botengang ins Schloss auch seinen Onkel Hartmut besuchen zu können, stimmte Martin froh. Gleichermaßen freute er sich auch auf den Nachmittag. Vielleicht gelang es ihm ja, seinen besten Freund Daniel, den Sohn des Schmieds, zu einem Ausritt zu überreden. Wobei das größere Hindernis sicherlich dessen arbeitsamer Vater war, der ungern auf die Tatkraft seines Sohnes verzichtete.

Schon von Weitem konnte er den typischen Gesang einer Schmiede hören. Das Klingen des Ambosses. Die unterschiedlichen Schläge von schweren und leichteren Hämmern. Als er am Ende des Segenhörn um die Ecke bog, erblickte er das vertraute Bild einer emsigen Schmiede, in der Meister Hellwag mit einem mächtigen Hammer auf eine glühende Eisenstange schlug, die einer seiner Gesellen mit einer Zange hielt, während ein zweiter im gleichmäßigen Wechsel mit dem Meister das Eisen auf dem Amboss bearbeitete. Im Hintergrund trat Jochen, der Lehrling, mit Schwung auf den Blasebalg, der die Funken im Feuer aufscheuchte und weitere Eisen erglühen ließ. Vor dem großen Tor stand ein kräftiges Pferd, dessen linker Hinterhuf auf Daniels Oberschenkel lag und dem er mit schwungvollen Schlägen ein neues Hufeisen verpasste.

„Ah, der angehende Herr Advokat will uns helfen. Welch eine Ehre!“, begrüßte der Schmiedemeister Martin lächelnd.

„Herzlich gern, Meister Hellwag. Wie viele krumme Hufnägel und schiefe Hufeisen benötigt Ihr noch?“ Martin strahlte den Vater seines Freundes an.

„Martin, Martin, du bringst die Menschen immer wieder zum Lachen. Auch wenn man dich wegen deiner Frechheit einmal kräftig über das Knie legen sollte." Nach kurzen Anweisungen an seine Gesellen, wie mit dem Eisen weiter zu verfahren sei, trat er auf Martin zu, während er sich mit einem Tuch den Schweiß von der Stirn wischte. Daniel hatte das kurze Wortspiel zwischen seinem Vater und Martin schmunzelnd verfolgt und gesellte sich, nachdem er den Ackergaul fachgerecht beschlagen hatte, zu den beiden.

„Was führt dich zu so früher Stunde zu uns, mein Junge?", wollte Meister Hellwag noch immer lächelnd von Martin wissen.

„Ich habe da ein kleines Problem, Meister Hellwag, und ich wollte ..."

„Wenn du auf diese Weise anfängst und mich dazu mit deinen treuen Augen so bettelnd anguckst, dann weiß ich, was du willst", unterbrach der Schmiedemeister Martin kurzerhand. „Meine Antwort heißt: Nein!"

„Kann es sein, Meister Hellwag, dass Ihr mit der Gottesgabe beschlagen seid, Gedanken lesen zu können?" Martin ließ sich durch die schroffe Absage des Schmiedemeisters nicht aus der Ruhe bringen. Wusste er doch, dass Daniels Vater stets einen derben Ton anschlug, dabei aber ein herzensguter Mensch war.

„Daniel Hellwag, warum konntest du dir nicht einen zurückhaltenden, friedfertigen und ehrbaren Freund aussuchen, sondern musstest mir diesen garstigen Lauselümmel ins Haus bringen?", wandte sich Dietrich Hellwag gespielt vorwurfsvoll an seinen Sohn.

„Es tut mir außerordentlich leid, verehrter Vater, aber er läuft mir schon seit Jahren wie ein herrenloser Hund hinterher. Ich kann nichts dagegen machen." Daniel hob verzeihend die Hände und grinste aus seinem rußverschmierten Gesicht.

„Wenn du nicht so verdreckt wärst wie eine Wildsau nach der Suhle und ich nicht eine vornehme Kinderstube genossen hätte, würde ich dir jetzt kurzerhand an die Wäsche gehen", begegnete Martin seinem Freund mit gespielter Entrüstung.

„Wie ich dich kenne, willst du meinen ohnehin faulen Sohn vom Arbeiten abhalten und dich mit ihm dem Müßiggang widmen. Oder sollten mich meine hellseherischen Fähigkeiten im Stich gelassen haben?"

„Wir würden Eure Großzügigkeit hoch zu schätzen wissen, Meister Hellwag, und diese auch im ganzen Reich laut verkünden", warf Martin mit einem Augenzwinkern ein.

„Wenn du weiterhin einem ehrbaren Schmiedemeister den nötigen Respekt verweigerst, besteht die Gefahr, mein lieber Martin Seedorf, dass du eines Tages wie die Pferde ein glühendes Brandmal auf deinem Hinterteil spüren wirst."

„Von Eurer Hand geprägt wäre es für mich wie ein Ritterschlag." Gespielt ehrfürchtig verbeugte sich Martin vor Daniels Vater.

„Um Euch unseren Müßiggang ein wenig schmackhafter zu machen, Vater, könnten wir doch bei unserem Ausritt die Pferde des Grafen Plessen in Kasseedorf ansehen, die er letzte Woche zum Beschlagen angekündigt hat." Daniel sah seinen Vater herausfordernd an.

„Endlich einmal ein vernünftiger Vorschlag aus dem Mund unreifer Wirrköpfe. Bis zum Mittagsmahl wird aber noch kräftig in die Hände gespuckt." Bei diesen

Worten schlug er Martin mit seiner schwieligen Rechten derb auf die Schulter und wandte sich wieder seiner Arbeit zu.

Nachdem Martin seinem Freund verschwörerisch zugezwinkert hatte, verließ er die Schmiede. So schnell wie möglich wollte er jetzt seinen Auftrag erledigen und die Dokumente von der Kanzlei in das Schloss bringen. Die Räume des Advokaten Friedrich Mauritius lagen unmittelbar in der Nähe des Lübschen Tors, und um keine Zeit zu verlieren, entschloss sich Martin, den Weg durch die schmale und immer etwas dunkle Twiete zu wählen, die hinter den Häusern des Segenhörn verlief.

„Ach, der Herr Advokatus persönlich. Seht an, seht an!"

Martin wurde abrupt aus seinen Gedanken gerissen. Vor ihm stand Adalbert Pechstein, der Sohn des Stadtrats, und neben ihm grinsten ihn dessen unzertrennliche Kumpane, Bertholt Wagenbiel und Arnold Prigge, dümmlich an.

Adalbert Pechstein war eine Stadtplage. So sah Martin ihn, und damit war er nicht allein. Aufgrund der herausgehobenen Stellung von Adalberts Vater, dem Stadtrat und Pferdehändler Leberecht Pechstein, nahm sich der missratene Sohn so manche Rechte heraus, die die Bürger Eutins mit Skepsis verfolgten, manche sogar missbilligten.

Nicht nur einmal hatte der Vater nur aufgrund seines Amtes die Missetaten seines Sohnes vertuschen und sein Erscheinen vor Gericht verhindern können. Außerdem ging der junge Mann keiner geregelten Arbeit nach, sondern aalte sich im Wohlstand seines Vaters. Gleichermaßen war ihm eine gewisse Feigheit zu eigen, denn nur selten traf man Adalbert Pechstein ohne seine beiden Begleiter an. Diese gehörten ohnehin nicht zu den hellsten Köpfen und ließen sich daher sehr leicht vor Adalberts Karren spannen. Insbesondere, wenn es um handgreifliche Auseinandersetzungen ging, bei denen sich ihr Anführer stets diskret zurückzog.

„Ach, Adalbert, wieder einmal unterwegs zu neuen Taten?", begrüßte Martin den Sohn des Pferdehändlers, wohl wissend, dass er den dreien in der engen Gasse nicht aus dem Weg gehen konnte.

„Wie es aussieht, versperrt uns so eine kleine, vergeistigte Advokatenlaus den Weg, oder wie seht ihr das, Jungs?", warf Adalbert ein und blickte seine beiden Kumpane über die Schulter hinweg auffordernd an.

Die grinsten begriffsstutzig.

„Es gibt Dinge im Leben, die kann man verändern, mein lieber Adalbert, aber es gibt auch Tatsachen, die unverrückbar sind."

„Was soll das blödsinnige Gestammel?", fragte Adalbert irritiert nach.

„Nun, würde jeder von uns einen Schritt zur Seite treten, dann hätten wir alle etwas zur Entspannung der Lage beigetragen. Doch sieht man euch dreien in die Augen, dann muss man erkennen, dass die Dummheit, die ihnen entspringt, kaum veränderbar ist."

„Willst du uns beleidigen, du alter Klugscheißer?", brauste Adalbert auf, während seine Begleiter, wie ihren stupiden Gesichtsausrücken zu entnehmen war, die Bedeutung von Martins Worten nicht verstanden hatten.

„Beleidigen kann man nur Männer von Ehre, doch auch die suche ich bei euch vergebens ..."

Plötzlich zuckte Martin zusammen. Adalbert und die beiden anderen schienen sich wie im Nebel aufzulösen. Mehrfach musste er blinzeln, doch vor seine Augen drängte sich unaufhaltsam ein Bild, das immer deutlichere Konturen annahm. Das Bild zeigte Adalbert, der im Graben des Schlosses hektisch mit den Armen ruderte. Wasser spritzte auf, Wellen schwappten ringförmig von dem Ertrinkenden fort, während seine beiden vermeintlichen Freunde teilnahmslos am Ufer standen. Aus der Ferne erklangen wie durch ein dickes Tuch gedämpft und undeutlich Hilferufe an sein Ohr.

Martin schüttelte den Kopf. Langsam verschwamm das Schreckensbild wieder und ihm wurde bewusst, wo er sich gerade befand. In der Twiete. Vor ihm stand immer noch Adalbert Pechstein mit seinen Begleitern, doch jegliche Anzeichen von Aggressivität waren von ihnen gewichen. Entgeistert, geradezu entsetzt, glotzten sie Martin an. Dessen Augen waren weit aufgerissen und starrten in die Ferne. Sein Gesicht war leichenblass.

„Ich glaube, wir sollten jetzt gehen“, murmelte er, indem er sich an den dreien vorbeizwängte. „Und du, Adalbert, solltest in Zukunft nicht so dicht ans Wasser treten.“

Adalbert Pechstein, Bertholt Wagenbiel und Arnold Prigge blickten Martin Seedorf wie gelähmt hinterher. Ihnen war, als hätten sie gerade einen Geist gesehen.

„Mein Gott, was ist dir denn widerfahren?“ Der alte Kanzleischreiber Ernst Heckenrat kam eilig hinter seinem Stehpult hervor und lief Martin entgegen, als dieser totenblass in die Kanzlei taumelte. „Bring den Hocker her, bevor der Junge noch umkippt!“, wies er Jakob, den

Hausknecht, an, der gerade dabei war, ein paar Akten zu sortieren und diese in das Archiv zu tragen. „Du bleibst bei ihm und passt auf, dass er nicht vom Hocker fällt!“, war der nächste Befehl an den Hausknecht.

Nach kurzer Zeit kam der Kanzleischreiber mit einem kleinen Glas in der Hand zurück. Darin funkelte eine goldene Flüssigkeit. Der alte Mann drückte Martin das Glas in die Hand und forderte ihn mit heftigem Kopfnicken zum Trinken auf. Martin atmete tief durch, als er merkte wie ihm die Flüssigkeit brennend die Kehle hinunterlief. „Großer Gott, was ist das denn für ein Zeug?“ Er schnappte mehrmals nach Luft.

„Das ist der Branntwein für ganz besondere Gäste, den unser Herr Advokat wie seinen Augapfel hütet und hinter einem Aktenordner mit der Aufschrift ‚Diskrete Korrespondenz‘ versteckt hält. Bei Notfällen wie diesem scheint er aber auch seine Wirkung nicht zu verfehlen, denn langsam nimmt dein Gesicht wieder eine menschliche Farbe an. Du sahst aus wie der wandelnde Tod. Was ist bloß geschehen? Bist du etwa dem Leibhaftigen begegnet?“

Martin schmunzelte bei der Beredsamkeit des Kanzleischreibers. „Nein, nein, Herr Secretarius, Ihr müsst nicht besorgt sein. Ich habe mir wohl ein wenig den Magen verdorben. Wie Ihr seht, geht es mir dank Eurer vortrefflichen Medizin schon wieder viel besser.“ Martin versuchte von sich abzulenken. Doch der Kanzleischreiber musterte den jungen Mann skeptisch.

„Bei den allgemein bekannten vorzüglichen Kochkünsten deiner Frau Mutter und eurer tüchtigen Köchin Hertha wage ich dieser Theorie entschieden zu widersprechen.“

Martin ließ sich auch dadurch nicht zu weiteren Erklärungen ermuntern. „Ich würde jetzt ganz gern die Dokumente ins Schloss bringen, wie Ihr es gestern angekündigt habt."

„Fühlst du dich dazu denn in der Lage?" Ernst Heckenrat runzelte besorgt die Stirn.

„Doch, es geht mir wieder gut, Herr Secretarius. Wo ist die Mappe mit den Dokumenten?" Martin erhob sich von dem Hocker und trat dem Kanzleischreiber entgegen.

Von einem Stehpult nahm dieser eine braune, reich verzierte Ledertasche, deren Überwurf in einer schweren Metalllasche endete, in die ein Schloss eingelassen war. Er reichte sie Martin. „Hier sind alle Dokumente, die man im Schloss erwartet. Wie du weißt, verfügt Graf von Wartenburg über einen Schlüssel, mit dem er die Tasche öffnen kann. Nur ihm persönlich übergibst du sie. Er wird sie vermutlich behalten und uns zur gegebenen Zeit zurücksenden. – Und du fühlst dich wirklich wieder wohl?"

„Es ist alles in Ordnung, Herr Secretarius. Ihr könnt Euch auf mich verlassen."

„Ist gut. Ich will dich heute hier nicht mehr sehen. Nutze die Zeit, um dich ein wenig zu erholen." Der Kanzleisekretär schob Martin mit der umgehängten Ledertasche zur Tür hinaus und blickte ihm kopfschüttelnd hinterher.

„So kommst du hier nicht rein, du verdreckter Suffkopp!"

Aus dem Torhaus der Schlosswache klangen Martin laute Töne entgegen. Das Portal des ersten Schlosstores war durch einen schweren Leiterwagen zugestellt, auf dem kreuz und quer Buchenscheite gestapelt waren. Gezogen wurde das Fuhrwerk von zwei schweren, verschmutzten Ackergäulen. Auf dem Kutschbock saß mit einem schäbigen Mantel bekleidet ein kräftiger Mann mittleren Alters, der aufgeregt mit seiner Peitsche fuchtelte. Als Martin näher trat, sah er auch den Sergeanten der Schlosswache, den alle wegen seines dunklen Haar- und Bartwuchses „Sergeant Swattkopp“ riefen. Dieser hatte gerade dem Kutscher lautstark die Einfahrt in den Schlossbereich verweigert.

„Ich soll das Brennholz nach dem Herzog bringen, oder wollt ihr alle den nächsten Winter frieren, du Wichtigtuer?“, schrie der Kutscher zurück.

„Nun hör einmal genau zu, du verfilzte Ratte. Du glaubst doch wohl nicht im Ernst, dass ich deine vollgeschissenen Klepper und deine vor Dreck starrende Karre passieren lasse. Setz zurück und mach den Weg frei, bevor ich meine Soldaten auf dich hetze! Sieh zu, dass deine Pferde und der Wagen gewaschen werden, und zieh einen sauberen Rock an. Erst dann darfst du deine Fuhre bis in den Schlosshof fahren. Hast du das kapiert, du verlauster Straßenköter?“ Der Sergeant griff mit seiner Rechten an seinen Säbel, um seinen Worten den nötigen Nachdruck zu verleihen.

„Bloß weil du ’ne Uniform anhaben tust, meinst du wohl, hier den großen Feldherrn spielen zu können, du Zinnsoldat ...“

Bevor sich der Kutscher weiter aufregen konnte, sprang der Sergeant blitzschnell zwei Schritte nach vorn, ergriff die Peitsche und zerrte den total überraschten Kutscher vom Bock, so dass dieser krachend auf dem Boden landete. Danach trat er zurück und winkte zwei seiner Wachsoldaten heran, die den Kutscher mit gekonnten Griffen wieder auf die Beine stellten und ihn gegen die Wand des Torhauses lehnten. „Ich wusste nicht, dass du auch noch schwerhörig bist.“ Der Sergeant trat wieder näher und musterte den Kutscher abfällig von oben bis unten. „Wenn du mit deiner Mistkarre nicht in fünf Minuten verschwunden bist, wirst du noch heute Bekanntschaft mit unserem feudalen Kerker machen. Hast du mich verstanden, du stinkende Wildsau?“

Sichtlich eingeschüchtert humpelte der Kutscher zu seinen Pferden und führte sie unter ständigem Gemurmel rückwärts aus der Toreinfahrt. Martin hielt die Luft an, als der Kutscher dicht an ihm vorbeiging und ihm ein Dunst aus billigem Fusel und menschlichen Körpersäften entgegenwaberte.

„Endlich einmal ein Lichtblick an diesem trüben Morgen!“, rief der Sergeant ihm entgegen, als er ihn erblickte. „Hast du dieses Erdferkel gesehen, Martin? Was werden die Leute sagen, wenn sie einen solchen Schweinewagen die Schlosspforten passieren sehen? Die denken doch, hier wohnen auch solche Kanalratten.“

„Sie ist sicherlich nicht immer ganz leicht, Eure Arbeit, Sergeant, aber dem Mann habt Ihr doch sehr eindrucksvoll gezeigt, wer der wahre Meister der Schlosswache ist.“ Er lachte den Sergeanten an. Sie kannten sich schon lange, zumal Martin bei seinen Botengängen des Öfteren das Schlosstor passieren musste. Und so wussten die Wachsoldaten auch, dass Martins Onkel der Zweite Stallmeister des Herzogs war.

„Wieso habe ich bei dir immer das Gefühl, dass du mich auf den Arm nehmen willst?“ Der Sergeant grinste ihn an.

„Das würde ich mich nie trauen, Sergeant Swattkopp. Immerhin seid Ihr doch eine Respektsperson.“

„Pass bloß auf, dass ich dir nicht mit meinem Säbel noch den nötigen Respekt beibringe“, rief er Martin hinterher, nachdem dieser mit schnellen Schritten das Schlosstor passiert hatte.

Martin war immer wieder fasziniert von der ganz anderen Welt, die er im Schlosshof vorfand. Vergessen waren die engen Gassen der Stadt, die Schweine, die sich durch den Unrat wühlten, die Misthaufen vor den Türen und die grau in grau gekleideten Menschen, die emsig ihren Beschäftigungen nachgingen. Bereits auf dem Vorplatz des Schlosses bot sich ihm ein ganz anderes Bild. Vor der Remise zur rechten Hand standen zwei herrschaftliche Kutschen. Ihre Türen zierten das farbige Wappen des Herzogs. Vor dem Marstall zur Linken waren Stalljungen damit beschäftigt, drei edle Rösser – einen Braunen und zwei Schimmel – zu striegeln und ihnen Geschirre anzulegen, deren glänzende Beschläge im Sonnenlicht funkelten. Zwei Geistliche, gänzlich in Schwarz gekleidet und in ein Gespräch vertieft, schritten an ihm vorbei, ohne ihn zu bemerken.

Auch am zweiten Tor ließ die Wache ihn ungehindert passieren. Als Martin den Innenhof des Schlosses betrat, hielt er für kurze Zeit inne. Auch das Bild, das sich ihm hier bot, beeindruckte ihn stets aufs Neue. Rund um den Brunnen in der Mitte des Platzes standen Hofdamen und edle Herren, die unbekümmert miteinander plauderten. Sie trugen prachtvolle Gewänder aus Seide und Brokat, verziert mit Spitze und Rüschen. Nicht weit davon entfernt vergnügten sich vier junge Höflinge beim Kartenspiel, während anderen Damen und Herren des herzoglichen Hofstaates von Pagen Gebäck und Wein gereicht wurde. Auch sie nahmen von Martin kaum Notiz, als er schließlich den Hof überquerte.

„Was willst du?", herrschte der Kanzleischreiber ihn an, als er die Hofkanzlei nach kurzem Anklopfen betreten hatte. „Du bist hier nicht im Kuhstall, wo jeder hergelaufene Knecht hereinpoltern kann, wie er will."

„Oh, das ist mir ganz neu, dass auch Ihr über ein Vorzimmer verfügt, hochverehrter Herr Hofsecretarius. Sollte ich auf diese Weise gegen das Hofzeremoniell verstoßen haben, entschuldige ich mich ergeben." Martin deutete eine kleine Verbeugung an. Eine einzige Witzfigur, dieser elende Gernegroß!

„Willst du mich beleidigen, du Lümmel?"

„Ich bitte Euch, Herr Hofsecretarius, wie könnte ein hergelaufener Straßenjunge wie ich denn eine so gefestigte Amtsperson wie Euch je erschüttern?" Martin konnte sich nur mit Mühe ein Lachen verkneifen, als er in das verdatterte Gesicht des Schreibers blickte. „Ich überbringe wichtige Dokumente vom Advokaten Mauritius für den Herrn Kanzleidirektor und wäre Euch sehr verbunden, wenn Ihr mich avisieren würdet."

„Gib her die Dokumente! Alles andere erledige ich schon." Der Kanzleischreiber streckte ihm auffordernd seine Hand entgegen.

„Das wird nicht möglich sein, ich darf die Dokumente nur dem Grafen von Wartenburg persönlich übergeben."

„Traust du mir etwa nicht zu, dass ich deine unwichtigen Papiere ordnungsgemäß weiterreichen werde, du vorlauter Bengel?"

„Euch traue ich alles zu, verehrter Herr Hofsecretarius. Doch wenn Ihr in Eurer Machtfülle entscheiden könnt, dass der Herr Graf die Dokumente nicht benötigt, dann gehe ich eben wieder." Martin drehte sich um und steuerte die Tür an.

„Halt! Bleib stehen!", schrie der Schreiber. Er schien jetzt vollkommen verunsichert zu sein und wusste offensichtlich nicht, wie er die missliche Situation bereinigen sollte, ohne sein Gesicht zu verlieren. „Ich werde sehen, ob seine Gnaden zugegen ist." Unwirsch drehte er sich um und klopfte an die Tür hinter seinem Pult. Martin schüttelte den Kopf, als der Schreiber im benachbarten Zimmer verschwand und die Tür hinter sich schloss. Wieso kam ihm in diesem Augenblick das Bild eines aufgeplusterten Gockels auf dem Misthaufen in den Sinn?

Kurze Zeit später öffnete sich die Tür wieder und der Hofschreiber winkte ihn widerwillig heran. „Martin Seedorf, der Gehilfe des Advokaten Mauritius, Euer Gnaden."

Dieser Hohlkopf, dachte Martin, als er an ihm vorbei schritt. Der kennt mich und meinen Namen genau und bläst sich trotzdem jedes Mal so auf.

„Ah, die sehnlich erwarteten Urkunden. Tritt näher, Junge!" Graf Gerald von Wartenburg, der Kanzleidirektor, der in Abwesenheit des Herzogs dessen Interessen wahrte, begrüßte Martin ernst, aber freundlich, erhob sich kurz hinter seinem Schreibtisch und nahm die Dokumentenmappe entgegen. „Ihr könnt gehen, Stülpnagel. Für Euch gibt es hier nichts zu tun", wies der Hofrat seinen Schreiber an, als er sah, dass der immer noch neugierig in der Tür lauerte.

Aus einem Kästchen auf dem Schreibtisch entnahm Graf von Wartenburg einen kleinen Schlüssel und öffnete damit das Schloss der Ledermappe. Schweigsam studierte er die Dokumente und legte sie nacheinander zur Seite. Hin und wieder hörte Martin ein kurzes Brummen, er wusste aber nicht, ob der Graf damit sein Missfallen oder seine Zustimmung ausdrücken wollte.

„Das sieht alles sehr ordentlich aus", sagte dieser. „Bestell dem Advokaten Mauritius, dass der herzogliche Hof mit der Arbeit seiner Kanzlei zufrieden ist! Besonders die Duplikate der Urkunden weisen seit geraumer Zeit ein erfreuliches Erscheinungsbild in Präzision und dekorativer Ausführung aus. Ich habe sonst keine weiteren Weisungen für dich." Mit diesen Worten war Martin entlassen. Ohne den Schreiber im Vorzimmer zu beachten, verließ er die Hofkanzlei und trat hinaus in den Innenhof des Schlosses.

„Julius, du Schlafmütze, sieh endlich zu, dass du den Wallach vom Grafen von Weißhaupt gesattelt kriegst! Der will ihn beim Glockenschlag um zwölf vor dem Schlosstor haben. – Anton, ist die Kutsche der Komtesse schon angespannt? – Paul und Wilhelm, der Futtertrog mit dem Hafer ist fast leer. Der muss wieder aufgefüllt werden. Los, ihr beiden, nehmt die Beine in die Hand!"

Nicht ohne Stolz beobachtete Martin den Zweiten Stallmeister des Herzogs. Er mochte seinen Onkel sehr. Hartmut Bergmann verfügte über ein ebenso ausgeglichenes und gutmütiges Wesen wie dessen Schwester, Martins Mutter. Er war zudem voller Tatendrang und Elan. Seine Stellung als herzoglicher Stallmeister hatte er sich schwer erarbeiten müssen. Doch bis heute konnte ihm in seinem Reich der Pferde niemand etwas vormachen. Graf Aribert von Merkenheim, der Oberstallmeister, trug zwar offiziell die Verantwortung für den Marstall, kümmerte sich aber kaum darum. Viel zu sehr war er damit beschäftigt, den reizvollen Hofdamen nachzusteigen und um ihre Gunst zu werben – meist mit mäßigem Erfolg, wie man sich erzählte, da er mit einer viel zu langen Nase und einem mehr als breiten Mund über ein besonders unattraktives Äußeres verfügte. Was er persönlich offensichtlich nicht so empfand.

„Ach, Martin, schön, dass ich dich sehe. Kannst du diesen Hornochsen einmal klarmachen, worin der Unterschied zwischen einem Schimmel und einem Rappen besteht? Sie werden es nie begreifen!" Hartmut Bergmann schüttelte resignierend den Kopf. „Ich ernenne dich hiermit zum herzoglichen Oberstallburschen, damit du den Torfköpfen unter anderem beibringst, wo bei einem Pferd vorn und hinten ist."

„Herzlichen Dank für die großen Ehre, verehrter Onkel, aber ich glaube, solchen fundamentalen Aufgaben bin ich nicht gewachsen. Und habt Ihr mir nicht selbst beigebracht, dass man vom Ochsen nicht mehr als Rindfleisch verlangen kann?"

„Nun schlägt der Bengel mich mit meinen eigenen Waffen. Womit habe ich das bloß verdient?"

„Ich ströme über vor Gram und Mitleid, Onkel."

Fröhlich lachend schloss der Zweite Stallmeister des Herzogs seinen Neffen in die Arme. „Komm, mein Junge, wir gehen hinter das Haus und gönnen uns eine kleine Pause. Nach meinem Anpfiff wird der Laden für kurze Zeit wohl auch ohne meine Aufsicht laufen. Schön, dass du mich besuchst. Was führt dich ins Schloss?"

„Das Übliche. Dokumente von meinem Advokaten für den Kanzleidirektor und die Neugier, ob es Euch gut geht."

Inzwischen hatten sie die Rückseite des Marstalls erreicht und setzten sich auf ein paar Strohballen in die Sonne.

„Und das soll ich dir glauben?"

„Warum habt Ihr Zweifel?"

„Es ist schon gut, mein Junge. In der Welt, in der ich lebe, muss man stets auf der Hut sein. Aufrichtigkeit und Freundschaft sind hier keine Selbstverständlichkeit. Bei Hofe gibt es überall Gruben und Fallstricke. Da kannst du schneller stolpern, als selbst der eiligste Pferdeapfel den Boden erreicht hat."

„Welch pessimistische Töne höre ich da aus Eurem Mund, Onkel. Das kenne ich ja gar nicht von Euch."

„Du hast recht, Martin. Ich klage wie ein altes Waschweib."

„Aber irgendetwas beunruhigt Euch?"

„Weißt du, eigentlich hat sich nichts verändert. Es geht alles seinen üblichen Gang. Doch mehr und mehr fällt mir auf, dass am Hofe im Laufe der Jahre die Uhren doch anders gehen. Dadurch, dass der Herzog im fernen Gottorf weilt, haben sich hier Strukturen entwickelt, die ich mit einer gewissen Sorge beobachte. Aber was erzähle ich denn? Das sollte dich doch alles gar nicht interessieren."

„Ihr und Euer Wohlergehen liegen mir sehr wohl am Herzen."

„Das weiß ich, Martin." Geistesabwesend tätschelte der Stallmeister seinem Neffen die Schulter. Es sollte eine beruhigende Geste sein.

Nach einer Weile des Schweigens nahm Martin allen Mut zusammen. „Onkel, darf ich Euch eine vielleicht etwas ungewöhnliche Frage stellen?"

Hartmut Bergmann wurde aus seinen Gedanken gerissen und blickte Martin zunächst verwundert an. Dann lächelte er. „Das wäre ja nicht das erste Mal. Schieß los!“

„Mutter und Ihr habt doch früher öfter einmal von Großmutter Frauke erzählt.“

„Ja, und?“

„Da habt Ihr auch einmal gesagt, sie hätte das zweite Gesicht besessen. Könnt Ihr mir sagen, was das bedeutet?“

Hartmut Bergmann erschrak. Gegen seine sonst so gelassene Natur wirkte er urplötzlich beunruhigt, rutschte nervös auf dem Strohballen hin und her und blickte hastig um sich. „Warum willst du das wissen?“, stieß er hervor.

„Es interessiert mich.“

„Du solltest solchen Bemerkungen keine allzu große Bedeutung beimessen, mein Junge.“

„Aber eine Erklärung für diesen Ausdruck ‚zweites Gesicht‘ gibt es schon?“

„Martin, du bist manchmal lästig wie eine Fliege auf dem Abort. Deine Großmutter Frauke war deiner Mutter und mir eine herzensgute Mutter. Leider ist sie viel zu früh von uns gegangen. Sie war eine sehr weise Frau und sah Dinge, die allen anderen verborgen blieben.“

„War es das, was Ihr dann ‚das zweite Gesicht‘ genannt habt?“

„Ja, ja.“ Wieder blickte sich Hartmut Bergmann nervös um. „Hör mir jetzt einmal genau zu, Martin. Vor rund zwanzig Jahren litt Bürgermeister Bahr, der auch heute noch im Amt ist, unter einer rätselhaften Krankheit. Die Menschen behaupteten, dass ein Mann namens Hans Klindt den Bürgermeister verhext haben soll und dass das der Grund für dessen Leiden sei. Das alles nur, weil die Schwester dieses Hans Klindt wenige Jahre zuvor als Hexe verbrannt worden war. Als der Rat der Stadt ihn daraufhin befragte und er aussagte, dass er kein Hexer sei, ließen sie ihn wieder frei. Woraufhin sich die Eutiner derart entrüsteten, dass der Rat Hans Klindt in Schutzhaft nehmen musste. Das Volk beruhigte sich nicht und forderte die Bestrafung des vermeintlichen Hexers. Hans Klindt wurde mehrfach peinlich verhört, aber auch unter der Folter blieb er bei seiner Aussage, er könne nicht hexen. Daraufhin ließ ihn der Rat der Stadt frei. Drei Wochen später fand man ihn tot im Straßengraben vor den Toren der Stadt. Wahnwitzige und verblendete Bürger hatten ihn erschlagen."

Martin hatte seinem Onkel wie gebannt zugehört. Wie abergläubisch die Menschen waren, das hatte er schon oft genug erlebt und stets belächelt. Doch dass ein solcher Wirrglaube die Menschen zu derartigen Taten führen konnte, entsetzte ihn maßlos.

„Weißt du, was ich dir mit dieser Geschichte sagen will?"

„Ich glaube schon", antwortete Martin zögerlich, immer noch erschüttert von dem, was er soeben gehört hatte.

„Allein der Verdacht, dass es in unserer Familie einen Menschen gegeben haben soll, nämlich deine Großmutter Frauke mit ihrem zweiten Gesicht, und die Tatsache, dass dein Vater Apotheker ist, dessen Kunst von schlichten Gemütern auch gern als Hexenzauber gesehen wird, kann uns sehr schnell in Teufels Küche bringen. Also kein Wort darüber! Verstanden?"

„Ja, ich habe verstanden, Onkel. Ich konnte nicht ahnen, dass meine Frage so viel Gefahr birgt."

„Ich weiß, mein Junge. So, jetzt ist es aber an der Zeit, dass ich meinen vertrottelten Pferdeburschen Beine mache."

Martin verabschiedete sich von seinem Onkel und ging auf das Schlosstor zu. Dort stand noch immer der Kutscher mit den beiden Ackergäulen und der Ladung Holz, den Sergeant Swattkopp bei Martins Ankunft so derbe abgekanzelt hatte. Die beiden waren in eine angeregte Unterhaltung vertieft.

„Na also, es geht doch", sagte der Sergeant. „Vorzeigbar seid ihr, du und deine Klepper, zwar immer noch nicht, aber mehr kann man von einem Waldschrat wohl nicht erwarten."

Martin sah, dass der Kutscher den Versuch unternommen haben musste, seine Pferde und die Räder des Leiterwagens zu säubern. Den verschmutzten Mantel hatte der Mann ausgezogen und unter die Holzscheite gestopft. Sein Gesicht schien mit Wasser zumindest in Berührung gekommen zu sein, denn einige Tropfen hingen noch in seinem Bart. Vermutlich war der Kutscher über die nahe liegende Wasserstraße zum See gefahren.

„Nun gib endlich Ruhe und lass mir rein", war seine knurrige Antwort.

„Merten, begleite die edle Karosse, damit der Trottel sich nicht verfährt", wies der Sergeant einen seiner Soldaten an. „Das Holz kommt direkt zur Küche. Die dicke Wilhelmine weiß Bescheid."

Missmutig vor sich hin murmelnd trieb der Kutscher seine beiden Gäule an und folgte dem Wachsoldaten, während Sergeant Swattkopp dem komischen Gespann kopfschüttelnd mit seinem Blick folgte.

Martin konnte sich ein Schmunzeln nicht verkneifen und passierte das Schlosstor.

Kapitel 4

„Bruder Simon, ich möchte Euch von ganzem Herzen danken, mit welcher Andacht und Liebe Ihr die Trauerfeierlichkeiten für Bruder Anselm geregelt habt. Es war ein angemessener Abschied für unseren ehrwürdigen Bruder. Gott sei seiner Seele gnädig."

Der Dekan am fürstbischöflichen Hof in Eutin hatte Pater Simon zu sich befohlen. In seinem Audienzsaal saß er auf einem Stuhl mit hoher Rückenlehne hinter einem reich verzierten Schreibtisch und blickte sein Gegenüber abschätzend an. Seinen nachgeordneten Kirchenleuten ebenfalls einen Stuhl anzubieten, befand sich außerhalb seiner Vorstellungskraft. Er war sich seiner Machtfülle als Vertreter des Propstes, der im fernen Lübeck residierte, durchaus bewusst und demonstrierte diese in derartigen Äußerlichkeiten.

„Es war mir ein Bedürfnis und eine Pflicht zugleich, Bruder Anselm ein würdevolles Geleit zu geben."

„Eure Bescheidenheit ehrt Euch, Bruder Simon. Aber sie scheint Euch in unserer Gemeinschaft stets auch ein wenig im Weg zu sein. Könnt Ihr Euch immer noch nicht entschließen, Euch für ein höheres Amt zu öffnen? Ich möchte Euch keine Versprechungen machen, aber Ihr wisst selbst, dass Euer Name nicht das erste Mal vom Propst und sogar von unserer fürstbischöflichen Durchlaucht genannt wurde, wenn es um die Besetzung herausgehobener Posten ging."

„Ihr kennt meine Antwort, Bruder Benedict. Ich widme mich lieber meinen Studien und versuche, die philosophischen Höhenflüge der Griechen einzufangen und auf unser bescheidenes irdisches Maß zu transformieren. Eine Aufgabe, für die sicherlich mehrere Menschenleben nicht reichen werden. Erlaubt mir somit, meinen bescheidenen Anteil daran zu leisten."

„Wie Ihr wisst, schätze ich Eure Studien hoch ein, aber gleichermaßen muss ich auch dafür Sorge tragen, dass das Haus seiner fürstbischöflichen Durchlaucht kompetent bestellt wird. Ich gehe davon aus, dass Ihr an dem vakanten Amt des Schatzmeisters nicht interessiert seid."

„Verzeiht, Bruder Benedict, ich sehe durchaus die Notwendigkeit einer funktionierenden Administration einschließlich eines Schatzmeisters, die ein so vielschichtiges Gefüge wie der fürstbischöfliche Hof benötigt, aber die Welt der Zahlen und das kaufmännische Denken erschließen sich mir nicht."

„Ich habe eine Antwort wie diese erwartet und respektiere Eure Entscheidung. Aber seid Ihr nicht dem kränkelnden Bruder Anselm bereits in den letzten Wochen zur Hand gegangen? So wurde mir zumindest berichtet."

„Zugegeben, er hat meinen Beistand gesucht, den ich ihm auch gern gewährt habe, aber doch eher im geistigen Sinne als in der Hilfe bei seinen Zahlen. Eines jedoch hat mich ein wenig beunruhigt. Vielleicht könnt Ihr Licht in diese Ungewissheit bringen."

„Ihr macht mich neugierig, Bruder Simon."

„In seinen letzten Stunden war Bruder Anselm nicht immer bei vollem Geiste. Er sprach wirr. Auffällig war jedoch, dass er um Gnade bat, angeblich, weil die Zahlen lügen würden, wie er sich ausdrückte. Augenscheinlich fühlte er sich dafür verantwortlich. Ich hatte den Eindruck, dass er für ein sündhaftes Verhalten um Absolution bat. Habt Ihr eine Erklärung dafür?“

„Nein, Bruder Simon. Ich glaube, wir sollten dieser Verwirrung keine allzu große Bedeutung beimessen. Bruder Anselm hat das Amt des Schatzmeisters stets gewissenhaft ausgeführt. Schreiben wir seine Konfusion dem nahenden Tod zu.“

„Wenn Ihr erlaubt, noch eine Frage für mein Verständnis.“

Der Dekan nickte ein wenig gereizt.

„Bruder Anselm schien besonders wegen des Verkaufs von Ländereien des Herzogs beunruhigt zu sein. Könnt Ihr Euch das erklären?“ Pater Simon wusste selbst nicht, welcher Teufel ihn geritten hatte, diese Frage zu stellen, hatte er die Information doch lediglich dem kleinen Buch entnommen, das er am Abend des Todes des Schatzmeisters gefunden hatte.

„Ach, Ihr meint sicherlich das Areal, das unsere fürstbischöfliche Durchlaucht dem Grafen Freienfels vom Gut Ludwigsburg überlassen hat, da dieser seit Langem sehnsüchtig darum bettelte. Soviel ich weiß, wollte er mehr Weizen anbauen, um seine Mühle besser ausnutzen zu können. Ein gnädiger Akt des Herzogs einem treuen Vasallen gegenüber. Mehr nicht.“

Der Dekan nahm hinter seinem Schreibtisch eine etwas aufrechtere Sitzposition ein, womit er signalisierte, dass nunmehr die Audienz beendet sei. Mit einer leichten Verbeugung zog sich Pater Simon zurück.

Als er in seiner Kammer angekommen war, nahm

er das Büchlein erneut zur Hand. Bereits in den Tagen zuvor hatte er versucht, die Eintragungen zu deuten, doch mit mäßigem Erfolg. Bis auf die wenigen ausgeschriebenen Zeilen, wie beispielsweise zum Verkauf der herzoglichen Ländereien mit genauer Bezeichnung, Größe, Datum und Betrag, enthielt das Buch lediglich Abkürzungen und Zahlen. Es sah aus, als wären regelmäßig Geldbeträge vermerkt worden, die entweder von verschiedenen Personen eingenommen oder auch an sie ausgezahlt worden waren. Doch vor den Beträgen standen lediglich Ziffern und einzelne Buchstaben. Ob diese Initialen waren oder eine andere Bedeutungen hatten, war nicht zu erkennen.

Pater Simon fühlte sich nicht wohl in seiner Haut. Heimlichtuerei und Unaufrichtigkeit waren ihm seit jeher verhasst. Jetzt fühlte er sich in eine Enge getrieben, die ihm keine Wahl ließ. Einerseits verlangte Bruder Anselms Seelenqual nach Aufklärung, andererseits befriedigten ihn, Pater Simon, die lapidaren Erklärungen des Dekans hinsichtlich der verkauften herzoglichen Ländereien nicht, da er wusste, dass es ein erstrebenswertes Ziel aller Fürsten war, Besitz zu mehren. Pater Simon versuchte sein Gewissen zu beruhigen. Die kleine Unwahrheit dem Dekan gegenüber und auch die Entwendung des Büchleins hatten weitaus weniger Gewicht als eine mögliche Veruntreuung herzoglichen Besitzes. Pater Simon war entschlossen, der Sache auf den Grund zu gehen.

Und bereits zwei Tage später kam ihm der Zufall zu Hilfe.

„Ich muss unbedingt meinem Bruder und meiner Schwägerin einen Besuch abstatten. Immerhin bin ich Onkel geworden. Der Kleine ist bereits vier Wochen auf der Erde und ich habe ihn noch nicht gesehen. Morgen werde ich aufbrechen, aber nur eine Nacht bleiben, denn die Einladung der reizenden Baronesse Amalie kann ich mir nicht entgehen lassen."

Diese Worte, die Pater Simon rein zufällig mitgehört hatte, kamen von Graf Heinrich von Freienfels, dem Major der Schlossgarde, dessen Bruder Egbert das Gut Ludwigsburg führte und der das Land des Herzogs erworben hatte. Sollte er die Gunst der Stunde nutzen?

„Entschuldigt, Graf Freienfels, ich habe soeben durch Zufall von Eurer Absicht erfahren, dass Ihr Euren Bruder auf Ludwigsburg aufsuchen wollt. Könnte es sein, dass Ihr auf dieser Reise einen geistigen Beistand benötigt?"

Graf von Freienfels, der sich gerade mit zwei anderen Edelleuten in der Nähe des Brunnens auf dem Schlosshof unterhalten hatte, drehte sich verwundert um. Als er jedoch Pater Simon sah, erhellte sich sein Blick. Dieser weise und freundliche Kirchenmann war auch unter den Höflingen und Hofdamen ein gern gesehener Gesprächspartner.

„Pater Simon, Ihr wollt Eure geliebten Studien unterbrechen und einen einfältigen Grafen durch unwegsames Gelände in die Wildnis begleiten?"

„Verehrter Graf Freienfels, auch ein Priester verspürt von Zeit zu Zeit ein wenig Abenteuerlust. Es wäre mir eine große Ehre, dieses Wagnis mit Euch einzugehen, wenn Ihr erlaubt."

„Gern. Ihr seid mir herzlich willkommen. In der Kutsche ist ohnehin Platz genug, da mir die Damen, die ich zu dieser kleinen Reise einlud, alle einen Korb gaben. Ich weiß nicht, ob es nur an den schlechten holsteinischen Wegen liegt oder ob ich mir gar selbst den Schuh anziehen muss. Ihr seht, Pater Simon, mein angekratztes Ego bedarf dringend seelischen Beistands. Wenn es Euch genehm ist, ich beabsichtige morgen um zehn Uhr aufzubrechen. Mein Kammerjunker Franz wird noch dabei sein. Ich nehme an, auch Ihr werdet Begleitung haben?"

„Ich danke Euch von Herzen, Graf Freienfels. Ja, mein Junker Melchior wird mich begleiten. Wir werden rechtzeitig bereit sein."

Melchior, ein junger Mann im Alter von sechzehn Jahren, hieß mit vollem Namen Graf Melchior von Hutzfeld. Er trug dasselbe Schicksal wie sein Ziehvater Pater Simon. Auch er war Sohn aus adligem Hause, der auf Anraten des Vaters Priester hatte werden sollen, da er nicht der Erstgeborene war. Eine Entscheidung, der Melchior zwar ergeben gefolgt war, der er aber skeptisch gegenüberstand.

Der Gedanke, dem Weltlichen total zu entrücken, lag außerhalb seiner Vorstellungskraft. Viel lieber wäre er Offizier bei den Dragonern geworden. Doch sein Vater hatte sich nicht mit dem Gedanken abfinden wollen, dass sein Sohn ein Landsknecht würde, wie er sich ausdrückte. Widerstrebend hatte sich Melchior dem Willen des Vaters gefügt, dabei aber um eine gewisse Bedenkzeit gebeten. Dekan Benedict hielt es für sinnvoll, dass Pater Simon ihn unter seine Fittiche nehmen sollte, da er von ihm das nötige Verständnis gegenüber dem jugendlichen Überschwang des Junkers erwartete.

„Melchior, pack die Taschen! Wir machen einen Ausflug. Nur das Nötigste. Wir bleiben nur eine Nacht."

„Wir verreisen, Pater Simon? Richtig mit Pferd und Wagen?" Melchior war begeistert. Er kam raus aus dem täglichen Einerlei. „Bleiben wir lange?"

„Hast du nicht zugehört, du Lümmel? Wir bleiben nur eine Nacht."

„Und wo fahren wir hin?"

„Melchior, du packst jetzt unsere Taschen und bist bitte nicht so neugierig. Du wirst alles rechtzeitig erfahren."

Melchior wusste nicht, wo er zuerst hinsehen sollte. Mit dem Kammerjunker Franz des Grafen Freienfels saß er auf dem Kutschbock, was dem herrschaftlichen Kutscher gar nicht gefiel. Nicht nur, dass diese Rotzlöffel in sein Refugium eingedrungen waren, nun schnatterten sie auch noch unaufhaltsam. Zeigten einmal nach rechts, dann wieder nach links und stießen unartikulierte Schreie der Begeisterung aus, wenn sie wieder etwas Neues am Wegesrand entdeckt hatten. Seine sonst so einträchtige Ruhe war grundlegend gestört. Die Zügel locker in der Hand und den Blick über die Hinterteile der Pferde nach vorn gerichtet, das war seine Welt, und nicht das unaufhaltsame Geplapper dieser jungen Bengel. Aber was sollte er machen? Den Weisungen des Grafen hatte er zu folgen. Leider!

Pater Simon war froh, dass er die Möglichkeit genutzt hatte, den Grafen zu seinem Bruder zu begleiten. Anscheinend war Graf Freienfels gleichermaßen über Pater Simons Anwesenheit erfreut, denn er unterhielt sich gern mit dem geistreichen Mann. Der Pater vermied es allerdings, seinen Verdacht hinsichtlich der vermuteten Unregelmäßigkeiten beim Verkauf des herzoglichen Geländes gegenüber dem Grafen zu äußern. Wenn es sich ergeben sollte, wollte er dessen Bruder Egbert auf dem Gut Ludwigsburg möglichst unter vier Augen dazu befragen.

Er musste vorsichtig sein, wollte er nicht in ein Wespennest stechen. Pater Anselms Unruhe und seine eigenen Nachforschungen ließen keinen anderen Schluss zu, als dass im Eutiner Schloss etwas nicht mit rechten Dingen zuging. Doch wer die Übeltäter waren, das wusste Pater Simon nicht. Folglich musste er behutsam vorgehen.

Gut Ludwigsburg zeigte sich in seiner ganzen Pracht, als sie über den Torweg, eine stattliche Lindenallee, auf das Herrenhaus zurollten. Das alte Backsteingebäude war von Efeu überwuchert und gab ihm den Anschein eines verwunschenen Märchenschlosses, in dem Prinzessinnen, Feen und Kobolde lebten.

Kaum hatte die Kutsche knirschend auf dem Kiesweg gehalten, öffnete sich das Portal und ein kräftiger Mann mit kurzen blonden Haaren musterte das Gefährt wohlgefällig. Noch bevor Graf Freienfels und Pater Simon die Kutsche verlassen hatten, kam der Hausherr mit ausgebreiteten Armen auf sie zu und begrüßte sie unüberhörbar.

„Welch eine Freude, Euch zu sehen. Sei herzlich begrüßt, mein lieber Bruder, und bedankt, dass du die Höhen des Eutiner Schlosses verlassen hast.“ Er umarmte seinen jüngeren Bruder und schlug ihm mehrfach kräftig auf die Schulter, wobei dieser merklich zusammenzuckte.

„Und dass Ihr, Pater Simon, einmal wieder die würzige Landluft von Ludwigsburg schnuppern möchtet, kann ich gut verstehen, und es erfreut mich ungemein, Euch, wenn auch nur für kurze Zeit, in meinem bescheidenen Haus beherbergen zu können." Unaufhaltsam schüttelte Graf Egbert von Freienfels Pater Simons Hand.

Nach kurzen Weisungen an den Kutscher, den Kammerjunker und Melchior betraten sie das Herrenhaus des Gutes Ludwigsburg, in dem schon ein erfrischender Trunk auf sie wartete.

Auch wenn das Essen im Eutiner Schloss vorzüglich war, so musste Pater Simon feststellen, dass die Speisen im ländlichen Holstein ihre eigene, wohlschmeckende Note hatten. Er erinnerte sich nur zu gut an seine Jugendzeit auf dem väterlichen Gut Hohenstein. Fasan mit Backpflaumen und Rehrücken mit Preiselbeeren waren einige der Köstlichkeiten, die Gräfin Henriette von Freienfels ihrem Schwager und Pater Simon am Abend servieren ließ. Die Tiere waren eigenhändig geschossen, was der Hausherr nicht ohne Stolz verkündete. An der festlich gedeckten Tafel im Speisesalon des Herrenhauses hatten auch Graf und Gräfin von Meerbaum sowie der Baron von Saalfeld samt Gattin Platz genommen – entfernte Verwandte der Familie von Freienfels.

Klatsch und Tratsch bei Hofe. Wer heiratete wen und warum? Welche Zuchtpferde brachten auf dem Markt das meiste Geld? Das waren die Themen, um die es während des Abendessens ging, bis Graf Egbert von Freienfels sich an Pater Simon wandte: „Nun, wie geht es auf Hohenstein?"

„Oh, da fragt Ihr den Falschen. Ich bin nur ein einfacher Priester, der Euch auf vielfältige Weise Euer

Seelenheil näherbringen kann. Das Gut meines Vaters liegt außerhalb meiner derzeitigen Welt."

„Sind denn dadurch, dass Ihr das Gewand eines Priesters übergestreift habt, keine Familienbande mehr gestattet?", fragte Gräfin von Meerbaum, eine etwas matronenhafte Erscheinung, erkennbar pikiert nach.

„Doch, Gräfin. Wie Ihr sicherlich wisst, ist es selbst Männern der Kirche inzwischen gestattet, sich ein Weib zu nehmen und zu heiraten."

Graf Egbert merkte sehr bald, dass sich Pater Simon nicht sehr behaglich fühlte, sobald das Gespräch auf seine Familie gelenkt wurde. So versuchte er, dem Thema eine andere Richtung zu geben. „Die Familie ist ohne Frage ein hohes Gut. Wie sieht es denn mit dir aus, mein lieber Heinrich? Werden in absehbarer Zeit die Hochzeitsglocken läuten?"

„Ach, Egbert, ich wäre überaus verwundert gewesen, wenn diese Frage heute Abend nicht gestellt worden wäre", antwortete Graf Heinrich von Freienfels spöttisch. Er war nicht nur bei Hofe als Liebling der Frauen und als Charmeur bekannt. Er sah gut aus, stellte als Major der Schlossgarde etwas dar und wickelte jedes weibliche Geschöpf innerhalb kürzester Zeit um den Finger. Ein Leben, das er sehr genoss und in dem für ihn selbst die Frage nach einer festen Bindung eine eher untergeordnete Bedeutung hatte.

„Mein lieber Bruder, verehrte Schwägerin, ich verspreche euch, wie schon vor Jahren, auch heute, dass ich der Familie keine Schande bereiten werde. Ganz sicher werde ich unseren Namen ehrfurchtsvoll und ehrenvoll verteidigen und irgendwann ein Weib edlen Blutes wählen, das mir mindestens sechs bis acht Kinder schenken und mich bis ins hohe Alter pflegen wird. So wahr mir Gott helfe."

„Amen!", beendete Pater Simon Heinrichs Erklärungen, und die Abendgesellschaft stimmte lachend ein.

Egbert wandte sich an Heinrich und sagte: „Du bist und bleibst ein hoffnungsloser Fall. Was für ein Glück, dass Henriette und ich zumindest in der Lage sind, dir ein leuchtendes Beispiel zu geben."

„Egbert und Henriette, ihr macht mich stolz darauf, Onkel einer so fröhlichen und gesunden Kinderschar zu sein. Besonders freue ich mich mit euch über den kleinen Maximilian, der nun nach den drei Mädels als strammer Stammhalter die Tradition der Familie Freienfels fortsetzen kann. Wenn du erlaubst, lieber Bruder, erheben wir unsere Gläser und trinken auf euer Wohl und das der Familie Freienfels."

Auch die anderen Gäste ergriffen ihre Gläser und tranken auf das Wohl ihrer Gastgeber.

Bisher hatte Pater Simon keine Gelegenheit gefunden, mit Graf Egbert unter vier Augen zu sprechen. Auch in der Gutsbibliothek, in die sich die Herren nach dem Essen zu einem weiteren Gläschen zurückgezogen hatten, ergab es sich nicht. Als sich der Abend dem Ende neigte und sich die Herren erhoben, um sich zur Ruhe zu begeben, bat Graf Egbert Pater Simon noch um ein Wort. Freundlich verabschiedete er sich von seinen anderen Gästen und ließ sich wieder in seinen Sessel vor dem Kamin fallen. Der Pater nahm ihm gegenüber Platz.

„Ich möchte mich bei Euch entschuldigen", begann der Graf und drehte dabei sein Weinglas mit beiden Händen. „Ich wollte Euch vorhin mit der Frage nach Eurer Familie nicht in Verlegenheit bringen."

„Ich bitte Euch, Graf Freienfels. Ihr müsst Euch nicht für mein getrübtes Verhältnis zu meiner Familie entschuldigen.“

Graf Freienfels hob abwehrend die Hand. „Versteht mich nicht falsch, aber das seit Jahren vertrauensvolle Verhältnis unserer beiden Familien gestattet mir vielleicht doch die Frage: Wie kam es zu dem Zerwürfnis mit Eurem Bruder?“

Pater Simon schüttelte den Kopf und setzte zu einer Erklärung an: „‚Zerwürfnis‘ mag doch ein etwas hartes Wort sein. Wie Ihr wisst, habe ich eine friedfertige, harmonische, aber auch erlebnisreiche Kindheit auf Hohenstein erlebt. Geleitet von strengen, aber sehr freiheitlich denkenden Eltern, einem älteren Bruder, der für mich damals ein großes Vorbild war, und zwei ewig kichernden Schwestern.“

Graf Freienfels schmunzelte und nahm einen Schluck aus seinem Glas.

„Eine Wende trat erst ein, als mein Bruder nach dem Tod unseres Vaters Hohenstein übernahm und kurze Zeit später Maria von Althausen heiratete. Eine reizende Frau, mit einem starken Glauben gesegnet, doch dieser orientiert sich geradezu dogmatisch an der alten Lehre.“

„Ihr wollt sagen, Eure Schwägerin steht den Ideen eines Martin Luther skeptisch gegenüber?“

Pater Simon lächelte milde. „Äußerst dezent ausgedrückt. Grundsätzlich habt Ihr aber recht. Meine Schwägerin hat meinen Bruder vor die Wahl gestellt: sie oder ich. Sie befürchtet für sich und für ihre Kinder das Schlimmste, wenn ich in ihre Nähe komme. Ein Theologe, der nicht den Papst als Gottes Stellvertreter auf Erden anerkennt, der die Auffassung vertritt, dass alle Menschen vor Gott gleich sind und allein aus diesem Grunde auch das Recht haben, Gottes Wort lesen zu können, ein solcher Mensch ist in den Augen meiner Schwägerin Beelzebub und Luzifer in einer Person."

Pater Simon hatte seine Erläuterungen nicht im Zorn oder anklagend formuliert. Eher schwang ein mitleidiges Bedauern in seinen Worten mit.

„Ich kann Euch gut verstehen, Pater Simon. Besonders nachdem mir Henriette nach ihrem letzten Besuch auf Hohenstein berichtete, dass Eure Schwägerin sich seit ihren zwei Fehlgeburten mehr und mehr nur noch dem Gebet widmet und täglich stundenlang in der Kapelle verweilt."

„Ich würde ihr gern den nötigen Trost spenden, aber wie schon erwähnt, verkörpere ich in ihrer Welt den Leibhaftigen."

„Darf ich mich denn nach Eurem persönlichen Wohlbefinden erkundigen?"

„Vielen herzlichen Dank der Nachfrage. Es geht mir ausgesprochen gut. Meine Studien beschäftigen mich voll und ganz. Eine Frage allerdings treibt mich seit geraumer Zeit um, und Ihr, Graf Freienfels, könntet mir möglicherweise helfen, der wahren Antwort sehr nahe zu kommen."

„Jetzt macht Ihr mich aber neugierig."

„Ihr habt vor gut einem Jahr herzogliches Land gekauft. Wie man mir berichtete, war unsere fürstliche Durchlaucht tief in Eurer Schuld und hat daher Eurem Bitten um die Vergrößerung Eurer Ländereien nachgegeben. Könnt Ihr mir das erklären?"

Graf Freienfels blickte Pater Simon mit ausdrucksloser Miene an. Noch bevor der Priester zu einer

Entschuldigung ansetzen konnte, prustete der Graf los. Er begann so herzhaft zu lachen, dass sich sein ganzer Körper schüttelte. „Das ist der beste Witz, den ich seit Langem gehört habe“, stieß der Graf hervor, nachdem er sich die Lachtränen abgewischt hatte. „Ist das die Version, die im Eutiner Schloss Verbreitung findet?“

„Ich bin nur darauf gestoßen, als ich Pater Anselm, unseren Schatzmeister, in seinen letzten Stunden begleitet habe und er nicht mit einer belasteten Seele vor seinen Schöpfer treten wollte.“

„Ich will Euch die Wahrheit verraten, Pater Simon. Jener Schatzmeister, der nach Euren Worten nicht mehr unter uns weilt, ist an mich herangetreten und hat mir zu verstehen gegeben, dass ich das angesprochene Areal des Herzogs kaufen müsste, wollten meine Familie und ich nicht seine Gunst verlieren. Sehr nachdrücklich hat er mir im Auftrag des Herzogs zu verstehen gegeben, dass weder das Amt meiner Tante als Äbtissin im Preetzer Kloster noch das meines Bruders als Major der Schlossgarde in Eutin von Dauer sein müssten. So herum wird ein Schuh daraus. Dieses nutzlose Sumpfgelände kann der Herzog gern wiederhaben. Ich brauche es nicht.“ Die Fröhlichkeit des Grafen Freienfels war verflogen. Deutlich war ihm anzumerken, wie ihn diese Erpressung – denn um eine solche handelte es sich letztlich – gekränkt hatte.

„Es tut mir leid“, entschuldigte sich Pater Simon, „wenn ich Euch mit diesem Thema beunruhigt habe. Aber wer kann Interesse daran haben, Euch in eine derart unliebsame Lage zu manövrieren?“

„Ich weiß es nicht. Der Herzog ist ohnehin kaum in Eutin, sondern vergnügt sich auf fernen Schlachtfeldern.

Dem sind ein paar Hufe mehr oder weniger vollkommen egal. Es sei denn, er braucht Geld. Verhandelt hat mit mir nur der Schatzmeister."

„Und dagegen habt Ihr nicht opponiert?"

„Mein lieber Pater Simon, Ihr seid doch selbst auf einem herrschaftlichen Gut aufgewachsen. Sicher erinnert Ihr Euch noch daran, was für Euren Vater einen hohen Wert hatte." Graf Freienfels hob fragend die Augenbrauen.

„Die grenzenlose Freiheit eines Landedelmannes", fasste Pater Simon seine Gedanken zusammen.

„Es freut mich, dass Ihr Euch daran noch erinnert. Ich habe das Areal des Herzogs, so nutzlos es auch ist, gekauft. Ich habe es bezahlt, und nun habe ich wieder meine Ruhe."

„Ich bewundere Eure Gelassenheit, Graf, aber ich gebe Euch recht. Eure Familie und Euer herrlicher Besitz sind weitaus mehr wert als irgendwelche Intrigen bei Hofe. Verzeiht nochmals meine vorwitzige Frage."

„Längst verziehen, lieber Pater, vielleicht war es auch für mein Seelenheil ganz gut, auf diese Weise meinem Unmut etwas Luft zu machen."

Pater Simon schlief an diesem Abend erst sehr spät ein. Zu sehr beschäftigte ihn die Nachricht des Grafen über den tatsächlichen Hintergrund des Geländeverkaufs. Wer steckte hinter diesen Machenschaften? Pater Anselm schien nur eine Marionette gewesen zu sein. Weitaus einflussreichere Figuren mussten die Fäden in der Hand halten. Auch wenn der Dekan die offizielle Variante des Verkaufs verkündet hatte, diese aber nicht mit den wahren Gründen übereinstimmte, musste er nicht zwangsläufig etwas mit dieser Intrige zu tun haben – oder etwa doch? Wirre Träumen von Dukaten in raffgierigen Händen und verschwörerisch wispernden dunklen Geschöpfen verfolgten Pater Simon während der restlichen Nacht.

Kapitel 5

Martin war verunsichert. Seit drei Tagen hatte er unruhige, fast schlaflose Nächte. Der Zusammenstoß mit diesem widerlichen Adalbert Pechstein und seinen Kumpanen und die plötzliche Vision von einem Ertrinkenden beschäftigten ihn immer wieder. Dann auch noch das Gespräch mit seinem Onkel Hartmut über das zweite Gesicht von Großmutter Frauke und die schreckliche Geschichte über den zu Unrecht beschuldigten Hexer und seinen grausamen Tod.

Innerlich fühlte er sich aufgewühlt wie nie zuvor. Am meisten peinigten ihn die Ungewissheit und die mangelnde Möglichkeit, mit jemandem über seine plötzlich im Kopf auftretenden Bilder zu sprechen. Wie erschrocken sein Onkel bei der Frage nach dem zweiten Gesicht seiner Großmutter gewesen war, hatte er hautnah erlebt. Auch dessen Befürchtungen konnte Martin gut verstehen, nachdem er die Geschichte über Hans Klindt gehört hatte. Seine Eltern würden vermutlich ähnlich furchtsam reagieren. Schon aus diesem Grund wollte er seinen besten Freund Daniel nicht auch noch in Angst und Schrecken versetzen.

Martin, der in seiner Kammer am Fenster stand, schüttelte den Kopf und blickte gedankenversunken in den Hof. Ein kleines, idyllisches Refugium hinter dem Apothekerhaus am Markt, das seine Mutter und seine Schwester Margret mit liebevoller Hand pflegten. Es gab kaum eine Jahreszeit, in der nicht irgendwelche farbenprächtigen Blüten den geschützten Innenhof verzierten. Unzählige Kräuter verströmten einen betäubenden Duft. Margret ging Martins Vater auch in der Apotheke immer mehr zur Hand. Offensichtlich hatte sie das Gespür für die heilende Kraft der Kräuter von ihrer Mutter geerbt. Stunde um Stunde konnte sie konzentriert in dem kleinen Laboratorium hinter der Apotheke Pulver stampfen, Blätter sieden und in Tiegeln rühren. Nicht immer zur Freude von Hartwig Hufnagel, dem Apothekergehilfen, der all dies als ein rein männliches Privileg ansah. Martins Vater hingegen gefiel Margrets Interesse, zumal er seine Enttäuschung darüber, dass sein ältester Sohn nicht in seine Fußstapfen treten wollte, nicht immer verbergen konnte.

In dem Garten hinter dem Haus wuchs ein Ahornbaum mit einer ausladenden, dichten Blätterkrone, unter der eine Bank stand. Als Martin seine Schwester Elsbeth auf der Bank sitzen sah, wichen seine trüben Gedanken einer gewissen Unruhe, die jedoch nicht ihrer Erscheinung, sondern der des elfengleichen Wesens an ihrer Seite galt.

Neben Elsbeth saß Christine, die Schwester seines besten Freundes Daniel. Auch die beiden Mädchen waren seit Langem miteinander befreundet und besuchten sich gegenseitig mehrmals in der Woche. Nachdem Martin Christine stets wie eine Schwester betrachtet hatte, machten sich seit geraumer Zeit bei ihrem Anblick Gefühle ganz anderer Art bemerkbar. Fasziniert beobachtete er ihr perlendes Lachen, wobei sich ihre braunen Locken kaum mehr von der kleinen Haube, die sie trug, bändigen ließen. Die beiden

Mädchen schnatterten angeregt miteinander, vergaßen dabei ihre Handarbeit und bemerkten auch nichts von dem heimlichen Beobachter am Fenster.

Martin überlegte, ob er es wagen konnte, rein zufällig in den Hof zu spazieren, um ein paar Worte mit Christine wechseln zu können, oder ob es für alle nur peinlich sein würde. Entschlossen schob er schließlich seine Bedenken zur Seite und lief die Stiege hinunter. Da Hertha, die Köchin, intensiv mit den Vorbereitungen für das Abendessen beschäftigt war, gelangte er unbeobachtet auf den Hof.

„Oh, Martin, du kommst wie gerufen!", empfing ihn Elsbeth überschwänglich, so dass er Christine nur kurz zunicken konnte. „Du kennst doch Bertholt Wagenbiel?"

„Du meinst den Bertholt, der sich immer mit dem Widerling Pechstein herumtreibt? Warum fragst du?"

„Elsbeth, hör auf!" Christine schien Elsbeths Frage unangenehm zu sein. Martin hatte den Eindruck, dass sich ihre Wangen ein wenig röteten.

„Christine meint, er hätte ihr letztens auf dem Markt schöne Augen gemacht."

„Elsbeth, du bist unmöglich!"

„Warum? Wozu habe ich denn einen weltgewandten Bruder, der auf die meisten Fragen eine Antwort weiß?" Sie zwinkerte Martin belustigt zu.

Christine wäre am liebsten im Erdboden versunken.

„Ich glaube, ich kann euch beide beruhigen. Bertholt Wagenbiel hat, als der Herrgott Hirn verteilt hat, hinter der Tür gestanden. Der ist so doof, der schafft es noch nicht einmal, eine Magd von einer Kuh zu unterscheiden. Und den Liebreiz eines Mädchens wie Christine kann der mit seiner Leere im Kopf allemal nicht erfassen."

„Habe ich es dir nicht gesagt?“, trumpfte Elsbeth auf und bemerkte nicht, dass Christine bei Martins letzten Worten verschämt den Blick gesenkt hatte.

„Aber ist es nicht etwas unschicklich für junge Damen, sich Gedanken über junge Männer zu machen?“ Martin schloss sich diesem kleinen Wortgeplänkel gern an, obwohl es ihm ein wenig unbehaglich war, dass ausgerechnet Christine Opfer dieses Spiels war.

„Freiheit in Geist und Wort ist nicht nur das Privileg der Männer“, verkündete Elsbeth selbstbewusst.

Christine blickte ihre Freundin erstaunt an.

Martin lachte. „Liebe Schwester, wo hast du das denn gelesen? Das klingt ja wie eine Revolution.“

Jetzt stimmten auch Elsbeth und Christine in das Gelächter mit ein.

„Ein wenig traurig machen mich eure Gedanken aber doch“, stellte Martin nach einer Weile in ernstem Ton fest.

„Was ist denn auf einmal los? Eben lachst du noch mit uns, und dann bist du von einer Sekunde auf die andere betrübt wie eine launische Waschfrau.“ Elsbeth sah ihren Bruder irritiert an. Auch Christine verstand Martins plötzlichen Stimmungswechsel nicht.

„Wenn sich eure Gedanken schon um männliche Wesen drehen, so hatte ich gehofft, dass es sich um eine Person handeln könnte, die euch gar nicht so fern ist. Doch wenn ihr bei einem Torfkopf wie dem Wagenbiel landet, kann es mit eurer Freiheit des Geistes wohl nicht allzu weit her sein.“

Elsbeth wusste schon bei Martins ersten Worten, welche Richtung das Ganze nehmen würde. Schließlich kannte sie ihren Bruder nur zu gut. Auch wenn er seine

Bemerkung todernst formuliert hatte, verrieten ihn seine Augen. Normalerweise hätte es sie nicht länger auf der Bank gehalten und sie wäre Martin mit einem Aufschrei der Entrüstung an den Hals gesprungen, doch da sie wusste, dass Christine ihren Bruder sehr gern mochte und auch Martin offenkundig ihre Nähe suchte, spielte sie das Spiel mit. „Martin, ich glaube nicht, dass ich deine Beleidigungen weiter ertragen möchte. Von dir als Bruder bin ich ja einiges gewohnt. Ob du Christine gegenüber jedoch dein unflätiges Benehmen je wiedergutmachen kannst, wage ich zu bezweifeln. Trotzdem gebe ich dir dazu jetzt die Gelegenheit."

Christine hatte das Gefecht zwischen den Geschwistern überrascht verfolgt. Völlig unvermutet erhob sich Elsbeth mit wichtiger Miene, raffte ihre Stricksachen zusammen und verkündete: „Ich lasse euch jetzt allein, damit du, mein ungalanter Bruder, den Schaden beheben kannst." Anschließend stolzierte sie, ohne Christine noch einmal anzusehen, erhobenen Hauptes an ihrem Bruder vorbei und verschwand hinter der Küchentür.

Martin hatte wohl bemerkt, dass Elsbeth sich nur mit Mühe ein Lachen verkneifen konnte. Als er sah, dass auch Christine aufstehen wollte, eilte er zu ihr, ergriff ihre Arme und drückte sie behutsam auf die Bank zurück. „Bitte, Christine, du darfst jetzt nicht gehen." Er lächelte das junge Mädchen liebevoll an und setzte sich dicht neben sie.

„Aber ..."

„Nicht alles, liebe Christine, was auf der Welt im ersten Augenblick offensichtlich erscheint, entspricht auch der Wahrheit."

Langsam dämmerte es Christine, dass sie soeben einer Scharade der beiden Geschwister aufgesessen war. Der zarte Anflug von Zorn über Elsbeths plötzliche Flucht verflog in Windeseile, als ihr bewusst wurde, dass es nur darum gegangen war, sie und Martin für kurze Zeit ihrer Zweisamkeit zu überlassen.

„Christine, es wird wohl nicht sehr lange dauern, bis wir zum Abendessen gerufen werden. Ich möchte dir gern so viel sagen, aber uns hat sich bisher nie die Gelegenheit geboten."

Christine blickte Martin freundlich an. Schon immer hatte sie seine unbekümmerte Art gemocht. Auch wenn sie ihn bisher nur wie einen weiteren Bruder gesehen hatte, spürte sie seit einiger Zeit, dass immer dann, wenn sie an ihn dachte, und besonders, wenn er sie mit seinen strahlend braunen Augen ansah, ihr Herz wie wild zu klopfen begann. So auch jetzt, wo sie ihm so nahe war.

„Christine, du sollst wissen, ich mag dich sehr gern. Nicht nur weil du die Schwester meines besten Freundes und die Freundin meiner Schwester bist. Meine Gefühle dir gegenüber sind mehr als das." Martin holte tief Luft und blickte Christine erwartungsvoll an. Gleichzeitig war er sich nicht sicher, ob er die richtigen Worte gefunden und das junge Mädchen nicht zu sehr bedrängt hatte.

Christine hatte ihren Blick gesenkt. Das Rot auf ihren Wangen war unübersehbar. Verlegen spielten ihre Finger mit der Handarbeit auf ihrem Schoß. Wie zufällig ergriff Martin das feine Tüchlein, das über dem Korb mit Wolle lag, und seine Finger wirbelten umher. Christine blickte auf und folgte dem Spiel seiner Hände. Bevor sie etwas sagen konnte, hielt Martin inne und legte ihr einen kleinen weißen Vogel in den Schoß, den er aus dem Tüchlein gezaubert hatte. „Ich möchte fliegen, Christine, mit diesem kleinen Vogel in die Lüfte steigen. Ich möchte fliegen, höher als die Wolken, bis die Großen und Mächtigen nur noch so klein sind wie Ameisen. Ich möchte in ferne Länder fliegen, wo das Träumen erlaubt ist. Willst du mich begleiten?“

Christine schloss für kurze Zeit die Augen, dann sah sie Martin verschämt von der Seite an. „Ja, Martin, ich glaube, es wäre wunderbar, mit dir zu fliegen. Auch wenn es sich für ein junges Mädchen nicht gehört, so etwas zu sagen, aber ich mag dich auch sehr gern.“ Erneut senkte sie ihren Blick.

„Wenn Menschen sich mögen, Christine, dann darf man sich alles sagen, ganz gleich, wie andere darüber denken. Du glaubst gar nicht, zu welch glücklichem Menschen du mich machst ...“

„In einer halben Stunde gibt es Abendessen, ihr beiden Turteltauben. Und wenn ihr euch nicht den Zorn der Familien zuziehen wollt, dann solltet ihr euch langsam darauf vorbereiten.“ Elsbeth stand mit verschmitztem Lächeln in der Küchentür und unterbrach in ihrer unbekümmerten Art das vertraute Gespräch des jungen Paares auf der Bank unter dem Ahorn.

Einmal im Monat trafen sich die Familien Seedorf und Hellwag zum gemeinsamen Abendessen. Wie es zu diesem Ritual gekommen war, wusste keiner von ihnen mehr so genau. Deshalb machte es den Mitgliedern der Familie stets große Freude, neue vermeintliche Gründe für das erste Treffen zu erfinden. So auch an diesem Abend. Der Apotheker hatte die Runde zunächst freundlich begrüßt, zu der neben den Ehepaaren samt Kindern auch der Zweite Stallmeister, sein Schwager Hartmut Bergmann, geladen war.

„Bevor das Essen aufgetragen wird, die obligatorische Frage an beide Familien: Gibt es neue Erkenntnisse über den Ursprung unserer freundschaftlichen Verbindung?“ Henricus Seedorf blickte erwartungsvoll in die Tischrunde. Gerade die jüngeren Familienmitglieder hatten stets eine diebische Freude daran, sich alle möglichen Fantastereien auszudenken. So dauerte es auch diesmal nicht lange, bis sich der Sohn des Schmiedemeisters erhob und damit die Aufmerksamkeit aller auf sich lenkte.

„Nach den vielen Möglichkeiten, die beide Familien bei der Suche nach dem Ursprung unserer Verbundenheit bereits erörtert haben, die sich letztlich aber doch nicht als zufriedenstellend erwiesen, habe ich jetzt aus absolut vertrauenswürdiger Quelle etwas über das entscheidende Ereignis und Verbindungsglied zwischen beiden Familien erfahren. Am 12. August des Jahres 1522 ist ein ehrenwerter Vorfahr der Familie Seedorf bei einem Besuch in unserer Schmiede auf einem Pferdeapfel ausgerutscht.“ Daniel Hellwag konnte seine fantastische Geschichte nicht weiterspinnen, da ein überschwängliches Gelächter ausbrach. Nachdem Daniels Mutter ihren Ältesten anfangs tadelnd angesehen hatte, konnte sie sich der augenblicklichen ausgelassenen Stimmung nicht verschließen und hielt sich ihr gesticktes Taschentuch vor den Mund, um ihr Schmunzeln zu verbergen.

„Onkel Hartmut“, wandte sich Martin an den Bruder seiner Mutter, als nur noch das eine oder andere Glucksen zu vernehmen war, „Ihr seid doch der Experte in unserer

Familie, wenn es um Pferde und ihre Fähigkeiten geht. Könnte Daniels einmalige Entdeckung zutreffend sein?"

Erneut fing die Runde an zu prusten.

„Ich bin zumindest fest davon überzeugt, dass es kaum einen besseren Anlass geben könnte. Tiefe Freundschaft braucht einen festen Nährboden", antwortete Hartmut Bergmann freudig und musste sich selbst dabei vor Lachen den Bauch halten. Der Apotheker und der Schmiedemeister amüsierten sich angesichts der unbekümmerten Ausgelassenheit der beiden Familien gleichermaßen königlich.

„Verehrter Meister Hellwag, ich glaube, wir müssen uns in Zukunft wohl auf noch so manchen Ausflug in das Irrwitzige gefasst machen – bei der galoppierenden Fantasie unserer Kinder. Darum lasst uns unser Glas erheben und darauf trinken, dass uns die Freiheit der Gedanken stets erhalten bleibe." Henricus Seedorf erhob, so wie alle am Tisch, sein Glas.

Martin hatte – anfangs mit Verwunderung, dann aber mit großer Freude – festgestellt, dass er an diesem Abend neben Christine am Tisch sitzen sollte. Bisher hatten die Mädchen auf der einen und die Jungen auf der anderen Seite der Tafel Platz genommen. Heute jedoch hatte Elsbeth ihre Mutter davon überzeugen können, dass es an der Zeit sei, dass sich Martin und Daniel als Tischherren beweisen und somit auch Tischdamen an ihrer Seite haben müssten.

Elisabeth Seedorf hatte die wahre Absicht ihrer jüngsten Tochter sofort durchschaut, wollte aber den Spielereien ihrer Kinder nicht im Wege stehen. Jetzt saß Martin neben Christine, und Daniel war der Tischherr von Martins ältester Schwester Margret.

So ganz wohl fühlte sich Martin nicht in seiner Haut. Würde jemand in der Runde erkennen, was er für das Mädchen an seiner Seite empfand? Und wie fühlte sich Christine in seiner Nähe? Würde seine Hand zittern, wenn er gleich den Suppenlöffel ergriff? Verschämt blickte er Christine von der Seite an, doch die aß genüsslich ihre Hühnerbrühe.

„Schmeckt es dir?" Martin bemühte sich, irgendetwas Sinnvolles von sich zu geben, um seine Nervosität zu überspielen, spürte aber sofort, dass diese Frage nur mehr ein kläglicher Versuch gewesen war.

„Sehr gut, lieber Martin." Christine hatte ihren Löffel auf den Tellerrand gelegt und blickte Martin lächelnd an.

„Lieber Martin", hatte sie gesagt! Martin wusste gar nicht, wie ihm geschah. Bisher hatte man ihm doch stets vorgeworfen, vorlaut und viel zu ernst für sein Alter zu sein. Sein Wissen, seine schnelle Auffassungsgabe, seine Wortgewandtheit, all das schien zudem an diesem Abend völlig verlorenen gegangen zu sein. Er wollte Christine so viel sagen, aber selbst die einfachsten Worte blieben ihm im Halse stecken. Und wenn er endlich mit Mühe und Not etwas herausgebrachte hatte, dann war es so etwas höchst Intelligentes wie „Schmeckt es dir?". Lediglich Christines Lächeln tröstete ihn ein wenig über seine Unbeholfenheit hinweg.

„Was gibt es Neues aus den fürstlichen Gefilden zu berichten, mein lieber Schwager", sprach Henricus Seedorf den Bruder seiner Frau an.

„Es sind nicht unbedingt erfreuliche Nachrichten, die durch die Räume des Schlosses wehen. Zurzeit brodelt die Gerüchteküche wieder einmal überaus heftig."

„Nun, Gerüchte zu verbreiten scheint ja ohnehin eine der Lieblingsbeschäftigungen der edlen Damen und Kavaliere zu sein“, warf Schmiedemeister Hellwag spöttisch ein.

„Da habt Ihr recht, Meister Hellwag, aber ich glaube nicht, dass es momentan nur um ein lustvolles Geplänkel geht. Es verdichten sich mehr und mehr die Anzeichen, dass uns wohl sehr bald ein Trauerfall bevorsteht.“

„Oh, nein!“, stieß die Frau des Schmiedemeisters einen schrillen Ton hervor und bedeckte sogleich, entschuldigend um sich blickend, ihren Mund mit einem Spitzentaschentuch.

„Jemand, den wir kennen?“, hakte der Apotheker nach.

„Wie aus Gottorf zu hören ist, liegt der Herzog schon längere Zeit danieder. Der Kurier, der regelmäßig die Depeschen bringt, erzählte mir heute Morgen, dass sich im Schloss in Gottorf die medizinischen Gelehrten seit Wochen die Türklinke in die Hand geben und meist resigniert wieder abziehen.“

„Eine tragische Figur, der Bischof Johann Friedrich“, stellte Henricus Seedorf lapidar fest. „Ich möchte nichts Schlechtes über unseren Fürsten sagen, aber ich bin der Meinung, dass seine politischen Winkelzüge weder für uns noch für das Fürstentum von Vorteil waren.“

„Da kann ich Euch nicht widersprechen, Henricus. Im Gegenteil. Wer einmal mit dem Kaiser paktiert, kurz danach mit dem dänischen König und dann noch die Allianz mit den Schweden sucht, kann sehr schnell zwischen die Mühlensteine der Macht geraten“, unterstrich der Stallmeister nachdrücklich die Ansicht des Apothekers.

„Wie ich gehört habe, soll er sogar sein Amt als Erzbischof von Bremen verloren haben“, warf Schmiedemeister Hellwag ein.

„So ist es, und bei diesen ständigen Kriegen hat er wohl auch seine Gesundheit ruiniert. Wie mein Schwager schon richtig bemerkt hat: eine tragische Figur, unser Herzog. Wünschen wir ihm nur das Beste.“

„Erlaubt mir ein Frage, Onkel“, schaltete sich jetzt Martin in das Gespräch der Erwachsenen ein. „Auch wenn wir dem Herzog ein langes Leben wünschen, aber wer würde im Falle seines Todes sein Nachfolger werden?“

„Das haben die fürstlichen Herren schon in weiser Voraussicht geregelt. Da Herzog Johann Friedrich unverheiratet ist und keine Kinder hat, wurde bereits vor zwei Jahren sein Neffe Johann zu seinem Nachfolger bestimmt. Wie wir alle wissen, hat der amtierende Bischof ja nie längere Zeit im Schloss in Eutin verweilt, und ob ein neuer Fürstbischof sich ebenfalls auf den Schlachtfeldern beweisen möchte oder lieber den Komfort des Schlosses in Gottorf genießt, wer weiß das schon so genau?“

Kapitel 6

Auch nach der Rückkehr von seiner Reise zum Gut Freienfels kam Pater Simon nicht zur Ruhe. Seine sonst so sprichwörtliche Gelassenheit war einer inneren Unruhe gewichen, der er selbst fast ratlos gegenüberstand. Wem konnte er vertrauen? Mit wem durfte er darüber sprechen? Oder waren es letztlich doch nur Hirngespinste? Reimte er sich aus einzelnen Mosaiksteinen eine Verschwörungsgeschichte zusammen? Nur mühsam konnte er sich auf seine Studien der griechischen Philosophen konzentrieren.

Melchior stürzte polternd in Pater Simons Kammer. „Pater Simon, Ihr sollt zum Dekan kommen."

Erschrocken fuhr der in Gedanken versunkene Priester hoch. „Melchior, wie oft soll ich dir noch sagen, dass man anklopft und auf ein ‚Herein' wartet, bevor man einen Raum betritt?"

„Verzeiht, aber Pater Lukas, der Secretarius des Dekans, hat gesagt, ich soll mich sputen."

„Dagegen ist ja auch nichts einzuwenden, aber ist das ein Grund, seine gute Stube zu vergessen?"

„Nein, ist es nicht, Pater Simon. Ich werde das nächste Mal daran denken."

„Wenn ich das nur glauben könnte. Hat der Secretarius auch gesagt, was der Dekan von mir will?"

„Nein, Pater Simon, nur dass es wohl ganz dringend sein soll."

„Na, dann wollen wir den Dekan nicht warten lassen." Pater Simon erhob sich und ging gemessenen Schrittes auf die Tür zu, die Melchior ihm zuvorkommend aufhielt.

„Bruder Simon, verzeiht, dass wir Euch bei Euren Studien stören, aber eine dringende Angelegenheit scheint ohne Eure Hilfe nicht zu bewältigen zu sein."

Der Dekan thronte wie üblich hinter seinem Schreibtisch. An seiner Seite hatte Kanzleidirektor Graf von Wartenburg Platz genommen, der Pater Simon mit ausdrucksloser Miene zunickte.

„Wie kann ich Euch mit meinen bescheidenen Möglichkeiten zu Diensten sein?"

„Wie Ihr wisst, haben sich die Schwerpunkte der Tätigkeiten des Lübecker Domkapitels in den vergangenen Jahren mehr und mehr nach Eutin verlagert. Auch wenn unser Propst weiter in Lübeck weilt, so konzentriert sich die Macht unserer fürstbischöflichen Durchlaucht auf Eutin. Und somit hat Ihrognaden entschieden, dass der Kirchenschatz von Lübeck nach Eutin überführt wird. Konntet Ihr mir bisher problemlos folgen?"

„Durchaus, Bruder Benedict." Welch eine Frage überhaupt? Pater Simon schüttelte unmerklich den Kopf. Er kannte den Dekan nur zu gut. Stets hatte dieser etwas Lehrerhaftes an sich, wobei er nie unterscheiden konnte, ob er einen einfachen Lakaien oder einen denkenden Menschen vor sich hatte.

„Da die Überführung des Kirchenschatzes, der einen nicht unerheblichen Wert darstellt, nicht irgendeinem Kutscher übertragen werden kann, haben Graf Wartenburg und ich beschlossen, lieber Euch mit dieser ehrbaren und sehr verantwortungsvollen Aufgabe zu betrauen."

Pater Simon horchte auf. Wie kam er zu der Ehre? Es gab am Hofe doch genügend Kirchenmänner und Edelleute, die weitaus eher eine so wichtige Mission erfüllen konnten.

Der Dekan und Graf von Wartenburg blickten Pater Simon fast ein wenig ungeduldig an.

Doch der schwieg.

„Pater Simon, Ihr müsst Euch wegen dieser Aufgabe keine allzu großen Sorgen machen. Natürlich werdet Ihr mit der entsprechenden Equipage ausgestattet. Der Kirchenschatz ist in zwei verschlossenen Truhen untergebracht. Kutsche, Vierergespann und eine ausreichende Wachmannschaft zu Pferd werden Euch begleiten." Der Kanzleidirektor versuchte die Fahrt nach Lübeck und zurück wie eine Lustreise zu beschreiben, doch Pater Simon schwieg weiterhin.

„Wie mir berichtet wurde, habt Ihr erst kürzlich einen Ausflug nach Freienfels unternommen, was Eurem Freiheitsdrang doch sicherlich entgegenkam. Eine Reise nach Lübeck muss Euch daher überaus verlockend erscheinen."

Pater Simon hatte keine Mühe, den vorwurfsvollen und zugleich fordernden Unterton, der in der Stimme des Dekans mitschwang, herauszuhören. Eine Reise nach Lübeck hatte ohne Frage ihren Reiz. Doch er zögerte mit seiner Zusage. Auf irgendeine Weise fühlte er sich unbehaglich. Weder Dekan Benedict noch Graf Wartenburg hatten ihm bisher ein schlüssiges Argument dafür geliefert, dass gerade er für den Transport des Kirchenschatzes die geeignete Person sei.

„Erlaubt mir zunächst die eine oder andere Frage. Wann soll die Fahrt nach Lübeck stattfinden? Und wie lange soll sie dauern?“ Pater Simon sah seine beiden Gesprächspartner fragend an.

„Da seiner fürstbischöflichen Durchlaucht eine sehr schnelle Erledigung dieser Angelegenheit am Herzen liegt, ist die Fahrt nach Lübeck bereits für übermorgen vorgesehen“, bemerkte Dekan Benedict mit wichtiger Miene. Wobei ihm gleichzeitig anzumerken war, wie sehr er es unter seiner Würde empfand, Fragen dieser Art beantworten zu müssen.

„Wir haben für den Transport drei Tage vorgesehen“, ergänzte Graf Wartenburg. „Bei der zu erwartenden Wetterlage könnt Ihr Lübeck in einem Tag erreichen – auch unter Berücksichtigung von Rasten für Reiter und Pferde. Der zweite Tag dient der Verladung des Kirchenschatzes sowie eventueller administrativer Arbeiten. Am Abend des dritten Tages würden wir Euch dann wieder in Eutin erwarten.“

„Welcher Edelmann wird zur Eskorte gehören?“ Pater Simon ließ nicht locker, obwohl er merkte, wie sehr er die Geduld des Dekans strapazierte.

„Ein Korporal und vier Soldaten der Schlossgarde werden Euch begleiten. Daneben natürlich der Kutscher. Ein Herr von Adel ist nicht vorgesehen. Bedenkt bitte, dass es sich hier um einen Kirchenschatz handelt.“ Bei den letzten Worten richtete Dekan Benedict sich in seinem Lehnstuhl auf, als wolle er kundtun, dass er nicht bereit war, weitere Fragen zu beantworten.

„Ein Kirchenschatz, der wem gehört, Bruder Benedict?“ Pater Simon widerstrebte es, sich vom Dekan wie ein unmündiger Befehlsempfänger behandeln und mit unzureichenden Antworten abspeisen zu lassen. An dessen herablassende Art hatte er sich längst gewöhnt, ebenso wie auch seine anderen Glaubensbrüder, doch Dialoge sollten auf einem gewissen Niveau bleiben, ganz gleich welche Stellung die beiden Kontrahenten einnahmen. Ein Prinzip, an dem Pater Simon eisern festhielt. So auch dem Dekan gegenüber.

„Was soll diese impertinente Fragerei, Bruder Simon?" Der Dekan hatte sich erhoben und beugte sich, auf seine Arme gestützt, über seinen Schreibtisch.

„Verzeiht, Bruder Benedict, Ihr übertragt mir, einem einfachen Priester am Hofe seiner fürstbischöflichen Durchlaucht, eine Aufgabe, die Ihr selbst als wichtig und bedeutend tituliert. Mit gleichem Atemzug aber entrüstet Ihr Euch über die Fragen, die ich Euch stelle. Was bitte ist so verwerflich daran, dass es Euren Zorn hervorruft?" Pater Simon ließ sich von der drohenden Gebärde des Dekans nicht einschüchtern. Deutlich war ihm anzusehen, dass es ihm nur mühsam gelang, seine Wut zu zügeln. Sein hochroter Kopf und die nervös trommelnden Finger waren ein eindeutiger Beweis dafür, nachdem er sich wieder gesetzt hatte.

„Vielleicht sollten wir Pater Simon die Entscheidung eine Nacht überschlafen lassen", versuchte Graf Wartenburg die Atmosphäre zu entspannen, was ihm einen vernichtenden Blick des Dekans einbrachte.

Pater Simon beschloss, den Bogen nicht zu überspannen, obwohl er sich nur sehr schwer dem selbstgefälligen Verhalten des Dekans beugen konnte. „Es ist mir eine große Ehre, den Kirchenschatz nach Eutin zu holen. Ich werde mich verantwortungsvoll darum kümmern", antwortete er, noch bevor sich der Dekan weiter entrüsten konnte. „Ihr erlaubt, dass ich mich zurückziehe und mich auf meine neue Aufgabe vorbereite." Auch jetzt wartete Pater Simon nicht auf ein Zeichen des Dekans, sondern verbeugte sich leicht und verließ den Audienzsaal.

Die herbstliche Sonne schien auch für die reibungslose Rückreise von Lübeck nach Eutin ein gutes Omen zu sein. Bereits am Morgen waren sie zeitig aufgebrochen und hatten der Hansestadt mit den sieben Türmen den Rücken gekehrt. Auch wenn sie in den letzten Stunden gut vorangekommen waren, so spürte Pater Simon doch inzwischen seine Knochen. Die Polster in der Kutsche konnten die Stöße des Fahrwerks kaum mildern. Zudem wirbelten die Pferde ständig Staub auf, der sich unter anderem auf die zwei mächtigen Truhen mit dem Kirchenschatz gelegt hatte, die, festgezurrt und mit schweren Ketten sowie mit ebenso großen Schlössern versehen, vor Pater Simon in der Kutsche standen.

Der Pater beugte sich aus dem Fenster und hielt ein Tuch vor den Mund, um nicht noch mehr Staub zu schlucken. Jeweils zwei Reiter der Schlossgarde ritten vor und hinter der Kutsche.

Der Korporal der Garde schloss zu Pater Simon auf, als er sah, dass der sich aus der Kutsche beugte. „Spätestens in drei Stunden werden wir Eutin erreicht haben, Hochwürden. An der Zollstation Vierlinden werden wir eine kleine Rast einlegen, so dass wir noch vor der Abenddämmerung im Schloss sind."

„Ich danke Euch, Korporal."

Pater Simon lehnte sich entspannt in die Polster zurück und wischte sich Staub von der Stirn. Die Behaglichkeit seines Bettes im Schloss wagte er sich kaum vorzustellen. Doch eröffnete ihm allein der Gedanke daran eine stille Hoffnung auf bessere Zeiten, zumal die Pritsche, die ihm die Gehilfen des Propstes in Lübeck für die vergangenen beiden Nächte zugewiesen hatten, stark an Komfort hatte vermissen lassen.

Ein Krachen und Bersten brachte die Kutsche urplötzlich zum Stehen. Pater Simon wurde aus den Polstern nach vorn geschleudert, flog über die Schatztruhen und prallte mit der Schulter gegen die vordere Kutschwand. Noch bevor er sich wieder aufrichten konnte, hörte er in unmittelbarer Nähe Schüsse krachen. Laute Rufe ertönten und der Wagenschlag wurde mit Gewalt aufgerissen.

Eine maskierte Fratze erschien im Zwielicht. „Komm raus, du Pfaffe, oder wir blasen dir dein Hirn weg!"

Noch bevor Pater Simon aufstehen konnte, ergriffen ihn zwei derbe Fäuste am Kragen und zogen ihn aus der Kutsche. Als er auf den Boden geworfen wurde, sah er aus den Augenwinkeln, dass die Wachsoldaten mit erhobenen Händen vor vier weiteren Spießgesellen standen, die ebenfalls maskiert waren und sie mit Pistolen bedrohten.

„Fesselt die Pappsoldaten, und dann ran an die beiden lieblichen Schmuckkästchen!", hörte Pater Simon die Fratze befehlen, die ihn aus der Kutsche gezerrt hatte und die offensichtlich dem Anführer der Räuber gehörte. „Ich beschäftige mich inzwischen mit dem Schwarzkittel hier. Um den Kutscher muss sich keiner mehr kümmern, der guckt sich längst seine Pferdeärsche im Himmel an."

Pater Simon, der bäuchlings im Gras am Wegesrand lag, bemühte sich, einen Blick zurück zu werfen, konnte aber nur erkennen, dass die Räuber vermutlich von einer Anhöhe aus einen Baumstamm zwischen Kutsche und Pferde geworfen und sie so abrupt zum Halten gebracht hatten.

Der Kutscher musste dabei vom Bock geflogen sein und sich das Genick gebrochen haben, denn er lag wenige Meter von Pater Simon entfernt mit unnatürlich verdrehtem Kopf im Staub. Von den Pferden war nur ein entferntes Schnauben und Trommeln der Hufe zu hören. Es war das letzte Geräusch, das Pater Simon wahrnahm.

Kapitel 7

„Herr Stadtrat, Euer Gnaden, Eure Frau Gemahlin bittet Euch um Eure Aufwartung."

Stadtrat Lebrecht Pechstein schreckte aus seinem Lehnsessel hoch, in den er sich nach einem ausgiebigen Mittagsmahl zu einem Mittagsschläfchen niedergelassen hatte. „Was ist los? Was faselst du so geschwollen daher", blaffte er Meta, die Zofe seines Weibes, an.

„Eure Frau Gemahlin ..."

„Ist schon gut", unterbrach er die ältliche Zofe, die verschüchtert in der Tür stehen geblieben war. „Sag ihr, ich komme, sobald es meine Geschäfte erlauben." Mit einer abfällig wedelnden Hand verscheuchte er Meta, die unverzüglich verschwand und die Tür zur guten Stube hinter sich zuzog.

Das fehlte ihm gerade noch, dass sein verbittertes Eheweib ihm heute seine gute Stimmung versalzen würde. Hatte er doch gerade mit dem Grafen von Knesebeck einen einträglichen Kontrakt unterzeichnet, der ihm die Lieferung von vier stattlichen Zuchthengsten garantierte. Außerdem würde es nicht mehr lange dauern, bis er das Haus in der Lübecker Straße in seinen Besitz brachte. Er musste nur noch einen Weg finden, wie er die Geschwister Gottfried und Greta Holldorf, für die er die Vormundschaft übernommen hatte, aus dem Haus vertreiben konnte, ohne dass im Ort jemand Anstoß daran nahm.

Entsprechende nützliche Verträge würde er sicherlich, wie auch schon in der Vergangenheit, vom Advokaten Mauritius erhalten. Außerdem hatte der Bürgermeister erst kürzlich eine Andeutung fallen lassen, dass in naher Zukunft einer der beiden Stadträte im Stadtgericht personell zu ersetzen sei, und ihn dabei sehr hoffnungsfroh angesehen.

Und jetzt kam sein angetrautes Weib Adelheid auf die Idee, einmal wieder Hof zu halten und ihn vor ihren Thron zu zitieren. Leberecht Pechstein konnte sich überhaupt nicht mehr daran erinnern, dass er diese Frau jemals gemocht hatte. Nachdem sie ihm vor siebzehn Jahren sein einziges Kind, seinen Sohn Adalbert, unter unsäglichen Schmerzen, wie sie stets jammernd betonte, geboren hatte, wollte sie von ihm nichts mehr wissen. Sie hatte sich in ihre eigenen Räume zurückgezogen und verkehrte meist nur über das Hauspersonal mit ihm. Sie trug stets Schwarz, als wäre in der Familie jemand gestorben, und führte ein gottesfürchtiges Leben. Lediglich zum sonntäglichen Gottesdienst sah man das Ehepaar schweigend in der Kirche nebeneinander sitzen, ansonsten ging jeder seiner Wege. Es sei denn, Adelheid Pechstein erwartete ihren Gemahl zur Audienz – wie an diesem Nachmittag.

„Was gibt es denn so Wichtiges, das du mich bei meinen Geschäften stören musst?“ Leberecht Pechstein trat polternd in den Raum, den sein Weib als ihren persönlichen Salon bezeichnete.

Adelheid Pechstein saß auf einem einfachen Stuhl neben einem Tischchen, auf dem eine gehäkelte Decke lag. In ihren Händen hielt sie ein aufgeschlagenes Buch, die Bibel. Natürlich, was konnte es anderes sein?

„Deine Manieren lassen zu wünschen übrig. Jeder einigermaßen gebildete Mensch klopft an, bevor er einen Raum betritt." Abweisend musterte sie ihren Ehemann von oben bis unten.

„Du wohnst in meinem Haus, Weib. Wann und wo ich anklopfe, bestimme immer noch ich. Was willst du von mir?" Leberecht Pechstein hatte nicht vor, sich weiter von seinem häuslichen Drachen auf der Nase herumtanzen zu lassen.

„Ich muss mit dir über deinen Sohn sprechen."

„Was hat er nun schon wieder angestellt?"

„Du solltest dem Jungen gegenüber mehr Aufmerksamkeit walten lassen und väterliche Liebe zeigen." Adelheid Pechstein setzte sich noch etwas gerader hin, was kaum mehr möglich war, da sie bereits jetzt schon den Eindruck vermittelte, als hätte sie einen Ladestock verschluckt. Verstärkt wurde diese Wirkung noch durch ihren dürren, brustlosen Körper, auf dessen schmalen Schultern ein langes, mit einer spitz vorspringenden Nase gezeichnetes Gesicht saß, das offenbar nur von einer engen Halskrause gehalten wurde.

„Was soll das heißen, braucht er wieder mehr Geld?"

„Du bist und bleibst ein Rohling. Ich halte es für erforderlich, dass du dem Jungen Verantwortung überträgst und ihn in deine Geschäfte einbindest."

Mit offenem Mund starrte Leberecht Pechstein sein Eheweib an. „Bist du von allen guten Geistern verlassen? Dieser von dir verzogene, verantwortungslose Taugenichts soll seine Finger in meine Geschäfte stecken, von denen er so viel Ahnung hat wie eine Kuh vom Eierlegen? Niemals! Such dir einen anderen Trottel aus, der dein geliebtes Söhnchen an die Hand nimmt.

Vielleicht braucht einer deiner Schwarzröcke, die hier täglich ein- und ausgehen, noch einen Gesangbuchhalter oder einen Glockenläuter. Ohne mich! Hast du das verstanden? Ohne mich!“ Leberecht Pechstein drehte sich um, verließ schnellen Schrittes den Salon und knallte die Tür hinter sich zu.

„Welch eine Wohltat!“ Mit einem vernehmlichen Platschen ließ sich der Stadtrat und Pferdehändler Leberecht Pechstein in das warme Wasser fallen.

„Wie er leibt und lebt, der Herr Stadtrat. Kaum erscheint er, schon schwappen die Wellen über“, kommentierte Goldschmied Ignatius Semmler spöttisch den körperlichen Einsatz seines gewichtigen Gegenübers im Badebottich. Was zum allgemeinen Gelächter der Anwesenden im Badehaus in der Ruschentwiete führte.

Leberecht Pechstein hatte sich nach der unliebsamen Auseinandersetzung mit seinem garstigen Weib an diesem Nachmittag nicht mehr auf seine Arbeit als Stadtrat konzentrieren können. So war er gar nicht erst in das Rathaus gegangen, wo ohnehin nur staubige Dokumente auf ihn warteten, sondern hatte seine Schritte sogleich in das Wirtshaus „Zum schwarzen Eber“ in der Ruschentwiete gelenkt. Ein Ort, den der Stadtrat regelmäßig aufsuchte. Auch wenn die Kaschemme mit ihren verräucherten Deckenbalken und den derben Tischen und Bänken nicht unbedingt seinem Stande entsprach, wie er es empfand, so konnte man in den dunklen Winkeln des Schankraums doch ungestört seinen Geschäften nachgehen und nicht zuletzt auch mit erfrischendem Bier die Kehle spülen. Doch das Wirtshaus hatte für Leberecht Pechstein noch eine andere magische Anziehungskraft. Der beleibte Schankwirt Adam Ullermann hatte in den hinteren Räumen eine Badestube eingerichtet, in der jeder, der gut bezahlte, sich „vom Staub der Landstraße befreien“ konnte, wie er stets betonte. Auffällig war nur, dass die wenigsten seiner Gäste vom Staub der Landstraße befallen waren, sondern lediglich den Dunst der Stadt geatmet hatten – der wahre Drang nach Reinlichkeit war ihnen eher fremd.

Schankwirt Ullermann erfreute sich dieser stattlichen Anzahl Stammgäste, weil in den hinteren Gemächern des „Schwarzen Ebers“ Freude gespendet wurde. Lebensfreude auf jede erdenkliche Art. Freude, die sich auch Stadtrat Pechstein regelmäßig gönnte. Besonders an einem solchen Tag, der so vielversprechend begonnen hatte und schließlich von seinem Hausdrachen getrübt worden war.

„Nun, Herr Stadtrat, womit kann ich Euch denn heute erfreuen?“

An den hölzernen Badebottich, in dem sich Leberecht Pechstein und Ignatius Semmler im warmen Wasser suhlten, war Ursel getreten und blickte den Stadtrat erwartungsvoll lächelnd an. Sie war ein dralles Bauernmädchen mit blonden Zöpfen und einer stämmigen Figur. Unter einem dünnen Leinenhemd zeichnete sich ihr praller Busen deutlich ab. Auch ihr ausladendes Hinterteil war so ganz nach Leberecht Pechsteins Geschmack, denn eine unnahbare klapperige Bohnenstange hatte er bei sich zu Hause.

„Oh, ich weiß ganz genau, womit du den Stadtrat erfreuen kannst, liebe Ursel, aber vorher solltest du uns von dem duftenden Würzwein kredenzen, und ein knuspriges Hühnerbein würden wir auch nicht verachten, oder wie seht Ihr das, verehrter Herr Stadtrat?"

„Natürlich, Meister Semmler, wenn es Euch danach gelüstet, werde ich mich nicht enthalten", antwortete Leberecht Pechstein etwas zögerlich, woraus zu entnehmen war, dass seine vorrangigen Gelüste in eine ganz andere Richtung wiesen.

„Herzlich gern, verehrte Herren!"

Mit sehnsuchtsvollen Stielaugen verfolgte der Stadtrat das Bademädchen, als es mit schwingenden Hüften davoneilte, um Speis und Trank zu holen. In dem Raum standen noch drei weitere große Badezuber, die Platz für jeweils zwei oder gar drei Personen boten. Auch sie waren an diesem späten Nachmittag besetzt. Die ausschließlich männlichen Gäste wurden von anderen Bademädchen bedient, die, ebenso wie Ursel, nur leichte Hemden trugen, die sich aufgrund der feuchten Wärme im Raum nicht selten an die jungen Körper schmiegten und deren verführerische Formen deutlich zeigten.

Wenig später erschien Ursel erneut. Auf einem Brett jonglierte sie zwei Becher Würzwein und einen Teller mit vier Hühnerbeinen. Sie legte das Brett so zwischen die beiden Badenden über den Bottich, dass jeder von seiner Seite aus zugreifen konnte. „Ich wünsche einen guten Appetit, und wenn Ihr mich braucht, bin ich sofort wieder bei Euch, verehrte Herren." Ursel hüpfte mit wippenden Brüsten davon.

Stadtrat Pechstein blickte ihr mit einem tiefen Seufzer hinterher. Gedankenverloren ergriff er ein Hühnerbein und knabberte lustlos daran herum. Nur im Unterbewusstsein nahm er wahr, dass der Goldschmiedemeister unaufhaltsam auf ihn einredete, zu sehr war er selbst damit beschäftigt, sich auszumalen, welche Freuden Ursel ihm bereiten würde, wenn der ständig brabbelnde Störenfried endlich den Bottich verlassen hatte. Deutlich vor Augen sah er, wie Ursel ihr Hemd über ihren Kopf streifen und ihm dabei ihre üppigen Rundungen entgegenstrecken würde. Sie würde ihre strammen Schenkel über den Rand des Bottichs schwingen und zu ihm ins Wasser tauchen. Er sah sich sein Gesicht zwischen ihre Brüste pressen und an ihren harten Nippeln saugen, während sie seinen Schaft nach allen Regeln der Liebeskunst gleichsam liebevoll und fordernd verwöhnen würde. Er stellte sich vor, wie Ursel sich aufrichten und in ihrer ganzen Pracht vor seinen Augen die Beine spreizen würde, um sich dann umzudrehen und ihm ihr prächtiges Hinterteil zu präsentieren. Wie ein junger Hengst würde er sie bespringen. An Stadtrat Pechstein regte sich etwas. Er seufzte erwartungsfroh.

„Ist Euch nicht gut, mein lieber Herr Stadtrat?“ Erneut wurde er von seinem Gegenüber in seinen Träumen gestört.

„Im Gegenteil, mein Lieber, im Gegenteil!“, entgegnete er in freudiger Hochspannung der Dinge, die da noch kommen sollten.

Kapitel 8

Ständig war ein Summen zu hören. Einmal laut, dann wieder leise. Aus der Ferne erklangen Stimmen – dann verschwommene Laute. Ein leises Zischen und Wispern. Jetzt sprach wieder jemand. Helles Licht flackerte auf. Das Summen im Kopf ließ nicht nach.

„Könnt Ihr mich hören, Bruder Simon?" Eine Hand legte sich auf seine Schulter.

Pater Simon hatte das Gefühl, aus unergründlichen Tiefen aufzusteigen. Nebel lichteten sich. Mühsam schien er aus einem Traum zu erwachen, der ihn nur widerstrebend in die Wirklichkeit entlassen wollte. Er blinzelte verdrossen. Das Licht blendete ihn, obwohl es nur von einem bescheidenen Kerzenstummel kam.

„Könnt Ihr mich hören, Bruder Simon?" Die Hand an seiner Schulter schüttelte ihn behutsam. Als er sie endgültig öffnete, erschien vor seinen Augen in voller Breite das gütige Gesicht von Pater Markus. Er war der Medicus unter den Geistlichen im Eutiner Schloss, der sich geradezu aufopferungsvoll um alle Gebrechen seiner Schützlinge kümmerte. Seinen kugelrunden Kopf zierte ein stets verständnisvolles Lächeln – so auch jetzt, als er Pater Simon ansah.

„Was ist geschehen, Bruder Markus?" Aus Pater Simons Mund war nur ein kaum verständliches Krächzen zu hören.

„Trinkt erst einmal etwas, das ölt die Stimme."

Pater Simon musste tief Luft holen, als er die Wirkung des kräftigen Würzweines spürte, der unmittelbar seine Lebensgeister zu erwecken schien.

„Was geschehen ist, das wollten wir eher von Euch erfahren, Bruder Simon.“ Pater Markus hatte neben dem Krankenlager auf einem Schemel Platz genommen und blickte seinen Glaubensbruder fragend an.

„Wie lange bin ich schon hier?“

„Nun gut, dann erzähle ich erst einmal, was ich weiß, und dann seid Ihr dran: Vor fast genau zwei Tagen brachten Euch zwei Wachsoldaten in mein Refugium. Ihr wart ohne Bewusstsein und hattet eine Schwellung merklichen Ausmaßes an Eurem Kopf.“

Pater Simon fasste sich an den Kopf und zuckte zusammen, als er eine pflaumengroße Beule spürte.

„Die Soldaten haben nur noch gesagt, dass Ihr überfallen worden seid, was auch der Dekan bestätigt hat, als er sich gestern nach Eurem Wohlbefinden erkundigte.“

Pater Simon überlegte. Nur langsam kehrte seine Erinnerung zurück. Der Kirchenschatz! Was war mit ihm geschehen? Sie waren von Räubern überfallen worden. Diese hatten die Wachsoldaten überwältigt. Der Kutscher war tot. Und er selbst schien mit einem blauen Auge – oder besser: mit einer dicken Beule – davongekommen zu sein. Er wollte sich aufsetzen, doch der Medicus hielt ihn zurück.

„Langsam, Bruder Simon. Ihr müsst erst wieder zu Kräften kommen. Dazu gehört eine kräftigende Hühnersuppe ebenso wie ein gewisses Maß an absoluter Ruhe. Außerdem muss ich prüfen, ob Ihr durch den Schlag auf den Kopf grundsätzlichen Schaden genommen habt.“

„Wollt Ihr damit sagen, dass ich möglicherweise wirren Geistes bin?“

„Nun, einen Schlag auf den Kopf, der zu längerer Bewusstlosigkeit führt, sollte man nicht auf die leichte Schulter nehmen. Es bedarf einer gewissen Zeit, bis sich die Fragmente des Hirns geordnet haben und wieder im Gleichklang mit dem Geiste sind. Ist dieser Prozess nicht abgeschlossen, dann tritt sehr schnell eine geistige Verwirrung ein, die bis in die Gemütsblödigkeit münden kann.“

„Erspart mir Eure medizinischen Ausflüge, Bruder Markus. Dafür fehlt mir einfach die Kraft.“

„Mein Reden. Ich hole Euch jetzt erst einmal die angekündigte Suppe.“ Mit einem aufmunternden Lächeln erhob sich Pater Markus von dem Schemel und verließ das Krankenlager.

„Pater Simon, schlaft Ihr?“

Der Pater öffnete die Augen und sah seinen Junker neugierig durch den Türspalt gucken. „Melchior, du treue Seele.“

„Mein Gott, was haben sie bloß mit Euch gemacht?“ Melchior kniete vor Pater Simons Lager nieder und sah seinen Mentor verzweifelt an.

„Mach dir keine Sorgen, Junge, in ein paar Tagen bin ich wieder auf den Beinen.“

„Was ist denn geschehen? Durch das Schloss wirbeln die tollsten Geschichten. Hat wirklich jemand den Kirchenschatz geklaut? Mein Gott, und Ihr mittendrin, das kann ich mir gar nicht vorstellen ...“

„Melchior, du ungezogener Lümmel, was machst du hier?“ Pater Markus war mit einem Tablett in den

Händen in das Krankenzimmer getreten. „Habe ich dir nicht gesagt, du darfst Pater Simon erst in drei Tagen besuchen? Raus hier! Aber schnell!“

Mit einem geschmeidigen Haken umkreiste Melchior den Medicus und hastete verschmitzt lächelnd aus dem Krankenzimmer.

„Wie ist Euer Wohlbefinden, Bruder Simon?“ Dekan Benedict versuchte echtes Mitgefühl zu zeigen, was ihm jedoch schwerlich gelang. Entgegen seinen Gewohnheiten hatte er Pater Simon einen Stuhl angeboten, als der ihn erstmals nach dem Überfall in seinem Audienzsaal empfing.

„Es geht mir so weit ganz gut, vielen Dank, Bruder Benedict. Letztlich auch durch Bruder Markus’ fürsorgliche Hand.“

„Erfreulich, durchaus erfreulich. Den geraubten Kirchenschatz wird jedoch auch dieser Umstand nicht wieder zurückbringen. Ich möchte jetzt aus Eurem Munde hören, wie diese Untat vonstattenging.“

Es war schon erstaunlich, mit welch emotionsloser Ignoranz der Dekan die Angelegenheit beurteilte. Aber mehr war wohl von einem Mann seiner Geisteshaltung nicht zu erwarten.

„Ich vermute, ich werde Euch enttäuschen, Bruder Benedict. Allzu viel habe ich von dem räuberischen Überfall nämlich nicht mitbekommen. Ich vermute, dass die Räuber die Kutsche mit einem Baumstamm gestoppt und die Wachen überwältigt haben. Ich hörte Pistolenschüsse und wurde kurz darauf aus der Kutsche gezerrt. Der arme Kutscher muss bei dem Überfall sein Leben gelassen haben ...“

„Moment einmal, Bruder Simon. Wie kommt Ihr auf die irrwitzige Idee, dass der Kutscher tot sei?“

Pater Simon sah den Dekan verwundert an. „Daran habe ich keinen Zweifel. Er lag nur wenige Ellen von mir entfernt mit gebrochenem Genick am Wegesrand. Wie kommt Ihr darauf, dass das eine irrwitzige Idee sei?“

„Nach meinen Informationen ist von einem toten Kutscher nie die Rede gewesen. Ihr könnt sicher sein, dass Graf Wartenburg und ich die Wachsoldaten inzwischen eindringlich befragt haben. Der Kutscher wurde nach dem Überfall nicht mehr gesehen. Ob er mit den Räubern gemeinsame Sache gemacht hat oder nicht, ist bisher nicht bekannt.“

Pater Simon schloss die Augen. Träumte er? Spielte ihm sein Gedächtnis einen Streich? Hatte er durch den Schlag auf den Kopf doch mehr gelitten als vermutet? Zumindest erzählte Dekan Benedict eine ganz andere Geschichte, als er selbst sie erlebt hatte. „Was wisst Ihr denn über den Verbleib der beiden Schatztruhen?“

„Das wollte ich eigentlich von Euch hören. Immerhin wart Ihr verantwortlich für den sicheren Transport des Kirchenschatzes.“

„Bruder Benedict, Euch wird sicherlich bei Euren Nachforschungen nicht entgangen sein, dass ich niedergeschlagen worden und erst zwei Tage später hier im Schloss wieder aufgewacht bin. Das lässt den Schluss zu, dass meine Informationen über den Raub des Schatzes stark begrenzt sind.“

„Nun, das entlässt Euch nicht aus der Verantwortung. Ich glaube, das genügt fürs Erste. Vielleicht solltet Ihr im stillen Kämmerlein noch einmal in Euch gehen. Es wird sicherlich nicht das letzte Mal sein, dass wir von

Euch Details über den Raubüberfall erfragen müssen. Immerhin wurde hier an den Grundfesten des fürstbischöflichen Daseins mit politischen Dimensionen gerüttelt, die eine vorbehaltlose Aufklärung erforderlich machen. Ihr hört wieder von mir." Mit einer Handbewegung, mit der man auch eine lästige Fliege verscheuchen würde, gab der Dekan zu verstehen, dass das Gespräch beendet sei.

Als Pater Simon in seine Kammer zurückkehrte, erwartete Melchior ihn mit roten Ohren und neugierigen Augen. „Erzählt, wisst Ihr etwas Neues? Was hat der Dekan erzählt?"

„Melchior, du bist und bleibst ein richtiges neugieriges Waschweib. Diese Sache geht dich überhaupt nichts an."

„Aber ich habe mir tagelang Sorgen um Euer Wohl gemacht. In schlaflosen Nächten habe ich mir die finstersten Geschichten ausgemalt und was Euch alles hätte widerfahren können. An jeder Ecke im Schloss höre ich die tollsten Räubergeschichten. Und dann sagt Ihr, dass mich das alles nichts angeht?"

Pater Simon sah seinen Junker milde lächelnd an. Er mochte diesen Jungen sehr. Seine Unbekümmertheit und jugendliche Frische brachten eine erfreuliche Abwechslung in den manchmal etwas eintönigen Tagesablauf. Seine Anhänglichkeit war zwar zeitweise etwas lästig, doch gleichermaßen auch Ausdruck absoluten Vertrauens.

„Melchior, setze dich hin und höre mir zu!" Pater Simon schob dem Jungen einen Schemel hin. „Eigentlich bist du noch viel zu jung, um dich mit diesen Dingen zu beschäftigen. Aber ich habe das Gefühl, dass die

Uhren hier in Kürze etwas anders gehen werden, als zu vermuten wäre."

Melchior sah ihn an und verstand kein Wort.

Der Pater lächelte, als er in die fragenden Augen des Jungen blickte. Dann erzählte er Melchior von seinem Auftrag, von dem Kirchenschatz und auch von dem Überfall. Zumindest das, woran er sich erinnern konnte. Die eigenartige Unterredung mit dem Dekan sowie die Sache mit dem toten Kutscher behielt er für sich.

Melchior hatte ihm mit offenem Mund zugehört, und Pater Simon beschwor ihn: „Junge, alles, was wir hier miteinander besprechen, darf diese Wände nicht verlassen. Es sei denn, du bekommst von mir einen direkten Auftrag, irgendjemandem eine Nachricht zu überbringen. Hast du das verstanden?"

„Ja, Pater Simon, Ihr könnt Euch auf mich verlassen." Melchior war mächtig stolz darauf, dass er ihn ins Vertrauen gezogen hatte, und wäre für ihn durchs Feuer gegangen.

„Das weiß ich, mein Junge. Einen Auftrag habe ich schon für dich. Versuche einmal bei den Stallburschen herauszufinden, wo der Kutscher nach dem Überfall geblieben ist. Aber sei vorsichtig."

„Ich bin schon unterwegs." Melchior sprang auf, stieß dabei den Schemel um, stellte ihn hastig wieder auf und war sogleich aus der Kammer verschwunden.

Pater Simon versuchte indessen, sich das Gespräch mit dem Dekan ins Gedächtnis zu rufen. Dass er von ihm kein Mitgefühl hatte erwarten können, war noch zu verschmerzen, doch dass der Dekan den toten Kutscher verleugnet hatte, kam ihm mehr als sonderbar vor.

„Die Fragen und Widersprüche im Zusammenhang mit dem Raub des Kirchenschatzes häufen sich, Pater Simon. Seine fürstbischöfliche Durchlaucht erwartet von uns in Kürze eine umfangreiche Aufklärung dieser schändlichen Tat. Aus diesem Grund stellt uns Justizrat von Heidenheim, der extra aus der herzoglichen Residenz Gottorf angereist ist, seinen kompetenten Rat zur Verfügung."

Pater Simon war erneut zum Dekan zitiert worden, der ihm heute jedoch keinen Stuhl angeboten hatte. Neben dem kirchlichen Oberhaupt des Eutiner Schlosses saß zur Linken der Kanzleidirektor von Wartenburg mit üblich versteinerter Miene und zur Rechten der Justizrat aus Gottorf. Ein spargeldürrer Mann mit einer Habichtnase, fliehendem Kinn und grauer, ungesunder Gesichtsfarbe.

Was Pater Simon zudem ein ungutes Gefühl vermittelte, war die Anwesenheit der sechs Kapitelherren, jene geistlichen Würdenträger, die nach dem Dekan die kirchliche Autorität am fürstbischöflichen Hof demonstrierten.

„Bruder Simon, klärt uns doch einmal darüber auf, welchen Wortwechsel es zwischen Euch und den Räubern gegeben hat."

Der Pater sah den Dekan befremdet an. „Wortwechsel? Wie soll ich das verstehen? Wie ich Euch bereits berichtet habe, hat der Anführer der Räuber seinen Kumpanen auf sehr derbe Art Weisungen erteilt, aber ein Gespräch fand zu keiner Zeit statt."

„Woher wusstet Ihr, wer der Anführer war?" Der Justizrat aus Gottorf funkelte ihn durch dicke Augengläser an. Seine Stimme erinnerte an eine knarrende Hoftür.

„Lediglich eine Vermutung aufgrund seines Verhaltens", antwortete der Pater kurz angebunden.

„Nach einhelligen Aussagen der Wachsoldaten habt Ihr Euch bereits in der Kutsche eine Weile mit dem Anführer der Räuber unterhalten."

„Wie und wann sollte ich das denn getan haben? Die Kutsche wurde abrupt gestoppt und wenige Augenblicke später hat man mich unter Beschimpfungen aus dem Wagen gezerrt und auf den Boden geworfen. Die Ursache meiner anschließenden Bewusstlosigkeit könnt Ihr heute noch in Form einer Beule an meinem Kopf fühlen."

„Es geht hier nicht um Euer persönliches Befinden, Bruder Simon, sondern darum, wie es möglich war, dass ein so hervorragend bewachter Schatz in die Hände von Räubern fallen konnte. Wer hat sie informiert? Wer trägt die Verantwortung? Wer gaukelt uns hier Ehrbarkeit vor?"

Pater Simon glaubte, nicht richtig gehört zu haben. Wollte der Dekan ihm unterstellen, dass er mit den Räubern gemeinsame Sache gemacht hatte? Er holte tief Luft. „Verehrter Bruder Benedict, erlaubt mir eine Frage: In welch heroischer Form haben denn die Wachsoldaten den Kirchenschatz verteidigt? Die Aussage des Korporals würde mich schon interessieren."

„Wir verhandeln hier keine Spitzfindigkeiten, sondern den Raub bedeutenden Staatsgutes seiner fürstbischöflichen Durchlaucht. Ich darf Euch also bitten, in dieser Angelegenheit den nötigen Ernst walten zu lassen."

Die Habichtnase mit Augengläsern schien sich vor lauter Wichtigkeit aufzublasen. So empfand es Pater Simon zumindest. Gleichzeitig bemerkte er, dass sich diese Befragung in eine Richtung kehrte, die ihm gefährlich werden konnte. Man suchte einen Schuldigen. Nicht zuletzt, um möglicherweise auch von eigenen Unzulänglichkeiten abzulenken. Dabei wäre die Wahrheit nur hinderlich. Er hatte sich nichts vorzuwerfen, und so zwang sich Pater Simon zur Gelassenheit. „Ich werde sachliche Fragen stets mit dem nötigen Ernst beantworten, verehrte Herren. Aber ich appelliere gleichzeitig an Euer Ehrgefühl. Wie würdet Ihr empfinden, wenn Euch Unredlichkeit unterstellt würde?“

„Pater Simon, ich muss Euch zur Ordnung rufen. Wie bereits einmal erwähnt, sitzen wir hier nicht zusammen, um über Eure Befindlichkeiten zu diskutieren. Wir erwarten klare Antworten ...“

„Auf welche klare Frage, bitte?“ Pater Simon konnte sich kaum noch beherrschen. Diese Anklage war ein einziger Witz – wenn sie nicht so gefährlich wäre.

„Diese Impertinenz dulde ich nicht!“ Die Habichtnase war empört aufgesprungen, hatte dabei die Augengläser verloren und fuchtelte wild mit den Armen herum. „Ich erwarte von Kirchenmännern Eures Standes Demut und Folgsamkeit, die Ihr auf äußerst demonstrative Weise vermissen lasst. Besonders angesichts der verwerflichen Tat, die man Euch zur Last legt.“

„Wenn ich Eure Worte recht verstehen soll, Euer Gnaden, dann habe ich nach Eurer Auffassung den Raub des Kirchenschatzes selbst begangen und müsste mich jetzt voller Zerwürfnis Eurem Urteil beugen.“

„Ihr seid hier nicht ...“

„Da Ihr Euch nicht kooperativ zeigt, Bruder Simon“, schnitt der Dekan dem sich aufplusternden Justizrat das Wort ab, „ordne ich an, dass Ihr Euch in Eure Gemächer zurück begebt und dort unter Aufsicht verweilt, bis ich Euch erneut rufen lasse. Ihr könnt gehen!"

Pater Simon blickte von einem zum anderen. Ihm fiel auf, dass die Kapitelherren den heftigen Worten eher teilnahmslos gefolgt waren. Er meinte sogar erkennen zu können, dass einige von ihnen sich nicht ganz wohl in ihrer Haut fühlten. Kommentarlos streckte er sich und bedachte den Dekan mit einem mitleidigen Lächeln, bevor er sich umdrehte und den Audienzsaal verließ.

Pater Simon hatte arge Mühe zu begreifen, was er soeben erlebt hatte. Wie es schien, war er das Opfer eines Komplotts. Wer konnte Interesse daran haben, ihm auf diese Weise zu schaden und ihm die Schuld an dem Raub des Kirchenschatzes zu geben? Wo waren die Wachsoldaten bei diesem Überfall gewesen? Einen Kampf schien es nicht gegeben zu haben, denn in der kurzen Zeit vom Angriff auf die Kutsche bis hin zu seiner unsanften Landung am Wegesrand hatten sich die Soldaten schon ergeben. Steckten sie gar mit den Räubern unter einer Decke? War das Ganze ein abgekartetes Spiel? Wie passte das Verleugnen des toten Kutschers in diese Posse? Melchior hatte bei den Stallburschen nichts Neues erfahren können. Anscheinend waren weder die Kutsche und die Pferde noch die beiden Schatztruhen wieder aufgetaucht. Wie kamen die Wachsoldaten dazu, ihm eine Kumpanei mit den Räubern zu unterstellen, wenn es denn stimmte, was der Dekan von sich gegeben hatte?

Ein Poltern an der Tür ließ ihn aufschrecken. Kurz darauf wurde die Tür aufgerissen und zwei Soldaten der Schlossgarde traten ein.

„Auf Weisung des Dekans steht Ihr ab sofort unter Arrest. Ihr dürft Eure Gemächer nicht verlassen. Der Kontakt zu Euch vertrauten Personen ist Euch mit Ausnahme Eures Junkers nicht erlaubt. Dieser wird Euch während der Dauer des Arrests die Speisen bringen. Ein Soldat wird vor Euren Gemächern die Auflagen überwachen."

Pater Simon sah den Wachsoldaten desinteressiert an. Er hatte nichts anderes erwartet. Jetzt galt es, einen kühlen Kopf zu bewahren. Doch auf welche Weise konnte er den Dekan davon überzeugen, dass er sich korrekt verhalten hatte, wenn die Wachsoldaten etwas anderes behaupteten? Es schien zudem, dass man gar nicht bereit war, ihm Gehör zu gewähren. Jedem sachlichen und logischen Argument waren sowohl der Dekan als auch der Justizrat mit Vorwürfen und Anklagen begegnet. Mehr und mehr merkte er, dass sich hier etwas zusammenbraute, dem er hilflos ausgeliefert war. Sie wollten einen Sündenbock haben, und der hieß Simon.

Die Wachsoldaten hatten längst den Raum verlassen, als es an der Tür klopfte. Kurz darauf trat Melchior ein. „Euer Abendbrot." Melchior stellte ein Tablett mit Brot, Käse und einem Krug Wein auf dem Tisch ab.

„Ich danke dir. Nun, mein Junge, was hast du mir Neues zu berichten?"

Unaufgefordert setzte sich Melchior auf den Schemel, der neben dem Tisch stand. Pater Simon registriertes es mit einem verständnisvollen Lächeln.

„Im Schloss ist die Aufregung groß. Alle reden von Eurer Arretierung. Niemand weiß, was genau los ist, und manche behaupten sogar, dass Ihr mit den Räubern unter einer Decke gesteckt habt." Melchior war voller Entrüstung und gestikulierte mit Händen und Füßen. Sein Kopf war hochrot.

„Beruhige dich doch. Wir müssen einen klaren Kopf bewahren, wenn wir diese unsägliche Angelegenheit schadlos überstehen wollen."

„Schadlos, sagt Ihr, Pater Simon? Sie wollen Euch in Ketten legen und ins Verlies werfen. Da kommt niemand ohne Schaden wieder heraus." Melchiors Stimme zitterte.

„Wer erzählt denn einen solchen Unsinn?"

„Ich habe die Wache belauscht, und die haben gesagt, dass es nur eine Frage der Zeit sei, dass der Dekan befiehlt, Euch ins Loch zu werfen."

Pater Simon schüttelte ungläubig den Kopf.

Mit einem Poltern wurde die Tür geöffnet und die wütende Stimme des Wachsoldaten rief: „Komm raus, du Holzkopf, du sollst dem Pater nur das Essen bringen." Bedrohlich senkte er seine Hellebarde gegen Melchior, der sofort aufsprang und zur Tür heraus stolperte.

Pater Simon blieb ruhig. „Soldat, erlaubt mir eine Frage."

Der Soldat der Schlossgarde blickte den Pater irritiert an.

„Ihr kennt doch sicherlich den Korporal und Eure Kameraden, die mich bei dem Transport des Kirchenschatzes begleitet haben. Wäre es möglich, dass Ihr ihnen eine Nachricht zukommen lasst?" Er hatte keine Hoffnung, dass der einfache Soldat seinem Wunsch entsprechen würde, doch auf einen Versuch wollte er es ankommen lassen.

„Ihr dürft keinen Kontakt zu anderen außer Eurem

Junker haben. So lautet der Befehl. Und außerdem“, der Soldat zögerte, „sind der Korporal und die anderen vier nach Gottorf versetzt worden.“

Er drehte sich um, verließ die Kammer und knallte die Tür hinter sich zu.

In Pater Simons Brust wuchs eine beklemmende Enge, die er durch tiefes Einatmen zu verdrängen versuchte. Sein Schicksal lag in Gottes Hand. Er war ratlos. Hier waren Mächte am Werk, denen er weder durch Geisteskraft noch durch Taten begegnen konnte. Der Pater begann zu beten.

Er wusste nicht, wie lange er im Gebet versunken war und wie viele Stunden inzwischen vergangen waren, als er wieder ein Rumoren und einen Wortwechsel vor seiner Tür hörte. Kurz darauf wurde die Tür geöffnet und Pater Markus, der Medicus, stand im Türrahmen.

„Ihr wollt sicherlich nicht dafür verantwortlich sein, wenn Pater Simon an seiner Krankheit stirbt und somit nicht mehr für seine Taten verantwortlich gemacht werden kann“, rief er dem knurrenden Wachsoldaten über die Schulter zu.

Kopfschüttelnd trat er ein und schloss mit Nachdruck die Tür. „Stellt jetzt keine Fragen, Bruder Simon. Ihr seid in Lebensgefahr. Der Dekan ruft das Kirchengericht zusammen. Ihr sollt schon morgen angeklagt werden, und seid versichert, dass das Urteil bereits feststeht. Wobei lebenslange Kerkerhaft noch die gnädigste aller möglichen Strafen wäre.“

„Woher wisst Ihr das alles, Bruder Markus?“

„Euer Junker Melchior hat mir von Eurer Not berichtet. Seid ihm nicht böse, er ist Euch treu ergeben und um

Euer Seelenheil besorgt. Offensichtlich hat er trotz seiner jungen Jahre schon eine gute Menschenkenntnis und weiß, wem er sich anvertrauen kann."

Pater Simon wollte protestieren, doch der Medicus ließ ihn mit einer kurzen Handbewegung innehalten.

„Hört mir jetzt genau zu, Bruder Simon, und tut alles genau so, wie ich es Euch sage, wenn Ihr Eure Haut retten wollt."

Pater Simon nickte nur, wenngleich ihm seine Zweifel anzumerken waren.

„Ihr zieht jetzt diesen weißen Kittel an."

Mit Verwunderung sah Pater Simon, wie der Medicus unter seiner Tunika ein weißes Tuch hervorzauberte.

„Dann nehmt alles mit, was für Euch von Wert ist. Aber beeilt Euch!"

Der Pater ergriff seine älteste Bibel, raffte einige Bücher zusammen und wühlte unter dem Kopfkissen einen Geldbeutel hervor. Dabei fiel das kleine, ledergebundene Buch auf den Boden, in dem er die Notizen über den Verkauf des herzoglichen Geländes gefunden hatte. Schnell hob er es auf und steckte es ebenfalls ein.

„Kommt, Bruder Simon, wir müssen uns beeilen."

„Aber wie kommen wir an der Wache vorbei?"

„Ich werde dem Soldaten sagen, dass Ihr die Pest habt. Schaut mich an." Pater Markus trat einen Schritt näher, griff in einen kleinen Tiegel, den er ebenfalls unter seiner Tunika hervorgeholt hatte, und tupfte Pater Simon hier und da eine dunkle Paste ins Gesicht. „Das weiße Pesthemd, Eure Beulen im Gesicht und ein zeitweises Stöhnen Eurerseits werden ausreichen, die Wachen von Eurer unheilvollen und ansteckenden Krankheit zu überzeugen. Sie werden Euch nicht nahe kommen. Alles andere überlasst mir." Pater Markus holte ein weiteres weißes Tuch hervor, das er sich vor Mund und Nase band. Dann ergriff er den Kerzenleuchter von Pater Simons Tisch, ging zur Tür und öffnete sie. Der Wachsoldat erschrak, als er die beiden Figuren erblickte, die ihm im flackernden Kerzenlicht wie Geister entgegenschwebten.

„Der Pater hat die Pest, ich muss ihn so schnell wie möglich aus dem Schloss bringen. Kommt nicht zu nahe, wenn Ihr Euch nicht auch anstecken wollt."

Der Wachsoldat wich mit angstgeweiteten Augen zwei Schritte zurück, während die beiden Geistlichen den Gang entlangeilten.

Pater Markus' Ziel war sein Refugium, in dem er seine Kranken pflegte. Dort angekommen, zog er hastig die Tür hinter sich zu. „Hört zu, Bruder Simon. Der Soldat wird jetzt nichts Eiligeres zu tun haben, als seine Kameraden am Schlosstor vor der teuflischen Krankheit zu warnen. Das kommt unserem Vorhaben sehr entgegen. Auf diese Weise werden wir keine Mühe haben, das Schloss zu verlassen. Am See wartet Melchior mit einem Boot, das Euch auf die andere Seite bringen wird. Ich wünsche Euch alles Gute und Gottes Segen, Bruder Simon."

„Ich weiß nicht, wie ich Euch danken soll, Bruder Markus. Ich stehe tief in Eurer Schuld ..."

„Wir haben keine Zeit, wir müssen los." Dem Medicus war die Ungeduld anzumerken. Er zündete eine Laterne an und löschte die Kerzen des Leuchters. „Alles wie gehabt, Bruder. Ihr stöhnt und zeigt Euch gebrechlich. Ich allein spreche mit der Wache."

Das Schloss lag in nächtlicher Stille, als sie wieder den Gang betraten. Pater Markus schirmte das Licht der

Laterne mit seinem weiten Ärmel ab. Das Quietschen der Tür zum Schlosshof scheuchte eine Katze auf, die mit lautem Miauen davonsprang.

Mit wenigen Schritten erreichten die beiden Geistlichen das Schlosstor. Pater Markus wandte sich der Wachstube zu, aus der aufgeregtes Gemurmel zu hören war. Ohne anzuklopfen riss er die Tür auf und hob die Laterne über ihre beiden Köpfe, so dass das Licht sie geisterhaft beschien. „Lasst die Zugbrücke herunter! Ich muss schleunigst einen Pestkranken hinausbringen, bevor er das ganze Schloss ansteckt."

Wie Pater Markus vermutet hatte, war die Schlosswache bereits in heller Aufregung. Der wachhabende Korporal trat vor und warf einen flüchtigen Blick auf Pater Simon, der gekrümmt vor ihm stand und unaufhaltsam stöhnte. Als er zudem sein durch die Paste entstelltes Gesicht sah, schreckte er zurück und schrie seine Soldaten an: „Zugbrücke runter, aber schnell!"

Die Soldaten ließen die Ketten der Brücke ungebremst herunterrauschen, so dass die schweren Bohlen am anderen Ufer des Schlossgrabens auf ihr Widerlager krachten.

Pater Simon erschrak. Bei diesem Lärm würde doch das ganze Schloss aufwachen!

„Weiter, Ihr macht Eure Sache gut", flüsterte Pater Markus seinem beunruhigten Glaubensbruder zu und schob ihn vor sich her. Kaum hatten sie die Brücke passiert, wurde sie hinter ihnen eilig wieder hochgezogen. Die Angst der Schlosswache vor der schrecklichen Krankheit war förmlich zu spüren.

Pater Markus wandte sich nach rechts und steuerte im Schatten des Marstalls das Seeufer an. Unmittelbar unter einer Trauerweide, deren Äste bis auf die Wasseroberfläche hingen, schaute der Bug eines kleinen Ruderbootes hervor.

„Ich bin hier“, hörten sie eine Stimme aus dem Gebüsch am Ufersaum. Im Schein der Laterne erkannte Pater Simon Melchior, der jetzt das Boot an einem Seil heranzog. „Seid vorsichtig beim Einsteigen, Pater Simon. Es ist nur eine wackelige Nussschale.“

Der Geistliche sah das kleine Ruderboot skeptisch an.

„Es bringt uns aber sicher über den See.“ Melchiors Stimme klang wenig zuversichtlich.

„Es eilt, Bruder Simon“, drängte nun auch Pater Markus. „Melchior wird Euch zum Schäfer am anderen Ende des Sees bringen. Der Schäfer weiß Bescheid. Alles Weitere besprecht Ihr mit ihm.“ Er packte den Ellbogen seines Glaubensbruders und half ihm in das Boot, während Melchior damit beschäftigt war, das schlingernde Gefährt ruhig zu halten. Nachdem Pater Simon sich auf die hintere Bank gesetzt hatte, sprang Melchior geschmeidig wie eine Katze an Bord und ergriff die Ruder.

„Gott mit Euch“, hörten sie ein letztes Flüstern, als sich das Boot im Schutze der Trauerweide vom Ufer fortbewegte. Innerhalb von Sekunden hatte sie die Dunkelheit auf dem See verschluckt.

Melchior legte sich in die Riemen, als ob er in seinem Leben noch nie etwas anderes gemacht hätte. Gluckernd schoss das Ruderboot voran.

Ängstlich krallte sich Pater Simon mit den Händen an der Bordwand fest. „Wie kannst du sicher sein, dass wir auf dem richtigen Kurs sind?“, fragte er nach einer Weile. „Es ist doch stockfinster.“

„Wenn Ihr über meine Schulter seht, könnt Ihr in der Ferne ein Licht erkennen. Dort müssen wir hin.“ Melchior ruderte, ohne sich umzusehen, unermüdlich weiter.

Pater Simon sah nur die schwarze Nacht. Noch nicht einmal das Licht des Mondes fand einen Weg durch die Wolken.

„Der Schäfer hat ein Licht aufgestellt“, erklärte Melchior, als er bemerkte, dass der Blick des Paters unruhig umherschweifte.

Dieser wusste gar nicht, wie ihm geschehen war. Was hatte sich nur alles in den letzten Stunden ereignet? Pater Simon wollte einfach nicht begreifen, dass es für ihn keinen anderen Weg gegeben hatte, als sich wie ein gemeiner Dieb aus dem Schloss zu schleichen. Doch die Zeichen waren eindeutig. Das abweisende Verhalten des Dekans und die Nachrichten von Pater Markus und Melchior ließen keinen Zweifel zu – man wollte seinen Kopf. Aber warum? Die Antwort stand in den Sternen. Was würde mit Pater Markus geschehen, wenn sie seinem Trick auf die Schliche kämen? Melchior würde sicherlich nichts zu befürchten haben, denn von seinem Mitwirken hatte vermutlich niemand etwas mitbekommen.

Er entließ einen tiefen Seufzer aus seiner Brust, dessen Klang im Plätschern des Wassers unterging. Die Fahrt über den dunklen See war eine Fahrt ins Ungewisse.

Kapitel 9

Eutin, im Sommer 1633

Gemächlich verließen Martin und Daniel die Stadt durch das Sacktor und ritten gen Norden. Da in der Schmiede von Daniels Vater ständig Pferde zum Beschlagen im Stall standen, bot sich auch für Martin immer wieder die Gelegenheit, mit seinem Freund auszureiten, ohne seinen Vater um die Nutzung eines der beiden familieneigenen Pferde bitten zu müssen, die der Apotheker hauptsächlich als Zugpferde für seine Kutsche einsetzte. Als sie die Enge der Stadt hinter sich ließen, öffnete sich ihnen das Land in einer wohltuenden Weite, die die beiden jungen Reiter in ausgelassener Freude genossen. Übermütig und mit einem Gefühl von grenzenloser Freiheit trieben sie ihre Pferde an und ritten um die Wette – eine willkommene Abwechslung zu den Förmlichkeiten innerhalb der Familie und im Umgang mit Menschen ihres Standes, wo es stets darum ging, unter den strengen Augen der Väter Ruf und Anstand zu wahren.

Die unterschiedlichen Charaktere der beiden Jungen machte die Freundschaft zu etwas Besonderem. Martin, der überlegende Kopfarbeiter, und Daniel, der robust Zupackende, verstanden sich prächtig und gingen kaum einem Abenteuer aus dem Weg. Ihre Neugier schien unendlich zu sein.

Erst kurz vor der Brücke über die Fissau zügelten sie ihre Pferde. Wieder einmal war es Daniel, der das Wettrennen gewonnen hatte. „Nun sag nicht, es lag an dem Pferd“, zog er seinen Freund auf.

„Nein, nein, der Braune geht ganz gut, aber ich habe den Eindruck, du gibst deinem Zossen vorher immer ein paar Gramm Schießpulver in den Hafer.“

„Wer weiß, das solltest du vielleicht auch einmal versuchen.“ Daniel drehte sein Pferd auf der Hinterhand um und galoppierte über die Fissauer Brücke auf den Wald zu. Auch Martin gab seinem Pferd die Sporen.

Eine halbe Stunde waren sie durch den Wald geritten. Die wilde Jagd endete sehr schnell, als sie tiefer in das Dickicht drangen. Auf kaum erkennbaren Wegen, die von den Waldtieren zu Pfaden ausgetreten waren, kamen sie etwas zügiger voran, doch das dichte Unterholz versperrte ihnen immer wieder den Weg.

Plötzlich blieb Martin stehen und hob die Hand. „Riechst du das auch?“

Daniel hob die Nase und schnupperte demonstrativ. „Nee, was denn? Ich rieche nur Wald.“

„Irgendetwas Gekochtes. Riech noch mal! Es kommt aus dieser Richtung.“ Er zeigte mit ausgestrecktem Arm über den Pferdekopf.

„Ich glaube, jetzt weiß ich, was du meinst.“ Daniel schmunzelte. „Riecht wie Minnas angebrannte Suppe.“

„Wer kocht denn mitten im Wald? Eure Magd Minna wohl nicht. Wir sehen uns das mal an. Am besten, wir lassen die Pferde hier.“

Die Jungen glitten aus den Sätteln und banden die Tiere an einem Baum fest. Anschließend folgten sie dem vermeintlichen Küchenduft. Nachdem sie einige

Minuten gegangen waren, hatte sich zwar der Geruch verstärkt, doch im dichten Unterholz war nichts zu entdecken – kein Feuer, keine Menschenseele.

Martin wollte schon umkehren, als er plötzlich zögerte. Irgendetwas hatte zwischen den Bäumen kurz aufgeblinkt. Wie eine Glasscherbe, die im Licht der Sonne glitzerte. „Da vorn ist etwas." Ohne erkennbaren Grund flüsterte er.

Peinlich bemüht, keine Geräusche zu verursachen, näherten sie sich dem unbekannten Blinken.

„Das glaube ich nicht!"

„Wie kommt die denn hier her?"

Martin und Daniel waren auf eine kleine Lichtung getreten. Vor ihnen stand eine Hütte, die als solche kaum erkennbar war, da Ranken und Büsche sie vollkommen umrahmten. Lediglich zur Lichtung hin waren eine Tür und ein kleines Fenster zu erkennen, das vermutlich auch das Blinken erzeugt hatte, auf das Martin aufmerksam geworden war. Vor der Hütte entdeckten sie eine Bank und einen derben Tisch, auf dem eine Schale und ein Krug standen.

Zögernd traten die Jungen näher, öffneten behutsam die Tür und blickten in einen äußerst bescheiden eingerichteten Raum. Ein Strohsack, der augenscheinlich als Bettstatt genutzt wurde, ein tönerner Herd, auf dem eine Kumme stand, aus der ein Löffel ragte. Zweifelsfrei der Ursprung des Duftes, der sie hierhergelockt hatte. Neben einem Hocker und einem schiefen Tisch schien ein Möbel allerdings total fehl am Platz zu sein: An der Wand hing ein Regal, auf dem ungefähr ein Dutzend Bücher standen. Martins Blick fiel auf die Bettstatt, neben der weitere Bücher aufeinandergestapelt waren.

„Herzlich willkommen in meiner bescheidenen Hütte!“

Martin und Daniel fuhren erschrocken herum. Vor ihnen stand ein großer, hagerer Mann in einer schwarzen Tunika, die schon bessere Tage gesehen hatte. Wegen seiner weißen Haare und des ebenso weißen Bartes konnte man sein Alter nur schwer schätzen. Aus seinem gebräunten Gesicht, das eine leicht gekrümmte Nase zierte, strahlten die beiden Jungen zwei leuchtend blaue Augen an.

„Es tut uns leid, wenn wir unerlaubt in Euer Refugium eingedrungen sind“, versuchte Martin die für sie peinliche Situation zu retten, „aber wir wussten nicht ...“

„Schon gut, junge Herren. Mir ist jeder Besuch willkommen, und Neugier ist entgegen der allgemeinen Auffassung noch nie ein Makel gewesen. Wo wäre die Menschheit ohne sie? Nehmt bitte Platz auf der Bank vor der Hütte und erzählt mir ein wenig von euch.“

Die Jungen traten aus der Hütte und setzten sich auf die Bank.

Kurze Zeit später kam der Fremde mit einem Hocker heraus, auf dem er den beiden Jungen gegenüber Platz nahm. „Es tut mir leid, dass ich euch nichts anbieten kann, aber auf Besuch ist mein Haushalt nicht eingerichtet. Ich bin übrigens Pater Simon, und wer seid ihr?“

„Ich heiße Martin Seedorf, und das hier ist Daniel Hellwag ...“

„Aha, ihr seid der Sohn des Apothekers und der Sohn des Schmieds.“

„Ihr kennt uns?“

„Auch wenn man fernab der Stadt im Wald wohnt, bedeutet das nicht, dass man nicht informiert ist.“

„Aber wieso wohnt Ihr hier so abgelegen und bescheiden, Pater Simon?“ Nach dem ersten Schreck hatte jetzt auch Daniel seinen Mut wiedergefunden.

„Ach, das ist eine lange Geschichte, die würde euch nur langweilen, vielmehr interessiert mich, was ihr hier im Wald zu suchen habt.“

„Wir sind auf dem Weg nach Kasseedorf, um beim Grafen Plessen die Pferde zu begutachten. Einige von ihnen müssen neu beschlagen werden“, erklärte Daniel eilig.

„Und dies ist für euch der schnellste Weg nach Kasseedorf?“ Pater Simons Blick verriet, dass er sich über die peinliche Berührtheit seiner beiden Besucher amüsierte.

„Nein, nein, wir machen keinen Hehl daraus, Pater, dass wir unsere freien Nachmittage für Ausflüge nutzen und die Gegend um Eutin erkunden“, verriet Martin.

„Und dabei seid ihr auf meine Hütte gestoßen?“

„Nicht direkt. Verraten hat Euch Euer Küchenduft.“

Der Pater lachte. „Die Gulaschsuppe, diese grausame Verräterin!“

„Aber erlaubt uns doch noch eine Frage. Auf welche Weise ernährt Ihr Euch hier im Wald?“

„Nun, über die Früchte des Waldes wie Beeren, Kräuter und Pilze muss ich euch neugierigen Walderforschern wohl nichts erzählen, und von Zeit zu Zeit erfüllt auch der Schäfer meine Wünsche und schickt seinen Sohn mit Fleisch zu mir.“

Auch Pater Simon hatte so manche Frage an die beiden Jungen. Und so erzählten sie ihm von ihren Tätigkeiten, von ihren Familien und verrieten sogar, was sie sich für ihre Zukunft wünschten.

Schließlich sagte der Pater: „Es war eine Freude, euch kennenzulernen. Wenn euch eure Erkundungsausflüge erneut in den Wald führen, besucht mich gern wieder. Und du, Martin, achte auf deine Gedanken." Er sah den Jungen mit seinen durchdringenden blauen Augen freundlich an.

Welche Kraft steckte in diesen jungen Kerlen? Welch ein Acker, der gut bestellt werden konnte. Wohl dem, der das erkannte und sie wohlgefällig durchs Leben geleitete.

Pater Simon hatte den unverhofften Besuch der beiden Jungen genossen. Auch wenn er sich sein Einsiedlerleben im Wald gut eingerichtet hatte, so konnte er sich an dem sprühenden Leben der Jugend immer wieder erfreuen. Und das, wo doch die Menschen ihm grundsätzlich Sorgen bereiteten. Wenn er wie so oft nachdachte, suchte er den Weg zum Glück auf Erden, wie er es bezeichnete. Waren diese beiden ausgelassenen Jungen glücklich? War ihre Unbekümmertheit der Garant für ihr Wohlsein? Das würde doch bedeuten, dass der Alltag mit all seinen Anforderungen kein Glück auf Erden erlaubte. War Glück das Privileg der Jugend? War ein Leben in Abgeschiedenheit und Bescheidenheit, wie er es führte, ein glückliches Leben? Immerhin, er war ein belesener und gebildeter Mann, doch auf die letzten Fragen der Menschheit würde wohl auch er keine Antworten finden.

„Pater Simon, bist du da?"

Der Pater schreckte aus der fernen Welt seiner Gedanken auf. Zwei Mal Besuch an einem Tag, wann hatte es das zuletzt gegeben?

Vor ihm stand Kunibert, der Sohn des Schäfers, und strahlte ihn aus seinen eng zusammenstehenden, dumpfen Augen an. Über dem Arm trug er einen beladenen Korb, dessen Gewicht dem bulligen, untersetzten Kerl offenbar keine Probleme bereitete. Kunibert war eine treue Seele, aber blöd. Was er zu tun hatte, musste man ihm sagen. Wenn er Holz hacken sollte, dann hackte er so lange, bis man ihm sagte, dass es genug war. Und wenn man ihn dazu auffordern würde, bis in die höchste Spitze eines Baumes zu klettern, dann würde er auch das tun, nicht ahnend, dass ihn die dünnen Zweige an der Spitze nicht tragen konnten.

„Guten Tag, Kunibert. Ich freue mich, dich zu sehen. Was bringst du Schönes?"

„Ich bringe dir dein Essen. Mein Vater hat gesagt: ‚Lauf zu Pater Simon und bring das Essen hin.'"

„Das hast du gut gemacht, Kunibert. Dafür gibt es eine Belohnung. Welche wünschst du dir?"

„Gänsewein!" Kunibert strahlte den Pater erwartungsfroh an. Dieses kleine Spiel erfreute den beschränkten Sohn des Schäfers stets aufs Neue. Pater Simon hatte es mit ihm zu ihrer beider Vergnügen eingeübt.

„Stell den Korb neben dem Tisch ab und setz dich auf die Bank. Ich hole jetzt den Gänsewein."

Kunibert folgte der Aufforderung.

Kurze Zeit später trat der Pater mit zwei Bechern Wasser aus der Hütte und setzte sich zu dem jungen Mann auf die Bank. „Ich trinke auf dein Wohl, Kunibert."

„Ich trinke auf dein Wohl, Pater Simon."

Anschließend hoben beide ihre Krüge und tranken. Auch dieser kleine, einstudierte Ritus gehörte zu Kuniberts Besuchsprogramm.

Nachdem der Pater den Korb mit dem Mundvorrat geleert und Kunibert wieder auf den Weg zur Schäferei am Ende des Sees geschickt hatte, versank er erneut in die Gedanken über das Glück auf Erden. War Kunibert ein glücklicher Mensch? Konnte man nur glücklich sein, wenn die Welt von außen einen nicht erreichte, weil der Geist zu beschränkt war, um die Gräueltaten dieser Welt zu erfassen?

Eines wusste Pater Simon ganz gewiss: Derart grüblerische Gedanken und die Sorge um die Menschheit und ihr Glück würden Kunibert nicht um seinen Schlaf bringen. Er lächelte.

Kapitel 10

Krachend flog die Kammertür im Haus des Apothekers Seedorf auf. Martin schreckte hoch und blinzelte verwirrt in das Licht, das ihm von der Tür entgegenschien.

„Steht auf, Martin Seedorf, Ihr seid arretiert. So hat der Rat der Stadt entschieden.“ Die Stimme kam aus dem Dunkel hinter der Laterne. Zwei Bürgersoldaten drängelten sich in die Kammer und rissen ihn derb aus dem Bett.

„Was soll das Ganze?“ Martin versuchte sich der Griffe der Soldaten zu erwehren, doch die hatten ihn bereits gepackt und in ihre Mitte genommen. Mit Mühe konnte er Hemd und Hose von seinem Hocker raffen, als sie ihn auch schon aus der Kammertür hinausschoben. Im Laternenlicht erkannte er den Stadtdiener Hagedorn. „Kann mir das einmal jemand erklären?“

Doch der Stadtdiener wies die Bürgersoldaten lediglich mit einer kurzen Kopfbewegung an, den Sohn des Apothekers abzuführen.

„Darf ich erfahren, was dieses Theater in den frühen Morgenstunden soll?“ Am Fuße der Treppe stellte sich Elisabeth Seedorf den Männern in den Weg. Der plötzliche Lärm im Haus hatte sie geweckt. Sie trug noch ihr Nachthemd und hatte sich in der Eile einen Umhang über die Schultern geworfen.

„Eine Anordnung des Rates der Stadt besagt, dass der Sohn des Apothekers Seedorf sofort in Arrest zu nehmen ist", verkündete der Stadtdiener mit bedeutungsvoller Miene.

„Und aus welchem Grund?", wollte die Frau des Apothekers wissen. Sie wich keinen Schritt zur Seite.

„Das müsst Ihr den Rat der Stadt fragen, und nicht mich", blaffte der Stadtdiener Martins Mutter an und schob sich zwischen sie und die Soldaten, die den Jungen durch die Haustür auf die Straße zerrten.

„Es wird sich alles aufklären", rief Elisabeth Seedorf ihrem Sohn verzweifelt hinterher, in der Hoffnung, ihm auf diese Weise Mut machen zu können.

Inzwischen waren auch Martins Geschwister aufgewacht. Sie standen im Flur und starrten ihre Mutter fassungslos an.

„Was ist denn geschehen?"

„Wo ist Martin?"

„Was waren das für Männer?"

Elisabeth Seedorf blickte von einem zum anderen. „Ich weiß es nicht, Kinder? Sie haben Martin arretiert, und keiner sagt warum. Zu dumm, dass der Vater nicht im Haus ist. Der hätte dem Spuk kurzerhand ein Ende bereitet." Der Apotheker war für einige Tage nach Lübeck gereist, um sich dort mit Kollegen und Gelehrten zu einer beruflichen Klausur zu treffen. „Wie konnten die Männer überhaupt ins Haus kommen?"

Erst jetzt bemerkte Elisabeth Seedorf ihren Hausknecht Alfred, der zitternd neben der Eingangstür stand. Zögernd sagte er: „Ich habe ihnen geöffnet, nachdem ich ihr Klopfen gehört hatte. Ich wusste ja nicht ..."

„Es ist schon gut. Du musst dir keine Vorwürfe machen", beruhigte sie den alten Mann. „Aber wenn wir jetzt schon alle wach sind, dann kannst du auch das Feuer in der Küche schüren. Und sage Hertha, sie soll uns eine warme Milch zubereiten. Wenn ich mich angekleidet habe, werde ich mich ins Rathaus begeben und fragen, wer diesen Hokuspokus zu verantworten hat. Und ihr zieht euch auch an und kommt dann in die Küche", befahl die Frau des Apothekers den Kindern, die ihre Mutter sorgenvoll anblickten.

„Hagedorn, nun sag endlich, was soll dieser Zirkus?"

Die Soldaten schleppten Martin über den Marktplatz in Richtung Rathaus. Vergeblich hatte er bisher versucht, sich ihren Klammergriffen zu entziehen.

„Das wirst du noch früh genug erfahren. Und jetzt halte das Maul und zapple nicht so viel herum, sonst werden wir dich in Eisen legen", pfiff ihn einer der Bürgersoldaten an und trat Martin gleichzeitig in die Kniekehle, so dass er einknickte und gestürzt wäre, wenn seine erbarmungslosen Begleiter ihn nicht gleichzeitig gehalten hätten.

Auf dem Marktplatz begegnete ihnen in diesen frühen Morgenstunden keine Menschenseele.

Mit einem großen Schlüssel öffnete der Stadtdiener Hagedorn die schwere Tür des Rathauses und schritt mit der Laterne voraus. Die beiden Soldaten folgten ihm mit Martin durch die große Halle, bis sie vor einer Maueröffnung stehen blieben, in der Stufen zu erkennen waren, die in die unteren Räume des Rathauses führten.

Der Stadtdiener drehte sich zu Martin um und grinste ihn hämisch an. „Gewöhn dich schon einmal daran, dass jetzt für längere Zeit Spinnen und Ratten deine Zellengenossen sein werden, du verwöhntes

Muttersöhnchen. – Bringt ihn runter! Wagenknecht wartet schon auf ihn.“

Einer der Soldaten übernahm die Laterne und schubste den Sohn des Apothekers die Stufen hinunter.

Martin wusste immer noch nicht, wie ihm geschah. Das konnte nur ein Albtraum sein, aus dem er hoffentlich bald wieder aufwachen würde. Ein moderiger Geruch schlug ihm entgegen.

Nachdem sie einen engen Gang durchquert hatten, der nur von einer rußenden Fackel beleuchtet wurde, erreichten sie eine derbe Eichentür, gegen die einer der Soldaten mit der Faust bollerte. „Wagenknecht, mach auf, du bekommst einen neuen Gast!“ Das flackernde Licht ließ das höhnische Grinsen des Soldaten wie eine verzerrte Teufelsfratze erscheinen.

Martin zuckte zusammen, als sich die Tür vor ihnen mit einem lauten Kreischen öffnete und hinter ihr ein gebeugter Koloss sichtbar wurde, der die gesamte Türöffnung ausfüllte. Auf seinem massigen Körper saß ein runder, vollkommen haarloser Kopf, der ihn aus eng zusammenstehenden, kleinen Schweinsaugen anblinzelte.

„Was bringt ihr mir denn für eine versoffene Kanalratte?“, stieß der Mann aus seinem zahnlosen Mund hervor.

„Oh, da irrst du, du Herrscher aller Kellerasseln. Der Junge ist keine Kanalratte, sondern der Sohn des hochverehrten Herrn Stadtrat Seedorf. Ihm möchtest du deine liebevolle Aufmerksamkeit widmen, wie uns der Stadtschreiber Hagedorn aufgetragen hat.“

„Na, dann folgt mir mal. Da habe ich doch ein ganz vortreffliches Gemach für das zarte Söhnchen.“

Der Koloss drehte sich um und watschelte auf einen weiteren Gang zu. Erst jetzt erkannte Martin, dass dieses Ungeheuer nicht nur einen gekrümmten Rücken hatte, sondern auch einen stattlichen Buckel mit sich herumtrug, der sich deutlich unter seinem schäbigen, graubraunen Wams abzeichnete.

„Was soll das alles? Ich will hier raus!" Martin konnte sich nicht mehr beherrschen und stemmte sich mit aller Kraft gegen die beiden Soldaten. „Lasst mich los, ihr Wahnsinnigen!" Das Einzige, was er daraufhin noch sah, war, dass der Bucklige sich blitzschnell umdrehte und ihm seinen eisernen Schlüsselring mit voller Wucht an den Kopf schleuderte.

Dunkle Nebelschwaden zogen vorbei, aus denen grelle Blitze hervorschossen, begleitet von einem ständigen Grollen und Brummen. Martin holte tief Luft, reckte die Arme empor, als wollte er sich aus einem würgenden Sumpf befreien, zuckte aber zusammen, als er einen stechenden Schmerz im Kopf verspürte.

Er lag im Dreck, auf fauligem Stroh. Es stank nach Mist und Kloake. Mühsam öffnete er seine Augen. Wo war er? Es gelang ihm nicht, sich zu orientieren. Da war nichts. Nichts als Dunkelheit. Als er versuchte, sich aufzurichten, sank er stöhnend auf den harten Boden zurück, weil erneut ein stechender Schmerz durch seinen Kopf jagte. Warum war alles schwarz um ihn herum? War er blind?

„Keine Angst, mein Junge, man gewöhnt sich auch daran."

Martin erstarrte und fuhr erschrocken herum. „Wer ist da? Wo bin ich?"

„Ganz ruhig. Wir genießen die Gastfreundschaft des Kerkermeisters Wagenknecht im Rathaus“, kam die Stimme aus der Dunkelheit.

„Und wer seid Ihr?“

„Alle Welt ruft mich Falko, den Bettler.“

Schleppend kehrte Martins Erinnerung zurück. Sie hatten ihn arretiert und in den Kerker im Rathaus gebracht. Der bullige Kerkermeister musste ihm mit dem Schlüsselring eins übergezogen haben, so dass er sein Bewusstsein verloren hatte. An mehr konnte sich Martin nicht erinnern. „Wie lange bin ich schon hier?“

„Das ist in diesem dunklen Loch nicht so leicht zu sagen. Hier verliert man schnell das Gefühl für die Zeit, aber ich denke, vier bis fünf Stunden ist es schon her, dass sie dich gebracht haben.“

„Der Bucklige hat mir eine verpasst, dieser Mistkerl.“ Martin stöhnte auf, als er sich an den Kopf fasste und eine blutverkrustete Scharte an der Schläfe berührte.

„Das war noch eines seiner harmlosen Spielchen. Du solltest ihm mit Vorsicht begegnen, wenn du hier lebend wieder herauskommen willst.“

„Ich weiß gar nicht, weshalb sie mich festgesetzt haben, die Idioten.“ Vorsichtig richtete sich Martin auf. Suchend tastete er den Boden ab, als er auf Armlänge hinter sich eine Wand spürte, an die er sich lehnte.

„Irgendwann werden sie dich holen, mein Junge, irgendwann.“

„Wie könnt Ihr nur so gelassen sein? Warum hat man Euch eingesperrt?“

Aus dem Dunkel klang ein verhaltenes Meckern, das dem einer Ziege ähnelte. Der Bettler schien sich zu amüsieren.

„Mich haben sie mindestens schon ein dutzend Mal ins Loch geworfen. Weil ich gebettelt habe, weil ich den Mädchen schöne Augen gemacht haben soll, weil ich dem Stadtrat nicht schnell genug aus dem Weg gegangen oder einem Pferdefurz nicht hinterhergejagt bin. Such dir was aus!" Martin hörte wieder dieses Meckern.

„Und Ihr habt nichts dagegen getan?", fragte Martin voller Unverständnis.

Jetzt verwandelte sich das Ziegenmeckern in schallendes Gelächter, das bedrohlich von den Kerkermauern hin und her geworfen wurde.

„Du bist ein echter Gewinn in diesen trostlosen Mauern, Martin Seedorf. Was soll denn ein Gesetzloser wie ich gegen die hohen Herren tun? Alles geduldig ertragen, ist meine einzige Waffe", stieß der Bettler zwischen weiteren Meckerattacken hervor.

„Ihr kennt meinen Namen?", fragte Martin verwundert.

„Ja. Auch wenn ich nur ein Bettler bin, so bin ich doch nicht blöd."

„Habt Ihr denn eine Vorstellung davon, weshalb man mich eingekerkert hat?"

„Hab Geduld! Du wirst es früh genug erfahren. Irgendwann ..." Der Bettler hielt inne. Aus der Ferne waren Geräusche zu hören. Kurz darauf hörte Martin das Rasseln von Schlüsseln und die Kerkertür wurde aufgeschlossen. Geblendet wandte er seinen Kopf ab, als unvermutet eine Fackel das Verlies erleuchtete.

„Hier habt ihr was zu fressen, ihr Galgenvögel. Vielleicht sollte ich doch lieber die Schweine damit füttern."

Aus dem zahnlosen Geblubber schloss Martin, dass es der Kerkermeister war. Als er seine Augen vorsichtig blinzelnd öffnete, erkannte er den Koloss im Rahmen der Kerkertür. Jetzt sah er auch den Bettler auf der anderen Seite der fensterlosen Gefängniszelle, der über den spärlich mit verrottetem Stroh ausgelegten Boden auf allen vieren dem Buckligen entgegenkrabbelte und eine der Holzschalen ergriff, die dieser auf den Boden gestellt hatte.

„Wenn dein neuer Freund den Fraß nicht will, werden die Ratten sich freuen." Mit diesen Worten knallte der Kerkermeister die schwere Tür zu, und Martin und der Bettler saßen erneut im Dunkeln.

„Du musst essen, Martin Seedorf, damit du bei Kräften bleibst. Wer weiß, wie lange sie dich hier festhalten? Wenn man sich daran gewöhnt hat, schmeckt das Zeug gar nicht einmal so übel."

Nachdem Martin eine Weile dem Schmatzen und Löffeln seines Zellengenossen zugehört hatte, kroch er in die Richtung der Kerkertür. Vorsichtig tastete er den Boden ab, bis er an die Holzschale stieß. Als er sie ergreifen wollte, bemerkte er den widerlichen Dunst, der aus ihr aufstieg. Voller Abscheu wandte er sich ab. So hatte es auch gerochen, als er vor längerer Zeit einmal mit Daniel die Gerberei aufgesucht hatte. Einfach ekelhaft! Angewidert kroch Martin auf seinen Platz an der Wand zurück.

Erschrocken fuhr Martin auf. Irgendetwas war um seine Beine gestrichen. Er musste geschlafen haben. Doch wie lange? Wie konnte er überhaupt in diesem finsteren Loch schlafen? Waren es die Aufregung und die

Ungewissheit, die ihn bis zur Erschöpfung schwächten, oder verlor er wegen des Schlags auf den Kopf immer wieder die Besinnung? Entsetzt zog er die Beine an, als er erneut glaubte, eine Bewegung verspürt zu haben.

„Das sind nur die Ratten", hörte er den Bettler von der anderen Seite ihres Kerkers. „Du musst dich immer mal wieder bewegen, sonst knabbern sie dir Füße und Ohren an."

Martin schüttelte sich. Wie lange war er schon hier, und wie lange wollten sie ihn noch einsperren? Warum? Er wusste nicht, ob er zwischenzeitlich wieder eingenickt war. Die ständige Dunkelheit ließ fast alle seine Sinne verstummen. Einmal glaubte er einen quälenden Schrei gehört zu haben, aber vielleicht hatte er das auch nur geträumt. Oder war es das Schnarchen seines Zellengenossen gewesen?

„Seedorf, komm raus, du fauler Sack!"

Martin schreckte auf und schloss geblendet die Augen. Das war kein Traum. Der bucklige Fettwanst stand wieder mit der Fackel in der Kerkertür.

„Wird's bald, oder soll ich dir Beine machen?"

So schnell er nur konnte, stand er auf und stolperte dem Buckligen entgegen. Nur zu gut erinnerte sich Martin an den schmerzhaften Schlag mit dem Schlüsselring und an den Rat des Bettlers, dieses bullige Ungeheuer ja nicht zu reizen.

„Bleib hier stehen!", knurrte der Bucklige, als Martin die Kerkertür erreicht hatte und mühsam in das Licht blinzelte.

Schemenhaft erkannte Martin hinter der ausladenden Figur des Kerkermeisters eine kleine Person.

„Mach Platz, Wagenknecht, und lass uns allein!“, rief eine resolute Stimme, die ihm bekannt vorkam.

„Nur fünf Minuten, mehr nicht“, grummelte der Koloss und schlurfte missmutig zu seinem Tisch, an dem er sich ächzend auf einem Schemel fallen ließ.

„Welch eine Freude, Euch zu sehen, Herr Secretarius.“ Martin schluckte. Beinahe versagte ihm die Stimme. Der Kanzleischreiber Heckenrat sah ihn besorgt an.

„Wir haben nicht viel Zeit“, flüsterte der Besucher. „Du sollst nur wissen, dass du nicht allein bist. Der Herr Advokat wird sich um alles kümmern ...“

„Wieso sagt mir eigentlich niemand, weshalb ich in diesem Loch sitze?“, unterbrach Martin den Kanzleischreiber ungeduldig.

„Das wissen wir doch auch nicht – niemand weiß das! Aber der Herr Advokat ist täglich im Rathaus und wird es herausfinden. Nur zu dumm, dass dein Herr Vater nicht in der Stadt ist. Der hätte den hohen Herren schon die Leviten gelesen. Hab also Geduld! Hier ist ein Korb, den deine Frau Mutter mir mitgegeben hat. Ich soll ihn dir mit guten Wünschen deiner Familie übergeben.“

Erst jetzt sah Martin, dass der kleine Kanzleischreiber einen mit einem Tuch bedeckten Weidenkorb über dem linken Arm trug. Als er den Korb entgegennahm und das Tuch lüftete, entdeckte er Brot, Wurst, Käse, eine Flasche Wein und weitere Speisen.

„Schluss jetzt! Ich muss wieder zusperren.“ Grunzend hatte sich das Untier von Kerkermeister von seinem Schemel erhoben.

„Wagenknecht, halt das Maul! Oder willst du auf meine kleinen Geschenke in den nächsten Tagen verzichten?“

Martin blickte den Kanzleischreiber verwundert an, denn diesen Ton war er von dem eher zurückhaltenden und stets freundlichen Mann nicht gewohnt. Die barsche Zurechtweisung hatte ihre Wirkung jedoch nicht verfehlt.

„Drei Minuten noch. Keine Minute länger!“ Vor sich hin brabbelnd setzte sich der Kerkermeister wieder auf den Schemel. Martin sah, dass der Koloss eine Gallone Rotwein vor sich stehen hatte und diese wohlgefällig betrachtete, bevor er einen kräftigen Schluck nahm.

„Lass dich nicht unterkriegen. Wir sorgen dafür, dass du so schnell wie möglich hier rauskommst.“ Ernst Heckenrat machte dem Jungen Mut, auch wenn er sein Entsetzen über die blutverkrustete Kopfwunde, das verfilzte Haar und die verdreckte Kleidung kaum unterdrücken konnte.

„Kommt Ihr wieder, Herr Secretarius?“

„So schnell es geht. Vielleicht weiß ich dann auch schon mehr darüber, was sie dir vorwerfen. Kopf hoch!“

„Jetzt ist aber Schluss!“ Der bullige Kerkermeister hatte sich erneut erhoben und schob den sehr viel kleineren Kanzleischreiber kurzerhand zur Seite. Rücksichtslos stieß der Kerkermeister Martin mit seiner rechten Pranke vor die Brust, so dass dieser rücklings in die Zelle stolperte und auf den Boden krachte. Krampfhaft hielt er den Korb umklammert, doch er konnte nicht verhindern, dass die Köstlichkeiten in das stinkende Stroh auf dem Boden des Kerkers fielen. Als mit einem lauten Poltern die schwere Tür zuflog, saßen Martin und der Bettler Falko wieder im Dunklen.

„Er ist ein besoffener Schurke. Komm, Martin, wir versuchen, die segensreichen Gaben deiner Mutter wieder einzusammeln." Gemeinsam krochen sie durch die Finsternis und tasteten nach den verstreuten Speisen.

„Genießen wir unser Festmahl." Als sie sicher waren, alles aufgesammelt zu haben, was ins Stroh gefallen war, setzte sich Martin neben den Bettler. Zum Glück war die Weinflasche nicht zerbrochen. Das bisschen Dreck an Käse und Wurst würde sie nicht davon abhalten, diese Leckerbissen zu genießen. Er kramte nach dem Brot und zerbrach den Laib in zwei Teile.

„Wir?", fragte der Bettler. „Es kommt von deiner Mutter. Es ist dein Essen."

Martin ließ seine Hände mit dem Brot in den Schoß sinken. Eine Weile sagte er nichts. Dann hob er seinen Kopf, blickte in die Richtung, in der der Bettler saß, und sagte: „Ich weiß nicht, was dich zum Bettler werden ließ, Falko, aber ich weiß genau, dass ich in meinem Leben nur wenige Menschen getroffen habe, die so ehrlich und aufrichtig waren wie du. Deshalb ist es mir eine große Ehre, die kleinen Kostbarkeiten mit dir zu teilen. Und ich weiß ganz genau, dass es auch im Sinne meiner Mutter wäre." Er stieß den Bettler mit dem halben Laib Brot an, der diesen kommentarlos ergriff.

Schweigend verspeisten die beiden Gefangenen ihr Festmahl. Etwas davon für später übrig zu lassen, ergab keinen Sinn. Darüber hätten sich nur die Ratten gefreut.

Martin wusste nicht, wie lange er schon im Kerker saß. Der Bucklige brachte die stinkende Grütze zu unregelmäßigen Zeiten. Somit war nicht zu erkennen, wie viele Stunden seit dem letzten Mal vergangen waren. War er drei Tage hier? Oder schon fünf?

In der ewigen Dunkelheit gab es keine Zeit. Auch eine Antwort auf das Warum hatte es bisher nicht gegeben. Langsam beschlich ihn eine gewisse Mutlosigkeit. Selbst die aufmunternden Worte des Bettlers verklangen immer öfter ungehört im grauen Rund der Kerkermauern. Martin konnte Traum und Wirklichkeit kaum mehr unterscheiden. Feenartige Wesen durchschwebten den Raum und berührten ihn mit ihren hauchdünnen Schwingen. Eines dieser Wesen kam ihm ganz nahe und veränderte plötzlich sein Gesicht.

Es war Christine. Seine geliebte Christine. Doch als er seine Hand ausstreckte, um sie zu streicheln, verwandelte sich ihr liebreizendes Antlitz in die zahnlos grinsende Fratze des Kerkermeisters. Martin fuhr hoch. Er zitterte am ganzen Körper.

„Seedorf, bist du taub oder muss ich dich erst holen?“ Das war die Stimme dieses fetten Scheusals. „Komm raus, du Mistkerl!“

Martin blinzelte in das helle Viereck der Kerkertür.

„Streck die Hände vor!“, befahl der Bucklige.

Folgsam streckte er seine Arme nach vorn. Grobschlächtig schlang der vor sich hin schnaufende Kerkermeister ihm eine Kette fest um die Handgelenke und verriegelte sie mit einem Schloss. Martin wagte nicht zu protestieren. Ohne ein weiteres Wort stieß ihn der schniefende Koloss in den Gang, wo zwei Bürgersoldaten schon auf ihn warteten, ihn auffingen und die Treppe hinaufzerrten.

„Der Delinquent Martin Seedorf!“, hörte er den Stadtdiener Hagedorn rufen, als er zwischen den Soldaten in den Raum trat, der allgemein als Bürger- und Gerichtssaal bekannt war.

Ein Raunen – Ausdruck des Entsetzens – ging durch die Menge, als sie den Gefangenen erblickte. Martin Seedorf war kaum wiederzuerkennen. Seine Augen lagen in tiefen Höhlen. Das Haar umrahmte zerzaust und zottelig die eingefallenen Wangen. Braune und schwarze Flecken bedeckten seine Haut. Hemd und Hose starrten vor Dreck.

Martin wurde vor einen erhöhten Tisch geführt, an dem die Stadträte Klodt und Gräber sowie der Stadtvogt Fehrbach thronten – das Stadtgericht. Rechts davor saß der Stadtrat Pechstein, und auf einem Stuhl neben ihm räkelte sich dessen Sohn Adalbert, der Martin abfällig angrinste. Auf der linken Seite erkannte er zu seiner Freude den Advokaten Mauritius, seinen Dienstherrn, der ihn mit ernster Miene anblickte, während der Kanzleischreiber Heckenrat, der daneben saß, Martin aufmunternd zunickte.

„Martin Seedorf, das ehrwürdige Stadtgericht ist zusammengetreten, um über Eure Verfehlungen zu befinden. Dem Gericht liegen eindeutige Beweise und Aussagen honoriger Personen der Stadt vor, nach denen Ihr der Hexerei überführt seid."

Martin fuhr zusammen. Das zweite Gesicht, verbrannte Hexen, der erschlagene Hans Klindt. Schreckensbilder schossen in Sekundenschnelle durch seinen Kopf.

„Verehrtes Gericht ..." Wie durch einen Nebel nahm Martin die bekannte Stimme des Advokaten wahr.

„Verehrtes Gericht. Zunächst darf ich darum bitten, dem Gefangenen die Ketten abzunehmen, da aufgrund seines erbärmlichen Zustands von ihm wohl keine Gefahr für andere zu erwarten ist."

„Ich protestiere auf das Schärfste. Von einer Person, die mit dem Teufel im Bunde steht, ist zu jeder Zeit Unberechenbares zu erwarten.“ Stadtrat Pechstein war aufgesprungen und schrie seinen Protest mit schriller Stimme in den Saal.

„Verehrtes Gericht, erlaubt mir einen zweiten Antrag zu formulieren.“ Advokat Mauritius ließ sich durch Leberecht Pechsteins Aufschrei nicht aus der Ruhe bringen, zumal der Stadtvogt dessen Attacke mit einer eindeutigen Handbewegung abgewürgt hatte.

„Ich stelle den Antrag, dass die vorliegenden Vorwürfe gegen Martin Seedorf durch den Ankläger persönlich vor diesem Gericht formuliert werden.“

Die drei Richter steckten die Köpfe zusammen und nickten nach kurzer Zeit übereinstimmend.

„Das Gericht folgt dem ersten Antrag des Herrn Advokaten Mauritius. Stadtdiener, nehmt dem Gefangenen die Ketten ab!“

Nachdem der Stadtdiener Hagedorn Martin von den Ketten befreit hatte, fuhr der Stadtvogt fort: „Das Gericht folgt auch dem zweiten Antrag des Advokaten. Stadtrat Pechstein, wiederholt Eure Anklage gegen den Gefangenen vor diesem Gericht.“

„Ich halte diese juristischen Winkelzüge für überflüssig und bitte das Gericht um ein schlüssiges und schnelles Urteil. Die Beweislage ist eindeutig.“

„Stadtrat Pechstein, wir gehen davon aus, dass Ihr Euch grundsätzlich nicht der Weisung des Gerichts widersetzen wollt.“ Der Stadtvogt hatte bei seinen letzten Worten seine Stimme deutlich erhoben.

„Es scheint wohl ohne diese Farce nicht möglich zu sein, Gerechtigkeit walten zu lassen.“ Stadtrat Pechstein erhob sich schwerfällig von seinem Sitz, stellte sich in Positur und verkündete bedeutungsvoll: „Der Angeklagte Martin Seedorf hat in Anwesenheit von Zeugen meinen Sohn Adalbert Pechstein verhext. Er wies ihn in diabolischer Weise an, alle Wasser zu meiden. Doch konnte mein Sohn sich diesem teuflischen Fluch nicht entziehen, sondern stürzte wenige Tage später unter diesem dämonischen Zwang, nachweislich impliziert durch den Angeklagten, in den Schlossgraben. Er wäre darin ertrunken, wenn nicht dank göttlicher Fügung helfende Hände ihn aus dieser satanischen Bedrängnis befreit hätten." Leberecht Pechstein blickte sich Beifall heischend um und setzte sich wieder.

Martin erinnerte sich an den Zusammenstoß mit Adalbert Pechstein, als dieser ihm mit seinen beiden Kumpanen in der Twiete den Weg versperren wollte. Sehr deutlich hatte er auch noch die Bilder des Ertrinkenden vor Augen, die plötzlich durch seinen Kopf geschossen waren.

„Verehrtes Gericht, die dramaturgischen Fähigkeiten des Stadtrats sind durchaus beeindruckend, aber war er dabei, als sein Sohn, wie er behauptet, von Martin Seedorf verhext wurde? Nein! War er dabei, als sein Sohn in den Schlossgraben stürzte? Nein! Ich beantrage daher, Adalbert Pechstein selbst anzuhören."

Damit hatte Stadtrat Pechstein nicht gerechnet. Sein Sohn Adalbert hingegen blickte weiterhin überheblich in die Runde. „Ich wüsste nicht, was das an den Beweisen ändern sollte ..."

„Ihr habt Fragen an den Sohn des Stadtrats, Herr Advokat Mauritius?", unterbrach Stadtvogt Fehrbach dessen Beschwerde. „Dann formuliert sie bitte."

„Adalbert Pechstein, Sohn des Stadtrats und Pferdehändlers Leberecht Pechstein."

Der Angesprochene rührte sich nicht und musterte den Advokaten abschätzend.

„Steht gefälligst auf oder ist Euch das ordentliche Verhalten vor Gericht nicht beigebracht worden?", fuhr der Stadtvogt ihn an.

Provozierend langsam erhob sich Adalbert Pechstein.

„Wann wurdet Ihr von Martin Seedorf verhext?" Wie aus der Pistole geschossen schleuderte der Advokat dem Sohn des Pferdehändlers seine erste Frage entgegen.

Der schrak zusammen. „Das war ... das war ... vor vier Wochen ... ungefähr ..." Adalbert Pechstein stammelte nur noch.

„Wann genau hat Martin Seedorf Euch verhext? Das ist doch keine so schwierige Frage", setzte der Advokat bohrend nach.

„Ich glaube, das war ungefähr vor vier Wochen. Ich weiß nicht ..."

„Ich glaube! Ungefähr! Ich weiß nicht! Welch präzise Aussagen von einem Mann, den angeblich ein diabolischer Bannstrahl getroffen hat, der zudem noch zu satanischen Zwangshandlungen geführt haben soll. Aber an den vermeintlichen schicksalhaften Tag könnt Ihr Euch nicht erinnern. Vielleicht hilft uns die Antwort auf eine andere Frage weiter: Auf welche Weise hat Martin Seedorf Euch verhext?"

Adalbert Pechstein schien irritiert zu sein und seine bis eben noch großspurige Haltung verlor sich zunehmend. Verunsichert knetete er seine Hände und blickte hilfesuchend zu seinem Vater. Dann sagte er: „Er hat gesagt, ich soll nicht so nah ans Wasser gehen."

„Und dadurch fühltet Ihr Euch verhext?"

Die Zuschauer im Gerichtsaal fingen an zu lachen.

Adalbert Pechstein wurde wütend. „Der Satan sprang aus seinen Augen und sprühte mich an."

Das Lachen im Saal wurde lauter, so dass der Stadtvogt mahnend seinen Kopf hob. „Welche Beschwörungsformeln hat Martin Seedorf gesprochen?"

„Beschwörungsformeln?" Adalbert Pechstein starrte den Advokaten aus leeren Augen an.

„Hat er auch Zauberworte benutzt?" Advokat Mauritius formulierte die Frage bewusst langsam, als würde er mit einem einfältigen Menschen sprechen.

„Nein."

„Hat er irgendwelche beschwörenden Zeichen vollzogen?"

Wieder blickte Adalbert Pechstein sein Gegenüber fragend an.

Advokat Mauritius schüttelte resignierend den Kopf. „Wo wäret Ihr beinahe ertrunken?"

„Im Schlossgraben." Adalbert Pechstein schien erleichtert zu sein, denn diese Frage hatte er sofort verstanden.

„Und wie seid Ihr dort hineingelangt?"

Adalbert Pechstein fühlte sich erneut in die Enge gedrängt und zögerte mit der Antwort.

„Nun, auf irgendeine Weise müsst Ihr doch in das Wasser gefallen sein. Hat Euch Martin Seedorf hineingeworfen?"

„Nein."

„Hat irgendein anderer Euch gewaltsam ins Wasser befördert?"

„Nein."

„Seid Ihr womöglich freiwillig hineingesprungen, weil es ein schwüler Sommertag war?“

Wieder erschallte höhnisches Gelächter durch den Gerichtssaal.

„Was soll das Theater?“ Stadtrat Pechstein war aufgesprungen. Die Fragen des Advokaten passten ihm ganz und gar nicht. Nicht nur, dass der seinen Sohn vorführte und bereits der Pöbel über ihn lachte.

„Nicht mein Sohn ist hier angeklagt. Martin Seedorf ist der Hexer, der umgehend bestraft werden muss.“

„Stadtrat Pechstein, mäßigt Euch. Herr Advokat, bitte!“

„Verehrtes Gericht, wenn Ihr erlaubt, möchte ich jetzt den Angeklagten selbst befragen.“

Der Stadtvogt nickte zustimmend.

Martin hatte den Wortwechsel aufmerksam verfolgt, obwohl seine Haltung diesen Schluss nicht zuließ. Mit hängenden Schultern und gesenktem Kopf stand er vor dem Richtertisch und vermittelte einen teilnahmslosen und desinteressierten Eindruck.

„Martin Seedorf, habt Ihr den Sohn des Stadtrats Pechstein verhext?“, wandte sich der Advokat jetzt ihm zu.

„Nein, Herr Advokat, ich wüsste auch nicht, welche Eigenschaften mich dazu befähigen könnten.“ Martin sah seinen Dienstherrn direkt an.

„Hat es in der Vergangenheit mit dem Sohn des Stadtrats andere Begegnungen gegeben?“

„Adalbert Pechstein, stets in Begleitung seiner beiden Kumpane, läuft mir immer wieder einmal über den Weg. Es sind unliebsame Begegnungen. Er mag mich nicht und begegnet mir stets aggressiv.“

„Nun, da scheint Ihr nicht der Einzige in Eutin zu sein, der seinem Charme verfallen ist." Höhnisches Gelächter im Gerichtsaal war die Folge der süffisanten Anmerkung des Advokaten.

„Das ist eine Unverschämtheit!" Stadtrat Pechstein war erneut aufgesprungen, hatte drohend den Arm erhoben und funkelte den Advokaten an. „Mein Sohn wurde verhext und wäre fast ertrunken. Das ist die Tat, die hier verhandelt wird, und nichts anderes. Da steht der Verbrecher." Stadtrat Pechstein zeigte drohend auf Martin.

„Sehr geehrtes Gericht, erlaubt mir eine Frage an den Herrn Stadtrat." Martin nahm eine aufrechte Haltung an und blickte die drei Gerichtsherren frei an. Diese musterten ihn verwundert, fingen sich aber sofort wieder.

„Jeder, der zur Aufklärung dieses Falles beitragen kann, darf vor diesem Gericht sprechen. So auch Ihr als Angeklagter, Martin Seedorf."

„Verehrter Herr Stadtrat Pechstein, beantwortet mir doch bitte eine Frage."

Der Stadtrat blickte Martin entsetzt an und hob abwehrend die Hände. „Ich muss mich nicht den Attacken eines Kretins aussetzen, der mit dem Leibhaftigen im Bunde steht."

„Beruhigt Euch, Stadtrat Pechstein. Der Angeklagte möchte doch nur eine Frage an Euch richten", griff der Stadtvogt beschwichtigend ein. „Formuliert Eure Frage, Martin Seedorf!"

„Herr Stadtrat Pechstein, wie wird das Wetter am morgigen Tage?"

„Was soll der Schwachsinn? Ich darf das Gericht

bitten, den Angeklagten in seine Schranken zu weisen. Dies ist kein Possenspiel."

„Martin Seedorf, auch das Gericht wäre Euch dankbar, wenn Ihr uns Eure sachferne Frage erläutern könntet", schaltete sich der Stadtvogt mit gerunzelter Stirn ein.

„Die Antwort des Herrn Stadtrat wird Euch die Aufklärung bringen, verehrtes Gericht."

„Nun denn, Herr Stadtrat, beantwortet die Frage!" Stadtvogt Fehrbach klang nicht überzeugt, wollte den Prozess aber nicht länger verzögern.

„Was soll denn dieser ganze Popanz? Wenn es gar nicht anders geht und Ihr unbedingt darauf besteht: Da wir heute einen sonnigen Tag haben, gehe ich davon aus, dass auch morgen die Sonne scheinen wird. Seid Ihr nun zufrieden?"

„War es das, was Ihr hören wolltet, Angeklagter?"

„Sehr wohl, verehrtes Gericht. Hier meine letzte Frage: Nehmen wir an, dass wirklich morgen wieder die Sonne scheint, ist dann der Stadtrat Pechstein ein Hexer? War es der Satan, der ihm diesen Blick in die Zukunft erlaubt hat?"

Ein Raunen ging durch den Gerichtssaal.

Stadtrat Leberecht Pechstein verlor jegliche Gesichtsfarbe und starrte Martin aus weit aufgerissenen Augen an. „Der Teufel ist hier ... der Satan ist unter uns ..." Kreischend überschlug sich seine Stimme.

Die Aufmerksamkeit aller richtete sich plötzlich auf den Eingang des Gerichtssaals. Die Tür war aufgerissen worden und der Stadtdiener Hagedorn versuchte vergeblich, einen Eindringling abzuwehren. Im Türrahmen stand der Sergeant der Schlosswache, Swattkopp, der den lamentierenden Stadtdiener kurzerhand zur Seite schob und forschen Schrittes bis an das Podium des Gerichts herantrat. Dann verbeugte er sich leicht und blickte den Stadtvogt unbekümmert an.

„Sergeant Swattkopp, ein etwas unerwarteter Auftritt vor diesem Gericht.“ Stadtvogt Fehrbach hatte sich schnell wieder gefangen, obwohl er die Anwesenheit des Schlosssoldaten nicht erklären konnte. Dieser unterlag schließlich nicht der städtischen Gerichtsbarkeit, sondern war ausschließlich seinem Dienstherrn, dem Herzog, verantwortlich.

Auch Martin war überrascht, den Sergeanten der Schlosswache hier zu sehen.

„Hohes Gericht, verehrter Herr Stadtvogt, ich bitte mein unaufgefordertes Eindringen zu entschuldigen. Doch nachdem mir zu Ohren gekommen ist, was man Martin Seedorf vorwirft und auf welche impertinente Weise man diesem jungen, integren Menschen das Leben schwer macht, sah ich mich gezwungen, mein Wissen in dieser Angelegenheit dem Gericht zur Verfügung zu stellen.“

„Dieser Mensch hat hier nichts zu suchen“, stieß Stadtrat Pechstein mit schriller Stimme hervor. Selbst in seiner Erregung war ihm der unterschwellige Vorwurf, den der Sergeant gegen ihn und seinen Sohn erhoben hatte, nicht entgangen.

„Ihr, Stadtrat Pechstein, seid der Letzte, der hier das Maul weit aufreißen sollte“, schleuderte der Sergeant dem Stadtrat entgegen.

„Sergeant Swattkopp, Ihr wolltet zur Sache eine Aussage machen“, überging der Stadtvogt die schroffe Bemerkung des Soldaten, noch bevor Leberecht Pechstein sich weiter aufregen konnte.

„Ich halte es für nötig, dass das Gericht weiß, dass sich der Sohn des ehrenwerten Herrn Stadtrat mit seinen Kumpanen regelmäßig in der Nähe der Schlossmauer herumtreibt. Solange meine Soldaten sie nicht verjagen, erklimmen sie die Bäume, um einen Blick in den Schlosspark werfen zu können."

„Warum sollten sie das tun?", fragte der Stadtvogt nach.

„Offensichtlich ergötzen sie sich am Anblick der herrschaftlichen Damen des Hofes. Vielleicht hat der brave Sohn des Herrn Stadtrat ja eine bessere Erklärung."

Der Stadtvogt und die beiden anderen Richter sahen Adalbert Pechstein herausfordernd an.

„Das entspricht nicht der Wahrheit. Das sind alles Lügen", stammelte er, als er die fragenden Blicke nicht länger ertragen konnte.

Sergeant Swattkopp lächelte nur. „Hohes Gericht, nicht unbedeutend scheint mir zu sein, dass vor nicht allzu langer Zeit dieser Junge", er zeigte mit dem Finger auf Adalbert Pechstein, „bei seinen Kletterübungen vom Baum gefallen und in den Schlossgraben gestürzt ist."

Die lautstarke Reaktion der Zuschauer verwunderte sogar den Sergeanten. Ein Wiehern und Johlen ging durch die Reihen. Die Menschen beruhigten sich erst nach mehreren Ordnungsrufen des Stadtvogts.

„Fahrt fort, Sergeant Swattkopp!"

„Durch sein Hilfeschreien wurden meine Soldaten auf den Jungen aufmerksam. Sie haben ihn mit ihren Hellebarden aus dem Wasser gefischt, zumal seine Kumpane ihrem Anführer sehr schnell von der Fahne gelaufen waren und das Weite gesucht hatten."

Martin hatte die Verhandlung aufmerksam verfolgt

und bemerkt, dass die Stimmung im Gerichtssaal umgeschlagen war. Während zu Beginn noch die Angst vor einem möglichen Hexer und eine gewisse Sensationslust unter den Anwesenden zu spüren gewesen war, standen jetzt der Stadtrat und sein Sohn im Mittelpunkt. Die kluge Argumentation des Advokaten und der forsche Auftritt des Sergeanten hatten das Blatt offensichtlich gewendet. Konnte er wirklich auf einen guten Ausgang hoffen?

Erneut wurde die Tür des Gerichtssaals aufgerissen. Neugierig flogen alle Köpfe herum. Erwartungsvolles Murmeln und Tuscheln war zu hören, als man den Mann erkannte, der erhobenen Hauptes den Raum betrat. Martin fiel ein Stein vom Herzen, als er seinen Vater erblickte.

Der Apotheker Henricus Seedorf ging auf seinen Sohn zu und schloss ihn in die Arme. Im Gerichtssaal herrschte absolute Stille. Ohne ein Wort zu sagen, drehten sich Vater und Sohn um und schritten, gefolgt von Sergeant Swattkopp, auf den Ausgang zu. Noch bevor sie die Tür erreicht hatten, erklangen die ersten Hochrufe. Beifall brandete auf, der ihnen noch lange hinterher klang.

Stadtvogt Fehrbach hatte große Mühe, für Ruhe und Ordnung zu sorgen. Mehrfach musste er den wütenden Stadtrat Pechstein maßregeln, als Advokat Mauritius den Antrag an das Gericht stellte, von einer weiteren Kerkerhaft Martins bis zum endgültigen Urteil abzusehen, da die Ehrenhaftigkeit des Apothekers Seedorf außer Frage stehe. Das Gericht stimmte dem Antrag zu. Wild fluchend und gestikulierend flohen Stadtrat Pechstein und sein Sohn unter spöttischen Bemerkungen und Hohngelächter der Zuschauer aus dem Gerichtssaal.

Kapitel 11

„Seid Ihr denn nicht mehr Herr Eurer Sinne, dass Ihr Euch mit diesen Teufelsbrüdern verbündet?“ Stadtrat Leberecht Pechstein war durch das Sekretariat der Kanzlei gestürmt und hatte den Kanzleischreiber Heckenrat einfach überrannt, so dass sich dieser gerade noch an seinem Pult festhalten konnte, und stand jetzt drohend vor dem Schreibtisch des Advokaten Mauritius.

„Ihr solltet Euch beruhigen. Außerdem weiß ich nicht, wovon Ihr sprecht“, stellte der Advokat mit ruhiger Stimme fest.

Leberecht Pechstein hatte eine unruhige Nacht hinter sich. Die Gerichtsverhandlung war ganz und gar nicht nach seinen Vorstellungen verlaufen. Als sein Sohn vor einiger Zeit beim Abendessen von einer eigentümlichen Begegnung mit Martin Seedorf gesprochen hatte – von drohenden Worten und wirren Augen –, war ihm die Idee gekommen, diesen vorlauten Bengel als Hexer anzuklagen und für immer zum Schweigen zu bringen. Gleichzeitig wollte er die ehrenwerte Fassade des verhassten Apothekers zum Bröckeln bringen und so einen gefährlichen Konkurrenten bei der Vergabe von wichtigen Ämtern in der Stadt ausschalten. Anfangs war alles nach Plan verlaufen. Ohne große Mühe hatte er den Flegel dank der Macht seines Amtes als Stadtrat in den Kerker werfen und dort ein paar Tage schmoren lassen. Der Zeitpunkt schien gut gewählt, da er wusste, dass der

Apotheker für mehrere Tage in Lübeck weilen würde. Doch dann war irgendetwas schiefgelaufen. Weshalb hatte sich der Advokat auf die Seite der Seedorfs geschlagen? Und weshalb auf diese hinterhältige Weise? Er mochte gar nicht an die Gerichtsverhandlung denken. Vorgeführt hatte der Advokat ihn und seinen Sohn. Hinters Licht geführt mit heimtückischen Fragen. Die Leute hatten ihn ausgelacht. Ihn, den ehrenwerten Stadtrat Leberecht Pechstein.

„Ihr wisst nicht, wovon ich spreche? Was war das denn für eine Scharade gestern vor Gericht? Ich denke, wir sitzen in einem Boot, und dann fallt Ihr mir in den Rücken und verbrüdert Euch mit diesem Satansgesindel."

„Pechstein, reißt Euch zusammen! Ihr seid hier nicht im Wirtshaus. Ich verbitte mir Euren Ton." Abrupt hatte sich Friedrich Mauritius erhoben, die Hände auf den Schreibtisch gestützt und seine Worte wie zischende Pfeile abgeschossen.

Leberecht Pechstein zuckte zusammen.

„Ich weiß nicht, was Ihr für Vorstellungen von unserer bisherigen Zusammenarbeit habt, aber in einem Boot haben wir noch nie gesessen", erklärte der Advokat dem konsterniert dreinblickenden Stadtrat, nachdem er sich wieder gesetzt hatte.

„Und was ist mit den Verträgen, die Ihr für mich in der Vergangenheit aufgesetzt habt? Beispielsweise in den Vormundschaftssachen und den Grundstückskäufen, für die ich Euch herrschaftlich bezahlt habe?"

„Ihr scheint grundsätzlich eine falsche Auffassung von meiner Arbeit zu haben, Herr Stadtrat. Als Advokat bin ich dem Recht und den Gesetzen verpflichtet. Auf dieser Basis formuliere ich Verträge. Auch die für

Euch. Für welche geschäftlichen Winkelzüge Ihr sie dann verwendet, ist ganz allein Eure Angelegenheit. Es versteht sich von selbst, dass solche Leistungen auch bezahlt werden müssen. Haben wir uns verstanden?“

Stadtrat Pechstein glaubte, nicht recht gehört zu haben. Bisher hatten sie doch gemeinsame Sache gemacht. Zu kurz gekommen war dabei keiner von ihnen.

„Und wie darf ich die hohen Zuwendungen meinerseits verstehen?“

„Es ist Klienten meiner Kanzlei unbenommen, ihre-Dankbarkeit für meine Dienste in jeder erdenklichen pekuniären Höhe zu zeigen.“

„Es ist eine Dreistigkeit ohnegleichen. Ihr verdreht das Recht in dem Augenblick, wo Ihr den Mund aufmacht.“

„Halt, Pechstein, vergreift Euch nicht wieder im Ton. Zumal Ihr Euch zunächst an die eigene Nase fassen solltet, denn seid froh, dass ich vor Gericht nicht noch den Antrag gestellt habe, die Rechtmäßigkeit der Arretierung von Martin Seedorf zu überprüfen. Was meint Ihr, wie schnell dann Euer so bedeutungsvolles Amt als Stadtrat ins Wanken geraten wäre? Und jetzt lasst mich in Ruhe, ich habe zu arbeiten.“ Der Advokat wandte sich wieder seinen Dokumenten auf dem Schreibtisch zu und beachtete den Stadtrat nicht mehr.

Dieser machte wutentbrannt auf dem Absatz kehrt und knallte, nachdem er den Raum verlassen hatte, die Tür hinter sich zu.

Dieser windige Advokat war mit allen Wassern gewaschen. Eine äußerst unglückliche Konstellation. Nicht nur, dass er auch in Zukunft die Dienste des Advokaten für seine Geschäfte benötigte. Auch dass dieser dreiste Naseweis von Apothekersohn in der Kanzlei arbeitete, passte ihm nicht. Nein, es lief gerade nicht alles zum Besten. Er musste auf der Hut sein. Vielleicht sollte er sich am Nachmittag erst einmal wieder von Ursel, dem drallen Bademädchen, verwöhnen lassen, bevor ihm die Sorgen über den Kopf wuchsen.

Doch eine Sache schien dem Stadtrat unaufschiebbar. Seine beiden Mündel, Gottfried und Greta Holldorf, musste er im Auge behalten, denn der Junge würde in zwei Monaten volljährig werden und Anspruch auf das nicht unerhebliche Erbe seiner verstorbenen Eltern haben. Dazu gehörten rund achthundert Taler und das Haus in der Lübecker Straße, mit dem Pechstein schon seit längerer Zeit liebäugelte. Von dem Geld hatte er bereits einen großen Teil für sich abgezweigt. In Erklärungsnot würde er nicht kommen, schließlich schlugen der Unterhalt der beiden und die Instandhaltung des Hauses nicht unerheblich zu Buche. Wie er allerdings an das Haus kommen sollte, ohne viel Staub aufzuwirbeln, wusste er noch nicht. Vielleicht ergab sich ja eine unerwartete Fügung, wenn er dem Geschwisterpaar wieder einmal einen Besuch abstattete.

„Welch eine Ehre, Herr Stadtrat, dass Ihr trotz Eurer arbeitsreichen Pflichten Zeit für einen Besuch findet“, begrüßte Gottfried Holldorf, ein kräftiger, aufrechter junger Mann, seinen Vormund freundlich, als dieser das Haus in der Lübecker Straße betrat, das nicht weit von der Kanzlei des Advokaten Mauritius entfernt lag.

„Ich muss doch einmal nach meinen Mündeln sehen. Geht es euch gut?“

„Auch ich möchte Euch herzlich begrüßen, verehrter Herr Stadtrat.“ Greta Holldorf kam hinter einem altersschwachen Webstuhl hervor, an dem sie gearbeitet hatte. Im Vergleich zu ihrem ein Jahr älteren Bruder wirkte das blonde Mädchen zierlich, fast zerbrechlich. „Dürfen wir Euch ein Würzbier bringen? Über einen anderen Trank verfügen wir leider nicht.“

„Nein, mein Kind. Ich habe nicht allzu lange Zeit. Ich wollte nur wissen, wie ihr zurechtkommt.“

„Oh“, sagte Gottfried, „es fügt sich sehr gut, dass wir Euch sehen. Wie Ihr wisst, werde ich in zwei Monaten volljährig, und ich sehe auch eine Möglichkeit, auf eigenen Füßen zu stehen.“

„Da bin ich aber gespannt.“ Stadtrat Pechstein fühlte sich angesichts solcher Nachrichten nicht ganz wohl in seiner Haut, ließ sich das aber nicht anmerken. Wollte der Junge etwa seine Pläne durchkreuzen?

„Wir haben uns überlegt, unsere kleine Weberei etwas zu vergrößern. Immer mehr Menschen fragen uns nach robusten Hosen und Hemden, doch unser Webstuhl ist alt und klapperig. Andauernd bricht etwas ab. Dann muss ich ihn erst reparieren, und in der Zeit kann Greta nicht weben. Aber wir könnten das Problem lösen.“ Gottfried Holldorf war voller Hoffnung und Begeisterung. Auch Gretas eher blasse Wangen schienen sich erwartungsfroh leicht zu röten.

„Und wie wollt ihr das Problem lösen?“ Ungeduldig zerrte Pechstein am Kragen seines Umhangs.

„Die Witwe Prager, die in der Kate auf dem Weg zur Pulvermühle wohnt, besitzt einen großen Webstuhl. Doch sie ist alt und ihre Finger wollen nicht mehr so recht. Wir könnten ihr den Webstuhl abkaufen und

hätten die Grundlage für unsere Weberei geschaffen."
Die Geschwister strahlten den Stadtrat an, als hätten sie einen Klumpen Gold gefunden.

Pechstein sah seine Felle davonschwimmen. Mühsam riss er sich zusammen. „Welch eine hervorragende Idee! Und wer soll diesen Webstuhl bezahlen?"

„Wir hatten uns gedacht, dass Ihr es uns aus dem Erbteil vorschießen würdet."

Pechstein fühlte sich denkbar unbehaglich. Nach all den Niederlagen in den vergangenen Tagen nun auch das noch! Er brauchte Zeit. Es wäre ja noch schöner, wenn auch diese beiden Unbedarften dazu beitrugen, dass seine Pläne zerstört würden. Nicht mit einem Leberecht Pechstein. „Schön, schön, ihr beiden. Das hört sich alles sehr gut an. Ich werde darüber nachdenken. Nun ruft die Pflicht. Ihr hört von mir." Bevor Gottfried und Greta Holldorf reagieren konnten, hatte der Stadtrat bereits das Haus verlassen.

Ungläubig blickten sich die beiden an.

„Und nun?", fragte Greta ihren Bruder.

Der zuckte nur ratlos mit den Schultern.

Kapitel 12

„Martin Seedorf, ich freue mich, dich in alter Frische wiederzusehen. Setz dich! Ich hole uns erst einmal einen Krug mit frischem Wasser.“ Pater Simon eilte in seine Hütte, während sich Martin auf der Bank niederließ, auf der er bereits mit Daniel bei seinem ersten Besuch im Wald gesessen hatte.

„Wie geht es dir, mein Junge?“ Der Pater hatte zwei Krüge auf den Tisch gestellt und sich neben Martin auf die Bank gesetzt.

„Ihr wisst von meinem Arrest und habt von der Gerichtsverhandlung gehört?“

„Natürlich. Eine überaus bedauerliche Geschichte, doch letztlich zeigt sie das wahre Gesicht menschlicher Abgründe.“

„Aber warum gerade ich? Wieso gerate ich immer wieder in missliche Situationen, wobei die letzte ohne Frage die schlimmste war?“

Vier Wochen war es her, dass Martin mit seinem Vater den Gerichtssaal verlassen hatte. Zu Hause angekommen, hatte er nur mühsam die Freude über seine Heimkehr mit seinen Eltern und Geschwistern teilen können. Ein warmes Bad und eine kräftige Mahlzeit waren alles gewesen, wonach er sich gesehnt hatte. Danach war er wie betäubt in sein Bett gefallen und erst nach zwei Tagen wieder aufgewacht. Die liebende Fürsorge seiner Mutter hatte seine Kräfte wieder zurückkehren lassen. Die drängelnde Neugier seiner Geschwister amüsierte ihn. Gänzlich neu hingegen war das Verhältnis zu seinem Vater. Allein die stumme Geste der Umarmung im Gerichtssaal war Martin sehr nahe gegangen. Auch bei ihren Gesprächen, jetzt, wo er sich wieder etwas erholt hatte, verspürte Martin ein ständiges unausgesprochenes Vertrauen. So hatte er seinen Vater noch nie erlebt. Ein Gefühl, das ihn mit Stolz erfüllte.

Ganz besonders aber hatten ihn auch die Sorgen, die sich Christine um ihn machte, erfreut. Neben ihren ständigen guten Wünschen hatte Elsbeth ihm eines Tages einen kleinen Brief überbracht: „Lieber Martin! Ich freue mich auf den Tag, an dem ich wieder mit dir fortfliegen kann“, hatte sie ihm in zierlich schwungvoller Schrift geschrieben. Den Brief trug Martin seitdem immer bei sich.

„Ich vermute, die Frage nach deinen Prüfungen ist nicht die einzige, die dich quält.“

Die Worte des Paters rissen Martin aus seinen Gedanken. Lange sah er in die wissenden und gütigen Augen des hageren Kirchenmannes. „Ich glaube, Pater Simon, Ihr wisst von meiner Not.“

Pater Simon lächelte.

„Ja, Martin, ich weiß. Doch es sollte dich nicht beunruhigen. Es gibt Menschen auf Gottes Erdboden, die haben die Gabe zu forschen, zu entdecken, zu fragen. Folglich finden sie auch sehr schnell Antworten. Ihr Bild von den Geschöpfen Gottes, von der Natur und von den Dingen um sie herum erweitert sich ständig. Mit dem Ergebnis, dass sie auch schneller Schlüsse ziehen und Situationen richtig beurteilen können – nicht selten zum

Erstaunen und zum Ärger ihrer Mitmenschen, die über diese Fähigkeit nicht verfügen."

„Aber das erklärt doch nicht meine Traumbilder, die mich immer wieder erschrecken und die wenig später auch wahr werden."

„Nein, Martin, es erklärt nur, warum du häufiger jemandem auf den Zeh trittst."

Martin blickte den Pater verwirrt an, da dieser sich anscheinend köstlich amüsierte.

„Pater Simon, ich verstehe Euch nicht. Ich gebe ja gern zu, dass ich das Verhalten und die Eigenarten der Menschen um mich herum schnell begreifen und deshalb auch meistens Gut und Böse unterscheiden kann, aber was ist daran lächerlich?"

„Martin Seedorf, bist du ein Narr?"

Martin erschrak. Was für eine Frage! Als er den Pater irritiert ansah, entdeckte er jedoch nichts anderes als Güte in seinen Augen. „Ihr seid der weise Mann, Pater Simon. Sagt Ihr es mir. Bin ich ein Narr?"

„Gut retourniert, Martin. Einer Frage mit einer Gegenfrage zu begegnen, zeugt von rhetorischem Geschick. Jetzt aber zu der Frage: Narr oder nicht Narr. Es gibt zwei Arten närrischen Verhaltens. Ein Mensch, der immer wieder dieselben Fehler macht, der nicht dazulernt, der stets aufs Neue mit dem Kopf gegen die Wand läuft und nicht erkennt, dass er sie nie auf diese Weise zum Einsturz bringen kann, der ist aufgrund seiner Dummheit ein Narr. Ein Mensch, der Possen reißt, der provokative Fragen stellt, der komödiantische Wahrheiten verstreut, der den Menschen einen Spiegel vorhält und sie auf vielfältige Weise unterhält, wird ebenfalls ein Narr genannt. Einfältigkeit kann man ihm nicht unterstellen. Im Gegenteil, er ist von der Gunst der Herrschenden abhängig und balanciert dabei nicht selten auf einem dünnen Seil. Nur indem er seinen Kopf bemüht, hat er die Chance, stets oben zu bleiben. Nun beantworte die Frage selbst, Martin: Bist du ein Narr?"

„Nach Eurer Interpretation wäre jeder Mensch ein Narr, der nur durch sein Verhalten bestimmt, ob er eher zu den Tollpatschen oder vielleicht doch zu den Geistreichen zählt. Doch was nützt ein genialer Kopf, wenn ihn Kerkermauern umgeben?"

„Ich weiß, du hast in den vergangenen Wochen Schreckliches erlebt. Dein Haus von Gut und Böse hat ein paar Risse bekommen und ein Teil deiner Vorstellung von Gerechtigkeit ist aus dem Kamin entwichen. Aber letztlich kannst du auch daraus eine Lehre ziehen."

„Eine schmerzliche allerdings ..."

„Zynismus gehört nicht unbedingt zu den göttlichen Tugenden, mein lieber Martin, aber ich gebe dir recht, er ist zuweilen ganz hilfreich. Doch zurück zu deinen Sorgen. Deine schmerzlichen Erfahrungen haben dir eines ganz deutlich gezeigt: Offenheit und Wahrheit sind zwar sehr segensreiche Elemente im menschlichen Miteinander, aber nicht immer hilfreich. Im Gegenteil, sie können auch als Waffe gegen dich gerichtet werden. Besonders dann, wenn sich schlichte Gemüter angegriffen fühlen."

„Wie Pechstein und sein verlogener Adalbert ..."

„Zum Beispiel. Doch nun zu deinen Träumen, wie du sie nennst. Ich vermute, du hast noch nie mit jemandem darüber gesprochen, oder?"

Martin fühlte sich unbehaglich. Er erinnerte sich ungern daran, wie heftig sein Onkel Hartmut reagiert hatte, als er ihn nach dem zweiten Gesicht seiner Großmutter gefragt hatte.

„Nein, davon weiß niemand."

„Das ist gut so, und es sollte auch so bleiben. Du solltest mit dieser Gottesgabe sorgenfrei und zugleich behutsam umgehen. Es gibt nur wenige Menschen, die die Zeichen der Zukunft sehen können. Du bist einer von ihnen. Nimm es nicht als Strafe oder Schicksalsschlag hin, sondern lebe mit dieser Fähigkeit. Lasse sie zu! Sie muss dich nicht beängstigen. Versuche die Zeichen zu deuten! Und wenn du es für nötig hältst, richte dein Handeln darauf aus. Aber sprich mit niemandem darüber. Der Kerker sei dir eine Warnung gewesen. Für einfache Gemüter wird alles Unerklärliche zum Teufelswerk."

„Das sagt Ihr als Mann der Kirche, wo es doch an Euch ist, in strengem Glauben dem Teufel zu begegnen?"

„Das ist wohl wahr." Pater Simon schmunzelte. „Doch sollten auch Männer der Kirche, wie fest sie auch immer glauben mögen, bei all ihren Entscheidungen nie die menschliche Vernunft außer Acht lassen. Nicht alles, was wir mit unserem beschränkten Geist nicht erklären können, ist zwangsläufig auch Teufelswerk. Das ist ein weiter, unbestellter Acker, den wir beide heute nicht mehr pflügen und säen, und wir werden auch nicht dessen Früchte ernten können. Geh deinen Weg! Beschreite ihn behutsam, aber ohne Furcht. Dein Lebensmut und ein wenig Gottvertrauen werden dir die nötige Kraft geben."

Welch ein weiser Mann! Tief in Gedanken versunken verließ Martin den Pater. Er verspürte Zufriedenheit, gepaart mit Zuversicht und Hoffnung. Lange Zeit hatte er sich nicht so wohl gefühlt. Die Qualen, denen er im

Kerker ausgesetzt gewesen war, waren ebenso wenig vergessen wie die Ungewissheit darüber, welches Unheil in Zukunft auf ihn wartete. Doch die gehörten Worte hatten ihm Kraft gegeben. Martin war fest entschlossen, auch in Zukunft immer wieder einmal in den Wald zu reiten und sich mit Pater Simon zu besprechen. Wie es schien, empfand auch der Einsiedler eine gewisse Freude an ihren Gesprächen.

„Guten Tag, Martin. Ist es nicht ein ganz besonders schöner Tag?"

Die Frage riss Martin aus seinen Gedanken und er wusste im ersten Augenblick gar nicht, wo er war. Er zügelte sein Pferd und sah sich vor der Kate der Witwe Prager, die ihn aus ihrem faltigen Gesicht anstrahlte.

„Oh, entschuldigt, dass ich so unhöflich bin, aber ich war ganz in Gedanken versunken. Ihr habt recht, Witwe Prager, es ist fürwahr ein herrlicher Tag."

Er kannte die alte Frau schon seit seiner Kindheit. Sie wohnte in der kleinen Kate vor dem Sacktor auf dem Weg zur Pulvermühle. Ihr ganzer Stolz war ihr Garten, den sie liebevoll pflegte. Nicht selten blieben die Leute am Zaun stehen, um die Blütenpracht vor dem strohgedeckten Haus mit den grünen Fensterläden zu bewundern.

„Es trifft sich gut, Junge, dass ich dich sehe. Bestell doch deiner Mutter, dass sie in den nächsten Tagen die gewünschten Kräuter abholen kann."

Er wusste, dass es hinter der Kate noch einen weiteren Garten gab, in dem die Witwe verschiedene Kräuter anpflanzte. „Das werde ich gern bestellen. Einen geruhsamen Abend wünsche ich Euch."

„Dir auch alles Gute, Martin."

Freundlich winkte er der alten Frau zu, während er seinem Wallach die Zügel frei gab und gemächlich auf das Sacktor zutrabte, das er in der Ferne schon sehen konnte.

Ein Schauder ließ ihn urplötzlich erzittern. Er fasste sich an den Kopf und sah, erst undeutlich, dann immer klarer, ein Geschöpf aus dem Nebel auftauchen. Es hatte das Gesicht der Witwe Prager. Aber er sah kein mildes Lächeln, wie sie es ihm eben geschenkt hatte, sondern eine hinter wirren Haarsträhnen faltenreiche, verzerrte Fratze. Ihr Mund war qualvoll weit aufgerissen und eine klaffende Wunde an ihrer Stirn färbte ihr Gesicht blutrot. Martin schüttelte mehrfach den Kopf, um dieses Schreckensbild zu vertreiben. Das Bild der Witwe verschwand für kurze Zeit in weißem Nebel und tauchte erneut auf, um schließlich in völliger Dunkelheit zu versinken.

Alfred, der Hausknecht des Apothekers, ergriff den Reisigbesen. Es wurde höchste Zeit, die Einfahrt vor dem Hoftor zu fegen, nachdem Bauer Steinbrink das Heu für die Pferde gebracht hatte. Alfred stellte den Reisigbesen ab, schob den Holzriegel zur Seite und zog das schwere Hoftor auf. Erschrocken prallte er zurück, als unmittelbar vor ihm der mächtige Kopf eines Pferdes auftauchte. Es war Astor, der braune Wallach des Apothekers, und auf seinem Rücken hing Martin mit geschlossenen Augen. Er hatte sich in die Mähne des Pferdes gekrallt und konnte sich nur mit Mühe im Sattel halten. Alfred ergriff das Halfter und führte den Wallach in den Hof, schloss eilig das Tor und erreichte gerade noch den Stall, als Martin aus dem Sattel rutschte und in das Heu fiel. Alfred wusste im ersten Augenblick nicht, was er tun sollte. War Martin tot oder nur bewusstlos? So schnell, wie seine alten Knochen ihn tragen konnten, humpelte er in die Küche. „Hertha, der junge Herr ..."

„Was ist los, Alfred? Du bist ja ganz außer Atem." Die Köchin blickte den Hausknecht verwundert an.

„Der junge Herr und das Pferd ...", stotterte Alfred aufgeregt, „ich glaub, er ist tot."

„Nein!" Hertha schrie vor Entsetzen auf und riss ihre Hände samt Schürze vor den Mund.

„Wer ist tot?" Hertha und Alfred hatten nicht gehört, dass Andreas die Küche betreten hatte.

„Der junge Herr ... im Stall ... Herr Martin ..." Noch bevor Alfred weiterstammeln konnte, war Andreas aus der Küchentür über den Hof gestürmt. Im Stall fand er Martin leblos im Heu. Besorgt bückte er sich über seinen Bruder und legte ihm sein rechtes Ohr auf die Brust. Das Herz schlug regelmäßig. Gott sei Dank! Dann ergriff er eine Pferdedecke, rollte sie zusammen und legte sie unter Martins Kopf. Schon in frühester Jugend hatten die Kinder im Haus des Apothekers miterleben müssen, wie ihr Vater und auch ihre fürsorgliche Mutter mit verletzten und kranken Menschen umgegangen waren. Zu den studierten Doktoren hatte man nicht viel Vertrauen. Sie kannten als Heilmittel meist nur den Aderlass und ließen sich ihre Dienste fürstlich bezahlen. Der Apotheker hingegen hatte viel mehr praktische Erfahrung mit den Gebrechen der Menschen und verfügte zudem über die heilenden Pulver und Pillen.

„Was ist mit Martin?" Margret kniete sich neben ihren Bruder. Da der Apotheker und seine Frau nicht im Hause waren, hatte die Köchin vollkommen aufgelöst die älteste Tochter des Hauses über das vermeintliche Drama informiert.

„Ich weiß es nicht“, antwortete Andreas – erleichtert, als er Margret an seiner Seite sah. „Sein Herz klopft immerhin ganz normal.“

Margret legte Martin ihre Hand auf die Stirn und zog sein linkes Augenlid hoch. „Ich bin gleich wieder da“, sagte sie. „Alfred und Hertha, kein Wort zu unseren Eltern!“

Der Hausknecht und die Köchin, die den Geschwistern ängstlich in den Stall gefolgt waren, nickten betroffen.

Nach kurzer Zeit war Margret wieder da. „Andreas, halte Martins Schultern fest. Er wird gleich etwas heftig reagieren.“ Sie öffnete eine kleine braune Glasflasche und hielt sie Martin unter die Nase. Wie ein bockendes Pferd bäumte sich Martin auf, doch Andreas drückte ihn fest ins Heu zurück.

„Donnerwetter, was war das denn für ein Wundermittel?“ Andreas sah seine Schwester anerkennend an.

Martin hatte inzwischen die Augen aufgeschlagen und blickte sich orientierungslos um. „Wo bin ich? Was ist passiert?“

„Wenn wir das wüssten, dann wären wir auch klüger, mein lieber Bruder“, lächelte Margret ihn an. „Aber das klären wir später. Zunächst sollten wir dich nach oben in deine Kammer bringen, bevor die Eltern zurückkehren und neugierige Fragen stellen. Andreas und Alfred, helft ihm bitte, er wird noch etwas wackelig auf den Beinen sein.“

Obwohl es nur ein kurzer Weg vom Stall in die Kammer war, fühlte sich Martin nach dieser Anstrengung doch sehr wohl, als er sich auf seinem Bett ausstrecken konnte. Langsam kehrte die Erinnerung zurück. Er sah wieder die Schreckensbilder von der Witwe Prager. Doch wie er nach Hause gekommen war, wusste er nicht. Die Antwort auf diese Frage würde warten müssen, denn Margret hatte ihm einen bitter schmeckenden Saft verabreicht und beteuert, dass er gut schlafen werde.

„Guten Morgen, Martin. Wie geht es dir heute?“ Elisabeth Seedorf musterte ihren Sohn sehr genau, als er als Letzter der Familie zum Frühstück das Esszimmer betrat.

„Kein Grund zur Sorge, Mutter.“ Martin lächelte sie an und hauchte ihr einen Kuss auf die Stirn, bevor er sich auf seinen Platz setzte.

„Margret erzählte uns von deinem Unwohlsein, als du gestern nicht zum Abendbrot erschienen bist?“ Jetzt wandte sich auch Henricus Seedorf an seinen Sohn.

„Vermutlich habe ich zu viele Waldbeeren gegessen, Vater, aber nach Margrets Wundertropfen habe ich geschlafen wie ein Bär.“ Martin sah, wie seine Schwester die Stirn runzelte, und gleich darauf wusste er auch weshalb.

„Welche Tropfen hast du ihm denn gegeben, die er als so wundersam empfindet?“, wollte der Apotheker jetzt von seiner ältesten Tochter wissen.

„Es war nur eine kleine Dosis von Basilikum und Baldrian, Vater.“

„Gut so! Es scheint ja seine Wirkung nicht verfehlt zu haben, gemessen an Martins ruhiger Nacht und seinem gesunden Appetit heute Morgen“, stellte Henricus Seedorf schmunzelnd fest, als er sah, wie sein Sohn den Köstlichkeiten der Köchin Hertha nicht widerstehen konnte. Die unruhigen Blicke, die seine Kinder und besonders Margret und Andreas sich zuwarfen, fielen dem Rest der Familie nicht auf.

„Bevor ich es vergesse, Mutter, ich soll Euch die besten Grüße von der Witwe Prager ausrichten. Sie lässt bestellen, dass die von dir gewünschten Kräuter bereit liegen."

„Wann hast du sie denn getroffen?", fragte Elisabeth Seedorf nach.

„Gestern, als ich von mein Ausritt zurückgekehrt bin. Sie unterhielt sich gerade mit ihren Blumen im Vorgarten."

Martins Geschwister prusteten los.

„Was gibt es da zu lachen, ihr botanischen Ignoranten?" Die Frau des Apothekers erhob strafend die Stimme. „Wer gibt euch die Gewissheit, dass Pflanzen und Blumen nicht auf liebevolle Pflege und beruhigende Worte reagieren?"

„Ihr meint, ebenso wie wir Kinder? Liebe Eltern haben liebe Kinder. Böse Eltern haben böse Kinder?" Martin blickte Mutter und Vater entwaffnend unschuldig an.

„Genauso habe ich es gemeint, denn auch Pflanzen, Bäume und Blumen lässt Gott gedeihen, warum sollten wir also nicht sorgsam mit ihnen umgehen und, wenn nötig, auch mit ihnen sprechen?"

Martin merkte, dass die mahnenden Worte seiner Mutter bei Weitem nicht so ernst gemeint waren, wie es zunächst den Anschein gehabt hatte. Ihre Augen verrieten eine ganz andere Sprache.

„Es freut mich", sagte Henricus Seedorf, „dass Martin den Aufenthalt im Kerker anscheinend ohne großen

Schaden an seinem Geist überstanden hat. Zumindest ist das an seinen pfiffigen Schlüssen zu erkennen. Wobei der nötige Respekt seinen Eltern gegenüber wie bisher stark zu wünschen übrig lässt."

Allgemeines Gelächter war die Folge. Vater und Mutter sahen sich schmunzelnd an. „Margret, wir sollten die Witwe Prager nicht allzu lange warten lassen und ihr am Sonntag nach dem Gottesdienst einen Besuch abstatten. Benötigst du die Kutsche, Henricus?"

„Nein, nein, fahrt nur. Ich habe genug im Laboratorium zu tun. In letzter Zeit ist so einiges liegen geblieben."

„Mutter, wenn Ihr erlaubt, würde ich Euch gern zur Witwe Prager begleiten", warf Martin ein.

Die gesamte Tischrunde blickte ihn verwundert an. Es war noch nie vorgekommen, dass er einen solchen Wunsch geäußert hatte.

„Also, Junge, das ist nun wirklich nicht nötig. Margret und ich fahren doch nicht das erste Mal mit der Kutsche."

„Das weiß ich, Mutter, aber vielleicht kann ich auf diese Weise ja einmal erfahren, warum die Witwe Prager mit ihren Blumen spricht."

„Martin, sei nicht albern. Du hast doch bestimmt etwas Besseres zu tun, als dich mit Weibern über Kräuter zu unterhalten." Elisabeth Seedorf fand keine Erklärung für die ungewöhnliche Bitte ihres ältesten Sohnes.

„Habt Ihr denn grundsätzlich etwas dagegen, wenn ich Euch begleite?"

„Nein, natürlich nicht, aber etwas sonderbar ist es schon."

„Dann, verehrte Mutter, müsst Ihr mit dem Schicksalsschlag leben, einen vorlauten, respektlosen und sonderbaren Sohn in Eurem Haus zu haben."

Es war eine fröhliche und ausgelassene Stimmung an diesem Morgen im Haus des Apothekers. Sie konnte jedoch nicht über Martins Sorge um die Witwe Prager hinwegtäuschen. Bisher waren die Bilder, die er sah, jedes Mal auf eine entsetzliche Weise Realität geworden.

Kapitel 13

„Ich habe den Eindruck, verehrter Schwager, dass es unserem Martin inzwischen wieder ganz gut geht." Hartmut Bergmann machte es sich im Sessel bequem und nippte an seinem Rotweinglas. Nach einem vorzüglichen Abendmahl im Haus des Apothekers saß er nun zusammen mit seinem Schwager und seiner Schwester in der kleinen Bibliothek des Apothekers.

„Ja, ja, der Kerker hat ihm ganz schön zugesetzt, aber jetzt macht er den Eindruck, dass er wieder der Alte ist. Obwohl die leidige Geschichte immer noch nicht aus der Welt geschafft ist", bemerkte der Hausherr mit Sorgenfalten auf der Stirn.

„Wieso, Henricus, was soll das heißen?" Elisabeth Seedorf setzte sich gerade hin und sah ihren Gatten irritiert an. Auch Hartmut Bergmann hob verwundert den Kopf.

„Keine Grund zur Beunruhigung. Ich habe nur den Antrag an den Bürgermeister gestellt, dieser doch sehr dubiosen Verfahrensweise bei Martins Inhaftierung auf den Grund zu gehen."

„War das wirklich nötig, Henricus? Sollte man diese schreckliche Geschichte nicht ruhen lassen und vergessen?"

Elisabeth Seedorf machte sich Sorgen um Martin und die Familie. Schließlich war doch alles ohne größere Schäden überstanden.

„Ich glaube, dein Gatte hat recht. Man sollte diesen Intriganten einmal mehr auf die Finger schauen. Allen voran diesem windigen Pechstein. Der ist es doch, dem wir den Ärger zu verdanken haben. Und um zu erkennen, dass da einiges nicht mit rechten Dingen zugegangen ist, muss man nicht unbedingt Jurisprudenz studiert haben."

„Genau das war mein Ansinnen, verehrter Schwager. Es wird keine weitere Unruhe für uns bedeuten, Elisabeth, wohl werden die Herren im Rathaus aber in Zukunft weniger großzügig in der Wahrnehmung ihrer Rechte sein. Eine klärende Antwort erwarte ich ohnehin nicht."

Elisabeth Seedorf legte ihrem Gatten wortlos die Hand auf den Arm und gab ihm zu verstehen, dass sie wusste, welchen gerechten Weg er in seinem Amt als Stadtrat verfolgte.

Ein zartes Klopfen an der Tür ließ die drei aufhorchen.

Margret trat ein. „Vater, verzeiht, dass ich störe, aber Oswald, der Knecht vom Schuster Brechtmann, steht vor dem Haus und bittet um Eure Hilfe. Der Schuster hat sich vor einigen Tagen an der Hand verletzt, und jetzt plagt ihn anscheinend eine Entzündung, denn der Oswald sagt, die Hand sei dick und rot wie eine reife Tomate."

„Ist gut, Margret, ich komme. Hat der Oswald eine Laterne bei sich?"

„Ja, Vater, das hat er."

„Gut, dann kann er mich auch, nachdem ich nach dem Schuster gesehen habe, wieder zurückbegleiten. Viel mehr Honorar ist von dem armen Kerl sicherlich nicht zu erwarten." Damit erhob sich der Apotheker, nickte seinem Schwager freundlich zu und verließ mit seiner Tochter die Bibliothek.

„Es fügt sich ganz gut, dass wir beide noch ein paar Minuten für uns haben“, begann der Zweite Stallmeister des Herzogs nach kurzem Schweigen.

„Hast du etwa Geheimnisse oder muss ich mir Sorgen machen?“ Elisabeth Seedorf lächelte ihren Bruder an.

„Dieser Prozess um Martin und der Vorwurf der Hexerei haben mich doch sehr beunruhigt.“

„Uns doch auch, Hartmut.“

„Eigentlich wollte ich es dir gar nicht erzählen, aber ich glaube, du solltest es wissen.“

„Langsam bekomme ich doch ein bisschen Angst, lieber Bruder. Was willst du mir denn nun sagen?“

„Wenige Tage vor Martins Verhaftung war der Junge bei mir und hat mir eine seltsame Frage gestellt. Er wollte wissen, wieso unsere Mutter ein zweites Gesicht hatte.“

„Oh Gott! Wie kam er denn darauf?“

„Er hat nur gesagt, er hätte das irgendwann einmal gehört.“

„Und was hast du ihm geantwortet?“

„Ich habe ihm nur sehr vage erzählt, dass es Menschen gibt, die besondere Fähigkeiten haben, dass es aber auch gefährlich sei, darüber zu sprechen, weil die Menschen für alles Unerklärliche sehr schnell den Leibhaftigen verantwortlich machen. Und ich hoffe, ich habe ihm ein wenig Angst gemacht, als ich ihm von dem grausamen Schicksal des armen Hans Klindt berichtete, den sie vor Jahren vor den Stadttoren erschlugen, weil die Menschen dachten, er habe den Bürgermeister verhext.“

Elisabeth Seedorf schwieg eine Weile und blickte auf die gefalteten Hände in ihrem Schoß. „Glaubst du auch, was ich glaube?“ Sie hob ihren Kopf und blickte ihren Bruder aus verzweifelten Augen an.

„Ich weiß es nicht, Elisabeth. Aber der Prozess, die Vorwürfe wegen Hexerei und seine Fragen – alles das lässt zumindest vermuten, dass er die Fähigkeiten unserer Mutter geerbt hat.“

„Wie schrecklich! Aber er hat niemals darüber gesprochen.“

„Würdest du mit jemandem darüber sprechen, auf die Gefahr hin, einen geliebten Menschen in Gewissensnot zu bringen? Sicherlich nicht.“

„Du hast recht, Hartmut. Aber was können wir tun?“

„Gar nichts. Du musst einmal deine mütterlichen Instinkte zügeln. Sprich auch nicht mit Henricus darüber. Wir beide werden den Jungen im Auge behalten und ihm, wenn nötig, helfen.“

„Und du hast wirklich nichts Besseres zu tun?“ Elisabeth Seedorf konnte immer noch nicht verstehen, wieso Martin so beharrlich darauf bestand, sie und Margret auf ihrer kurzen Fahrt vor die Tore der Stadt zur Witwe Prager zu begleiten. Unmittelbar nach dem sonntäglichen Gottesdienst hatte Alfred die Stute vor die Kutsche des Apothekers gespannt, den beiden Damen beim Einsteigen geholfen und war auf den Kutschbock geklettert.

„Es ist mir eine Freude, Mutter, Euch an diesem wunderschönen Tag begleiten zu dürfen.“ Martin lächelte seine Mutter spitzbübisch an und zügelte dabei den Wallach, der den Ausritt kaum erwarten konnte.

Durch das Sacktor verließen sie die Stadt und folgten dem staubigen Weg gen Norden. Einzelne Reiter, die freundlich grüßten, begegneten ihnen. Plötzlich hatte Alfred alle Mühe, Arabella, die Stute des Apothekers, im Zaum zu halten und an den Wegesrand zu lenken, als ihnen ein hochherrschaftliches Gespann mit vier Schimmeln entgegengeprescht kam und die ganze Breite des Weges beanspruchte. In der offenen Kalesche saßen vier fein herausgeputzte Hofdamen und Höflinge, die sich über Alfreds redliche Bemühungen, eine Kollision zu verhindern, herablassend amüsierten.

Wie arm am Geist sind nur solche Kreaturen, kam es Martin in den Sinn, der sich und seinen Wallach noch rechtzeitig durch einen Sprung über den Graben auf die angrenzende Wiese in Sicherheit gebracht hatte. „Alfred, alles in Ordnung?"

„Ja, ja, Herr Martin. Alles in Ordnung. Nur Arabella ist ein bisschen nervös geworden." Inzwischen hatte der Hausknecht die Kutsche wieder auf die Mitte des Weges gelenkt.

„Euch geht es auch gut, Mutter?"

„Es ist alles gut, Martin. Es ist ja nichts passiert." Elisabeth Seedorf und Margret waren damit beschäftigt, ihre Röcke zu ordnen.

Nach einer langgezogenen Linkskurve sahen sie im flimmernden Sonnenlicht in der Ferne die Häuser der Pulvermühle. Jetzt war es nicht mehr weit. Etwa auf der Mitte des Weges zwischen der Stadt und der Mühle an der Schwentine stand die kleine, reetgedeckte Kate der Witwe Prager.

Martin runzelte die Stirn. Er war vorausgeritten und sah vor dem Haus fünf oder sechs Menschen stehen, die über den Zaun hinweg die Kate anstarrten. Sie wirkten unentschlossen. Er gab Astor die Sporen, hielt unmittelbar vor der kleinen Menschengruppe an und sprang aus dem Sattel. „Was ist geschehen?“

„Wir wissen es nicht genau.“ Jetzt entdeckte Martin auch Walter, den Sohn des Pulvermüllers, der in seinem Alter war. „Irgendetwas stimmt da nicht, Martin. Guck dir doch mal die Tür an. Die sieht aus, als ob jemand sie eingetreten hat.“

„Und die Witwe Prager ist weit und breit nicht zu sehen. Wir haben schon nach ihr gerufen. Aber keine Antwort“, berichtete eine pausbackige junge Frau aufgeregt.

„Walter, du bleibst hier und hältst die Leute vom Haus fern. Ich sehe mal im Haus nach.“

Der Sohn des Pulvermüllers nickte zustimmend und versperrte für alle sichtbar die Gartenpforte, nachdem Martin den Wallach am Zaun angebunden hatte.

Behutsam schob Martin die Tür zur Seite, die nur noch von einer halb ausgerissenen Angel gehalten wurde. Im ersten Augenblick konnte er im Schummerlicht der Kate nicht viel erkennen. Doch dann sah er, dass hier ein Untier gehaust haben musste. Es gab nichts mehr, was noch aufeinander stand.

Töpfe und Pfannen lagen überall auf dem Boden verstreut, der tönerne Herd war zerschlagen worden. Ein Holzregal baumelte an einem Nagel. Aber das größte Chaos war der Webstuhl der Witwe Prager, der bisher den halben Raum der kleinen Kate eingenommen hatte. Jetzt waren von ihm lediglich ein Haufen gesplitterten Holzes und ein Wirrwarr verknoteter Schnüre und Fäden zu sehen.

Martin trat langsam näher. Für den Bruchteil einer Sekunde erschien vor seinem geistigen Auge das Bild der verletzten Witwe. Die Tür zur Schlafkammer war verschlossen. Zögernd drückte er die Klinke herunter. Ein muffiger Geruch schwebte ihm entgegen. Doch die Kammer war leer.

Martin horchte auf. Hatte er eben ein Stöhnen gehört? Er blickte sich um. Unter den Trümmern des zerstörten Webstuhls blinkte ein weißer Fetzen auf. Er kniete sich nieder und zog vorsichtig die Schnüre zur Seite. In all dem Durcheinander lag die Witwe, bekleidet mit einem wollenen Nachthemd. Ihre Nachthaube war verrutscht. Eine klaffende Wunde auf der Stirn hatte ihr Gesicht blutrot gefärbt.

Das Schreckensbild, das er schon einmal gesehen hatte!

„Mein Gott, was ist denn hier passiert?“

Inzwischen hatten auch Elisabeth Seedorf und Margret die Kate betreten und Martin kniend vor der Witwe angetroffen.

„Ist sie tot?“, wollte Margret wissen.

„Ihr Herz schlägt“, stellte Martin fest, nachdem er der Witwe die Hand an den Hals gelegt hatte, „aber sie ist nicht bei Sinnen.“

„Margret, du suchst eine sauberes Tuch und verbindest die Wunde. Dann wickeln wir die Witwe in eine Wolldecke und bringen sie so schnell als möglich zu den Heiligen Schwestern. Martin, du trägst sie in unsere Kutsche. Margret wird sie begleiten. Anschließend soll Alfred den Stadtdiener benachrichtigen und dann wieder herkommen. Martin und ich versuchen inzwischen zu retten, was noch zu retten ist.“

Elisabeth Seedorf hatte das Zepter in die Hand genommen. Hier musste gehandelt werden, und zwar schnell, wollte man der armen Seele noch eine Chance geben.

Kapitel 14

Eutin, im Spätsommer 1633

Martin erwachte mit einem Glücksgefühl, das er nicht erklären konnte. Nur schemenhaft erinnerte er sich an einzelne Traumfetzen. Christine! Es war immer wieder Christines Lächeln gewesen, das vor seinen Augen erschienen war und das in ihm ein wonniges Gefühl entfacht hatte. Er hatte seine geliebte Christine in den vergangenen Tagen kaum gesehen. Aber Elsbeth funktionierte hervorragend als Postillon d'Amour. Mit verschwörerischer Leidenschaft überbrachte sie den beiden Liebenden kleine Briefe, stets verbunden mit ausführlichen Berichten über das derzeitige Befinden der jeweils anderen Person.

Martin schmunzelte. Irgendwie sollte es sich doch heute einrichten lassen, Christine einmal wieder persönlich zu treffen. Ihre Hand zu halten und sich in ihre unergründlichen braunen Augen zu versenken. Martin Seedorf, du verhältst dich wie ein liebestoller Gockel, rief er sich selbst zur Ordnung. Und doch, gleich in der Mittagspause würde er der Schmiede einen Besuch abstatten, um seinem Freund Daniel eine Nachricht zu überbringen. Das wäre unverfänglich. Und wer wusste es schon, vielleicht würde ihm bei der Gelegenheit auch Christine über den Weg laufen.

„Daniel ist nicht da, mein Junge. Der bringt gerade neu beschlagene Pferde zum Grafen von Pogwisch nach Övelgönne. Eigentlich müsste er schon längst zurück sein, der Träumer.“ Meister Hellwag unterbrach seine Arbeit am Amboss nur kurz, als Martin um die Mittagszeit die Schmiede im Segenhörn betrat. „Du kannst ja auf ihn warten. Lass dir von Minna in der Küche eine kalte Limonade geben.“ Nachdem ein Geselle eine glühende Eisenstange aus dem Feuer geholt hatte, schwang Meister Hellwag erneut seinen schweren Hammer und ließ den Amboss singen.

Martin verließ die laute und rußige Schmiede. Über einen schmalen Weg, der von einer hohen Hecke umgeben war, kam er zu einer Pforte, die in den Garten führte, der hinter dem Haus des Schmieds lag und von dem aus man über einen Hintereingang in die Küche gelangte. Martins Herz schlug schneller. Wenige Meter vor ihm kniete Christine an einem Kräuterbeet. Mit einer kleinen Harke lockerte sie die Erde auf und summte dabei leise vor sich hin. Welch ein Bild! Wenn er es doch bloß einfangen und festhalten könnte. Martin hätte es noch stundenlang betrachten können.

War es ein Schatten, ein Laut, eine Bewegung gewesen? Christine hielt inne und hob den Kopf. Ein Strahlen ging über ihr Gesicht, als sie Martin so unverhofft an der Pforte erblickte. „Martin, welch eine Überraschung. Komm doch rein!“

Erst jetzt löste sich Martin aus seiner glückseligen Starre und betrat den Garten. Christine hatte sich inzwischen erhoben und war ihm die wenigen Schritte entgegengegangen. Sie hatte die Harke fallen lassen und streckte ihm beide Hände entgegen. Martin ergriff sie bereitwillig und führte ihre Rechte behutsam an seine Lippen.

Verstohlen blickte Christine sich um. „Was machst du hier?“

„Ich suche das liebste Geschöpf auf Erden und habe es soeben gefunden.“ Er lächelte sie an und hielt immer noch ihre Hände fest.

„Martin Seedorf, du bist unmöglich.“

„Nein, liebe Christine, ich bin nur ehrlich.“

Christine schüttelte belustigt den Kopf. „Bevor dir die Hitze noch mehr in den Kopf steigt, sollten wir uns beide vielleicht erst einmal in den Schatten setzen.“ Sie zog ihn zu der Bank, die unter einer Kastanie stand.

„Dein Vater hat mir zur Abkühlung eine Limonade angeboten, die ich mir von Minna aus der Küche holen soll, während ich auf Daniel warte. Dass du mir dabei auf diese angenehme Weise die Zeit vertreiben sollst, hat er allerdings nicht gesagt.“

„Das würde ich ihm auch an deiner Stelle nicht verraten, wenn du nicht die Bekanntschaft mit einem glühenden Eisen machen möchtest. Aber ich hole dir erst einmal die Limonade.“ Christine verschwand in der Küchentür, während sich Martin auf die Bank setzte.

„Was ist denn so wichtig, dass du Daniel so dringend sprechen musst?“ Christine war nach kurzer Zeit mit einem Becher Limonade zurückgekehrt und hatte neben Martin Platz genommen.

„Auch auf die Gefahr hin, dass du mich jetzt wieder auslachen wirst: Ich habe letzte Nacht von dir geträumt und bin heute Morgen mit dem unbändigen Drang aufgewacht, dich zu sehen und dir nahe zu sein.“

„Du willst mich auf den Arm nehmen.“

„Nein, ganz bestimmt nicht, liebe Christine. Ich schwöre, das mit der Nachricht für Daniel war nur ein Vorwand in der stillen Hoffnung, dich zu treffen."

„Du meinst das wirklich, nicht wahr?" Christine hatte sich zu Martin gewandt und sah ihn nachdenklich an. Dann senkte sie ihren Blick. „Es ist schön, so etwas zu hören, und es ist besonders schön, es von dir zu hören."

Behutsam legte Martin seine Hand unter ihr Kinn, hob ihren Kopf, blickte sie liebevoll an und hauchte ihr einen zarten Kuss auf die Lippen. Christine hatte die Augen geschlossen und erwiderte die flüchtige Zärtlichkeit, indem sie ihre Hand sacht an seine Wange legte.

„Ich möchte dir noch so viele schöne Dinge sagen. Ich platze förmlich vor Glück."

„Das weiß ich doch", kommentierte Christine Martins Liebesschwüre. „Und wenn wir vorsichtig und geduldig sind, dann haben wir dafür noch alle Zeit der Welt. Aber ich habe keine ..." Sie rückte von Martin ab, als sie auf dem Weg hinter der Hecke eilige Schritte vernahm.

„Ich habe gehört, irgend so ein Advokatenlümmel wartet auf mich." Daniel stieß die Pforte auf und kam auf die beiden zugestürmt. Martin war aufgesprungen. Die Freunde umarmten sich.

„Ich warte nur auf einen krummen Hufnagel, aber auf den kann ich momentan auch ganz gut verzichten."

„Das kann ich mir vorstellen, wenn ich die strahlenden Augen meiner kleinen Schwester sehe."

„Halt den Mund, du vorlautes Ungeheuer."

Alle drei fingen an zu lachen.

„Wisst ihr schon das Neueste?" Daniel hatte sich ebenfalls auf die Bank gesetzt und einen Schluck von Martins Limonade getrunken.

Martin und Christine sahen ihn fragend an.

„Von Neustadt aus rücken Grenadiere an.“

„Bist du sicher?“, fragte Martin erstaunt.

„Ich habe sie doch mit eigenen Augen gesehen und auch mit ihnen gesprochen. Als ich vom Grafen Pogwisch aus Övelgönne zurückgeritten kam, habe ich sie in Middelburg überholt.“

„Und was haben sie gesagt? Was wollen sie in Eutin?“

„Die, die ich gefragt habe, wussten es nicht, und ein Korporal hat nur gemurmelt, dass sie zum Schloss marschieren.“

„Was wollen sie denn im Schloss? Dort sind doch schon Soldaten.“ Christine wunderte sich über die Neuigkeiten ihres Bruders.

„Das ist doch nur die Schlosswache.“ Daniel reagierte etwas ungehalten. Wieso mischten sich junge Mädchen in Angelegenheiten, von denen sie nichts verstanden?

„Wenn sie vorhin schon in Middelburg waren“, sagte Martin, „müssen sie spätestens in einer Stunde hier sein.“

Die Nachricht von den anrückenden Gottorfer Grenadieren unter dem Kommando von Capitain Nummers hatte sich in Windeseile in Eutin herumgesprochen. Gerüchte waberten durch die Gassen. Doch warum die Soldaten in die Stadt einzogen, wusste niemand so genau.

Auch Martin und Daniel waren – wie viele andere – in die Lübecker Straße gerannt, als sie das klingende Spiel der stolzen Gottorfer Grenadiere gehört hatten. Es war ein beeindruckendes Bild, als sie die Soldaten in ihren blauen Jacken mit gelben Litzen und roten

Hosen in den Gottorfer Farben erblickten. Allen voran auf einem Rappen Capitain Nummers, dann die Musiker mit Trompeten und Pauken, dahinter die Grenadiere. Jeder mit einer geschulterten Muskete und einem Säbel bewaffnet. Zu ihrer Linken trugen sie zudem noch eine große verzierte Tasche.

„Darin sind die Granaten“, wusste ein alter Mann zu berichten, der neben Martin und Daniel stand und mit wehmütigen Augen das Schauspiel betrachtete. Er selbst hatte früher einmal bei den Dragonern gekämpft, wie er den beiden verriet.

Das Spektakel war nur von kurzer Dauer, denn der Weg vom Lübschen Tor bis zum Schloss war nicht weit. Kaum hatte der letzte Mann das Schlosstor passiert, nützten auch die längsten Hälse nichts. Martin hatte im Stillen gehofft, Sergeant Swattkopp am Schlosstor zu entdecken, um ihn nach dem Grund des Einmarsches der Grenadiere zu fragen, doch außer der einfachen Schlosswache war niemand Bekanntes zu entdecken. Eine Antwort auf diese Frage sollte er aber noch am selben Tag bekommen.

„Onkel, erlaubt Ihr eine Frage, die die Eutiner seit heute Nachmittag umtreibt?“ Wie so oft war auch an diesem Abend Hartmut Bergmann, der Zweite Stallmeister des Herzogs, zum Abendessen im Haus des Apothekers zu Gast. Er nickte Martin auffordernd zu.

„Wisst Ihr, weshalb die Gottorfer Grenadiere in Eutin einmarschiert sind?“

„Nun, bevor ihr alle vor Neugier platzt und es sich ohnehin nicht länger geheim halten lässt, werde ich euch verraten, was ich weiß“, meldete sich Hartmut

Bergmann zu Wort. „Es sind allerdings keine Nachrichten, die unsere Gemüter erheitern werden.“

„Du machst uns Angst, Hartmut. Gibt es wieder irgendwelche Einquartierungen, die uns das Leben schwer machen könnten?“ Elisabeth Seedorf blickte ihren Bruder verängstigt an. Nur zu deutlich war ihr und ihrer Familie vor Augen, wie in den vergangenen Jahren immer wieder fremde Truppen in Eutin eingefallen waren – mal waren es Dänen gewesen, mal Schweden, die hier ihre Lager aufgeschlagen hatten und es sich auf Kosten der Bürger hatten gut gehen lassen.

„Nein, davon kann zurzeit nicht die Rede sein. Es ist der ständige Streit des dänischen Königs mit dem Hause Gottorf um die Nachfolge der Bischöfe in Eutin. Jetzt, wo Herzog Johann Friedrichs Gesundheit angegriffen ist und niemand weiß, wie lange er noch unter uns weilen wird, versucht König Christian IV. einen seiner Söhne auf den Bischofsstuhl in Eutin zu setzen. Das wiederum passt den Gottorfern nicht, da der Kaiser ihnen dieses Privileg zugesprochen hat. Ein Teufelskreis.“

„Und was hat das jetzt mit den Soldaten zu tun?“

„Ganz einfach, Martin. Wie uns einige Kuriere gemeldet haben, hat der dänische König bereits Truppen auf den Weg nach Eutin geschickt, um seine vermeintlichen Rechte notfalls mit Gewalt wahrzunehmen. Und wenn die Meldungen stimmen, dann sind die Dänen spätestens in fünf Tagen vor unseren Toren und werden versuchen, das Schloss zu besetzen.“

„Und die Gottorfer Grenadiere sollen das verhindern?“

„Genau so kann es kommen, verehrter Schwager. Capitain Nummers hat schon heute damit begonnen, die Befestigungen des Schlosses zu verstärken.“

„Mein Gott, in welcher Zeit leben wir bloß?“, stellte Elisabeth Seedorf klagend fest.

Kapitel 15

Martin war an diesem Morgen bester Stimmung. Als er an den Verkaufsständen auf dem Markt vorbeischlenderte, blieb er vor der jungen, drallen Bäuerin stehen, die auf den ungewöhnlichen Namen Kunigunde hörte.

„Nein, bitte nicht schon wieder!", flehte sie ihn an, als sie ihn erblickte.

„Warum nicht, Kunigunde? Es war doch noch nie zu deinem Schaden, im Gegenteil." Daraufhin ergriff Martin drei der Äpfel und wirbelte sie durch die Luft, fing sie wieder auf, warf sie über die Schulter und unter den Beinen durch, so dass sie in ständiger Bewegung um seinen Körper kreisten. Bald waren einige Marktbesucher stehen geblieben und verfolgten begeistert seine Kunststücke und feuerten ihn lautstark an.

„Nun, verehrte Freunde, welche Äpfel sind frischer und draller als die von Kunigunde?", forderte Martin die Umstehenden zum Kauf auf, nachdem er seine Vorführung beendet hatte und herzhaft in einen der drei Äpfel gebissen hatte. Die Menschen erfreuten sich köstlich und manche von ihnen kauften tatsächlich die so eindrucksvoll angepriesenen Äpfel, während er sich lachend davonstahl.

„Es tut mir leid, wenn ich dich so überfalle, Martin, aber hättest du kurz Zeit für mich?"

Martin, der gerade den Markt verlassen wollte, blieb verwundert stehen. Vor ihm stand Gottfried Holldorf und lächelte ihn verlegen an. Er kannte den jungen Mann, der etwas älter als er selbst war, nur flüchtig. Und er wusste, dass dieser mit seiner Schwester Greta allein in ihrem Elternhaus in der Lübecker Straße wohnte. Der Schneider Holldorf und seine Frau waren vor einiger Zeit verstorben. Die Geschwister boten während der Markttage selbst gewebte Hemden und Hosen an, die sehr begehrt waren, da Greta es verstand, die sonst übliche triste Kleidung der einfachen Leute mit kleinen, farbigen Stickereien zu verzieren. Auch Martins Mutter hatte bei den Geschwistern Holldorf schon das eine oder andere Kleidungsstück für ihren Hausknecht Alfred erworben.

„Natürlich, Gottfried, was kann ich für dich tun?"

„Wir brauchen deinen Rat. Aber nicht hier – der Markt hat zu viele Augen und Ohren." Gottfried Holldorf blickte sich mehrfach hektisch um. „Kannst du uns heute noch in der Lübecker Straße aufsuchen?"

Martin erschien das Verhalten seines Gegenübers etwas sonderbar. Als er nach rechts blickte, bemerkte er, dass er vor dem kleinen Tisch der Geschwister Holldorf stand, auf dem sie ihre Kleider zum Kauf anboten. Hinter dem Tisch saß Greta mit Stickzeug auf dem Schoß und blickte Martin besorgt an.

„Wäre euch der späte Nachmittag recht?"

„Ja. Wir sind dann da. Vielen Dank, Martin." Gottfried verabschiedete sich mit einer Verbeugung.

Martin drängelte sich durch die Menge der Marktbesucher, um die Kanzlei zu erreichen. Was könnten die Geschwister von ihm wollen? Und warum wirkten beide so geheimnisvoll und verschüchtert?

Das Haus in der Lübecker Straße, auf das Martin am Nachmittag zusteuerte, hatte schon bessere Tage gesehen. Auch wenn es kein einfaches Holzhaus war, sondern aus Fachwerk und Ziegeln bestand, so hatte der Zahn der Zeit deutlich an ihm genagt. Graue Holzbalken, schiefe Backsteine und bröckelnder Mörtel verliehen dem Haus des ehemaligen Schneiders einen traurigen Anblick. Noch bevor Martin den eisernen Klopfer anschlagen konnte, öffnete sich die Tür und Gottfried ließ ihn ein, nicht ohne hastig einen Blick auf die Straße zu werfen. Schnell zog er die Tür hinter sich zu.

„Du wirst dich sicherlich wundern, dass wir uns so eigenartig verhalten, aber wir wissen einfach nicht mehr weiter."

Martin setzte sich, nachdem er auch Greta begrüßt hatte, die an einem kleinen Webstuhl arbeitete, auf einen Hocker. „Ihr werdet mich sicher gleich aufklären."

„Ich weiß gar nicht, wo ich anfangen soll." Gottfried Holldorf hatte sich ebenfalls auf einen Schemel gesetzt und einen Stofffetzen vom Tisch genommen, den er jetzt mit seinen Händen knetete.

„Es hängt doch alles mit deiner Volljährigkeit zusammen." Greta versuchte, ihrem Bruder zu helfen.

„Ja, das stimmt. Wie du wohl weißt, Martin, ist der Stadtrat Pechstein unser Vormund, seit unsere Eltern verstorben sind. In ungefähr einem Monat werde ich volljährig, und von dem Tag an soll diese Vormundschaft enden."

„Das wäre doch eigentlich ein Grund, um zu feiern", warf Martin aufmunternd ein.

„Grundsätzlich schon, aber es scheint alles schiefzulaufen. Schon vor einiger Zeit haben wir unserem

Vormund erzählt, wie wir uns unsere Zukunft vorstellen und wie wir auf eigenen Beinen stehen könnten. Doch jetzt ist unser Traum von heut auf morgen zerplatzt."

„Was ist denn so Schreckliches geschehen?"

„Du hast doch bestimmt von diesem grauenhaften Überall auf die Witwe Prager gehört?"

„Ich habe die Arme sogar gefunden. Eine unfassbare Schurkerei. Aber was hat das mit euch zu tun?"

„Sie hatte uns ihren Webstuhl versprochen." Greta konnte nur mit Mühe ihre Tränen zurückhalten. „Und jetzt liegt die geschundene Frau im Armenhaus."

„Ich glaube, es geht ihr inzwischen schon wieder etwas besser. Meine Mutter und meine Schwester Margret besuchen sie regelmäßig bei den Heiligen Schwestern. Aber helft mir bitte. Ich verstehe die Zusammenhänge noch nicht ganz. Ihr solltet von der Witwe Prager den Webstuhl haben?"

„Ja, weil sie ihn mit ihren knotigen Fingern nicht mehr bedienen konnte", warf Greta ein.

„Und das haben wir unserem Vormund erzählt und ihn um einen Vorschuss aus unserem Erbe gebeten, um den Webstuhl zu bezahlen. Auf dem großen Webstuhl hätten wir ganz andere Kleider weben und sehr gut von dem Verkauf leben können."

„Und jetzt hat irgendjemand diesen Webstuhl zerschlagen – und nebenbei auch eure Zukunft."

Die Geschwister blickten Martin betreten an. Gottfried senkte den Kopf und hob resignierend die Schultern.

„Und wie kann ich euch helfen?", fragte Martin.

„Ich weiß nicht, ob ich es sagen soll." Gottfried hielt den Stofffetzen noch immer in seiner Faust und sah seine Schwester fragend an.

„Natürlich müssen wir es Martin sagen, deswegen ist er doch hier." Greta war ungehalten, weil ihr Bruder damit zögerte, weitere Informationen preiszugeben.

„Wir haben einen Verdacht ... wir vermuten ... aber wir können es nicht beweisen ..." Gottfried stotterte.

„Der Einzige, der von unserem Plan wusste, war Pechstein", stieß Greta hervor.

Martin hob irritiert den Kopf. Plötzlich war er hellwach. Ganz langsam fügte sich ein Mosaikstein an den anderen.

„Und außerdem will er jetzt unser Haus kaufen", fuhr Greta fort, bevor Martin etwas sagen konnte.

„Wenn ich euch richtig verstehe, seid ihr der Meinung, dass euer Vormund, der ehrenwerte Stadtrat Pechstein, dafür gesorgt hat, dass der Webstuhl der Witwe Prager zerstört wurde, damit ihr in Zukunft nicht für euch selbst sorgen könnt?"

Gottfried und Greta Holldorf nickten stumm.

„Und was war das mit dem Hauskauf?"

„Gestern ist der Stadtrat zu uns gekommen und hat es als fürchterliches Unglück bezeichnet, dass es ja nun den Webstuhl, der für unseren Unterhalt sorgen sollte, nicht mehr geben würde und dass es jetzt das Beste für uns wäre, das Haus an ihn zu verkaufen, um so wenigstens für die nächste Zeit ein wenig Geld zu haben. Dann hat er noch gesagt, dass das alte Haus kaum noch etwas wert sei."

Martin schüttelte den Kopf. Dieser hinterhältige Gauner war mit allen Wassern gewaschen.

„Haben eure Eltern euch noch mehr als das Haus hinterlassen?" Martin hatte jetzt Lunte gerochen. Hier wollte jemand auf ganz niederträchtige Weise die

Arglosigkeit der Geschwister ausnutzen. Irgendwie kam ihm das alles sehr bekannt vor.

„Wir wissen es nicht genau, aber ein paar Hundert Taler waren es wohl schon. Doch Pechstein hat gesagt, da wäre nichts mehr. Angeblich hat er alles für unseren Unterhalt und die Instandsetzung des Hauses ausgegeben."

„Das stinkt doch zum Himmel!" Martin wollte sich nicht vorstellen, dass es möglich war, sich so dreist und verbrecherisch zu bereichern und sich gleichzeitig den Mantel der Ehrbarkeit umzuhängen. „An eurem Haus ist über Jahre nichts mehr repariert worden. Man muss kein Zimmermann oder Maurer sein, um das zu erkennen."

„Und was machen wir nun?" Hilflos sah Gottfried Holldorf Martin an.

„Ganz ruhig, Gottfried. Es war richtig, dass ihr mich eingeweiht habt. Ich werde euch helfen."

„Und wie?" Gottfrieds Zweifel hatten sich noch nicht zerstreut.

„Habt etwas Geduld. Ich glaube, ich habe da einen Plan. Aber zunächst macht ihr so weiter wie bisher. Wenn Pechstein euch wegen des Verkaufs bedrängt, dann vertröstet ihn, bittet ihn um Bedenkzeit und demonstriert Unentschlossenheit. Ich muss zunächst einige Dinge klären. Wenn ich Neues weiß, lass ich es euch wissen. Nach Möglichkeit sollte man uns nicht so oft zusammen sehen." Martin erhob sich von dem Hocker.

Auch Gottfried und Greta standen auf.

„Wir wissen gar nicht, wie wir dir danken sollen." Gottfried ergriff Martins Rechte und schüttelte sie mit beiden Händen.

„Dankt mir nicht zu früh. Aber vielleicht schlaft ihr ein wenig ruhiger, wenn ihr wisst, dass ihr nicht allein seid."

Bruder und Schwester fielen sich in die Arme, als er das Haus in der Lübecker Straße verlassen hatte.

„Meinst du, wir haben alles richtig gemacht?" Gottfried schien immer noch von Zweifeln gequält.

„Sei nicht so verzagt, Gottfried. Du hast doch gehört, was er gesagt hat. Er hat sogar schon einen Plan. Auf Martin können wir uns verlassen."

Je länger sich Martin mit den Sorgen der Geschwister Holldorf beschäftigte, desto sicherer war er, dass der heimtückische und arglistige Stadtrat nur das eine Ziel verfolgte: sich erneut an seinen Mündeln zu bereichern.

Martin musste vorsichtig sein, da er immer noch nicht genau wusste, ob nicht auch sein Dienstherr, der Advokat, seine Finger mit in diesen Intrigen hatte. Er konnte es sich zwar nicht vorstellen, doch irritierte ihn die Tatsache, dass die Kanzlei in der Vergangenheit immer wieder auch Verträge für den Stadtrat hatte aufsetzen müssen.

Als er noch überlegte, auf welche unauffällige Weise er einen Blick in das Testament des Schneidermeisters Holldorf nehmen könnte, kam ihm der Zufall zu Hilfe.

„Jakob, geh mal ins Archiv und hol mir die Dokumentenmappe Holldorf", wies der Kanzleischreiber Heckenrat den Hausknecht der Kanzlei am nächsten Morgen an.

Martin spitzte die Ohren.

„Kann ich Euch helfen, Herr Secretarius?", fragte er den alten Kanzleischreiber, als er sah, wie dieser wenig später kopfschüttelnd einige Dokumente in die Hand nahm und sie wieder zur Seite legte.

„Ach, Martin, ich glaube, ich werde langsam alt. Ich weiß ganz genau, dass das Testament des Schneidermeisters Holldorf in dieser Mappe war, aber ich finde es einfach nicht."

„Darf ich sie noch einmal durchsehen?"

„Sei so gut, mein Junge." Ernst Heckenrat trat von seinem Stehpult einen Schritt zur Seite und überließ Martin seinen Platz.

Sorgfältig sortierte Martin die Urkunden. „Hier ist es doch, Herr Secretarius. Es hatte sich zwischen zwei anderen Papieren versteckt. Wozu benötigt Ihr es denn?"

„Der Herr Advokat hat darum gebeten. Es geht um die Volljährigkeit des Gottfried Holldorf, die wohl nun bald ansteht."

Ernst Heckenrat stutzte, als er sah, wie Martin das Testament aufmerksam durchlas. Er kannte den Jungen inzwischen sehr gut. Ein intelligenter, wortgewandter junger Mann, der stets hilfsbereit und höflich auftrat, der in seiner Arbeitsweise jedoch immer auch ein Ziel vor Augen hatte.

„Ich weiß, dass du mir helfen möchtest, Martin, aber deine Augen verraten mir, dass dich noch etwas ganz anderes umtreibt."

„Ich hätte es wissen müssen, Euch kann ich nichts verheimlichen." Sollte Martin den Kanzleischreiber in die Verdächtigungen gegen den Stadtrat Pechstein und seine Pläne einweihen? Er hatte ihn zwar als äußerst vertrauenswürdig kennengelernt, doch würde er den alten Mann nicht auch in Gewissenskonflikte bringen?

„Nenn es einfach die Weisheit des Alters, mein Junge", antwortete Ernst Heckenrat schmunzelnd.

„Ich müsste mit Euch allein reden", flüsterte Martin und blickte zum Hausknecht hinüber, der unter der Treppe auf einem Schemel saß und vor sich hindöste.

„Jakob, hast du heute schon das Pferd von dem Herrn Advokaten versorgt und den Stall ausgemistet?"

Erschrocken sprang der Hausknecht auf. Er stieß sich den Kopf an einer Treppenstufe. „Nein, Herr Secretarius, noch nicht." Taumelnd kam er unter der Treppe hervor und hielt sich die schmerzende Stelle.

„Dann nimm die Beine in die Hand, du Faulpelz!"

Ernst Heckenrat lächelte Martin verschmitzt an, als der entlarvte Hausknecht missmutig murmelnd die Kanzlei verließ. Kaum hatte dieser die Tür hinter sich zugeschlagen, erzählte Martin dem Kanzleischreiber ausführlich von der Not der Holldorf-Geschwister und ihrem Verdacht.

„Eine schwerwiegende Anschuldigung gegen ein ehrenwertes Mitglied des Stadtrats", bemerkte Ernst Heckenrat stirnrunzelnd.

„Dessen bin ich mir durchaus bewusst, Herr Secretarius, aber ich kann einfach nicht tatenlos zusehen, wie hier unter dem Deckmantel von vermeintlich ehrbaren und tugendhaften Taten die Gerechtigkeit mit Füßen getreten wird."

„Recht und Gerechtigkeit sind nicht miteinander verwandt, Martin. Das solltest auch du inzwischen gelernt haben."

„Ich weiß, Herr Secretarius, aber müssen wir deshalb solche Heuchler wie Pechstein gewähren und die armen Geschwister Holldorf im Regen stehen lassen?" Ohne es zu merken, war Martin in seiner Entrüstung immer lauter geworden.

Ernst Heckenrat legte ihm beruhigend die Hand auf den Arm. „Natürlich nicht. Aber man muss vorsichtig vorgehen. Du weißt nie, wer wem verpflichtet ist und wer noch gemeinsame Leichen im Keller hat. Wie ich dich kenne, hast du schon einen Plan."

In allen Einzelheiten erläuterte Martin sein beabsichtigtes Vorgehen. Der Kanzleischreiber hörte mit gesenktem Kopf aufmerksam zu. Als er geendet hatte, sah Martin sein Gegenüber erwartungsvoll an.

Ernst Heckenrat hob bedächtig den Kopf und musterte den jungen Mann. Dann holte er tief Luft und räusperte sich. „Du hast dir wirklich Gedanken gemacht, Martin Seedorf. Und ich muss ehrlich gestehen, du beschämst mich."

Der Kanzleischreiber hob abwehrend die Hand, als er sah, dass Martin sich entschuldigen wollte. „In all den Jahren, die ich nun schon dem Herrn Advokaten diene, habe ich so manche Dinge erlebt, die ganz und gar nicht meinem Gefühl für Gerechtigkeit entsprachen, wie beispielsweise deine Verhaftung. Doch ich habe nie dagegen opponiert. Ich habe mich dahinter versteckt, dass es ja studierte und besser wissende Menschen gibt als den kleinen, inzwischen altersschwachen Kanzleischreiber Heckenrat. Und willst du nicht selbst zwischen die Mühlensteine des Rechts geraten, dann hältst du lieber den Mund und machst deine Arbeit, habe ich mir immer gesagt. Deine Worte haben mir heute gezeigt, dass es auch anders gehen kann. Deinen Mut habe ich nie gehabt, aber vielleicht verzeiht mir der Herrgott meine Feigheit ein wenig, wenn ich dich bei deinen Plänen, soweit es in meiner Macht steht, unterstütze. Wie schon gesagt, wir müssen behutsam vorgehen. Martin, wir werden jetzt die Ärmel aufkrempeln, aber vorsichtig und leise."

Martin strahlte den alten Kanzleischreiber an. Er hatte ihn nicht in Verlegenheit bringen wollen. Aber offensichtlich hatte er neuen Mut gefasst. Gemeinsam könnte ihnen der Plan gelingen.

„Margret, nun erzähl schon, was die Witwe Prager gesagt hat." Ungeduldig trat Martin von einem Bein auf das andere.

„Willst du mir nicht verraten, was du vorhast?" Margret sah ihren zappelnden Bruder, der sie noch im Hausflur abgefangen hatte, kopfschüttelnd an.

„Alles zu seiner Zeit, Margret, aber nun sag mir endlich: Wie geht es der Witwe Prager und wie hat sie reagiert?"

„Es geht ihr immer besser. Die Heiligen Schwestern kümmern sich rührend um die alte Frau. Sie hat sich von dem Schreck erholt, kann sich aber an nichts erinnern."

„Und was hält sie von meinem Vorschlag?"

„Sie möchte für ihre alte Kate kein Geld haben. Ihr Wunsch ist es, dass sie in der vermutlich kurzen Zeit, die sie noch auf Erden weilt, ein sorgenfreies Leben führen kann."

„Perfekt", stieß Martin begeistert aus, „das ist einfach perfekt!" Ungestüm umarmte er seine Schwester und drückte ihr einen Kuss auf die Stirn. „Der Lohn für gute Nachrichten, liebe Schwester." Lachend stürmte er aus dem Haus und ließ Margret ahnungslos im Flur stehen.

„Hast du dich verirrt, Junge? Oder willst du etwa das ehrenwerte Schneiderhandwerk erlernen?"

Martin zuckte zusammen, als er so unverhofft angesprochen wurde. Vor ihm stand ein spindeldürrer Mann in gutem Tuch, der ihn von oben bis unten eindringlich musterte.

„Es tut mir aufrichtig leid, Meister Hanfling, dass ich so unaufgefordert in die ehrwürdigen Hallen der Schneiderzunft eindringe, aber wenn es Eure Zeit erlaubt, würde ich gern für ein paar Minuten Eure Aufmerksamkeit in Anspruch nehmen."

Martin wusste nicht, woher er den Mut genommen hatte, in das Zunfthaus der Schneider zu gehen, um ein Gespräch mit dem Zunftmeister zu suchen. Doch bei seinem Plan, Greta und Gottfried Holldorf zu helfen und sie vor den Intrigen des Stadtrats Pechstein zu bewahren, war ihm ein weiterer Glücksstein vor die Füße gerollt. So ganz nebenbei hatte sein Freund Daniel ihm erzählt, dass seinem Vater, dem Schmiedemeister, ein vielversprechender Auftrag geplatzt war. Die Schneiderzunft wollte ihr marodes Zunftgebäude in der Sackstraße vor dem Einsturz bewahren, doch die Kosten für die notwendigen geschmiedeten Mauerhaken mochten die Schneider dann doch nicht ausgeben, da sie damit das alte Gebäude auf Dauer auch nicht gerettet hätten.

Der Zunftmeister schien von den wohl gesetzten Worten des jungen Mannes sichtlich beeindruckt zu sein. „Du machst mich wirklich neugierig, Junge. Du bist doch der Sohn vom Apotheker Seedorf, oder irre ich mich?"

„Ja, verzeiht, Meister Hanfling, ich vergaß mich vorzustellen. Martin Seedorf." Martin verneigte sich leicht.

„Nun gut, was führt dich zu mir?“

„Würde ich Euch beleidigen, wenn ich behaupte, dass Euer Zunfthaus bereits bessere Jahre gesehen hat?“

Egidius Hanfling sah den jungen Mann verwundert an. Unwillkürlich begann er zu lachen. Martin hatte diese Reaktion nicht erwartet, freute sich aber im Stillen darüber, versprach das Gespräch doch eine hoffnungsvolle Entwicklung zu nehmen.

„Ich denke, diesen Zustand möchtest du in deinem jugendlichen Schwung nun ändern“, bemerkte der Schneidermeister vergnügt.

„Auf eine gewisse Weise schon, verehrter Meister Hanfling.“

Irritiert blickte der Zunftmeister Martin an, als er sah, dass dieser ihm mit todernster Miene geantwortet hatte.

„Da bin ich aber gespannt.“

„Ich hätte einen Vorschlag zu machen, der Euch aller baulichen Sorgen berauben würde.“

Martin hielt es an diesem Morgen nicht lange zu Hause. Verwundert bemerkte er, als er in der Kanzlei eintraf, dass Ernst Heckenrat trotz der frühen Stunde schon an seinem Pult stand.

„Wie ist es gelaufen, Herr Secretarius?“

„Ganz ruhig, Martin. Es ist alles auf dem richtigen Weg.“

Seit gestern war Gottfried Holldorf volljährig und Martin wusste, dass das entsprechende Dokument am Tag zuvor in der Kanzlei hatte unterschrieben werden sollen. Eine schlaflose Nacht war es für ihn nur aus dem Grunde gewesen, weil er nicht sicher sein konnte, ob der scheinheilige Stadtrat Pechstein nicht schon etwas von seinen Plänen bemerkt hatte.

„Es ist alles gut, Martin. Der Herr Advokat hat im Beisein der Geschwister Holldorf dem Stadtrat Pechstein und mir das Dokument über die Volljährigkeit verlesen, woraufhin jeder sein Zeichen daruntergesetzt hat. Unstimmigkeiten gab es zwischen dem Herrn Advokaten und dem Stadtrat nur hinsichtlich der Kosten für den Unterhalt der Geschwister, der Werterhaltung des Hauses und des Testaments, aber das berührt deinen Plan nur zweitrangig."

„Meint Ihr, dass der Stadtrat etwas gemerkt hat?", fragte Martin besorgt.

„Ich glaube nicht. Ich gehe fest davon aus, dass er noch heute Gottfried Holldorf aufsuchen und ihm erneut seinen unseriösen Kaufvorschlag unterbreiten wird."

„Hat er denn rechtlich noch irgendeinen Einfluss auf die Holldorf-Geschwister?"

„Nein. Die Vormundschaft ist durch die Volljährigkeitserklärung erloschen. Der Advokat hat verfügt, dass Greta in die Obhut ihres Bruders gestellt wird, da sie beide bisher ein ehrenwertes Leben geführt haben und auch in Zukunft für ihren eigenen Unterhalt sorgen werden. Der Herr Stadtrat hat das zwar angezweifelt, aber generös erklärt, dass er, obwohl nicht mehr verantwortlich, für eine angemessene Lösung sorgen wird."

„In Form eines Almosens für das Haus."

„Was zu vermuten ist. Doch jetzt sollten wir uns unserer eigentlichen Arbeit widmen. In dieser Sache ist alles getan, Martin. Die Dinge werden ihren Lauf nehmen und wir können nur noch zuschauen."

Beide lächelten sich zufrieden an, wohl wissend, dass sie mit ihren bescheidenen Mitteln Ungerechtigkeit und Unheil verhindert hatten.

Es wurde allerhöchste Zeit, dieses unangenehme Kapitel abzuschließen. Leberecht Pechstein musste jetzt Nägel mit Köpfen machen. Die Voraussetzungen waren günstig, der Weg bereitet. Die Holldorf-Geschwister hatten keine andere Wahl, als sein gefälliges Kaufangebot anzunehmen – natürlich abzüglich der in den vergangenen Jahren angefallenen Unterhaltskosten. Die paar Taler aus dem väterlichen Testament fielen gar nicht ins Gewicht, und das Haus, das er den Geschwistern bereits ausführlich als alte Bruchbude beschrieben hatte, war ohnehin kaum die Taler wert, die er ihnen zahlen wollte. Was hatten die beiden denn für Alternativen? Ihr hochgestochenes Ziel, mit dem Webstuhl der Witwe Prager ihren Lebensunterhalt zu verdienen, war ja nun durch unglückliche, geradezu schicksalhafte Umstände zerstört worden. Stadtrat Pechstein konnte sich ein hämisches Grinsen nicht verkneifen.

Gemessenen Schrittes bog er vom Marktplatz in die Lübecker Straße ein und blieb nach kurzer Zeit vor dem Haus des einstigen Schneidermeisters Holldorf stehen. Abschätzend betrachtete er die Fassade. Die hier und da bröckelnden Backsteine und die grauen Balken täuschten nicht über den soliden Bau hinweg. Zimmerleute und Maurer würden – da war er sicher – das traurige Gemäuer in kürzester Zeit in ein Schmuckstück verwandeln.

Aus alter Gewohnheit öffnete er die schwere Haustür, ohne vorher anzuklopfen. Irritiert blieb er stehen, als er

Stimmen im Haus vernahm, die hier nicht hergehörten. Was war das? Wer war in sein Haus eingedrungen? Vor ihm standen zwei Herren, die ihm wohl bekannt waren. Egidius Hanfling, Zunftmeister der Schneider, und Schneidermeister Klopf blickten ihn fragend an, nachdem die Haustür polternd ins Schloss gefallen war.

„Darf ich die ehrenwerten Herren fragen, was sie in meinem Haus zu suchen haben?", fuhr Leberecht Pechstein die Schneider an, ohne dabei Gottfried und Greta Holldorf zu beachten, die sich gerade noch angeregt mit ihren Gästen unterhalten hatten.

„In Eurem Haus, Herr Stadtrat? Da müsst Ihr wohl etwas vergessen haben. Soweit wir informiert sind, gehört das Haus seit gestern dem Sohn unseres verstorbenen Kollegen Holldorf. Deshalb werdet Ihr ihm sicherlich zugestehen, die Auswahl derer, die er in sein Haus bittet, selbst zu bestimmen. Ob Ihr allerdings aufgrund Eures Auftritts in Zukunft dazugehören werdet, wage ich stark zu bezweifeln."

Leberecht Pechstein lief rot an. Was war hier los? Wieso musste er sich in seinem Haus von hergelaufenen Hungerleidern beschimpfen lassen? „Ich weiß nicht", entrüstete er sich, „mit welchem Recht Ihr einen angesehenen Stadtrat beleidigt. Ich wäre Euch dankbar, wenn Ihr uns jetzt allein lassen könntet. Wir haben Geschäftliches zu besprechen." Am liebsten hätte er diese hochnäsigen Tuchschuster hochkantig aus dem Haus geworfen. Was bildeten die sich überhaupt ein?

„Herr Stadtrat Pechstein, ich glaube nicht, dass wir etwas Geschäftliches zu besprechen hätten. Ich wäre Euch dankbar, wenn Ihr uns jetzt bitte entschuldigen und mein Haus verlassen würdet." Gottfried Holldorf war zwei Schritte vorgetreten und wies auffordernd mit seiner Rechten auf die Haustür.

„Was soll diese Scharade?" In Leberecht Pechstein kochte die Wut hoch. „Bist du denn von allen guten Geistern verlassen? Ich habe mit dir einen Kaufvertrag für das Haus vereinbart, den ich hier bei mir trage und der zu erfüllen ist." Er nestelte an seinem Umhang herum und zog ein verknittertes Dokument hervor, das er Gottfried Holldorf demonstrativ entgegenstreckte.

„Da irrt Ihr, Herr Stadtrat. Ihr habt nichts weiter getan, als uns ein mehr als unerträgliches Angebot für das Haus zu unterbreiten. Dieses können meine Schwester und ich leider nicht annehmen."

„Das ist Betrug! Das ist schändlicher Betrug!" Stadtrat Pechstein sah seine Felle wegschwimmen. Das ging alles nicht mit rechten Dingen zu. Und wie passten die verlogenen Schneider in diese Posse?

„Herr Stadtrat Pechstein!"

Leberecht Pechstein zuckte zusammen, als der Zunftmeister der Schneider ihn mit lauter und scharfer Stimme ansprach.

„Wenn Ihr von Betrug sprecht, dann solltet Ihr Euch angesichts Eures kläglichen Angebots, von dem wir gerade erfahren haben, an Eure eigene Nase fassen."

„Ich weiß gar nicht, warum Ihr Euch so aufbläht ..."

„Wir wissen nur eins", unterbrach der Zunftmeister den wütenden Stadtrat, „dass nicht Ihr der neue Besitzer dieses Haus sein werdet, sondern die ehrenwerte Zunft der Eutiner Schneider. Und jetzt ist wirklich der rechte Zeitpunkt, unser Haus zu verlassen. Es sei denn, Ihr wollt Euch von dem Stadtbüttel eskortieren lassen, den wir sonst notgedrungen herbeirufen müssten."

Leberecht Pechstein japste nach Luft, unfähig, seine Entrüstung zu formulieren. Das alles war doch nur ein Traum, oder? Ein Albtraum! Fluchtartig verließ er das Haus, das noch vor wenigen Minuten sein Eigentum gewesen war. Zumindest fast. Und nun das! Er stolperte über die Schwelle, taumelte aus der Haustür und konnte sich nur mit Mühe vor einer Kutsche retten, die aus dem Stadttor herangeprescht kam. Fassungslos lehnte er sich an die Hausmauer.

Seit Tagen ertönten lautes Hämmern, knirschendes Sägen und aufgeregte Stimmen aus der alten Kate vor dem Sacktor. Hier, wo noch vor wenigen Wochen betuliche Stille geherrscht hatte, schien jetzt ein emsiges Volk wuselnder Ameisen eingezogen zu sein. An allen Ecken des kleinen, reetgedeckten Hauses sah man junge Menschen, die freudig und voller Hingabe versuchten, dem betagten Gemäuer zu neuem Glanz zu verhelfen.

„Jetzt ist Pause, ihr fleißigen Gesellen!“ Greta Holldorf balancierte ihr Tablett mit Krügen über Balken und Bretter und stellte es auf einer Tonne ab.

„Eine gute Idee, liebe Schwester. Gegen einen kräftigen Schluck haben wir nichts einzuwenden.“ Gottfried Holldorf ergriff zwei Krüge mit dem kühlen Dünnbier und hielt sie hoch. „Nektar für die staubigen Kehlen. Eilt herbei!“

„Da kommen wir doch sofort. Daniel, lass den Hammer fallen!“ Martin kletterte von dem kleinen Gerüst, das sie errichtet hatten, um das Dach des neuen Anbaus decken zu können.

„Greta, du bist ein Schatz.“ Daniel ergriff einen Krug und prostete ihr zu. Inzwischen war auch Martins Bruder

Andreas dem lockenden Ruf gefolgt. Alle amüsierten sich köstlich, als sie sahen, dass Gretas Wangen wegen Daniels Bemerkung erglühten.

„Ihr Männer seid alle gleich", stellte sie schnippisch fest, was zu weiterer Heiterkeit unter den biertrinkenden jungen Männern führte.

„Martin, es ist mir schon bewusst, dass ich mich wiederhole, aber ich weiß einfach nicht, wie wir dir und deinen Freunden danken sollen." Gottfried hob seinen Krug und streckte Martin seinen Arm entgegen.

„Du hast recht, Gottfried, du wiederholst dich. Wir sind alle froh, dass es nicht mehr lange dauern wird, bis euer neues Zuhause fertig ist."

Auch wenn Martin den Dank von Gottfried Holldorf kleinredete, so war er doch erleichtert, dass sein Plan geglückt war. Die Geschwister hatten ihr Haus in der Lübecker Straße zu einem guten Preis an die Zunft der Schneider verkauft. Der Advokat Mauritius hatte zudem in einem Dokument festgelegt, dass sie für das Wohl der Witwe Prager bis an ihr Lebensende sorgen müssten und ihnen dafür die alte Kate vor dem Stadttor zustand. Auch wenn die Geschwister anfangs etwas skeptisch gewesen waren, da sie die Rache des Stadtrats Pechstein fürchteten, waren sie jetzt zuversichtlich, dass sich für sie alles zum Guten wenden würde. Martin hatte sie davon überzeugt, dass ihnen genügend Geld zur Verfügung stehen würde, um die Kate wieder herzurichten und sie um Wohnraum und Stall zu erweitern. Den zerstörten Webstuhl hatte der hilfsbereite Tischlermeister Grootkopp inzwischen repariert. Und für ein Pferd und einen kleinen Wagen würde es auch noch reichen, damit die Geschwister ihre Ware regelmäßig in die Stadt bringen und auf dem Markt anbieten konnten.

„Sag die Wahrheit, Martin, so ganz zufrieden bist du nicht, oder?“ Andreas blickte seinen älteren Bruder herausfordernd an.

„Warum sollte ich nicht zufrieden sein?“

„Ganz einfach, weil du nicht persönlich miterlebt hast, wie Gottfried den fiesen Pechstein aus dem Haus geworfen hat.“

Alle lachten, nicht ganz ohne Schadenfreude für den Stadtrat zu empfinden.

„Da hast du wohl recht, Andreas, da wäre ich gern einmal Mäuschen gewesen. Gottfried und Greta haben uns die Geschichte ja schon oft genug erzählt, doch wenn ich ehrlich bin, könnte ich sie immer wieder hören.“

„Nein, ich kann es einfach nicht, Pater Simon. Ich kann es einfach nicht!“

„Du bist ein unruhiger und ungeduldiger Geist, Martin Seedorf. Jeder kann das. Zugegeben, es gehört ein wenig Übung dazu, aber du hast es ja noch gar nicht versucht. Noch einmal: Augen schließen und Konzentration auf das Nichts.“

Martin schüttelte den Kopf und blickte den Pater verzweifelt an. „Ich kann nicht an nichts denken. Wenn ich die Augen schließe, schwirren alle möglichen Bilder in meinem Kopf herum, die ich zwar in bestimmte Richtungen lenken kann, aber Nichts kommt da nicht vor.“

„Am besten, du probierst es im stillen Kämmerlein aus. Eines Tages wird es schon klappen.“

„Angenommen, Ihr habt recht: Was ist dann?“

„Du verschaffst auf diese Weise deinem Geist Erholung. Genauso wie dein Körper im Schlaf neue Kraft schöpft, braucht auch dein Geist schöpferische Pausen. Diese sucht er sich im Schlaf in deinen Träumen, aber die reichen nicht immer aus. Insbesondere nicht bei einem so regen jungen Mann wie dir. Folglich solltest du von Zeit zu Zeit deinem Geist die Möglichkeit geben, sich zu erholen."

„Pater, ich glaube, Ihr verlangt zu viel von mir."

„Ganz bestimmt nicht, Martin. In den Chor der Mutlosen willst du doch wohl nun wahrhaftig nicht eintreten."

Martin sah Pater Simon an, der neben ihm auf der Bank vor seiner Hütte saß und ihn freundlich und fast ein wenig spöttisch aus seinen klaren Augen anlächelte.

„Kann es sein, dass Ihr mich auf den Arm nehmt?"

„Dein wacher Verstand in allen Ehren, aber mein Respekt vor Gottes Schöpfung, ganz gleich welcher Art, schließt eine solche Haltung vollkommen aus." Pater Simon erhob seinen Krug mit Quellwasser und prostete Martin augenzwinkernd zu. „Aber nun berichte mir doch bitte von deiner letzten guten Tat, die dich so lange von meiner bescheidenen Behausung ferngehalten hat."

„Es tut mir wirklich leid, Pater Simon. Ich weiß, ich hätte Euch schon viel früher besuchen sollen, aber die Ereignisse haben sich in den letzten Wochen einfach überschlagen."

Martin erzählte von dem schrecklichen Überfall auf die Witwe Prager, der Not der Geschwister Holldorf und ihrem Verdacht bezüglich der vermeintlichen Machenschaften des Stadtrats Pechstein. Ausführlich beschrieb er dem weisen Kirchenmann seinen Plan und wie er ihn mit Hilfe seiner Freunde umgesetzt hatte. Pater Simon unterbrach Martin kein einziges Mal.

„Aus deinem Mund hört sich das an wie ein Märchen, in dem die Guten siegen und die Bösen bestraft werden. Aber ist das in diesem Fall wirklich so?“

Martin fiel aus allen Wolken. Kritik hatte er am allerwenigsten erwartet. Verwirrt starrte er den Pater an. „Was habe ich falsch gemacht?“

„Gar nichts. Aber bist du es nicht selbst, den Zweifel quälen?“

Martin senkte den Blick und schwieg. Kurze Zeit später schüttelte er leicht den Kopf und sah dem Pater in die Augen. „Woher wisst Ihr so etwas bloß? Wer verrät Euch solche Dinge? Ich habe Euch doch mit keinem Wort von irgendwelchen Sorgen oder Zweifeln wissen lassen.“

„Lieber Martin, Menschen sind wie Bücher. Sie müssen nur gelesen werden. Und wer wie ich schon ein paar Jahre unter Gottes Himmel wandelt, der hat auch die Zeit gefunden, Menschen ebenso wie Bücher zu studieren. So fällt es mir nicht allzu schwer, beide zu jeder Zeit aufschlagen und in ihnen zu lesen. So glaube ich zu wissen, dass dich hinsichtlich deines durchaus lobenswerten Einsatzes für die Geschwister Holldorf doch im tiefsten Innern deines Herzens Gewissensbisse plagen.“

„Ihr kennt mich viel zu gut, Pater Simon. Es stimmt. Ich frage mich, ob mich wirklich nur die missliche Lage der Geschwister zum Handeln getrieben hat oder ob es nicht auch ganz primitive Rachegelüste dem Stadtrat Pechstein gegenüber waren. Endlich bot sich eine Gelegenheit, es diesem hinterhältigen Pharisäer mit gleicher Münze heimzuzahlen. Und wenn ich ganz ehrlich bin, fühle ich mich bei diesem Gedanken noch nicht einmal unwohl."

Pater Simon schmunzelte bei den trotzigen Worten des jungen Mannes. „Niemand macht dir aufgrund deiner Aktivitäten irgendwelche Vorwürfe, Martin, es sei denn, der Stadtrat Pechstein kommt irgendwann dahinter, wer ihm die Suppe versalzen hat. Du hast geholfen. Das ist ehrenwert und überaus christlich. Es ist nur allzu menschlich, dass du dabei aufgrund deiner Erinnerungen an die unsägliche Kerkerhaft eine gewisse Genugtuung verspürst. Deine Zweifel sind letztlich aber auch Ausdruck einer empfindlichen Seele, die es zu bewahren gilt."

„Wofür Ihr sicherlich in Eurer unergründlichen Weisheit auch ein Mittel habt."

„Auch wenn in dieser Bemerkung eine gewisse Respektlosigkeit mitklingt, Martin, werde ich dir trotzdem darauf antworten. Gehe in dich und suche nach dem Nichts, um deiner Seele Frieden zu gönnen. Wobei wir wieder am Anfang unseres Gesprächs angelangt wären."

Wissend sahen sich die beiden an. Der junge Mann, der voller Tatendrang nach den Antworten der Welt suchte, und der weise, alte Gottesmann, der Ruhe und Kraft in der Einsamkeit des Waldes gefunden hatte.

Kapitel 16

„Die Dänen sind da! Die Dänen sind da!“

Schlosswache Sergeant Swattkopp hob seinen Kopf und sah einen Bürgersoldaten laut schreiend die Burgstraße entlanglaufen. Seine Muskete musste er verloren oder weggeworfen haben. Immer wieder rufend stolperte der Mann mit rudernden Armen dem ersten Schlosstor entgegen.

Sergeant Swattkopp reagierte sofort. „Schließt das Tor! Und alarmiert die Grenadiere!“

Rumpelnd schlossen sich die beiden Flügel des schweren Eichentores. Der aufgeregte Bürgersoldat schlüpfte gerade noch hindurch, da verstärkte die Schlosswache das Tor auch schon mit bereitliegenden Balken.

„Was ist los, Soldat?“ Sergeant Swattkopp nahm den nach Luft schnappenden Soldaten der Wache vom Sacktor zur Seite.

„Die Dänen! Die Dänen! Wie aus dem Nichts sind sie aufgetaucht und haben einfach den Schlagbaum zerschlagen.“

„Habt Ihr Widerstand geleistet?“

„Wie sollten wir denn – bei der Übermacht? Ich habe überall nur Dänen gesehen. Reiter und Fußtruppen so weit das Auge reicht. Und Kanonen haben sie auch.“

„Das hört sich gar nicht gut an.“ Sergeant Swattkopp kratzte sich am Hinterkopf und runzelte die Stirn.

„Was soll der Alarm, Swattkopp?“

Sergeant Swattkopp fuhr herum. Vor ihm stand Capitain Johann Nummers, der Befehlshaber der Gottorfer Grenadiere, der erst vor wenigen Tagen von Neustadt aus mit seinen Mannen in das Schloss eingezogen war.

„Dänen, Capitain. Vermutlich in größerer Stärke, wenn man dem Mann der Stadtwache Glauben schenken kann. Er spricht von Reitern, Fußtruppen und Kanonen, die er gesehen haben will.“

„Also doch. Der dänische König will wohl mit aller Gewalt seinen Kopf durchsetzen. Aber wir werden ihm die Suppe schon richtig versalzen. Swattkopp, besetzt die Scharten und Türme des ersten Tores. Ich schicke Euch gleich Verstärkung. Sollten die Dänen die Burgstraße erreichen, begrüßt sie mit einem angemessenen Kugelhagel, damit sie gleich wissen, woran sie sind.“

Sergeant Swattkopp erteilte die nötigen Befehle an seine Soldaten und kletterte dann selbst auf den höchsten Turm des Schlosstores. Die Burgstraße war menschenleer. Während die lauten Rufe des Soldaten der Stadtwache erklangen, verriegelten die Menschen bereits eilig ihre Türen, verbarrikadierten Fenster und zerrten ihre Kinder von der Straße.

„Da hinten sind Reiter, Sergeant.“

Auch Swattkopp hatte die dänischen Reiter am Ende der Burgstraße entdeckt und hob seine Hand. „Ruhig, Männer! Erst einmal sehen, was sie wollen.“ Er erkannte, dass die Reiter sich nicht weiter näherten, sondern dass einer von ihnen ein Fernrohr gezückt hatte und das Schlosstor und die angrenzenden Mauern inspizierte.

Anschließend schienen sich die Reiter zu beraten. Doch dann beobachtete Sergeant Swattkopp, dass sich eine dreiköpfige Reitergruppe formierte. Einer der Reiter führte eine farbenprächtige Standarte mit sich, der zweite eine schlichte weiße Flagge. Beide eskortierten den dritten Reiter, der höher gestellt sein musste, denn Rüschen, Brokat und Federn an seinem Hut ließen eher auf einen geckenhaften Höfling schließen als auf einen Soldaten. So sah Sergeant Swattkopp es zumindest.

„Jasper, hol den Capitain. Ich glaub, die Dänen wollen uns etwas erzählen. Männer, ihr behaltet die Schweinebacken gut im Auge, und dass mir ja keiner von euch schießt!"

„Was ist los, Swattkopp?" Capitain Nummers war ächzend die steilen Stiegen zum ersten Turm der Schlosswache hinaufgeklettert. „Sind die Dänen wieder weg?"

„Nicht ganz, Capitain. Sieht eher nach Parlamentärs aus. Haben wohl Lust auf ein Plauderstündchen."

„Na dann wollen wir einmal hören, was sie zu berichten haben. Das Schlosstor bleibt zu. Wir werden sie nicht hereinlassen."

Inzwischen waren die drei dänischen Reiter, aufmerksam beobachtet von den Wachsoldaten des Schlosses, gemessenen Schrittes näher gekommen.

„Halt! Bleibt stehen! Was wollt Ihr?"

Abrupt zügelten die Reiter ihre Pferde. Sie waren noch rund fünfzig Meter vom Tor entfernt.

„Als Parlamentär seiner Durchlaucht des dänischen Königs Christian IV. sowie im Auftrag seiner Exzellenz des kommandierenden Generals Hartwig von Passow fordere ich, Graf Ruhmhold von Frederiksborg, einen adäquaten Gesprächspartner zur freiwilligen Übergabe des Schlosses."

„Mein Gott, was ist das denn für ein aufgeblasener Fasan!", lästerte Sergeant Swattkopp grinsend. Auch Capitain Nummers huschte ein kurzes Lächeln über die sonst eher ernsten Gesichtszüge.

„Damit wir uns gleich richtig verstehen, Graf Wichtig von Frederiksbock. Ihr könnt von Glück sprechen, dass wir Euch nicht – weiße Flagge hin, weiße Flagge her – mit unseren Musketen begrüßt haben, denn Ihr seid unrechtmäßig in eine freie Stadt eingedrungen. Und Ihr habt ein zweites Mal Glück, dass ich, Johann Nummers, Capitain der Herzoglich Gottorfschen Grenadiere, mich herablasse, mit Euch zu parlieren, denn Ihr verstoßt schon wieder gegen geltendes Recht, wenn Ihr die Übergabe des Schlosses verlangt – ein alleiniges Privileg des Herzogs Johann Friedrich von Schleswig-Holstein-Gottorf."

„Ich erhebe im Namen seiner Exzellenz General von Passow erneut Anspruch auf einen herrschaftlichen Verhandlungspartner, wie es sich unter der Flagge der Parlamentärs gebührt, um die erforderlichen ..."

Der peitschende Knall einer abgefeuerten Muskete unterbrach den Redeschwall des völlig überraschten dänischen Grafen. Die Pferde scheuten und hätten ihn beinahe aus dem Sattel geworfen.

„Ihr habt mich wohl nicht recht verstanden, Graf Plaudertasche." Capitain Nummers hielt immer noch die rauchende Muskete in der Hand, die er einem der Wachsoldaten abgenommen und mit der er in die Luft gefeuert hatte. „Weder der dänische König noch Euer General und am allerwenigsten Ihr Blasebalg habt hier irgendwelche Ansprüche zu stellen. Sollte irgendein dänischer Wicht in die Nähe des Schlosses kommen, werden wir ihn gebührend zu empfangen wissen. Und nun verschwindet aus meinen Augen, bevor ich meine Soldaten anweise, Euch ein angemessenes Feuer unter Eurem gräflichen Hintern zu bereiten."

„Ich erhebe ..." Mehr zu sagen traute sich der dänische Graf nicht, als er sah, dass Capitain Nummers erneut nach einer geladenen Muskete griff. Alle drei Reiter drehten auf der Hinterhand um und ritten, begleitet von herzhaften Zoten und dem Gelächter der Schlosswache, zügig die Burgstraße hinunter, bis sie in die Sackstraße einbogen und nicht mehr zu sehen waren.

„Seid wachsam, Swattkopp. Die Dänen werden nicht lange auf sich warten lassen." Capitain Nummers verließ den Turm der Schlosswache. Es gab viel zu tun.

„Julius, lauf nach vorn und frag Sergeant Swattkopp, was da vorgeht!" Der Zweite Stallmeister schubste den Jungen aus der Stalltür. Seit rund einer Viertelstunde war vom Schlosstor ununterbrochen mehr oder weniger heftiges Musketenfeuer zu hören. Auch wenn die Mauern des Marstalls die Gefechtsgeräusche dämpften, so schienen die Pferde die Gefahr zu spüren. Aufgeregtes Wiehern, Schnaufen und Hufschlagen versetzten den gesamten Pferdestall des Schlosses in Unruhe. Die Stallburschen, Zureiter und Kutscher blickten ihren Stallmeister Hilfe suchend an.

„Das klingt alles nicht gut. Wir bringen die Pferde in den Schlosshof. Anton, mach das hintere Tor auf. Jeder nimmt zwei Pferde, und dann ruhig, aber zügig ins Schloss!" Hartmut Bergmann musste etwas tun, ganz gleich welche Nachrichten Julius von Sergeant Swattkopp mitbringen würde. Noch bevor er weitere Weisungen erteilen konnte, kam der Stallbursche wieder in den Marstall gestürzt.

„Sergeant Swattkopp ... Sergeant Swattkopp ...“

„Nun hol erst einmal Luft, Julius!“, unterbrach der Stallmeister den am ganzen Körper schlotternden Jungen. „Was hat Sergeant Swattkopp denn nun gesagt?“

„Sergeant Swattkopp hat gesagt, dass die Dänen kommen.“

„Das ist wahrhaftig nichts Neues.“

„Ja, und dass sie mit ihren Musketen das Schlosstor beschießen. Und die Schlosssoldaten schießen zurück. Und überall hat es geknallt und ... Ihr sollt die Pferde in Sicherheit bringen, hat er noch gesagt.“

„Das hast du gut gemacht, Junge.“ Der Stallmeister klopfte dem aufgeregten Stallburschen beruhigend auf die Schulter.

„Und nun hilf den anderen, die Pferde ins Schloss zu bringen!“ Zur Bekräftigung dieser Worte schob er den Jungen zum hinteren Ausgang des Marstalls.

Wenige Minuten später erschütterte ein mächtiges Donnern den Schlossplatz. Erst die Hälfte der Pferde war aus dem Marstall in Sicherheit gebracht worden. Nur mit Mühe konnten die Pferdeknechte die unruhigen Tiere bändigen. Jetzt erschütterte ein Krachen Mauern und Boden des herzoglichen Pferdestalls.

Hartmut Bergmann wurde fast von zwei Soldaten der Schlosswache umgelaufen, als er vor den Marstall trat. Im Pulverdampf und Staub sah er, dass das schwere Schlosstor schief in seinen Angeln hing. Backsteine waren aus der Mauer gebrochen und lagen verstreut auf dem Fahrweg. Weitere Wachsoldaten zogen sich mit der Muskete im Anschlag zurück.

Sergeant Swattkopp trieb sie zur Eile an. Dann entdeckte er den Stallmeister. „Bergmann, sieh zu, dass du und deine Leute ins Schloss kommen! Die Dänen setzen ihre Kanonen ein. Da können wir nicht mehr lange gegenhalten."

Der Stallmeister machte auf dem Absatz kehrt und stürmte wieder in den Marstall. „Lasst alles stehen und liegen, und ab ins Schloss. Wir dürfen keine Zeit mehr verlieren."

„Aber die Pferde!" Asmus Jürgens, einer der herzoglichen Kutscher, stellte sich Hartmut Bergmann in den Weg.

„Hast du nicht gehört, was ich eben befohlen habe? Nimm deine Beine in die Hand und verschwinde!"

Wieder wurde der Marstall vom Donner einer Kanonenkugel erschüttert. Zwei Scheiben zerbarsten. Verirrte Kugeln der Musketen schlugen in die Wände und ließen den Putz rieseln. Mit Entsetzen sah Hartmut Bergmann, dass der Kutscher, der immer noch bei den Pferden stand und seinem Befehl nicht gefolgt war, langsam nach vorn kippte und ins Stroh fiel.

Mit wenigen Schritten war der Stallmeister bei ihm. „Mensch, Jürgens, bist du so blöd oder kannst du nicht hören ...?" Hartmut Bergmann verstummte, während er dem Kutscher beim Aufstehen half, ihm dabei unter die Arme griff und den immer größer werdenden roten Fleck auf seiner Brust entdeckte.

Der Stallmeister zögerte nicht lange. Kurzerhand warf er sich den schmächtig gebauten Kutscher über die Schulter und eilte zum Ausgang des Marstalls, um so schnell als möglich das Torhaus des Schlosses zu erreichen.

Die Dänen hatten mit ihren Kanonen zwar das erste Schlosstor beschädigt, konnten aber nicht auf den Schlossplatz vorstoßen, da die Gottorfer Grenadiere jetzt auch aus den oberen Stockwerken des Schlosses auf sie schossen.

Mit letzter Anstrengung erreichte Hartmut Bergmann den Innenhof des Schlosses, wo er den Kutscher behutsam ablegte. Kaum war er mit seiner verwundeten Fracht über die Brücke des Schlossgrabens gestolpert, ordnete Sergeant Swattkopp das Hochziehen und Verbarrikadieren der Klappbrücke an. Anschließend wandte er sich dem Stallmeister zu. „Was ist denn das für eine Scheiße, Bergmann? Was ist los mit dem Kutscher?“ Er blickte auf Asmus Jürgens nieder, der vor ihm mit geschlossenen Augen auf dem Boden lag. „Lebt er noch?“

Einer seiner Wachsoldaten kniete sich neben den Kutscher und legte sein Ohr auf die blutverschmierte Brust. „Der ist hin, Sergeant“, war seine schlichte Antwort. Er sah nicht zum ersten Mal einen Toten.

„Wie konnte das denn passieren?“ Sergeant Swattkopp schüttelte den Kopf. Inzwischen waren weitere Stallburschen und Zureiter herangetreten und blickten betreten auf den toten Kutscher nieder.

„Ich habe keine Ahnung, aber vermutlich wurde er von einem Querschläger getroffen. Wilhelm, Paul“, rief Hartmut Bergmann zwei Stallburschen zu, „bringt den Kutscher in den Keller neben der Küche. Die Köchin wird euch den Weg weisen. „Ich werde inzwischen den Hofmarschall über unseren ersten Toten unterrichten.“

In der kleinen Residenzstadt Eutin zuckten die Bürger in ihren Häusern erschrocken zusammen, wenn der Kanonendonner vom Schloss herüberhallte. Wie konnte es nur angehen, dass auch hier der Krieg seine grausamen Spuren hinterlassen würde? Soldaten und Einquartierungen hatte es in den vergangenen Jahren immer wieder gegeben. Die damit verbundenen Schlägereien, Belästigungen, Bedrohungen und Untaten schienen angesichts des Überfalls der Dänen auf das Schloss kaum mehr von Bedeutung zu sein. Die Eutiner hatten sich in ihren Häusern verkrochen, in der stillen Hoffnung, dass nur rund um das Schloss geschossen wurde und sich keine Kugel in die Straßen und Gassen der Stadt verirren würde.

„Was meint Ihr, Capitain, werden wir den Kanonen der Dänen standhalten können?" Hofmarschall von Kamphausen, Kanzleidirektor von Wartenburg und Major von Freienfels, der Kommandeur der Schlossgarde, standen mit dem Kommandanten der Gottorfer Grenadiere im Obergeschoss des Torhauses. Sorgenvoll blickten sie über den Schlossplatz.

„Es kommt darauf an, Graf, wo die Dänen ihre Kanonen postieren können. Über den Schlossplatz werden sie erst einmal nicht gelangen können, denn den bestreichen wir mit unseren Musketen. Von der Seeseite besteht auch keine Gefahr; Sorgen hingegen macht mir der Schlossgarten, denn ..."

„Capitain, Capitain! Das müsst Ihr Euch ansehen!" Capitain Nummers wurde von einem Korporal seiner Grenadiere unterbrochen. Erbost drehte dieser sich um und musterte den aufgeregten Soldaten. „Was ist denn los, Bartel, was schreist du hier so laut rum?"

„Die Dänen marschieren im Schlosspark auf. Und wie es aussieht, werden sie bald das Schloss erstürmen."

„Erzähl keinen Schwachsinn, Bartel. Hast du getrunken? Kein vernünftiger Mensch würde über die freie Fläche des Parks angreifen."

„Überzeugt Euch selbst, Capitain!"

Capitain Nummers entschuldigte sich bei den beiden Grafen und folgte seinem Korporal auf die Südseite des Schlosses. Mit offenem Mund beobachtete er das Treiben im Schlosspark. Keine fünfhundert Meter entfernt formierten sich dänische Infanteristen, die im Begriff waren, auf das Schloss zuzumarschieren. „Unfassbar! Das ist einfach unfassbar!"

Inzwischen waren auch Leutnant Kleesdorf von den Grenadieren und Major von Freienfels neben den Capitain getreten und sahen dem Aufmarsch der Dänen im Schlosspark verwundert zu.

„Kleesdorf, Ihr kämpft nun schon so lange an meiner Seite", sprach Capitain Nummers seinen Offizier an. „Kann ich nicht mehr richtig gucken oder bin ich bekloppt? Was seht Ihr da?" Er zeigte mit der Rechten in Richtung Schlosspark.

„Capitain, ich habe das Gefühl, dass Ihr Eure Sinne noch alle beisammen habt. Für mich entsteht auch der Eindruck, dass die Dänen ernsthaft über die freie Fläche vorrücken wollen. Nun, wir werden sie schon angemessen begrüßen."

„Mein Gott, was sind das bloß für Strategen? Kleesdorf, sorgt dafür, dass wir keine Munition vergeuden. Sollten die Dänen anrücken, lasst sie nahe herankommen, bevor wir das Feuer eröffnen. Major, sorgt mit Eurer Schlosswache dafür, dass die Dänen nicht den

Schlossplatz einnehmen.“ Beide Offiziere machten auf dem Absatz kehrt, um nun ihrerseits Befehle zu erteilen.

Es kam, wie Capitain Nummers es vermutete hatte: Die dänische Infanterie marschierte über die freie Fläche des Parks auf das Schloss zu. Als die Männer auf Musketenschussweite herangekommen waren, feuerten die ersten Reihen ihre Waffen ab. Hier und da zerbarst eine Scheibe, doch die dicken Schlossmauern hielten den Musketenkugeln ohne Mühe stand. Die Dänen rückten weiter vor. Aus dem Schloss war bisher noch kein Schuss abgegeben worden. Erst als die dänischen Soldaten weniger als einhundert Schritte vom Schlossgraben entfernt waren, schleuderten die Musketen der Gottorfer Grenadiere ihre tödliche Botschaft in den Schlosspark. Die ersten Reihen der Dänen brachen im Kugelhagel getroffen zusammen. Eine zweite vernichtende Salve aus dem Schloss stoppte den Vormarsch der Dänen und sie zogen sich, ein grausames Bild von verletzten und toten Soldaten hinterlassend, zurück.

Die erschütternde Niederlage hielt die Dänen nicht lange davon ab, erneut ihr Ziel in Angriff zu nehmen. Da sie über den Schlossplatz nicht vordringen konnten, durchbrachen sie die Mauern neben dem ersten Tor und brachten drei Kanonen hinter dem Marstall in Stellung. Verdeckt durch den Pferdestall konnten sie von dort aus das Schloss unter Feuer nehmen. Eine Kanonenkugel nach der anderen krachte in die Schlossmauern. Weder Sergeant Swattkopps Wachsoldaten noch die Gottorfer Grenadiere konnten sich dieser Attacken erwehren. Ein ums andere Mal brachen große Brocken aus den

Schlossmauern. Schon bald lag die Küche des Schlosses in Schutt und Asche. Die unzähligen Kanonenkugeln rissen eine Bresche in die Mauern, durch die ohne Weiteres eine Kutsche hätte fahren können, wenn der Weg nicht von zerborstenen Backsteinen versperrt gewesen wäre.

„Es gibt nichts Schlimmeres für einen Soldaten, als zur Untätigkeit verdammt zu sein." Capitain Nummers musste ohnmächtig mit ansehen, wie die Dänen die Schlossmauern durchlöcherten. Sie konnten mit seinen militärischen Mitteln nicht daran gehindert werden.

„Nur wenn wir abwarten, bis sie versuchen, das Schloss zu stürmen", versuchte Capitain Nummers den sorgenvoll dreinblickenden Hofmarschall zu beschwichtigen, „können wir auch wieder mit unseren Musketen dagegenhalten."

„Es sieht nicht gut aus für uns?" Graf von Kamphausen blickte den Kommandeur der Grenadiere stirnrunzelnd an.

„Warten wir es ab. Der dänische König hat nicht die besten Heerführer nach Eutin geschickt. Vielleicht unterläuft ihnen ja noch einmal ein Fehler wie in den Morgenstunden. Aber ..."

„Capitain, ich glaube, wir haben soeben einen Goldfisch aus dem Wasser gezogen." Vor Capitain Nummers stand Leutnant Kleesdorf, und hinter ihm ein Mann, der, wie es aussah, gerade ein Bad genommen hatte. Allerdings in voller Montur. Aufgrund seiner Stiefel, seiner Jacke und eines ledernen Bandeliers, an dem ein Degen hing, erkannte Johann Nummers, dass es sich um einen Soldaten handeln musste, auch wenn er zurzeit aus allen Poren tropfte.

„Capitain Nummers, auf Geheiß seiner fürstlichen Durchlaucht, Herzog Johann Friedrich, überbringe ich Euch eine dringende Depesche.“ Der nasse Reiter war vorgetreten und überreichte dem Kommandeur der Grenadiere ein Dokument, das er aus einem Lederfutteral entnommen hatte und das auf erstaunliche Weise gänzlich trocken war.

„Eine Depesche vom Herzog? Wieso tropft Ihr aus allen Löchern, Mann?“ Capitain Nummers sah den Reiter befremdlich an.

„Es gab für mich keinen anderen Weg, das Schloss ungesehen zu erreichen, als durch den See zu schwimmen, Capitain. Die Dänen haben das Schloss komplett umlagert.“

„Tolle Leistung! Respekt! Kleesdorf, sorgt dafür, dass der Mann trockene Kleidung bekommt.“ Capitain Nummers wandte sich der Depesche zu und erbrach, schweigend beobachtet vom Hofmarschall von Kamphausen, das herzogliche Siegel. „Es wird vermutlich das Beste sein“, sagte er, nachdem er das Geschriebene überflogen hatte. Mit diesen Worten reichte er dem Hofmarschall das Pergament.

„Der Herzog will, dass wir kapitulieren, um weiteres Blutvergießen zu vermeiden“, stellte der Hofmarschall lapidar fest, nachdem auch er die Depesche gelesen hatte.

„So sieht es aus. Dann wollen wir zumindest versuchen, erhobenen Hauptes aus dieser unglücklichen Lage herauszukommen.“

Capitain Nummers ließ unverzüglich das Feuer einstellen. Bald darauf wehten weiße Tücher aus den Fenstern des Schlosses. Die Dänen unterbrachen ihr Kanonenfeuer. Major Freienfels ordnete an, die Klappbrücke des Schlosses herunterzulassen, und begab sich in Begleitung von Hofmarschall von Kamphausen, Capitain Nummers, Leutnant Kleesmann und einem kleinen herrschaftlichen Gefolge vor das Schlosstor.

Dänische Soldaten räumten die zerborstenen Balken und Backsteine am ersten Tor zur Seite, durch das wenig später eine fünfköpfige Delegation der Belagerer geritten kam. Man verneigte sich höflich, als die dänischen Offiziere abgesessen hatten.

„Auf ausdrücklichen Wunsch seiner fürstlichen Durchlaucht, Fürstbischof und Herzog Johann Friedrich von Schleswig-Holstein-Gottorf, haben wir die weiße Fahne der Kapitulation gehisst", eröffnete Capitain Nummers die Verhandlungen, nachdem sie sich mit der dänischen Delegation in die herzoglichen Audienzräume zurückgezogen hatten. „Seine fürstliche Durchlaucht übergibt hiermit, um weiteres Blutvergießen zu unterbinden, das Schloss Eutin kampflos."

„Im Auftrag unserer Königlichen Hoheit Christian IV. nehmen wir die Kapitulation an." General von Hohendorf, der für die Dänen sprach, unterstrich seine Worte mit einem wohlwollenden Nicken.

Capitain Nummers fühlte sich nicht wohl in seiner Haut. Eine Kapitulation war ohnehin ein Debakel für einen gestandenen Offizier, zumal die Dänen die Schlacht um das Schloss noch lange nicht gewonnen hatten – ob mit oder ohne Kanonen. Doch den Weisungen seines Herzogs konnte sich der Kommandeur der Gottorfer Grenadiere nicht widersetzen. Sein Unbehagen steigerte sich noch, als er das selbstgefällige Grinsen im Gesicht von Graf von Frederiksborg sah, der ebenfalls zu der dänischen Abordnung zählte – jenem aufgeblasenen Parlamentär, dem er noch vor Kurzem die Leviten gelesen hatte.

„Nun, die Weisheit Eures Herzogs ist sicherlich nicht seiner Sorge um das eine oder andere Leben eines seiner gemeinen Soldaten zuzuschreiben, sondern doch wohl eher seiner und Eurer ausweglosen Lage." Graf von Frederiksborg musterte seine Gegenüber mit abschätziger Arroganz. „Darum war es nur verständlich, dass seine Vasallen früher oder später zu Kreuze kriechen würden."

„Ich glaube nicht, dass solche Worte in diesen Räumen und zu diesem Zeitpunkt angemessen sind." Hofmarschall von Kamphausen war mit seiner Bemerkung Capitain Nummers zuvorgekommen, spürte er doch, dass dieser kurz vor einer Explosion stand. „Zudem möchte ich mich mit aller Vehemenz gegen irgendwelche Beleidigungen seiner fürstlichen Durchlaucht Herzog Johann Friedrich verwahren."

General von Hohendorf erhob beschwichtigend die Hände, doch Capitain Nummers ließ sich auch davon nicht zurückhalten.

„Unsere Soldaten haben erhobenen Hauptes für eine gerechte Sache gekämpft. Sie haben die Ehre des Hauses Gottorf hochgehalten, ebenso wie Eure Soldaten die des dänischen Königs. Könnt Ihr das auch von Euch behaupten, Graf Frederiksborg?"

Das Gesicht des so attackierten Grafen wandelte sich innerhalb von wenigen Sekunden von selbstgefälliger Überheblichkeit in eine wutverzerrte Fratze.

Bevor er antworten konnte, kam ihm Graf Hohendorf zuvor. „Es liegt uns fern, einen aufrechten und ebenbürtigen Gegner herabzusetzen. Wir, als repräsentative Diener unserer beiden Herrscherhäuser, werden uns dem Anlass entsprechend wie Edelleute und Soldaten ernsthaft mit den notwendigen Präliminarien auseinandersetzen."

Langsam beruhigten sich die Gemüter wieder. Wobei Graf von Frederiksborg deutlich erkennen ließ, was er von der indirekten Maßreglung des Generals hielt, indem er ihm mit heruntergezogenen Mundwinkeln vernichtende Blicke zuwarf. Nach und nach wurden die einzelnen Regelungen zur Übergabe des Schlosses besprochen und in einem Dokument niedergeschrieben.

Alles schien reibungslos abzulaufen, bis es kurz vor Ende der Verhandlungen erneut knallte, als Capitain Nummers das Wort ergriff. „General von Hohendorf, Ihr habt zu Beginn der Kapitulationsverhandlung von einem aufrechten und ebenbürtigen Gegner gesprochen. Darf ich davon ausgehen, dass Ihr damit Herzog Johann Friedrich und seinen Gottorfer Grenadieren einen angemessenen Respekt zollt und uns als Soldaten einen ehrenwerten Abzug gewährt?"

„Das ist doch geradezu lächerlich. Ihr könnt von Glück sprechen, dass wir Euch nicht in Grund und Boden geschossen haben und Ihr nicht im Sarg aus dem Schloss getragen werden musstet", brauste Graf von Frederiksborg erneut auf, „womöglich noch mit Fanfarenklang und Blumenkindern."

„Genau das, verehrter Graf!" Capitain Nummers wollte sich von diesem arroganten, brokatgeklöppelten Lackaffen einfach nicht mehr provozieren lassen.

Wiederum erhob General von Hohendorf beschwichtigend die Hände. „Capitain Nummers, Ihr habt das

Ehrenwort eines Offiziers in dänischen Diensten, dass gegen den ehrenwerten Abzug Eurer Grenadiere keine Einwände unsererseits bestehen."

Jeden weiteren Versuch von Graf von Frederiksborg zu intervenieren, unterband der General mit einem vernichtenden Blick. Nachdem die Kapitulationsdokumente unterzeichnet waren, erhoben sich die Offiziere und Exzellenzen.

„General Hohendorf, erlaubt mir noch eine ganz persönliche Frage", wandte sich Hofmarschall von Kamphausen an den General der Dänen.

Der blickte den Grafen erwartungsvoll an.

„Gibt es einen triftigen Grund, dass nicht seine Exzellenz, General von Passow, die Kapitulationsverhandlungen persönlich geführt hat?"

„Ihr wisst es noch nicht? General von Passow weilt nicht mehr unter den Lebenden. Er ist im Kampf gefallen."

Capitain Nummers blieb, als er von dem Tod des dänischen Generals hörte, für einen Moment in der Tür stehen und trat dann näher.

„Ein schwerer Verlust für Euch und Euren König", bemerkte der Kommandeur der Grenadiere nicht ohne Anteilnahme.

Kurze Zeit später erfuhr Capitain Nummers, auf welch kuriose Weise der Heerführer der Dänen ums Leben gekommen war. Um das Schlosstor beschießen zu können, hatten die dänischen Soldaten eine Kanone in der Burgstraße positioniert, doch die Kugeln waren in alle Richtungen geflogen, nur nicht auf das Tor zu.

Die Unfähigkeit seiner Kanoniere hatte General von Passow derart erbost, dass er selbst tatkräftig mit eingreifen wollte, um die Kanone in die richtige Schussposition zu bringen. Dabei hatte ihn eine Musketenkugel der Verteidiger aus dem Schloss am rechten Knie getroffen. Die Amputation seines Beines hatte er jedoch nicht überlebt.

Mit großer Erleichterung nahmen die Bürger in Eutin die Nachricht von der Kapitulation auf. Doch die Ungewissheit die Zukunft betreffend ließ sie nicht zur Ruhe kommen.

Wie würden in Eutin die Uhren unter der Regentschaft eines dänischen Fürstbischofs gehen? Würde die Stadt ihre Eigenständigkeit behalten? Musste man wieder mit Einquartierungen rechnen? Wie viele dänische Soldaten würden in der Stadt bleiben? Musste man mehr Abgaben zahlen?

Aufgeregt wurden diese Fragen am nächsten Tag auf dem Markt und in den Straßen diskutiert. Auch der Ablauf des Scharmützels war immer wieder Thema, besonders in den Gasthäusern, in denen in bierseliger Laune die wiedergegebenen Heldentaten sehr schnell ins Unendliche wuchsen.

Unterbrochen wurde die unruhige Stimmung in der Stadt plötzlich durch ganz andere Töne. Vom Schloss her erklang Musik. Aufgeregt griffen die Mütter nach ihren Kindern, rafften die Röcke und eilten zum Schloss. Selbst würdige Herren schwangen beherzt ihren Gehstock, um dieses eigenartige Ereignis auf keinen Fall zu versäumen.

Mit offenen Mündern starrten die Eutiner auf die Soldaten, die unter klingendem Spiel durch das demolierte Schlosstor marschierten. Allen voran Capitain

Nummers, der die Gottorfer Grenadiere hoch zu Ross anführte und unter dem Jubel der Menschen dem Lübschen Tor entgegenritt und Eutin verließ.

Kapitel 17

Martin schwebte im siebenten Himmel. Er war verliebt. Und er hatte die absolute Gewissheit, dass Christine ihn auch liebte. Zumindest hatte sie es ihm deutlich zu verstehen gegeben. Sie hatte sogar seine zaghaften Küsse erwidert, wenn sie nicht Gefahr liefen, ertappt zu werden. Und ihre strahlenden Augen, wenn sie ihn sah – welch einen Beweis wollte er mehr? Allerdings war es nicht immer ganz leicht, in ihre Nähe zu kommen, ohne dass andere Familienmitglieder Verdacht schöpften. Selbst seinem engsten Freund Daniel, Christines Bruder, hatte er bisher von seiner Liebe nichts verraten. Die rosa Wolke, die Martin seit Wochen umnebelte, verschleierte seine Wahrnehmung. Es gab kaum jemanden in den Familien Seedorf und Hellwag – die beiden Väter vielleicht ausgenommen –, die nicht von den Liebenden wussten und diese je nach Charakter mit mildem Lächeln oder neckender Belustigung begleiteten. Doch davon bemerkte Martin nichts. Selbst dass seine Schwester Elsbeth alles wusste, da sie mit Christine eng befreundet war und auch gelegentlich Liebesbriefe überbracht hatte, hielt Martin nicht von seiner Heimlichtuerei ab.

Fieberhaft versuchte er auch heute, an seinem freien Tag, eine Gelegenheit zu finden, ganz unvermutet und scheinbar unbeabsichtigt Christine über den Weg zu laufen, um nur ein paar Minuten ungestört mit ihr verbringen zu können.

„Elsbeth, vergiss bitte nicht, Frau Hellwag die beiden Beutel mit den Kräutern zu bringen, die ich ihr gestern versprochen habe.“

Martin spitzte die Ohren. Die morgendliche Schläfrigkeit war im Nu verflogen, als er beim Frühstück die Stimme seiner Mutter mit dem Auftrag an seine Schwester hörte.

„Ich mach mich gleich nach dem Frühstück auf den Weg, Mutter.“

„Es wäre auch für mich kein Problem, die Kräuter zu Frau Hellwag zu bringen. Es liegt ja quasi auf meinem Weg“, warf Martin ein, sorgsam darum bemüht, harmlos zu klingen. Elisabeth Seedorf runzelte die Stirn und blickte ihren ältesten Sohn verwundert an, während sich seine Schwestern wissende Blicke zuwarfen und ihr Kichern nur mühsam unterdrücken konnten.

„Ich habe den Verdacht, mein Sohn, dass du auch noch das Schmiedehandwerk erlernen möchtest, so oft, wie du in der letzten Zeit die Hellwags aufsuchst.“ Auch Henricus Seedorf blickte überrascht von seinem Teller auf. Zu Diensten, die nun einmal den Frauen vorbehalten waren, hatte sich sein Sohn bisher noch nie hinreißen lassen.

„Nein, nein Vater. Keine Angst. Ich wollte nur hilfsbereit sein.“

Inzwischen hatte Elisabeth Seedorf das Kichern ihrer Töchter richtig gedeutet. „Lieber Martin, ich möchte deiner Hilfsbereitschaft nicht im Wege stehen. Elsbeth hat sicherlich auch noch genug im Haus zu tun. Nicht wahr, mein Töchterchen?“

„Selbstverständlich, Mama, ich weiß gar nicht, wo ich anfangen soll. Martins Angebot kommt wie gerufen.“

Doch dann konnte Elsbeth nicht weitersprechen. Prustend hielt sie sich die Hand vor den Mund. Margret standen Lachtränen in den Augen. Schmunzelnd beobachtete Elisabeth Seedorf die Reaktionen ihrer Kinder. Andreas war intensiv mit seinem Frühstück beschäftigt.

Henricus Seedorf kommentierte die ausgelassene Runde mit leichtem Kopfschütteln. „Welch glücklicher Mann, der schon am frühen Morgen eine so fröhliche Familie hat."

Sehr bald nach dem Frühstück verließ Martin das elterliche Haus und schlenderte über den Marktplatz. Als er am Rathaus vorbeikam, stutzte er. Am Fuße der Treppe saß ein Mann, den er nur zu gut kannte: Falko, der Bettler, der mit ihm die Kerkerzelle geteilt hatte. Immer dann, wenn er ihn in der Stadt traf, hielt er an, gab ihm ein paar Münzen und unterhielt sich mit ihm.

„Guten Morgen, Falko. Was gibt es Neues in der Stadt?"

Über das Gesicht des alten Mannes huschte ein Lächeln. Seine leuchtenden Augen verrieten die wahre Freude, die er empfand, als er Martin sah. „Du weißt es sicherlich noch nicht, Martin, aber die Dänen sind bei Nacht und Nebel wieder abgerückt."

Martin blickte den Bettler erstaunt an. Doch Zweifel hatte er nicht, denn es gab kaum jemanden im Ort, der besser informiert war als Falko. „Ist das wirklich wahr? Und was passiert jetzt?"

„Das fragst du mich? Das wissen doch nur die hohen Herren."

„Wenn einer das weiß, bist du das. Rück raus mit der Sprache, Falko."

Dem Bettler gefiel es, sich mit Martin zu unterhalten. Der junge Mann war einer der wenigen, die ihn überhaupt wahrnahmen, und der Einzige, der ihn als Mensch respektierte.

Mit seiner Entscheidung, auch weiterhin ein Leben als Bettler zu führen, konnte Martin sich nicht anfreunden. Gleich nach seiner Entlassung aus dem Kerker hatte er ihm angeboten, für ihn zu sorgen. Mit Grausen blickte er auf die unerträgliche Zeit in dem dunklen Verlies zurück. Nur Falkos Anwesenheit in der Zelle, seine Erfahrung und seine Ratschläge hatten ihm geholfen, nicht gänzlich den Mut zu verlieren. Doch Falko hatte weder Geld noch eine bescheidene Unterkunft im Pferdestall akzeptieren wollen.

„Die Soldaten der Schlosswache sagen, es wird alles so bleiben wie zu jener Zeit, als die Dänen noch nicht da waren."

„Wusste ich doch, dass du mehr weißt, als du verraten wolltest, du alter Fuchs. Pass auf dich auf, Falko."

„Du auch auf dich, Martin."

Welche Würde, welchen Stolz trug dieser Bettler in sich? Martin war immer wieder beeindruckt. Er hatte nie erfahren, welches Leben, welche Schicksalsschläge Falko hinter sich hatte. Was ihn aus der Bahn geworfen haben musste. Doch die vielen gemeinsamen Stunden im Kerker hatten ihm gezeigt, dass nicht die äußere Schale einen Menschen auszeichnete. Falko war intelligent, wissend, mit einem herzensguten Charakter, der für sich die Entscheidung getroffen hatte, dem Leben und den Menschen als Bettler zu begegnen. Wie bedauerlich Martin sein Dasein auch empfand, so spürte er doch die innere Größe dieses alten Mannes.

Und was hatte er gesagt? Die Dänen waren weg? Es war noch gar nicht lange her, dass sie das Schloss mit ihren Kanonen beschossen und es besetzt hatten. Und das alles nur, um irgendeinen dänischen Prinzen aus dem fernen Kopenhagen zum Fürstbischof zu machen, der nie in Eutin angekommen war? Martin schüttelte den Kopf. Er musste unbedingt seinen Onkel Hartmut besuchen, um Genaueres zu erfahren.

Am Ende vom Segenhörn, kurz vor der Schmiede, verlangsamte Martin seine Schritte. Wenn er Christine treffen wollte, dann sollte er möglichst wenig Aufsehen erregen und gar nicht erst in der Schmiede bei Meister Hellwag und seinem Freund Daniel vorbeischauen. Über den schmalen Pfad mit der hohen Hecke näherte er sich unentdeckt dem Haus, um es durch den Garten betreten zu können.

Plötzlich blieb er stehen. Aufgeregte Stimmen drangen an sein Ohr. Eilig rannte er auf die Gartenpforte zu. Er traute seinen Augen nicht. Mit hochrotem Kopf versuchte Christine sich der Attacken eines jungen Mannes zu erwehren, der ihm den Rücken zukehrte. Immer wieder versuchte dieser nach ihr zu greifen, doch Christine schlug wütend nach ihm. Ihre Haube war verrutscht und die braunen Locken hingen ihr ins Gesicht.

Martin erstarrte. „Adalbert Pechstein, dieser Dreckskerl!“, schoss es ihm durch den Kopf, als er erkannte, wer dort seine Liebste bedrängte. Jetzt hörte er auch dessen süffisante Stimme.

„Komm her, mein Täubchen! Du wirst doch einem deiner teuersten Verehrer keinen Kuss versagen.“

Martin ließ die Kräuter fallen und stürmte den Gartenweg entlang. Nur aus den Augenwinkeln sah er, dass sich die beiden Kumpel von Adalbert Pechstein hinter der Hecke versteckt hatten.

Adalbert Pechstein hatte die schnellen Schritte hinter sich gehört und wandte sich um. Als er Martin erblickte, zuckte er erschrocken zusammen. Doch bevor er reagieren konnte, hörte er nur noch die Worte: „Pechstein, du altes Schwein!“ Dann traf ihn Martins Faust wie ein Schmiedehammer mitten im Gesicht. Adalbert Pechstein strauchelte rückwärts, stolperte über einen Kohlkopf und krachte wie eine gefällte Eiche auf den Rücken. Blut schoss ihm aus der Nase. Mit angsterfüllten Augen starrte er Martin an.

„Steh auf, du feiger Hund! Jetzt hast du einen ebenbürtigen Gegner.“ Martin trat ihm gegen den Oberschenkel. Als sich Adalbert Pechstein winselnd am Boden krümmte, zerrte Martin ihn wieder auf die Beine, um ihn erneut mit Faustschlägen und Fußtritten zu traktieren. „Du wirst nie wieder einem unschuldigen Menschen etwas antun, Adalbert Pechstein“, stieß er hasserfüllt hervor. Wie rasend packte er dessen Kopf bei den Ohren und rammte ihm immer wieder sein Knie in den Bauch. Martin hatte die Welt um sich herum vergessen. Sein ganzer Zorn galt dieser armseligen Kreatur, dieser Teufelsfratze, vor der er die Menschheit schützen musste. Adalbert Pechstein versuchte verzweifelt, Martins Schlägen und Tritten auszuweichen, doch der prügelte unaufhaltsam auf ihn ein.

Ein plötzlicher Schlag auf den Hinterkopf schickte Martin schließlich in das Land der Träume.

In weiter Ferne hörte er Stimmen. Oder war es ein Brummen, ein Singen oder ein Sausen wie bei einem Sturm? Immer wieder wanderten diese eigenartigen Töne fort, kamen näher, wurden aber nie ganz klar. Es war, als ob eine große Wattewolke sie dämpfen würde. Er sah Nebel. Roten Nebel – oder war er doch eher gelb? Oder blau? Es roch nach Pferdestall. Da, wieder die seltsamen Töne! Jetzt wurden sie deutlicher. Jemand sprach mit ihm. Ein Blitz schoss ihm durch den Kopf, als er versuchte, seine Augen zu öffnen. Zäh verflüchtigte sich der Nebel. Ein Gesicht war zu sehen. Erst verschwommen, dann bekam es Konturen.

„Willkommen unter den Lebenden, Martin!" Daniel – sein Freund Daniel – blickte ihn mit besorgten Augen an.

Martin fühlte ein feuchtes Tuch auf der Stirn. Er lag auf Stroh. Einzelne Halme stachen ihn durch Hemd und Hose. „Wo bin ich? Was ist passiert?" Mit Schwung wollte er sich aufsetzen. Stöhnend fiel er wieder zurück, als ihm ein stechender Schmerz durch den Kopf schoss. „Mein Gott, was ist los mit mir?"

Eine behutsame Hand nahm ihm das feuchte Tuch von der Stirn, um es wenig später erneut zu platzieren, nur viel kühler.

„Einer von Pechsteins Kumpanen hat dich mit einem Knüppel außer Gefecht gesetzt."

Langsam kehrte seine Erinnerung zurück. Pechstein, dieser feige Wicht, hatte Christine bedrängt, und er hatte sich auf ihn gestürzt. „Was ist mit Christine?" Wieder wollte sich Martin aufsetzen.

„Ich bin hier, Martin. Es ist alles gut."

Er spürte, wie sie ihn an der Schulter berührte und ihn zurück ins Stroh drückte.

„Diese hinterhältige Bande. Hast du sie noch erwischt?“, wollte Martin von seinem Freund wissen.

„Nein, als ich in den Garten kam, hatten sie dir gerade einen übergezogen, und als sie mich sahen, nahmen sie Reißaus. Außerdem war es mir wichtiger, mich um dich und Christine zu kümmern.“

„Was wollte Pechstein überhaupt von dir, dieser Dreckskerl?“ Martin blickte Christine, die wie Daniel neben ihm kniete, beunruhigt an.

„Ich weiß es nicht. Die drei standen plötzlich im Garten, und Pechstein, dieser Widerling, fing an, von seiner grenzenlosen Liebe zu mir zu schwafeln. Gott sei Dank bist du im rechten Moment gekommen, Martin.“

„Christine hat mir erzählt, dass du wie von Sinnen gewesen bist und den Kerl richtig verprügelt hast.“ In Daniels Worten klangen Genugtuung und Anerkennung mit.

Martin konnte sich nicht an Einzelheiten erinnern. „Aber warum liege ich hier im Pferdestall?“

„Wir finden es besser so. Niemand soll von der Sache erfahren. Unsere Eltern nicht, und deine auch nicht. Du kannst dir sicherlich gut vorstellen, wie mein Vater wüten würde. Und die größte Sorge unserer Mutter wäre vermutlich die beschädigte Tugend ihrer Tochter und was die Leute darüber denken könnten.“

Martin merkte, wie unwohl sich Christine in ihrer Haut fühlte, als auf diese Weise über sie gesprochen wurde. Auch wenn es ihr Bruder war, der es nur gut meinte.

„Von dieser Attacke gegen Christine wissen nur Pechstein, seine beiden Idioten und wir drei“, fuhr Daniel fort, „sonst hat niemand etwas mitbekommen. So soll es auch bleiben.“

„Und was ist, wenn die drei Schlichtköpfe in der Stadt mit ihren Heldentaten prahlen?“

„Das werden sie nicht, Martin. Da kannst du ganz sicher sein. Pechstein ist ein Feigling, das wissen wir. Dem hängt der Kötel schon jetzt aus der Hose, wenn er nur daran denkt, dass der angesehene Schmiedemeister Hellwag ihn anzeigen und vor Gericht zerren könnte. Und seinen beiden Blödmännern glaubt allemal keiner.“

„Siehst du das auch so, Christine?“ Martin versuchte erneut, sich aufzusetzen. Als er sich stöhnend an den Kopf fasste, spürte er eine stattliche Beule, die so groß war wie ein Ei.

„Es wird das Beste sein. Am schlimmsten wäre das Gerede der Leute.“

„Ihr mögt recht haben. Und der Pechstein kommt wieder ungeschoren davon.“

„Wichtig ist erst einmal, dass du wieder auf die Beine kommst. Deine Beule wird durch die Haare nicht jedem gleich auffallen, die Schramme auf der Wange hingegen schon.“

Erst jetzt spürte Martin die Blessur in seinem Gesicht, die er sich vermutlich bei dem Sturz zugezogen hatte.

„Erzähle allen, du seiest vom Pferd gefallen. Wie jeder weiß, kann man sich dabei ganz schön den Kopf stoßen.“

„Meinst du, dass ihm das jemand abnimmt, wo doch alle wissen, was für ein guter Reiter Martin ist?“ Christine war skeptisch.

„Auch der beste Reiter hat keine Chance, im Sattel zu bleiben, wenn sein Gaul in ein Karnickelloch tritt“, stellte Daniel grinsend fest. „Und jetzt versuchen wir einmal, ob dein tapferer Ritter wieder aufrecht stehen kann.“Die Geschwister griffen Martin unter die Arme und zogen ihn hoch. Als er stand, ächzte er ein wenig, fühlte sich sein Kopf doch so an, als befinde sich darin ein brummender Bienenschwarm.

„Geht es?", fragte Christine besorgt.

„Ich glaub schon." Martin hielt sich schwankend an Daniels Schulter fest.

„Was wolltest du eigentlich bei uns zu dieser Stunde?"

„Mein Gott, die Kräuter!", entfuhr es Martin.

Daniel und Christine sahen sich fragend an. Hast du bei dem Schlag auf den Kopf doch mehr abgekriegt, als wir vermutet haben, oder was stammelst du da von Kräutern?"

„Meine Mutter hatte doch eurer Mutter Kräuter versprochen, und die wollte ich ihr bringen."

„Martin, unsere Kräuterfrau, ich lach mich tot!"

„Sei doch nicht so gemein, Daniel!", schimpfte Christine. „Wer weiß, was passiert wäre, wenn Martin nicht gekommen wäre?" Sie wandte sich zu Martin. „Wo sind denn die Kräuter?"

„Die habe ich vor der Gartenpforte fallen lassen, als ich den Mistkerl Pechstein in deiner Nähe sah."

„Dann müssen sie da noch liegen. Christine, du suchst die Kräuter und bringst sie Mutter, während ich unseren angeschlagenen Helden nach Hause begleite", ordnete Daniel an.

Christine nickte ihrem Bruder zu, trat an Martin heran und streichelte sanft über seine unversehrte Wange. „Danke, lieber Martin, das werde ich dir nie vergessen."

„Ach, du dickes Kanonenrohr! Mensch, Martin, bist du unter die Räder geraten? Du siehst ziemlich ramponiert aus." Sergeant Swattkopps Begrüßung klang herzlich wie immer, doch schwang darin Sorge mit. Auch Hartmut Bergmann, Martins Onkel, zeigte sich betroffen, als sein Neffe den Raum im Marstall betrat, der dem Zweiten Stallmeister als Kontor diente.

„Ach, das ist alles halb so schlimm. Oh! Störe ich gerade?“ Martin hatte eine halb leere Flasche und zwei Becher auf dem Tisch entdeckt.

„Nein, nein, mein Junge, komm rein und setz dich. Sergeant Swattkopp und ich haben uns erlaubt, den plötzlichen Abzug der Dänen ein wenig zu feiern. Möchtest du auch einen?“

„Nein, vielen Dank.“

„Umso besser für uns.“ Sergeant Swattkopp schenkte die Becher noch einmal voll. „Und nun erzähl uns, Martin, welches eifersüchtige Weib dich so zugerichtet hat?“ Der Soldat der Schlosswache blinzelte Martin verschwörerisch an, und auch sein Onkel freute sich über dessen anzügliche Bemerkung. Erst jetzt fiel Martin die ungezwungene Stimmung auf, in der sich die beiden befanden. Ohne Frage eine Folge ihrer kleinen Siegesfeier.

„Ich bin einfach nur vom Pferd gefallen.“ Martin bemühte sich, diese Feststellung möglichst nebensächlich und bedeutungslos klingen zu lassen.

Sergeant Swattkopp und der Stallmeister, die gerade wieder ihre Becher heben und sich zuprosten wollten, warfen sich verwunderte Blicke zu, um sich kurz darauf Martin zuzuwenden.

„Das glaubst du doch wohl selbst nicht.“

„Willst du uns auf den Arm nehmen?“

Die beiden sprachen fast gleichzeitig. „Bevor wir ihn vor lauter Ungläubigkeit noch verschütten, lass uns den edlen Tropfen lieber erst hinunterstürzen, Bergmann. À nos femmes, à nos chevaux et à ceux qui les montent, vive la cavalerie!“

Die beiden Männer blickten sich in die Augen, prosteten sich zu, leerten ihre Becher in einem Zug und ließen sie lautstark auf die Tischplatte knallen.

„Und nun zu dir, mein lieber Neffe. Du kannst uns alles erzählen. Doch dass du vom Pferd gefallen bist, glauben dir höchstens die Vögel im Wald.“

„Sag die Wahrheit, Martin!“, blies nun auch Sergeant Swattkopp in dasselbe Horn. „Wir haben dich ertappt. Welcher gehörnte Ehemann ist dir auf die Sprünge gekommen und hat dir eine gefeuert?“

Martin blickte von einem zum anderen. Welche Meinung hatten die beiden bloß von ihm? Wieso glaubten sie ihm nicht? War er wirklich so ein treuherziger Trottel, dass man ihm schon die kleinste Notlüge von der Stirn ablesen konnte? „Ich bin wirklich vom Pferd gefallen – ob Ihr es glaubt oder nicht“, versuchte Martin, sich weiter zu verteidigen.

„Ich habe dir das Reiten beigebracht, da konntest du noch nicht einmal auf deinen eigenen krummen Beinchen stehen, mein Junge. Die Pferde folgen dir beim kleinsten Wimpernschlag, also nimm nicht zwei alte Hasen wie uns auf den Arm!“

Martin merkte, dass er so nicht weiterkam. Selbst Daniels Ausrede mit dem Karnickelloch würde weder seinen Onkel noch Sergeant Swattkopp überzeugen. Aber dass er sich wegen Christine geprügelt hatte, mussten die beiden nicht unbedingt wissen. Er senkte den Kopf. „Nun gut, es gab da jemanden, der mir nicht ganz wohlgesonnen war.“

„Und wer war das, Martin?" Sein Onkel Hartmut ließ nicht locker.

„Adalbert Pechstein und seine beiden Rabauken."

„Wer hat gewonnen?", wollte jetzt Sergeant Swattkopp wissen.

„Pechstein, der feige Mistkerl hat zwar seine Tracht Prügel bekommen, aber dann hat einer seiner Torfköpfe mir einen Knüppel übergezogen, der mich für kurze Zeit außer Gefecht setzte."

Der Stallmeister Bergmann und Sergeant Swattkopp sahen sich schweigend an.

Kurze Zeit später schüttelte Martins Onkel den Kopf. „Das geht so nicht weiter. Swattkopp, wir müssen Nägel mit Köpfen machen. Wir müssen den Jungen bewaffnen."

„Du meinst, er soll in Zukunft nur noch mit Rüstung und Muskete durch Eutin laufen?"

„Swattkopp, ich glaub, du bist besoffen. Natürlich nicht. Wenn ich sage, wir müssen ihn bewaffnen, dann heißt das, dass wir ihm die Fähigkeit einer wirkungsvollen Verteidigung beibringen müssen."

„Ah ja, jetzt verstehe ich, was du meinst. Und wer soll die Ehre haben, deinen Neffen in dieser Form aufzurüsten?"

„Du!"

„Ich? Du bist wohl total übergeschnappt, Bergmann. Ich bin ein einfacher Soldat ..."

„Das bist du nicht, Swattkopp. Du bist zwar manchmal etwas begriffsstutzig, aber von einem einfachen Soldaten bist du weit entfernt. Du bist ein mit allen Wassern gewaschener, hinterlistiger Haudegen, den man nicht so schnell aus den Stiefeln schlagen kann.

Und so ein Mensch ist gerade richtig, meinem Neffen die wahre Kunst eines Landsknechtes beizubringen."

„Hast du das gehört, Martin, wie dein Onkel über mich denkt? Und ich war der Meinung, er wäre mein bester Freund. Nun nennt er mich sogar begriffsstutzig und hinterlistig. Ich bin entrüstet."

Martin hatte den Wortwechsel amüsiert verfolgt. Er mochte die beiden Männer sehr. Ihr derber Umgangston konnte auch ihn nicht täuschen. Hier saßen zwei wahre Freunde, die sich schätzten und respektierten und die sich stets aufeinander verlassen konnten.

„Swattkopp, damit sich deine Entrüstung in Grenzen hält, schenk uns lieber noch einen ein. Und dann werden wir einen detaillierten Schlachtplan ausarbeiten, damit du Martin zu einem Ritter ohne Furcht und Tadel ausbilden kannst."

„Das ist einer deiner besten Vorschläge heute Abend." Swattkopp griff zur Flasche und füllte die Becher erneut.

„Willst du nicht doch einen?" Der Sergeant warf Martin einen fragenden Blick zu. Doch der schüttelte lächelnd den Kopf.

„Vielleicht sollten wir bei dieser Gelegenheit auch Martin befragen, was er von deinem genialen Plan hält", schlug Sergeant Swattkopp vor, nachdem sie ihre Becher geleert hatten – selbstverständlich nicht ohne einen weiteren derben Trinkspruch des Schlosssoldaten.

„Ich weiß nicht so recht." Martin zögerte. „Was sollte ich denn eurer Meinung nach lernen?"

„Genau, Bergmann, was sollte der Junge denn deiner Meinung nach lernen?"

„Das volle Programm natürlich. Fechten, Faustkampf und den Einsatz aller greifbaren Gegenstände zum

Angriff und zur Verteidigung wie Lanze, Knüppel, Reitgerte ..."

„Bratpfanne und Pisspott", ergänzte Sergeant Swattkopp wissend.

„Genau das, Swattkopp. Ich möchte, dass du dem Jungen nicht nur den ritterlichen Umgang mit Degen und Säbel beibringst, sondern auch alle kleinen Finten und Schweinereien, mit denen potenzielle Gegner nicht rechnen. Weißt du, was ich meine?"

„Meinst du vielleicht auch meinen Coup de pied dans les couilles während eines edlen Fechtkampfes, den ich immer wieder gern einsetze und der stets eine bestürzende Wirkung auf meine Feinde hat?"

„Zum Beispiel."

„Was ist ein Coup de pied de Dingsbums?", wollte Martin wissen.

„Alles zu seiner Zeit, mein Lieber", würgte der Stallmeister die Frage seines Neffen ab. „Was ist nun, Swattkopp, fühlst du dich dieser erhabenen Aufgabe gewachsen?"

„Wie könnte ich einem Freund eine solche Bitte abschlagen. Vorausgesetzt, wir haben noch genug in der Flasche, um unseren Vertrag zu begießen. Aber dieses Mal musst du mittrinken, Martin. Immerhin geht es um deinen glorreichen Weg zum knochenharten Kämpfer."

Hartmut Bergmann holte einen weiteren Becher vom Regal. Sergeant Swattkopp schenkte ein. Die drei prosteten sich zu. Martin schossen die Tränen in die Augen. Das Zeug brannte wie Feuer in seiner Kehle.

„Der erste Schritt zu einem wehrhaften Mann." Sergeant Swattkopp schlug Martin kräftig auf den Rücken und lachte aus vollem Hals.

„Swattkopp, hört jetzt auf. Ich kann nicht mehr."

„Was ist los? Wir haben doch gerade erst angefangen. Allez! Allez!"

Martin ließ sich auf einen Strohballen fallen und streckte die Beine von sich. „Ihr seid ein hinterhältiger Schinder, Sergeant Swattkopp."

„Da bist du nicht der Erste, der das feststellt." Der Sergeant der Schlosswache setzte sich neben Martin und reichte ihm eine Weinflasche. „Nimm erst einmal einen Schluck!"

„Dann bin ich ja gleich besoffen."

„Keine Angst, Martin, das wirst du schnell wieder ausschwitzen."

Martin trank und reichte die Flasche zurück. Von der Idee seines Onkels war er anfangs ganz angetan gewesen. Es war sicher nicht verkehrt, irgendwelchen zukünftigen Angriffen wirkungsvoll begegnen zu können. Ein wenig Fechten, vielleicht auch die ein oder andere Finte beim Faustkampf, wären gewiss hilfreich. Doch das, was Sergeant Swattkopp seinen „Ausbildungsplan" nannte, überstieg Martins Vorstellungskraft bei Weitem.

Wie angekündigt, hatte sein Onkel Hartmut ein größeres Areal auf dem Heuboden des Marstalls freiräumen lassen, wo Martin ungestört und unbeobachtet unterrichtet werden sollte. Bereits am ersten Tag dachte er, Swattkopp hätte zu viel getrunken, als dieser ihm einige Übungen zeigte. Auf dem Heuboden hatte der Sergeant zehn Holzklötze aufgereiht. Sie waren nicht sehr hoch und reichten Martin bis zur Mitte der Wade.

„Alles, was du bei mir lernen sollst, werde ich dir vormachen", begann Sergeant Swattkopp seine erste Lektion. „Pass genau auf!"

Er stellte sich hinter einen der Klötze und sprang mit dem rechten Fuß darauf, um fast im selben Augenblick den linken Fuß folgen zu lassen, während der rechte wieder zu Boden ging. Dieser ständige Wechsel geschah in einer solchen Geschwindigkeit, dass Martin den Eindruck gewann, Swattkopps Beine wären Trommelstöcke. Nachdem der Sergeant mit jedem Bein zehn Mal auf den Klotz gesprungen war, blieb er stehen und sah Martin an. „So, Junge, nun du! Jeder Klotz zehn Mal! Aber genauso schnell wie ein Karnickel beim Rammeln."

Martin blickte den Sergeanten fassungslos an. „Wolltet Ihr mir nicht besondere Kampftechniken beibringen?", fragte er erstaunt.

„Alles zu seiner Zeit. Grundvoraussetzung für einen erfolgreichen Kämpfer sind Schnelligkeit und eine gute Kondition. Und da du in der letzten Zeit in erster Linie deinen Hintern auf dem Stuhl in der Kanzlei gefordert hast, nehmen wir uns jetzt den ganzen Martin vor. Los geht's!"

Martin schüttelte den Kopf, stellte sich dann aber doch hinter dem Holzklotz in Positur und begann zu hüpfen. Als er versuchte, schneller zu werden, stolperte er und fiel auf den Hosenboden.

„Weiter geht's! Das wird nicht das letzte Mal sein, dass wir das üben!" Sergeant Swattkopp nickte ihm auffordernd zu.

Schon beim dritten Klotz war Martin schweißgebadet und seine Beine wurden immer schwerer. Doch Swattkopp war unerbittlich. Als er den zehnten Klotz mit letzter Kraft bewältigt hatte, fiel er mit ausgestreckten Armen rücklings ins Heu und japste atemlos nach Luft.

„Das war erst der Anfang!" Sergeant Swattkopp stand breitbeinig über Martin, die Fäuste in die Hüften gestemmt.

Kaum bekam Martin wieder Luft, stellte sich der Sergeant erneut hinter einen Holzklotz. Mit beiden Händen ergriff er ihn, hob ihn über den Kopf, drehte sich um die eigene Achse und setzte den Klotz wieder ab. Auch diese Übung wiederholte er zehn Mal. Ungläubig starrte Martin den sonst so vierschrötigen und untersetzt gebauten Sergeanten an. Dieser zeigte bei den Übungen eine geradezu tänzerische Leichtigkeit, die er ihm nie zugetraut hätte.

Es waren mehrere Wochen vergangen, in denen sich Martin nach dem Dienst in der Kanzlei regelmäßig in die erbarmungslosen Hände von Sergeant Swattkopp begeben hatte.

Abends fiel er wie ein Stein ins Bett. Der Hausknecht Alfred konnte ihn morgens oft nur mit großer Anstrengung wecken. Martin hatte nicht einmal geahnt, an welchen Stellen des Körpers der Mensch über Muskeln verfügte. Jetzt kannte er sie nur zu gut, denn der schmerzhafte Muskelkater war besonders in den ersten Tagen nicht ausgeblieben. Doch mehr und mehr stellte er auch fest, dass Swattkopps Lektionen Wirkung zeigten. Die Ausritte mit Daniel ermüdeten ihn weitaus weniger als früher. Nach den anfänglichen kräftezehrenden Übungen hatte der Sergeant ihm einen Degen in die Hand gedrückt und ihm die Technik des Fechtens beigebracht. Auch hier staunte Martin wieder, mit welcher Wendigkeit und Schnelligkeit sich der Sergeant bewegte.

In den weiteren Wochen der Ausbildung am Säbel, dem Kampf mit der Lanze und mit bloßen Fäusten lernte Martin sehr anschaulich und manchmal auch schmerzhaft, was sein Onkel Hartmut damals gemeint hatte, als er von „Swattkopps kleinen Finten und Schweinereien" gesprochen hatte.

Als er die grundsätzlichen Regeln des Degenfechtens verstanden hatte und Swattkopp ihn zum Zweikampf aufforderte, war er sich bewusst, dass er den versierten Soldaten nicht ernsthaft bedrängen konnte. Trotzdem hob er frohen Mutes die Klinge und versuchte einen Angriff. Swattkopp parierte Martins Attacke, machte einen Schritt nach vorn und verpasste ihm mit der Linken eine schallende Ohrfeige. Martin schüttelte fassungslos den Kopf, ließ die Arme sinken und sah Swattkopp erstaunt an. „Was war das denn?", kam es verwundert über seine Lippen.

„Als was würdest du es denn bezeichnen?"

Martin war zusätzlich irritiert, weil der Sergeant in keiner Weise belustigt schien.

„Was hat denn bitte eine Maulschelle mit dem Fechten zu tun?"

„Siehst du, Martin, genau diesen Effekt wollte ich erzielen. Du bist erschrocken. Du hast diese Art von Angriff nicht erwartet. Du bist vielleicht auch in deiner Ehre gekränkt, denn Maulschellen gehören bekanntermaßen nicht zu einem ritterlichen Turnier. Ich habe dich überrumpelt. Und was war die Folge? Du hast deine Deckung vernachlässigt. Deine Konzentration ließ nach. Ein gekränkter Feind würde sich vielleicht sogar zu unüberlegten Attacken hinreißen lassen. Kurzum, diese Maulschelle hat mir in unserem Kampf nur

Vorteile gebracht und meine Chancen auf einen Sieg deutlich erhöht. Hast du das verstanden, du unehrenhaft Geschlagener?" Jetzt lächelte Sergeant Swattkopp seinen Schüler fast entschuldigend an.

„Ihr wollt mir damit sagen, dass alle Mittel erlaubt sind, wenn sie nur den Gegner in die Defensive zwingen?"

„Genauso ist es. Du musst das Unvorhersehbare in all deine Kämpfe mit einbauen. Eine Ohrfeige, einen Faustschlag oder auch einen Tritt während eines Fechtkampfes erwarten die wenigsten. Ganz gleich ob du als Soldat im Feld kämpfst oder dich der Rempeleien eines missgünstigen Neiders erwehren musst: Überrasche deinen Gegner. Dazu gehört auch eine gewisse Fähigkeit als Gaukler. Deine Haltung, dein Mienenspiel, deine Gesten müssen deinem Kontrahenten etwas vorspielen. Ein konkretes Beispiel: In einem Gasthaus stört sich einer der Saufbrüder an deinen edlen Kleidern. Er fängt an zu pöbeln, ist auf Streit aus. Er hat natürlich sofort die Aufmerksamkeit der anderen Zecher. Was meinst du, wäre deine richtige Reaktion?"

Stirnrunzelnd sah Martin ihn an. „Eigentlich möchte ich solchen Auseinandersetzungen gern aus dem Wege gehen."

„Das geht nicht, die Fluchtwege sind versperrt."

„Dann würde ich versuchen, ihn zu beruhigen."

„Keine Chance, der will Streit."

Martin war ratlos.

„Ich werde es dir sagen, Martin. Begegne ihm überaus freundlich. Wie sehr er dich auch beschimpft, lächle ihn immer an, stimme ihm zu. Sage ihm, dass dir seine Kleider ebenfalls gefallen. Nimm eine absolut gelassene Haltung ein. Denn von einem so harmlos wirkenden Mann erwartet niemand Gefahr. Dann aber gilt es schnell und überraschend zu handeln. In einem solchen Augenblick, in dem keiner der Anwesenden damit rechnet – auch dein aggressiver Säufer nicht –, verpass ihm zwei Ohrfeigen und einen kräftigen Tritt in die Patengeschenke. Du kannst sicher sein, dass er dich nie wieder provozieren wird, und die Umstehenden sind ebenfalls gewarnt."

Sergeant Swattkopp hatte noch so manche Tricks in petto, die er ausführlich beschrieb und hautnah demonstrierte. Was bei seinem Schüler nicht selten zu blauen Flecken und Schrammen führte.

Auch an diesem Abend glaubte Martin jeden Knochen einzeln zu spüren, als er den Marstall verließ. Auf dem Schlossplatz standen vor der Torwache zwei Drahtkörbe, in denen Feuer brannte. Die Soldaten nutzten sie, um sich aufzuwärmen, denn sobald die Dunkelheit hereingebrochen war, wurde es bereits empfindlich kühl. Auch Martin fröstelte stark und schlug seinen Mantelkragen hoch.

Plötzlich verwandelten sich die kleinen Feuer vor seinen Augen in ein brennendes Inferno. Er blieb stehen und griff sich an den Kopf. Das Feuer kannte kein Erbarmen. Häuser brannten lichterloh. Die Flammen fraßen sich unaufhaltsam weiter. Martin glaubte, ihre Hitze zu spüren. Jetzt sah er auch Menschen. Drei Figuren kamen ihm aus der fauchenden Feuersbrunst entgegen. Ihre Gesichter waren verzerrt, nicht zu erkennen, doch sie lachten laut. Sie lachten ihn aus.

Als der Hausknecht Alfred ihn am nächsten Morgen weckte, wusste Martin nicht, wie er nach Hause gekommen war. Er lag völlig erschöpft auf seinem Bett und hatte seine Kleider noch an. Auf wundersame Weise schwebte in seiner Kammer der Geruch von verbranntem Holz.

Kapitel 18

„Ich bin mir nicht ganz sicher, ob ich Euch damit erfreuen werde, wenn ich Euch berichte, womit ich mich in der letzten Zeit beschäftigt habe, Pater Simon.“

Martin und der fromme Mann saßen in der bescheidenen Hütte im Wald. Das Herdfeuer knisterte und wärmte den kleinen Raum, denn die spätherbstlichen Wetterboten ließen keinen Zweifel aufkommen, dass die kalte Jahreszeit unmittelbar bevorstand.

„Ich nehme an, du gönnst deinem Geist gerade ein wenig Pause und konzentrierst dich mehr auf deinen Körper.“

„Pater Simon, Ihr erschreckt mich immer wieder aufs Neue. Woher wisst Ihr das? Habt Ihr Spione in der Stadt oder gar hellseherische Fähigkeiten?“

„Keines von beiden, Martin. Aber du kannst es einfach nicht verbergen.“

„Was habt Ihr denn schon wieder gesehen? Was habe ich anders gemacht als sonst?“

„Ganz einfach. Als du auf mich zugeschritten bist und dich auf den Schemel gesetzt hast, waren es andere Bewegungen als die, die ich bisher an dir wahrgenommen habe.“

„Wie anders?“ Martin musterte den Pater verständnislos.

„Du greifst entschlossener, kraftvoller zu, und gleichzeitig sind deine Bewegungen eleganter und fließender als bei deinen vorherigen Besuchen. Solche Fertigkeiten erlangt ein Mensch nur, wenn er sie auch übt."

„Es ist einfach beeindruckend, welch messerscharfes Auge Ihr habt." Martin sah den Pater bewundernd an.

„Nun, eine gute Beobachtungsgabe ist die eine Seite der Medaille. Doch sie allein reicht nicht aus. Nötig ist auch die Fähigkeit, aus den gewonnenen Betrachtungen sinnvolle Schlüsse zu ziehen. Aber auch das kann man erlernen. Und du mit deiner Begabung hast die Möglichkeiten dazu. Vorausgesetzt, du vernachlässigst bei deinen körperlichen Ertüchtigungen deinen Geist nicht."

„Und wenn mein Geist mir nicht die richtigen Antworten gibt?" Ausführlich erzählte Martin von Adalbert Pechsteins Angriff auf Christine und von seiner gewalttätigen Reaktion.

„Du weißt, Martin, ich betrachte schlagkräftige Auseinandersetzungen zwischen denkenden Menschen als absolutes Armutszeugnis. Diese sind und bleiben eine Beleidigung des Geistes. Unterschiedliche Meinungen sind belebend. Gott hat uns Verstand, Logik und Stimme gegeben, um sie in geistvollem Disput einzusetzen. Wer jedoch als Argument die Faust benötigt, disqualifiziert sich selbst und begibt sich auf das Niveau eines Bären oder Wolfes. Der menschliche Zorn kommt diesem Verhalten sehr nahe, da er Sinn und Verstand ausschaltet und somit fast tierische Verhaltensweisen hervorruft. Ein Mensch, der wie du, auf das Schändlichste entwürdigt, aufgrund von Hinterlist in den Kerker geworfen wurde und nun durch dieselbe Person seine Liebste gefährdet sieht, reduziert sich schnell auf seine Urinstinkte – er greift an, um zu verteidigen. Menschlich nur verständlich und erklärbar. Deine Fähigkeiten, dich gegenüber solchen Kreaturen wehren zu können, verurteile ich in keiner Weise. Wer hat dir das Kämpfen beigebracht?"

„Mein Onkel hatte die Idee, und Sergeant Swattkopp hat mich unter seine Fittiche genommen."

„Dein Onkel hat ohne Frage die richtige Entscheidung für dich getroffen. Er ist ein umsichtiger Mann."

„Ihr kennt meinen Onkel?"

„Oh, ja. Sehr gut sogar. Ich habe mich immer sehr gern mit ihm unterhalten. Du kannst wirklich stolz auf ihn sein."

„Pater Simon, bei jedem meiner Besuche habe ich Euch mein Herz ausgeschüttet und, so weit Ihr es nicht schon wusstet, mein Innerstes nach außen gekehrt. Ich möchte nicht anmaßend erscheinen, aber Ihr habt von Euch und Eurem bisherigen Leben nicht ein einziges Mal auch nur ein Fünkchen preisgegeben."

„Es gibt Dinge im Leben, die schnell an Bedeutung verlieren, je länger sie vergangen sind. Es gibt außerdem Dinge, an die man sich gern erinnert, und solche, die man aus seinem Gedächtnis streichen möchte. Das gilt auch für mein Leben. Erinnerungen und Vergangenheit sind wichtig. Nur aus ihnen lernen wir. Doch wir können sie nicht mehr ändern. Gegenwart und Zukunft haben weitaus mehr Gewicht, denn wir können sie bestimmen, gestalten und beeinflussen. So liegt mein Augenmerk auf dem Jetzt. Und da interessiert mich dein Glück weitaus mehr als meine Vergangenheit. Wie heißt es noch, das Mädchen deines Herzens? Christine?"

„Ihr lenkt vom Thema ab." Martin fühlte sich unbehaglich, wenn er unvermutet über seine Gefühlswelt befragt wurde. Gleichzeitig erkannte er aber auch, dass der Pater über seine Vergangenheit nicht sprechen wollte.

„Christine?" Pater Simon hob fragend die Augenbrauen und ließ nicht locker.

„Ja, sie heißt Christine und ist die Schwester meines besten Freundes Daniel. Seid Ihr nun zufrieden?"

Der Pater lächelte nachsichtig im Bewusstsein, dass junge Männer nur ungern über Liebesdinge befragt wurden.

„Immerhin hast du dich für sie geschlagen, was als durchaus ritterlich bewertet werden kann. Erwidert sie deine Liebe?"

„Ihr werdet indiskret, Pater. Und doch will ich Euch antworten: Ja, sie war sehr um mich besorgt und hat mich zusammen mit Daniel nach dem Schlag auf den Kopf wieder von den Toten erweckt."

„Das ist ohne Frage ein untrüglicher Beweis abgrundtiefer Zuneigung."

Als Martin die Hütte verlassen und sein Pferd bestiegen hatte, begann es zu nieseln. Ein ungemütliches Wetter. Er schlug den Kragen seines Umhangs hoch und bahnte sich seinen Weg durch das unwegsame Unterholz des Waldes. Die Besuche und Gespräche mit Pater Simon waren inzwischen wichtiger Bestandteil seines Lebens. Tiefes Vertrauen verband die beiden unterschiedlichen Männer, auch wenn Martin kaum etwas von Pater Simon wusste. Der jedoch kannte ihn umso besser. Selbst seine Liebe zu Christine hatte der Pater erraten. War es so offensichtlich? Auch für einen Mann der Kirche, der einsam im Wald wohnte?

Bei seinen Gedanken an Christine vergaß Martin sogar den Regen. Er musste unbedingt in den nächsten

Tagen einen unverfänglichen Weg finden, der es ihm ermöglichte, sie zu sehen. Doch das war gar nicht so einfach. Vielleicht konnte seine Schwester Elsbeth ihm wieder einmal dabei behilflich sein und ein rein zufälliges Treffen im Hause seiner Eltern arrangieren. Nur für ein paar Minuten. Eine zärtliche Hand. Ein flüchtiger Kuss. Einige liebe Worte ... Ein wohliger Schauer durchlief Martin. Was bedeuteten da schon ein paar Regentropfen.

Ein Kauz. Es klang wie ein Kauz. Oder war es doch der Ruf eines Uhus? Nein! Jetzt wurde es deutlicher. Es war ein Horn! Martin richtete sich in seinem Bett auf und sah zum Fenster. Es musste mitten in der Nacht sein, denn es war noch dunkel. Da war es wieder! Richtig, ein Horn! Das Feuerhorn wurde geblasen. Jetzt war es deutlich zu hören. Im Haus hörte er ein Rumoren. Eilig fuhr er in seine Hosen, zog seine Jacke an und warf sich einen Umhang um. Als er die Treppe herunterpolterte, traf er seinen Vater, der aus der Haustür auf den Markt blickte. „Wisst Ihr, wo es brennt, Vater?"

„Das ist schwer zu sagen, aber es sieht so aus, als wenn der Feuerschein aus dem Segenhörn kommt."

Nun sah auch Martin, dass hinter den Dächern am Marktplatz immer wieder Licht aufflackerte. „Ich muss hin. Vielleicht kann ich helfen." Martin lief los. Das „Sei vorsichtig, Junge!" seines Vaters hörte er nicht mehr. Mit Riesenschritten überquerte er den Marktplatz. Er war nicht allein. Von überall her kamen Menschen, die auf den Segenhörn zurannten. Als er in die Straße einbog, erstarrte er vor Schreck. Das Feuer wütete bereits auf der rechten Seite. Dort, wo die Schmiede stand. Dort, wo die Familie Hellwag wohnte. Wo Daniel und Christine waren. Mit seinen Ellbogen schuf er sich Platz und drängte die Gaffer zur Seite. Vom Stadtgraben aus hatte sich bereits eine Menschenkette gebildet, die Eimer für Eimer mit Wasser heranschleppte und in das prasselnde Feuer schüttete. Ohne erkennbaren Erfolg. Das Haus der Hellwags brannte lichterloh. Auch am Nachbarhaus leckten die Flammen bereits bis zum First empor.

„Wir müssen die Pferde aus dem Stall holen, Daniel!" Martin schrak zusammen, als er links von sich plötzlich die laute Stimme von Meister Hellwag hörte. Dann sah er auch seinen Freund, der, gefolgt von dessen Vater, in das angrenzende Stallgebäude lief. Auch hier loderten schon die Flammen an der Außenwand und auf dem Dach. Er warf seinen Umhang ab und folgte den beiden. Schon an der Stalltür schlug ihm die Hitze entgegen. Dicke Rauchschwaden verdunkelten den Raum. Lautes Wiehern und Treten der aufgescheuchten Pferde war zu hören, begleitet von fauchendem Feuer.

„Raus hier, Martin, der Stall kracht gleich zusammen." Meister Hellwag zerrte zwei sich wild gebärdende Pferde hinter sich her. „Daniel, wo bleibst du?", rief er über die Schulter.

Martin versuchte ein weiteres Pferd am Halfter zu packen, doch das scheute vor den Flammen zurück. Krachend stoben Funken auf, als ein Deckenbalken zu Boden polterte. Mit einem Hechtsprung konnte sich Martin gerade noch retten. Sekundenschnell war er wieder auf den Beinen. Im Rauch, der ihm den Atem nahm, tauchte vor ihm der Rücken eines Pferdes auf.

Er versetzte dem Tier einen kräftigen Schlag auf das Hinterteil. Mit einem Satz nach vorn sprang es durch die offene Stalltür ins Freie. Erneut brach ein Deckenbalken ein.

Ein Wiehern ließ Martin herumschnellen. Mit weit aufgerissenen Augen schoss ein Pferd auf ihn zu. Er konnte nicht mehr ausweichen. Ein Schlag vor die Brust. Im hohen Bogen flog er durch den an allen Ecken lodernden Stall und krachte mit dem Rücken gegen die Wand eines Verschlages. Lediglich ein halb verbrannter Strohballen minderte den Aufprall. Benommen schüttelte Martin den Kopf. Plötzlich packte ihn jemand am Kragen und zerrte ihn unsanft aus dem Stall. Im selben Moment brach das Stallgebäude in sich zusammen. Funken stoben in den dunklen Nachthimmel.

„Was machst du hier, du verrückter Kerl?“

Vor ihm stand Daniel, der ihn und auch sich selbst gerade noch rechtzeitig in Sicherheit gebracht hatte.

„Mein Gott, Junge, war das knapp!“ Meister Hellwag war zu ihnen getreten. „Was für eine Scheiße!“ Resigniert blickte der Schmiedemeister auf sein brennendes Haus.

„Wo ist Christine?“, wollte Martin wissen. „Und wo ist deine Mutter?“

„Die übernachten bei meiner Tante in der Sackstraße. Welch ein Glück!“ Wie sein Vater erkannte auch Daniel, dass die Schmiede und das Wohnhaus nicht mehr zu retten waren. Die fleißigen Wasserschlepper hatten sich bereits dem angrenzenden Haus zugewandt und schütteten dort ihre Eimer über dem sich immer weiter fressenden Feuer aus.

Plötzlich gingen Schreie durch die gaffende Menschenmenge:

„Dort oben am Fenster!“

„Da sind noch Menschen!“

Wild gestikulierend zeigten einige Männer auf das Haus des Schmiedemeisters.

Meister Hellwag fuhr herum. Entsetzt starrten Martin und Daniel auf das Dachfenster, in dem flüchtig ein Gesicht, umrahmt von braunen Locken und winkenden Armen, aufgetaucht war. Meister Hellwag rannte auf das brennende Haus zu und verschwand in den Flammen.

Über Martins Lippen kam nur ein gequältes Stöhnen. „Christine!"

Bevor er sich ebenfalls in das Haus stürzen konnte, hielt Daniel ihn zurück. Mit seinen kräftigen Armen hatte er ihn fest umklammert. Resigniert gab Martin nach kurzer Zeit seinen Widerstand auf. Als er über Daniels Schulter blickte, sah er in entsetzte Gesichter. Doch dann traf es ihn wie ein Blitz. Zwischen den Gaffern standen drei junge Männer, die hämisch grinsten.

3 Tage später.

Unwillig schüttelte er sich. Sein Kopf brummte. Irgendetwas störte seine Träume.

„Herr Martin, wacht auf!" Jemand rüttelte an seiner Schulter.

„Alfred, was gibt es?"

„Herr Martin", rief der Hausknecht, „steht schnell auf. Das müsst Ihr sehen!"

„Was ist denn los?"

Doch Alfred antwortete nicht, sondern war bereits wieder zur Kammertür geschlurft und winkte ihm zu, damit er sich beeilen möge. Martin schlüpfte in Hose und Jacke und folgte dem Hausknecht die Treppe hinunter.

Es musste noch sehr früh sein, denn selbst aus der Küche war noch kein Laut zu hören. Alfred öffnete die Haustür, winkte erneut und legte einen Finger auf die Lippen. Leise verließen beide das Apothekerhaus. Die Sonne war bereits aufgegangen, und auf dem Marktplatz hatten einzelne Händler gerade damit begonnen, ihre Stände aufzubauen. Martin sah, dass sich unmittelbar vor dem Rathaus eine kleine Menschentraube gebildet hatte, der Alfred sogleich zustrebte. Martin folgte ihm. Aufgeregte Stimmen klangen an sein Ohr.

An den Pranger unweit der Rathaustür war eine Gestalt gefesselt, die offensichtlich ohne Bewusstsein war. Der Kopf hing halb herunter – nur halb, denn ein Ohr war am Pfahl des Prangers festgenagelt. Die Gestalt war Adalbert Pechstein, dessen zottelige Haare sein Gesicht fast verdeckten.

„Wer tut bloß so etwas?"

„Wie entsetzlich!"

„Was hat er denn verbrochen?"

„Verdient hat er es, dieser Taugenichts!"

„Hat denn jemand schon dem Büttel Bescheid gesagt?"

Die Schaulustigen waren in heller Aufregung, und es wurden immer mehr – wollten sie sich die morgendliche Sensation doch nicht entgehen lassen.

„Platz da! Macht Platz da!" Der Stadtdiener Hagedorn bahnte sich einen Weg durch die Menschenmenge. Abrupt blieb er stehen, als er Adalbert Pechstein am Pranger erkannte. Nach einigem Zögern spürte er, dass die Menschen von ihm Maßnahmen erwarteten.

„Was steht ihr hier so gaffend herum? Warum hilft ihm denn niemand?"

„Ja, denn hilf du man dem Sohn des Herrn Stadtrat", kam die spöttische Antwort aus der Menge. „Kannst ihn ja mal losbinden."

Der Stadtdiener trat auf den Pranger zu und wollte die Seile, mit denen Adalbert Pechstein an den Pfahl gefesselt war, lösen. Als er bemerkte, dass sich die Menschen in seinem Rücken ausgelassen vergnügten, zögerte er.

„Mach ruhig weiter, Hagedorn, dann ist das Ohr bestimmt gleich ab", lautete ein weiterer belustigter Kommentar. Jetzt erkannte auch Klaas Hagedorn, dass, wenn er die Fesseln löste, Adalbert Pechsteins Ohr sein ganzes Gewicht würde tragen müssen. Unverrichteter Dinge trat der Stadtdiener zwei Schritte zurück. Was sollte er tun? Er war ratlos. Seine Unschlüssigkeit lockte den Umstehenden weitere hämische Kommentare heraus.

Um dem Pöbel zu entfliehen, beschloss Klaas Hagedorn, den Stadtrat zu informieren. Doch das hatten schon andere für ihn erledigt. Kaum hatte er sich umgedreht, bildete sich eine kleine Gasse in der Menschentraube, durch die Leberecht Pechstein mit hochrotem Kopf auf ihn zugerauscht kam.

„Mein Gott!", entfuhr es dem Stadtrat, als er seinen Sohn gefesselt am Pranger entdeckte. „Nun unternehmt doch endlich etwas!", pfiff er den Stadtdiener an, als er sich von seinem ersten Schreck erholt hatte.

„Lebt der überhaupt noch?"

Stadtrat Pechstein fuhr herum, als er die Frage hinter sich hörte. „Bindet ihn endlich los, Hagedorn, und steht hier nicht so unbeholfen herum." Stadtrat Pechstein hatte sich neben seinem Sohn niedergekniet.

„Das geht nicht, Herr Stadtrat."

„Warum soll das nicht gehen?“ Unbeherrscht zerrte Leberecht Pechstein an den Fesseln.

„Nicht, Herr Stadtrat, sein Ohr reißt sonst ab!“ Beschwichtigend legte Klaas Hagedorn dem aufgebrachten Stadtrat eine Hand auf den Arm, da dieser nicht aufhörte, an dem Seil zu hantieren.

„Was soll das? Ihr aufgeblasener Wichtigtuer. Lasst mich in Ruhe! Ich muss meinen Sohn befreien.“ Mit wutverzerrtem Gesicht schüttelte Stadtrat Pechstein die Hand des Stadtdieners ab.

Die Rangelei wurde von den Umstehenden aufmerksam verfolgt und mit deftigen Sprüchen kommentiert. Stadtrat Pechstein und sein missratener Sohn gehörten nun einmal nicht zu den beliebtesten Bürgern der Stadt. Im Gegenteil. Folglich war die Schadenfreude unter den Zaungästen des morgendlichen Schauspiels ungebrochen.

Nur mit Mühe konnte der Stadtdiener Leberecht Pechstein davon überzeugen, dass zunächst der Nagel aus dem Ohr gezogen werden musste, bevor der Junge von seinen Fesseln befreit werden konnte.

„Worauf wartet Ihr denn noch?“, stieß der Stadtrat hervor, als er bemerkte, dass sein Sohn das Bewusstsein wiedererlangte und vor Schmerzen stöhnte.

„Wer soll das denn machen?“, fragte Klaas Hagedorn. „So, wie es aussieht, ist das ein Fünf-Zoll-Nagel, der mindestens bis zur Hälfte ins Holz getrieben wurde. Den kann man nicht mal soeben wieder rausziehen.“

„Ich kann meinen Sohn hier nicht liegen lassen. Wie Ihr seht, geht es ihm schlecht.“

„Schneid ihm doch das Ohr ab!“, kam es aus der Menge.

Leberecht Pechstein raufte sich verzweifelt die Haare. Irgendjemand musste doch helfen können.

„Ich hole Wagenknecht. Der hat verschiedene Zangen.“ Der Stadtdiener machte auf dem Absatz kehrt und kam nach wenigen Minuten mit dem Kerkermeister zurück.

Als sie das Ungeheuer in Menschengestalt sahen, wichen die Menschen ängstlich zur Seite. Schwerfällig und schnaufend tapste Wagenknecht hinter dem Stadtdiener her. Sein kugelrunder, haarloser Kopf war mit Schweißperlen bedeckt. Hagedorn hatte ihn zur Eile angetrieben. Allein der kurze Weg aus dem Verlies des Rathauses hatte ihn an die Grenze seiner Kraft gebracht. Ein Raunen ging durch die Menschenmenge, als der verhasste Kerkermeister ein paar Neugierige mit einer Handbewegung zur Seite schubste und vor dem Pranger stehen blieb.

„Los, zieh den Nagel raus, Wagenknecht. Aber wehe, du tust meinem Jungen etwas an.“

Stadtrat Pechstein fühlte sich nicht wohl in der Nähe des nach Schweiß und Unrat stinkenden Buckligen. Angewidert wich er zurück, als der sich seinem Sohn näherte und ihn aus seinen eng zusammenstehenden Schweinsaugen musterte. Aus einem Jutesack, in dem er mehrere seiner Folterwerkzeuge mitgebracht hatte, entnahm er eine überdimensionale Zange, die in seiner behaarten Pranke nicht größer als eine Schneiderschere aussah. Mit der Zange packte er das Stück des groben Nagels, das über das Ohr hinausragte, und zog ihn aus dem Holz, als ob es gar nichts wäre. Adalbert Pechstein heulte auf, begleitet von höhnischem Gelächter der Leute.

„Was hat er denn da auf der Stirn?“

„Das ist ein Brandmal!“

„Ein B, das ist ein B, der Pechstein-Bengel ist der Brandstifter, der unsere Häuser angesteckt hat!“

In Sekundenschnelle schlug die Stimmung auf dem Marktplatz um. Aus schadenfroher Belustigung wurde bedrohlicher Hass.

„Nun bindet ihn endlich los!“ Nervös schob der Stadtrat Klaas Hagedorn nach vorn, wohl wissend, dass sich die aufgebrachte Meute nicht mehr lange zurückhalten würde. Lediglich die Anwesenheit des verhassten Kerkermeisters hielt sie davon ab, handgreiflich zu werden.

Als der Stadtdiener endlich die Fesseln gelöst hatte, versuchte er den jammernden Adalbert Pechstein auf die Beine zu stellen, doch die knickten unter ihm weg, so dass er wie ein Mehlsack zu Boden ging.

„Hängt ihn auf, den Verbrecher!“

„Brandstifter, Brandstifter!“

„Pechstein ist ein Mörder!“

Aus der Menschenmenge kamen die ersten Gegenstände angeflogen. Eier, Tomaten, Äpfel – sogar Kohlköpfe hatten nur ein Ziel: den Übeltäter zu treffen. Nicht nur der Stadtrat und der Stadtdiener erkannten die bedrohliche Lage; selbst der geistig beschränkte Kerkermeister schien die Gefahr zu spüren. Kurzerhand ergriff er Adalbert Pechstein am Schlafittchen und zog ihn hoch. Am ausgestreckten Arm trug er ihn wie eine Trophäe vor sich her. Der Sohn des Stadtrats hing in seinen Kleidern und zappelte wie verrückt. Gerade noch rechtzeitig konnten sie dem feindsinnigen Pöbel entfliehen und im Rathaus verschwinden.

Martin hatte die ganze Aufregung aus der zweiten Reihe beobachtet. Regungslos, mit versteinertem Gesichtsausdruck.

Von der aufgebrachten Menge konnte keiner verstehen, was er vor sich hin murmelte.

„Für dich, Christine, nur für dich!“

Kapitel 19

Eutin, im Frühjahr 1634

Das erste Grün an den Bäumen ließ die Menschen aufatmen. Noch im April hatte es frostige Nächte gegeben und der Winter hatte sich schwergetan, dem Frühling zu weichen. Doch jetzt sandte die Sonne die ersten wärmenden Sonnenstrahlen des Jahres zur Erde. Ein milder Windhauch wehte über den See.

Im Eutiner Schloss war von den stimmungsvollen Frühlingsboten noch nichts zu spüren. Im Gegenteil. Dort, wo nicht selten die Uhren langsamer gingen als anderenorts, wo Müßiggang und Gelassenheit zur höfischen Pflicht zählten und Geistliche in gemessenem Tempo ihre täglichen Rituale pflegten, summte es heute wie in einem Bienenstock. Auf dem Schlossplatz drängten sich Fuhrwerke mit Lebensmitteln, Holz und Getreidesäcken. In der Schlossküche herrschte ein heilloses Durcheinander, dem selbst der sonst sehr resolute Küchenmeister Kollbaum kaum Herr werden konnte. Auch Priester und Kapitelherren vermittelten Eile und Geschäftigkeit. Kurzum, das Eutiner Schloss wirkte wie ein aufgescheuchter Hühnerhof.

„Graf Kamphausen, diese Nachrichten sind doch mehr als nur Gerüchte, und Ihr veranlasst daraufhin bereits eine Palastrevolution. Wo bleibt Eure sprichwörtliche Contenance?“ Graf Gerald von Wartenburg, der Kanzleidirektor, blickte Zuspruch suchend in die Runde.

„Ich muss Graf Wartenburg vorbehaltlos zustimmen. Unsere fürstbischöfliche Durchlaucht, Herzog Johann Friedrich, hat gerade erst das Zeitliche gesegnet – Gott sei seiner armen Seele gnädig! –, und Ihr veranlasst eine Betriebsamkeit, als wollten wir ein Fest feiern. Eine angemessene und würdevolle Trauerzeit wäre doch wohl das Mindeste, was wir verlangen können." Dekan Benedict unterstrich seine Empörung mit theatralischen Gesten.

„Gibt es noch jemanden in diesem Kreis, der meine Anordnungen in Frage stellen möchte? Nur zu, es scheint wohl opportun zu sein, Kritik zu äußern, ohne die wahren Hintergründe zu würdigen." Hofmarschall Graf Detlev von Kamphausen reagierte verschnupft auf die aus seiner Sicht unangemessenen Vorwürfe. Er hatte an diesem Morgen die wichtigsten Häupter im Eutiner Schloss zusammengerufen, um die anstehenden Änderungen im fürstlichen Haushalt zu erörtern. Neben dem Kanzleidirektor und dem Dekan hatten sich auch der Oberstallmeister, der Küchen- und Kellermeister, der Hoffourier, der Major der Schlossgarde, der Erste Kammerherr und zahlreiche andere Hofkavaliere eingefunden, die nun aufgeregt miteinander tuschelten und die Köpfe zusammensteckten.

„Meine Herren, ich habe den Eindruck, dass Ihr die wahre Lage verkennt." Der Hofmarschall hatte seine Stimme erhoben und dadurch für Ruhe gesorgt. „Der Tod unserer fürstbischöflichen Durchlaucht hat uns alle betroffen gemacht. Trauerbeflaggung ist angeordnet und für heute Nachmittag ist ein Trauergottesdienst vorgesehen. Alle anderen Würdigungen und die Beisetzung finden in Gottorf statt, nicht in Eutin. Wohl aber steht uns eine deutliche Veränderung unmittelbar ins Haus. Unser neu geweihter Bischof, Herzog Johann, wird innerhalb einer Woche in Eutin einziehen. Ihr werdet daher verstehen, dass entsprechende Vorbereitungen erforderlich sind."

Ungläubige Blicke, aufgeregtes Gemurmel und hier und da betretene Mienen waren die Folge dieser Ankündigung.

„Wie dürfen wir das verstehen, Graf Kamphausen?" Dekan Benedict schien den Hofmarschall nicht verstanden zu haben. „Es ist uns doch allen bekannt, dass die Herzöge immer einmal wieder in Eutin hereingeschaut haben. Warum auch nicht seine fürstbischöfliche Durchlaucht, Herzog Johann. Doch letztlich haben sie sich eher in Gottorf wohlgefühlt als in Eutin."

„Nun, verehrter Dekan, das wird sich in Zukunft ändern." Wieder ging ein Raunen durch den Raum. Was hatten diese Neuigkeiten zu bedeuten? Welche Anforderungen würde der neue Fürstbischof an den Hof stellen? Bereits jetzt herrschte in den alten Gemäuern eine beunruhigende Hektik.

„Konkret bedeutet das, dass Herzog Johann sein bischöfliches Amt von Eutin aus wahrnehmen und hier residieren wird. Dass dazu entsprechende Vorkehrungen zu treffen sind, sollte jedem einleuchten. Notwendige Einzelheiten werde ich persönlich mit den betroffenen Amtsträgern erörtern. Ich darf Euch, Graf Solterbeck, als Hoffourier bitten, die herzoglichen Gemächer herrichten zu lassen. Die Kammerjunker werden Euch dabei unterstützen. Es ist zudem dringend nötig, zusätzlichen Platz in Marstall und Remise zu schaffen." Der Hofmarschall wandte sich an Graf von Merkenheim, den Oberstallmeister, der bedeutungsvoll nickte. „Über den Kauf von Futter und die Bereitstellung weiterer Pferdeknechte müssen wir uns wohl nicht unterhalten. Darum wird sich vermutlich schon Euer Zweiter Stallmeister kümmern. Wenn es um den Erwerb von Lebensmitteln, Feuerholz und Ähnlichem geht, Meister Kollbaum, sprecht das bitte mit dem Hoffourier ab. Euch, Graf Wartenburg, möchte ich bitten, beizeiten eine Delegation zum Bürgermeister der Stadt zu entsenden, um mit ihm den protokollarischen Ablauf des Empfangs seiner fürstbischöflichen Durchlaucht zu erörtern."

Nachdem Hofmarschall von Kamphausen seine Anweisungen erteilt hatte, blickte er in erstaunte und zum Teil verwirrte Gesichter. Bevor Fragen über Fragen über ihn hereinprasseln konnten, hob er die Hand. „Einzelheiten und Fragen bitte im persönlichen Gespräch und zu einem späteren Zeitpunkt. Jetzt darf ich die Herrschaften bitten, sich an die Erfüllung der Aufträge zu machen." Er erhob sich und verließ, verfolgt von aufgeregten Stimmen, mit eiligen Schritten den Audienzsaal.

Auch in der Stadt war von den Veränderungen im Schloss etwas zu spüren. Der Tod des Herzogs Johann Friedrich hatte sich in Windeseile herumgesprochen. Die Gerüchteküche brodelte. Ein neuer Fürstbischof würde kommen. Aber warum die Hektik im Schloss?

Martin wollte Genaueres wissen als nur vage Vermutungen, die sich von Straßenecke zu Straßenecke mehr und mehr ins Fantastische steigerten. Selbst sein bester Informant, der Bettler Falko, konnte nicht mit

Details aufwarten. Für Martin gab es nur eine Lösung: Er musste seinen Onkel Hartmut im Schloss besuchen. Der Zweite Stallmeister des Herzogs wusste bestimmt mehr.

„Komm rein, mein Junge. Du siehst, hier ist der Teufel los, aber für dich habe ich immer Zeit. Setz dich!“ Hartmut Bergmann saß in seinem kleinen Kontor im Marstall des Schlosses über einen Berg von Papieren gebeugt. Der Trubel draußen, den die Stallburschen mit den Pferden sowie die Kutscher und Reiter verursachten, schien ihn nicht zu stören. Hartmut Bergmann war dem Sohn seiner Schwester in besonderer Weise zugetan. Er liebte auch die anderen Kinder, aber Martin schien etwas zu haben, was seiner ganzen Fürsorge bedurfte. Gerade in den letzten Monaten hatte er sich immer wieder Zeit genommen, um ihm Mut zuzusprechen und die schrecklichen Bilder der Vergangenheit zu vertreiben.

Martins Seele hatte Schaden genommen. Dunkle Schatten begleiteten ihn Tag für Tag. Aus dem sonst so lebensfrohen jungen Mann war ein verschlossener Grübler geworden.

Die Erinnerungen an den verheerenden Brand vor einem halben Jahr in Eutin hatte er bis heute nicht verscheuchen können. In einer einzigen Nacht waren siebzehn Häuser ein Opfer der Flammen geworden. Doch das war es nicht allein, was Martin quälte. Von der Familie Hellwag hatte nur sein Freund Daniel überlebt. Christine und ihre Mutter waren nicht, wie ursprünglich geplant, über Nacht bei der Tante in der Sackstraße geblieben, sondern noch am späten Abend in das Haus am Segenhörn zurückgekehrt – unbemerkt vom Schmiedemeister, von Daniel und dem Gesinde.

Die Flammen waren ihnen zum Verhängnis geworden. Meister Hellwag war bei dem beherzten Rettungsversuch von Frau und Tochter ums Leben gekommen. Die braunen Locken und die vor Angst geweiteten Augen am Dachfenster des brennenden Hauses waren das letzte Bild, das Martin von seiner geliebten Christine mit sich herumtrug.

Adalbert Pechstein hatte gar nicht erst peinlich befragt werden müssen. Es war ausreichend gewesen, dass der Kerkermeister Wagenknecht ihm seine Folterwerkzeuge präsentierte, schon hatte er die Brandstiftung zugegeben und gleichzeitig auch die Namen seiner beiden Kumpane verraten.

Alle drei waren vom Gericht für schuldig befunden und zum Tode durch den Strang verurteilt worden. Danach, wer seinerzeit Adalbert Pechstein gebrandmarkt und an den Pranger genagelt hatte, war in Eutin nie mehr gefragt worden.

„Was ist los, Onkel? Warum sind im Schloss alle so aufgeregt?“

„Das frage ich mich auch. Aber ernsthaft. Der neue Herzog kommt Ende der nächsten Woche mit großem Gefolge. Da muss Platz geschaffen werden und alles auf Hochglanz poliert sein. Und ich weiß nicht, wo ich die ganzen Pferde und Kutschen unterbringen soll. Heu und Stroh sind nicht in ausreichender Menge vorhanden. Es ist zum Verrücktwerden! Aber noch haben wir ja ein paar Tage Zeit. Und wie geht es dir, Martin?“

„Danke, ganz gut. In der Kanzlei läuft alles reibungslos. Es besteht sogar die Aussicht, dass ich sehr bald Zweiter Kanzleischreiber werde, da der Secretarius Heckenrat nicht mehr der Jüngste ist.“

„Das freut mich ganz besonders. Herzlichen Glückwunsch! Und wie geht es deiner Mutter?"

„Sie hadert nach wie vor mit dem Schicksal. Genauso wie wir alle erholt sie sich nur sehr langsam von dem schrecklichen Tod der Hellwags. Und wie macht sich Daniel? Ich sehe ihn nur selten in der letzten Zeit."

„Ich glaube, er ist auf dem besten Weg. Er stürzt sich in die Arbeit wie kein anderer. Er ist pünktlich, zuverlässig und beherrscht sein Handwerk. Er ist ein absoluter Gewinn für die herzogliche Schmiede."

Daniel hatte sich nach dem Tod seiner Familie völlig zurückgezogen. Wochenlang hatte er in den verkohlten Überresten ihres Hauses im Segenhörn gehaust. Die Hilfe der befreundeten Familie Seedorf hatte er kategorisch abgelehnt und war kaum ansprechbar gewesen. Wovon er sich ernährte, wusste niemand. Eine Änderung trat erst Wochen nach Weihnachten ein, als Martin seinen Freund zitternd unter Pferdedecken in einem halb verkohlten Verschlag der alten Schmiede fand. Draußen herrschte bittere Kälte. Daniels Kopf glühte. Kurzerhand wuchtete Martin den fiebernden Freund auf eine Karre. Daniels Widerstand war nur gering, da das Fieber ihn schon stark entkräftet hatte. Unter Aufsicht seines Vaters, dem Apotheker, und den behutsamen Händen seiner Mutter kam Daniel sehr bald wieder zu Kräften. Als Hartmut Bergmann ihm anbot, in der Schmiede des Herzogs zu arbeiten, sträubte er sich zunächst, willigte dann aber ein. Nicht zuletzt auch aus Dankbarkeit für seine Heilung durch die Familie Seedorf. Allen fiel ein Stein vom Herzen, waren sie doch endlich sicher, dass Daniel ein Dach über dem Kopf hatte, regelmäßig zu essen bekam und in seinem Beruf arbeiten konnte.

Martin hoffte, dass sein Freund irgendwann die Schreckensnacht vergessen würde. So, wie Onkel Hartmut berichtete, schien er auf dem besten Weg zu sein.

Als Martin sich von seinem Onkel verabschiedet hatte, musste er unbedingt noch einen Blick in die Schmiede werfen. Ein wahres Zischen und Fauchen, übertönt von kräftigen Schlägen, sprang Martin entgegen, als er am Marstall um die Ecke bog. Rund ein Dutzend Gesellen hämmerten auf Eisen ein, formten das Metall. Mittendrin sein Freund Daniel. Gesicht und Arme waren rußbedeckt, wie auch bei den anderen Schmieden. Keiner von ihnen ließ sich durch den Besucher von seiner Arbeit ablenken. Nur Daniel blickte nach kurzer Zeit auf. Als er das Hufeisen fertig geformt hatte, tauchte er es mit einer Zange in einen Wassereimer. Eine zischende Dampfwolke stieg auf. Dann warf er das Eisen in einen Kasten zu anderen, die bereits fertig waren. Auch der Oberschmiedemeister hatte Martin inzwischen entdeckt, und als Daniel ihn fragend ansah, nickte er nur kurz.

„Na, Daniel, wie geht es dir?"

„Siehst du ja, viel zu tun."

„Ich habe schon gehört, nächste Woche kommt der neue Herzog."

„So ist es."

Martin wusste nicht recht, was er sagen sollte. Früher hatte es so etwas zwischen den beiden nie gegeben. Sie hatten sich immer etwas zu erzählen gehabt, waren ausgelassen, fröhlich und stets guter Laune gewesen.

„Warum hast du mich, als ich das Fieber hatte, nicht verrecken lassen?"

Martin sah seinen Freund entgeistert an. Was für eine Frage? Er konnte sich nicht vorstellen, dass sie ernst gemeint war. Er wollte nicht zulassen, dass Daniel noch länger seine Mitleidsrolle spielte. Nicht nur er hatte geliebte Menschen verloren!

Wütend funkelte Martin seinen Freund an. „Daniel Hellwag, du bist ein egoistisches und selbstverliebtes Arschloch, das sich geradezu masochistisch in eigener Mitleidsscheiße suhlt und beleidigt ist, wenn niemand dazu Beifall klatscht. Ja, auch andere Menschen trauern. Auch sie haben Verluste erlitten. Auch sie haben geliebt. Doch sie strecken dir die Hand entgegen. Sie helfen dir und hoffen auf eine bessere Zukunft. Weil sie leben! Du willst wissen, warum ich dich gerettet habe? Weil ich jemanden brauche, den ich beschimpfen und mit dem ich streiten kann, obwohl er ein gottverdammter Mistkerl ist.“ Martin wollte auf dem Absatz kehrtmachen. Er hatte sich in Rage geredet.

Völlig unerwartet sprang Daniel auf ihn zu, schlang beide Arme fest um ihn und presste ihn an sich. Mit diesem Würgegriff raubte er seinem Freund fast den Atem. „Möchtest du, dass ich dir das Kreuz breche, Martin?“

„Wenn es ... dir hilft ...“, stieß dieser ächzend hervor. Genauso unvermutet, wie Daniel seinen Freund umklammert hatte, ließ er ihn auch wieder los und hielt ihn nur noch mit den Händen an den Oberarmen fest. Eine ganze Weile sah er Martin schweigend an. „Du bist ein wahrer Freund, oder?“

„Ich glaube schon. Und du?“ Martins Zorn war im Nu verflogen. Nichts als Hilflosigkeit und Verzweiflung sah er in Daniels ernsten Augen.

„Ich werde mich bemühen. Ich verspreche es."

„Mehr kann ich von einem Mistkerl auch nicht verlangen."

Daniel schlug Martin kameradschaftlich vor die Brust, drehte sich um und wandte sich wieder seiner Arbeit in der Schmiede zu. Martin glaubte sogar, ein scheues Lächeln in seinem Gesicht entdeckt zu haben – das erste seit langer Zeit.

„Nun, Sergeant Swattkopp, jetzt ist es wohl vorbei mit dem gemütlichen Soldatenleben."

Der Sergeant fuhr herum und blinzelte die Person, die ihm auf diese niederträchtige Art den nötigen Respekt verweigerte, gefährlich an.

„Du verdammter Lauselümmel, habe ich dir nicht auch Benehmen und Anstand beigebracht, oder muss erst mein Ladestock Bekanntschaft mit deinem Hosenboden machen?" Der Sergeant der Schlosswache grinste über das ganze Gesicht, als er Martin vor sich sah.

„Ihr wart mir stets ein Vorbild, verehrter Sergeant, und werdet es auch bleiben. Habt Ihr mir doch in aufopfernder Weise all Euer Wissen in Wort und Tat vermittelt." Martin erinnerte sich nur zu gut an die anstrengenden Übungen im Fechten und an die weniger edlen Kampfarten, die der Sergeant ihm Woche für Woche in harter Disziplin eingebläut hatte.

„Eines Tages wird dir dein vorlautes Maul noch zum Verhängnis werden, Martin."

„Davor habe ich keine Angst, ich habe ja in Euch einen schlagkräftigen Freund." Martin beeilte sich, vom Schlosstor wegzukommen, da der Sergeant bereits mit drohender Faust auf ihn zukam. Zwischen beiden hatte sich während Martins Ausbildung eine unausgesprochene Freundschaft entwickelt. Der derbe Klotz, den alle in dem raubeinigen Sergeanten sahen, konnte ihn nicht täuschen. Sehr schnell hatte er den wahren Kern des Soldaten erkannt.

Ein neuer Herzog sollte kommen. Welche Aufregung im Schloss! Und was hatte Onkel Hartmut berichtet – der Herzog würde auch hier wohnen wollen? Welche Veränderungen wären das für die Stadt? Martin schlenderte die Burgstraße entlang und dachte über die Neuigkeiten nach. Ein plötzlicher Nebel verscheuchte seine Gedanken. Bilder tauchten auf und verschwanden so schnell, wie sie gekommen waren. Reiter. Bunte Fahnen. Jubelnde Menschen. Dann eine Kutsche, reichlich verziert und mit sechs stolzen Rössern davor. Doch die Pferde bäumten sich auf. Die Kutsche brach entzwei. Löste sich auf. Eine feuerrote Wolke schwebte über allem.

„Martin! – Martin!"

Martin spürte, dass ihn jemand am Ellbogen packte und mit sich fortzog.

„Nun setz dich erst einmal."

Martin bemerkte, dass ihn seine Beine nur mühsam trugen. Wie betrunken schwankte er neben seinem hilfreichen Begleiter hin und her. Dieser setzte ihn behutsam auf steinerne Stufen. Martin stützte seinen Kopf auf die Hände und versuchte, in die Wirklichkeit zurückzukehren. „Wenn dich deine Traumbilder überfallen, lass sie einfach zu. Kämpfe nicht dagegen an", hatte Pater Simon einmal zu ihm gesagt. Er atmete tief durch.

„So gefällst du mir schon wieder viel besser!"

„Falko, du treue Seele!", rief Martin, als er den Mann erkannte, der sich neben ihn auf die Stufen gesetzt hatte. „Ich hatte wohl eben einen kleinen Schwächeanfall." Obwohl er wusste, dass es schwierig war, etwas vor dem Bettler zu verbergen, hatte Martin nicht vor, diesem von seinen Wahnbildern zu erzählen.

„Da habe ich etwas für dich. Das wird dich wieder auf die Beine bringen." Der Bettler kramte unter seinem mehrfach geflickten Umhang undefinierbarer Farbe ein Behältnis hervor, das Ähnlichkeit mit einer kleinen Flasche hatte, und reichte es Martin. „Nur einen winzigen Schluck, nicht mehr!"

Skeptisch musterte Martin das Glasgefäß, tat dem Bettler aber den Gefallen und nippte kurz daran. „Aaaaach, Falko! Willst du mich umbringen?" Er bekam keine Luft mehr. Die wenigen Tropfen brannten in seiner Kehle wie Feuer. Er konnte förmlich spüren, wie sie ihren Weg in seinen Magen fanden. Sein Körper schien zu explodieren. Doch wenige Sekunden später überfiel ihn ein Wohlgefühl, das er in dieser Form noch nie verspürt hatte. „Was ist das denn für ein Wundermittel?" Er sah Falko überrascht an. „Damit kannst du ja Tote zum Leben erwecken."

„Wundermittel mag ein wenig übertrieben sein, aber es tut seine Wirkung, wie du selbst gerade erleben durftest." Der Bettler hatte die kleine Flasche bereits wieder verkorkt und unter seinem Umhang verschwinden lassen.

„Du musst mir unbedingt verraten, woraus dieses Elixier gebraut ist. Mein Vater wird sich auch dafür interessieren. Damit kannst du ein reicher Mann werden,

Falko. Hast du dir das schon einmal überlegt?" Martin war wieder hellwach und malte sich bereits aus, auf welche Weise Falkos heilsamer Saft zum Segen für die Menschheit werden könnte.

„Und wenn ich das gar nicht will?"

Martin kam auf den Boden der Realität zurück. Er saß hier mit einem stadtbekannten Bettler, der ihn als taumelnden Verwirrten angetroffen und ihm geholfen hatte. Und er, Martin, hatte nichts Besseres zu tun, als seinem Freund wegen eines geheimnisvollen Zaubertranks eine neue Zukunft zu versprechen. „Du hast ja recht, Falko. Ich will dich schon wieder zu deinem Glück zwingen, ohne daran zu denken, dass es eher mein Glück wäre und nicht deines."

Falko lächelte. „Du kennst mich inzwischen sehr gut. Das ist ein wirklich angenehmes Gefühl. Bevor wir uns verabschieden, hätte ich noch eine ganz besondere Bitte."

„Ist schon erfüllt, Falko."

„Bevor sich die Leute gleich wieder über den Sohn des Apothekers und den Bettler das Maul zerreißen, lass heute bitte keine Münzen aus meiner Nase oder meinen Ohren rieseln. Es war mir eine Freude, dir helfen zu können." Aus einem verschmutzten Gesicht lächelten die hellen Augen des Bettlers Martin an.

„Falko, du bist und bleibst unverbesserlich."

„Aus deinem Mund ist das ein Kompliment!"

Martin erhob sich von den harten Steinstufen und hob grüßend die Hand.

Der Bettler blickte dem Sohn des Apothekers hinterher – der Einzige in der Stadt, der ihn verstand, der ihn als Mensch sah und nicht als bettelnde, armselige Kreatur. Als er in seine Kappe blickte, die vor ihm auf den Kirchenstufen lag, stellte er fest, dass ein paar Kreuzer mehr als vorher darin lagen. Falko schüttelte den Kopf und schmunzelte.

Kapitel 20

„Daniel, du musst morgen mitkommen. Unbedingt.“

„Aber Martin, was ist bloß los mit dir? Was zappelst du so herum, und warum soll ich mitkommen?“

„Du hast doch allemal nichts zu tun an diesem Tag, dann kannst du mich ja auch begleiten.“

Daniel konnte seinem Freund nicht widersprechen, denn der herzogliche Oberschmiedemeister hatte den meisten Gesellen befohlen, sich zu verkrümeln, da die hohen Herrschaften nicht mit ungewaschenen schwarzen Gesichtern und Trauerrändern unter den Fingernägeln beleidigt werden sollten.

„Wir werden den Einzug des Herzogs direkt an der Burgstraße verfolgen. Bist du rechtzeitig da?“

„Ja, ja, Martin, ich komme.“ Daniel wusste, dass er gegen die Beharrlichkeit seines Freundes nicht ankam, wenn der sich erst einmal etwas in den Kopf gesetzt hatte.

Von ferne waren Fanfarenklänge zu hören. Fahnen und Wimpel flatterten im leichten Wind. Die ganze Stadt schien an diesem Tag auf den Beinen zu sein – fein herausgeputzt wie zum sonntäglichen Kirchgang. Eutin war bereit für den Empfang seiner fürstbischöflichen Durchlaucht Herzog Johann X. von Schleswig-Holstein-Gottorf. Auch Martin und Daniel standen seit dem frühen Morgen in der Burgstraße und warteten, wie viele andere, auf den Prunkzug, der den neuen Herzog begleitete. Der Jubel der Menschen schwoll an, als die ersten festlich gekleideten Reiter aus der Sackstraße Richtung Schloss einbogen. Ihnen folgten vier mit prächtigen Decken bedeckte und von Pagen geführte Handpferde des Herzogs. Die nächsten zwanzig Kavaliere hoch zu Ross gehörten offensichtlich zum Hofstaat des Herzogs. Sie ritten zu zweit nebeneinander. Fünf Hof- und Feldtrompeter schlossen sich an. Ihre glänzenden Instrumente waren mit bunten Tüchern und dem Wappen des Herzogs verziert. Jetzt kam auch die Prunkkutsche des Fürstbischofs in Sicht. Gezogen von sechs pechschwarzen Pferden, deren goldbeschlagenes Zaumzeug in der Sonne funkelte. Vor und hinter der Kutsche marschierten jeweils vier Soldaten mit blanken Hellebarden. Weitere Kutschen und Reiter des fürstlichen Hofes bildeten die Nachhut. Je näher die prachtvolle Staatskarosse des Herzogs kam, umso lauter wurde der Jubel der Menschen am Straßenrand. Auch Martin und Daniel ließen sich von der ausgelassenen Stimmung mitreißen, schwenkten ihre Mützen und stimmten in die Hochrufe mit ein.

Ein berstendes Krachen vertrieb die sorglose Begeisterung in Sekundenschnelle. Ein schriller Aufschrei ging durch die Menge. Das rechte Vorderrad der Kutsche des Herzogs war zerbrochen. Der Kutscher flog vom Bock auf die Pferde, die plötzlich zügellos anzogen und die havarierte Kutsche über die Pflastersteine zerrten, so dass die Funken sprühten. Bedenklich nach rechts geneigt rumpelte die Karosse unaufhaltsam weiter.

„Daniel, die Pferde!“, schrie Martin aufgeregt, als die Kutsche unmittelbar an ihnen vorbeipolterte.

Mit einem beherzten Sprung ergriff Daniel das Halfter des ersten Pferdes und hängte sich mit seinem gesamten Körpergewicht hinein. Das Gespann wurde langsamer und kam letztlich zum Stehen. Sanft sprach Daniel auf die unruhig tänzelnden Pferde ein. Zur gleichen Zeit stürzte Martin auf die Tür der Kutsche zu und öffnete sie vorsichtig. Ein in Samt, Brokat und Seide gehüllter Körper fiel ihm rücklings entgegen. Entschlossen griff Martin ihm unter die Arme, bevor er auf das Pflaster stürzen konnte.

Benommen kam die Person auf die Beine und sah Martin verwirrt an. Unmittelbar danach kletterte ein Herr in braunem Gewand mit goldenen Bordüren aus der schief stehenden Kutsche und wandte sich an die Person, die Martin immer noch fest in seinen Armen hielt.

„Seid Ihr wohlauf, Durchlaucht?"

„Wir glauben schon, Cassius. Unser Lebensretter hat Uns wohl vor größerem Schaden bewahrt." Der Herzog drehte sich zu Martin um und wirkte erstaunt, als er vor sich einen jungen Mann sah, von dem er eine solch beherzte Tat anscheinend nicht erwartet hatte.

Dieses unvorhergesehene Malheur wenige Schritte vor dem Schloss hatte nur einige Sekunden gedauert und die Reiter, Soldaten und herrschaftlichen Begleiter des Herzogs in helle Aufregung versetzt. Pferde scheuten, Menschen schrien und liefen durcheinander. Befehle wurden gebrüllt. Doch niemand im prunkvollen Zug wusste, was genau geschehen war.

„Wie heißt du, Junge?" Der Herzog hatte sich von seinem ersten Schreck schnell erholt und stand jetzt auf festen Beinen vor Martin.

„Ich heiße Martin Seedorf, Durchlaucht, und bin der Sohn des Apothekers Henricus Seedorf“, antwortete Martin folgsam und verbeugte sich.

„Platz hier!“

„Fort hier!“

Die Soldaten mit ihren Hellebarden hatten inzwischen die neue Lage erfasst und drängten alle Schaulustigen, die sich in der Nähe der herzoglichen Kutsche befanden, zur Seite. Einer von ihnen packte auch Martin am Arm, um ihn fortzuzerren.

„Lasst den Jungen los!“, kam es energisch von dem Begleiter des Herzogs, den dieser Cassius genannt hatte. „Sperrt den Bereich rund um die Kutsche ab. Niemand hat jetzt Zugang zu seiner fürstlichen Durchlaucht.“

Der Herzog nickte seinem Begleiter dankbar zu. „Hat irgendjemand Schaden genommen, Cassius?“

„Euer Kutscher ist gestürzt, Durchlaucht, aber wie ich sehe, steht er schon wieder auf den Beinen.“

„Durchlaucht! Euer Gnaden! Welch eine Katastrophe! Ich bin erschüttert. Ich sehe Euch aufrecht. Welch ein Segen, dem Herr sei gedankt!“ Unwirsch schob ein aufgeregter Edelmann in festlichem, blau-gelbem Tuch und einer Fülle an weißen Rüschen die Hellebarde, die auch ihn vom Herzog fernhalten sollte, zur Seite und kam katzbuckelnd näher. „Ich werde veranlassen, dass unverzüglich eine neue Kutsche bereitsteht, Durchlaucht. Welch göttliche Fügung, Ihr seid unverletzt ...“

„Hoselfeld, haltet ein und sorgt dafür, dass wir von weiteren Mitleidsbekundungen verschont bleiben. Eure Dienste sind zurzeit nicht vonnöten.“

Der so Angesprochene verzog beleidigt das Gesicht, bis der Herr namens Cassius ihm mit einer Handbewegung unmissverständlich zu verstehen gab, dass er sich zu entfernen habe.

„Wenn Ihr erlaubt, Durchlaucht, würde ich gern einen Vorschlag unterbreiten.“ Martin war den beiden hohen Herren nicht von der Seite gewichen und hatte nach seinen Worten sofort ihre Aufmerksamkeit.

„Und der wäre?“, forderte Herzog Johann Martin lächelnd auf.

„Es ist nicht mehr weit bis zum Schloss, wie Ihr seht, Durchlaucht. Vielleicht wäre dieser kurze Weg zu Fuß für Euch die Gelegenheit zu prüfen, ob Eure Knochen wirklich noch an der Stelle sind, wo sie auch hingehören.“

Im ersten Augenblick sah der Herzog Martin mehr als erstaunt an, doch dann wandte er seinen Blick zu seinem Begleiter Cassius, und als dieser schmunzelnd beide Hände hob, als wollte er sagen: „Warum nicht?“, begann Herzog Johann schallend zu lachen. Auch die Umstehenden stimmten in das Gelächter ein, ohne zu wissen, worum es überhaupt ging. „Eine vorzügliche Idee, Martin Seedorf. Und du wirst Uns begleiten.“

„Verzeiht, Durchlaucht, erlaubt mir vorab, Eure Perücke ein wenig zu richten. Und wenn Ihr Euren Hut tragen würdet, würde es das Bild Eurer ehrenwerten Erscheinung vorteilhaft abrunden.“

Herzog Johann lachte noch immer. „Ihr habt ja recht, Cassius. Wir wollen bei all der Aufregung den heutigen Anlass nicht ganz aus den Augen verlieren.“

Die Soldaten hatten mit ihren Hellebarden eine Gasse gebildet, durch die der Herzog, sein Begleiter und Martin schritten, vorbei an den Pferden, die unruhig an ihrem Geschirr zerrten. Daniel hielt die Rösser mit fester Hand im Zaum und sprach ihnen beruhigend zu.

„Wer ist der Junge?“ Der Herzog war stehen geblieben und zeigte auf Daniel.

„Das ist Daniel Hellwag, Euer Durchlaucht, ein Geselle Eurer Schmiede im Schloss und mein bester Freund.“

„Cassius, wenn alle jungen Burschen in Eutin so tatkräftig anpacken wie diese beiden, dann wird Uns fürwahr nicht bange.“ Herzog Johann legte seine linke Hand auf Martins Schulter und schritt mit ihm dem Schlosstor entgegen. Cassius folgte ihnen in gebührendem Abstand.

Nachdem sich auch die Bürger links und rechts der Burgstraße von dem ersten Schrecken erholt hatten und sahen, dass der Herzog wohlauf war, jubelten sie ihm erneut zu und klatschten begeistert. Mit großem Erstaunen und offenen Mündern sahen sie allerdings auch, dass kein Geringerer als der Sohn des Apothekers den Herzog begleitete und dieser ihm sogar vertrauensvoll die Hand auf die Schulter gelegt hatte. Martin fühlte sich nicht wohl dabei, doch der Herzog vermittelte den Eindruck, als wäre es ganz normal, dass er mit einem jungen Mann niederer Herkunft plaudernd durch die Burgstraße von Eutin schlenderte.

Das adelige Gefolge des Herzogs schien diese Situation hingegen ganz anders zu bewerten. Der wohlorganisierte Festzug war durch das Missgeschick mit der Kutsche in Unordnung geraten. Immer wieder versuchten Kavaliere und Geistliche bis zum Herzog vorzudringen. Ob es lediglich die Sorge um sein Wohl war oder ob sie die für sie peinlichen Umstände ändern wollten, war nicht zu erkennen, denn Cassius, der enge Vertraute des Herzogs, zeigte ihnen deutlich, dass sie auf Distanz zu bleiben hatten.

„Was ist deine Profession, Martin Seedorf?“, erkundigte sich der Herzog, während er immer wieder einmal den jubelnden Menschen freundlich zunickte.

„Ich bin Kanzleischreiber beim Advokaten Friedrich Mauritius, Euer Durchlaucht.“

„Ein überaus ehrenwerter Beruf. Wobei du dich jetzt auch ‚Retter des Herzogs‘ nennen könntest“, stellte der Fürst schmunzelnd fest.

„Ihr beschämt mich, Euer Durchlaucht. Ich wollte doch nur helfen.“

„Das hast du, mein Junge, auf geradezu ritterliche Weise. Gleichwohl auch dein Freund. Eine löbliche Tat, fürwahr.“

Inzwischen waren sie vor dem Schlosstor angekommen, wo sich die Schlossgarde in den herzoglichen Farben präsentierte.

„Eure fürstliche Durchlaucht, die Schlossgarde von Eutin steht zu Euren Diensten bereit.“ Graf von Freienfels, der Major der Garde, war vorgetreten, hatte seinen Degen gezogen und ihn zum Boden gesenkt, um seine Meldung zu machen. Der Herzog nickte ihm dankend zu und trat mit Martin und seinem Begleiter in den Schatten des Torbogens. Wie der Major sah auch Sergeant Swattkopp die drei Personen, die nun näher traten, mit Erstaunen an.

Der Herzog blieb stehen. Martin erkannte, dass auf einem Podest in der Mitte des Schlossplatzes ein Sessel stand, der mit rotem Samt bezogen und über den ein Baldachin gespannt war. In großem Karree versammelt sahen Hofdamen, Kavaliere, Geistliche, Bürgermeister und Honoratioren der Stadt dem würdevollen Einzug des neuen Herzogs und Fürstbischofs erwartungsvoll entgegen. Eine gewisse Unruhe war spürbar, denn die Nachricht von dem Unglück mit der herzoglichen Kutsche war inzwischen auch hier angekommen. Ein Raunen ging durch die Anwesenden, als sie den Herzog am Schlosstor entdeckten, der sich mit einem jungen Mann unterhielt, dessen Kleidung verriet, dass er nicht von Adel war. Henricus Seedorf staunte nicht schlecht, als er seinen Sohn neben dem Herzog erkannte. Auch Bürgermeister Bahr, Stadtrat Pechstein, Kanzleidirektor Graf von Wartenburg und Martins Onkel Hartmut starrten fassungslos das ungleiche Paar an.

„Wie du siehst, Martin Seedorf, erwarten Uns jetzt andere Aufgaben. Wir müssen Uns Unserem neuen Hofstaat präsentieren, damit auch jeder weiß, dass Wir ohne Blessur Unser Ziel erreicht haben. Unser Dank ist dir gewiss."

„Erlaubt mir eine Bitte zu äußern, Durchlaucht. Wertet das gebrochene Rad nicht als schlechtes Omen, sondern eher als Ausdruck geräuschvoller Zuneigung und berstender Freude der Eutiner Bürger."

Aufs Neue lachte der Herzog. „Eine Bitte, die Wir dir sehr gern erfüllen werden. Lebe wohl, Martin Seedorf."

Martin verneigte sich, während der Herzog mit seiner Begleitung gemessenen Schrittes den Schlosshof betrat.

Martin drückte sich an die Wand, da sich jetzt Reiter und Kutschen des herrschaftlichen Gefolges durch das enge Schlosstor zwängten.

„Arretiert den Kerl!" Wie vom Himmel gefallen stand plötzlich der Edelmann in blau-gelbem Gewand mit Rüschen vor Martin, den der Herzog „Hoselfeld" genannt hatte. Drohend hatte er den rechten Zeigefinger erhoben.

„Los, Mann, legt den niederträchtigen Flegel in Ketten", schrie er Sergeant Swattkopp an.

„Und warum, Euer Gnaden?" Sergeant Swattkopp sah den aufgeregten Höfling überrascht an.

„Wollt Ihr meine Weisungen missachten, Ihr Kretin?"

Hinter dem aufgeblasenen Kavalier tauchte der Kommandeur der Schlosswache, Graf Freienfels, auf, der Sergeant Swattkopp zunickte, als wollte er sagen: „Tut, was er sagt, alles andere sehen wir später!"

„Arretieren, Euer Gnaden. Wie Ihr befehlt." Sergeant Swattkopp trat zwei Schritte vor, ergriff Martin am Arm und zerrte ihn in die Wachstube. Als der aufgebrachte Edelmann in Rüschen außer Hörweite war, ließ er Martin los und rief nach einem Wachsoldaten.

„Ulrich, du führst den Gefangenen in die hintere Wachstube. Und danach bringst du ihm einen Becher von meinem besten Wein und weichst nicht mehr von seiner Seite, bis der Major oder ich etwas anderes befehlen."

Zu Martin gewandt sagte er: „Hab Geduld!" Aufmunternd klopfte er ihm auf die Schulter. „Die sind heute alle etwas verrückt."

Warum er verhaftet worden war, wusste Martin nicht, doch er folgte dem Wachsoldaten widerstandslos in einen kleinen Raum, in dem nur ein Tisch und zwei Stühle standen. Durch das vergitterte Fenster konnte er in den Schlosshof sehen. Als säße er in einer Loge, verfolgte er gebannt die festliche Zeremonie der Amtseinführung des Herzogs.

Herzog Johann hatte sich bereits auf den Sessel unter dem Baldachin gesetzt. Ein Edelmann begrüßte den neuen Fürsten mit löblichen Worten.

„Wer ist das dort vor dem Herzog?“, fragte Martin den Wachsoldaten, der ihm neugierig über die Schulter blickte.

„Das ist Hofmarschall Graf von Kamphausen. Der mächtigste Mann hier im Schloss, bevor der Herzog kam. – Ich hol dann mal den Wein“, murmelte der Wachsoldat und schlurfte davon. Inzwischen war eine weitere Gestalt in schwarzer, wallender Tunika vorgetreten, bei der es sich offensichtlich um einen bedeutenden Geistlichen handelte. An seiner Seite ein weiterer Kirchenmann, der dem Herzog ein schwarzes Samtkissen überreichte, auf dem ein goldener Schlüssel lag.

„Das ist der Dompropst aus Lübeck“, bemerkte Ulrich, der Wachsoldat, als er mit dem Becher Wein zurückkehrte und aus dem Fenster sah. Martin verstand von dem, was draußen gesagt wurde, nur einige Wortfetzen, aber wie es aussah, übertrug der Dompropst durch das Symbol des Schlüssels nun den Besitz des Schlosses und zugleich auch die Regierungsgewalt auf den Fürstbischof.

Wenig später trat ein Mann vor, den Martin kannte. Kanzleidirektor Graf von Wartenburg blieb an einem Tisch stehen, der ebenfalls mit rotem Samt bedeckt war und auf dem ein Schwert und ein dickes Buch lagen, das wie eine Bibel aussah. Der Kanzleidirektor versprach allen Untertanen im Namen des Herzogs über die Bibel und das Schwert hinweg eine gerechte und gnädige Regierung.

Fasziniert beobachtet Martin die feierliche Zeremonie, die von vielen Lobesreden hochgestellter Persönlichkeiten begleitet wurde.

Eine schmetternde Fanfare der Hoftrompeter beendete das Zeremoniell. Der Herzog und sein Gefolge schritten dem Schloss entgegen, während über die Köpfe aller eine Freudensalve der Eutiner Bürgersoldaten schallte.

„Jetzt gehen sie in die Kirche zum Gottesdienst, und dann wird im Saal gesoffen und gefressen", stellte der alte Wachsoldat grimmig fest.

„Fällt denn für Euch dabei nicht auch ein Fässchen Bier ab?", wollte Martin wissen.

„Das kommt darauf an, wie geizig der neue Herzog ist. Morgen wissen wir mehr."

Ein Poltern vor der Wachstube unterbrach die Unterhaltung.

„Noch ein Gefangener, der dem Herzog zu nahe getreten ist."

In der Tür stand Daniel und grinste.

Sergeant Swattkopp schob ihn hinein. „Ulrich, für den neuen Gefangenen auch einen Becher Wein."

Grummelnd drehte sich der Wachsoldat um und verließ die Wachstube.

„Sergeant Swattkopp, nun klärt uns doch bitte einmal auf. Was haben wir verbrochen?" Nach der Begegnung mit dem Herzog hatte Martin überhaupt nicht den Eindruck, etwas falsch gemacht zu haben. Und das galt sicherlich auch für seinen Freund Daniel. Der Herzog hatte sogar von ritterlichen Taten gesprochen.

„Beruhigt euch, Jungs. Es wird sich alles aufklären. Ihr beide wart nun einmal zwei unerwünschte Sandkörner im herrschaftlichen Getriebe. Kein Edelmann lässt sich ungestraft von zwei hergelaufenen Straßenkötern wie euch an das brokatbestickte Bein pissen. Wie mir zu Ohren gekommen ist, habt ihr euch wirklich tapfer geschlagen. Hätte ich euch gar nicht zugetraut. Ihr bleibt hier im Wachhaus, bis sich am Abend die hohen Herrschaften bei Speis und Trank vergnügen. Dann sehen wir weiter." Sergeant Swattkopp zwinkerte seinen beiden Gefangenen zu und wandte sich an Ulrich. Dieser war mit dem zweiten Weinbecher in die Wachstube zurückgekehrt und knallte diesen vor Daniel auf den Tisch, so dass ein Teil des köstlichen Rebensaftes überschwappte.

„Und wenn die beiden noch mehr Wein wollen, holst du ihnen welchen, Ulrich!"

Aufgeregt erzählten sich Martin und Daniel ihre Erlebnisse, ohne auch nur das kleinste Detail auszulassen. Dabei erfuhr Martin, dass der Kutscher viel Glück gehabt haben musste. Er war bei seinem Sturz vom Bock zwischen die Pferde gefallen, ohne von deren Hufen getroffen worden zu sein. Und auch die Räder der Kutsche hatten ihn verschont, sodass er mit einem gebrochenen Arm und ein paar Schürfwunden davongekommen war. Daniel schien mehr als beeindruckt zu sein, als er hörte, wie freundlich der Herzog mit Martin gesprochen hatte. Aber was hatte ihre Verhaftung zu bedeuten?

Es dunkelte bereits, als Martins Onkel Hartmut in Begleitung von Graf Freienfels in die Wachstube kam. „Na, ihr beiden! Ihr zweifelt vermutlich an der Gerechtigkeit der Welt."

„Wir sind uns keiner Schuld bewusst, Onkel. Wir hatten eher den Eindruck, dass der Herzog mit unserem Handeln zufrieden war."

„War er auch. Ihr habt euch wirklich vorbildlich und mutig verhalten. Dass nicht alle Herrschaften bei Hofe das so sehen, ist nicht eure Schuld. Unabhängig davon haben Graf Freienfels und ich eine Entscheidung getroffen. Ihr beide werdet jetzt unverzüglich nach Hause gehen. Auch du, Daniel, wirst in den kommenden Tagen im Haus meines Schwagers wohnen, bis Gras über die Sache gewachsen ist. Den Oberschmiedemeister werde ich instruieren. Lasst euch in der nächsten Zeit nicht so häufig in der Öffentlichkeit sehen und macht vor allem einen großen Bogen um das Schloss."

Martin und Daniel nickten dem Stallmeister zu.

„Es ist nur eine Frage der Zeit, bis auch der Letzte im Schloss verstanden hat, dass ihr dem Herzog geholfen habt. Vor verletzten Eitelkeiten ist jedoch niemand gefeit. Ein wenig Geduld, dann wird sich alles richten. Und nun raus mit euch!" Graf Freienfels sah die beiden aufmunternd an und schob sie zur Tür hinaus.

Kapitel 21

„Und der Herzog hat dir wirklich seine Hand auf die Schulter gelegt?“

Martin wusste nicht, wie oft er seinen Geschwistern schon von dem Unfall mit der herzoglichen Kutsche erzählt hatte. Immer wieder bedrängten ihn die Zwillinge Elsbeth und Andreas.

„Hat der Herzog blaue oder braune Augen?“ Elsbeth war einfach hingerissen davon, dass ihr großer Bruder diesem hohen Herrn so nahe gekommen war.

„Elsbeth, wer sich einem Herzog nähert, hat seine Augen untertänig niederzuschlagen und ihm nicht frech in die Pupille zu gucken. Außerdem ist es mir völlig gleichgültig, ob der Herzog grüne, gelbe oder violette Augen hat.“

„Du bist ein Ignorant, Martin Seedorf. Nun hast du schon einmal die Möglichkeit, solche wichtigen Dinge aus nächster Nähe zu erfahren, und was machst du?“ Elsbeth schüttelte verständnislos den Kopf.

„Höchstwahrscheinlich hat unser Bruder mit dem Herzog über die schöpferische Erfindung des Rades philosophiert, das in gebrochenem Zustand all seine Genialität kläglich verliert“, spottete nun auch Andreas.

„So ähnlich, mein lieber Bruder. Leider hatte ich keine Zeit, mit dem Herzog eingehend über die notwendig strenge Erziehung und die Einfältigkeit jüngerer Geschwister zu philosophieren.“

„Martin, du bist gemein. Die ganze Stadt spricht von diesem aufregenden Ereignis, und du machst immer nur Witze."

Martin wusste nur zu gut, dass Elsbeth alle Einzelheiten genau wissen wollte, konnte sie dann doch vor ihren Freundinnen mit ihrem Wissen prahlen. Doch Martin wollte kein Aufsehen. So, wie Onkel Hartmut es empfohlen hatte. Neid und Missgunst lauerten überall. Nicht nur bei Hofe, auch in der Stadt. Je ruhiger und unauffälliger er sich in dieser Sache verhielt, desto schneller würde man auch seine und Daniels Heldentat vergessen.

Fünf Tage waren vergangen, seitdem der Herzog ins Schloss eingezogen war. Martin ging in dieser Zeit wie gewohnt seiner Arbeit in der Kanzlei nach, hielt sich aber nicht lange in den Straßen der Stadt auf. Auch Daniel verließ kaum das Haus am Markt. Er hatte bereits die beiden Pferde des Apothekers neu beschlagen, das Zaumzeug gerichtet und geflickt und die hängende Stalltür repariert. Doch langsam fiel ihm die Decke auf den Kopf. Andererseits fühlte er sich in der Familie der Seedorfs sehr wohl. Sie hatten einfach ein weiteres Bett in Martins Kammer gestellt. Ihm war, als würde eine innere Ruhe einkehren.

Nicht selten unterhielten sich die Freunde bis spät in die Nacht. Die Bilder und Erinnerungen an die schreckliche Brandnacht ließen sie nicht los. Und doch erwuchs eine neue Vertrautheit zwischen ihnen, die beide sehr genossen.

„Martin, ich weiß nicht, was ich an eurem Haus noch reparieren soll. Ich komme mir vor wie ein Gefangener."

Daniel und Martin lagen bereits in ihren Betten und hatten die Laterne gelöscht.

„Irgendwann muss der ganze Zauber ja einmal vorbei sein. Aber Onkel Hartmut hat gesagt, wir sollen auf sein Zeichen warten. Wobei ich auch gern etwas anderes sehen möchte als immer nur den Weg zur Kanzlei und zurück."

„Ich glaube, es wird allerhöchste Zeit, dass wir Pater Simon wieder einmal besuchen", schlug Daniel vor, wusste er doch, dass Martin der Idee sofort zustimmen würde.

„Du hast recht. Wir waren lange nicht bei ihm."

„Morgen Nachmittag hast du frei. Meinst du, es merkt jemand, wenn wir uns für ein paar Stunden die Pferde nehmen?" Daniel schien von seinem eigenen Vorschlag begeistert zu sein.

Aufgrund der Betriebsamkeit in der Apotheke und des üblichen Trubels in den Straßen fiel es niemandem auf, als zwei Reiter am Nachmittag im lockeren Trab die Stadt gen Westen verließen. Kaum hatten die beiden das Sacktor passiert, gaben sie ihren Pferden die Sporen. Ausgelassen galoppierten sie der Pulvermühle entgegen, um wenig später in das Fissauer Gehölz einzubiegen. Sie zügelten ihre Pferde. Anfangs erlaubte es die Breite des Waldweges noch, nebeneinander zu reiten, aber sehr bald wurden die Pfade enger, das Gestrüpp dichter. Sie kannten ihren Weg. Schließlich war es nicht das erste Mal, dass sie den Eremiten im Wald aufsuchten. Gekonnt nutzten sie Lichtungen und dünn bewachsene Flächen, um ungehindert voranzukommen. Doch irgendwann kam der Punkt, wo das Unterholz so dicht wurde, dass sie absaßen, ihre Pferde an herabhängenden Ästen einer Eiche festbanden und zu Fuß weitergingen. Wer sich hier nicht auskannte, konnte sich sehr schnell verirren. Nach fünf Minuten erreichten sie die kleine Lichtung, auf der auch die Waldhütte von Pater Simon stand.

Martin, der vorangegangen war, erstarrte. Daniel prallte gegen ihn und fluchte. Entsetzt blickte er Martin über die Schulter. Die Waldhütte war nur noch ein Trümmerhaufen. Kein Brett, keine Balken, keine Schindeln lagen mehr aufeinander. Die wenigen Habseligkeiten des Paters waren auf der Lichtung verstreut.

„Mein Gott, was ist denn hier passiert?"

Die beiden Freunde traten näher. Die Eingangstür lehnte zerborsten an einem Baum. Der tönerne Herd war zerstört. Ebenso wie das hölzerne Bettgestell.

„Wo mag Pater Simon sein?" Fassungslos schüttelte Martin den Kopf und wollte sich gerade zu Daniel umdrehen, als er unter einem Haufen von Ästen, Blattwerk und Brettern den Fetzen eines schwarzen Tuches entdeckte. Mit wenigen Griffen riss er das Geäst fort und starrte auf einen reglosen Leib. Behutsam drehte er ihn um.

Inzwischen war Daniel neben ihn getreten. „Um Gottes willen, Pater Simon!", entfuhr es ihm.

Der Pater hatte die Augen geschlossen. Seine asketischen Gesichtszüge schienen noch magerer geworden zu sein.

„Ist er tot?", fragte Daniel.

Martin legte dem Pater seinen Kopf auf die Brust und horchte. „Nein, er lebt. Sein Herz schlägt, wenn auch ganz schwach." Als er Pater Simons Kopf anhob, um diesen auf ein paar Blätter zu betten, fasste er in eine klebrige Flüssigkeit. Blut! Fast schon geronnen. Erst jetzt sah er die klaffende Wunde hinter dem linken Ohr des Paters. „Daniel, wir müssen ihn hier wegbringen. Er brauchte Hilfe."

„Aber wie? Hier kommen wir doch noch nicht einmal mit den Pferden durch."

„Es gibt nur eine Möglichkeit." Martin dachte nach. „Du reitest so schnell du kannst zu den Geschwistern Holldorf. Die haben Pferd und Wagen. Damit kommt ihr so weit wie möglich in den Wald. Ich werde in der Zwischenzeit eine Trage bauen, mit der wir den Pater zum Wagen bringen können. Alles klar?"

„Ja, aber wohin können wir ihn bringen?"

„Zu uns nach Hause. Ich glaube, nur mein Vater kann ihm noch helfen. Hoffentlich hält er so lange durch."

„Ist gut. Ich beeile mich." Daniel stürzte davon.

„Noch eins", rief Martin ihm hinterher, „die Holldorfs sollen genügend Decken und Wolle mitbringen, damit wir den Pater ungesehen durch das Tor und die Stadt bringen können."

Kaum war Daniel zwischen den Bäumen verschwunden, suchte Martin nach einer Möglichkeit, Pater Simons Wunde zu versorgen. Vergeblich. Kurzerhand riss er den linken Ärmel seines Hemdes in Streifen und verband damit notdürftig den Kopf des geschundenen Kirchenmannes. Aus geborstenen Brettern und Decken der einstigen Schlafstatt baute er eine einfache Trage. Immer wieder blickte er besorgt auf den Verletzten. Doch dessen Zustand veränderte sich nicht.

Es schien eine Ewigkeit zu dauern, bis Martin endlich brechende Äste hörte und wenig später Daniel und Gottfried Holldorf vor ihm standen.

„Mein Gott, was für ein Chaos! Wer tut bloß so etwas?“ Mehr konnte Gottfried Holldorf nicht herausbringen.

„Schneller ging es nicht“, entschuldigte sich Daniel. „Greta wartet am Ende des Waldweges mit dem Wagen.“

Martin nickte. „Dann los. Wir müssen den Pater behutsam auf die Trage legen. Daniel, du gehst vorn und wir beide hinten. So schwer ist Pater Simon ja nicht.“

Zu Beginn kamen die drei mit ihrer wertvollen Last nur beschwerlich voran. Zu dicht war das Gehölz, zu uneben der Waldboden. Der Schweiß lief ihnen in Strömen herunter. Doch irgendwann hatten sie die Eiche erreicht, an die sie ihre Pferde gebunden hatten. Sie setzten die Trage ab.

„Welch ein Glück, dass wir die Pferde haben. Jetzt können die den Verletzten tragen“, atmete Gottfried Holldorf erleichtert auf.

„Das wird nichts“, stellte Martin fest. „Es dauert viel zu lange, bis wir eine Konstruktion geschaffen haben, die für den Pater erträglich wäre.“ Er band die Pferde los und gab ihnen einen kurzen Schlag auf das Hinterteil, so dass sie gemächlich den engen Waldpfad entlangtrotteten.

Die drei jungen Männer hoben den Pater wieder auf und folgten den Pferden. Der Waldboden war hier fest. Sträucher und Äste störten jetzt nicht mehr.

Plötzlich hörten sie ein kurzes Wiehern. Die Pferde hatten Witterung aufgenommen und blieben stehen. Unmittelbar vor sich sahen sie Greta mit dem Fuhrwerk. Behutsam hoben sie die Trage auf den Wagen.

„Wir fahren zu uns nach Hause“, ordnete Martin an, nachdem er Greta begrüßt hatte. „Ihr müsst Pater Simon aber gut zudecken, damit niemand ihn sieht und uns dumme Fragen stellt. Am Sacktor wird es voraussichtlich keine Schwierigkeiten geben, da ihr öfter in der Woche ein- und ausfahrt und die Wache euch kennt. Wir werden hinter euch bleiben für den Fall, dass ein Eingreifen nötig ist. Jetzt aber los! Wir dürfen keine Zeit verlieren.“

Wie Martin vorausgesagt hatte, erreichten sie ohne Behinderung das Apothekerhaus am Markt. Erst als sie den Wagen in den Hof gefahren und das Tor wieder geschlossen hatten, um keine neugierigen Blicke zu riskieren, eilte Martin ins Haus. Sein Vater, der zwischen Tiegeln und Flaschen konzentriert arbeitete, blickte erstaunt auf, als Martin ins Labor gestürmt kam.

„Verzeiht, Vater, dass ich Euch hier störe, aber ich brauche dringend Eure Hilfe. Ein Pater ist überfallen worden und sein Leben hängt nur noch an einem dünnen Faden.“

„Wo ist er?“ Der Apotheker sah seinen Sohn fragend an.

„Im Hof. Ich werde Euch später alles erklären.“

„Ist gut, mein Junge. Zuerst schauen wir, wie wir ihm helfen können.“ Henricus Seedorf erhob sich und folgte Martin. Er stutzte nur kurz, als er die eigenartige Versammlung sah, ging dann aber zügig auf den Wagen zu, auf dem Pater Simon regungslos lag. Er legte zwei Finger an den Hals des Verletzten, zog ein Augenlid hoch und entfernte den provisorischen Verband vom Kopf.

„Martin“, rief er, „sag Hertha, sie soll heißes Wasser bereiten, und suche Margret, dass sie mir zur Hand gehen kann. Wir bringen den Pater derweil in das Erkerhaus. Gebe Gott, dass wir das winzige Fünkchen Leben, das noch in ihm steckt, wieder anfachen können."

Das Erkerhaus war ein kleiner Anbau, der auch als Gästehaus diente und über Zugänge vom Hof wie auch vom Haupthaus verfügte. Vorsichtig hoben Daniel und Gottfried Holldorf die Trage von dem Wagen und trugen sie samt Pater Simon in das Erkerhaus.

Als Martin und Daniel ihre Aufträge erledigt hatten, traten sie zu den Geschwistern Holldorf, die unschlüssig im Hof warteten.

„Greta und Gottfried, wir danken euch für eure Hilfe. Ich werde morgen bei euch hereinschauen und euch alles erklären. Bitte kein Wort darüber", schwor Martin die Geschwister ein. „Wie es aussieht, hat der Pater Feinde, die zu allem entschlossen sind."

Greta und Gottfried Holldorf nickten verständnisvoll, bestiegen ihren Wagen und fuhren, nachdem Daniel ihnen das Tor geöffnet hatte, vom Hof.

„Meinst du, dass dein Vater den Pater wieder hinkriegt?" Daniel sah Martin zweifelnd an.

„Wer weiß das schon? Hoffen wir das Beste."

Noch am Abend erzählte Martin seinen Eltern von der zufälligen Begegnung mit dem Pater und den regelmäßigen Besuchen in der Hütte im Wald. Von dem Leben des Eremiten konnte er nicht viel berichten, da Pater Simon kaum von sich selbst gesprochen hatte. Wohl aber wusste Martin zu berichten, dass es sich bei dem Verletzten um einen weisen Mann handelte.

Henricus Seedorf hatte den Pater zunächst genau untersucht. Dabei hatte er feststellen müssen, dass dieser neben der klaffenden Kopfwunde Prellungen am ganzen Körper davongetragen hatte, die offensichtlich von Schlägen oder Fußtritten stammten. Vermutlich hatten die Räuber nur aus dem Grunde von ihm abgelassen, da sie annahmen, dass der Pater tot sei.

„Ich habe die Kopfwunde nähen müssen", berichtete der Apotheker. „Margret und ich haben den geschundenen Körper mit einem Elixier abgerieben und ihn dann in wärmende Decken gehüllt, in der Hoffnung, dass sich der Pater langsam erholt. Solange er nicht bei Bewusstsein ist, können wir ihm weder Arznei noch kräftigende Suppe einflößen."

„Wird er es schaffen?" Martin sah seinen Vater flehend an.

„Das liegt in Gottes Hand. Mehr kann ich zurzeit nicht tun. Wenn er wieder zu sich kommt, sind wir schon einen hoffnungsvollen Schritt weiter. Elisabeth, ich möchte dich bitten, die Kinder und das Personal zu absolutem Stillschweigen anzuhalten. Nach dem, was Martin uns berichtet hat, trachtet man dem Pater nach dem Leben. Warum, werden wir wohl erst erfahren, wenn er wieder zu sich kommt."

Am nächsten Tag konnte sich Martin in der Kanzlei kaum auf seine Arbeit konzentrieren. Immer wieder musste er an Pater Simon denken. Sein Zustand hatte sich bis zum Morgen nicht verändert.

Als es Abend wurde, war Martin entschlossen, noch einmal in den Wald zu reiten. Vielleicht fand er ja irgendwelche Hinweise, die er in der Aufregung am Tag zuvor übersehen hatte. Außerdem warteten Greta und Gottfried Holldorf noch auf eine Erklärung. Daniel hatte bereits morgens eine Nachricht aus dem Schloss erhalten, dass man ihn in der Schmiede brauche. Das Bild von der zerstörten Hütte und dem zusammengeschlagenen Pater hielt Martin jedoch nicht davon ab, allein in den Wald zu reiten. Sicherheitshalber hatte er sich mit einem Dolch – ein Geschenk seines Onkels Hartmut – bewaffnet. Auch wenn er nicht damit rechnete, die Unholde, die Pater Simon überfallen hatten, im Wald anzutreffen, so registrierte er doch jedes Rascheln im Unterholz, jeden aufflatternden Vogel. Selbst Astor, der braune Wallach, schien die Anspannung seines Reiters zu spüren, was an seinem ständigen Ohrenspiel zu erkennen war.

Behutsam näherte sich Martin der kleinen Lichtung, auf der einst die Hütte von Pater Simon gestanden hatte. Hier schien alles unverändert zu sein. Sorgfältig suchte er zwischen den zerborstenen Brettern die Habseligkeiten des Paters zusammen. Es war nicht viel: ein tönerner Topf, der unversehrt geblieben war, ein Holzlöffel und ein stumpfes Beil. Dazu Pater Simons wahre Schätze, seine Bücher, die überall verstreut herumlagen. Einzeln sammelte Martin sie ein, säuberte sie, so gut es ging, und legte sie auf ein großes Tuch, das er in der Hütte gefunden und das dem Pater vermutlich einst als Bettlaken gedient hatte.

Als er das letzte, etwas größere Buch aufhob und es schüttelte, um es von Laub und Tannennadeln zu befreien, staunte er nicht schlecht, als ein kleineres, ledernes Buch herausfiel. Das große Buch diente offensichtlich nur als Versteck für das kleine, denn in seine Seiten war fein säuberlich ein Viereck geschnitten worden, in dem das Lederbüchlein Platz fand. Martin hob es auf und blätterte darin. Doch mehr als ein paar Zeilen über Verkäufe von Gelände konnte er nicht entziffern. Sonst waren nur unerklärbare Folgen von Buchstaben und Zahlen zu lesen. Martin legte das kleine Buch wieder in sein Versteck, verknotete das Tuch mit Pater Simons bescheidenem Hab und Gut und verließ diesen unheimlichen Ort im Wald.

Nach einem kurzen Aufenthalt bei Greta und Gottfried Holldorf, denen er von Pater Simon erzählt und die er einmal mehr zum absoluten Stillschweigen ermahnt hatte, erreichte er noch vor Einbruch der Dunkelheit sein Elternhaus.

Leise betrat er die Kammer, in der Pater Simon untergebracht war. Neben seinem Lager saß seine Schwester Margret und strickte. Pater Simon wirkte unruhig, wälzte sich wie im Fieber hin und her und stammelte Unverständliches. Doch immer wieder drangen auch klare Worte wie „Betrug“ und „unschuldig“ über seine spröden Lippen. Martin meinte auch so etwas wie „Kirchenschatz“ herausgehört zu haben.

„So geht es bereits eine ganze Weile“, flüsterte Margret ihrem Bruder zu. „Hat er dir irgendwann einmal erzählt, was ihn so beunruhigt?“

„Nein, ich weiß so gut wie nichts über ihn.“ Martin hob entschuldigend die Schultern. „Ist er denn schon einmal zu sich gekommen?“

„Ich glaube nicht. Er hat zwar heute Mittag kurz die Augen aufgeschlagen, aber bei Sinnen war er nicht.“

„Ich werde nur etwas essen, dann löse ich dich ab, .“

Seine Schwester nickte zustimmend. „Sind das seine Sachen?“ Sie deutete auf das Bündel, das Martin bei sich trug.

„Ja, viel ist es nicht. Ich werde die Bücher nachher ins Bord stellen. Es wird den Pater sicherlich freuen, wenn er sie entdeckt."

Kapitel 22

Als Martin am nächsten Morgen zum Frühstücken in das Speisezimmer kam, herrschte eine aufgeregte Stimmung. Seine Eltern und Geschwister saßen bereits am Esstisch und unterhielten sich angeregt. Als Henricus Seedorf seinen Sohn sah, hob er die Hand. Sofort trat Ruhe ein.

„Was sind es für Sensationen, die euch schon am frühen Morgen so aufscheuchen?“

„Setze dich erst einmal, mein Junge.“

Martin sah seinen Vater erstaunt an, folgte aber seiner Bitte. Dann fiel ihm auf, dass dieser ein Dokument in der Hand hielt. Das erbrochene Siegel hatte eine ungewöhnliche Größe. Als er seine Geschwister ansah, grinsten sie ihn wissend an. Er selbst schüttelte schmunzelnd den Kopf.

„Mein lieber Martin, ich habe soeben ein Schreiben erhalten, das ohne Frage der Grund für unsere morgendliche Hochstimmung ist. Hiernach zitiert dich kein Geringerer als seine fürstbischöfliche Durchlaucht Herzog Johann noch heute ins Schloss. Unterschrieben ist das Dokument von Graf Christian von Cassius, persönlicher Hofrat des Herzogs.“ Martin sah seinen Vater mit großen Augen und offenem Mund an.

„Da guckst du ganz schön blöd aus der Wäsche, lieber Bruder“, rief Andreas über den Tisch, bevor Martin überhaupt etwas sagen konnte.

„Andreas, ich bitte dich!“, wies Elisabeth Seedorf ihren Jüngsten zurecht.

„Mein Gott, was will denn der Herzog von mir?“ Martin war vollkommen überrascht.

„Das hat uns Graf Cassius wiederum nicht mitgeteilt. Jedenfalls solltest du dein bestes Gewand anlegen und dich rechtzeitig mit diesem Schreiben bei der Schlosswache melden. Sergeant Swattkopp wird dir dann schon den richtigen Weg weisen.“

„Vielleicht wird Martin ja zum Grafen ernannt, weil er den Herzog gerettet hat“, kicherte Elsbeth aufgeregt.

„Oder sie werfen ihn in das finsterste Loch, weil er dem Herzog zu nahe gekommen ist“, unkte Andreas mit schelmischen Augen.

„Schluss jetzt, Kinder. Seid nicht albern. Heute Abend werden wir mehr wissen. Martin, du weißt, was du zu tun hast. Beschere dem Hause Seedorf keine Schande.“ Der Apotheker und Stadtrat hatte die Ordnung in seinem Haus wiederhergestellt.

„Welche Freude, dich zu sehen, Martin.“ Sergeant Swattkopp klopfte seinem einstigen Schüler freundschaftlich auf die Schulter, als dieser das Schlosstor erreichte.

„Ich habe hier ein Schreiben, nach dem ich mich beim Herzog melden soll – oder beim Grafen Cassius.“ Martin hielt dem Sergeanten das Dokument hin.

Doch der sah es gar nicht an. „Ich weiß. Auch wenn es im Schloss wie in einem Bienenstock zugeht, seit der Herzog mit seinem Gefolge eingezogen ist – der geheime Schloss-Flüster-Klatsch funktioniert schnell und zuverlässig. Martin Seedorf, folge mir auf dem Fuße!“

Gemeinsam mit Sergeant Swattkopp überquerte Martin den Schlossplatz. Im Gegensatz zu früher waren hier jetzt weitaus mehr Pferde und Kutschen zu sehen. Überall wurde eifrig gearbeitet, Pferde wurden gestriegelt und gesattelt, Wagen geschmiert und repariert. Auch als sie den Innenhof des Schlosses betraten, war von dem einstigen Müßiggang der Herrschaften nicht mehr viel zu spüren. Hofdamen und Kavaliere begegneten ihnen auch heute, doch schienen sie alle äußerst beflissen und beschäftigt zu sein.

Die Kanzlei, die Martin bei seinen bisherigen Besuchen stets angesteuert hatte, ließen sie heute links liegen. Von den nun folgenden Räumen konnte Martin auf den Schlosspark blicken, bis sie in einen größeren Raum traten, in dem sich mehrere Edelleute und Geistliche aufhielten, deren angeregte Unterhaltung abrupt verstummte, als sie Sergeant Swattkopp, dicht gefolgt von Martin, erblickten. Die beiden schritten, ohne die sie musternden Blicke zu beachten, auf die gegenüberliegende Tür zu. Mit einem kurzen Kopfnicken bedeutete Sergeant Swattkopp Martin, hier zu warten. Dann klopfte er an die Tür und trat ein. Als Martin sich umblickte, sah er, dass alle Augen auf ihn gerichtet waren. Abschätzende Blicke, missmutige Gesichter signalisierten ihm sehr deutlich: „Du hast hier nichts zu suchen."

Als er sich wieder umdrehte, öffnete sich die Tür und Hofrat Cassius trat heraus, hinter ihm Sergeant Swattkopp.

„Ich bin hocherfreut, Euch zu sehen, Martin Seedorf. Tretet ein, wir haben viel zu besprechen." Dabei schob er ihn am Ellbogen durch die Tür. „Vielen Dank, Sergeant.

Ich gehe davon aus, dass Martin Seedorf den Rückweg allein finden wird", entließ der Hofrat den Sergeanten der Schlosswache, der Martin zuzwinkerte, bevor er die Tür schloss.

„Setzt Euch!" Graf Christian von Cassius, der persönliche Hofrat des Herzogs, hatte sich hinter seinen Schreibtisch gesetzt und Martin den Stuhl davor angeboten. „Wie geht es Euch?"

„Aufrichtigen Dank, Herr Graf, bis auf die Turbulenzen nach dem Einzug seiner fürstbischöflichen Durchlaucht geht es mir sehr gut."

Der Hofrat lachte. „Das kann ich mir gut vorstellen. Eine gute Tat, und als Dank arretiert. Welch ein Hohn! So ein herrschaftlicher Wechsel führt zu Beginn immer zu Irritationen. Neue Strukturen müssen geschaffen werden. Eine neue Ordnung entsteht, und daraus folgen geänderte Kompetenzen. Wenn zudem noch Unvorhergesehenes wie der Radbruch geschieht und ein mutiger junger Mann durch seinen Einsatz die Gunst des Herzogs gewinnt, dann sind die Grundfesten eines fürstlichen Hofes dermaßen erschüttert, dass es zu solchen Fehlleistungen kommt." Graf Cassius musste wieder lachen. „Aber wie ich sehe, habt Ihr das alles ohne größere Schäden überstanden."

„Gewiss, Herr Graf, es gibt Schlimmeres."

„Fürwahr. Nun aber zum Grund Eures Hierseins: Seine Durchlaucht äußerte den Wunsch, Euch zu sehen. Schauen wir einmal, ob es jetzt gelegen ist." Hofrat Cassius stand auf und verließ den Raum über eine weitere Tür neben seinem Schreibtisch. Auch Martin hatte sich erhoben und bewunderte das Kabinett des persönlichen Hofrats des Herzogs. Vornehm gepolstertes Gestühl und wie Seide glänzende Tapeten gaben dem Raum eine wohnliche Atmosphäre, obwohl es sich eindeutig um ein Arbeitszimmer handelte, was auch die zahlreichen Dokumente und Schriftstücke bewiesen.

Wieder wurde die Tür geöffnet und der Hofrat trat zur Seite mit den Worten: „Der Kanzleischreiber Martin Seedorf, Durchlaucht.“ Gleichzeitig gab er Martin mit einem Wink zu verstehen, dass er eintreten möge.

Wenig später fand sich Martin in einem noch größeren und prunkvolleren Raum wieder, in dessen Mitte ein überdimensionaler Schreibtisch stand, hinter dem der Herzog entspannt auf einem Lehnstuhl saß und Martin anlächelte.

„Unser Lebensretter, Martin Seedorf. Tretet näher!“

Martin verbeugte sich formvollendet und blieb wenige Schritte vor dem Schreibtisch stehen. Graf Cassius war neben den Herzog getreten.

„Wie Ihr an den wartenden Herren gesehen habt, bleibt Uns heute nicht viel Zeit. Wichtige Staatsangelegenheiten. Aber Wir haben Euren heroischen Einsatz nicht vergessen. Da Wir solche tatkräftigen jungen Männer gern in unserer Nähe sehen, haben Wir entschieden, dass Ihr ab sofort in Unsere Dienste treten werdet. Der Hof braucht geistreiche Köpfe und Graf Cassius einen neuen Secretarius und Kanzleischreiber. Ihr, Martin Seedorf, werdet das sein.“

Martin sah den Herzog ungläubig an. Doch als dieser wohlwollend lächelte und auch der Hofrat ihm zustimmend zunickte, wusste er, dass sich hier niemand einen Scherz mit ihm erlaubte. Der Herzog wollte ihn in seinen Diensten haben. So hatte es zumindest in seinen Ohren geklungen.

„Wir wissen, Martin Seedorf, dass das alles ein wenig überraschend für Euch erscheinen mag, aber Graf Cassius wird Euch die nötigen Einzelheiten erklären."

„Ich danke Euch, Durchlaucht ..." Mehr konnte Martin vor Erstaunen nicht stammeln.

„Schon gut. – Cassius, bevor Ihr die Angelegenheiten mit Eurem neuen Sekretär nicht ausführlich besprochen habt, möchten Wir keinen von den Wegelagerern da draußen sehen."

„Wie Ihr wünscht, Durchlaucht."

Erneut verbeugte sich Martin vor dem Herzog und verließ mit dem Hofrat das herzogliche Kabinett.

„Nun, verehrter Herr Secretarius in herzoglichen Diensten, wie fühlt Ihr Euch?"

Martin hatte wieder vor dem Schreibtisch des Hofrats Platz genommen und starrte ihn immer noch ungläubig an. „Wenn ich nicht ganz sicher wäre, dass ich alle Sinne beieinander habe, Herr Graf, würde ich sagen, ich träume."

„Die Realität wird Euch sehr schnell wieder einholen, wenn ich Euch die Aufgaben erläutere, die Euch erwarten."

„Seid Ihr denn sicher, dass ich diesen Aufgaben gewachsen bin, Herr Graf?"

„Mein lieber Martin Seedorf, glaubt Ihr, dass der Herzog eine Katze im Sack kaufen würde? Sicherlich nicht. Eure Arbeit beim Advokaten Mauritius wird hoch gelobt und auch Kanzleidirektor Wartenburg hat nur Gutes über Euch berichtet. Von Eurem Charakter ganz zu schweigen, den Ihr seiner Durchlaucht und mir doch sehr tatkräftig demonstriert habt. Doch jetzt genug der Komplimente. Kommt, ich werde Euch erst einmal Euer neues Reich zeigen.“ Der Hofrat sprang hinter seinem Schreibtisch auf und bat Martin in den Raum, in dem die Herrschaften warteten, die der Herzog so abfällig als Wegelagerer bezeichnet hatte. Erwartungsvoll blickten sie Graf Cassius an, als sie ihn aus der Tür zu seinem Kabinett treten sahen.

„Meine Herren, noch ein wenig Geduld. Der Herzog wird jeden von Euch beizeiten empfangen. Bei der Gelegenheit darf ich Euch meinen neu ernannten herzoglichen Secretarius Martin Seedorf vorstellen. Ich empfehle schon jetzt, sich gut mit ihm zu stellen, da die meisten Gesuche, die seine Durchlaucht oder mich erreichen sollen, über seinen Schreibtisch wandern werden.“ Ein ungläubiges Stimmengewirr begleitete den Hofrat und Martin, bis sie beide in einem angrenzenden Nebenzimmer verschwunden waren.

„Dies, Martin Seedorf, ist Euer neues Reich.“ Graf Cassius drehte sich einmal halb im Kreis und wies mit ausgestrecktem Arm auf die Einrichtung.

Martin verschlug es die Sprache. In der Mitte des Zimmers stand ein mächtiger Schreibtisch, wenn auch weniger verziert als der des Hofrats. An den tapezierten Wänden lehnten Regale, in denen bereits Bücher und Schriftstücke lagen. Schränke und ein Stehpult ergänzten den Kanzleiraum. Martin trat zögernd ans Fenster. Von hier aus konnte er direkt auf den Innenhof des Schlosses blicken. „Herr Graf, ich glaube, das ist alles eine Nummer zu groß für mich.“

Graf Cassius lachte vergnügt. „Ich kann gut verstehen, dass momentan der halbe Himmel auf Euch herniederprasselt. Deshalb werde ich mich jetzt den Herren vor der Tür widmen. Ihr seht Euch alles in Ruhe an. Geht, wann Ihr wollt, und kommt morgen um neun Uhr wieder, um zu erfahren, was Euch erwartet. Ein Hofjunker wird Euch dann auch die wichtigsten Räumlichkeiten im Schloss zeigen. Lebt wohl, Secretarius! Nur Mut!"

Der Hofrat verließ lächelnd den Raum, der von nun an Martins neuer Arbeitsplatz sein sollte. Herzoglicher Secretarius! Martin ließ sich in den gepolsterten Stuhl hinter seinem Schreibtisch fallen. Gerade noch rechtzeitig konnte er einen lauten Freudenschrei unterdrücken.

„Was führt dich denn zu so früher Stunde in meinen Pferdestall, und das auch noch im besten Sonntagstaat, Martin?" Hartmut Bergmann musterte seinen Neffen von oben bis unten, als er ihn so unverhofft im Marstall des Schlosses antraf.

„Onkel, habt Ihr ein paar Minuten Zeit für mich? Es geht um sensationelle Neuigkeiten." Unruhig trat Martin von einem Bein aufs andere. Seit heute würde auch er, so wie sein von ihm verehrter Onkel, im Dienste des Herzogs stehen.

„Wie du siehst, geht es hier wieder einmal drunter und drüber, aber so viel Zeit wird schon sein. Komm, wir gehen ins Kontor." Als der Zweite Stallmeister des Herzogs hinter seinem Schreibtisch Platz genommen hatte, bat er seinen Neffen: „Setz dich doch!"

„Nein, Onkel. Ich habe Euch eine offizielle Mitteilung zu machen, und das kann ich nur erhobenen Hauptes."

Hartmut Bergmann nickte verwundert. „Nun wird es aber ganz offiziell. Leg los, Martin, bevor du platzt."

„Vor Euch steht der herzogliche Secretarius und Kanzleischreiber des persönlichen Hofrats Graf Christian von Cassius." Martin strahlte seinen Onkel an, breitete die Arme aus und verbeugte sich tief.

„Nein, Junge, du machst Scherze." Hartmut Bergmann stand auf und ging auf Martin zu. „Ist das wahr?"

„So, wie ich hier vor Euch stehe, verehrter Onkel."

Der Stallmeister schloss seinen Neffen in die Arme und klopfte ihm anerkennend auf die Schulter. „Mein Gott, Martin, wie stolz werden erst deine Eltern auf dich sein!" Hartmut Bergmann, dem die Augen feucht wurden, umfasste Martin an den Oberarmen. „Du musst mir alles erzählen!"

Ausführlich berichtete Martin seinem Onkel von dem anfangs unerklärlichen Schreiben, der Begegnung mit dem Herzog und dem Hofrat und beschrieb sogar die Einrichtung seiner Amtsstube.

Der Stallmeister war beeindruckt.

„Ich glaube, lieber Onkel, das wird heute gefeiert. Erlaubt es Eure Zeit, heute Abend mit uns zu speisen? Euer letzter Besuch ist allemal lange her."

„Du hast recht, Martin. Es wird allerhöchste Zeit, wieder einmal meine Verwandtschaft aufzusuchen."

Martin wollte sich schon verabschieden, da fiel ihm noch etwas ein. „Ich habe noch eine ganz andere Frage. Kennt Ihr einen Pater Simon?"

Hartmut Bergmann blickte verwundert auf. „Woher kennst du Pater Simon?", antwortete er irritiert mit einer Gegenfrage.

„Das ist eine längere und komplizierte Geschichte." Nach kurzem Zögern erzählte Martin von ihrer zufälligen Begegnung im Wald, den Besuchen, von dem Überfall, der Zerstörung des Waldhauses und Pater Simons bedenklichem Zustand.

„Mein Gott, der Arme!“ Zwischen den Augen Hartmut Bergmanns bildete sich eine steile Sorgenfalte. „Ja, ich kenne den Pater. Er war jahrelang hier im Schloss. Ein kluger und warmherziger Mann. Er stammte von einem Gut in der Nähe von Oldenburg. Wie hieß er noch?“ Der Stallmeister runzelte die Stirn, als er nachdachte. „Jetzt hab ich's: Graf Sebastian von Hohenstein. Dann ist er allerdings unter äußerst mysteriösen Umständen über Nacht verschwunden und niemand hat je wieder etwas von ihm gehört oder gesehen. Angeblich soll er die Pest gehabt haben. Und er wurde mit dem Raub des Kirchenschatzes in Verbindung gebracht. Genaues weiß ich aber nicht. Alles äußerst geheimnisvoll und rätselhaft. Und jetzt das!“

„Er hat nie viel von sich erzählt“, sagte Martin. „Ich würde ihm so gern helfen, wenn ich nur wüsste wie? Aber viel wichtiger ist, dass Vater ihn wieder auf die Beine bringt.“

„Da fällt mir jemand ein, der dir vielleicht mehr über Pater Simon verraten kann.“

Martin horchte auf.

„Er heißt Melchior und war Pater Simons Junker. Jetzt ist er Kammerjunker beim Grafen Weißhaupt. Nach allem, was geschehen ist, solltest du wohl überlegen, wen du ins Vertrauen ziehst. Irgendjemand scheint dem Pater nicht wohlgesonnen zu sein. Armer Kerl.“

Nachdenklich verließ Martin seinen Onkel. Doch seine trübe Stimmung verflog in Windeseile, als er Sergeant Swattkopp am Schlosstor erblickte, der ihn offensichtlich schon erwartete.

„Nun, Sergeant Swattkopp, waren Eure Spione und Schlosstrommeln schnell genug?“

„Herr Secretarius, darauf könnt Ihr Euch immer verlassen.“ Der Sergeant der Schlosswache lüftete seinen Hut und verbeugte sich vor Martin.

„Sergeant, Ihr seid einmalig. Woher wisst Ihr das denn schon wieder?“

„Absolutes Staatsgeheimnis, Herr Secretarius, das Ihr nie erforschen werdet.“

„Und was soll diese blöde Anrede? Bin ich nicht mehr Euer Freund Martin, bloß weil auch ich jetzt in herzoglichen Diensten stehe?“

„Das werdet Ihr immer bleiben, aber wer eine besondere Stellung hat, dem steht auch ein gebührender Respekt zu. Wenn Euch allerdings Euer neues Amt in den Kopf steigen sollte und Ihr die Nase zu hoch tragen werdet, dann kann es durchaus passieren, dass ich meine sprichwörtlich gute Erziehung vergessen und Euch mit ein paar schmerzlichen Korrekturschlägen wieder die wahre Marschrichtung einbläuen werde.“

„Hab ich doch gewusst, dass ich mich auf Euch verlassen kann, Sergeant Swattkopp.“ Martin schüttelte den Kopf, als er den grinsenden Freund verließ und der ihm hinterherrief: „Empfehlung an die Familie, Herr Secretarius.“

„Vater, was würdet Ihr sagen, wenn Euer ältester Sohn nach einem Besuch im Schloss nach Hause kehren und Euch erzählen würde, dass er von nun an als Secretarius des Grafen Cassius in herzoglichen Diensten steht.“

Martin war in das Laboratorium der Apotheke getreten, wo sein Vater über einem Papier brütete, auf dem verschiedene Ingredienzien verzeichnet waren.

„Ich würde sagen: Mein Sohn, störe meine Kreise

nicht, ich arbeite gerade an einer komplizierten Mixtur. Und verschone mich mit deinen Fantastereien“, antwortete Henricus Seedorf, ohne von seinen Aufzeichnungen aufzublicken.

Martin blieb hinter seinem Vater stehen und verhielt sich ganz still. Kurze Zeit später richtete sich der Apotheker auf, weil er die Anwesenheit seines Sohnes spürte, und drehte sich zu ihm um. Als er in Martins leuchtende Augen blickte, verwandelte sich sein Gesicht innerhalb von Sekunden. „Du sagst die Wahrheit? Es ist tatsächlich wahr?“ Henricus Seedorf nahm seine Augengläser ab und legte sie behutsam auf den Tisch, ohne dabei seinen Sohn aus den Augen zu lassen.

Spontan ergriff der Apotheker seinen Kopf mit beiden Händen und küsste ihn auf die Stirn. Einen solchen Gefühlsausbruch hatte er bei seinem Vater noch nie erlebt.

„Hast du deiner Mutter schon davon berichtet?“

„Nein, nur bei Onkel Hartmut habe ich bereits hereingeschaut, und ich habe ihn auch gleich zum Abendessen eingeladen. Es war doch in Eurem Sinne, Vater?“

„Selbstverständlich, mein Junge. Heute wird gefeiert. Wir haben allen Grund dazu. Nicht nur, weil du in Zukunft dem Herzog dienen wirst, sondern auch, weil Pater Simon heute für kurze Zeit das Bewusstsein wiedererlangt hat.“

Kapitel 23

Die nächsten Wochen waren für Martin das reinste Tollhaus. Seine neue Aufgabe im Schloss verlangte höchste Konzentration. Wenn er abends nach Hause kam, sah er stets kurz nach Pater Simon, bevor er selbst todmüde ins Bett fiel. Der Pater erholte sich nur langsam von seiner Tortur und für längere Gespräche fehlte ihm die Kraft. Martin hatte ihm nur kurz davon berichtet, wie sie ihn im Wald gefunden hatten. Dankbarkeit und Freude waren in den Augen des geschundenen Paters zu sehen gewesen, als er seine Bücher auf dem Regal entdeckte.

Im Schloss musste sich Martin täglich durch Schriftstücke, Dokumente und Protokolle kämpfen, Abschriften anfertigen, Unterschriften einholen und Denkschriften verfassen. Graf Cassius war nachsichtig, wenn anfangs etwas nicht so ganz rund lief, doch seine Ansprüche waren hoch, seine Aufträge unmissverständlich. Martin tat sein Bestes. An eine Situation musste er sich allerdings erst gewöhnen: Als Sekretär des persönlichen Hofrats des Herzogs hatte er zwar eine herausgehobene Stellung im Gefüge des Hofes, doch verschiedene edle Herrschaften zeigten ihm nur zu deutlich, dass er letztlich nur geduldet wurde, weil der Herzog es so wollte. Seine Fähigkeit, den wahren Charakter des Menschen, der vor ihm stand, sehr schnell einschätzen zu können, verließ ihn auch hier nicht.

„Schubladen“ nannte er jene drei Kategorien, in die er die einzelnen Individuen steckte. Die Freundlichen gehörten in die „Schublade der Freunde“, so wie beispielsweise Graf Cassius, Graf Kamphausen, der Hofmarschall, Graf Freienfels, der Major der Schlosswache und manch anderer der Hofdamen und Kavaliere. In der „Schublade der Feinde“ landeten diejenigen, die ihm gegenüber unverhohlen ihre Abneigung demonstrierten, wie der Dekan Pater Benedict, Graf Hoselfeld, der ihn seinerzeit hatte arretieren lassen und der auch von anderen spöttisch „der Rüschengraf“ genannt wurde, sowie zahlreiche andere Höflinge beiderlei Geschlechts, die eine Kreatur, die nicht von Adel war, ungern in ihrer Nähe duldeten. Zwischen diesen beiden gab es noch die „Schublade der Chancen“. Hier kamen aus Martins Sicht diejenigen unter, die aufgrund ihrer Verhaltensweisen durchaus noch die Möglichkeit hatten, in der einen oder andere Schublade zu landen, es bislang aber nicht geschafft hatten.

Seine Mahlzeiten nahm Martin im Esssaal der Junker ein. Auch unter den jüngeren Adligen gab es schon solche, die die Nase sehr hoch trugen, aber auch jene, die das Leben bei Hofe wie ein einziges Abenteuer betrachteten und keinen Wert auf Titel und herrschaftliche Konventionen legten. Zu ihnen schien auch Kammerjunker Melchior zu gehören, den Onkel Hartmut im Zusammenhang mit Pater Simon erwähnt hatte. Für Martin hatte sich bisher noch keine Gelegenheit ergeben, mit ihm ein ausführliches Gespräch zu führen. Er hatte ihn lediglich einmal zwischen Tür und Angel gefragt, ob er sich mit ihm in aller Stille über Pater Simon unterhalten könne. Doch Melchior hatte erschrocken und abweisend reagiert. Martin entschloss sich, auf eine günstigere Gelegenheit zu warten.

„Komm heute Abend um sieben in die Kapelle!"

Martin fuhr herum. Hinter ihm stand Melchior, der gerade den Esssaal verlassen wollte. Martin nickte, ohne ein Wort zu sagen.

Als er am Abend die Schlosskapelle betrat, musste er sich erst in der Dunkelheit zurechtfinden, denn nur am Altar brannten zwei Kerzen. Er setzte sich in eine der hinteren Bänke und wartete.

Es dauerte nicht lange, bis sich eine Person neben ihn schob. Melchior. Martin wusste nicht, woher er gekommen war. Er hatte ihn nicht gehört.

„Was weißt du von Pater Simon?"

Martin konnte Melchiors Stimme kaum verstehen, so leise sprach er. „Das wollte ich eigentlich dich fragen, aber warum flüsterst du so?"

„Die Mauern im Schloss haben Ohren. Wir müssen uns an einem anderen Ort treffen." Melchior sah sich suchend um.

„Mein Onkel, der Stallmeister, sagt, du hattest engen Kontakt zu Pater Simon und weißt viel über ihn."

„Und was weißt du über ihn?" Wieder sah sich Melchior wie ein gehetztes Tier um.

Martin erkannte, dass hier in der Kapelle ein sinnvolles Gespräch nicht möglich war. „Ich mache dir einen Vorschlag. Du weißt, wo die Apotheke meines Vaters ist?"

„Ja, ich weiß, am Marktplatz."

„Genau. Komm morgen Abend um sieben Uhr dorthin. Dann können wir uns ungestört unterhalten." Martin merkte, dass Melchior ihn von der Seite musterte, als wollte er sichergehen, dass er nicht in eine Falle tappen würde.

Doch dann nickte Melchior. „Ist gut, ich komme.“ So unauffällig, wie er gekommen war, verschwand er im Dunkel der Kapelle. Martin hörte noch nicht einmal seine Schritte auf dem harten Steinboden.

„Seine Durchlaucht hat für zwölf Uhr alle Wichtigen des Hofes in den Großen Tanzsaal befohlen, Martin. Nehmt genügend Papier und Tinte mit. Es gibt vermutlich viel zu notieren.“ Graf Cassius hatte nur kurz die Tür zu Martins Schreibstube geöffnet und war gleich wieder verschwunden.

Martin holte tief Luft. Das hatte er nie für möglich gehalten. Der Herzog rief die führenden Köpfe seines Hofstaates zusammen, und er, Martin, sollte – wie selbstverständlich – dabei sein. Doch er war vorbereitet. Da es zu den Angewohnheiten von Graf Cassius gehörte, seine Inspektionen des Schlossgeländes nie ohne seinen Sekretär vorzunehmen, hatte Martin sich eine größere Ledertasche beschafft, die er sich umhängen konnte. Darin war genügend Platz für Schriftstücke und Dokumente, ordentlich geschützt durch lederne Mappen, wie auch Fächer für Tintenfass, Federn, Federmesser und Streubüchse. Ganz gleich, wo sie auch waren, Martin war immer bereit, die Gedanken und Bemerkungen des Grafen zu notieren.

Rechtzeitig vor zwölf wartete Martin mit seiner Tasche, die er über der Schulter trug, am Eingang zum Großen Tanzsaal auf den Hofrat. Durch die Tür hatte er gesehen, dass eine lange Tafel errichtet worden war, an der mindestens dreißig Personen Platz fanden. Nach und nach trafen die Edelleute des fürstbischöflichen Hofstaates ein. Die meisten von ihnen würdigten Martin keines Blickes, sondern betraten den Saal und setzten sich auf ihren Platz.

Ganz zum Schluss erschien der Herzog in Begleitung des Hofmarschalls Graf von Kamphausen und seines persönlichen Hofrats, Graf von Cassius. Sie schritten gemächlich voran, waren im Gespräch vertieft und blieben dann stehen. Die beiden Grafen verbeugten sich und eilten dem Herzog voraus. Der Hofrat winkte Martin nur kurz zu, ihm zu folgen.

Kaum hatten sie ihren Platz erreicht, verkündete der Zeremonienmeister: „Seine fürstbischhöfliche Durchlaucht Herzog Johann von Schleswig-Holstein-Gottorf."

Die Anwesenden erhoben sich von ihren Plätzen, wandten sich dem Eingang zu und verbeugten sich. Der Herzog ging zügig auf die Stirnseite der Tafel zu und setzte sich auf den mit rotem Samt bezogenen und goldenen Lehnen verzierten Stuhl. Dann nickte er nur leicht als Zeichen dafür, dass seine Untertanen sich setzen sollten.

Zur Rechten des Herzogs saß der Hofmarschall und zu seiner Linken Hofrat Cassius. Martin war völlig überrascht, als Graf Cassius ihn angewiesen hatte, unmittelbar neben ihm an der Tafel Platz zu nehmen und nicht an einem abgesetzten Schreibertischchen. Martin kannte noch nicht alle Anwesenden persönlich, doch es schien, dass keiner der Edelleute und Geistlichen, die täglich die Abläufe des Hofes lenkten, hier fehlte.

„Der Grund, weshalb Wir es für nötig befunden haben, Euer Erscheinen anzuordnen, ist Unser wachsendes Unbehagen. Das Schloss befindet sich in einem Zustand, der Unserer Stellung als fürstlicher Repräsentant derer von Schleswig-Holstein-Gottorf unwürdig erscheint."

In der Tafelrunde entstand eine gemurmelte Unruhe. Der Herzog hob beschwichtigend die Hand. „Dabei geht es Uns nicht nur um die äußere Erscheinung des Gebäudes, der Ställe und der Gärten – alles benötigt seine Zeit –, wohl aber entbehren Wir das Engagement unserer Vasallen. Deutlich gesagt: Unsere Gedanken und Ideen werden sabotiert. Ausflüchte, Verleugnungen und Missmut begegnen Uns jeden Tag, nicht aber optimistischer Geist, gepaart mit Lust an neuen Taten. Erklärt es Uns! Warum ist das so?" Er blickte forschend in die Runde, in der nach seiner Anklage betretenes Schweigen herrschte.

„Was ist mit Euch, Baron Prosseck? Hat Unsere Hofkanzlei Euch nicht schon vor drei Wochen zur Vorlage der herzoglichen Waldbestände aufgefordert, einschließlich der Zahlen über alle Hirsche und Sauen?"

„Durchlaucht, die veränderten Verhältnisse haben mir noch nicht erlaubt ..."

„Erzählt Uns keinen Unfug, Baron. Oder wollt Ihr Uns sagen, dass der Umstand, dass Wir in das Schloss eingezogen sind, die Anzahl der Wildsauen in Unseren Forsten verändert hat? – In einer Woche liegen der Hofkanzlei die Zahlen vor."

Graf Cassius flüsterte Martin zu, die Weisungen des Herzogs an die einzelnen Funktionsträger zu protokollieren. Aus den Augenwinkeln sah er, dass der Herzog wie auch die anderen Edelleute dies wohl registriert hatten.

„Graf Eiberfeld", wandte sich der Herzog dem Hoffourier zu, „wo ist das Problem, dass bei Unseren

Mahlzeiten immer noch der von Uns geforderte nötige festliche Rahmen fehlt?“

„Durchlaucht, die Beschaffung weiterer Leuchter stößt auf finanzielle Schwierigkeiten.“

„Wollt Ihr damit sagen, dass Unsere Staatskasse leer ist?“

„Nein, oh nein, Durchlaucht. Es ist wohl eher eine Sache der Zuständigkeiten.“

„Was heißt das? Graf Zinzendorf, sitzt die fürstliche Finanzkammer auf Unserem Geld?“

Der angesprochene Hofkämmerer zuckte zusammen, als wäre er von einer Biene gestochen worden. Auf seinem Gesicht verbreiteten sich rote Flecken. „Durchaus nicht, Euer Gnaden. Zu meiner Entschuldigung muss ich allerdings anführen, dass die Kooperation des Kapitels, das bisher Eure Finanzen verwaltet hat, zu wünschen übrig lässt.“

Der Herzog hob die Augenbrauen.

„Das ist doch eine unerhörte Unterstellung. Inkompetenz und Ignoranz sind die wahren Hemmnisse für Verhandlungen mit der fürstlichen Finanzkammer.“ Dekan Benedict versuchte den Vorwurf des Hofkämmerers vom Tisch zu fegen. Bisher waren die finanziellen Angelegenheiten des Hofes ausschließlich von den Kapitelherren geregelt worden. Speziell von einem Schatzmeister, der sich auch um die Führung des Hauptbuches zu kümmern hatte. Einen Hofkämmerer hatte der Herzog erst nach seinem Einzug ernannt und die Übergabe der Dokumente, des Hauptbuches und der herzoglichen Barschaft angeordnet.

Unwillig schüttelte der Herzog den Kopf. „Dekan Benedict, Wir haben das Gefühl, in einem Irrenhaus zu wohnen. Wer hat je von Verhandlungen gesprochen? Der Schatzmeister des Kapitels hat bis auf den letzten Taler alles an den Hofkämmerer zu übergeben. Das war Unsere Weisung. Was ist daran missverständlich?“

„Durchlaucht, die herzogliche finanzielle Lage ist vielschichtig und bedarf eingehender Prüfung ...“

„Das ist Uns wohl bewusst, Dekan. Aber nicht Ihr oder Euer Schatzmeister prüft, sondern der von Uns eingesetzte Hofkämmerer. Wir erwarten von Euch in einer Woche den Vollzug der Übergabe.“ Der Herzog nickte Martin zu, um ihn daran zu erinnern, auch diese Anordnung zu protokollieren.

An diesem Mittag gab es kaum jemanden in der Runde im Großen Tanzsaal des Schlosses, der ungeschoren davonkam, ausgenommen der Hofmarschall, Hofrat Cassius und Martin selbst.

„Vielleicht zerstreut es ja dein Misstrauen ein wenig, Melchior, wenn ich dir sage, dass mir wie dir das Wohl von Pater Simon sehr am Herzen liegt.“ Martin hob seinen Krug mit Würzbier und stieß mit seinem Gegenüber an. Beide saßen unter dem Ahornbaum auf dem Hof des Apothekerhauses.

„Aber woher kennst du ihn überhaupt?“

Martin erzählte in kurzen Zügen von der ersten Begegnung und den Besuchen im Wald. Den schrecklichen Überfall auf Pater Simon verschwieg er jedoch zunächst. Melchior hörte gespannt zu. „Ich war der Meinung, er wäre weit fort gereist, bei all der Schande, die man ihm andichten wollte.“

„Welche Schande, Melchior? Was ist denn damals geschehen?“

„Genau weiß ich es doch auch nicht. Auf jeden Fall war Pater Simon nicht mehr der Alte, nachdem Pater Anselm gestorben war."

„Wer war Pater Anselm?"

„Das war der Schatzmeister. Er war schon alt, und Pater Simon war bei ihm, als er für immer die Augen geschlossen hat. Irgendetwas muss er ihm aber vorher gebeichtete haben, denn seit dieser Zeit wirkte Pater Simon unruhig und nicht mehr so gelassen und erhaben wie zuvor. Vielleicht hing das auch mit dem Büchlein zusammen. Ich weiß es einfach nicht."

„Was für ein Büchlein?" Martin horchte auf.

„Er hatte ein kleines, ledergebundenes Buch, vermutlich von Pater Anselm. Er ließ es immer sofort verschwinden, wenn ich ihn aufsuchte, und versteckte es auch stets sorgfältig. Ich habe ihn in dem Glauben gelassen, dass ich es nicht bemerkt hätte."

„Und was war nun mit der Schande, von der du eben gesprochen hast?"

„Ach ja, das war das Ding mit dem Kirchenschatz. Pater Simon sollte den Kirchenschatz von Lübeck nach Eutin bringen und ist dann überfallen worden."

„Und der Schatz?"

„Weg, einfach weg! Auch die Kutsche, die Pferde und selbst der Kutscher tauchten nie wieder auf."

„Und daraus wollte man Pater Simon einen Strick drehen?"

„Genauso war es, Martin. Der Dekan und der Kanzleidirektor haben gesagt, er wäre verantwortlich für den Kirchenschatz gewesen, deshalb müsste er auch die Konsequenzen tragen oder so ähnlich. Sie wollten ihm den Prozess machen und ihn in den Kerker werfen."

„Woher weißt du das alles?“

„Ich war sein Junker. So manches hat er mir auch erzählt. Außerdem ist das Schloss wie eine Waschküche. Es wird ununterbrochen geschludert. Jeder weiß mehr als der andere, und wie ich dir schon einmal verraten habe: Die Mauern haben dort Ohren.“

„Aber zum Prozess ist es dann ja wohl nicht mehr gekommen, oder?“

„Nein, Pater Markus und ich haben Pater Simon bei Nacht und Nebel aus dem Schloss gebracht.“

„Wer ist Pater Markus?“

„Das ist der Medicus im Schloss. Der hat Pater Simon einfach die Pest angedichtet. Da haben sich die Wachen vor Schreck in die Hose gemacht und waren froh, dass der ansteckende Pater schnell aus dem Schloss gebracht wurde.“

„Und der Dekan hat keinen Verdacht geschöpft?“

„Anfangs schon, aber Pater Markus hat den Kapitelherren die Beulenpest, ihre Ansteckungsgefahr und ihre schrecklichen Folgen so anschaulich und dramatisch beschrieben, dass sie ihm anschließend noch dankbar waren, dass er sie vor diesem Fluch des Teufels bewahrt hat.“ Melchior grinste verschmitzt. Offensichtlich hielt er nicht viel von den hohen Herren im geistlichen Ornat.

„Kaum zu glauben, aber das erklärt so manches. Sie haben einen Sündenbock gesucht, und das sollte Pater Simon sein. Aber warum? Was hat er ihnen getan?“ Martin hatte laut gedacht.

„Wo im Wald ist Pater Simon denn? Vielleicht könnte ich ihn ja auch einmal besuchen“, unterbrach Melchior Martins Gedanken.

„Es tut mir leid", antwortete Martin, „ich habe dir noch nicht alles erzählt."

Melchior, der seine anfängliche Vorsicht längst abgelegt und sehr vertrauensvoll berichtet hatte, sah Martin erneut argwöhnisch an.

„Pater Simon ist überfallen worden. Man hat seine Hütte kurz und klein geschlagen und auch ihn übel zugerichtet."

„Mein Gott, ist er tot?"

„Komm mit, Melchior!" Martin stellte seinen Bierkrug ab und stand auf.

Melchior folgte ihm mit fragendem Gesichtsausdruck.

Nach wenigen Schritten hatten sie den Eingang zum Erkerhaus erreicht. Martin bat Melchior, einen Augenblick zu warten, und betrat das Haus. Nach kurzer Zeit kehrte er zurück und winkte Melchior herein.

„Ich habe hier einen Besucher für Euch, Pater Simon, über den Ihr Euch sicherlich freuen werdet." Martin schob Melchior vor. Der blieb wie angewurzelt stehen, als er auf der Bettstatt Pater Simon sah, der mit dem Rücken an einem Kissen lehnte und gerade in einem seiner Bücher gelesen hatte.

„Melchior, welche freudige Überraschung. Komm her, mein Junge. Lass dich umarmen!"

Melchior beugte sich, ohne ein Wort zu erwidern, nieder und hielt den Pater fest umschlungen. Wenig später bemerkte Martin an dem Zucken seiner Schultern, dass Melchior bitterlich weinte.

„Es ist gut, Melchior. Es ist alles gut." Pater Simon klopfte dem Junker väterlich auf den Rücken, bis der sich langsam wieder erhob und seine Tränen mit dem Ärmel abwischte.

„Wie geht es Euch, Pater Simon?“ Melchiors Stimme klang krächzend. Er musste mehrfach schlucken.

„Wie du siehst, bin ich unter die Müßiggänger geraten, aber dank der liebevollen Pflege von Martins Familie werde ich wohl bald wieder aufrecht stehen können.“

„Wer hat Euch denn bloß so etwas angetan?“

„Wenn wir das wüssten, Melchior. Martin und ich haben Abend für Abend darüber nachgedacht, aber an mehr als drei vermummte Gesellen kann ich mich nicht erinnern.“

„Könnte es nicht sein, dass ...“

„Melchior, ich glaube, der Pater sollte sich jetzt ausruhen“, unterbrach Martin den beflissenen Junker. „Sicherlich kannst du Pater Simon schon bald wieder besuchen, wenn er nichts dagegen hat.“

„Martin hat recht. Ich bin noch sehr geschwächt. Trotzdem habe ich mich sehr gefreut, dich frisch und munter zu sehen, Melchior. Das nächste Mal erzählst du mir, wie es dir so ergangen ist.“

Als sie wieder auf dem Hof standen, hielt Martin Melchior am Arm fest. „Wir müssen vorsichtig sein. Wenn du wieder im Schloss bist, zu niemandem ein Wort. Irgendjemand will Pater Simon für immer zum Schweigen bringen. Und ich werde herausfinden, wer dahintersteckt. Hilfst du mir dabei?“

Melchior sah Martin mit ernstem Gesicht an. Dann blickte er zu Boden. Als er seinen Kopf wieder hob, bildeten seine Lippen eine dünne Linie. „Dieser Mann ist der einzige Mensch, dem ich meine Seele anvertrauen würde. Es trifft mich bis ins Mark, ihn so hilflos zu sehen. Diese Tat schreit förmlich nach Gerechtigkeit. Ich habe das Gefühl, dass du ähnlich empfindest. Natürlich will auch ich wissen, wer dahintersteckt. Es tut mir leid, wenn ich anfangs misstrauisch war."

„Das ist nur verständlich, doch wie schon gesagt: Wir müssen vorsichtig sein, wenn, wie wir vermuten, die Dunkelmänner im Schloss zu finden sind. Irgendjemand muss das Versteck im Wald verraten haben. An Räuber kann ich nicht glauben, denn bei Pater Simon war nun wahrhaftig nichts zu holen."

„Trotzdem wissen wir immer noch nicht, warum er für jemanden eine solche Gefahr darstellen könnte?" Martin schüttelte den Kopf. Dann blickte er Melchior mit wissenden Augen an. „Das Büchlein! Wir müssen wissen, was es damit auf sich hat."

„Schon gut, wir könnten Pater Simon danach fragen, aber nach der Geheimnistuerei von damals bin ich mir nicht sicher, ob er heute viel mehr darüber erzählen würde. Außerdem wissen wir nicht, ob es dieses Büchlein überhaupt noch gibt."

„Oh doch, Melchior. Ich habe es, wenn auch sorgfältig versteckt, zwischen den Büchern des Paters gefunden, und ich gehe davon aus, dass es da auch immer noch ist."

„Dann musst du als Erstes versuchen, mit dem Pater darüber zu sprechen, sonst kommen wir vermutlich nicht weiter."

„Abgemacht, ich halte Augen und Ohren offen, und auf keinen Fall sprechen wir im Schloss über die Angelegenheit."

„Genau! Weil dort die Mauern Ohren haben."

Kapitel 24

„Und was soll da anschließend hin?“

„Das ist mir doch egal, erst einmal soll die alte Mauer weg.“

„Und warum das Ganze?“

„Weil seine Durchlaucht das so befohlen hat. Ihn stört die Mauer einfach, weil man vom Schlossplatz nicht in den Garten sehen kann.“

„Also hauen wir die alte Mauer einfach um?“

„Aber nur, wenn ihr wisst, wie eine neue Mauer besser aussehen kann, damit der Herzog auch zufrieden ist.“

„Besser oder schlechter – Mauer ist Mauer.“

Martin war stehen geblieben und hatte dem Disput der Mauerleute und des Hofbaumeisters amüsiert zugehört. Zu sechst standen sie vor der mit Efeu bewachsenen Mauer, die zwischen Remise und Schlossgraben gezogen war und deren Anblick offenbar den Herzog störte.

„Verehrte Herren, ich würde als Lösung eine Mauer mit Luftziegeln empfehlen. Lasst sie fliegen, lasst sie schweben, und der Herzog wird begeistert sein.“

Die Mauerleute drehten sich verwundert um.

„Herr Secretarius, auf Euren überaus fachkundigen Rat haben wir gerade noch gewartet“, stellte der Hofbaumeister, ein vierschrötiger Kerl mit roter Säufernase, ironisch fest.

„Das war mir durchaus bewusst, verehrter Hofbaumeister, daher meine Empfehlung. Ziegel auf Ziegel, wie langweilig! Ihr werdet berühmt werden als Erfinder der fliegenden Ziegel. Gutes Gelingen."

Martin ließ die ratlosen Maurer stehen und ging fröhlich pfeifend auf das Schlosstor zu.

„Aber erst dann, wenn Ihr mir zeigt, dass Ihr Dünnschiss an die Wand nageln könnt", rief ihm der Hofbaumeister erbost hinterher.

Martin hob winkend die Hand.

Tagsüber dachte er jedoch immer wieder an die unschlüssigen Maurer und ihr vermeintliches Problem. Gegen Mittag hatte er eine Idee. Eilig begab er sich in die Schlossschmiede und verlangte seinen Freund Daniel zu sprechen.

„Na, mein Freund Secretarius, möchtest du endlich auch einmal einen kräftigen Hammer schwingen, statt immer nur eine Feder zu stemmen?" Daniel kam ihm entgegen und wischte sich die Hände in einem Tuch ab.

„Jeder tut das, was er kann, Daniel." Sein Freund war begeistert gewesen, als er vernommen hatte, dass Martin ebenfalls im Schloss dienen sollte. Hatten sie doch jetzt öfter die Gelegenheit, sich zu sehen.

„Daniel, ich möchte deine Fantasie fordern, komm einmal mit auf den Schlossplatz."

Als sie dort angekommen waren, fuhr er fort: „Da drüben siehst du zwischen Remise und Schlossgraben die Mauer mit dem dicken Bohlentor. Die stört den Herzog, weil er nicht auf den Garten gucken kann. Was wäre die Lösung?"

Im ersten Augenblick sah Daniel seinen Freund fragend an, doch plötzlich erhellte sich sein Gesicht.

„Martin, du bist einfach genial! Manchmal beneide ich dich um deine Gedankenwelt. Willst du nicht doch meine Arbeit übernehmen?“

„Meinst du, du hättest da eine Idee in deinem derben Kopf?“

„Du denkst an ein Gitter, stimmt's? Aber was sagt der Herzog dazu?“

„Der weiß davon doch gar nichts.“

Daniel schüttelte lächelnd den Kopf. „Du meinst also, ich soll mir Gedanken über eine Konstruktion machen, die dann bei meinem Oberschmiedemeister im Feuer verschwindet?“

„Der muss gar nichts davon wissen. Du misst die Mauer aus, setzt dich am Abend in dein Kämmerlein und zeichnest ein Gebilde, das die Mauer ersetzen könnte. Dann gibst du mir die Skizzen, und ich sorge dafür, dass der Herzog rein zufällig davon erfährt. Ist er von deiner Idee angetan, dann schmiedet ihr auf Teufel komm raus. Dabei fällt auch ein bisschen von dem Ruhm auf den Oberschmiedemeister ab, und schon sind alle zufrieden.“

Martin strahlte seinen Freund an, als wollte er fragen: „Wo ist das Problem?“

Es dauerte nur drei Tage, bis Martin die Skizzen seines Freundes vor sich liegen hatte. Schwungvolle Linien, verschlungene Ranken, ineinander fließende Ornamente, grazile Vögel, Elfen und Blumen ließen vergessen, dass dies eine Einfriedung aus Schmiedeeisen, versehen mit einem ebenso zweiflügeligen filigranen Tor, werden sollte. Daniel hatte sich selbst übertroffen. Begeistert betrachtete Martin die Zeichnungen. Selbst kleinste

Details wie Blüten und Rosetten hatte sein Freund bereits konzipiert.

„Ich störe Euch ja ungern, aber seine Durchlaucht verlangt nach uns." Martin hatte gar nicht gehört, dass Hofrat Cassius die Schreibstube betreten hatte, so vertieft war er in Daniels Skizzen.

„Was fasziniert Euch denn so?" Graf Cassius kam um den Schreibtisch herum und trat neben Martin. Schweigend nahm er eines der Blätter in die Hand.

„Erstaunlich, wirklich erstaunlich." Der Hofrat sah Martin an. „Wenn ich richtig vermute, soll das der Ersatz für die unrühmliche Mauer sein, die seine Durchlaucht so maßlos stört?"

„Nur eine Möglichkeit, Herr Graf."

„Wer hat diese brillanten Zeichnungen gefertigt?"

„Daniel Hellwag aus der Hofschmiede, Herr Graf."

„Euer wagemutiger Freund? Einfach erstaunlich. Packt die Skizzen ein und nehmt sie mit. Seine Durchlaucht wartet ungern."

„Cassius, was soll das? Der Hoselfeld löchert Uns nun schon zum zweiten Mal, dass wir seine Apanage erhöhen sollen. Und Wir fragen Uns wofür. Haben Wir ihm ein Amt übertragen, das seine Forderungen rechtfertigen würde?" Herzog Johann wirkte verstimmt.

„Nein, Durchlaucht. Wir Ihr wisst, gehörte Graf Hoselfeld bereits in Gottorf zum Hofstaat Eures Herrn Vater. Ein bedeutendes Amt hatte er auch dort nie inne. Vermutlich leitet er aus der Dauer seiner Treue zu Euch seinen Wunsch auf eine höhere Apanage ab."

„Das ist lächerlich. Da leistet Uns doch die einfachste Waschfrau bessere Dienste als Hoselfeld mit seiner ständig missmutigen und wichtigtuerischen Miene. Wir wollen solche Eingaben in Zukunft nicht mehr sehen. Ihr, Cassius – oder meinetwegen auch Euer Secretarius –, entscheidet fortan darüber, welche Eingaben wichtig sind und welche Wir sehen müssen. Solche wie die von Hoselfeld nicht."

„Wie Ihr wünscht, Durchlaucht."

Herzog Johann hatte noch einige Angelegenheiten mit seinem persönlichen Hofrat zu besprechen, die Martin protokollieren musste.

„Sorgt dafür, dass Wir morgen früh ausreiten können. Ihr, Martin und der Oberjägermeister begleiten Uns. Kein großes Aufsehen, ein paar Soldaten dazu, mehr nicht. Wir werden Uns die Stadt ansehen und einen kleinen Ausritt vor die Stadttore wagen."

„Erwartet Ihr, dass wir den Bürgermeister benachrichtigen, Durchlaucht?"

„Nein, nein, um Gottes willen, dann machen die Stadtväter wieder einen Staatsakt daraus. Ist sonst noch etwas?" Herzog Johann sah den Hofrat fragend an, als dieser noch keine Anstalten machte, mit Martin das herzogliche Kabinett zu verlassen.

„Erlaubt mir, Durchlaucht, Euch ein paar Zeichnungen zu unterbreiten, die gewiss Euer Herz erfreuen werden."

„Cassius, was wisst Ihr von Unserem Herzen?" Der Herzog lächelte den Hofrat freundlich an. Es gab kaum jemanden in seiner Nähe, mit dem er so vertraut war.

Graf Cassius legte dem Herzog die Mappe mit den Zeichnungen vor und öffnete sie.

„Wunderschön, zugegeben, wunderschön, Cassius, aber die Freude Unseres Herzens hält sich noch in Grenzen."

„Was wäre denn, Durchlaucht, wenn jenes dekorative Werk aus Eisen die von Euch verabscheute Mauer ersetzen würde?“

Der Herzog sah die Zeichnungen erneut an. Dann schüttelte er ungläubig den Kopf. „Ihr meint, dieses feine Gebilde soll aus Eisen geschmiedet werden? Welcher begnadete Künstler kann denn so etwas?“

„Das solltet Ihr vielleicht meinen Secretarius fragen, Durchlaucht, denn der hatte die Idee zu diesem Werk.“

Herzog Johann sah Martin verwundert an. „Ihr habt diese Idee gehabt?“

„Das wäre zu viel der Ehre, Durchlaucht. Ich habe mich lediglich daran erinnert, dass mein Freund Daniel Hellwag, der Hofschmied, schon früher sehr ansehnliche Zäune und Gitter geschmiedet hat. Und als ich ihn bat, sich Gedanken über den Ersatz der Mauer zu machen, hat er diese Zeichnungen gefertigt.“

„Daniel Hellwag? Ist das nicht der Junge, der so unerschrocken die Pferde gezügelt hat, als Unser Kutschrad gebrochen war?“

„Ja, Durchlaucht, der ist es.“

„Und der kann aus rostigem Eisen derart schmuckvolle Blumen und Schnörkel entstehen lassen?“

„Ja, Durchlaucht, das kann er. Seine Entwürfe kann er auch in die Tat umsetzen. Das weiß ich genau.“

„Cassius, was sagt Ihr dazu?“

„Ich bin gleichermaßen beeindruckt wie Ihr, Durchlaucht. Es muss ein prachtvoller Anblick sein, wenn man durch die eisernen Ranken auf den Schlossgarten blicken kann.“

„Cassius, Ihr habt wahrhaftig Unser Herz erfreut. Regelt alles mit dem Oberschmiedemeister! Und zu Euch, Martin: Habt Dank für Eure löbliche Idee. Wie wohltuend es ist, wenn Wir wenigstens ein paar denkende Menschen um Uns haben.“

„Komm mal her, Daniel!“ Die Stimme des Oberschmiedemeisters übertönte mühelos das Fauchen des Blasebalgs an der Esse und die Hammerschläge auf dem Amboss. Daniel legte seinen Hammer nieder und ging zum Eingang der Schmiede, wo der Oberschmiedemeister mit steinerner Miene auf ihn wartete. „Was gibt es, Meister?“

„Daniel, arbeitest du gern in der Schmiede?“

„Ja, Meister, sehr gern, aber warum fragt Ihr?“

„Hat dir bisher irgendetwas gefehlt?“

„Nein, Meister, überhaupt nichts?“ Daniel verstand einfach nicht, was der Meister von ihm wollte.

„Habe ich dich immer anständig behandelt?“

„Ja, Meister, aber ich verstehe immer noch nicht, warum ...“ Daniel kam nicht weiter. Eine schallende Ohrfeige hob ihn fast von den Füßen und ließ ihn gegen eine Werkbank taumeln. Überrascht schüttelte er den Kopf und sah ungläubig den Meister an, mit dessen schwieliger Pranke er soeben schmerzlich Bekanntschaft gemacht hatte.

„Hast du kein Vertrauen zu mir?“

„Doch, Meister, natürlich.“ Daniel hielt sich seine linke Wange. Ein Keulenschlag hätte nicht viel schlimmer sein können. Aber warum? Er war sich immer noch keiner Schuld bewusst.

Der Oberschmiedemeister musterte Daniel eine Weile schweigend. Dann ging er auf ihn zu und warf eine lederne Mappe, die er die ganze Zeit unter seinem linken Arm getragen hatte, auf die Werkbank. Als er sie aufschlug, sah Daniel seine Zeichnungen.

„Komm her!“ Der Oberschmiedemeister winkte Daniel heran, der stumm und in respektvollem Abstand abwartete. Zögernd trat er neben seinen Meister.

„Wenn wir von festen Haltepunkten an den Endmauern ausgehen, wie viele Ankerpfosten brauchen wir noch für das laufende Gatter und das Tor?“

Daniel sah seinen Meister von der Seite an. Konzentriert blickte dieser auf die Skizzen, als ob nichts geschehen wäre. „Jeweils zwei für jedes Gatter, und noch einmal vier für die Torpfosten.“

„Gut, das habe ich mir auch schon gedacht. Als Erstes machst du mir eine Materialliste. Schreib auf, wie viel Eisen wir brauchen. Danach legen wir fest, wer sich welche Arbeiten vornehmen soll. Die filigranen Teile wie Vögel, Ornamente und der ganze andere Schnörkelkram sind deine Sache. Wir werden dem Herzog ein Prachtgitter bauen, das ihn jeden Tag aufs Neue erstaunen lässt.“

Daniel konnte sich ein Grinsen nicht verkneifen. Auch wenn seine Wange wie Feuer brannte und er das Gefühl hatte, dass sein Unterkiefer schief stand, so bewunderte er doch die tatkräftige und derbe Art des Oberschmiedemeisters.

„Grinse nicht so unverschämt, du Bengel, bloß weil dir versehentlich ein paar ganz brauchbare Ideen durch deinen einfältigen Kopf geschossen sind. Bevor du anfängst, schicke nach dem Hofbaumeister. Der wird sich freuen, dass er nur die alte Mauer abreißen und sein müdes Hirn nicht noch wegen einer neuen Lösung martern muss.“

„Bin schon unterwegs, Meister." Daniel konnte sein Glück kaum fassen. Sein Gitter sollte gebaut werden. Dafür hätte er sogar noch eine zweite und eine dritte Ohrfeige in Kauf genommen.

„Martin, du weißt schon mehr, als du wissen solltest."

„Pater Simon, habt Ihr es vergessen? Ich war es, der Euch halbtot im Wald gefunden hat, und nun sagt Ihr mir, ich muss nicht mehr über Euch wissen?"

„Du hast ja recht, mein junger Freund. Ich weiß nicht, auf welche Weise ich dir und deiner Familie je danken kann. Doch meine Zurückhaltung erwächst mehr aus der Sorge um dein Wohl, als dass sie mangelndes Vertrauen bedeutet."

„Melchior hat mir inzwischen erzählt, wie es Euch im Schloss ergangen ist. Natürlich können wir beide zwei und zwei zusammenzählen. Und danach scheint es offensichtlich zu sein, dass irgendjemand Euch einen Strick drehen möchte. Die Sache mit dem Kirchenschatz schreit doch zum Himmel. Aber warum will man Euch Böses, Pater Simon, warum? Und was ist mit dem Büchlein?"

Martin saß an der Bettstatt des Paters und rutschte unruhig auf seinem Hocker hin und her.

Bei der letzten Bemerkung blickte der sonst so gelassene Pater überrascht auf. „Was weißt du von einem Büchlein?"

„Pater Simon, als ich Euer Hab und Gut im Wald zusammengesammelt habe, ist mir ein kleines, ledergebundenes Buch in die Hände gefallen, in dem wenige verständliche Zeilen und ansonsten nur Buchstaben und Zahlen verzeichnet waren. Auch Melchior hat von diesem Buch erzählt, das Euch schon damals im Schloss beunruhigt haben muss."

„Melchior, die treue Seele. Vor ihm kann man anscheinend nichts geheim halten. Wo ist das Buch jetzt?"

„Da, wo es immer war." Martin stand von seinem Schemel auf und holte den dicken Band aus dem Regal, klappte ihn auf und nahm das Büchlein aus seinem Versteck. Dann reichte er es Pater Simon, der ihn dankbar anlächelte.

„Dieses Buch steckt voller Fragezeichen, Martin. Es scheint Geheimnisse zu enthalten, die wir nicht entwirren können, die aber so bedeutungsvoll zu sein scheinen, dass selbst Menschenleben nichts wert sind."

Pater Simon erzählte Martin von dem Fund des Buches bei dem verstorbenen Schatzmeister, von seinen Zweifeln über die herzoglichen Geländeverkäufe und von seinem Besuch bei Graf Freienfels.

„Ihr habt also den Verdacht, dass Ländereien des Herzogs unrechtmäßig verkauft worden sind und das Geld in dunkle Kanäle geflossen ist?"

„So könnte man es sagen."

„Und wer steckt Eurer Meinung nach dahinter?"

„Wenn wir das wüssten, wären wir schon ein ganzes Stück weiter."

„Habt Ihr Euren Verdacht denn damals im Schloss laut geäußert?"

„Mehr oder weniger indirekt. Auf der anderen Seite wusste jeder im Schloss, dass ich derjenige war, der Pater Anselm in seinen letzten schweren Stunden begleitet hat."

„Und die Sache mit dem Raub des Kirchenschatzes hört sich doch genauso abenteuerlich an."

„Da hast du ein wahres Wort gesprochen."

„Ist Euch nie in den Sinn gekommen, dass man Euch nur deshalb diesen Auftrag erteilt hat, um Euch später die Verantwortung für den Raub in die Schuhe schieben zu können?"

„Natürlich, Martin. Auch wenn ich kaum glauben kann, dass es menschliche Wesen gibt, die sich in solche Abgründe begeben. Doch mir fehlen einfach zu viele logische Zusammenhänge."

„Pater Simon, verzeiht mir, wenn ich so respektlos spreche, aber es sind schon arme Seelen für drei Kreuzer erschlagen worden."

„Du hast ja recht, Martin, ich habe mich wohl zu lange in meiner Welt der Bücher versteckt."

„Apropos Bücher: Habt Ihr etwas dagegen, wenn ich das Büchlein für kurze Zeit an mich nehme? Vielleicht kann ich ja die eigenartigen Zahlen und Lettern entziffern."

„Ja, aber sei vorsichtig und behalte es bei dir. Lass niemanden wissen, dass du es hast und wem es einmal gehört hat."

„Ich weiß, ich bin lästig, Pater Simon, aber eine Frage hätte ich noch an Euch."

Der Pater lächelte nachsichtig. „Nur zu, Martin."

„Onkel Hartmut hat mir verraten, dass Ihr aus einem gräflichen Hause stammt. Habt Ihr denn zu Eurer Familie noch Kontakt?"

„Der gute Stallmeister ist ein Plappermaul. Ja, ich bin auf dem Gut Hohenstein geboren, das jetzt mein älterer Bruder Laurentz führt. Zu meinem Bedauern habe ich jahrelang nichts mehr von ihm gehört. Er hat seinerzeit ein Weib geehelicht, das dem alten Glauben sehr nahe steht und das in einem reformierten Geistlichen, der ich nun einmal bin, einen Verbündeten des Teufels sieht."

„Wie bedauerlich für Euch."

„Ja, ich bedauere das auch sehr, zumal mein Bruder und ich in jungen Jahren unzertrennlich waren." Der Pater ließ einen tiefen Seufzer hören und legte sich in seine Kissen zurück.

„Ich habe Euch schon viel zu lange gelöchert." Martin machte eine entschuldigende Geste. „Ich verschwinde jetzt."

Der Geistliche hob dankend die Hand und schloss die Augen.

Weit konnte es nicht mehr sein. Seit mehr als zwei Stunden war Martin jetzt schon unterwegs. Sein Wallach Astor schien unermüdlich zu sein. Auf den trockenen Wegen waren sie zügig vorangekommen und hatten nur an einem Bach eine kurze Rast eingelegt. Nach einer weiteren halbe Stunde kamen sie an drei Katen vorbei, vor denen Kinder spielten und ein alter Mann auf einer Bank saß und ihnen zusah.

„Verzeiht, wie weit ist es noch bis zum Gut Hohenstein?", fragte Martin den Alten, während die Kinder den Fremden auf dem Pferd voller Neugierde anglotzten.

„Noch rund eine Meile geradeaus und dann zur Rechten die Allee entlang", kam es aus dem zahnlosen Mund.

Martin bedankte sich und folgte dem beschriebenen Weg. Am Ende der Allee ritt er auf eine herrschaftliche Gutsanlage mit Scheunen rechts und links und einem stattlichen Herrenhaus zu. Säulen, Erker, Zinnen und eine Freitreppe verliehen dem Anwesen die Ähnlichkeit mit einem kleinen Schloss.

„Kann ich Euch helfen, Herr?" Ein Mann mittleren Alters war aus dem linken Gebäude getreten, als sich Martin dem Herrenhaus genähert hatte.

„Ist Graf Hohenstein zugegen?"

„Gewiss, mein Herr, wenn Ihr wollt, kann ich Euch zu ihm führen."

Martin stieg ab und überließ sein Pferd einem Knecht.

„Meldet bitte dem Grafen, dass der herzogliche Secretarius Martin Seedorf ihn sprechen möchte."

Nachdem sie die Eingangshalle des Herrenhauses betreten hatten, nickte der Mann, der offensichtlich der Verwalter des Gutes war, und verschwand hinter einer Tür. Kurz darauf kam er zurück. „Graf von Hohenstein lässt bitten."

Entschlossen betrat Martin den Raum, dessen Tür der Verwalter jetzt aufhielt, in dem hinter einem Schreibtisch ein Mann saß, der in keiner Weise Ähnlichkeit mit Pater Simon hatte. Als dieser sich erhob, konnte Martin erkennen, dass der Mann groß, breitschultrig und kräftig war. Sein braunes Haar war kurz geschnitten. Seine Augen waren wach, jedoch von einer gewissen Traurigkeit umspielt.

„Was verschafft mir die Ehre eines herzoglichen Gesandten?" Graf Hohenstein trat Martin entgegen und musterte den jungen Mann.

„Verzeiht, Herr Graf, es ist nichts Herzogliches, was mich heute zu Euch führt. Der Grund meiner Anwesenheit sind die besten Empfehlungen und allerherzlichsten Grüße von Eurem Bruder, die ich überbringen möchte."

Graf Hohensteins Stirn umwölkte sich. „Was soll der Blödsinn? Mein Bruder ist tot. Ihr seid zu jung für ein solch übles Possenspiel. Schert Euch von meinem Hof!“ Wütend wandte sich Graf Hohenstein um.

„Verzeiht, Herr Graf, Ihr irrt. Noch heute Morgen habe ich mit Pater Simon gesprochen.“

Der Graf drehte sich wieder um und funkelte Martin erbost an. „Und Ihr glaubt, nur weil Ihr in gutem Tuche gekleidet seid und behauptet, in herzoglichen Diensten zu stehen, muss Eure Lüge glaubhaft sein. Mein Bruder ist vor zwei Jahren an der Pest gestorben – die gerechte Strafe Gottes, bevor er sich mit dem geraubten Kirchenschatz davonmachen konnte.“

„Wer hat Euch einen solchen Unsinn erzählt? Das ist doch alles gar nicht wahr!“ Martin vergaß jegliche Etikette.

Graf Hohenstein sah den jungen Mann verwundert an. Einen solchen Ton hatte ihm gegenüber bisher noch niemand gewagt. „Ihr vergesst anscheinend, wer Ihr seid und wo Ihr seid, junger Mann. Und nun schert Euch zum Teufel!“

Martin spürte, dass hinter ihm der Verwalter näher getreten war, um ihn aus dem Haus zu führen. „Bitte, Graf Hohenstein“, versuchte er es erneut, „hört mich an. Euer Bruder benötigt dringend Eure Hilfe. Ich möchte Euch weder beleidigen noch respektlos erscheinen, aber die Sorge um Euren Bruder bewegt mich mehr, als mir lieb ist.“

Erneut musterte der Graf Martin mit immer noch feindseligem Gesichtsausdruck. Dann sah er seinen Verwalter an. „Es ist gut, Mertens, lasst uns allein. Es scheint wohl doch etwas länger zu dauern.“ Als er hinter seinem Schreibtisch Platz genommen hatte, wandte er sich an Martin: „Setzt Euch!“

Martin wusste nicht, ob es seine letzten Worte gewesen waren, die den Sinneswandel hervorgerufen hatten, oder ob es seiner Beharrlichkeit zuzuschreiben war.

„Ihr wollt mir also allen Ernstes weismachen, dass mein Bruder Sebastian, den Ihr Pater Simon nennt, lebt?“

„So ist es. Es ist so wahr, wie ich hier vor Euch sitze.“

„Aber ich habe doch vor zwei Jahren ein Dokument aus dem Schloss erhalten, in dem mir mitgeteilt wurde, dass Pater Simon eine Anklage wegen Mitwirkens am Raub des herzoglichen Kirchenschatzes zu erwarten hätte. Wenig später erhielt ich ein weiteres Schreiben, das den Pesttod meines Bruders besiegelte. War das denn alles gelogen?“

„Nur teilweise, Herr Graf. Die zu erwartende Anklage wegen des Raubes stimmte schon, sein Tod jedoch nicht. Bevor es zu dieser inszenierten Gerichtsverhandlung kommen sollte, konnte Euer Bruder fliehen.“

Martin erzählte dem Grafen die ganze Geschichte, zumindest das, was er von Pater Simon und von Melchior erfahren hatte. Als Graf Hohenstein von dem Überfall auf Pater Simon im Wald hörte, war ihm seine Betroffenheit deutlich anzusehen.

„Herr Graf, wie es scheint, ist die Gefahr für Euren Bruder immer noch nicht gebannt. Auch wenn er im Haus meiner Eltern wohl aufgehoben ist, so befürchten wir doch, dass aus irgendeiner Unachtsamkeit sein Aufenthaltsort bekannt werden könnte. Unabhängig von seiner immer noch körperlichen Schwäche besteht weiterhin die Gefahr, dass diejenigen, die ihm bisher nach dem Leben getrachtet haben, nichts unversucht lassen werden, wenn sie wissen, dass er noch lebt und wo sie ihn finden können."

„Und wie kann ich nun nach Eurer Auffassung helfen?"

„Meine Familie und ich könnten uns vorstellen, dass Euer Bruder hier auf Hohenstein sicher wäre und sich gleichermaßen gut erholen könnte. Pater Simon dagegen hält von dieser Idee gar nichts, wegen ‚familiärer Vorbehalte', wie er sich ausdrückte."

Graf Hohenstein schüttelte betrübt den Kopf. Gleichzeitig huschte aber auch ein Lächeln über sein Gesicht. „So war er schon früher. Immer liebenswert und rücksichtsvoll. Das, was er ‚familiäre Vorbehalte' genannt hat, war mein Eheweib, das in Glaubensfragen sehr bestimmt war und mit den Ansichten meines Bruders nie konform gehen wollte. Sie ist vor mehr als drei Jahren gestorben, ebenso wie meine beiden Töchter, die der Herr in viel zu jungen Jahren zu sich geholt hat."

„Das tut mir aufrichtig leid, Herr Graf."

„Das muss es nicht, junger Mann. Es war Gottes Wille. Wir haben uns dem zu fügen. Umso mehr freue ich mich, dass mein Bruder wieder in mein Leben getreten ist. Richtet ihm aus, dass ich ihn erwarte." Es schien, als wäre durch das Innere des Grafen ein kaum merklicher Ruck gegangen. Der anfängliche Zorn war verflogen, ebenso wie die kurzzeitige Betrübtheit. Er sprang auf und kam um den Schreibtisch herum. „Es tut mir leid, dass ich Euch so ungastlich behandelt habe. Es waren einfach zu viele Neuigkeiten auf einmal für einen alten Mann. Wann soll ich meinen Bruder abholen?"

„Wenn Ihr erlaubt, würden wir Euch Euren Bruder lieber bringen. Eine unbekannte Kutsche wie Eure in der Stadt könnte auffallen. Wenn Pater Simon zustimmt, werden wir noch vor Ende der nächsten Woche auf die Reise gehen."

„Ihr mögt recht haben. Ich danke Euch schon jetzt für alles, was Ihr für meinen Bruder getan habt. Ihr seid auf Hohenstein immer herzlich willkommen."

Kapitel 25

„Ich erwarte eine unverzügliche Antwort auf meine Eingaben. Seid Ihr verantwortlich für diese unerträgliche Bummelei?“

Graf von Hoselfeld war ohne anzuklopfen in Martins Schreibstube gestürzt und begann bereits in der Tür damit, ihn zu beschimpfen.

„Nein! Die Antwort lautet: Nein!“ Martin hatte sich inzwischen daran gewöhnt, von manchen Edelleuten wie ein Lakai behandelt zu werden. Doch mit seiner Reaktionsschnelligkeit und der geistigen Wendigkeit konnte er die meisten seiner edlen Kontrahenten sehr schnell aus dem Gleichgewicht bringen. So auch den stets aufgeblasenen Rüschengrafen.

„Was soll das heißen? Nein? Entscheidet Ihr jetzt die wichtigen Angelegenheiten am herzoglichen Hof?“

„Mal ja, mal nein, verehrter Herr Graf. Es mag Euch beruhigen, denn in Eurer so bedeutenden Sache hat seine Durchlaucht ganz persönlich ein Urteil gefällt, und das lautet nun einmal: Nein!“

„Ich habe es nicht nötig, mir von Euch hergelaufenem Lümmel Unflätigkeiten an den Kopf werfen zu lassen. Auf meine ordnungsgemäße Eingabe erwarte ich vom Herzog persönlich eine angemessene Antwort.“

„Ich wollte sie Euch ersparen, Graf, aber Ihr verlangt geradezu danach, dass ich den Herzog zitiere. Seine Durchlaucht ist davon überzeugt, dass eine Waschfrau ihm weitaus dienlicher ist, als Ihr es während Eurer langen Jahre bei Hofe je wart. Daher seine ablehnende Entscheidung."

„Das ist die größte Frechheit, die ich je erlebt habe. Was bildet Ihr Euch ein? Wäret Ihr ein Edelmann, ich würde Euch den Fehdehandschuh an den Kopf knallen." Graf Hoselfeld war rot angelaufen und fuchtelte mit seinen berüschten Ärmeln wild in der Luft herum.

Martin ließ sich nicht provozieren. „Es bleibt Euch unbenommen, diese Worte bei nächster Gelegenheit seiner Durchlaucht persönlich zu unterbreiten. Ich bin nur der Überbringer der schlechten Nachricht. Und die Zeiten, in denen jene einen Kopf kürzer gemacht wurden, sind längst vorbei, wenn ich Euch daran erinnern darf."

„Eine bodenlose Impertinenz. Eine Dreistigkeit sondergleichen!" Graf Hoselfeld war am Ende seiner Weisheit. Wutentbrannt verließ er die Schreibstube und knallte die Tür hinter sich zu.

Martin holte tief Luft.

„Macht Euch keine Gedanken über solche edlen Affen, Martin. Sie sind es einfach nicht wert."

Martin saß mit Sergeant Swattkopp in der Burgstube, in der tagsüber auch die niederen Bediensteten des Schlosses ihre Mahlzeiten einnahmen. Abends erlaubte Wilhelmine, die Schlossköchin, ihren Freunden, auch das eine oder andere Bier in diesen Räumlichkeiten zu trinken. Martin hatte schon vor längerer Zeit festgestellt, dass Sergeant Swattkopp und Wilhelmine sich mochten. Kleine Gesten und verschämte Blicke waren untrügerische Zeichen.

Martin hatte dem Sergeanten der Schlosswache von der unschönen Begegnung mit Graf Hoselfeld erzählt und antwortete nun auf dessen Bemerkung: „Ihr mögt ja recht haben, er ist wahrhaftig lästig."

„Ihr müsst Euch einfach daran gewöhnen. Wir sind für die nur das gemeine Fußvolk. Nicht von Adel, somit nur wenig nützlicher als ein Ackergaul. Aber eines solltet Ihr nie vergessen: Beim Scheißen müssen auch sie in die Knie gehen."

Martin musste lachen. Sergeant Swattkopps raue Art und sein derber Witz waren einfach unübertrefflich. Der Soldat hob den Krug und trank ihm zu. Beide blickten auf, als sie das Knarren der Eingangstür hörten, in der Egidius Stülpnagel, der Sekretär des Kanzleidirektors, erschien.

„Wilhelmine, ein Bier für mich!", brüllte er durch die Burgstube.

„Kein Bier mehr da", war die kurze Antwort der Köchin, die aus einem Nebengemach gekommen war und sich die Hände in ihrer Schürze abtrocknete.

„Was soll das heißen? Die beiden da haben doch auch die Krüge vor der Nase stehen." Er zeigte mit dem Finger auf Martin und den Sergeanten.

„Die Krüge sind leer. Die beiden wollten gerade gehen."

„So kannst du mit mir nicht umspringen, Wilhelmine. Ich bin nicht irgendwer in diesem Schloss. Merke dir das ein für alle Mal."

Als der zornige Sekretär ein paar Schritte auf die Köchin zugehen wollte, sprang Sergeant Swattkopp auf und trat dazwischen. „Ich glaube, Stülpnagel, du solltest jetzt ganz schnell dein dreistes Rattengesicht in

Richtung Tür wenden, wenn du nicht unsanft auf dem Pflaster landen willst."

„Das wird ein Nachspiel haben. Das verspreche ich euch." Der Sekretär wich mit flackernden Augen vor dem Sergeanten zurück und verließ fluchtartig die Burgstube.

„Danke, Swattkopp!"

„Hab ich doch gern getan, Wilhelmine. Hast du noch ein Bier für uns?"

„Für euch immer."

Wenig später stellte die Köchin mit einem Lächeln zwei gefüllte Krüge vor die beiden auf den Tisch.

Swattkopp zog einen der Krüge zu sich heran. „Ihr seht, Martin, Hampelmänner gibt es nicht nur unter den Edelleuten. Diese windige Ratte war der beste Beweis dafür. Ich weiß gar nicht, was der hier wollte. Sonst säuft er doch jeden Abend mit seinen Kumpanen im ‚Schwarzen Eber'."

Martin wurde hellhörig. „Woher nimmt er denn das ganze Geld? Oder bezahlt der Herzog ihn so gut?"

„Ganz bestimmt nicht. Ich habe mich auch schon gewundert. Vielleicht hat er ja einen reichen Onkel. Lass uns auf die Guten und Aufrichtigen unter uns trinken. Die Schmeißfliegen sollen dort bleiben, wo sie hingehören, nämlich auf dem Donnerbalken."

Herzlich lachend prostete Martin seinem Freund der Schlosswache zu.

Es war zum Haareraufen. So schwierig konnte es doch nicht sein, dem alten Pater Anselm auf die Schliche zu kommen. Martin brütete schon seit Tagen über dem ledernen Buch von Pater Simon. Doch die Ziffern und

Buchstaben ergaben einfach keinen Sinn. Ganz gleich, ob er die Zahlen mit den Buchstaben des Alphabets austauschte oder auch umgekehrt, es blieb eine unverständliche Folge von Zeichen. Wie konnte er der Lösung näher kommen?

„Schaut, der Herr Secretarius in tiefen Gedanken!"

Martin blickte auf. Er war, während er den Schlosshof überquerte, ganz in seinen Grübeleien versunken. Lediglich der Ruf einer der Hofdamen hatte ihn aufgeschreckt.

„Es tut mir aufrichtig leid, verehrte Damen, dass ich so ungalant war, Eure Anwesenheit zu ignorieren."

Am Brunnen standen drei jüngere Damen des Hofes beieinander und waren mit dem neuesten Hofklatsch beschäftigt. Martin war schon vor einiger Zeit aufgefallen, dass die jungen Damen weitaus mehr Notiz von ihm nahmen als früher. Vielleicht auch nur, weil er sie – die heutige Begegnung einmal ausgenommen – stets überaus höflich grüßte.

„Wir sind es nicht von Euch gewohnt, mit Missachtung gestraft zu werden", entgegnete eine junge Baronin mit frecher Stupsnase, die nur mühsam ihre Sommersprossen unter einer weißen Puderschicht verstecken konnte.

Martin trat näher und verbeugte sich formvollendet. „Ich bin zutiefst betroffen, wenn ich Euch in Eurem Wohlbefinden verletzt haben sollte."

Die Damen schienen Gefallen an dem koketten Getändel zu finden.

„Ich gestehe, manche Grobheiten kann man nur mit barer Münze vergelten." Martin hatte spielerisch seine Rechte gehoben, als wollte er einer der Damen über das Ohr streicheln. Als er anschließend eine kleine Münze in seiner Hand hielt und sie der verdutzten Hofdame in die Hand drückte, war die Überraschung groß. Beim zweiten Mal setzte bereits ausgelassenes Gekicher ein.

„Und Euer betrübtes Herz, verehrte Baronin, kann nur ein kleines Vögelchen wieder zum Lachen bringen.“ Martin wirbelte mit seinen Händen vor den Damen herum. Sie hatten nicht bemerkt, dass er bereits während der Zauberei mit den Münzen der Stupsnase das Spitzentaschentuch entwendet und daraus mit fingerfertigem Geschick einen kleinen weißen Vogel gezaubert hatte. Diesen überreichte er jetzt der überraschten Baronin.

Die kichernden Hofdamen strahlten Martin bewundernd an.

„Welch ein Zauber!“

„Wie kann so etwas geschehen?“

„Ein wahres Wunder!“

Martin lächelte bescheiden.

„Werdet Ihr belästigt? Benötigt Ihr Beistand, meine Damen?“ Zu ihnen war Baron von Witzleben getreten. Ein Edelmann, der aufgrund seiner Arroganz nicht in Martins „Schublade der Freunde“ gehörte.

„Keineswegs, mein lieber Witzleben, im Gegenteil. Es gibt Menschen, die weitaus unterhaltsamer und geistreicher sind als so mancher Recke edlen Geblüts“, antwortete die sommersprossige Baronin schnippisch und zeigte dem verhinderten Kavalier die kalte Schulter.

„Ich glaube, Ihr solltet lieber Eurer Profession nachgehen, Secretarius, als edle Damen zu belästigen.“ Baron von Witzleben schien die spitze Bemerkung der Stupsnase völlig überhört, geschweige denn sie verstanden zu haben.

„Vergesst Eure Kinderstube nicht, Baron, und hört einmal mehr auf das weise Urteil der Damen. Vielleicht sollten wir unseren Ausflug in die Welt der kleinen weißen Vögel später fortsetzen, meine Damen, wenn wir nicht von krächzenden Krähen gestört werden." Bevor der Baron begriff, worüber gesprochen wurde, verbeugte sich Martin und verließ schmunzelnd den Schlosshof.

„Daniel, ich brauche unbedingt deine Hilfe. Ich muss da hin, um mehr zu erfahren."

„Du bist verrückt. Wenn uns jemand erwischt, bist du nicht nur deinen guten Ruf, sondern auch dein Amt los."

„Aber ich komme in der Sache einfach nicht weiter. Und irgendein Gefühl sagt mir, dass Stülpnagel der Schlüssel zu unserer noch verschlossenen Pforte sein könnte."

„Warum denn gerade der ‚Schwarze Eber'?"

„Weil er dort jeden Abend säuft, wie Swattkopp mir verraten hat."

„Und du meinst, in seinem Suff könnte er ein paar Geheimnisse ausplaudern?"

„Ja, warum denn nicht? Auffällig ist doch schon, dass er über so viel Geld verfügt und keiner weiß, wo es herkommt."

Daniel schüttelte zweifelnd den Kopf. Martin hatte ihn inzwischen vertrauensvoll eingeweiht, ihm auch von dem Büchlein und den Gesprächen mit Pater Simon und Melchior erzählt. Vor drei Tagen hatten sie gemeinsam am Abend Pater Simon mit der Kutsche nach Hohenstein gebracht, wo ihn sein Bruder mit offenen Armen empfangen hatte. Martin war sehr froh über diese

Entwicklung. Im Schutze des väterlichen Gutes konnte der Pater sich in aller Ruhe erholen. Aber es musste doch mit dem Teufel zugehen, wenn man nicht auf irgendeine Weise herausbekommen konnte, wer Pater Simon so übel mitgespielt hatte, und vor allem warum. Bestimmt wusste die kleine Ratte Stülpnagel mehr. Martin war wild entschlossen. Heute Abend würde er in den „Schwarzen Eber" gehen.

„Wenn du nicht mitkommst, gehe ich eben allein."

„Martin, du bist unverbesserlich. Wenn du dir etwas in den Kopf gesetzt hast, können dich keine zehn Pferde davon abbringen. Du bist und bleibst ein Sturkopf."

„Das musst du alter Ambossschädel gerade sagen."

„Gut, ich komme mit. Aber lasst uns alte Kleider anziehen, damit wir in der dreckigen Spelunke nicht gleich auffallen."

Der Schankraum des Wirtshauses „Zum Schwarzen Eber" in der Ruschentwiete war auch an diesem späten Abend brechend voll. Es roch nach Rauch, Bier und Schweiß und so mancher Trunkenbold lag bereits schnarchend auf der Tischplatte. An einem Tisch unweit der Theke saßen sechs Zecher, unter ihnen der Sekretär des Kanzleidirektors. Hier herrschte ausgelassene Stimmung.

Unbemerkt steuerte Daniel eine Nische an, die nicht weit von Stülpnagel und seinen Saufkumpanen entfernt war. Um für beide Platz zu schaffen, zog Daniel einem der Säufer, der schnarchend an der Wand lehnte, einfach den Schemel unter dem Hintern weg, so dass dieser fast geräuschlos auf den Boden plumpste und dort weiterschlief. Auch Martin fand noch Platz auf dem Ende einer

Bank. Nachdem sie sich bei dem drallen Schankmädchen zwei Krüge Bier bestellt hatten, versuchten sie so unauffällig wie möglich, dem lärmenden Gespräch am Nebentisch zu lauschen. Stülpnagel führte große Reden über sein wichtiges Amt und alle pflichteten ihm wohlwollend bei. Immer wieder hoben sie ihre Krüge und stießen auf sein Wohl an.

„Stülpnagel, du hast es zu was gebracht. Das muss man anerkennen."

„Das schafft nicht jeder!"

„Du bist ein intelligentes Kerlchen, hochgeschätzter Secretarius."

Daniel und Martin sahen sich kopfschüttelnd an. Zu offensichtlich war es für sie, dass diese Speichellecker nur darauf warteten, dass der einfältige Stülpnagel wieder eine neue Runde Bier ausgeben würde.

„Und hätte dein lieber Schwager seinen Pimmel nicht zu oft in die Schafe gesteckt, dann wäre selbst dein verblödeter Neffe Kunibert noch zum Kammerdiener aufgestiegen."

Martin ergriff Daniels Arm. „Hast du das gehört?", flüsterte er ihm zu. Daniel nickte.

„Das nimmst du zurück, du alter Hurenbock." Stülpnagel war aufgesprungen und versuchte über den Tisch hinweg seinen beleidigenden Saufkumpan am Revers zu packen. Jedoch ohne Erfolg, da beide wieder trunken auf ihre Bänke zurückfielen.

„Nichts gegen meinen Neffen. Gott hat ihn zwar mit wenig Geist beschenkt, aber er ist ein treuer Kerl", verkündete Stülpnagel lautstark.

„Wenig Geist ist gut! Da brennt doch noch nicht einmal ein Kerzenstummel in seinem Oberstübchen."

„Dafür hat er aber einen geistreichen Onkel, der selbst im Schloss so mancher Hofschranze das Wasser reichen kann."

Ein weiterer Zecher in Stülpnagels Runde versuchte die Wogen zu glätten. Bis auf den aufsässigen Streiter stimmten alle freudig mit ein. Woraufhin Stülpnagel sich besänftigt fühlte und unverzüglich eine weitere Lage Bier bestellte.

Martin stieß Daniel in die Seite und blickte zur Tür. Sie bezahlten ihre Zeche und verließen das Wirtshaus. Ohne ein Wort zu sagen, zerrte Martin seinen Freund die wenigen Schritte über den Marktplatz zu seinem Elternhaus. Erst als sie in der Küche, in der nur noch das Herdfeuer glomm, Platz genommen hatten, fing Martin an zu sprechen. „Hast du gewusst, dass der blöde Kunibert der Neffe von Stülpnagel ist?"

„Nein, das habe ich auch das erste Mal gehört. Wieso regt dich das so auf?"

„Daniel, denk doch mal nach! Ich habe dir vor längerer Zeit einmal erzählt, dass der Sohn des Schäfers Pater Simon im Wald regelmäßig zu essen bringt. Und der heißt?"

„Kunibert?"

„Genau. Er ist zwar hilfsbereit, aber schwachsinnig."

„Ich kann dir immer noch nicht ganz folgen, Martin."

„Unterstellen wir einmal, dass diejenigen, die Pater Simon Böses wollen, im Schloss leben. Durch seine Flucht haben sie ihn aber aus den Augen verloren. Unterstellen wir weiter, dass Stülpnagel mit den Verfolgern von Pater Simon unter einer Decke steckt. Dann könnte es doch sein, dass er über seinen blöden Neffen irgendwann einmal zufällig erfahren hat, dass Pater Simon gar nicht an der Pest gestorben ist, sondern nicht weit entfernt im Wald wohnt."

„Das wäre zumindest eine logische Erklärung dafür, warum die Schläger den Pater im Wald finden konnten. Aber ist das nicht ein bisschen weit hergeholt?"

„Mag sein, Daniel. Es fehlen immer noch zu viele Mosaiksteine. Aber eine Möglichkeit wäre es immerhin. Ich muss mir morgen noch einmal das Büchlein vornehmen. Ich bin fest davon überzeugt, dass wir darin die Wahrheit finden werden."

„Viel Glück, Martin. Vielleicht gehst du jetzt lieber ins Bett und wartest auf die göttliche Eingebung." Daniel stand auf, reckte sich und gähnte herzhaft.

„Mensch, das ist es. Du bist ein Genie!"

Daniel wusste gar nicht, wie ihm geschah, und sah seinen Freund verständnislos an. „Was ist denn los? Was habe ich gesagt?"

„Dass ich nicht selbst darauf gekommen bin. Ich meine das mit der göttlichen Eingebung. Wenn ein Geistlicher wie Pater Anselm, der ehemalige Schatzmeister, etwas verschlüsseln will, welches Buch wird er da wohl nehmen, um einen chiffrierten Text zu erstellen?" Martin sah Daniel herausfordernd an.

„Ein Pater? Immer die Bibel."

„Welch eine freudige Überraschung! Martin. Melchior. Kommt herein!"

Pater Simon und sein Bruder, Graf von Hohenstein, saßen in der Bibliothek des Gutes und waren tief in ihrem Schachspiel versunken, als ihnen der unverhoffte Besuch der beiden jungen Herren aus Eutin vom Hausdiener angekündigt worden war.

„Es tut uns aufrichtig leid, Graf Hohenstein, Pater Simon, dass wir Euch unangemeldet überfallen, aber die Neuigkeiten der letzten Tage haben uns fast erschlagen, so dass wir sie Euch unbedingt persönlich überbringen mussten."

Nachdem Pater Simon seinem Bruder den ehemaligen Junker Melchior vorgestellt hatte, nahmen die vier vor dem Kamin in der Bibliothek Platz. Graf Hohenstein wies den Hausdiener an, Wein zu servieren. Martin rutschte unruhig in seinem Sessel hin und her. Er wollte nicht unhöflich sein und mit seinem Wissen herausplatzen. Drei schlaflose Nächte hatte er damit verbracht, mit Hilfe der Bibel die Geheimnisse des kleinen Buches zu lösen. Bisher hatte er nur Melchior und Daniel von seinen Entdeckungen erzählt, zu ungeheuerlich waren die Erkenntnisse. Eine herrschaftliche Jagdgesellschaft, bei der ihre Dienste nicht benötigt wurden, boten Martin und Melchior schneller als erwartet die Gelegenheit, nach Hohenstein zu reiten.

„Martin, nun hast du uns aber neugierig gemacht. Es müssen ja ganz bedeutende Dinge sein, dass es euch in die holsteinische Wildnis getrieben hat."

„Allerdings ist es bedeutend, Pater Simon. Ich habe die verwirrenden Buchstaben und Zahlen in dem Büchlein von Pater Anselm entziffern können."

„Bei Gott, wie ist dir das denn gelungen?"

„Es war die Bibel, die Pater Anselm als Grundlage für seine Verschlüsslungen verwendet hat. Mit den Zahlen und Lettern hat er auf verschiedene Seiten der Heiligen Schrift verwiesen. Setzt man diese Stück für Stück zusammen, dann ergibt das jeweils einen Namen und einen Betrag." Martin holte das Büchlein von

Pater Anselm hervor und schlug es auf. „Wenn hier in klarem Text zu lesen ist, dass ein herzogliches Areal an den Grafen Selgenhart für 1800 Taler verkauft worden ist, dann folgen darunter mehrere unverständliche Zeilen.“ Er zeigte Pater Simon und Graf Hohenstein die Eintragungen. „Diese Zeilen sind nichts anderes als Hinweise darauf, wer wie viele Anteile von dem eingebrachten Geld erhalten hat.“

„Du willst damit sagen, dass Pater Anselm die Namen aufgelistet hat, die sich auf diese Weise unrechtmäßig herzogliches Eigentum angeeignet haben?“ Pater Simon sah Martin ungläubig an.

Der nickte.

„Und welche Namen hast du herausgefunden?“

„Auch wenn Ihr mich für verrückt erklärt, aber den größten Anteil haben immer Dekan Benedict und der Kanzleidirektor Wartenburg erhalten.“

„Das kann ich nicht glauben!“ Pater Simon sah Martin entgeistert an. Dann blickte er von Melchior zu seinem Bruder und schließlich wieder zu Martin und schüttelte immer noch ratlos den Kopf. „Und du hast dich wirklich nicht geirrt?“

„Ihr könnt Martin wahrhaftig glauben“, sagte Melchior und unterstrich seine Worte mit bekräftigendem Kopfnicken. „Er hat mir das Verfahren, das Pater Anselm verwendet hat, genau erklärt. Dann habe ich ebenfalls versucht, das Geheimnis zu lösen. Mit demselben Ergebnis. Es tauchen immer wieder dieselben Namen auf. Sechs Mal wurde auf diese betrügerische Weise herzogliches Gelände verkauft. In allen Fällen waren neben dem Dekan und dem Kanzleidirektor die Kapitelherren Pater Antonius und Pater Samuelis wie auch der Sekretär des Kanzleidirektors Stülpnagel die Empfänger des Geldes."

Pater Simon hatte den Kopf gesenkt und die Augen geschlossen. Mit seinen gefalteten Händen sah es aus, als würde er beten. Nach einer Weile blickte er Martin an. „Ich hätte nie vermutet, dass diese Menschen zu solchen Taten fähig sind. Kein Wunder, dass der arme Pater Anselm kurz vor seinem Tod um sein Seelenheil fürchtete."

„Es tut mir leid, Pater Simon, aber das ist noch nicht alles, was wir zu berichten haben. Dazu vorab aber noch eine Frage. Bitte erinnert Euch: Wem habt Ihr von Pater Anselms Seelenqual erzählt? Mit wem habt Ihr über die Verkäufe des herzoglichen Geländes gesprochen? Wusste vielleicht außer Euch noch jemand etwas über das Büchlein?"

„So viele Fragen ... Über Pater Anselms Tod habe ich nur mit Dekan Benedict gesprochen." Pater Simon zögerte und dachte nach. „Ja, ich meine mich zu erinnern. Ihm habe ich auch die Frage nach dem Verkauf der herzoglichen Ackerflächen gestellt. Aber von dem kleinen Buch wusste niemand etwas."

„Nach dem, was wir bisher herausgefunden haben, müssen wir davon ausgehen, dass der Dekan und der Kanzleidirektor gemeinsam diese unrechtmäßigen Verkäufe veranlasst haben. Die anderen drei sind bei diesen Machenschaften nur Hilfsknechte gewesen, was auch aus der geringen Höhe ihrer Entlohnung zu schließen wäre. Melchior und ich sind fest davon überzeugt, dass Euer Auftrag, den Kirchenschatz von Lübeck nach Eutin zu bringen, ausschließlich dazu diente, Euch mundtot zu machen."

„Das hört sich aber sehr nach einer wilden Räubergeschichte an!" Graf Hohenstein hatte aufmerksam zugehört, hegte jedoch starke Zweifel an dem, was die beiden jungen Herren aus dem Eutiner Schloss vermuteten. Auch Pater Simon schüttelte ungläubig den Kopf.

„Wenn Ihr erlaubt, würden wir unsere Gedanken weiter ausführen", übernahm Melchior das Wort. „Dekan und Kanzleidirektor mussten davon ausgehen, dass Ihr, Pater Simon, ihnen auf die Schliche gekommen wart. Eure Frage nach den Geländeverkäufen und ihre Ungewissheit über das, was Pater Anselm Euch kurz vor seinem Tod verraten haben könnte, hatten sie aufgescheucht. Den Raub des Kirchenschatzes haben sie aus dem Grunde inszeniert, um Euch die Verantwortung zuzuschieben und Euch auf diese Weise hinter Schloss und Riegel zu bringen. Wozu es Gott sei Dank ja nicht gekommen ist."

„Dank deiner Hilfe und der von Pater Markus." Pater Simons Gesicht vermittelte den Eindruck, als würde er sich nicht gern an diese Zeit erinnern.

„Auch wenn man die Sache mit den Geländeverkäufen aufgrund der Eintragungen von Pater Anselm belegen könnte, wie wollt Ihr Eure Hypothese mit dem fingierten Raub beweisen?" Graf Hohenstein war den Gedankengängen von Martin und Melchior aufmerksam gefolgt.

„Einen solchen Beweis haben wir nicht. Noch nicht. Wie sehr aber die beiden Verdächtigen Pater Simons vermeintliches Wissen fürchten, mag der Überfall im Wald beweisen. Ich möchte Euch nicht mehr als nötig beunruhigen, lieber Pater, aber man hat Euch nach dem Leben getrachtet."

„Davon hat mich mein Bruder auch schon zu überzeugen versucht, nachdem ich ihm alles erzählt hatte."

„Habt Ihr Euch auch einmal die Frage gestellt, wer Euch in Eurem Versteck im Wald aufgespürt haben könnte?"

„Gefragt habe ich mich das schon, aber die wenigen, die davon wussten, waren nur du, Martin, dein Freund Daniel und die Familie des Schäfers. Keiner von euch hätte jemals etwas verraten."

Martin ließ sich nicht beirren. „Verzeiht, noch eine Frage, Pater Simon: Habt Ihr gewusst, dass das Weib des Schäfers die Schwester des Sekretärs Stülpnagel und somit Kunibert dessen Neffe ist?"

„Mein Gott! Und ihr meint, dass der arme Kunibert in seiner Einfalt seinem Onkel meinen Aufenthalt verraten und dieser seinen verbrecherischen Herrn informiert hat?"

„Der wiederum die Totschläger in den Wald geschickt hat. Nur so wird ein Schuh daraus", stellte Melchior abschließend fest.

„Welch grausamer Gedanke. Auch wenn mir die Abgründe menschlichen Handels durchaus bekannt sind, aber dass aus Habgier und Geltungssucht Menschenleben keinen Wert mehr haben, ist kaum zu fassen. Ich denke dabei auch an den toten Kutscher, von dem weder Dekan Benedict noch der Kanzleidirektor Wartenburg etwas wissen wollten. Sein Leichnam, der Kirchenschatz und die Kutsche sind nie wieder aufgetaucht. Äußerst merkwürdig."

„Pater Simon, Graf Hohenstein, erlaubt Ihr, dass wir uns gemeinsam einmal in die Gedankenwelt der Übeltäter versetzen", schlug Martin vor.

„Ungern, äußerst ungern. Aber wenn Ihr meint“, knurrte Graf Hohenstein ungnädig.

Pater Simon nickte.

„Nach unserer Vorstellung haben der Dekan und der Kanzleidirektor den Raub in Auftrag gegeben. Dafür wurden die Räuber bezahlt. Vermutlich auch die Wachen, die dann auf Weisung des Kanzleidirektors eiligst nach Gottorf versetzt wurden, damit niemand sie mehr fragen konnte. Der Tod des Kutschers war vermutlich nicht eingeplant. Jetzt zu unserer Frage: Wo würden die beiden herrschaftlichen Ganoven den Kirchenschatz verstecken?“ Martin sah den Pater und den Grafen fragend an.

„Die Räuber würden den Schatz sicher tief im Wald in irgendeiner verlassenen Scheune oder auf einem entlegenen Bauernhof verstecken“, dachte Melchior laut.

„Und den Schatz in den Händen der Räuber lassen?“, warf Martin skeptisch ein.

„Da bestünde sicherlich die Gefahr, dass sie sich irgendwann am Schatz bedienen.“ Auch Graf Hohenstein hegte Zweifel daran, dass die Betrüger aus dem Schloss diese Ungewissheit und Gefahr eingehen würden.

„Du meinst, dass der Schatz möglicherweise sogar im Schloss sein könnte?“ Pater Simon sah Martin erstaunt an.

„Ich weiß es nicht. Aber ich muss dem Grafen recht geben. Nur wenn ich selbst auf den Schatztruhen sitze, kann ich sicher sein, dass niemand sie entdeckt und sie mir wegnimmt.“

„Es tut mir leid, Herr Secretarius, aber die Urkunden befinden sich nicht in meinem Besitz.“ Graf von

Zinzendorf, der Hofkämmerer, hob entschuldigend die Schultern.

„Helft mir bitte weiter, Graf, grundsätzlich ist es doch aber üblich, dass die Besitzurkunden des Herzogs im Archiv der Hofkämmerei verwahrt werden. Oder bin ich da falsch informiert?"

„Ihr habt recht, alle Urkunden und Dokumente, die in irgendeiner Weise Finanzen oder Eigentum regeln, befinden sich in unserem Archiv. Lediglich die, nach denen Ihr sucht, fehlen. Sie waren auch nicht bei den Unterlagen, die uns seinerzeit vom einstigen Schatzmeister des Kapitels und dem Dekan übergeben worden sind."

„Äußerst eigenartig."

„Fürwahr, mein junger Freund. Ich hätte Euch gern geholfen."

Martin bedankte sich beim Hofkämmerer und verabschiedete sich von ihm. Wo waren die Urkunden? Dass der Dekan oder der Kanzleidirektor sie vernichtet hatten, konnte er sich nicht vorstellen. Die Hofkanzlei wäre ein sicheres Versteck. Bei der Fülle von Akten und Dokumenten würden sie kaum auffallen. Zudem könnten die Strolche ständig ein Auge darauf haben.

Und wenn es so wäre, wie käme man an sie heran? Könnte er möglicherweise den Suffkopf Stülpnagel überrumpeln, indem er behauptete, dass Hofrat Cassius die Urkunden benötige? Oder würden sie dann doch Verdacht schöpfen?

Er musste es einfach versuchen.

„Herr Kollege, ich benötige Eure Hilfe." Martin war in das Sekretariat des Kanzleidirektors getreten und hatte sich vor Egidius Stülpnagel, der hinter seinem Schreibtisch thronte, förmlich verbeugt.

„Ich bin nicht Euer Kollege, Ihr Parasit. Herzogliche Dienste müssen auf ehrenwerte Weise und nicht durch zufällige Missgeschicke erworben werden."

„Wie Ihr meint, Herr Hofsecretarius, aber der persönliche Hofrat seiner Durchlaucht, Graf Cassius, benötigt dringend die Besitzurkunden über alle Latifundien des Herzogtums. Ich wäre Euch verbunden, wenn Ihr sie heraussuchen und mir spätestens morgen übergeben könntet."

„Was erdreistet Ihr Euch eigentlich? Gebt Ihr jetzt schon die Befehle?" Stülpnagel plusterte sich wieder einmal auf, wie Martin es schon kannte.

„Ich gebe nur den Wunsch meines Herrn weiter, den Ihr sicherlich gern erfüllen werdet. Oder soll ich dem Herrn Hofrat berichten, dass Weisungen im Auftrage des Herzogs vom Secretarius des Kanzleidirektors missbilligt und ignoriert werden? – Sicherlich nicht."

Bevor der mehr und mehr rot anlaufende Stülpnagel sich in seiner Wichtigkeit noch weiter gebärden konnte, verließ Martin eilig die Räume der Hofkanzlei. Er fühlte sich nicht ganz wohl in seiner Haut. Weniger wegen der Notlüge, dass Graf Cassius die Urkunden haben wollte, als wegen der überaus heftigen Reaktion des Sekretärs. Hoffentlich hatte er da nicht in ein Wespennest gestochen.

„Martin, langsam habe ich die Nase voll. Das ist schon die dritte Nacht, die wir uns mit Kellerasseln und Spinnen herumschlagen. Irgendwann muss doch mal Schluss sein." Unwirsch wischte sich Daniel Spinnenweben aus dem Gesicht, in die er versehentlich hineingelaufen war. Nicht das erste Mal.

„Sei nicht so laut. Du weckst das ganze Schloss auf. Bald haben wir es ja auch geschafft. Morgen Nacht noch die Räume auf der Südseite. Irgendwo müssen wir den Kirchenschatz finden. Ich weiß es ganz genau."

Daniel hob den Leuchter vor Martins Gesicht und schüttelte resigniert den Kopf.

Vor drei Tagen waren sie in den späten Abendstunden das erste Mal in die Kellerräume des Schlosses geschlichen, peinlichst darauf bedacht, von niemandem gesehen zu werden. Martin hatte sich einen Plan der Räume des Schlosses beschafft, nach dem sie systematisch vorgingen. Verschlossene Türen stellten für die beiden keine großen Hindernisse dar, weil Daniel über Schlüssel in unterschiedlichen Größen verfügte, die er selbst geschmiedet hatte. Außerdem hatte er schon in früherer Zeit ein außerordentliches Geschick für das Öffnen von Schlössern aller Art entwickelt. Doch ihre Ausflüge in die alten Gewölbe des Schlosses waren kein Vergnügen. Nicht alle Räume wurden regelmäßig genutzt. In Bereichen wie den Speisekammern oder dem Weinkeller herrschten Ordnung und Sauberkeit, doch in unzähligen anderen Winkeln und Gelassen war vermutlich jahrelang kein Mensch mehr gewesen. Fingerdicker Staub, Spinnweben und manch anderes Getier fühlten sich hier äußerst wohl. Ebenso wie Ratten und Mäuse, die von den beiden Schatzsuchern regelmäßig aufgescheucht wurden. Doch den Kirchenschatz hatten Martin und Daniel bisher nicht gefunden.

„Mach das Licht aus!" Martin hatte die Kerzen seines Leuchters bereits ausgeblasen und Daniel hastig hinter einen Pfeiler gezogen. Schnell löschte dann auch er sein Licht.

„Was ist los?“, flüsterte Daniel seinem Freund ins Ohr.

„Da kommt jemand.“

Jetzt hörte auch Daniel Schritte. Am Ende des Ganges sah er ein flackerndes Licht, das sich ihnen näherte. Die beiden kauerten sich nieder, um nicht gesehen zu werden. Die Schritte hallten jetzt immer lauter durch den leeren Raum, verstummten dann aber abrupt. Das Licht wurde von den Wänden zurückgeworfen. Jemand suchte etwas. Kurze Zeit später waren wieder die Schritte zu hören. Jetzt zögerlicher. Ein menschlicher Schatten tauchte an der gegenüberliegenden Wand auf. Gleich darauf eine Person mit einem Leuchter in der Hand, die sich immer wieder verstohlen umsah. Martin hielt die Luft an. Erneut beschien der geschwenkte Leuchter alle Wände. Ihr Versteck in der Nische hinter dem Pfeiler lag noch im Dunkeln. Eng aneinandergekauert wagten die beiden kaum zu atmen.

Wieder ein paar Schritte. Das flackernde Licht kam noch näher. Verharrte erneut. Quietschend schoss eine Ratte aus ihrem Versteck hervor. Das Licht begann zu schwanken.

„Diese alten Drecksviecher. Widerlich!“, hörten Martin und Daniel den unheimlichen Sucher fluchen. Dann wieder Schritte. Das Licht entfernte sich in die Richtung, aus der es gekommen war. Nach kurzer Zeit absolute Dunkelheit.

„Das war knapp!“ Daniel ließ pfeifend die angehaltene Luft entweichen.

„Den Ratten sei Dank. Hast du gesehen, wer das war?“

„Nein, ich habe gar nicht hingesehen.“

„Du wirst es nicht glauben: Es war kein Geringerer als unser gemeinsamer Freund Stülpnagel."

„Wirklich? Was macht der denn hier?"

„Ich habe arge Befürchtungen, dass die was bemerkt haben. Vielleicht war meine Frage nach den Urkunden doch keine so gute Idee. Oder jemandem sind unsere nächtlichen Wanderungen aufgefallen. Warum schnüffelt Stülpnagel uns sonst hinterher?"

„Und was machen wir nun?"

„Erst einmal verhalten wir uns für eine Weile ganz ruhig. Wir wissen ja nicht, ob Stülpnagel, die alte Ratte, nicht irgendwo lauert. Und dann sollten wir unbedingt heute noch die südlichen Räume durchsuchen. Es wäre mir einfach zu gefährlich, wenn wir morgen Nacht erneut hier abtauchen würden. Irgendwie habe ich ein ungutes Gefühl."

„Martin, wir müssen doch hier nicht lange suchen. Außerdem fühle ich mich in den Gewölben der Kapelle wahrhaftig nicht wohl."

„Hast du etwa Angst vor Geistern?"

„Wie kommst du denn darauf? Ich doch nicht."

Nach ungefähr einer halben Stunde hatten die beiden ihr Versteck verlassen und waren in die Kellerräume des Südflügels gegangen. Ganz gleich welche Türen sie auch öffneten, nirgendwo waren die Truhen mit dem Kirchenschatz, die Pater Simon ihnen beschrieben hatte, zu finden.

„Zwei Räume noch, Daniel, dann haben wir es geschafft."

Daniel kramte seinen Ring mit den vielen Schlüsseln aus einer leinenen Umhängetasche hervor. Bereits der zweite Schlüssel passte. Knackend sprang das Schloss auf.

„Nein, Martin, das müssen wir uns nicht antun." Daniel schüttelte sich, als er an den Wänden dunkle Kisten entdeckt hatte. Es waren Sarkophage. Einige von ihnen eisenbeschlagen und reich verziert. Er hielt seine Kerze hoch und sah an einer weiteren Wand eine mit Ornamenten verschnörkelte Eisenplatte.

„Wir wollen doch nur schauen, ob zwischen den Särgen die Truhen mit dem Schatz stehen."

Während Martin bereits in jede Nische leuchtete, betrat Daniel den Raum nur zögernd.

„Hast du schon was gefunden?", rief Martin, ohne sich umzudrehen.

Daniel erschrak und stieß mit seinem Leuchter gegen die Eisenplatte an der Wand. Ein schwingender Ton erklang, als würde man einen Gong schlagen.

„Was war das denn?", entfuhr es Martin überrascht. Er drehte sich zu seinem Freund um.

„Ich weiß es auch nicht, aber das ist mehr als ungewöhnlich."

Die beiden besahen sich die Metallplatte etwas genauer. Dann klopfte Daniel mit dem Fingerknöchel gegen das Eisen. Wenn er an den Rand der Platte klopfte, ergab es nur ein kurzes „Klock", als er aber zur Mitte der Eisenplatte kam, war wieder dieser singende Klang zu hören. „Dafür gibt es nur eine Erklärung, Martin: Dahinter muss ein Hohlraum sein."

Gemeinsam untersuchten sie die Eisenplatte genauer. Türangeln waren nicht zu entdecken. Schlösser ebenfalls nicht.

„Martin, sieh mal!", stieß Daniel aufgeregt hervor.

Die Platte war am linken Rand mit drei Rosetten verziert. Die mittlere bewegte sich, nachdem Daniel sie angestoßen hatte. Dahinter kam eine Öffnung zum Vorschein, die wie ein großes Schlüsselloch aussah. Daniel schien jetzt das Abenteurerfieber gepackt zu haben. In Windeseile probierte er seine Schlüssel aus. Der vierte passte, wie ein lautes Knacken verriet. Gemeinsam stemmten sie die schwere Eisentür auf, hinter der ein Gang zum Vorschein kam, den man allerdings nur gebückt begehen konnte.

„Wo führt der hin?“

„Das weiß ich auch nicht, Daniel, aber wir sehen mal, wie weit wir kommen.“

„Du gehst vor!“

Martin schmunzelte über seinen Freund, den er bisher als tatkräftigen und robusten Kerl gekannt hatte, nicht als Hasenfuß.

Ein paar Stufen, die feucht und glitschig waren, führten noch weiter unter die Erde. Martin fiel auf, dass der Boden gepflastert war und dass kaum Spinnenweben ihren Weg behinderten. Es schien, als ob vor kurzer Zeit noch jemand hier entlanggegangen war. Er und Daniel folgten dem Tunnel, und nach einiger Zeit führten Stufen nach oben. Vor einem geschmiedeten Gitter blieb Martin stehen. „Daniel, ich glaube, wir brauchen wieder deine Schlüssel“, flüsterte er, doch als er gegen das Gitter stieß, bemerkte er, dass es sich ohne Widerstand öffnen ließ.

Sie traten in einen Raum, der vollgestellt war mit alten Möbeln und Bildern.

„Wo sind wir hier?“, fragte Daniel.

Martin sah sich um. „Das weiß ich auch nicht.“

Plötzlich stutzte er. Während all das Gerümpel mit einer grauen Staubschicht bedeckt war, gab es hier einen Wandteppich, der zwar schäbig, aber nicht verstaubt schien und offensichtlich etwas verdeckte. Martin hob eine Ecke des Teppichs an und holte tief Luft. „Daniel, komm mal her!“

„Der Kirchenschatz!“, entfuhr es Daniel, als Martin den Wandteppich zur Seite geschoben hatte und zwei stattliche Truhen zum Vorschein kamen. Genau so, wie Pater Simon sie beschrieben hatte.

Kapitel 26

Eutin, im Sommer 1634

Seit einigen Tagen herrschte im Schloss große Aufregung. Seine Durchlaucht, Herzog Johann, hatte zu einem Festball eingeladen. Ein Ereignis, das die ehrwürdigen Mauern seit Jahren nicht mehr erlebt hatten. Nicht zuletzt auch deshalb, weil die fürstbischöflichen Vorgänger des Herzogs nie längere Zeit in Eutin residierten. Jetzt allerdings stand das betörende Ereignis unmittelbar bevor. Es war nicht nur die Hofgesellschaft geladen, sondern auch die edlen Damen und Herren aus nahen und fernen Grafschaften. Es gab kaum einen Winkel im Schloss, in dem nicht fieberhaft gearbeitet wurde, um dieses Fest für alle zu einem brillanten Feuerwerk werden zu lassen.

Nur Martin war dieser Trubel gar nicht recht. Er wusste nicht, wann und auf welche Weise er dem Herzog von seinen Entdeckungen berichten sollte. Zu abenteuerlich klangen die Vorwürfe gegen die Personen, denen der Fürst bisher vertraut hatte. Auch Hofrat Cassius war jetzt viel zu beschäftigt, um sich irgendwelche Fantastereien seines Sekretärs anzuhören. Nur mit Mühe konnte er Melchiors Freudentanz unterbinden, als dieser hörte, dass sie den Kirchenschatz entdeckt hatten. Inzwischen wusste Martin auch, in welchem Keller sie die Truhen gefunden hatten. Die Länge des

Tunnels und die Gebäude, die dafür in Frage kamen, ließen nur einen Schluss zu: Es waren die Gewölbe des Kapitelhofes, in dem Dekan Benedict wohnte. Martins Unruhe wuchs. Er nahm an, dass Stülpnagel und vielleicht auch der Dekan und der Kanzleidirektor gewarnt waren. Vermutlich hatte er sich bei seinen Suchaktionen doch verraten. Je länger er wartete, um die Betrügerei aufzudecken, desto mehr wuchs die Gefahr, dass wichtige Beweise verschwinden würden. Martin war ratlos.

Im Großen Tanzsaal des Eutiner Schlosses wurde endlich einmal wieder getanzt. Der Festball, zu dem der Herzog eingeladen hatte, versprühte eine Fröhlichkeit und Leichtigkeit, die alle Anwesenden uneingeschränkt genossen. Die Damen und Herren hatten sich in ihre vornehmsten Kleider gewandet. Brokat, Seide, Rüschen und Spitzen, so weit das Auge reichte. Man sprach dem Wein zu, lachte miteinander, neckte sich, machte sich gegenseitig Komplimente und tuschelte vereinzelt neidvoll über die allzu kapriziöse Nachbarin. Auch Herzog Johann, der das bunte Treiben von einem thronähnlichen Sessel aus wohlwollend verfolgte, schien sich köstlich zu amüsieren. Von Zeit zu Zeit stellte der Hofmarschall ihm die eine oder andere Person aus der edlen Heerschar vor, die er jeweils mit charmanten Worten bedachte. Seine Fragen zu einem liebreizenden Geschöpf oder einem auffälligen Galan beantwortete Graf Cassius bereitwillig und augenzwinkernd. Er stand neben dem Herzog und war ebenfalls von der ausgelassenen Stimmung angetan.

Als plötzlich die Musik eine kleine Fanfare erklingen ließ und ein Harlekin in den Tanzsaal hüpfte, ging ein

Raunen durch die Menge. Erstaunt machten sie dem Narren Platz, der neben seinem bunten Gewand in den herzoglichen Farben auch eine Kappe mit kleinen Glöckchen trug. Mit ausgelassenen Sprüngen bewegte er sich tänzerisch auf den Fürsten zu, drehte eine Pirouette und verbeugte sich tief. Verwundert, aber gleichwohl belustigt, erkannte Herzog Johann erst jetzt, wer ihn aus dem Narrengewand schelmisch anlächelte. Es war Martin, der Sekretär seines persönlichen Hofrats.

Noch bevor der Herzog etwas sagen konnte, drehte sich der Narr erneut um die eigene Achse, hob seine Hände und begann leise zu summen. Tänzelnd schwebte er vor den edlen Damen und Kavalieren dahin. Er hielt inne, als er die Baronin mit den Sommersprossen und der Stupsnase entdeckte, deren Taschentuch er kürzlich in einen weißen Vogel verwandelt hatte. Er verbeugte sich vor ihr, zog, von anerkennendem Gelächter und Beifall begleitet, eine rote Rose aus den Falten ihres Kleides und überreichte sie ihr galant.

Hoheitsvoll stolzierte der Narr weiter, direkt auf Graf Hoselfeld zu, der diese Possenreißerei mit mitleidiger Miene und heruntergezogenen Mundwinkeln verfolgte. Doch der Harlekin strahlte auch ihn an. Als er unvermutet einen Schritt näher trat, ihm in schneller Folge an den Kragen, den Ärmel, das Revers und den Hosenbund griff und mehrere gerüschte Spitzentüchlein herauszog, die er gleich darauf durch die Luft segeln ließ, kannte die Begeisterung der Ballgäste keine Grenzen mehr. Lediglich der Graf schien von dieser Schelmerei wenig erbaut zu sein.

Martin tanzte weiter durch die Reihen der festlich gekleideten Herrschaften, zauberte hier und dort eine Münze, eine Feder oder eine Blume hervor, umschwärmte auch den Dekan und den Kanzleidirektor und wandte sich schließlich wieder dem Herzog zu.

„Es ist des Narren Freud und Pflicht, bei Laune stets den Fürsten zu halten, doch wäre er ein schlechter Narr, wenn nicht auch Wahrheit aus den Schellen klingt." Martin verbeugte sich tief vor dem Herzog, der seine Worte mit Aufmerksamkeit und einem spöttischem Lächeln verfolgte. „So sei es nicht vergessen, dass Ihr ein armer Fürst nur seid, beraubt des Schatzes von räuberischen Kreaturen, die Niedertracht und Mordlust auf ihre Fahnen geschrieben haben, um Euch, mein Fürst, zu schaden."

Der bisher fröhlichen Stimmung folgte eine atemlose Stille im Tanzsaal. Auch das Lächeln in den Gesichtszügen des Herzogs war verschwunden.

Doch Martin ließ sich nicht aufhalten. „Auch wenn die Wirklichkeit betrübt und des bitteren Spiegel Bild verletzt, so weiß der Narr beizeiten, des Fürsten Herz zu wärmen. Und sei es nur durch Possenspiel, durch Schellentanz und Eures Kirchenschatzes Glanz."

Beim letzten Wort des Narren ertönte noch einmal die Fanfare. Gleichzeitig wurden die Flügeltüren des Tanzsaales geöffnet. Durch sie trat Sergeant Swattkopp, gefolgt von weiteren Soldaten der Schlosswache, in den Saal. Sie trugen zwei schwere Truhen herein und setzten sie vor dem Herzog ab.

Ein aufgeregtes Stimmengewirr schwoll an, das erst wieder verstummte, als der Herzog sich erhob. „Was hat das zu bedeuten? Wollt Ihr Uns zum Narren halten?"

„Oh nein, Durchlaucht, verzeiht. Der Narr bin ich, der Eure Gunst erschöpft. Dank gebührt nur jenen Herren, die Euren Schatz behütet haben. Selbstlos und ehrenhaft. Gottesfürchtig und tugendsam.“

Der Herzog runzelte die Stirn, als der Narr um die Wachsoldaten und die beiden Schatztruhen herumtänzelte und vor dem Dekan stehen blieb, der Martin leichenblass anstarrte.

„Dekan Benedict ist einer jener edlen Herren, der fern jeden Eigennutzes sein ergreifendes Auge auf Euren Schatz gelegt und ihn bewahrt hat.“ Martin verbeugte sich in überschwänglicher Pose, woraufhin dem Dekan zum Erstaunen aller lauter funkelnde Golddukaten aus dem Gewand rieselten und auf den Boden fielen.

Mehr und mehr erkannten die Hofdamen und Kavaliere die sarkastischen Hintergründe der Erklärungen des Narren. Als er anschließend zum Kanzleidirektor tänzelte und diesem gleichermaßen goldene Ketten aus dem Gehrock zauberte, klang Bestürzung aus den Worten der Umstehenden. Zumal sie nun auch noch sahen, dass neben den Dekan und den Kanzleidirektor jeweils zwei Soldaten der Schlosswache getreten waren.

„Verzeiht, Durchlaucht, das Possenspiel. Der Narr hat seine Schuldigkeit getan und erbittet des Fürsten Gnade.“ Martin war wieder vor den Herzog getreten, hatte seine Schellenkappe abgenommen und sich tief verbeugt.

„Lasst die Musik aufspielen“, befahl der Herzog und wandte sich um. „Euch, Cassius, den Hofmarschall, den Kommandeur der Schlosswache und den Narren wollen Wir unverzüglich in Unseren Gemächern sehen.“

Für die Schäfchenwolken am sommerlichen Himmel und den Gesang der Vögel hatte am Morgen nach dem

Ball im Eutiner Schloss kaum jemand ein Auge noch ein Ohr. Der Auftritt des Narren war in aller Munde. Aufgrund der spektakulären Arretierung von Dekan und Kanzleidirektor schossen die Gerüchte wie Pilze aus dem Boden. Niemand wusste, was wirklich geschehen war. Von einer Verschwörung sprach man hinter vorgehaltener Hand. Manche glaubten zu wissen, dass der Leibhaftige in den Körper des Dekans gefahren sein sollte. Von spukhaften Geistern im Schlossgewölbe war die Rede. Ob denn in den Truhen, die der Narr dem Herzog präsentiert hatte, wirklich der geraubte Kirchenschatz gewesen war, konnte man nur vermuten. Oder hatte das auch nur ein Teil des Possenspiels sein sollen?

Durch den Audienzsaal des Fürstbischofs schwebten an diesem Morgen weder Gerüchte noch Geister – hier saßen Menschen zusammen, denen die Wahrheit weitaus mehr auf den Schultern lastete, als ihnen lieb war. Martin hatte dem Herzog noch am Abend die Hintergründe des Komplotts und seine Entdeckungen geschildert. Bei allem Verständnis für seine missliche Lage hatte er sich doch einen deftigen Rüffel des Herzogs gefallen lassen müssen, weil er keinen diskreteren Weg gewählt hatte als den närrischen Auftritt während des Festballs.

Martin nahm diesen Tadel jedoch nicht allzu schwer, weil er gesehen hatte, wie tief diese Intrigen und Machenschaften den Herzog getroffen hatten. Trost fand er letztlich auch durch die Bemerkung von Graf Cassius, der das Schauspiel des Narren gelobt hatte, auch wenn der Zweck ein eher betrüblicher war. Noch am Abend hatte der Herzog die Bewachung des Dekans und des Kanzleidirektors wie auch der beiden weiteren Kapitelherren und des Sekretärs Stülpnagel befohlen.

Sie alle standen jetzt im Audienzsaal des Herzogs, flankiert von zwei Soldaten der Schlossgarde, nicht wissend, was ihnen bevorstand. Teils neugierig, teils verunsichert richteten sie ihre Blicke auf die Tür, die ein Diener öffnete, als der Herzog mit undurchdringlicher Miene eintrat. Ihm folgten der Hofmarschall, Graf von Kamphausen, sein persönlicher Hofrat, Graf von Cassius mit seinem Sekretär Martin Seedorf sowie der Major der Schlossgarde, Graf von Freienfels, und der Hofkämmerer Graf von Zinzendorf. Nachdem der Herzog sich auf seinen samtbezogenen Sessel gesetzt hatte, nahm sein Gefolge an einem Tisch zu seiner Rechten Platz.

„Ich protestiere in aller Form gegen diesen frevelhaften Akt …"

„Schweigt!" Herzog Johann fuhr dem aufbegehrenden Dekan über den Mund. Allein schon aus dem Grund, dass es gegen jegliche Etikette war, vor dem Herzog das Wort zu ergreifen. „Ihr seid der Letzte, der hier aufbegehren darf, Dekan Benedict. Ihr könnt von Glück sprechen, dass Ihr diese Nacht noch in Euren Gemächern verbringen durftet und nicht gleich in Ketten im Verlies gelandet seid. Beantwortet als Erstes nur eine Frage: Wie kam der Kirchenschatz in die Gewölbe Eures Hauses?"

„Das ist eine einzige Intrige, Durchlaucht. Hört nicht auf das, was vermeintlich treue Gefährten Euch einflüstern wollen. Ich habe von alledem nichts gewusst."

„Ihr wollt allen Ernstes behaupten, dass der geraubte Kirchenschatz ohne Euer Wissen monatelang in Eurem Keller gelegen hat?"

„So ist es, Durchlaucht. Gott ist mein Zeuge."

„Hütet Eure Zunge, Dekan, und lasst den Herrn aus dem Spiel. Seine Gnade werdet Ihr noch zu ganz anderer Zeit dringend benötigen." Herzog Johann blickte nach rechts, als er sah, dass der Major der Schlossgarde etwas anmerken wollte, und nickte ihm zu.

„Erklärt seiner Durchlaucht doch bitte einmal, weshalb Euer Hausdiener gestern, als wir die Truhen aus Eurem Keller geholt haben, in Angst und Schrecken verfallen ist. Er hat es mir verraten, als ich ihn fragte. Weil Ihr Eurem Hauspersonal unter Androhung von Strafe untersagt habt, über diese Truhen zu sprechen."

„Das ist doch alles gar nicht wahr." Dekan Benedict wollte in seiner Erregung einen Schritt vortreten, wurde aber von einem der Wachsoldaten mit dessen Hellebarde energisch zurückgedrängt.

Herzog Johann hob die Hand. „Wie erklärt Ihr den Verkauf Unserer Latifundien?"

„Davon ist mir nichts bekannt. Es gehört nicht zu meinen Aufgaben, mich mit solch banalen Alltagsdingen zu beschäftigen", stellte der Dekan abweisend fest.

Der Herzog blickte zum Kanzleidirektor.

Auch dieser wehrte sich. „Das sind doch alles Verleumdungen und Unterstellungen, die jedes Beweises entbehren."

„Ihr wollt Beweise? Nun denn!"

Martin fing den auffordernden Blick des Herzogs auf und erklärte: „Aus den Unterlagen von Pater Anselm geht zweifelsfrei hervor, dass über einen Zeitraum von einem Jahr allein sechs verschiedene herzogliche Areale im Holsteinischen verkauft wurden. Die erzielten Erträge sind gleichermaßen niedergeschrieben wie auch die

Namen der Personen, die dieses Geld erhalten haben. Die detaillierten Notizen weisen unmissverständlich aus, dass Dekan Benedict und Kanzleidirektor Wartenburg jeweils den Hauptteil des unrechtmäßig erworbenen Geldes bezogen haben. Entsprechende Vermerke im Hauptbuch sind nicht vorhanden. Auch wenn die herzoglichen Besitzurkunden nicht geändert wurden, so verfügen die jeweiligen Grafen über einschlägige Dokumente. Ihre Aussagen zu diesen Vorgängen sind zudem zweifelsfrei."

„Es ist geradezu würdelos und infam, wie wir als langjährige Diener der Kirche und des Hauses Gottorf von niederem Gewürm diffamiert werden. Wir erwarten von seiner Durchlaucht ..."

„Wir haben weder Zeit noch Muße, Eure Lügen zu ertragen", unterbrach der Herzog erneut den aufbrausenden Dekan. „Was Euch erwarten wird, steht heute schon fest: Ihr, Dekan Benedict, und Ihr, Kanzleidirektor Wartenburg, sowie auch Eure drei Handlanger werdet des Amtes enthoben. Ihr habt Euch beim Verkauf von herzoglichem Areal in mehreren Fällen unrechtmäßig bereichert. Ihr habt den Raub des Kirchenschatzes inszeniert und dabei Menschenleben geopfert. Schließlich habt Ihr in heimtückischer Weise Meuchelmörder beauftragt ..."

„Das sind haltlose Unterstellungen, die niemand je beweisen kann!" Jetzt hielt es auch Graf Wartenburg nicht mehr zurück. „Wenn der Dekan den Kirchenschatz unterschlagen hat, so ist er allein dafür verantwortlich. Ich habe damit nichts zu tun. Genauso wenig wie mit irgendwelchen Verkäufen von Gelände ..." Er wurde unterbrochen, als die Tür geöffnet wurde und eine schlanke Person in einem schlichten schwarzen Gewand betrat den Audienzsaal. Pater Simon.

„Ein Geist! Der Leibhaftige kommt über uns! Er kann nicht leben! Er muss tot sein! Das Fegefeuer ist uns gewiss!“ Der Sekretär des Kanzleidirektors schrie wie von tausend Bienen gestochen auf, fuchtelte wild um sich und verdrehte die Augen.

„Wir befahlen seine Mörder. Sein Geist ruft uns. Wir fahren zur Hölle.“ Stülpnagel war zusammengebrochen und krümmte sich jammernd auf dem Boden. Dekan und Kanzleidirektor starrten Pater Simon entsetzt an, wohl wissend, dass ihr Schicksal besiegelt war. Auch die beiden anderen Kapitelherren fielen auf die Knie und reckten flehentlich ihre Hände nach oben.

Mit Entsetzen und Abscheu hatten der Herzog und sein Gefolge die wirren Ausfälle des Sekretärs verfolgt. Martin stand auf und ging auf Pater Simon zu. Beide traten jetzt vor den Herzog.

Als Martin den Pater vorstellte, erhob sich der Herzog und ergriff seine beiden Hände. „Pater Simon, Wir stehen tief in Eurer Schuld. Möge Gott geben, dass Ihr Uns eines Tages verzeihen könnt.“

„Durchlaucht, Euch trifft keine Schuld. Wie könnten wir Geschöpfe mit Geist und Herz erkennen und schätzen, wenn es nicht auch armselige Kreaturen geben würde, die uns die menschlichen Abgründe aufzeigen?“

„Hier stehen sie, die Jammergestalten, die Euer Leben zur Hölle gemacht haben. Auch wenn wir sie auf Erden richten werden, die Strafe Gottes wird weitaus fürchterlicher sein.“

Der Dekan schien sich von seinem ersten Schrecken erholt zu haben. „Dort steht der wahre Verbrecher, der sich seiner Strafe durch hinterlistige Flucht entzogen hat.“

„Bruder Benedict, wie weit habt Ihr Euch von unserem Auftrag, im Sinne Gottes zu wirken, entfernt.“ Pater Simon war ein paar Schritte auf die angeklagten Personen zugetreten. „Habgier hat Euch verblendet, hat Euch zu Räubern und Mördern werden lassen. Wo ist der arme Kutscher geblieben, dessen Tod Ihr verleugnet habt? Wer hat die Wachen bestochen und den Befehl erteilt, dass sie den Kirchenschatz nicht verteidigen sollten? Wer hat versucht, mich für immer in den Kerker zu werfen und mich mundtot zu machen? Und wer hat Meuchelmörder auf mich angesetzt, nachdem Ihr von meinem Domizil im Wald erfahren habt?“

„Die Verdammnis! Die ewige Verdammnis ist uns sicher! Satan, weiche von mir! Die Rache des Herrn wird gar schrecklich sein.“ Erneut verfiel der Sekretär Stülpnagel in ein heulendes Gejammer, als er Pater Simons anklagende Worte hörte.

„Freienfels, macht diesem Theater ein Ende“, wandte sich der Herzog an den Major der Schlossgarde. „Lasst diese jämmerlichen Gestalten in Ketten legen. Wir werden sie in den nächsten Tagen aus dem Schloss entfernen. Soll sich die Hofjustiz in Gottorf um sie kümmern. Ihr, Pater Simon, seid Unser Gast. Wir haben sehr viel zu besprechen.“

Es waren Wochen vergangen, und nur langsam legte sich die Aufregung im Schloss. Dass die hohen Herren, die über Jahre die Geschicke des Fürstentums bestimmt hatten, sich als berechnende und skrupellose Schurken entpuppt hatten, wollte kaum ein Mitglied der Hofgesellschaft wahrhaben. Schließlich war man mit ihnen vertraut gewesen, hatte gemeinsam mit ihnen gespeist, das Hofleben gestaltet und verwaltet und schließlich mit ihnen unter einem Dach gelebt. Die Hofdamen wie auch die Hofkavaliere fühlten sich hintergangen und äußerten sich einerseits erschrocken, andererseits brüskiert angesichts einer derart bodenlosen Impertinenz. Unbehaglich fühlte man sich in den erlauchten Kreisen aber auch, da ein Sekretär einfachen Standes den Übeltätern auf die Spur gekommen war und die verbrecherischen Machenschaften aufgedeckt hatte. Ihre Skepsis wurde auch nicht dadurch gelindert, dass der Hofjunker Melchior ihm dabei geholfen haben sollte. Überaus verunsichert war man zudem, da man wusste, in welcher Gunst zum Herzog der Sekretär des Hofrats Cassius, Martin Seedorf, stand. Immerhin hatte dieser den Herzog bei seinem Einzug in das Eutiner Schloss geradezu abenteuerlich aus einer misslichen Lage befreit. Und jetzt auch noch diese wohllöblichen Enthüllungen dieser gottlosen und abscheulichen Missetaten. Ganz zu schweigen von der närrischen Überführung der Unholde während des Festballs. Warum hatte man nicht selbst die Chance beim Schopfe gepackt, die Halunken überführt und somit die uneingeschränkte Gunst des Herzogs erwerben können? Das ach so sorgenfreie Leben bei Hofe hatte einen erheblichen Dämpfer erhalten. Allein der Umstand, dass seine Durchlaucht es vorzog, ständig in Eutin zu residieren, hatte bereits genügend unliebsame Veränderungen mit sich gebracht. Der Herzog und seine engsten Getreuen sprudelten förmlich über vor Elan und Tatendrang. Das höfische Zeremoniell wurde geradezu auf den Kopf gestellt. Es wurden Aufträge erteilt, und zwar nicht nur an das höfische Gesinde, auch von den edlen Damen und Herren verlangte der Herzog Engagement, Einsatz und Leidenschaft zum Wohle des Fürstentums. Ganz gleich welchen Geblüts oder Standes man im Hofstaat auch war, keiner konnte mehr sicher sein, von solch niederen Ansinnen getroffen zu werden. Und nun auch noch dieser verbrecherische Eklat, der das Gefüge bei Hofe durcheinanderzuwirbeln schien. Nein, das fürstbischöfliche Haus in Eutin war nicht mehr das, was es einmal gewesen war.

Die Unruhe bei Hofe blieb Martin nicht verborgen. Das Verhalten der Damen und Herren im Schloss ihm gegenüber hatte sich im Grunde nicht geändert. Die immer schon Freundlichen beglückwünschten ihn zu seiner lobenswerten Aufklärung, während die Hochnäsigen ihn einmal mehr misstrauisch belauerten. An diese Situation hatte er sich im Laufe der Zeit längst gewöhnt und sich zudem ein dickes Fell zugelegt. Er wusste um das Wohlwollen und das Vertrauen, mit dem ihm der Herzog begegnete. Er war stolz auf seine Arbeit, die er anscheinend gut machte und die ihm die Anerkennung des Hofrats Cassius einbrachte. Sein Fingerspitzengefühl, seine Menschenkenntnis und sein furchtloses, aber respektvolles Auftreten hatten ihm eine geradezu unantastbare Stellung bei Hofe verschafft, die nicht überall Anklang fand.

Irritiert blieb Martin stehen, als er an diesem Morgen aufgeregt gestikulierende Menschen vor dem neuen Gittertor am Ende des Schlossplatzes antraf. Daniel hatte sich fürwahr übertroffen. Die schmückenden Verzierungen aus Eisen waren zwar noch nicht ganz fertiggestellt, doch schon jetzt entwickelten die Ranken und Ornamente ihre ganze Pracht.

„Che bel disegno! Kannst du modellare stesso costruzione in Garten?"

Der Oberschmiedemeister sah den kleinen Mann mit den schwarzen Haaren und den dunkel blitzenden Augen, der vor ihm herumhampelte wie ein Huhn auf der heißen Herdplatte, kopfschüttelnd an. Er verstand nichts von dem Gesagten und erst recht nicht, was der Mann von ihm wollte.

„Daniel, weißt du, was der aufgeregte Herr von mir will?"

Daniel, der an dem linken Flügel der schweren Eisenpforte gearbeitet hatte, richtete sich auf und trat näher. Auch die drei anderen Schmiedegesellen hörten auf zu arbeiten und verfolgten belustigt den aufgeregten Mann, der noch immer vor dem Oberschmiedemeister herumhüpfte. „Wie kann ich helfen?"

„La costruzione ..."

„Mein Vater meint, ob Ihr diese oder eine ähnliche Konstruktion auch im Schlossgarten errichten könntet." Neben den aufgeregten Mann war eine junge Frau getreten, deren Lächeln Daniel den Atem nahm. Aus ihren tiefschwarzen Augen sah sie ihn liebenswürdig an. „Es tut mir leid, aber mein Vater ist des Deutschen nicht so mächtig, deswegen habe ich mich eingemischt." Die junge Frau schlug entschuldigend die Augen nieder.

„Ja, ich verstehe. Zu Eurer Frage: Ähnliche Konstruktionen können natürlich überall errichtet werden, aber das bestimmt ganz allein der Herzog." Daniel warf einen kurzen Blick zum Oberschmiedemeister, der daraufhin stumm nickte.

„Capisco! Molto bene! Mille grazie, Angelina." Der kleine Mann schien begeistert zu sein.

Martin, der das Gespräch verfolgt hatte, trat jetzt näher. „Buon giorno, Maestro Columbo! Wir haben Euch erst in drei Tagen erwartet. Ich bin Martin Seedorf, der Secretarius von Hofrat Cassius."

Erfreut ergriff der kleine Mann Martins Hand und schüttelte sie kräftig, nachdem seine Tochter Martins Begrüßungsworte übersetzt hatte. „É Angelina, mia figlia", stellte der kleine Mann jetzt auch seine Tochter vor, die Martin mit einem vollendeten Hofknicks begrüßte.

„Könntet Ihr uns vielleicht einmal aufklären, Herr Secretarius, mit wem wir hier die Ehre haben?", wandte sich der Oberschmiedemeister Martin zu, nachdem er, immer noch kopfschüttelnd, den Wortwechsel verfolgt hatte.

„Verzeiht, Meister Eckhart, aber das sind Meister Columbo, der neue Gartenbaumeister des Herzogs, und seine Tochter Angelina. Sie kommen aus Italien. Sie waren erst für die nächste Woche avisiert. Wie es aussieht, hat Euer grandioses Werk Meister Colombo bereits jetzt in seinen Bann gezogen."

Der Oberschmiedemeister nickte dem Italiener wohlwollend zu.

Als dessen Tochter ihm Martins Worte übersetzt hatte, trat er strahlend auf Meister Eckhart zu und klopfte ihm anerkennend auf die Schulter.

Daniel bekam von all dem nichts mit. Er hatte nur noch Augen für Angelina. Wehmütig blickte er ihr hinterher, als Martin den neuen Gartenbaumeister und seine Tochter durch das Schlosstor führte.

„Der Herr Hofrat möchte Euch sehen, Herr Secretarius."

Martin, der die Neuankömmlinge in die Räume des Hofmarschalls geleitet hatte, hatte gerade wieder hinter seinem Schreibtisch Platz genommen.

Der Page verbeugte sich knapp und verließ die Schreibstube.

Martin stand auf und ging hinüber in das Büro des Grafen Cassius. „Es tut mir leid, wenn ich Euch heute Morgen vernachlässigt habe, Herr Graf, aber der neue Gartenbaumeister ist bereits eingetroffen."

„Das wird seine Durchlaucht sehr erfreuen. Wo ist er jetzt?"

„Ich habe ihn und seine Tochter zum Hofmarschall gebracht."

„Sehr gut, dann läuft ja alles seinen ordentlichen Weg. Setzt Euch, Martin! Es gibt einiges zu besprechen."

Martin nahm vor dem Schreibtisch des Hofrats Platz und schlug seine Notizmappe auf.

„Die braucht Ihr heute nicht. Wie Ihr wisst, haben wir ein paar bewegende Wochen hinter uns. Woran auch Ihr nicht ganz unschuldig seid." Graf Cassius lächelte Martin an.

„Ich bitte aufrichtig um Vergebung, Herr Graf."

„Großzügig gewährt, mein lieber Martin."

In den Monaten, die Martin jetzt als Sekretär für den Hofrat arbeitete, hatte sich zwischen den beiden eine Verbundenheit entwickelt, die sie sichtlich genossen. Sie war geprägt von gegenseitigem Respekt, Zuverlässigkeit und Vertrauen in die Arbeit für den Herzog. Man war sich einig darüber, was getan werden musste, um das komplizierte Räderwerk des Hofes nicht rasten zu lassen. Jeder auf seinem Platz. Jeder in seiner Funktion.

Martin legte seine Mappe zur Seite und sah den Grafen erwartungsvoll an.

„Seine Durchlaucht hat nach dieser turbulenten Zeit ein paar gravierende personelle Entscheidungen getroffen. Mit großer Freude kann ich Euch mitteilen, dass die Kapitelherren nach Empfehlung des Herzogs Pater Simon zum neuen Dekan gewählt haben."

„Wirklich? Pater Simon ist unser neuer Dekan? Mein Gott, wie ich ihm das gönne, nach all dem Leid, das er ertragen musste. Pater Simon, unser neuer Dekan. Hat er es denn auch gewollt?"

„Ihr kennt ihn nur zu gut, Martin. Anfangs wollte er sich wieder hinter seinen Büchern verstecken. Doch dann hat er seine Aufgabe erkannt. Es ist dringend nötig, den Klerikern des Herzogs eine klare Richtung zu zeigen, sie an die Hand zu nehmen und zu neuen Ufern zu führen. Ich bin fest davon überzeugt, dass er der Dekan ist, den wir jetzt brauchen."

„Das ist wohl wahr. Es gibt kaum jemanden, der so viel Weisheit und Güte in sich vereint."

„Doch das ist noch nicht alles. Euer Freund Melchior wurde gestern zum Kammerdiener des Herzogs ernannt."

„Ich bin mehr als begeistert. Kammerdiener Melchior. Der platzt sicherlich vor Stolz."

„Da könnt Ihr ganz sicher sein. Auch das Amt des Kanzleidirektors ist neu besetzt worden."

„Kenne ich den hohen Herrn?"

„Ich denke schon. Er sitzt vor Euch."

„Ihr, Graf Cassius, seid der neue Kanzleidirektor? Welch eine Ehre! Ich gratuliere Euch von ganzem Herzen."

„Vielen Dank, Martin. Für Euch habe ich allerdings eine betrübliche Nachricht."

Martin runzelte die Stirn. Nach all den erfreulichen Mitteilungen wollte er sich nur ungern seine gute Stimmung verderben lassen.

„Ihr werdet nicht der Sekretär des neuen Kanzleidirektors." Graf Cassius sah Martin mit gespielt betretener Miene an.

„Habe ich Euch enttäuscht? War ich zu schlecht? Oder warum tauge ich nicht für dieses Amt?"

„Martin, Martin." Graf Cassius konnte sich das Lachen nicht verkneifen. „Ihr seid sonst ein so aufgewecktes Kerlchen, aber manchmal ist es geradezu entwaffnend, wie leicht man Euch vorführen kann."

Nun war Martin vollkommen verwirrt.

„Ich werde mir wohl oder übel einen neuen Sekretär suchen müssen. Nicht weil Ihr so schlecht wart, sondern weil Ihr einfach zu gut wart."

Martin sah den Grafen irritiert und unwissend an.

„Ihr seid ab sofort der persönliche Hofsekretär des Herzogs. Herzlichen Glückwunsch!"

Mit offenem Mund starrte Martin den Grafen an. „Das heißt ... Das heißt ...", stotterte er.

„Das heißt, dass Ihr ab sofort ausschließlich seiner Durchlaucht als Sekretär dienen werdet. Wie Ihr sicherlich vermutet, beschränkt sich Eure neue Tätigkeit nicht nur auf das Schreiben von Protokollen oder Korrespondenzen. Betrachtet Euch als die linke Hand des Herzogs. Seine Durchlaucht vertraut Euch voll und ganz. Er hat Euch ins Herz geschlossen. Enttäuscht ihn nicht!“

„Womit habe ich das verdient?“

„Mit Aufrichtigkeit und Wagemut. Ihr tragt ritterliche Eigenschaften in Euch, Martin. Ihr kämpft mit offenem Visier. Was nicht jeder von sich behaupten kann.“

„Seid Ihr sicher, dass ich dieses Amt überhaupt erfüllen kann? Außerdem bin ich nicht von edlem Geblüt.“

„Ich habe es Euch schon beschrieben: Den wahren Edelmann misst man an seinen Taten und nicht an seiner Abstammung. Wie ich es sehe, beurteilt das auch der Herzog so. Haltet den Kopf hoch, Martin Seedorf. Lasst Euch nicht verbiegen und geht Euren Weg. Er ist eines wahren Edelmannes würdig.“

„Ich muss mit dir reden, Martin. Nun warte doch einmal.“

Verwundert sah sich Martin um, als er am nächsten Morgen über den Schlossplatz ging. Aufgeregt kam Daniel ihm hinterhergelaufen.

„Was ist denn los? Hast du dir auf den Finger gehauen?“

„Hast du sie heute schon gesehen? Ich meine, hast du sie dir gestern genau angesehen?“

„Was ist denn los, Daniel?“ Mit Erstaunen betrachtete Martin seinen aufgeregten Freund. „Hast du heute Morgen schon zu tief in die Flasche geguckt? Und wen soll ich gesehen haben?“

„Na, Angelina, die Tochter des Italieners natürlich. Manchmal bist du ein bisschen blöd im Kopf.“

„Ach, Angelina meinst du. Wieso bin ich nicht gleich darauf gekommen? Mein sonst so sachlicher Freund

Daniel ist verliebt. Das erklärt auch die Hummeln in deinem Hintern."

„Du bist ein Idiot. Was soll denn der Quatsch? Verliebt, so ein Blödsinn. Aber du musst zugeben, dass sie schön ist. Diese schwarzen Augen, in denen man förmlich versinken kann, und die Grazie, mit der sie sich bewegt."

Martin lachte und legte seinem Freund den Arm auf die Schulter. „Daniel, du bist einmalig. Ja, du hast recht. Sie ist fürwahr eine Augenweide, und wie es aussieht, hat ihr Zauber sogar das eiserne Herz eines Schmiedes zum Schmelzen gebracht."

„Martin, erzähl nicht so einen Pferdemist." Unwirsch schüttelte Daniel den Arm des Freundes von seiner Schulter. „Was meinst du – ob ich noch einmal die Gelegenheit bekomme, mit ihr zu sprechen?"

„Das glaube ich schon, denn Meister Columbo wird eine ganze Weile bei Hofe bleiben. Der Herzog hat ganz klare Vorstellungen davon, wie sein neuer Schlossgarten zukünftig aussehen soll. Er wünscht sich Wasserkünste, Pavillons, Laubengänge und Alleen. All das braucht seine Zeit. Und da der Meister des Deutschen nicht allzu mächtig ist, wird er wohl auch immer eine Übersetzerin brauchen, und die wird vermutlich Angelina heißen."

„Wieso kann sie eigentlich unsere Sprache so gut?"

„Soviel ich weiß, kommt ihre Mutter aus deutschen Landen. Solltest du allerdings ernsthafte Absichten verfolgen, dann musst du dir schon etwas Besonderes einfallen lassen, denn einen ungewaschenen Eisenbieger aus der Schmiede wird die Schöne vermutlich kaum beachten. Außerdem werden noch ganz andere der liebreizenden Italienerin schöne Augen machen. Die Konkurrenz schläft nicht, mein lieber Daniel."

„Soll ich ihr etwa Gedichte schreiben oder am Abend vor ihrem Fenster singen?“

„Was hast du denn für Vorschläge?“

„Ich weiß es doch auch nicht. Kannst du deinem alten Freund nicht ein paar Ratschläge geben? Du bewegst dich doch ständig zwischen den ehrenwerten Hofdamen und machst ihnen ununterbrochen Komplimente.“

Martin hatte fast ein wenig Mitleid mit seinem verliebten Freund und dessen verzweifelter Hilflosigkeit. Auch am Abend zuvor hatte Daniel abwesend gewirkt, als sie gemeinsam mit Sergeant Swattkopp und Melchior in der Burgstube ein paar Krüge von Wilhelmines köstlichem Würzbier getrunken und ausgiebig seinen Aufstieg gefeiert hatten. Vermutlich hatten ihm nicht nur das Bier, sondern auch die Gedanken an Angelina den Kopf vernebelt.

„Ich hätte da schon eine Idee, wie du ihr Herz erobern könntest.“

„Und die wäre? Mach es doch nicht so spannend.“

„Du hast ja gesehen, wie begeistert Meister Columbo von deinem Gitter war. Auch Angelina schien von den Verzierungen und Ornamenten verzückt gewesen zu sein. Und weil ihr Vater bei der Gestaltung des Schlossgartens anscheinend ähnliche Elemente verwenden will, wirst du ganz sicher immer wieder mit ihnen in Kontakt treten müssen, um Einzelheiten zu besprechen. Da dein begrenztes Eisenhirn ohnehin keine liebevollen Zeilen hervorbringen kann, solltest du deiner Angebeteten bei Gelegenheit vielleicht einmal eine Rose schmieden.“

„Du bist zwar ein arroganter Schnösel, Martin, aber deine Ideen sind immer wieder brillant. Und du meinst, das könnte klappen?“

„Eine Garantie gibt es bei weiblichen Geschöpfen nie, mein Lieber, aber es wäre zumindest originell und einen Versuch wert, finde ich. Aber jetzt muss ich los, der neue Dekan wartet auf mich."

„Grüße ihn schön von mir."

Martin wandte sich um und winkte seinem Freund im Fortgehen zu. Er lächelte, obwohl sein Kopf brummte – mehr als ihm lieb war. Er war gestern nach dem Umtrunk mit seinen Freunden erst spät nach Hause gekommen. Seine Mutter hatte ihn sofort ins Bett geschickt, da sie seinen wirren Erzählungen ohnehin nicht hatte folgen können. Beim Frühstück der Familie allerdings waren die Begeisterung und die Freude über die personellen Veränderungen im Schloss riesengroß gewesen.

„Guten Morgen, Pater Gabriel. Der Herr Dekan möchte mich sprechen." Martin betrat die Räume des Kapitels, in denen die Geistlichen des Schlosses ihren Dienst versahen.

„Ja, ja, ich weiß, Herr Secretarius. Der Dekan erwartet Euch bereits."

„Willkommen, Martin. Ich freue mich, dich zu sehen. Tritt näher!" Pater Simon, der neue Dekan, stand an einem Fenster, von dem man auf den See blicken konnte. Er ging Martin einen Schritt entgegen und ergriff seine Hände. „Nun, die Welt hat sich verändert. Eine der zahllosen Wellen, die ans Ufer schlagen, hat die Sandkörner durcheinandergewirbelt. Einige von uns hat sie mit sich gerissen, uns hingegen hat sie an einen anderen Ort gespült. – Wie geht es dir?"

„Erlaubt mir, verehrter Herr Dekan, Euch zunächst zu Eurem neuen Amt aufrichtig zu gratulieren und ..."

„Martin, halte ein. Vielen Dank für deine Glückwünsche, aber um eines bitte ich dich inständig: Lass mich immer dein Pater Simon sein. Mögen alle anderen mich mit frommen Titeln anreden und überhäufen, aber für dich werde ich stets der Simon sein und bleiben. So, wie du ihn kennengelernt hast."

„Ihr glaubt gar nicht, wie sehr ich mich freue, Euch wieder aufrecht und gesund vor mir zu sehen. Auch wenn es nicht ganz christlich erscheinen mag, aber eine gewisse Genugtuung überfällt mich schon, wenn ich daran denke, dass die Unmenschen gefasst wurden, die Euch und anderen so viel Leid angetan haben."

„Deine Neugier und Beharrlichkeit waren in dieser Hinsicht sehr hilfreich, Martin. Ich weiß, dass Worte nicht ausdrücken können, wie tief ich in deiner Schuld stehe. Ob deine Familie, ob Melchior oder Daniel – sie alle haben selbstlos und ohne zu zögern geholfen. Ich danke täglich unserem Schöpfer dafür, dir und diesen achtbaren Geschöpfen begegnet zu sein. Aber genug jetzt der Sentimentalitäten. Was sagst du zu deiner neuen Berufung?"

„Ich weiß noch nicht, Pater Simon, ob ich weinen oder lachen soll. Was wird mich erwarten? Werde ich den Ansprüchen des Herzogs genügen? Wie wird die Hofgesellschaft meine neue Funktion aufnehmen? Oder bin ich einfach nur des Fürsten neuer Hofnarr?"

„Hatten wir das Thema ‚Narr' nicht schon vor längerer Zeit?"

„Durchaus, Pater Simon, doch heute hat der Narr für mich eine ganz andere Bedeutung."

„Ich habe von deinem bemerkenswerten Auftritt während des Festballs gehört. Damit hast du sicherlich dazu beigetragen, dass der eine oder andere Missgünstige dich auch in Zukunft einen Hofnarren schimpfen wird. Allein schon wegen der ständigen Nähe zum Herzog. Was in bestimmten Kreisen neidvoll beäugt werden wird. Doch all das sollte dich nicht stören. Vergiss nie: Nur der ist weise, der auch ein Narr sein kann.“

„Eure Worte haben mir gefehlt, Pater Simon. Es ist gut, Euch in meiner Nähe zu wissen. Wenn Eure Zeit und Euer Amt es erlauben, würde ich Euch gern weiter als seelischen und moralischen Anker sehen und Euch aufsuchen dürfen, wenn meine Not zu groß wird.“

Dekan Simon lächelte Martin aufmunternd zu. „Für dich werde ich immer Zeit haben, mein lieber Martin. Lebensretter haben das Privileg permanenter Audienz.“

Kapitel 27

Eutin, im Frühjahr 1639

Martin war immer wieder beeindruckt von den Farben, die die ersten wärmenden Sonnenstrahlen entfachen konnten, wenn er durch das Schlossfenster auf den Park blickte. Die schwarzen, kahlen Äste der langen Winterzeit wurden endlich vom frischen Grün des Frühlings verdeckt. Krokusse, Primeln, Osterglocken und Anemonen verhalfen dem Schlossgarten zu bunten Farbtupfern. Wie schnell war nur die Zeit vergangen? Zu gut erinnerte er sich an Maestro Columbo und seine temperamentvollen Wutausbrüche, wenn bei dem Neubau des herzoglichen Gartens nicht alles gleich nach seinen Vorstellungen gelungen war. Wie ein Spielball der Kinder war er zwischen den Beeten hin und her gehüpft und hatte jeden in seiner Nähe mit seinem unverwechselbaren Kauderwelsch aus italienischen und deutschen Brocken beschimpft. Inzwischen war er wieder in seine geliebte Toskana zurückgekehrt. Zu kalt waren hierzulande die Winter für ihn – und auch zu sauer der Wein. Nur Angelina, seine Tochter, war geblieben. Sie hatte Daniels leidenschaftlichem Werben nicht widerstehen können und hatte ihn geheiratet. Inzwischen waren sie Eltern dreier reizender Kinder – zwei Mädchen und ein Junge mit ebenso dunklen Glutaugen, wie ihre Mutter sie hatte. Die Familie war in ein Haus im Segenhörn gezogen, nicht fern der alten, einst abgebrannten Schmiede. Daniel war vom Herzog das Amt des Oberschmiedemeisters übertragen worden, nachdem Meister Eckhart unerwartet einem Herzleiden erlegen war.

Auch im Apothekerhaus am Marktplatz hatte sich im Laufe der Jahre einiges verändert. Martins Schwester Elsbeth war inzwischen mit einem Kaufmann verheiratet und nach Lübeck gezogen. Aufgrund der vielen gemeinsamen Stunden im Laboratorium war zwischen Martins Schwester Margret und dem Apothekergehilfen Hartwig Hufnagel irgendwann auch etwas mehr gewachsen als nur das Interesse an Pillen und Salben. Der väterliche Segen war den beiden sicher, freute sich doch der Apotheker über den familiären Fortbestand seiner geliebten Apotheke, sollte er irgendwann einmal aus Gründen des Alters seiner Profession nicht mehr nachkommen können. Doch daran dachte der Stadtrat und Apotheker Henricus Seedorf noch lange nicht. Martins Bruder Andreas hingegen hatte sich noch nicht gebunden, obwohl er in der letzten Zeit mehr als sonst üblich bei den Geschwistern Holldorf in der Kate vor dem Stadttor gesehen worden war. Bei aller freundschaftlichen Verbundenheit schien es, dass möglicherweise die reizende Greta der Grund für die häufigen Besuche war.

Auch wenn Martin inzwischen eigene Gemächer im Schloss bezogen hatte, konnte sich seine Mutter über zu viel Ruhe im Apothekerhaus nicht beklagen. Im Gegenteil. Margret wohnte zwar mit ihrem Mann in einem kleinen Haus vor dem Sacktor, ließ es sich jedoch nicht nehmen, ihren Hartwig mit ihren beiden kleinen Mädchen immer wieder einmal in die Apotheke zu begleiten. Daniels

Angelina und ihre drei Kleinen setzten die Tradition der Familien fort und besuchten die Familie des Apothekers regelmäßig. Auch wenn Martins Vater sich, zeitweise ein wenig genervt durch das fröhliche Kinderlachen, in sein Laboratorium zurückzog, so genoss Elisabeth Seedorf das ausgelassene Treiben in ihrem Haus. Ihr langjähriger Hausknecht Alfred war vor einiger Zeit gestorben. Jetzt hatte Victor, ein pfiffiger Bauernsohn aus Schürsdorf, diese Aufgabe übernommen. Eine junge Küchenmagd ging inzwischen der betagten Köchin Hertha zur Hand.

Mit Grauen erinnerte sich Martin an das vergangene Jahr, als die Pest auch Eutin nicht verschont hatte. Ein alter Priester namens Martinus Heringk, bereits von der schrecklichen Krankheit befallen, hatte um Herberge gebeten und war in der Nacht im Wirtshaus des Andres Knaken verstorben. Dessen Schwester Annke und deren kleiner Sohn, die sich bei dem Gottesmann angesteckt hatten, starben kurze Zeit später. Auch in den Dörfern rund um Eutin hatte die Geißel der Menschheit grausam gewütet. Gott sei Dank waren Martins Familie und seine Freunde verschont geblieben. Auch die Schlossmauern hatte die Pest nicht überwinden können. Die Einquartierung dänischer Reiter im selben Jahr war für die Eutiner zusätzlich eine immer wiederkehrende Belastung gewesen. Auch wenn der Ort von kriegerischen Handlungen grundsätzlich verschont geblieben war, so hatte die Anwesenheit der Soldaten, ihre unmissverständliche Forderung nach Futter, Unterkunft und Verpflegung zu ständiger Unruhe und Aufregung geführt. Handgreiflichkeiten und Schlägereien waren an der Tagesordnung, ebenso wie Saufgelage und Provokationen der Bürger.

Martins anfängliche Befürchtungen, den Aufgaben als persönlicher Sekretär des Herzogs nicht gewachsen zu sein, waren schnell verflogen. Der Herzog hatte ihn derart in Anspruch genommen, dass ihm kaum Zeit geblieben war, darüber nachzudenken. Der Umbau des Schlosses, die Planung des neuen Gartens und die Erweiterung des Hofstaates beschäftigten den Fürsten ebenso wie auch die drei neuen Güter. Mit Stendorf, Mönchneversdorf und Lensahn hatte der Herzog drei Dörfer und Güter im Holsteinischen erworben. Immer wieder begleitete Martin ihn bei den Visitationen der neuen Ländereien. Die Wünsche des Herzogs mussten notiert, Aufträge weitergeleitet und Befehle erteilt werden – eine Aufgabe, die ein erhebliches Maß an Fingerspitzengefühl und Diplomatie verlangte. Trotzdem hatte Martin nicht überall im Schloss Freunde. So mancher Hofkavalier und auch die eine oder andere Hofdame missgönnten dem Sohn des Apothekers die Nähe zum Herzog, die sein Amt erforderte.

„Wozu habt Ihr eigentlich studiert, wenn Ihr hier wie der Ochs vor dem Scheunentor nur dumm in die Welt guckt?“ Martin war von Melchior, dem Kammerdiener, in das Schlafgemach des Herzogs gerufen worden und hatte diesen mit schmerzverzerrtem Gesicht auf einer Chaiselongue liegend angetroffen. Daneben stand sein Leibarzt, der Medicus Mahrenholz, mit versteinertem Gesichtsausdruck.

„Ich werde Euch erneut einem Aderlass unterziehen, Durchlaucht.“

„Ach, hört doch auf mit diesem unnützen Blutsaugen. Etwas anderes als Aderlass oder Schröpfen fällt Euch wohl nicht ein. Geholfen hat es Uns noch nie, außer dass Wir danach taumelnd durch unsere Gemächer wanken."

„Die schändlichen Säfte müssen Euren Körper verlassen, Durchlaucht."

„Wir hören von Euch nichts anderes, Medicus. Unsere Säfte verlassen Uns auf ganz natürliche Weise, über deren Funktion Wir Euch ja wohl keine Einzelheiten beschreiben müssen. Oder halten sich Eure Kenntnisse darüber auch in Grenzen?"

Martin wusste, dass Herzog Johann seit geraumer Zeit unter der schmerzhaften Krankheit litt, die der Volksmund „Zipperlein" nannte. Offensichtlich war heute seine Geduld mit dem ratlosen Medicus am Ende.

„Ich hatte gehofft, dass du den Herzog etwas beruhigen würdest. Er ist schon die ganze Zeit so außer sich. Vielleicht kann dein Vater weiterhelfen." Melchior hatte Martin zur Seite genommen, während der Herzog nicht aufhörte, den Medicus zu beschimpfen.

„Geht Uns aus den Augen, Medicus. Jede Kräuterhexe scheint über mehr medizinische Kenntnisse zu verfügen als Ihr."

Der Leibarzt verbeugte sich und verließ eilig den Raum.

„Ach, Martin, Ihr seht, weitere schlechte Nachrichten können Wir heute nicht ertragen. Oder warum seid Ihr gekommen?"

„Durchlaucht, es tut mir leid, Euch so leiden zu sehen, aber da der Medicus Euch keine Linderung bieten kann, wäre möglicherweise ein anderer Weg sinnvoll."

„Wollt Ihr Uns noch einen weiteren Scharlatan empfehlen, der auch nichts anderes kann, als von Aderlass oder von schlechten Säften zu faseln?"

Martin warf Melchior einen kurzen Blick zu, woraufhin dieser ihm auffordernd zunickte.

„Nein, Durchlaucht, bei Weitem nicht. Aber ich glaube zu wissen, dass mein Vater, der Apotheker, mit Tinkturen, die er selbst gemischt hat, bereits sehr erfolgreich bei der Behandlung von Gicht gewesen ist."

Der Herzog blickte Martin irritiert an, und es sah aus, als würde er an diese neue Nachricht einen kleinen Hoffnungsschimmer hängen. „Einen Versuch wäre es wert", antwortete der Herzog nach einer Weile. „Wie könnten Wir sonst forschen Schrittes durch Schloss und Garten schreiten und Unsere neuen Pläne in die Tat umsetzen? Wer braucht schon einen griesgrämigen Fürsten in seiner Nähe?"

„Ihr habt neue Pläne, Durchlaucht?"

„In der Tat, Martin, aber alles zu seiner Zeit. Zuerst bittet Euren Vater so schnell als möglich ins Schloss, damit Wir diese vermaledeiten Schmerzen loswerden."

„Ich vermute, dass er es noch heute einrichten kann. Zumindest weiß ich, dass er nicht in fernen Landen weilt. Aber erlaubt mir, Durchlaucht, Euch, bevor ich gehe, noch einen kleinen erheiternden Bonbon zu servieren."

„Melchior, seid wachsam. So weit sind Wir schon, dass sich jetzt Sekretäre um das leibliche Wohlergehen des Fürsten kümmern müssen." Herzog Johann konnte sich der entspannten Stimmung der jungen Leute nicht entziehen.

„Ich möchte Euch wirklich nicht zu nahe treten, Durchlaucht ..."

„Das sind ja ganz neue Töne aus Eurem Mund", unterbrach der Herzog Martin schmunzelnd. „Melchior, nennt Uns doch bitte einen Tag, an dem Unser Sekretär

Uns einmal nicht das Fell gebürstet und den Spiegel vor Augen gehalten hat. Nun, es ist das Privileg eines Hofnarren. Also lasst endlich hören von Eurem süßen Bonbon!“

Für einen Moment sah Martin den Herzog irritiert an, dann kam er dessen Aufforderung nach. „Ich muss Euch nicht aufzählen, welche Arbeiten in den vergangenen Jahren in Eurem Auftrag veranlasst wurden, da Euch das Wohl Eurer Untertanen sehr am Herzen liegt. Doch das hat jetzt zu einer folgenschweren Entwicklung geführt.“

Der Herzog runzelte die Stirn, und Martin sprach weiter. „Die Menschen haben Euch einen neuen Titel verliehen.“

„Wie sollen Wir das verstehen? Martin, Ihr sprecht in Rätseln.“

„Durchlaucht, es ist die Stimme des Volkes. Sie nennen Euch seit Neuestem Bischof Hans.“

Herzog Johann sah Martin und Melchior schweigend an, dann senkte er seinen Blick, ohne ein Wort zu sagen. Martin war sich nicht ganz sicher, ob es der richtige Zeitpunkt war, dem Herzog davon zu berichten. Eigentlich wollte er seinen Herrn damit ein wenig aufheitern.

„Bischof Hans! Welch ein ehrenvoller Ritterschlag! Fürwahr ein versüßendes Bonbon, Martin. Es berührt Uns sehr, da auch Herzogin Augusta, Unsere Mutter, Uns stets so gerufen hat. Bischof Hans. Sehr schön! Aber nun sputet Euch! Unser Bein verlangt nach anderer Aufmerksamkeit.“

Als Martin wieder in seinem Sekretariat saß, ging ihm die Bemerkung des Herzogs durch den Kopf. „Hofnarr“, hatte er gesagt. Sicherlich nicht in böser Absicht. Martin war wohl bekannt, dass er hinter vorgehaltener Hand von so manchem aus der Hofgesellschaft so genannt wurde. Seine Nähe zum Herzog wurde missgünstig beäugt, und auch sein Auftritt im Narrenkleid während des damaligen Festballs war den meisten Hofdamen und Hofkavalieren immer noch deutlich vor Augen. War er wirklich ein Narr? Und wenn schon – was wäre die Welt, wenn es keine Narren geben würde?

„Herr Apotheker, solltet Ihr nur in die Nähe des Gedankens kommen, Uns zur Ader lassen zu wollen, gefährdet Ihr Unsere wohlwollende Verbundenheit Eurer Familie gegenüber." Herzog Johann begrüßte den Apotheker sichtlich aufgeräumt, erhoffte er sich durch dessen Wissen doch endlich die ersehnte Erlösung von seinen Schmerzen.

„Aderlass gehört nicht zu meinen Ambitionen, Durchlaucht, und mit Verlaub, ich halte diese Therapie angesichts Eures Leidens auch für unangemessen und wirkungslos." Henricus Seedorf war bereits am Nachmittag des Tages, an dem Martin ihn über die Gebrechen des Herzogs informiert hatte, ins Schloss geeilt.

„Aber Ihr wisst schon, dass Ihr Euch mit dieser Ansicht unter den studierten Medizinern keine Freunde macht?"

„Nun, Durchlaucht, in den langen Jahren meiner Tätigkeit bin ich schon so manchen Anfeindungen begegnet. Allein das Mischen von Kräutern, Drehen von Pillen und Fertigen von Salben bringt uns Apotheker in manchen Augen sehr schnell in die Nähe von Hexern. Für mich haben kritische oder gar abfällige Äußerungen von studierten Medizinern nur eine äußerst geringe

Bedeutung. Die Hilfe am Menschen, ganz gleich welcher Herkunft und welchen Standes, ist mein erstrebenswertes Ziel. Wenn sie durch meine Arznei genesen oder zumindest Linderung verspüren, ist das für mich der höchste Lohn."

„Den einen oder anderen Taler verwehrt Ihr aber nicht?"

„Ihr habt recht, das tägliche Brot sollte schon gesichert sein. Erlaubt Ihr, Durchlaucht, dass ich Euch untersuche?"

„Dazu seid Ihr hier. Solltet Ihr Hilfe benötigen, steht Euch Melchior zur Verfügung."

Der Kammerdiener stand ein wenig abseits. Er hatte dem Gespräch der beiden stumm gelauscht.

„Es wäre das Beste, Durchlaucht, wenn Ihr Euch entspannt hinlegen könntet."

Melchior trat hinzu und half dem Herzog, sich auf der Chaiselongue auszustrecken und die Beine hochzulegen.

Behutsam tastete Henricus Seedorf den Körper des Herzogs ab. Als er in die Nähe des gepeinigten Beins kam, stöhnte der Herzog auf.

„Es tut mir leid, Durchlaucht, ich will Euch nicht bewusst quälen, aber ich muss mir einen Überblick darüber verschaffen, wie sehr Eure Gelenke bereits betroffen sind. Es wird Euch nichts Neues sein, wenn ich Euch mitteile, dass Ihr unter der Gicht leidet."

„Das hat Uns Unser Medicus auch schon gesagt, nur beruhigt es Uns in keiner Weise."

„Wenn Ihr erlaubt, werden wir Eurem Peiniger auf dreierlei Weise auf den Pelz rücken. Zunächst solltet Ihr regelmäßig einen Tee aus Goldrute und Brennnesseln trinken."

„Ihr wollt mich aber nicht vergiften, Herr Apotheker?“

Henricus Seedorf schmunzelte. „Seid versichert, Durchlaucht, dazu bedarf es anderer Kräuter. Obwohl der Tee auch nicht besonders wohlschmeckend ist. Doch gute und wirkungsvolle Medizin schmeckt immer etwas bitter.“

„Äußerst beruhigend. Melchior, notiere die Anweisungen!“

„Dann solltet Ihr ebenso regelmäßig Euer Bein in einem Tee von Bockshornklee, Efeu und Hauswurz baden. Zudem werden Euch wärmende Umschläge mit einem Brei aus Weißkohlblättern Linderung verschaffen.“

„Und dieser ganze Gemüsegarten soll tatsächlich helfen?“ Herzog Johann schien im Zweifel zu sein, nachdem er sich die Empfehlungen des Apothekers stirnrunzelnd angehört hatte.

„Ihr könnt sicher sein, Durchlaucht, dass Ihr spätestens in drei Tagen ohne Beschwerden sein werdet. Trotzdem solltet Ihr die Behandlung, auch wenn nichts mehr kneift und zwickt, noch zwei Wochen fortsetzen. Die Teemischungen werde ich noch heute zubereiten und an Euren Küchenmeister schicken. Mit Eurer Erlaubnis könnte Melchior zwischenzeitlich die Küche über die notwenigen Maßnahmen instruieren.“

„Wir sehen hoffnungsvoll in die Zukunft, mein lieber Apotheker. Habt Dank dafür. Zumal Ihr Uns einen weiteren Aderlass erspart habt.“

„Jeder Zeit gern zu Diensten, Durchlaucht. Wenn Ihr erlaubt, würde ich in spätestens zwei Tagen wieder ins Schloss kommen, um mich nach Eurem Wohlbefinden zu erkundigen.“

„Ihr seid stets willkommen.“

„Wisst Ihr, was unseren Herzog in den letzten Tagen in eine derart euphorische Stimmung versetzt hat?" Hofmarschall von Kamphausen schien verunsichert zu sein, als er an diesem Morgen Martins Sekretariat betrat.

„Es tut mir leid, verehrter Hofmarschall, aber mir gegenüber hat er nur einmal von neuen Plänen gesprochen, ohne dabei konkret zu werden. Sicherlich ist er auch frohen Mutes darüber, dass ihm die Medizin meines Vaters die Schmerzen genommen hat."

„Fürwahr eine anerkennenswerte Leistung Eures Vaters. Dem Leibarzt und seinen Jüngern wird diese Entwicklung allerdings weniger gefallen."

„Ich habe für Euch eine Nachricht, Graf, die unsere Ratlosigkeit allerdings noch verstärken wird."

Hofmarschall von Kamphausen blickte den jungen Sekretär des Herzogs fragend an.

Dieser erklärte: „Seine Durchlaucht hat für heute Nachmittag eine Konferenz anberaumt, zu der auch Ihr gebeten werdet."

„Welchen Grund gibt es für eine solche Konferenz, von der ich das erste Mal höre?"

„Wenn ich das nur wüsste. Es wird noch wundersamer. Seine Durchlaucht wünscht diese Konferenz in seinen Gemächern abzuhalten. In einem intimen Kreis, wie er sich ausdrückte."

„Das heißt?"

„Außer uns werden nur noch der Kanzleidirektor, der Dekan und sein Kammerdiener zugegen sein."

„Äußerst eigenartig. Und niemand weiß, worum es geht? Nicht einmal Ihr?"

„Ich hätte es Euch verraten, aber ich weiß es nicht."

„Lassen wir uns überraschen. Wir sehen uns am Nachmittag."

Herzog Johann schien amüsiert zu sein, als er seine Vertrauten am Nachmittag in seinem Salon versammelt hatte. Zumal diese Zusammenkunft in keiner Weise den Eindruck einer offiziellen Konferenz vermittelte, sondern eher dem Charakter einer gemütlichen Familienfeier entsprach. Wein, Gebäck und Schokolade wurden serviert und der Herzog sprach in aufgeräumter Stimmung über die Blütenpracht im Schlosspark und mögliche Verschönerungen der Schlosskapelle. Alle Anwesenden kannten ihren Herrscher nur zu gut, und sie ahnten, dass hinter diesen eher belanglosen Themen noch ein Höhepunkt zu erwarten war. Aber welcher?

„Wir wollen Euch nicht länger auf die Folter spannen. Allein der Umstand unseres Beisammenseins mag Euch verwundert haben. Wir geben zu, es ähnelt einem Kränzchen der Hofdamen. Doch diese Art der Intimität ist gewollt." Der Herzog legte eine bewusste Pause ein und genoss den Anblick ratloser Gesichter. Dann fuhr er fort: „Ihr, die Ihr heute an diesem Tisch weilt, seid Unsere engsten Vasallen. Es gibt kaum Menschen auf dieser Welt – Unsere verehrte Mutter einmal ausgenommen –, denen Wir so viel Vertrauen entgegenbringen und auf die Wir Uns uneingeschränkt verlassen können. Daher liegt es Uns am Herzen, dass Ihr es von Uns als Erste erfahrt: Wir beabsichtigen, in Kürze zu heiraten."

Die Überraschung konnte nicht größer sein. Verwunderung und Erstaunen waren die Folge – gepaart mit guten Wünschen und stets verbunden mit strahlenden Gesichtern aller Anwesenden.

„Durchlaucht, nehmt von uns allen die herzlichsten Glückwünsche entgegen.“ Dekan Simon hatte durch ein kurzes Handzeichen um Ruhe gebeten. „Es zeugt von großer Weitsicht, in diesen schwierigen Zeiten einen solchen Schritt zu gehen. Ihr beschreitet einen neuen Weg in unserem Bistum, da Ihr der erste Fürstbischof seid, der sich verehelichen möchte. Wir wünschen Euch Gottes Segen und sehen mit großer Freude jener Zeit entgegen, wenn fröhliches Kinderlachen in den Fluren des Schlosses erklingen wird.“

„Habt Dank, Dekan Simon, bis dahin wird es wohl noch ein wenig dauern.“ Herzog Johann gefiel es sichtlich, dass seine Neuigkeit so freudig aufgenommen wurde.

„Erlaubt Ihr die Frage, Durchlaucht, wer denn die Glückliche an Eurer Seite sein wird?“, sprach Graf Cassius die Frage aus, die allen bereits auf den Nägeln brannte.

„Wir erlauben, mein lieber Cassius. Es ist die Tochter des Herzogs Julius Friedrich von Württemberg-Weiltingen. Sie trägt den Namen Julia Felicitas und zählt ganze zwanzig Lenze“, verkündete der Herzog nicht ohne Stolz.

„Eine vortreffliche Wahl, Durchlaucht.“ Hofmarschall von Kamphausen war bekannt dafür, dass ihm im Wissen um die dynastischen Verbindungen und familiären Verknüpfungen der Herrscherhäuser niemand etwas vormachen konnte.

Der Herzog nickte. „In diesem Zusammenhang haben Wir eine Entscheidung getroffen, die keinen Aufschub erlaubt. Wir werden noch in dieser Woche Gesandte auf den Weg nach Weiltingen schicken, um dem Vater Unserer Braut die angemessene Referenz zu erweisen, verbunden mit einem wertvollen Verlobungsgeschenk.“

„Habt Ihr für diese Aufgabe bereits bestimmte Personen erwählt, Durchlaucht?“, fragte der Hofmarschall nach.

„Es ist eine beschwerliche Reise in wirren Zeiten, doch Wir könnten uns durchaus vorstellen, dass junge, kräftige Kerle diesen verantwortungsvollen Auftrag mühelos absolvieren. Daher haben Wir uns für Martin und Melchior entschieden.“

Die beiden sahen den Herzog erstaunt an. Mit dieser Wahl hatten sie nicht gerechnet. Doch als Martin seinen Freund, den Kammerdiener, herausfordernd anblickte, blinzelte dieser ihm zu, als wollte er sagen: „Warum nicht? Ein Abenteuer mehr!“

„Es ist uns eine Ehre, Durchlaucht, und es erfüllt uns mit großem Stolz, dass Ihr uns für diese Mission auserkoren habt. Melchior und ich werden Euch nicht enttäuschen.“

„Da sind Wir Uns ganz sicher, Martin. Wir halten allerdings eine begleitende Eskorte für angemessen.“

Wieder blickten sich Martin und Melchior an und schüttelten kaum merklich ihre Köpfe.

„Erlaubt Ihr einen Vorschlag, Durchlaucht?“, wandte sich Martin an den Herzog.

Dieser nickte zustimmend.

„Melchior und ich würden auf eine Kutsche verzichten, da der Zeitaufwand zu groß ist. Auf Pferden wären wir wesentlich schneller und wendiger, falls es nötig sein müsste, auf eventuelle unliebsame Begegnungen zu reagieren. Eine größere Eskorte mag daher für das Vorhaben hinderlich sein. Sie bremst das Vorankommen und ist aufwendig bei der Beschaffung von Pferden und Quartieren.“

„Wollt ihr damit sagen, dass Ihr ohne Begleitschutz reiten wollt?" Hofmarschall Kamphausen sah Martin ungläubig an. „Wir haben Krieg, junger Mann. Und gerade die Lande, durch die Ihr reiten müsst, werden immer noch von marodierenden Landsknechten beherrscht.

„Wir müssen dem Hofmarschall recht geben. Wir leben nicht in friedfertigen Zeiten. Gewappnet zu sein, ist unabdingbare Pflicht."

„Vielleicht wäre ein Kompromiss in dieser Angelegenheit hilfreich, Durchlaucht."

„Wir sind gespannt."

„Würdet Ihr eine Eskorte in Form des Sergeanten Swattkopp als ausreichend empfinden?"

Ein herzhaftes Lachen aller war die Folge. Auch Herzog Johann schien der Gedanke zu gefallen.

„Ein überaus geistreicher Vorschlag, Martin. Wie Wir gehört haben, ersetzt Sergeant Swattkopp ohne Mühe zehn Männer. Graf Kamphausen, sprecht mit dem Kommandeur der Schlossgarde. Wenn Graf Freienfels diese Form der Eskorte für ausreichend erachtet, dann soll es so sein."

Kapitel 28

Es schüttete aus allen Wolken. Der Wind peitschte die Wasserfluten fast waagerecht über das Land. Blitze zuckten aus schwarzen Wolkenbänken hervor, begleitet von anschließendem furchteinflößendem Donnern. Drei Reiter standen mit ihren Pferden am Rand eines Waldes und suchten unter den Bäumen Schutz vor dem Unwetter.

„So eine Scheiße. Eine Kanne Bier und der wärmende Busen einer Frau wären das Einzige, was mein Gemüt jetzt noch erheitern könnte. Das ist schon das vierte Gewitter, das wir in den drei Tagen, die wir unterwegs sind, ertragen müssen." Sergeant Swattkopp war entgegen seinem sonst durch nichts zu erschütternden Optimismus verstimmt.

„Swattkopp hat recht. Unseren sommerlichen Ausflug habe ich mir auch etwas freundlicher vorgestellt. Außerdem ist mein Hintern den tagelangen Aufenthalt im Sattel nicht mehr gewohnt. Der brennt wie Feuer. Dazu noch die nassen Kleider. Ich weiß gar nicht, wieso ich mich anfangs auf dieses Abenteuer gefreut habe?" Der nächste Donner übertönte Melchiors letzte Worte.

„Ich wusste nicht, dass ich mit solch zarten Elfen unterwegs bin." Martin lachte seine schimpfenden Freunde schamlos aus.

„Die Elfen werden Euch gleich zeigen, welche Saiten in Eurem Kopf erklingen, wenn sie Euer vorlautes

Maul gestopft haben“, erwiderte Sergeant Swattkopp grinsend.

„Ich bin ja schon ganz friedlich. Mein Vorschlag, auch wenn es noch früh am Nachmittag ist: Wir kehren in der nächsten Herberge ein, trocknen unsere Kleider, pflegen unsere Glieder und verwöhnen unsere Mägen. Die Residenzstadt Celle dürfte nicht mehr weit sein.“

„Ein akzeptables Friedensangebot, oder, Melchior, wie seht Ihr das?“

„Ihr habt recht, Swattkopp. Ich denke, wir zarten Elfen können in diesem Fall auf Strafmaßnahmen verzichten.“

„Na, dann los, ihr nassen Straßenköter!“ Martin gab seinem Pferd die Sporen. Es war die richtige Entscheidung gewesen, auf eine größere Eskorte zu verzichten und gemeinsam mit Sergeant Swattkopp den langen Ritt nach Weiltingen anzutreten. Ein wachsamer Kämpfer wie er würde schon dafür sorgen, ihnen missgünstige Schurken vom Leib zu halten. Außerdem wussten Melchior und er sich auch zu wehren. Martin hatte Sergeant Swattkopps martialische Schule nicht vergessen und auch Melchior hatte als Grafensohn eine vortreffliche Ausbildung zum Degenfechter erhalten.

Der Gewitterschauer war inzwischen vorübergezogen, und sogar ein paar Sonnenstrahlen versuchten die letzten Wolkenberge zu durchdringen, als die drei Reisenden die ersten Häuser von Celle erreichten. Eine Herberge war schnell gefunden. Der „Schäferkrug“ machte einen soliden und sauberen Eindruck. Während der Wirt die jungen Männer freundlich begrüßte, kümmerten sich zwei Stallburschen um die Pferde.

„Ihr könntet uns mit Speis und Trank erfreuen, Herr Wirt. Hättet Ihr zudem noch ein bequemes Lager für unsere müden Glieder, wäre Euch unsere Hochachtung sicher." Sergeant Swattkopp klopfte seinen nassen Filzhut auf dem Oberschenkel aus und blickte den Wirt fragend an.

„Es tut mir leid. Mit allzu großem Komfort kann ich Euch nicht dienen, da eine feine Gesellschaft fast alle Räumlichkeiten belegt hat. Doch Ihr habt Glück, meine Herren, drei Kammern, wenn auch unter dem Dach, hätte ich noch frei. Auch sie verfügen über komfortable Betten."

„Welche feinen Herrschaften beherbergt Ihr denn zurzeit?", wollte Melchior wissen.

„Es ist der Graf von Albertsberg mit seiner Tochter Isolde und Gefolge, mein Herr. Erlaubt Ihr, dass ich mich nach Euren Namen erkundige?"

„Natürlich. Wir stehen im Dienst des Fürstbischofs und Herzogs Johann von Schleswig-Holstein-Gottorf. Ich bin Graf Melchior von Hutzfeld, und meine beiden Begleiter sind der herzogliche Secretarius Martin Seedorf und der Sergeant der Schlossgarde Swattkopp."

„Es ist mir eine Ehre, die hohen Herren bei mir beherbergen zu dürfen. Wenn es Euch genehm ist, könnte ich Euch ein wärmendes Bad anbieten, bevor Ihr zu speisen gedenkt."

„Eine vortreffliche Idee. Doch zuvor füllt einmal die Krüge mit frischem Bier, damit wir unsere ausgedörrten Kehlen spülen können", forderte Sergeant Swattkopp den Wirt auf und setzte sich an einen der blank gescheuerten Holztische.

Martin, Melchior und Sergeant Swattkopp hatten das verlockende Angebot des Wirtes vom „Schäferkrug" nicht ausschlagen können und waren, nachdem sie ihren ersten Durst gelöscht hatten, in die von einer Dienstmagd zubereiteten Badezuber gestiegen. Die Quartiere unter dem Dach des Wirtshauses waren zwar bescheiden eingerichtet, aber sauber, und die gut gepolsterten Betten versprachen eine erholsame Nacht. Erfrischt und neu gekleidet betraten die drei am Abend die Schankstube, die jetzt bis auf den letzten Tisch besetzt war.

„Tretet ein, meine Herren! Wie ich schon sagte, ist mein Haus voll. Aber Graf von Albertsberg wäre hocherfreut, Euch an seinem Tisch begrüßen zu dürfen." Der Wirt drehte sich um und steuerte eine Nische des Raumes an. „Das sind die drei Herren aus dem Holsteinischen, die ich Euch avisiert habe, Herr Graf." Der Wirt war an einem Tisch stehen geblieben, an dem bereits sechs Personen saßen.

Der älteste von ihnen, ein Mann in vornehmen Kleidern, mit grauem Haar und gestutztem Bart, erhob sich. „Wenn es Euch beliebt, wäre es uns eine Freude, wenn Ihr gemeinsam mit uns speist. Seid willkommen und nehmt bitte Platz!"

Nachdem sich Martin, Melchior und Swattkopp vorgestellt und dankend Platz genommen hatten, erfuhren sie, wer sich in der Gesellschaft des Grafen befand. Seine Tochter Isolde war ein zartes und blasses Geschöpf, das zudem nicht mit großer Schönheit gesegnet war. Ihre Nase war zu lang und ihr fliehendes Kinn verlieh ihr die Ähnlichkeit mit einem Huhn. Neben ihr saß ihre Zofe, die hingegen ein äußerst ansprechendes Wesen war. Nicht nur, dass sie im Vergleich zu ihrer Herrin über ansehnliche weibliche Rundungen verfügte, ihre strahlenden braunen Augen und ihr sinnlicher Mund zeugten von unbekümmerter Lebensfreude. Eine streng dreinblickende Gouvernante, in tiefes Schwarz gekleidet, ein beleibter Advokat mit schief sitzender Perücke und ein junger Soldat im Range eines Leutnants ergänzten die gräfliche Runde.

„Was führt Euch nach Celle? Habt Ihr Verpflichtungen bei Hofe?“, wollte Graf Albertsberg wissen.

„Oh, nein, weiß Gott nicht“, antwortete Melchior bereitwillig. „Celle ist nur eine von vielen Stationen, die uns noch bevorstehen. Wir sind auf dem Weg nach Weiltingen.“

„Von Holstein nach Weiltingen? Was treibt Euch denn in diesen unsicheren Zeiten durch die Lande?“

„Es ist die Liebe, Herr Graf, nicht mehr und nicht weniger als die Liebe.“ Martin lächelte die Damen, die dem Gespräch aufmerksam lauschten, geheimnisvoll an.

„Das hört sich sehr verwegen an. Wie aufregend! Verratet Ihr uns mehr?“ Die Zofe der Grafentochter rutschte unruhig auf ihrem Sitz hin und her, erhielt dafür aber sogleich einen strafenden Blick der Gouvernante.

„Melina ist an allen Abenteuern dieser Welt interessiert, aber das schreiben wir verzeihend ihrem südländischen Temperament zu.“ Graf Albertsberg schien es für nötig zu erachten, die Neugier der Zofe zu entschuldigen.

„Wir müssen Euch leider enttäuschen, aber keiner von uns ist der Liebhaber, der auf den Wogen der Liebe schweben kann. Wir sind nur die Boten, die Amors Pfeil durch die Lüfte tragen, in der Hoffnung, dass er das erwünschte Herz treffen und entflammen möge. Sind wir erfolgreich, dann wird die liebreizende Auserwählte unseres Herrn sehr bald unsere neue Herzogin sein. Scheitern wir dagegen, so ziehen sich über unseren Häuptern bedrohliche Wolken zusammen und unsere Zukunft ist düster und mehr als ungewiss.“ Martin hatte seine Worte mit theatralischen Gesten unterstrichen. Die gräfliche Gesellschaft hing wie gebannt an seinen Lippen und brach in schallendes Gelächter aus, als er geendet hatte. Selbst die steife Gouvernante konnte sich ein vergnügtes Glucksen nicht verkneifen.

„Vortrefflich, mein Lieber, absolut vortrefflich. Jetzt wissen wir alle, in welcher Mission Ihr unterwegs seid.“

Graf Albertsberg erhob seinen Krug. „Lasst uns auf alle Reisenden und alle Liebenden anstoßen! Mögen sie stets ihr Ziel erreichen!“

Nachdem Melchior ausführlich von der beabsichtigten Hochzeit zwischen Herzog Johann und der Prinzessin aus Weiltingen berichtet hatte, erfuhren sie auch, dass Graf Albertsberg auf dem Weg in das Celler Schloss war, um dort seine Tochter als Hofdame vorzustellen. Es wurde immer wieder ein Grund gefunden, die Krüge zu heben. Die Speisen, die die Mägde und der Wirt des „Schäferkrugs“ auftrugen, waren herzhaft und schmackhaft zubereitet. Sergeant Swattkopp und der Leutnant des Grafen lieferten sich ein deftiges Wortgefecht über die Vor- und Nachteile von Wallbüchsen, während Melchior und Martin vom Hofleben in Eutin erzählten.

Als Martin am späten Abend im Bett in seiner Dachkammer seine Glieder ausgestreckt hatte, fielen ihm sofort die Augen zu. Nach den Anstrengungen des Tages waren es wohl auch einige Krüge Würzbier, die dazu geführt hatten.

Er wusste nicht, wie lange er schon geschlafen hatte, doch irgendein Geräusch hatte ihn aufgeweckt. Er lauschte in die Dunkelheit. Da war es wieder. Aus Melchiors Kammer nebenan kam ein Stöhnen. Konnte es sein, dass das vom stundenlangen Reiten wundgescheuerte Hinterteil seinen Freund mehr peinigte als vermutet? Martin stand auf und schlich im Dunkeln zu Melchiors Kammer. Wieder hörte er das Stöhnen. Behutsam öffnete er die Tür und hielt sogleich inne. Das Stöhnen kam zweifelsfrei aus Melchiors Mund, doch der Grund dafür war ein ganz anderer, als Martin angenommen hatte. Im flackernden Kerzenlicht sah er, dass sein Freund auf dem Rücken in seinem Bett lag. Auf seinen Hüften saß ein gänzlich unbekleidetes weibliches Geschöpf, das sich sehr gefühlvoll bewegte. Es hatte sich mit seinen Armen auf Melchiors Schultern abgestützt, so dass sein dunkelbrauner Haarschopf das Gesicht verdeckte. Martin bestaunte den makellosen Körper des Mädchens, der im Kerzenlicht wie Bronze schimmerte. Die vollen Brüste waren fest und stramm. Als sie Melchiors Gesicht immer näher kamen, hob er seinen Kopf und begann an den aufgerichteten Nippeln zu saugen. Dabei umfassten seine Hände ihre prallen Gesäßbacken. Lachend löste sie sich von Melchior, richtete ihren Oberkörper auf und warf ihre Arme in die Luft, ohne ihr leidenschaftliches Hüftkreisen zu unterbrechen. Melchior ergriff ihre Brüste mit beiden Händen und stöhnte voller Lust. Plötzlich erkannte Martin das anmutige Wesen, das seinen Freund in so lustvolle Höhen trieb. Es war Melina, die Zofe der Grafentochter. Nur zögernd löste er sich von diesem betörenden Anblick.

Leise schloss Martin die Tür, um sich gleich darauf wieder in sein Bett zu begeben. Es war nicht so, dass er selbst bisher wie ein Mönch gelebt hatte. Das weibliche Geschlecht hatte ihn bereits in jungen Jahren fasziniert. Und seit er damals einer der Dienstmägde in seinem Elternhaus beim Baden zugesehen und diese ihn dabei ertappt hatte, wusste er auch, welche Freude junge Mädchen einem Mann bereiten konnten. Sehr erfahren und anschaulich hatte sie ihm gezeigt, auf welche Weise man den weiblichen Körper erkunden und wie ein junger Mann gleichermaßen die wahre Lust erfahren konnte, die er bisher nur im verborgenen Kämmerlein durch die eigene Hand genossen hatte. Auch später im Schloss hatte es Martin nie an kurzweiliger und sinnlicher Gesellschaft gefehlt.

Kurz bevor er einschlief, dachte er an Christine. Seine einstige Freundin hatte er nie mit Lust und Wonne in Verbindung gebracht. In seinen Augen war sie immer ein reines und anständiges Mädchen gewesen. Christine? Wo war sie? Nur mühsam konnte er ihr Bild einfangen, das gleich wieder verflog. Je mehr er sich auch anstrengte, es wieder zurückzurufen, desto größer wurden die Nebelschwaden, die keine Konturen mehr erkennen ließen. Ich habe vergessen, wie sie aussah, war sein letzter Gedanke, bevor er in dieser Nacht wieder einschlief.

Als Martin am nächsten Morgen erwachte, hatte er das Gefühl, die ganze Nacht nicht geschlafen zu haben. Müde erhob er sich. Auch als er sein Gesicht in das kalte Wasser der Waschschüssel tauchte, schien es seinen Geist kaum zu wecken. Er zog sich an und packte seine Satteltaschen. Die Sonnenstrahlen, die durch das kleine Dachfenster fielen, versprachen zumindest einen angenehmen Reisetag. Als er aufbrach, stellte er fest, dass Melchior und Swattkopp ihre Kammern bereits verlassen hatten.

Auf der Treppe traf Martin den Leutnant des Grafen, der offensichtlich in Eile war. Dieser grüßte nur kurz und nahm dann springend zwei Stufen auf einmal, so dass sein baumelnder Säbel mehrfach laut an das Geländer schlug. Martin hörte, wie die Tür zum Hof wie ein Kanonenknall ins Schloss fiel. Noch bevor er seine Hand auf die Türklinke zum Schankraum legen konnte, schoss ihm ein Blitz durch das Hirn. Sein Körper krampfte sich zusammen. Aus dem Nebel hörte er Schüsse, Kampfesgetümmel, Schreie. Ein verschwommenes Bild von kämpfenden Landsknechten tauchte auf. Menschen, die schreiend unter den Hufen von Pferden begraben wurden. Häuser, aus deren Dächern Flammen züngelten. Gepeinigte Gesichter, vor Angst verzerrte Fratzen, zähnefletschende Hunde, versunken in blutrotem Nebel.

„Mein Gott, so besoffen war er doch gestern Abend gar nicht."

„Er scheint ja vollkommen abwesend zu sein."

Nur langsam kehrte Martin aus einer anderen Welt zurück. Die Stimmen, die er jetzt hörte, waren Wirklichkeit. Als er seine Augen aufschlug, sah er die Köpfe seiner beiden Begleiter, die sich besorgt über ihn beugten. Unter sich verspürte er eine harte Holzbank, auf die sie ihn gelegt hatten. Auch der Wirt und eine Magd erschienen jetzt vor seinen Augen.

„Martin, was war los? Bist du die Treppe runtergefallen?“ Martin schien es, als käme Melchiors Stimme aus weiter Ferne.

„Ich weiß es auch nicht. Vielleicht war es gestern doch ein Bier zu viel.“ Ächzend versuchte Martin sich aufzurichten.

„Und dann bricht man so einfach vor dem Schankraum zusammen? Das glaubt Ihr doch selbst nicht.“ Sergeant Swattkopp war mit dieser fadenscheinigen Antwort nicht zufrieden. „Herr Wirt, holt dem Verwirrten einen großen Becher Branntwein, damit er wieder auf die Beine kommt.“

„Seid Ihr sicher, dass das hilft, Swattkopp?“, meldete Melchior Zweifel an den drastischen Heilmethoden des Soldaten an.

„Ein guter Schluck zur rechten Zeit schafft Tatkraft und Behaglichkeit! Das hat mein alter Herr stets verkündet und mit Erfolg praktiziert. Noch wirkungsvoller wäre der Branntwein, wenn man ihm eine Prise Schießpulver beimengen würde.“ Sergeant Swattkopp nahm dem Wirt den Becher aus der Hand, als dieser nach kurzer Zeit mit dem belebenden Gesöff wiederkam.

„Runter mit dem erquickenden Saft, Martin. Nicht, dass Ihr nachher vor Schwäche aus dem Sattel kippt.“

Martin wollte nur einen kleinen Schluck nehmen, doch Swattkopp hielt den Becher so lange fest, bis er leergetrunken war.

„Und, geht es Euch jetzt besser?“

Martin holte tief Luft. Er spürte, wie der Branntwein die Kehle hinunterrann und seinen Magen wärmte. Auf unerklärliche Weise schien Swattkopps Wunderwaffe tatsächlich die Lebensgeister wiederzuerwecken.

„So, Herr Wirt, jetzt noch ein kräftiges Frühstück mit Wurst, Schmalz und Schinken für unseren gefallenen Freund. Danach wird er bestimmt wieder auf festen Beinen stehen."

Swattkopps unerschütterliche und handfeste Rührigkeit tat Martin gut. Gleichzeitig aber dachte er mit Grauen an seine Vision, die ihm vor wenigen Minuten durch den Kopf geschossen war. Er würde die kriegerischen Schreckensbilder für sich behalten, denn er wollte seine Freunde nicht beunruhigen. Die Gewissheit, dass jenes Szenario in Kürze grausame Wirklichkeit werden könnte, beunruhigte ihn umso mehr.

Sie waren an diesem Morgen die einzigen Gäste im Schankraum. Die Gesellschaft des Grafen Albertsberg hatte den Gasthof bereits verlassen. Das Frühstück konnte sich sehen lassen. Sogar gekochte Eier, geräucherter Fisch und Hähnchenschenkel tischte der Wirt des „Schäferkrugs" auf. Unverzagt griffen die drei zu. Martins kurzzeitige geistige Verwirrung schien seinen Appetit nicht geschmälert zu haben.

„Ich hoffe, Ihr hattet eine geruhsame Nacht, werte Herren", erkundigte sich der Wirt nach ihrem Wohlbefinden, während sie ihr Frühstück genossen.

„Aber natürlich, Herr Wirt. Eure Betten können sogar das harte Kreuz eines Soldaten erfreuen", antwortete Sergeant Swattkopp schmatzend. Der Wirt nickte erfreut und schlurfte zufrieden wieder davon.

„Nun, Swattkopp, wenn auch Ihr geschnarcht haben mögt wie ein Bär, so war doch aus der einen oder anderen Kammer eine gewisse Unruhe zu verspüren. Oder, Melchior, wie siehst du das?" Martin sah seinen Freund herausfordernd an.

„Ich weiß nicht, wovon du sprichst, Martin. Ich habe ebenfalls traumhaft und engelsgleich geschlafen."

„Der Engel, der dich in den Schlaf gesungen hat, ist mir wohl bekannt. Ebenso wie sein liebevolles Schlummerlied." Martin grinste seinen Freund an.

„Seid Ihr immer noch verdreht im Kopf, oder was soll dieses wirre Geschwafel?" Swattkopp konnte sich Martins Andeutungen nicht erklären.

„Es sieht wirklich so aus, als hätte unser Freund größeren Schaden genommen. Glaubt ihm kein Wort!"

„Ihr wollt meine Freunde sein? Bezichtigt mich des Irrsinns. Verleugnet die Wahrheit. Ihr teuflischen Seelen!" Martin sprang auf und packte seine Satteltaschen. Swattkopp und Melchior sahen sich verunsichert an. War es wieder eine von Martins dramatischen Possen oder meinte er es dieses Mal ernst? Die Antwort kam unverzüglich, als die beiden sahen, wie Martin trällernd den Schankraum verließ.

„Melina, Melina, ich möchte Liebe dir senden. Du schenktest mir Freude und Wonne den Lenden ..."

Zwei Tage waren inzwischen vergangen. Petrus schien es gut mit den Reisenden zu meinen, denn je südlicher sie kamen, desto besser wurde das Wetter. Als sie über eine Kuppe ritten, sahen sie vor sich ein ausgedehntes Waldgebiet.

„Das muss die Rhön sein", stellte Melchior fest. „Ich bin mir nicht ganz sicher, ob es sinnvoll ist, durch den Wald zu reiten oder ihn zu umgehen."

„Auch wenn wir einen Umweg machen, werden wir sicherlich schneller vorankommen als durch den Wald", warf Martin ein.

„Außerdem wissen wir nicht, welche vagabundierenden Halunken sich im Wald versteckt halten. Nicht, dass ich selbst Angst vor ihnen hätte, aber Euer Wohl liegt mir doch sehr am Herzen." Sergeant Swattkopp grinste die beiden streitlustig an.

„Bist du sicher, Melchior, dass uns die richtige Eskorte begleitet, oder haben wir es hier doch eher mit einem Soldaten und flatternden Hosen zu tun?"

„Martin Seedorf, das ist eine offene Kriegserklärung!" Noch bevor Sergeant Swattkopp auf Martin zureiten konnte, hatte dieser seinem Pferd die Sporen gegeben und war lachend davongeprescht. Swattkopp und Melchior folgten ihm in gestrecktem Galopp. Martin ritt auf das Gehölz zu und kam auf einen Weg, der am Wald entlangführte. Hinter einer lang gezogenen Kurve eröffnete sich vor seinen Augen ein Tal, in dem rund eine Meile entfernt ein Dorf lag. Abrupt zügelte er sein Pferd. Sekunden später hatten auch Melchior und Swattkopp aufgeschlossen.

„Seht ihr das dort unten?" Martin zeigte auf das Dorf, aus dem Rauchsäulen aufstiegen, die aufgrund ihres Ausmaßes nicht nur von Kaminen und offenen Feuern stammen konnten.

„Da wird gekämpft!" Swattkopp hatte ein Fernrohr aus der Satteltasche geholt und musterte das Dorf. Jetzt waren auch Schreie zu hören. Mit Schrecken dachte Martin an seine Vision. Hier war die Wirklichkeit.

„Das sieht aus wie ein Überfall."

„Sind es Soldaten?"

„Nein, vermutlich marodierende Landsknechte. Ich sehe keine Uniformen."

„Könnt Ihr erkennen, wie viele es sind?"

„Schwer zu sagen. Auf dem Dorfplatz stehen fünf gesattelte Pferde. Wir müssen den Bauern helfen. Irgendwelche Einwände?“ Sergeant Swattkopp blickte seine Begleiter herausfordernd an.

„Keine!“, kam es wie aus einem Mund. Wieder gaben sie ihren Pferden die Sporen und preschten auf das Dorf zu.

Am Ortseingang brannte bereits eine Scheune lichterloh. Aus ihrem Innern war das Schreien von Tieren zu hören. Die Dorfstraße war menschenleer. Die drei Reiter zügelten ihre Pferde, sprangen aus den Sätteln und zogen ihre Säbel. Swattkopp steckte sich zusätzlich zwei Pistolen in den Gürtel.

„Sie sind in den Häusern“, rief er Martin und Melchior zu. „Seid vorsichtig!“

Mit Riesenschritten stürmte er auf die am nächsten gelegene Bauernkate zu, warf einen kurzen Blick durch das Fenster und trat mit seinem Stiefel die Tür auf. In Sekundenschnelle hatte er die Situation erfasst. Auf dem Küchentisch in der Mitte des Raumes lag eine junge Frau mit hochgeschobenem Rock, die sich vergeblich unter einem Landsknecht wand. Der hatte seine Hosen heruntergelassen und verging sich ächzend an dem winselnden Mädchen, dem er mit seiner Linken den Mund zuhielt. Aus den Augenwinkeln entdeckte Swattkopp in der äußersten Ecke des Raumes zwei kleine Kinder, die das Unfassbare mit weit aufgerissenen Augen verfolgten.

„Warte ab, Alter, du darfst auch noch ran. Ich bin hier gleich fertig“, hörte Swattkopp den Mädchenschänder grunzen, der offensichtlich der Meinung war, dass einer seiner Kumpane die Kate betreten hatte.

Mit der flachen Seite seines Säbels zog Swattkopp dem Übeltäter einen Hieb über den Rücken. Der ließ erschreckt von seinem Opfer ab und drehte sich um. Ungläubig starrte er den Sergeanten an. Sein Glied reckte sich immer noch empor. Swattkopp schwang erneut seinen Säbel und schlug ihm mit einem gezielten Hieb seinen Freudenspender ab. Der Galgenvogel schrie auf und krümmte sich vor Schmerzen. Als er zu Boden stürzte, ergriff Swattkopp seinen Schopf und zerrte ihn zur Tür.

„Kümmert Euch um Eure Kinder", rief er der jungen Frau zu.

Draußen warf er den laut schreienden Lumpenhund auf den Misthaufen. Zwei Häuser weiter entdeckte er Martin, der sich wacker mit zwei Landsknechten herumschlug, die anscheinend gerade ihre geraubte Beute in Säcken zu ihren Pferden tragen wollten. Mit wenigen Schritten war Swattkopp bei ihnen, zog eine Pistole und schoss einem der Halunken in die Brust, so dass der einen Schritt zurückflog und gegen die Hausmauer knallte. Indessen wehrte sich Martin verbissen gegen die heftigen Attacken des zweiten Plünderers. In schneller Folge hieb dieser mit seinem Säbel auf ihn ein. Doch ohne sichtbaren Erfolg, da er stets gekonnt pariert wurde. Bei einem seiner nächsten Angriffe machte Martin einen seitlichen Ausfallschritt, ließ den Gegner ins Leere laufen und zog ihm die Waffe von unten durch den Hals, dass ihm der Kopf halb vom Rumpf getrennt wurde. Der Mann war bereits tot, als er in den Staub fiel.

„Habt Ihr Melchior gesehen?", fragte Swattkopp.

„Nein, er ist zur anderen Seite des Dorfes gelaufen."

„Wir klappern jetzt jedes Haus ab. Ihr nehmt die rechte, ich die linke Seite. Sicher sind hier noch mehr von den Halunken."

Die nächsten beiden Häuser, in die Martin hineinblickte, schienen leer zu sein. Als er bei der dritten Kate die Tür öffnete, stürmte ihm aus dem Halbdunkel ein Bauernbursche mit einer vorgehaltenen Mistgabel entgegen. Reflexartig drehte sich Martin zur Seite. Dabei stellte er dem Angreifer ein Bein, so dass dieser, von seinem eigenen Schwung getrieben, in hohem Bogen auf die staubige Straße knallte. Dabei flog ihm die Mistgabel aus der Hand.

Martin sprang vor und kniete sich auf seinen Rücken. „Bleib ruhig! Wir sind die Guten. Wir wollen euch helfen. Hast du das verstanden?" Erst als Martin merkte, dass der Bursche unter ihm aufgehört hatte zu zappeln, ließ er ihn frei und zog ihn hoch. Der Bauernjunge beäugte ihn skeptisch, schien ihm aber zu glauben, als er die Kleidung und Haltung des jungen Herrn vor sich sah.

„Weißt du, wie viele Schurken euch überfallen haben?"

Der Junge blickte Martin sprachlos an. Dann fasste er sich. „Fünf oder sechs. Genau weiß ich das nicht, weil wir uns alle gleich versteckt haben."

„Ist gut. Bleib im Haus und verbarrikadiere die Tür."

Martin drehte sich um, als er hinter der Kate laute Schreie hörte. Wenige Schritte vor ihm rannte einer der Halunken vorbei, verfolgt von Melchior, der ihn bereits entwaffnet hatte. Mit langen Schritten versuchte der Landsknecht die Pferde am Brunnen zu erreichen, um fliehen zu können. Doch Melchior war ihm dicht auf den Fersen. Mit einem wuchtigen Anlauf sprang der Strauchdieb über die Kruppe des ersten Pferdes und wollte ihm die Sporen geben. In dem Moment holte Melchior ihn ein. Er ergriff das rechte Bein des Flüchtenden und hob ihn mit Schwung aus dem Sattel. Anschließend ertönte ein lautes Stöhnen und wenig später ein dumpfes Platschen. Melchior hatte den Halunken vom Pferderücken direkt in den Brunnen gestoßen.

„Einer von den Lumpenhunden ist abgehauen. Aber der kommt nicht weit“, rief Sergeant Swattkopp ihnen zu, als er hinter der nächsten Bauernkate hervorgerannt kam. Ohne weitere Worte schwang er sich auf das Pferd, mit dem eben noch der Brunnenstrolch hatte fliehen wollen, und stürmte die Dorfstraße entlang. Als Swattkopp die letzten Häuser des Dorfes hinter sich gelassen hatte, bemerkte er auffällige Bewegungen in einem Weizenfeld zu seiner Rechten und ritt direkt darauf zu. Auch dieser Schuft würde ihm nicht entkommen. Noch aus dem Sattel trat Swattkopp dem Flüchtigen in den Rücken. Aufheulend flog der auf sein Gesicht und rührte sich nicht mehr. Mit wenigen Griffen hatte der Sergeant den Übeltäter gefesselt und bäuchlings vor sich auf dem Pferd verschnürt.

Als er in das Dorf zurückkehrte, wagten sich die Bewohner gerade wieder aus ihren Häusern und versammelten sich in der Dorfmitte. Wie es aussah, hatten Melchior und Martin es verstanden, ihr Vertrauen zu erwecken und ihnen zu versichern, dass die Gefahr für sie vorbei war. Ängstlich wichen sie Swattkopp aus, als er mit seiner gefesselten Fracht auf den Brunnen zuritt.

„Es scheint, dass das der letzte der Verbrecher war“, verkündete Swattkopp, als er vor Martin und Melchior anhielt und den Verschnürten vor ihren Füßen auf den Boden poltern ließ.

„Es sieht so aus, Sergeant. In den Häusern haben wir keine weiteren Halunken gefunden“, bestätigte Martin Swattkopps Vermutung.

„Wir wissen gar nicht, wie wir Euch danken sollen, werte Herren.“ Aus den Reihen der Dorfbewohner war ein älterer Bauer vorgetreten.

„Seid Ihr der Bürgermeister dieses Dorfes?“ Melchior hatte sich dem alten Mann zugewandt.

„Ja, Herr, meine Name ist Karl Eichinger. Ich bin der Dorfschulze.“

„Wisst Ihr schon, wer hier im Dorf zu Schaden gekommen ist?“

„Soviel ich weiß, haben sie den Knecht vom Merkelbauer, den Josef, erschlagen. Und die Frauen vom Klintmeier und vom Materna sind ... nun ... Ihr wisst schon. Und wie Ihr seht, brennt die Scheune vom Immelmann immer noch. Da ist nichts mehr zu retten.“

„Es tut uns leid, dass wir nicht früher gekommen sind, um Euch zu helfen, guter Mann“, warf Sergeant Swattkopp ein.

„Was machen wir mit den Schurken? Sollen wir sie gleich aufhängen?“ Der Bauernjunge, der mit der Mistgabel auf Martin zugestürmt war, drängte sich nach vorn.

„Nun, der im Brunnen wird Euch nicht weglaufen, und für diesen hier“, Martin stieß den am Boden liegenden Schurken mit dem Fuß in die Seite, „hat Euer Schmied sicherlich die richtigen Eisen.“

„Den aus dem Brunnen würde ich an Eurer Stelle bald herausholen, weil er sonst mit seiner Pisse Euer Wasser verseucht“, gab Swattkopp zu bedenken.

„Aufhängen würde ich sie allerdings nicht“, sagte Melchior. „Wer ist Euer Lehnsherr?“, fragte er den alten Mann.

„Wir sind freie Bauern, aber auch dem Grafen von Meiningen verpflichtet“, antwortete der Dorfschulze.

„Ist er ein gerechter Herr?“

„Ja, Herr, wir können uns nicht beklagen. Er ist zwar streng, aber gerecht, und auch den einfachen Leuten gegenüber wohlgesonnen.“

„Sehr gut, Meister Eichinger. Damit Ihr keinen Ärger bekommt, weil in Eurem Dorf drei fremde Tote liegen und Ihr zwei Gefangene habt, werde ich ein Schreiben aufsetzen, das Eure Situation erklärt. Damit schickt Ihr einen Boten zu Eurem Grafen, der sich dann auch um die gerechte Verurteilung der beiden Halunken kümmern wird. Die fünf Pferde behaltet Ihr als Vergeltung für die angerichteten Schäden. Habt Ihr irgendwo Tinte und Papier?“

„Es tut uns leid, werter Herr, aber damit können wir leider nicht dienen, denn keiner von uns kann lesen und schreiben.“

„Swattkopp, gebt mir doch eine von den alten Landkarten, die ohnehin nicht stimmen.“

„Kein Problem, Herr Graf. Und um Tinte und Feder kümmere ich mich auch.“

Durch die Reihen der umstehenden Dorfbewohner ging ein Raunen, als sie hörten, dass ein Herr von Adel ihnen zu Hilfe geeilt war. Allgemein war man sich schon darüber im Klaren, dass die drei Lebensretter etwas Besseres waren. Dafür sprachen allein schon ihre Kleidung, ihr Auftreten und auch die Ausstattung ihrer Pferde. Aber dass ein leibhaftiger Graf sich für einfache Bauern schlug, das hatten sie noch nie gehört, geschweige denn erlebt.

Melchior hatte gleich erkannt, dass Swattkopp die offizielle Anrede bewusst gewählt hatte, um diesen Eindruck bei den Bauern zu erzielen.

„Hier die gewünschten Utensilien, Herr Graf. Ich denke, sie werden ihren Zweck erfüllen." Sergeant Swattkopp reichte Melchior eine seiner Landkarten, einen Federkiel, den er gerade einer Gans aus dem Federkleid gezogen haben musste, und einen Becher mit einer undefinierbaren rotbraunen Flüssigkeit.

„Woher habt Ihr die Tinte, Swattkopp?", fragte Melchior den Sergeanten verwundert.

„Das wollt Ihr nicht wissen, Herr Graf. Es gibt Säfte im Leben, die auf vielfältige Weise genutzt werden, und so können selbst die übelsten Kreaturen auf dieser Welt immer auch noch ein Stückchen nützlich sein."

Melchior sah den Sergeanten kopfschüttelnd an, legte das Papier auf den Brunnenrand und schrieb das versprochene Dokument.

„Äußerst beeindruckend, das Schloss Weiltingen." Martin zeigte anerkennend auf den kleinen Ort mit dem imposanten Gebäude, in dem Herzog Julius Friedrich von Württemberg-Weiltingen residierte.

„Der Herzog verfügt sogar noch über zwei weitere Schlösser. Aber wie ich gehört habe, soll auch hierzulande der große Krieg seine Spuren hinterlassen haben", wusste Melchior zu berichten.

„Na, dann wollen wir uns einmal die Prinzessin ansehen, die unsere neue Herzogin werden soll", schlug Swattkopp vor und ritt auf das Schlosstor zu. Unmittelbar davor traten ihnen zwei Wachsoldaten in den Weg und kreuzten ihre Hellebarden.

„Wir sind Boten des Herzogs Johann aus Holstein und wollen zu Herzog Julius Friedrich“, trug Martin ihr Anliegen vor.

„Und wir sind die schwarzen Ritter des Kaisers und treten euch in den Arsch, wenn ihr nicht gleich verschwindet“, war die barsche Antwort eines der Wachsoldaten.

„Ach, du dickes Kanonenrohr! Ein subalterner Klugscheißer macht dicke Backen. Sieh zu, dass du deinen Hauptmann herholst, bevor wir dir Beine machen, du mickriger Zinnsoldat.“ Sergeant Swattkopp kam dem aufbegehrenden Soldaten bedenklich nahe und funkelte ihn vom Rücken seines Pferdes drohend an. Ängstlich wich er zwei Schritte zurück, während der zweite Soldat sich umdrehte und eilig im Schatten des Torhauses verschwand.

Kurze Zeit später erschien ein weiterer Wachsoldat, den seine Kleider und Litzen als Offizier auswiesen. „Ihr begehrt Einlass? Aus welchem Grund?“, fragte er kurz und musterte die drei Reiter abwartend.

Melchior stellte sich und seine beiden Begleiter vor und wiederholte den Grund ihres Ansinnens.

„Ihr seid willkommen. Führt Eure Pferde in den Hof, dort werden die Stallburschen sie übernehmen. Einer meiner Männer wird Euch dann zum Hofmarschall geleiten.“ Der Offizier verbeugte sich, während die drei von ihren Pferden stiegen und einem der Wachsoldaten folgten.

Im Schlosshof bot sich den Ankömmlingen ein ungewohnter Anblick. Sie hatten den Eindruck, dass sie sich auf einem schlichten Bauernmarkt befanden, und nicht im Hof eines repräsentablen Fürstenhauses. Einfach gekleidete Menschen trugen Gemüse und Obst von einem Karren in ein Gebäude. Zwei junge Burschen mühten sich ab, ein Pferd vor einen Wagen zu spannen, der bei einem gewissen Wohlwollen eine Ähnlichkeit mit einer Kutsche hatte. Vor einem Karren, der mit einem Weinfass beladen war, stritten sich zwei Männer lautstark. Es waren noch nicht einmal Ansätze eines geregelten Hoflebens zu entdecken. Hofdamen und Hofkavaliere fehlten gänzlich.

Nachdem zwei Stallburschen ihre Pferde übernommen hatten, folgten Martin, Melchior und Swattkopp dem Soldaten in das Schloss. Über ein Portal betraten sie eine große Halle, von deren Wänden aus goldenen Rahmen zahlreiche Ahnen strafend auf die Eindringlinge herabblickten. Über eine ausladende Freitreppe gelangten sie in die erste Etage. Der Wachsoldat bat sie, in einem grau-blau tapezierten Salon zu warten.

Martin musterte derweil die Einrichtung und runzelte die Stirn. „Das Schloss hat, wie es scheint, auch schon bessere Zeiten gesehen“, war sein einsilbiger Kommentar, als er den Wandbehang betrachtete, dessen Bild eine Jagdszene beschrieb. Die dargestellten Figuren hatten zum Teil ihre Konturen verloren, da die Fäden, die diese bestimmen sollten, verblasst waren oder gar fehlten.

„Der Herr Hofmarschall lässt bitten.“ Der Wachsoldat machte ein Zeichen, ihm zu folgen.

Im angrenzenden Raum empfing sie ein älterer Herr, der sich mühsam hinter seinem Schreibtisch erhob. „Frohe Kunde aus dem hohen Norden, wie ich höre“, begrüßte er Martin, Melchior und Swattkopp wohlwollend. „Tretet ein, nehmt Platz und erzählt mir von Eurer Reise.“

Hofmarschall Gerald von Isenhagen entpuppte sich als Waschweib. Er wollte alles erfahren, alles detailgenau wissen. Gleichzeitig erfuhren die drei in langatmigen Erklärungen, dass der Herzog unpässlich und die Herzogin auf Besuch nicht eingerichtet wäre. Somit schlösse sich eine gegenwärtige Audienz schon von selbst aus. Prinzessin Julia Felicitas hingegen würde sich in aller jugendlichen Frische einer strotzenden Gesundheit erfreuen.

„Ich schlage Euch daher vor, dass Ihr zunächst Eure Quartiere im Ostflügel beziehen möget. Ich werde sehen, wann ein angemessener Rahmen gefunden werden kann, um eine dem Anlass entsprechende würdige Begegnung zu arrangieren. Habt also ein wenig Geduld und genießt die milde Sommerluft von Weiltingen.“ Der Hofmarschall erhob sich ächzend, läutete nach einem Pagen und wies diesen an, die Herrschaften in die Gästeräume im Ostflügel zu führen.

Anders als erwartet erwiesen sich diese als komfortabel. Auch als Swattkopp einen der Pagen bat, für Bier zu sorgen, dauerte es nicht lange, bis ihnen das erfrischende Nass in einer Karaffe mit drei Gläsern gebracht wurde.

Auch die Gesellschaft, die Martin, Melchior und Swattkopp am Abend antrafen, sprengte all ihre Erwartungen. Der Hofmarschall hatte ihnen noch am späten Nachmittag mitteilen lassen, dass Herzog Julius Friedrich zu einer feierlichen Soiree laden würde. Als sie den Festsaal des Schlosses betraten, staunten sie nicht schlecht. Rund zwanzig Personen in edlen Kleidern musterten sie eindringlich.

Noch bevor der Hofmarschall ihnen ihre Plätze an der Tafel zuweisen konnte, erschien der Herzog mit einer älteren Dame, einer jüngeren Frau und einem jungen Mann im Gefolge. Er war nicht offiziell angekündigt worden, sondern steuerte sogleich auf seinen Platz am Kopf der Tafel zu und setzte sich. Der junge Mann nahm zu seiner Rechten Platz. Die beiden Damen nahmen ihre Plätze am anderen Kopfende des Tisches ein.

Der Herzog winkte gnädig mit der Hand, und auch die anderen setzten sich. Er war ein grauer und müder Fürst. Grau waren seine Haare, die ihm bis auf die Schultern reichten. Grau war auch sein Bart. Selbst seine Gesichtsfarbe unterschied sich kaum von den Haaren. Den einzigen Kontrast bildete sein leuchtend rotes Gewand, das mit goldenen Fäden durchwirkt war.

Die Herzogin hingegen, denn um die musste es sich am anderen Ende der Tafel handeln, trug ein schlichtes und schmuckloses braunes Kleid. Ihr hageres Gesicht und ihre kerzengerade Haltung ließen den Schluss zu, dass sie kein Mensch ausgelassener Freuden war, im Gegenteil!

Die junge Frau an ihrer Seite musste die Prinzessin sein. Julia Felicitas war eine Schönheit. Aus ihrem ebenmäßigen, herzförmigen Gesicht strahlten braune Augen mit einer geradezu frechen Intensität. Ihr leuchtend gelbes Kleid unterstrich ihre schlanke, aber doch wohlproportionierte Figur. Der junge Mann an der Seite des Herzogs, vermutlich einer der Prinzen, vermittelte einen eher gelangweilten Eindruck.

„Der heutige Abend bereitet Uns große Freude. In den trüben Tagen dieser Zeit ein seltener Anlass. Als Gäste an diesem Tisch begrüßen Wir Kuriere des Fürstbischofs und Herzogs Johann von Schleswig-Holstein-Gottorf, Unserem zukünftigen Schwiegersohn. Die da sind sein Kammerdiener Graf Melchior von Hutzfeld, sein persönlicher Sekretär Martin Seedorf wie auch der Sergeant der Eutiner Schlossgarde Swattkopp. Wir freuen Uns, dass Ihr trotz der Kriegswirren unbeschadet Weiltingen erreicht habt. Wir wissen diese Geste Eures Herrn hoch zu schätzen und danken Euch für Euren wagemutigen Einsatz. Wie Wir gehört haben, führt Ihr auch Geschenke für die Braut mit, die ihr zukünftiger Gemahl Euch zu treuen Händen gegeben hat. Ihr Dank wird Euch gewiss sein. Mit Formalitäten wollen Wir Euch heute nicht langweilen, dazu wird morgen genug Zeit sein." Als der Herzog geendet hatte, nickte er Melchior zu und erteilte ihm damit das Wort.

Melchior erhob sich und verneigte sich leicht. „Durchlaucht, habt aufrichtigen Dank für Eure warme Begrüßung. Wir fühlen uns geehrt. Erlaubt mir an diesem Abend nur ein kurzes Wort. Wir überbringen Euch, Eurer Familie und ganz besonders Prinzessin Julia Felicitas die allerherzlichsten Grüße und Wünsche unseres Herrn, seiner Durchlaucht Herzog Johann. Ich übertreibe nicht, wenn ich behaupte, dass seine Durchlaucht ungeduldig den Tag herbeisehnt, wenn Ihr, Prinzessin, Eure zarten Füße über die Schwelle des Eutiner Schlosses setzen werdet." Melchior sah die Prinzessin an und verneigte sich erneut, bevor er sich wieder setzte.

„Habt Dank, Graf Hutzfeld, aber jetzt sollten wir unsere knurrenden Mägen nicht länger warten lassen."

Der Hofmarschall gab das Zeichen an die Pagen, den ersten Gang zu servieren.

Es schien, dass nicht nur Martin, Melchior und Swattkopp einen Bärenhunger verspürten, denn auch die Hofgesellschaft hielt sich bei der Auswahl ihrer Speisen nicht zurück. Es entstand fast der Eindruck, dass dieser Abend ein willkommener Anlass war, sich einmal richtig satt essen zu können.

„Sagt einmal, Hutzfeld, kann es sein, dass sich die Achtung meines Vaters und meiner Schwester durch meinen zukünftigen Schwager in Grenzen hält, wenn er uns nur niederes Personal schickt?"

Von einer Sekunde zur anderen herrschte absolute Stille im Festsaal des Schlosses in Weiltingen. Der Prinz sah Melchior herausfordernd an.

Noch bevor dieser antworten konnte, erhob Martin zur Verwunderung aller das Wort. „Hoheit, die Hochachtung unseres Herrn Eurem Vater und Eurer Schwester gegenüber ist ohne Fehl und Tadel ..."

„Was fällt Euch ein? Mit Euch spreche ich nicht", unterbrach der Prinz Martin wütend.

Doch der Herzog legte beschwichtigend die Hand auf seinen Arm und sah Martin an. „Wohl aber hören Wir mit einem gewissen Entsetzen, welche wunderlichen Maßstäbe Ihr ansetzt, den Wert eines Menschen zu messen und zu beurteilen. Gleichzeitig unterstellt Ihr Eurem zukünftigen Schwager Unfähigkeit in der Auswahl seiner Getreuen."

„Ich muss mir das nicht länger anhören", brauste der Prinz erneut auf.

„Schweig, Roderich!", fuhr der Herzog seinen Sohn herrisch an.

„Ihr habt das große Glück gehabt, Hoheit, hochgeboren zu sein, und leitet daraus einen Wertanspruch ab. Aber wie viel Wert dagegen ist ein Mensch, ganz gleich welcher Herkunft, der seinem Herrn treu ergeben ist und für ihn sein Leben einsetzt? Seid gewiss, dass seine Durchlaucht, Herzog Johann, bewusst jene Personen ausgewählt hat, die heute an diesem Tisch sitzen. Menschen, denen er vertraut und die seine Mission würdevoll und angemessen erfüllen werden. Auch wenn Ihr, Hoheit, diesen Umstand noch nicht ermessen könnt."

„Vater, ich dulde diese Impertinenz nicht ..."

„Sei still, Roderich. Du darfst dich zurückziehen."

„Vater, ich lasse mir ..."

„Raus, zum letzten Mal, Roderich, raus!"

Voller Zorn stieß Prinz Roderich seinen Stuhl um, als er wutentbrannt aufsprang und mit schnellen Schritten den Festsaal verließ.

„Wir wollen diesen Zwischenfall nicht überbewerten. Junge Leute sind zuweilen etwas hitzig. Lasst Uns jetzt in Ruhe weiterspeisen."

Dem Herzog schien dieser Zwischenfall äußerst unangenehm zu sein, die Herzogin hingegen funkelte Martin mit abgrundtiefer Verachtung an. In der einen oder anderen Miene der Hofdamen und Hofkavaliere entdeckte er aber auch einen Anflug von Anerkennung und Bewunderung. Vermutlich hatte es bisher niemand gewagt, diesem arroganten Schnösel deutlich die Meinung zu sagen.

„Nicht schlecht, mein Lieber", flüsterte Melchior ihm anerkennend zu, „aber Freunde haben wir uns damit nicht unbedingt gemacht."

„Viel Feind, viel Ehr!“, war Swattkopps einziger Kommentar, was Martin aus dem Mund des alten Haudegens als anerkennendes Schulterklopfen wertete.

Kapitel 29

Eutin, im Sommer 1640

Das Schloss in Eutin schien förmlich aus allen Nähten zu platzen, seitdem die neue Herzogin eingezogen war. Schon die prächtige Hochzeit im Mai hatte allen Bediensteten organisatorische Höchstleistungen abverlangt. Auch jetzt, wenige Wochen danach, gab es kaum einen Tag, an dem Graf von Eiberfeld, der Hoffourier, sich nicht die spärlichen Haare raufte, weil Herzogin Julia Felicitas weitere Räumlichkeiten beanspruchte, die Farben der Tapeten nicht ihren Vorstellungen entsprachen oder zu wenig Spiegel in ihrem Schlafgemach hingen.

Martin beobachtete das emsige Treiben mit einer gewissen Gelassenheit, da der Herzog nach der Hochzeit glücklich und zufrieden war, was sich letztlich auch auf seine nahen Getreuen übertrug. Mit Stirnrunzeln hatte Martin allerdings festgestellt, dass der Bruder der neuen Herzogin, Prinz Roderich, nicht wie seine Eltern nach den Feierlichkeiten wieder abgereist war, sondern die Gastfreundschaft seines Schwagers noch einige Zeit beanspruchte. Er hatte schon jetzt einen festen Platz auf Martins „Liste der Feinde".

Das Klopfen an der Tür störte seine Gedanken. Ein Page trat ein und kündigte den Besuch einer Baronesse an.

Etwas irritiert nahm Martin die Information entgegen, denn von einer Audienz beim Herzog war ihm nichts bekannt. „Ich lasse bitten", forderte er den Pagen auf und erhob sich von seinem Schreibtischstuhl.

Wie angewurzelt blieb er stehen, als er das Wesen erblickte, das durch die Tür trat. Vor ihm stand eine junge Frau, die ihn freundlich aus himmelblauen Augen anlächelte. Auf ihren Wangen zeigten sich zwei kleine Grübchen. Martin konnte sich von ihrem Anblick nicht losreißen und vergaß alle Regeln der Höflichkeit. Blondes, fast goldenes Haar schaute unter einer zierlichen Haube hervor, und obwohl sie einen Reiseumhang trug, war unter ihm eine schlanke, aufrechte Figur zu vermuten.

„Verzeiht, dass ich hier so eindringe. Ich bin Baronesse Anna-Sophie von Söfkenberg, und das hier ist Samuel."

Erst jetzt bemerkte Martin, dass hinter der Baronesse noch eine weitere Person stand, die er gleichermaßen verwundert anstarrte. Es war ein Mohr. Tiefschwarz.

„Ich muss mich entschuldigen, Baronesse, für meine mangelnde Aufmerksamkeit, aber eine zauberhafte Erscheinung wie die Eure und die Euers Begleiters gibt es in meinen Räumen selten. Wie kann ich Euch dienen?"

„Ich komme soeben aus Gottorf und gehöre zu den neuen Hofdamen der Herzogin Julia Felicitas. Ich habe hier ein Schreiben der Herzogin Augusta, der Mutter Eures Herzogs, in der sie Samuel in seine Obhut gibt. Aber wenn möglich, würde ich die Umstände seiner Durchlaucht sehr gern persönlich vortragen."

Martin hing wie gebannt an den Lippen der Baronesse und hatte Mühe, sich ganz und gar auf den Inhalt ihrer Worte zu konzentrieren.

„Wenn Ihr mich für einen Moment entschuldigen möchtet, Baronesse, werde ich sehen, ob Euer Besuch seiner Durchlaucht gelegen kommt. Vielleicht könntet Ihr mir den Brief der Herzogin Augusta schon aushändigen?"

Die Baronesse übergab Martin einen versiegelten Umschlag. Wieder sah er die beiden Grübchen auf ihrem lächelnden Gesicht.

Es dauerte nur wenige Minuten, bis Martin zurückkehrte. „Ihr habt Glück, Baronesse. Seine Durchlaucht ist höchst erfreut über die Nachrichten von seiner Mutter. Er möchte Euch und Samuel sogleich sehen."

„Oh, wäret Ihr so nett, mich von meinem Umhang zu befreien? Nur ungern möchte ich seiner Durchlaucht in diesem Aufzug begegnen."

Martin trat hinter die Baronesse und nahm ihr das Reisecape von den Schultern. Seine Vermutungen gaben ihm recht. In ihrem hellblauen Kleid mit weißen Rüschen sah sie aus wie ein sommerlicher Blütentraum. Gertenschlank und doch liebreizend fraulich.

„Baronesse, Ihr glaubt gar nicht, welche Freude Ihr Uns mit der Nachricht bereitet, die Ihr Uns von Unserer Mutter überbringt, auch wenn Uns ihr gesundheitlicher Zustand große Sorge bereitet."

Martin wusste, dass die Mutter des Herzogs ihr Schloss in Husum aufgrund ihres eingeschränkten Wohlbefindens seit geraumer Zeit nicht verlassen hatte und daher auch nicht zur Hochzeit ihres Sohnes nach Eutin gereist war.

„Erlaubt mir, Durchlaucht, Euch persönlich die allerbesten Grüße von ihrer Durchlaucht, der Herzogin

Augusta, zu überbringen. Mit großer Aufmerksamkeit verfolgt sie alles, was an Nachrichten aus Eutin bis nach Husum gelangt."

„Wir danken Euch, Baronesse. Aber Ihr habt an Eurer Seite einen wackeren Gesellen, der Uns sehr bekannt vorkommt. Samuel, tritt vor und lass dich anschauen."

Der Mohr ging auf den Herzog zu und verbeugte sich tief, sagte aber kein Wort.

„Hat es dir die Sprache verschlagen oder kennst du Uns nicht mehr?"

„Gewiss, Durchlaucht, ich war ja schon in Diensten ihrer Durchlaucht, der Herzogin, als Ihr noch in Gottorf weiltet."

„Genauso war es. Wie Wir lesen, zeigst du musikalisches Talent?"

„Ich habe in Husum das Orgelspielen erlernt, Durchlaucht."

„Dann wollen wir deine Ausbildung nicht lange unterbrechen. Martin, seid so gut, gebt Samuel dem Kantor an die Hand und weist ihn an, dass er aus dem Jungen einen anständigen Orgelgesellen macht. Euch, Baronesse, wünschen wir ein erfreuliches Wohlleben in Eutin."

Nachdem Martin den Mohren mit der Weisung des Herzogs für seine Ausbildung an den Hofmarschall übergeben hatte, wandte er sich wieder der Baronesse zu. „Wenn Ihr erlaubt, Baronesse, würde ich Euch jetzt in die Gemächer der Herzogin führen."

Baronesse von Söfkenberg blickte den Sekretär des Herzogs irritiert an. „Gehören solche Dienste zu den Aufgaben des persönlichen Sekretärs des Herzogs?"

„Das liegt ganz an den jeweiligen Personen, Baronesse. Garstige Geschöpfe werden mit Missachtung gestraft, liebenswerte dagegen mit Hochachtung." Martin lächelte die Baronesse schelmisch an.

„Oh, welch ein Glück für mich. Darf ich daraus schließen, dass ich in Euren Augen nicht zu den Garstigen gehöre?" Die Baronesse schien wie Martin großes Vergnügen an den Wortspielen zu haben.

„Das habt Ihr messerscharf erkannt, Baronesse, oder hat es an meinem Verhalten Euch gegenüber irgendeinen Zweifel gegeben?"

„Nein, nein, Herr Secretarius. Für eine Begleitung an der Seite eines echten Kavaliers bin ich selbstverständlich überaus dankbar."

Während Martin die Baronesse über das Treppenhaus in die obere Etage geleitete, wo die Herzogin ihre Gemächer bezogen hatte, erklärte er ihr die Räumlichkeiten, die auf ihrem Weg lagen. Sie wagten einen Blick in die Kapelle und Martin wies auf die angrenzenden Kanzleiräume hin – das Reich von Kanzleidirektor Graf von Cassius. Der Blick durch ein Fenster in den Schlossgarten mit den im Sonnenlicht funkelnden Wasserspielen schien die Baronesse ganz besonders zu begeistern. Gedankenverloren blieb sie stehen und betrachtete die gelungene Komposition von geraden Wegen, verschlungenen Hecken und einladenden Pavillons. Martin konnte sich seine innere Unruhe kaum erklären. Gebannt starrte er sie an, als wollte er jede kleinste Bewegung, jeden Wimpernschlag von ihr in sich aufsaugen, festhalten und bewahren. Ihre verträumte Sinnlichkeit war zum Greifen nah und für ihn doch so fern.

„Verzeiht, Herr Secretarius, ich habe mich vergessen. Aber ich glaube, meine Befürchtungen verfliegen gerade. Die neue Aufgabe, der neue Ort, die Ungewissheit haben mich zunächst beunruhigt. Doch das kleine Schloss, der bezaubernde Garten und auch Euer herzlicher Empfang geben mir das Gefühl, willkommen zu sein."

„Baronesse, wenn Eure Zeit es erlaubt, stehe ich Euch gern zur Verfügung, Euch in die verwunschenen Geheimnisse des Schlosses einzuweihen, Euch über die guten und bösen Geister aufzuklären und Euch in die dunkelsten Gänge der Stadt zu führen."

Die Baronesse lachte Martin unbekümmert an. „Ein überaus reizvoller Gedanke. Ich werde darüber nachdenken. Doch jetzt sollten wir die Herzogin nicht länger warten lassen."

„Gräfin, erlaubt mir, dass ich Euch eine der neuen Hofdamen ihrer Durchlaucht, der Herzogin, vorstelle. Baronesse Anna-Sophie von Söfkenberg."

Martin war mit der Baronesse in das Kabinett der Ersten Hofdame, Gräfin Caroline von Lobenstein, getreten, die für die weiblichen Bediensteten der Herzogin verantwortlich war.

„Welch seltener Besuch, Herr Secretarius." Gräfin Lobenstein war sichtlich verwundert, da Martins Aufgaben ihn nur selten in die Nähe der Gemächer der Herzogin führten.

„Ich konnte doch nicht verantworten, dass sich die Baronesse schon am ersten Tag in unseren Räumlichkeiten verläuft."

„Das habt Ihr ja nun ritterlich verhindert, Herr Secretarius." Martin blieb der spöttische Unterton der

Gräfin nicht verborgen. Er hegte ihr gegenüber keine allzu große Sympathie, da sie über die Hofdamen wachte wie eine Glucke über ihre Küken und die Herzogin als ihr persönliches Eigentum betrachtete. Herrschsüchtig, wie sie war, verteidigte sie daher auch ihr Refugium mit allen Mitteln, die ihr zur Verfügung standen. Martin verbeugte sich vor den beiden Damen und zog sich zurück.

Als er in seinem Kabinett angekommen war, schwirrte es in seinem Kopf. Immer wieder musste er an die Baronesse denken. Anna-Sophie, welch ein Name! Wie ein Lied in seinen Ohren.

Martin Seedorf, du bist und bleibst ein Narr, rief er sich selbst zur Ordnung. Benimmst dich wie ein aufgeplusterter Gockel auf dem Misthaufen. Doch dieses unbestimmte, sehnsuchtsvolle Gefühl wollte nicht verfliegen. Im Stillen dachte er schon darüber nach, auf welche Weise er Anna-Sophie wieder nahe kommen konnte. Die Herzogin würde die Hofdamen ganz schön in Schwung halten, und auch der Herzog ließ Martin wenig Zeit für längere private Ausflüge. Außerdem würde die Baronesse doch eher auf einen edlen Prinzen warten als auf einen schlichten Hofsekretär, der noch nicht einmal von Adel war. Martin schüttelte den Kopf und versuchte, sich wieder auf seine Arbeit zu konzentrieren.

Erschrocken wich Martin zur Seite, als er sein Elternhaus am Markt betreten wollte. Noch bevor er die letzten Stufen genommen hatte, wurde die Haustür aufgerissen und Stadtrat Leberecht Pechstein stolperte ihm entgegen. Martin hatte ihn seit seinem Einzug ins Schloss nicht gesehen und erkannte ihn fast nicht wieder. Aus dem sonst so imposant auftretenden, beleibten Repräsentanten der Stadt war ein klapperiger Greis geworden. Sein pelzbesetzter Umhang, den er selbst an warmen Sommertagen trug – vermutlich, um damit seine Amtswürde zu unterstreichen –, schlotterte wie ein viel zu großer, leerer Sack um seinen mageren Leib. Sein Gesicht war von Ausschlägen und Beulen völlig entstellt.

„Seid gegrüßt, Herr Stadtrat."

Der Stadtrat schien Martin gar nicht wahrzunehmen. Schwerfällig humpelte er dem Rathaus entgegen.

Eigentlich gab es für Martins Besuch in seinem Elternhaus einen erfreulichen Anlass – ein fröhliches Familienfest. Am Tag zuvor war sein Vater fünfzig Jahre alt geworden. Zudem hatte es seine Mutter für nötig erachtet, die wachsende Familie wieder einmal unter ihrem Dach zu versammeln.

Das Bild von dem gebrechlichen Stadtrat versetzte Martins erwartungsvoller Stimmung jedoch einen deutlichen Dämpfer. „Vater, ich hatte eben eine erschrekkende Begegnung mit Stadtrat Pechstein. Nicht nur, weil ich mich gewundert habe, dass er aus unserem Haus kam, er sah auch noch so aus, als würde er dem Tod nicht mehr fern sein." Martin hatte den Apotheker in seinem Laboratorium angetroffen.

„Deine Vermutungen haben dich nicht getäuscht, mein Sohn. Der Stadtrat ist ein todkranker Mann."

„Was fehlt ihm denn?"

„So sieht die Franzosenkrankheit aus, Martin. Genauer gesagt leidet er unter der Syphilis. Es ist eine schreckliche Krankheit, die nicht nur die Knochen befällt und äußerst schmerzhaft ist, sondern neben den

Geschwüren zur allgemeinen Verblödung führt, da sie irgendwann auch das Gehirn angreift."

„Und dagegen gibt es keine Arznei?"

„Die studierten Mediziner meinen, sie mit Quecksilberbädern bekämpfen zu können, ich meine jedoch erfolglos. Ich gebe ihnen einen Trunk aus dem Bingelkraut, der ihnen zumindest Linderung verschafft."

„Es scheint, als würde der Herr einige seiner schwarzen Schafe bereits auf Erden richten."

„Ganz unschuldig ist der Stadtrat an seinem Zustand nicht, denn die Krankheit wird auch ‚Lustseuche' genannt. Sie befällt einen nicht aus heiterem Himmel wie die Pest, sondern man weiß, dass sie nur bei ungehemmten leiblichen Freuden übertragen wird, und die hat der Stadtrat offensichtlich seit Jahren intensiv gepflegt."

Es war wie in alten Zeiten, als sich die Familien des Apothekers Seedorf und des Schmiedemeisters Hellwag regelmäßig einmal im Monat zum gemütlichen Abendessen getroffen hatten. Nur die Zusammensetzung sah heute etwas anders aus. Neben Martins Eltern war auch seine Schwester Margret mit ihrem Mann Hartwig erschienen, ebenso wie sein Freund Daniel mit dessen Frau Angelina. Nur seine Schwester Elsbeth hatte auf die Reise von Lübeck nach Eutin verzichten müssen, da sie schwanger war und ihr zweites Kind erwartete. Dagegen saß auch Martins Bruder Andreas mit am Tisch, neben ihm seine Verlobte Greta Holldorf, jene Weberin, die einst mit ihrem Bruder in die Kate der Witwe Prager vor die Tore der Stadt gezogen war. Natürlich fehlte auch sein Onkel Hartmut, der Stallmeister des Herzogs, an diesem Abend nicht. Voller Dankbarkeit und Freude hatte Martin die Nachricht aufgenommen, dass auch Dekan Simon der Einladung seiner Eltern gefolgt war.

Elisabeth Seedorf hatte es so eingerichtet, dass die Erwachsenen am Abend unter sich waren. Die Kinder von Margret und Angelina waren mit Begeisterung dem Vorschlag gefolgt, allein im Erkerhaus übernachten zu dürfen. Zumal die alte Köchin Hertha ihnen versprochen hatte, ihnen Geschichten von Kobolden, Hexen und verzauberten Prinzen zu erzählen.

„Onkel Hartmut, erzählt doch bitte einmal: Hat die junge Herzogin frischen Wind in die verstaubten Mauern des Schlosses gebracht? Aus Martin ist ja nie etwas herauszuholen." Andreas blinzelte seinen Onkel erwartungsvoll an.

„Es ist wie in jedem Haus, Andreas. Überall dort, wo junge Mädchen eintreten, flattern bunte Vögel durch die Räume und verdrehen die Köpfe junger Burschen. Du selbst bist das beste Beispiel."

Alle lachten und Greta bekam einen roten Kopf.

„Ich finde es schön, dass unsere Kinder erwachsen geworden sind und ihr Glück gefunden haben. Nur Martin bereitet mir noch ein wenig Kopfzerbrechen", bemerkte Elisabeth Seedorf mit einem Lächeln. „Könntet Ihr, Herr Dekan, da nicht seelsorgerisch einwirken?"

„Meine liebe Frau Seedorf, ich befürchte fast, dass Ihr die Macht meiner Person überschätzt. Ich gebe gern zu, dass für uns Seelsorger das Wort eine willkommene Waffe ist. Ob wir dabei aber auch Wegbereiter zu irdischem Glück sind, ist nie ganz sicher."

„Wollt Ihr damit sagen, dass Martin ein hoffnungsloser Fall ist?", fragte Andreas mit diebischer Freude nach und sah seinen Bruder lausbübisch an.

„Die Hoffnung stirbt zuletzt, Andreas. Deshalb bin ich in Martins Fall ganz zuversichtlich, dass auch er in nicht allzu ferner Zukunft sein Glück finden wird."

„Ich weiß gar nicht, weshalb ihr euch so viele Gedanken um meine Glückseligkeit macht. Ich bin rundherum zufrieden." Martin fühlte sich nicht wohl in seiner Haut.

„Vielleicht ist Martin ja glücklicher, als ihr vermutet."

Überrascht drehten alle ihre Köpfe zu Daniel, als wollten sie fragen, was seine Bemerkung zu bedeuten habe. Doch der lächelte nur und schwieg.

Jetzt wurde auch Margret neugierig. „Gibt es etwas, lieber Bruder, was wir wissen sollten?"

Martin winkte ab. „Ich glaube, ihr seid betrunken, oder habt Ihr, Vater, irgendeine komische Pille in den Wein gegeben, dass hier alle so wirre Reden halten?"

„Der Fantasie der Menschen sollte man keine Grenzen setzen, mein Sohn. Wie du siehst, kann sie selbst ohne stimulierende Substanzen unendliche Höhen erreichen."

„Was ist das für ein Saustall? Ich will, dass mein Pferd gesattelt wird. Gibt es denn hier nur Dilettanten?" Prinz Roderich von Württemberg-Weiltingen stand in der Tür des Marstalls, die Fäuste in die Hüften gestemmt.

Die Stallburschen sahen den Prinzen verschüchtert an und versuchten, ihm so schnell wie möglich aus dem Weg zu gehen. Doch das gelang nicht allen, denn einem von ihnen zog der zürnende Prinz seine Reitpeitsche über den Rücken.

„Ihr solltet Euch zurückhalten, Hoheit. Wie kann ich Euch zu Diensten sein?" Hartmut Bergmann war aus seinem Kontor getreten, als er das Gebrüll des Prinzen vernommen hatte und dessen willkürliche Attacken gegen die Stallburschen sah.

„Wer seid Ihr, dass Ihr mich belehren könnt? Ich will, dass mein Pferd gesattelt wird. Oder ist das etwa auch nicht möglich in diesem provinziellen Dreckloch?“

„Darf ich Euch daran erinnern, dass Euer Pferd auf Euren Wunsch neu beschlagen werden sollte. Es ist zurzeit beim Schmied.“

„Das kann doch nicht eine Ewigkeit dauern. Dann holt mir eben einen anderen Gaul aus Eurem mickerigen Klepperbestand.“

„Wie Ihr wünscht, Hoheit.“ Der Stallmeister drehte sich um und gab einem der Stallburschen entsprechende Anweisungen. Bald darauf erschien ein zweiter Pferdeknecht mit einem Pferd am Halfter, das bereits gesattelt war und die herzogliche Satteldecke trug.

Der Prinz ging auf das Pferd zu und wollte dem Burschen die Zügel entreißen, als der Stallmeister dazwischentrat. „Euer Pferd ist gleich gesattelt, Hoheit. Einen kleinen Moment noch.“

„Was soll diese Farce?“

Hartmut Bergmann ignorierte den Einwand des Prinzen und führte das Pferd an ihm vorbei. „Euer Pferd, wie gewünscht, Herr Secretarius.“

Prinz Roderich starrte den Stallmeister ungläubig an. Hinter ihn war Martin Seedorf getreten, der die Zügel von seinem Onkel lächelnd entgegennahm. Obwohl er, als er aus dem Schlosstor getreten war, den Auftritt des Prinzen bereits verfolgt hatte, ließ er sich davon nicht aus der Ruhe bringen.

„Seid Ihr des Wahnsinns, Stallmeister, einen hergelaufenen Wicht zu bevorzugen? Ihr gebt mir sofort das Pferd oder Ihr werdet in Zukunft als Stallknecht arbeiten.“ Der Prinz drängelte sich vor und wollte die Zügel ergreifen.

Doch Martin stellte sich ihm energisch in den Weg. „Prinz, reißt Euch zusammen und hört zu. Ihr seid Gast in diesem Haus, und wenn Ihr Euch nicht wie ein solcher benehmt, werdet Ihr es die längste Zeit gewesen sein.“

„Du Wurm forderst mich heraus? Ich werde dich zerquetschen.“ Der Prinz griff nach seinem Degen, doch bevor er ihn aus der Scheide ziehen konnte, hatte Martin seinen Arm mit festem Griff gepackt. „Das würde ich mir noch einmal überlegen, wenn Ihr unbeschadet ausreiten möchtet. Ein gut gemeinter Rat, Hoheit: Messt Euch in Zukunft mit Gleichwertigen und nicht mit einfachen Stallburschen. Hier kommt übrigens Euer Pferd.“

Der Prinz versuchte vergeblich, sich zu befreien, denn Martin gab seinen Arm erst frei, als das gesattelte Pferd unmittelbar vor ihnen stand.

Unwirsch riss der Prinz dem Stallburschen die Zügel aus der Hand und schwang sich in den Sattel. „Das werdet ihr bereuen, das verspreche ich euch.“ Dann hieb er dem Pferd die Sporen in die Seiten, dass dieses erschrocken einen Sprung nach vorn machte und über den Schlossplatz davonpreschte.

„Martin, du musst vorsichtig sein. Solche Menschen sind unberechenbar.“ Der Stallmeister war neben seinen Neffen getreten und blickte dem Prinzen kopfschüttelnd hinterher, als er, ohne sein Pferd zu zügeln, durch das äußere Schlosstor galoppierte und dabei fast einen der Wachsoldaten umriss.

Es war keine Stunde vergangen, als der Prinz wie ein Rasender zurückkam, vor dem Marstall das Pferd brutal zügelte, aus dem Sattel sprang und im Schloss verschwand.

„Mein Gott, das darf nicht wahr sein!“ Anton, einer der Stallburschen, war entsetzt. Vor ihm stand eine bemitleidenswerte Kreatur. Der Wallach hatte Schaum vor dem Mund und blickte aus flackernden Augen wirr um sich. Seine Flanken zitterten und zeigten blutige Risse von dem bestialischen Einsatz der Sporen. Auch Wilhelm, ein weiterer Pferdeknecht, trat aus dem Marstall und stierte voller Entsetzen auf das Pferd.

„Hol den Stallmeister, Wilhelm! Das muss er sehen.“

Der Stalljunge machte auf dem Absatz kehrt und kam kurze Zeit später mit dem Stallmeister zurück.

„Gott im Himmel! Anton, bring das Pferd in den hinteren Verschlag. Reibt es trocken und legt ihm eine dicke Decke über. Die Wunden sehe ich mir gleich genauer an. Wilhelm, du holst derweil den Arzneikoffer aus meinem Kontor. Und du, Anton, bleibst bei ihm. Versuche ihn zu beruhigen. Sprich mit ihm.“

Noch bevor Hartmut Bergmann alle seine Weisungen erteilt hatte, war Sergeant Swattkopp zu ihnen getreten und betrachtete das Tier. „Man sollte diesem Schinder ebenfalls die Sporen in die Seiten schlagen. Bergmann, das kann man doch nicht so durchgehen lassen.“ Swattkopp bebte vor Zorn.

„Was willst du machen? Er ist der Bruder der Herzogin.“

Angewidert wandte sich Sergeant Swattkopp ab. „Es wird kommen der Tag, Bergmann. Und dann denk an meine Worte.“

Martin hatte in den vergangenen Wochen keine Gelegenheit gehabt, sich länger in der Nähe von Anna-Sophie aufzuhalten oder gar mit ihr zu sprechen. Bei den regelmäßig stattfindenden Audienzen waren sie zwar beide zugegen gewesen, aber mehr als ein paar verschämte Blicke hatte das steife Protokoll nicht zugelassen.

Auch heute standen sie hinter den herzoglichen Sesseln und lauschten dem ermüdenden, salbungsvollen Vortrag eines Lübecker Kaufmanns, der den Herzog davon überzeugen wollte, seinen vorzüglichen Wein in Zukunft auch auf den Tafeln in Eutin kredenzen zu dürfen. Irgendwann war die Geduld des Herzogs erschöpft. Er verwies den Kaufmann an seinen Kellermeister.

Herzog und Herzogin erhoben sich und strebten dann zum Ausgang des Audienzsaales. Als sie dem Fürstenpaar folgten, kamen sich auch Martin und die Baronesse sehr nahe. Verwundert schaute er sie an, als sie im Vorbeigehen seine Hand ergriff und ihm einen kleinen Zettel zusteckte. Bevor er reagieren konnte, war sie bereits zwischen den anderen Hofdamen verschwunden.

„Heute 5 Uhr Kapelle“, las Martin immer wieder. Nur diese wenigen Worte, in einer zierlichen Schrift verfasst, standen auf dem Zettel. Anna-Sophie wollte ihn treffen. Heimlich!

Die Stunden schienen an diesem Nachmittag unendlich langsam zu verrinnen. Schon weit vor der Zeit hatte sich Martin in die Schlosskapelle geschlichen und sich in die letzte Bank gequetscht. Gespannt fieberte er der Begegnung mit der Baronesse entgegen. Als sie die Kapelle betrat, glaubte er, dass sein Herz aussetzen würde. Sie erblickte ihn sofort, und ohne ein Wort zu sagen, setzte sie sich neben ihn und sah geradeaus auf den Altar. Ungeniert betrachtete Martin ihr Profil. Er glaubte, dass sie sein laut hämmerndes Herz hören müsste.

Plötzlich ergriff sie seine Hand und wandte sich ihm zu. „Wie sündhaft ist es, in einem Gotteshaus einem Menschen nahe sein zu wollen, den man gar nicht kennt?"

Martin erwiderte den leichten Druck ihrer Hand. „Zuneigung und Liebe sind hohe Güter, die schon immer Gottes Wohlgefallen gefunden haben, Baronesse."

„Liebe. Welch ein berauschendes Wort aus Eurem Mund."

„Baronesse, in der ersten Sekunde, als ich Euch sah, ist mein Herz fast stehen geblieben. Es gibt kaum eine Stunde, in der ich nicht an Euch denke ..."

Die Baronesse legte Martin ihren Finger auf den Mund. „Ich weiß, Martin. Es ging mir ja ebenso. Welche Mächte sind es, die uns gefangen nehmen, ohne dass wir uns dagegen wehren können?"

„Wollt Ihr Euch denn wehren?"

Anna-Sophie sah Martin eindringlich an. Sie blickte in ein lächelndes Gesicht, dessen Augen Wärme ausstrahlten. Sie hatte sich nicht getäuscht. Der Sekretär des Herzogs war kein Emporkömmling, wie einige aus der Hofgesellschaft behaupteten. Er schien ein Mensch zu sein, der wusste, was er wollte, der aber auch einfühlsam und respektvoll mit den Menschen in seiner Nähe umging. Ein Mann mit Herz, auf den man sich verlassen konnte. „Nein, Martin, ich wehre mich nicht. Ich würde weitaus mehr in diesem Glücksgefühl baden, würde Euch jeden Tag nahe sein wollen, doch die gesellschaftlichen Regeln bei Hofe zwängen uns in ein Korsett, dem wir kaum entfliehen können."

„Außerdem bin ich noch nicht einmal standesgemäß."

„Martin, was sind denn das für trübe Gedanken? Lasst uns unser kleines Glück so genießen, wie es möglich ist. Wir müssen vorsichtig sein, um nicht aufzufallen, aber das, was wir füreinander empfinden, kann uns niemand nehmen."

Erst jetzt fiel Martin auf, dass sie sich immer noch an den Händen hielten. Er führte Anna-Sophies Hand an seinen Mund und küsste sie behutsam. Was sie mit einem Lächeln belohnte, das wieder ihre kleinen Grübchen zum Vorschein brachte. Erschrocken fuhren sie auseinander, als sie ein Poltern auf der Empore über sich hörten.

„Keine Angst, ich bin es nur", hörten sie eine jugendliche Stimme. Dann schnelle Schritte auf der Treppe. Vor ihnen stand Samuel, der Mohr, und grinste sie verlegen an. „Es tut mir leid, wenn ich Euch gestört habe, Baronesse, aber ich wollte gerade mit meinen Übungen an der Orgel beginnen, als ich Eure Stimmen hörte, und dabei ist ein Notenständer umgefallen."

Die beiden schmunzelten. Samuel konnte man einfach nicht böse sein, wie er da vor ihnen stand und sie unbekümmert aus seinem dunklen Gesicht mit weißen Zähnen und pechschwarzen Augen anstrahlte.

„Geht es dir gut, Samuel?", fragte die Baronesse.

„Ja, Baronesse, es geht mir gut. Der Herr Kantor ist zwar ein strenger Lehrer und manchmal auch etwas knurrig, aber ich habe bei ihm schon eine Menge gelernt."

„Hast du denn im Schloss inzwischen den einen oder anderen Freund gefunden?", wollte Martin jetzt wissen.

„Oh, ja. Frieder und Jost. Das sind die beiden Jungen, die den Blasebalg für die Orgel treten und Notenblätter für den Kantor abschreiben müssen. Ich bringe ihnen das Orgelspielen bei", verkündete Samuel nicht ohne Stolz.

„Du machst was?" Martin glaubte, nicht recht gehört zu haben.

„Also, so richtig ja nicht. Aber die beiden können doch Noten lesen, und da habe ich sie einfach einmal an die Orgel gesetzt und ihnen gesagt, sie sollen die Noten spielen. Ohne Ton natürlich. Es war ja auch keiner da, um den Balg zu treten. Jedes Mal, bevor ich anfange zu spielen, üben die beiden ein paar Minuten auf der Tastatur."

„Und was sagt der Kantor dazu?"

„Der darf das gar nicht wissen, sonst zieht er mir die Ohren lang."

„Dann haben wir ja wohl beide ein Geheimnis, Samuel, das wir bewahren müssen." Anna-Sophie lächelte den Mohren an.

Der nickte eifrig. „Wenn Ihr erlaubt, hätte ich noch einen Vorschlag für Euch, Baronesse. In die Schlosskirche kann jeden Augenblick jemand hereinkommen, die Priester vom Kapitel gehen hier ein und aus. Aber in die Fürstenloge auf der Empore kommen sie nie. Und der Herzog und die Herzogin benutzen sie nur zu den Gottesdiensten." Samuel lächelte die Baronesse und Martin verschwörerisch an.

„Du bist ein pfiffiges Kerlchen, Samuel. Vielen Dank für deinen guten Rat. Wir wissen ihn zu schätzen." Martin stand auf und strich dem Mohren kameradschaftlich über das Kraushaar.

„Jetzt muss ich aber üben. Erlaubt Ihr, dass ich mich zurückziehe?" Samuel verbeugte sich leicht.

„Selbstverständlich, Samuel, du musst jetzt üben." Die Baronesse stand auf und wandte sich Martin zu. „Wir sollten unser Glück nicht überstrapazieren und lieber gehen. Wir werden Mittel und Wege finden, uns zu sehen." Liebevoll legte sie ihre Hand an Martins Wange.

„Es ist wie ein unwirklicher Traum, Anna. Ich kann es kaum fassen, dass Ihr genauso fühlt wie ich. Wie soll ich nur die Zeit bis zu unserem Wiedersehen überstehen?"

„Wir sehen uns zur selben Zeit den Mond an und denken aneinander. Jeden Abend um zehn Uhr. Bis bald, mein lieber Martin."

Bevor Martin etwas erwidern konnte, war Anna-Sophie entflogen. Seufzend ließ er sich auf die Kirchenbank fallen. Kurz darauf ertönte Samuels Orgelspiel durch die kleine Schlosskirche.

Kapitel 30

„Melchior, was machst du in meinen heiligen Hallen?“ Martin hatte seinen Freund in seinem Sekretariat angetroffen, nachdem er von einem Besuch bei seinem Onkel zurückgekehrt war.

„Auch herzogliche Kammerdiener müssen sich von Zeit zu Zeit vom Trubel des Alltags erholen. Und der führt vermutlich gerade zu unheilvollen Turbulenzen.“

„Was weißt du schon wieder, was ich nicht weiß?“

„Seine Durchlaucht ist vor wenigen Minuten zum Kanzleidirektor gegangen und wenig später ist auch noch der Hofkämmerer dazugestoßen.“

„Der Herzog hat die beiden nicht in seine Gemächer zitiert? Natürlich nicht. Dann hätte ich davon ja etwas gewusst“, beantwortete Martin seine Frage selbst. „Klär mich auf, mein Freund: Was geht hier vor?“

„Ich kann nur eins und eins zusammenzählen. Wie auch du sicherlich erkannt haben magst, geht es ums Geld. Hätte irgendjemand vom Hofe die herzogliche Kasse zu stark bemüht, dann wäre ihm ein Anpfiff bei der nächsten Audienz oder im stillen Kämmerlein des Herzogs sicher. Jetzt ergehen wir uns allerdings in verschwörerischer Geheimnistuerei. Das lässt nur den einzigen Schluss zu, nämlich den, dass unsere Herzogin wohl einmal wieder zu sehr den fürstlichen Geldbeutel bemüht hat, um ihren aufwendigen Lebensstil finanzieren zu können.“

„Deine Schlussfolgerungen sind geradezu genial, lieber Melchior."

„Ich weiß. Erschwerend kommt hinzu, dass die Mitgift unser Herzogin in Höhe von 20.000 Gulden bis heute noch nicht in Eutin eingetroffen sein soll."

„Und du meinst, der Geduldsfaden unseres Herrschers ist jetzt gerissen?"

„Es sieht ganz so aus."

„Nicht unbedingt die besten Voraussetzungen für ein harmonisches Liebesglück", stellte Martin kopfschüttelnd fest.

„Apropos Liebesglück: Was hältst du eigentlich von der jungen Baronesse Anna-Sophie? Ist sie nicht ein Schmuckstück?"

Martin sah seinen Freund konsterniert an. Der musterte Martin eingehend.

„Ja, durchaus eine anmutige Erscheinung."

„Das ist alles, was du zu diesem zauberhaften Wesen zu sagen hast? Ich finde sie atemberaubend."

In Martin wuchs ein ungutes Gefühl. Hatte etwa Melchior auch ein Auge auf seine Anna-Sophie geworfen? Zu verdenken wäre es ihm nicht, denn sie war schon etwas Besonderes. Zudem war Melchior von Adel. Ein Graf und eine Baronesse – das passte zusammen. Wieso war er, Martin Seedorf, eigentlich der Meinung, mit der Baronesse eine Zukunft zu haben? Du bist ein Fantast, beschimpfte er sich selbst.

„Außerdem sollen ihre Eltern nicht ganz unbegütert sein. Doch in erster Linie muss man einfach ihrer Grazie, ihrer Lieblichkeit und ihrem Zauber erliegen."

Martin hatte dem ununterbrochenen Gesäusel seines Freundes gar nicht mehr zugehört. Als er jedoch merkte, dass Melchior mit seinen Lobgesängen über Anna-Sophie nicht mehr aufhörte, blickte er auf.

Melchior saß vor ihm und grinste ihn unverschämt an.

„Du hinterhältiger Mistkerl. Du willst mein Freund sein?“ Martin sprang auf und ging im gespielten Übermut Melchior an die Kehle. Erst jetzt merkte er, dass die ganze Hymne auf Anna-Sophie nur dem einen Ziel gedient hatte: ihn aus der Reserve zu locken.

Melchior klopfte Martin auf die Schulter. „Tut mir leid, aber nur so konnte ich die wahre Antwort erfahren. Und deine heftige Reaktion ist Beweis genug für mich. Und? Mag sie dich auch?“

Martin hatte sich wieder hinter seinen Schreibtisch gesetzt und sah Melchior verträumt an. „Ich glaube schon. Doch haben wir eine Zukunft?“

„Mach dir bloß darüber keine Gedanken. Genieße dein Glück! Meinen Segen hast du. Ich freue mich für dich, Martin. Halte sie fest! Sie ist es wert.“

„Danke, Melchior, es ist schön, dich als Freund zu haben ...“

„Nun, meine Herren, es gibt Wichtigeres zu tun, als zu plaudern.“

Martin und Melchior waren aufgesprungen, als der Herzog unvermutet in das Sekretariat hereinplatzte. „Martin, Ihr sorgt dafür, dass Unsere Gemahlin erfährt, dass Wir sie um drei Uhr in Unseren Räumen sehen möchten. Ihr, Melchior, instruiert den Hofmarschall und den Hofkämmerer, dass sie sich zu eben dieser Zeit bereithalten sollen, falls Wir sie kurzfristig benötigen. Auch Graf Cassius wird um drei Uhr zugegen sein – er ist bereits informiert.“ Herzog Johann schien verstimmt zu sein und verschwand knurrend in seinem Kabinett.

„Wie ich schon gesagt habe, Martin: Gewitter im Anzug. Sehen wir zu, dass uns dabei nicht auch noch Blitze treffen." Eilig verließ Melchior das Sekretariat, während sich Martin auf den Weg zu den Räumen der Herzogin machte.

„Es wird langsam zu Eurer Gewohnheit, uns persönlich aufzusuchen, Herr Secretarius", begrüßte ihn die Erste Hofdame kritisch musternd, als er ihr Kabinett vor den Gemächern der Herzogin betrat.

„Wie Ihr wisst, Gräfin, ist es mir stets eine Freude, Euch zu begegnen. Es sind dringende Weisungen seiner Durchlaucht, die mich zu Euch führen."

Anfangs glaubte Martin, dass die sonst eher spröde wirkende Gräfin von Lobenstein ein wenig erröten würde. Doch das war ein Trugschluss.

„Martin Seedorf, Eure anbiedernde Schmeichelei spart für Euresgleichen auf. Also, was begehrt der Herzog?"

„Seid so gut, Gräfin, sicherzustellen, dass die Herzogin heute Nachmittag um drei Uhr ihren Gemahl in seinen Räumen aufsuchen wird."

„Was sind denn das für Forderungen? Wisst Ihr mehr darüber?"

„Ich möchte ungern darüber spekulieren, aber seine Durchlaucht scheint in den letzten Tagen nicht in bester Stimmung zu sein."

„Und Ihr seid der Meinung, das könnte ..." Gräfin von Lobenstein konnte ihren Satz nicht beenden, weil plötzlich eine Tür aufgestoßen wurde und die Herzogin hereinrauschte.

„Was wollt Ihr hier?", fuhr sie Martin an und musterte ihn mit Abscheu. „Genügt es nicht, dass Ihr meinem

Gemahl Eure verworrenen Ideen in den Kopf pflanzt? Wollt Ihr jetzt auch noch mich infizieren? Schert Euch zum Teufel!"

„Durchlaucht, Euer Charme ist wieder einmal überwältigend und ich beuge mich voller Ehrfurcht vor Euren Komplimenten." Martin konnte sich seinen Sarkasmus nicht verkneifen und machte einen übertriebenen Diener. Aus Erfahrung wusste er, dass er sein Gegenüber damit nur noch mehr reizen würde. Da er sich aber stets absolut korrekt und galant verhielt, würde niemand ihm mangelndes Taktgefühl vorwerfen. Noch bevor die Herzogin ihn weiter attackieren konnte, hatte Martin mit einem freundlichen Lächeln das Kabinett der Ersten Hofdame verlassen.

Wie eine Furie stürmte die Herzogin am Nachmittag in die Räume ihres Gemahls. „Glaubt Ihr im Ernst, dass Ihr mich wie einen hergelaufenen Kutscher vor Euren Thron zitieren könnt? Der Herr Fürstbischof hat geläutet und ich springe? Ich bin Eure Gemahlin. Ich bin die Herzogin und keine Kammerzofe." Herzogin Julia Felicitas fegte voller Wut ein paar Dokumente vom Schreibtisch ihres Gemahls. Erst jetzt bemerkte sie, dass sie und der Herzog nicht allein im Raum waren. „Was will Euer Lakai hier, wenn Ihr mit mir etwas zu besprechen habt?"

Graf Cassius zuckte noch nicht einmal mit der Wimper. „Julia, wir möchten, dass Ihr Euch beruhigt und Euch zunächst hinsetzt. Es gibt fürwahr Wichtiges zu besprechen, sonst hätten wir Euch nicht hergebeten."

„Gebeten ist ja wohl ..."

„Wir bitten Euch, können Wir zur Sache kommen?", unterbrach der Herzog seine überschäumende

Gemahlin. Widerstrebend setzte sie sich.

„In Unserem Fürstentum hat sich in jüngster Zeit eine Tendenz entwickelt, der es gilt, Einhalt zu gebieten, wollen Wir nicht in Kürze ernsthafte Probleme bekommen. Konkret heißt das: Unsere Staatskasse leidet an chronischen Einbußen.“

„Und warum erzählt Ihr das nicht Eurem Kämmerer?“, warf die Herzogin zornig ein.

„Ganz einfach, meine Liebe, weil Ihr diejenige seid, die maßgeblich zu diesem Umstand beigetragen habt.“

„Wollt Ihr damit sagen, dass nur dadurch, dass ich mir standesgemäße Kleidung beschafft und meine Gemächer angemessen ausgestattet habe, Eure herzogliche Schatulle leer ist? In welch armseligem Hause lebe ich eigentlich?“

„Verzeiht, Durchlaucht, es handelt sich hierbei nicht um ein paar Kreuzer. Seine Durchlaucht spricht von mehreren Zehntausend Talern. Unabhängig davon, dass Eure Mitgift von zwanzigtausend Gulden auch noch aussteht.“ Kanzleidirektor Cassius hielt es für nötig, der Herzogin drastisch vor Augen zu führen, dass ihre unkontrollierte Ausgabenwut der Grund für die leere Staatskasse war.

„Ich dulde es nicht, dass auf diese Weise über mein Wohlergehen befunden wird. Das ist einfach beschämend. Ich bin die Herzogin!“ Herzogin Julia Felicitas sprang wutentbrannt auf, riss dabei den Stuhl um, auf dem sie gesessen hatte, und funkelte Graf Cassius fuchsteufelswild an. „Und Ihr Denunziant werdet Eures Lebens nicht mehr froh. Dafür werde ich sorgen.“ Während sie das sagte, drohte sie mit ihrem Zeigefinger in Richtung des Kanzleidirektors.

„Julia, Wir bitten Euch ..." Ohne auf den Einwand ihres Gemahls zu hören, drehte sie sich um und rauschte aus dem Kabinett des Herzogs davon.

„Martin, komm mal mit! Das glaubst du nicht." Melchior war in Martins Sekretariat gestürmt und gleich wieder verschwunden. Verwundert folgte Martin ihm und sah, wie sein Freund über den Schlosshof lief und im Torhaus verschwand. Als Martin auf den Schlossplatz trat, sah er, dass zahlreiche Vorreiter, Stallburschen, Hofdamen und Hofkavaliere mit weit aufgerissenen Mündern das Schloss anstarrten. Martin traute seinen Augen nicht, als er sich umdrehte und bemerkte, dass aus einem geöffneten Fenster der ersten Etage ein Leuchter geflogen kam und in den Schlossgraben klatschte.

„Das geht schon die ganze Zeit so", bemerkte Melchior, als Martin neben ihn trat.

Als Nächstes wurden Kleider und Porzellan aus dem Fenster geworfen, begleitet von schrill tönenden Wutausbrüchen.

„Das ist ja eine ganz neue Variante, das Schloss zu entrümpeln." Sergeant Swattkopp war zu den beiden getreten und bestaunte wie alle anderen das ungewöhnliche Spektakel.

„Man könnte fast annehmen, dass die Herzogin geringfügig verärgert ist. Gibt es einen Grund dafür?"

„Vermutlich war das Gespräch mit dem Herzog nicht ganz nach ihrer Fasson", versuchte auch Martin eine Erklärung für den Zorn der Herzogin zu finden.

Jetzt flog ein Stuhl platschend in den Graben.

„Welches Thema kann denn bei dem jungen Glück zu einer solchen Explosion führen?"

„Das Geld, mein lieber Swattkopp, das liebe Geld."

Inzwischen war auch der Major der Schlossgarde, Graf Freienfels, zu ihnen gestoßen und verfolgte den herzoglichen Jähzorn mit Kopfschütteln.

„Was meint Ihr, Major, müssen wir etwas unternehmen?"

„Nein, nein, Swattkopp. Feuer erlöschen, wenn sie kein Holz mehr bekommen."

„Ihr habt recht, Major. Ist keine Munition mehr da, kann nicht mehr geschossen werden", stellte auch Sergeant Swattkopp fachmännisch fest, als er sah, dass jetzt nur noch vereinzelt ein paar Kleidungsstücke in das Wasser des Schlossgraben segelten.

„Aber eines solltet Ihr veranlassen, Swattkopp", befahl Graf Freienfels dem Sergeanten. „Setzt Euch mit dem Hoffourier in Verbindung. Er soll sofort dafür sorgen, dass seine Männer die Sachen aus dem Graben fischen."

Wie es schien, war das Pulver, wie Swattkopp sich ausgedrückt hatte, inzwischen tatsächlich verschossen. Seit geraumer Zeit waren keine Gegenstände mehr durch das Fenster geworfen worden. Das Schauspiel war beendet und die Zuschauer gingen wieder ihrer Arbeit nach.

Das Verhalten der Herzogin hatte schon kurze Zeit nach ihrem Einzug in das Eutiner Schloss immer wieder zur Verwunderung aller geführt. Ihr fast besessener Hang zu prunkvollen Kleidern und ausgefallenem Schmuck war die eine Seite, aber auch ihre launischen Eskapaden, die in erster Linie ihre Hofdamen zu ertragen hatten, führten nicht selten zu verständnislosem Kopfschütteln. Ihr Wutausbruch, verbunden mit dem Fenstersturz von Möbeln, Geschirr und Kleidern, war der bisherige Höhepunkt ihrer herzoglichen Marotten.

Verwundert blickten Elisabeth und Henricus Seedorf auf, als Martin sie bei ihrem gemeinsamen Abendessen störte. Er war in seinem Elternhaus stets willkommen, doch an diesem Tag hatten sie mit seinem Besuch nicht gerechnet.

„Komm, setz dich, Martin, und iss mit uns“, sagte Elisabeth Seedorf und machte eine einladende Geste.

„Vielen Dank, Mutter, aber erst muss ich meine offizielle Mission erledigen.“

Der Apotheker sah seinen Sohn überrascht an.

„Sehr verehrter Herr Apotheker Henricus Seedorf, erlaubt mir, dass ich Euch eine Depesche von seiner Durchlaucht, Herzog Johann, überreiche.“ Mit wichtiger Miene übergab Martin seinem Vater ein Pergament, das mit dem Siegel des Herzogs verschlossen war. Ein Schmunzeln konnte er sich dabei jedoch kaum verkneifen.

„Martin, ist das wieder einer deiner dummen Scherze?“ Henricus Seedorf ergriff das Dokument und erbrach das Siegel.

„Ganz gewiss nicht, Vater. Im Übrigen solltet Ihr, bevor Ihr die Nachricht lest, sicherheitshalber noch einen Happen essen. Denn danach bekommt Ihr garantiert keinen Bissen mehr hinunter.“

„Martin, du machst uns Angst.“ Elisabeth Seedorf blickte abwechselnd ihren Sohn und ihren Mann an, während der Apotheker das Schreiben des Herzogs auseinanderfaltete und zu lesen begann.

„Nein! Das glaube ich nicht! Mein Gott! Unfassbar!“

„Henricus, nun sag doch! Was ist denn so schrecklich, dass es dich derart aus der Fassung bringt?“ Elisabeth Seedorf war aufgesprungen, als sie sah, dass ihr Mann vor Aufregung ganz blass wurde.

Noch bevor sie auf ihn zustürzen konnte, nahm Martin sie in die Arme. „Mutter, es ist die Freude, die Vater so fassungslos dreinblicken lässt. Der Herzog wird übermorgen den Apotheker Henricus Seedorf zum Hofapotheker ernennen.“

Elisabeth klammerte sich an ihren Sohn.

„Es ist wahr, Elisabeth, was Martin sagt. Hier steht es schwarz auf weiß. Der Herzog erwartet uns übermorgen um elf Uhr im Schloss zu einer zeremoniellen Audienz, wie er schreibt, die das Ziel hat, mich aufgrund herausragender Leistungen auf dem Gebiet der Pharmazie zum Hofapotheker zu ernennen.“

„Mein Gott, Hernricus, welch eine Ehre!“ Elisabeth Seedorf fiel ihrem Mann voller Überschwang um den Hals, was diesem in Martins Beisein äußerst peinlich war.

Der Audienzsaal im Eutiner Schloss war an diesem Morgen bis auf den letzten Platz gefüllt. Die Hofgesellschaft war der Anordnung des Herzogs ausnahmslos gefolgt. Zunächst wurden dem Fürstenpaar zwei Gesandte vom königlichen Hof in Kopenhagen vorgestellt, kurz danach machte eine Delegation der Bürgerschaft aus Lübeck dem Herzog seine Aufwartung.

Henricus und Elisabeth Seedorf hatten sich sehr früh auf den Weg zum Schloss gemacht und wurden bereits am Schlosstor von Sergeant Swattkopp in Empfang genommen. Auch wenn der Apotheker nicht das erste

Mal im Schloss weilte – der Herzog hatte ihn in der Vergangenheit immer wieder wegen seiner Gichtanfälle konsultieren müssen –, verspürte er heute eine gewisse Unruhe. Elisabeth Seedorf klammerte sich an den Arm ihres Mannes, denn für sie war es ein Ausflug in eine andere Welt.

Der Sergeant hatte das Apothekerpaar bis zum Audienzsaal geleitet und es dort an einen Junker übergeben, der ihnen einen Platz zugewiesen hatte. Ein wenig verloren kamen sich die beiden zwischen prächtigen Roben, blitzenden Uniformen und edlen Gewändern vor, und das, obwohl Elisabeth Seedorf sich mit ihrem besten Sonntagskleid nicht verstecken musste. Auch der Apotheker in feinem Gehrock und verziertem Wams stellte eine imposante Erscheinung dar.

„Welch ein freudiger Anlass, Euch in diesen erlauchten Räumen anzutreffen."

Überrascht drehte sich das Apothekerpaar um, als es plötzlich angesprochen wurde. „Dekan Simon, die Freude ist ganz auf unserer Seite. Es kann kaum einen besseren Grund geben, als heute um Euren Beistand zu bitten." Henricus Seedorf schien beruhigt zu sein, ein vertrautes Gesicht in seiner Nähe zu wissen.

„Ihr seid doch in bester Gesellschaft, Herr Apotheker. Euer eigener Sohn steht nur einen Schritt hinter dem Herzog, und ein Euch zu ewigem Dank verpflichteter Priester steht neben Euch. Außerdem wird Euch die Aufmerksamkeit der gesamten Hofgesellschaft in wenigen Augenblicken sicher sein." Dekan Simon lächelte das Apothekerpaar aufmunternd an.

Nachdem die offizielle Audienz beendet war und man die üblichen Freundlichkeiten ausgetauscht hatte, trat auf ein kurzes Handzeichen des Herzogs der Zeremonienmeister vor.

„Auf Geheiß seiner Durchlaucht, Herzog Johann X. von Schleswig-Holstein-Gottorf und Fürstbischof zu Lübeck, möge der Apotheker zu Eutin Henricus Seedorf vortreten."

Henricus Seedorf richtete seinen ohnehin schon geraden Körper noch ein wenig mehr auf, schritt würdevoll auf das Herzogpaar zu und verbeugte sich vor ihm.

„Henricus Seedorf. Apotheker und Meister der Pharmazie, Ihr habt uns auf vielfältige Weise gezeigt, welche Kunst Ihr Euer eigen nennt. Ihr sucht unermüdlich nach neuen Wegen, der Natur das Wissen abzuringen, das für die Menschen heilsam ist und wirksam Leiden lindern kann. Wir haben am eigenen Leibe verspürt, wie segensreich und wohltuend Eure Kenntnis und Gelehrtheit ist. Eure Erfahrung soll daher Unserem Hofe zugutekommen. – Graf Kamphausen, waltet Eures Amtes."

Der Hofmarschall trat vor und entrollte ein Dokument. „Ihro Gnaden und Fürstliche Durchlaucht, Herzog Johann von Schleswig-Holstein-Gottorf, Fürstbischof zu Lübeck, verkünden am heutigen Tage, dass der Apotheker Henricus Seedorf zu Eutin von nun an als Hofapotheker bestallt wird und jenes herzogliche Prädikat für die Dauer der Gunst seiner Durchlaucht und seiner Nachfahren zu führen berechtigt ist."

Hofmarschall von Kamphausen rollte das gesiegelte Dokument wieder zusammen und versah es mit einem roten Samtband.

Noch bevor der Graf es dem Apotheker überreichen konnte, erhob sich die Herzogin, die bereits die kleine Zeremonie mit angewidertem Gesichtsausdruck verfolgt hatte.

„Welches Pulver habt Ihr meinem Gemahl eingeflößt, Herr Apotheker, dass er auch Euch erlegen ist? Reicht es nicht aus, dass sich Euer närrischer Sohn bereits die Gunst seiner Durchlaucht erschlichen hat?"

Im Audienzsaal herrschte atemberaubende Stille.

Der Herzog erhob sich ebenfalls und ging auf Henricus Seedorf zu. Seine aufsässige Gemahlin beachtete er nicht. „Möge Gott geben, dass Unsere Gemahlin sich stets guter Gesundheit rühmen kann, so dass sie nie Eurer gelobten Fähigkeiten bedarf. Wir sind sicher, lieber Seedorf, dass Ihr Eurem neuen Amt würdig seid."

Die Herzogin drehte sich um und verließ fluchtartig den Saal, nicht ohne Martin noch einen hasserfüllten Blick entgegenzuschleudern.

„Ich danke Euch, Durchlaucht, für die Ehre, die Ihr mir erwiesen habt. Ich werde mich bemühen, Euren Wünschen und Ansprüchen stets gerecht zu werden."

„Gewiss, Unser lieber Hofapotheker, gewiss." Der Herzog winkte seinen Sekretär heran. „Martin, auch Ihr dürft dem neuen Hofapotheker gratulieren."

Als Martin freudestrahlend auf seinen Vater zutrat, erhob sich anerkennender Beifall.

Kapitel 31

„Komm her, Markward! Zeig deiner Herzogin, dass du ein feuriger Hengst bist. Ich werde dir die Sporen geben, wenn du mich besteigst.“ Herzogin Julia Felicitas trat dem jungen Junker mit gehobenen Röcken entgegen.

Der jedoch starrte seine Fürstin entgeistert an.

„Durchlaucht, wollt Ihr Euch nicht in Eure Gemächer begeben?“, versuchte die Erste Hofdame, Gräfin von Lobenstein, beruhigend auf die Herzogin einzuwirken. Drei weitere Hofdamen, unter ihnen auch Baronesse Anna-Sophie, verfolgten den unschicklichen Ausflug ihrer Herrin im Wandelgang des Schlosses mit Entsetzen.

„Schweigt, Ihr vertrocknetes Dörrobst, davon versteht Ihr nichts. Hier sprießen junge Kräfte, hier schießt Saft in die Knospen. Seht nur, wie der Jüngling vor Kraft strotzt. Nur zu, Markward, zeig deiner Herrscherin, was dir zwischen den Beinen schwillt.“ Die Herzogin riss sich die Röcke vom Leib und zerrte an ihrem Mieder, so dass ihre Brüste herausquollen.

Der Junker schien in eine Art Starre gefallen zu sein. Mit weit aufgerissenen Augen glotzte er die Herzogin an, als sie sich vor ihm auf den Boden warf und mit ihrem Unterleib anzügliche Bewegungen vollzog.

„Komm, Markward, sei mein Stier!“

„Bitte, Durchlaucht. Ihr seid erschöpft. Ihr braucht Ruhe.“ Gräfin Lobenstein eilte herbei und verhüllte die Blöße der Herzogin mit einer Decke, die eine der

Hofdamen eiligst aus den Gemächern der Herzogin geholt hatte.

Innerhalb von Sekunden erwachte die Herzogin aus ihrem Wahn. Erstaunt sah sie die Hofdame an, so als würde sie nicht wissen, wo sie sich befand. Als zwei weitere Damen ihr beim Aufstehen halfen und sie zu ihren Gemächern führten, folgte sie ihnen ohne Widerstand mit einem entrückten und völlig abwesenden Gesichtsausdruck.

Markward, der verwirrte Junker, brauchte eine ganze Weile, bis er sich von dem ungeheuerlichen Spektakel erholt hatte und in Windeseile davonstürzte. Die Herzogin hatte in der Vergangenheit schon öfter gezeigt, dass sie unberechenbar war. Ihre hysterischen Auftritte waren bekannt und sorgten immer wieder für ersprießlichen Gesprächsstoff bei Hofe. Wie ein Lauffeuer verbreiteten sich die Neuigkeiten auch diesmal im Schloss. Kopfschütteln einerseits, aber auch Mitleid und Sorge um das Seelenheil der Herzogin waren die Folge.

Noch am selben Abend trafen sich Martin und Anna-Sophie wieder einmal heimlich in der Fürstenloge der Schlosskirche. Die Baronesse war noch immer erschüttert über den Auftritt der Herzogin am Nachmittag. „Du hättest sie sehen sollen, Martin. Sie war außer Rand und Band. Ich mag gar nicht wiederholen, mit welchen Worten sie den armen Markward ermutigt hat, ihr nahe zu treten. Das auch noch im Beisein der Hofdamen. Sie hat sich sogar die Kleider vom Leib gerissen."

„Es muss schrecklich gewesen sein, Anna. Aber es gibt nur eine Erklärung dafür: Die Herzogin kann nicht ganz richtig im Kopf sein."

„Du meinst, sie ist verrückt?" Anna-Sophie sah Martin entsetzt an.

„Ja, oder welche Antwort hast du auf ihre ständigen absonderlichen Ausbrüche? Dass die Herzogin jähzornig und leicht reizbar ist, wissen wir. Aber für so etwas wie heute gibt es doch keine andere Antwort, als dass sie zeitweise wahnsinnig und umnachtet sein muss."

„Das ist ja schrecklich."

„Mir tut vor allem der Herzog leid. Er nimmt ihre Tollheiten mit einer Gelassenheit hin, die bewundernswert ist."

„Hat er eine Alternative?"

„Nein, meine Liebe, vermutlich nicht. Schließlich würde ich dich auch immer lieben, ganz gleich wie sonderbar dein Verhalten wäre."

„Ach, Martin, du bist ein unverbesserlicher Träumer. Aber deshalb liebe ich dich auch so." Anna umarmte Martin und küsste ihn innig.

„Was ist der Mensch ohne Träume?", wollte Martin wissen, nachdem er Annas Küsse leidenschaftlich erwidert und ihr zärtlich die Wange gestreichelt hatte.

„Ein leeres Fass!"

„Ein Buch ohne Worte!"

„Ein Hund ohne Schwanz!"

„Ein Pferd ohne Apfel!"

„Eine Kuh ohne Euter!"

„Nein, Anna, das ist ein Bulle."

„Oder ein Ochse!"

„Du hast es auf den Punkt gebracht. Ein Mensch ohne Träume ist ein Ochse."

Gleichzeitig prusteten Anna und Martin los. Sie kicherten wie kleine Kinder. Dann aber ermahnten sie sich gegenseitig, nicht zu laut zu sein, um in ihrem Versteck nicht ertappt zu werden.

„Ist dir eigentlich bewusst, dass uns diese minderwertigen Kreaturen auf der Nase herumtanzen? Du bist die Herzogin, ich bin ein Prinz. Und auf wen hört dein so über alles gelobter Gemahl? Auf den selbstgefälligen Sohn eines Giftmischers, den der Herr Bischof auch noch ausgerechnet zum Hofapotheker ernannt hat."

„Meinst du, mir gefällt es, dass dieser Sekretär Johann ständig die Stiefel leckt und dass der das auch noch honoriert?"

Herzogin Julia Felicitas und ihr Bruder, Prinz Roderich, hatten sich in das runde Gemach der Fürstin zurückgezogen, um ungestört zu sein.

„Wusstest du, dass dieser überhebliche Stallmeister ebenfalls zu dieser hinterlistigen Apothekersippe zählt?"

„Wirklich? Der ist nicht von edlem Geblüt, oder irre ich?"

„Nein, er ist der Schwager des Pillendrehers und somit der Onkel dieses hochnäsigen Sekretärs deines Gemahls. Frage mich nicht, auf welche Weise diese Schmeißfliegen überhaupt ins Schloss gekommen sind."

„Wir müssen dafür sorgen, dass wir uns mit standesgemäßem Personal umgeben. Dazu ist es nötig, dass wir Elemente wie den Sekretär und den Stallmeister aus dem Schloss entfernen. Erst wenn ihr Einfluss auf Johann unterbunden ist, können wir unsere Interessen durchsetzen."

„Ich habe mir in deiner Nähe ein sorgenfreies Leben vorgestellt, nachdem in der Staatstruhe unseres Vaters nur noch wenige Kreuzer zu finden waren. Er kann mir doch schon seit Jahren keine einem Prinzen angemessene Existenz garantieren. Und was muss ich mir hier bieten lassen? Minderwertiges Personal, das den nötigen Respekt vermissen lässt und sich dabei noch in der Gunst deines Gemahls sonnt. Du hast recht, wir müssen diesem Unwesen Einhalt gebieten. Allen voran wird dieser hochmütige Sekretär über die Klinge springen."

„Und wie willst du das angehen?"

„Mir wird schon etwas einfallen. Wichtig ist, dass wir beide an einem Strang ziehen. Lästige Würmer gehören zertreten. Warte nur ab!"

Im Alltag des Eutiner Schlosses war für Martin im Laufe der Jahre eine gewisse Routine eingetreten. Auch wenn der Herzog nach wie vor voller Ideen und Tatendrang war, so hatte Martin in der Erfüllung seiner zahlreichen Aufgaben doch eine gewisse Professionalität und Selbstsicherheit erreicht. Seine Liebe zu Anna-Sophie krönte zudem seine innere Zufriedenheit, auch wenn sie für ihn von einer nicht unbedeutenden Ungewissheit geprägt war. Lediglich die Unberechenbarkeit der Herzogin und ihres Bruders trübten zeitweise die Beständigkeit des höfischen Ablaufs. Der Versuch des Herzogs, seiner offensichtlich kranken Gemahlin zu helfen, endete in einem Desaster. Als der herzogliche Leibarzt Mahrenholz die Herzogin aufsuchen wollte, um sie einer eingehenden Untersuchung zu unterziehen, konnte er sich nur mit großer Mühe der Wurfgeschosse erwehren, die auf ihn einhagelten. Die Herzogin hatte ihn mit Vasen, Leuchtern und allen Gegenständen, die in erreichbarer Nähe waren, beworfen. Fluchtartig hatte er die Gemächer der Herzogin verlassen und sich danach permanent geweigert, je wieder einen Fuß über ihre Schwelle zu setzen. Auch das ruppige Benehmen des Prinzen hatte sich nicht verändert. Es war die Rede von ängstlichen Küchenmägden, die er unablässlich bedrängte. Auch beklagten sich die Junker über ihn, da er sich häufig von ihnen in erpresserischer Weise Geld lieh und es nie zurückzahlte. Martin machte, soweit es ihm möglich war, einen großen Bogen um beide, damit er nicht Gefahr lief, ihren Launen und Marotten ausgesetzt zu sein.

Als Martin an diesem Morgen von seinem Schlafgemach in der ersten Etage die Treppe hinunter seinem Sekretariat entgegenstrebte, traf er wie jeden Morgen einige Hofkavaliere, mit denen er sich üblicherweise nach freundlicher Begrüßung ein wenig unterhielt. Man tauschte sich über das zu erwartende Wetter aus oder die Hofkavaliere versuchten, Martin über die beabsichtigten Pläne des Herzogs auszufragen. An diesem Tag jedoch beschränkte sich die Begegnung auf einen knappen Gruß. Fast fluchtartig eilten die drei Hofkavaliere an Martin vorbei. Verwundert blickte er ihnen hinterher, maß ihrem Verhalten jedoch nicht allzu viel Bedeutung bei, da er sich an die Launenhaftigkeit so mancher Höflinge längst gewöhnt hatte.

Auch der Hofmarschall schien an diesem Vormittag nicht gerade bester Laune zu sein. Ihn und Martin verband ein vertrauensvolles Verhältnis. Doch als sie sich begegneten, wirkte der Hofmarschall abweisend und war kurz angebunden. Vermutlich hatte der Herzog ihn wieder einmal mit einer Fülle an Aufträgen überschüttet.

Als Martin zur Mittagszeit in den Schlosshof trat, standen hier, wie üblich, einige Hofdamen plaudernd am Springbrunnen. Im Laufe der Zeit hatte sich bei diesen Begegnungen ein kleines Ritual entwickelt. Martin grüßte die Damen stets freundlich und verteilte galant Komplimente, die die Hofdamen gespielt geziert entgegennahmen, um ihn gleich darauf als hochherzigen Charmeur zu titulierten. Diese unbekümmerten Tändeleien waren von koketten Augenaufschlägen und verschämtem Kichern begleitet, denn schließlich war der Sekretär des Herzogs eine jugendlich stattliche Erscheinung, die sich zu jeder Zeit aufmerksam und höflich verhielt. Heute fielen Martins Komplimente bei den Damen allerdings nicht auf fruchtbaren Boden. Im Gegenteil: Als sie ihn sahen, wandten sie ihm den Rücken zu und tuschelten verschwörerisch. Martin konnte sich die Reaktionen nicht erklären und verließ das Schloss durch das Torhaus, um seinen Onkel im Marstall aufzusuchen.

Kurz bevor er den herzoglichen Pferdestall erreicht hatte, entdeckte er im Eingangstor seine beiden Freunde Melchior und Sergeant Swattkopp, die aufgeregt miteinander sprachen. Noch bevor er zu ihnen getreten war, hörte er Gesprächsfetzen.

„Das glaubt Ihr doch selbst nicht."

„Wer erzählt denn einen solchen Schwachsinn?"

Als sie Martin entdeckten, verstummten sie augenblicklich.

„Was erhitzt denn eure Gemüter an einem so sonnigen Tag?" Ahnungslos sah er die beiden Freunde an.

„Du hast davon noch nichts gehört?", fragte ihn Melchior vorsichtig.

„Was soll ich gehört haben?“ Martin konnte sich das zögerliche Verhalten seiner Freunde nicht erklären. Als sie ihm nicht gleich antworteten und sich stattdessen bedeutungsvoll ansahen, hob er herausfordernd sein Kinn. „Nun erzählt schon! Was ist so wichtig, dass ihr euch wie ein paar Geheimniskrämer benehmt?“

„Durch das Schloss schwirren Gerüchte, dass Ihr der Herzogin mehrfach nachgestellt haben sollt. Andere behaupten sogar, dass Ihr ein Verhältnis mit ihr habt.“

Völlig entgeistert hing Martin an Sergeant Swattkopps Lippen. Dann sah er Melchior fragend an, doch der hob nur resignierend die Schultern. „Was ist denn das für eine Idiotie? Wer behauptet so etwas?“ Martin schüttelte den Kopf. Er und die Herzogin – welch ein Irrwitz!

„So leid es uns tut, Martin, aber es gibt wohl kaum jemanden im Schloss, der nicht davon gehört haben will. Natürlich zerreißen sich jetzt alle das Maul darüber, und bei den zahlreichen Eskapaden, die sich die Herzogin bisher geleistet hat, wird es den einen oder anderen geben, der auch dieser Variante ohne Weiteres Glauben schenkt.“

„Melchior, bist du denn vollkommen übergeschnappt? Ihr glaubt diesen Irrsinn doch wohl nicht!“

„Beruhigt Euch, Martin. Wir wissen, dass das alles blödsinniges Gerede ist, aber es sieht so aus, als wollte man Euch einen Knüppel zwischen die Beine werfen.“

„Swattkopp hat recht. So, wie es aussieht, arbeitet jemand zielstrebig daran, deinen guten Ruf zu schädigen und dich beim Herzog in Misskredit zu bringen.“

„Ich kann mir das nicht vorstellen. Wer sollte denn daran ein Interesse haben?“ Martin schüttelte ungläubig den Kopf.

„Ihr seid und bleibt ein treuherziger und ahnungsloser Tor, Martin Seedorf. Ihr wisst ganz genau, dass nicht alle Vasallen des Herzogs Euch wohlgesonnen sind. Einige der neidvollen Geier verfolgen jeden Eurer Schritte mit Argusaugen und warten nur auf den Tag, an dem sie Euch das Genick brechen können."

„Swattkopp, jetzt übertreibt Ihr aber."

„Nein, nein, Martin, so unrecht hat Swattkopp nicht. Du solltest vorsichtig sein. Irgendetwas ist da im Busche. Wir werden die Augen aufhalten."

„Am besten wird sein, Martin, wenn Ihr so tut, als würde Euch das alles gar nichts angehen. Weist jeden Vorwurf von Euch und schreibt es dem üblichen Schlossklatsch zu. Nur Mut. Wir sind auf Eurer Seite!"

Martin hatte die Lust auf einen Besuch bei seinem Onkel verloren und kehrte in sein Sekretariat zurück. Auf dem Weg dorthin wurde ihm bewusst, wie eigenartig die Menschen um ihn herum an diesem Morgen reagiert hatten. Jetzt wurde ihm klar, dass sie alle schon von dem Gerücht gehört haben mussten. Welch eine verlogene Posse!

Ein weiterer bitterer Gedanke kam ihm in den Sinn. Wie würde Anna-Sophie auf derartige Verdächtigungen reagieren? Wie sehr konnten solche Gerüchte ihre Liebe erschüttern? Er musste unbedingt mit ihr sprechen, doch er sah an diesem Tag keine Möglichkeit, ihr heimlich eine Nachricht zukommen zu lassen, da das ganze Schloss förmlich darauf zu warten schien, dass er seinen Fuß in die Nähe der Herzogin setzen würde. Welchen Beweis bräuchte man mehr als diesen – dass an den Gerüchten doch etwas Wahres dran war?

„Oh, Herr Secretarius, Ihr wart lange nicht mehr hier“, wurde Martin von Wilhelmine, der Köchin, begrüßt, als er an diesem Abend die Burgstube betrat. Er hatte das Bedürfnis, den Kummer des Tages die Kehle herunterzuspülen.

„Das ist wahr, Wilhelmine. Ein Versäumnis, ohne Frage, wo ich doch Euren guten Tropfen zu schätzen weiß.“

„Den sollt Ihr auch heute nicht vermissen. Er kommt sofort.“ Wilhelmine drehte sich um und watschelte in die hinteren Räume, während sich Martin an einem der Tische niederließ. Die Burgstube war kaum besucht, lediglich drei Soldaten der Schlossgarde würfelten an einem Tisch neben dem Tresen. Sie hatten ihr Spiel nicht unterbrochen, als Martin eingetreten war.

„Euer Würzbier, Herr Secretarius.“ Wilhelmine stellte den Krug vor Martin auf den Tisch.

„Vielen Dank, Wilhelmine. Ihr könnt mir gleich einen zweiten einschenken.“ Martin nahm einen kräftigen Zug.

„Es gibt Dinge im Leben, die muss man einfach ersäufen“, war Wilhelmines einziger Kommentar, bevor sie wieder davonschlurfte. Martin war ihr dankbar dafür, dass sie ihn allein ließ. Natürlich hatte auch die Köchin schon von den unliebsamen Gerüchten gehört. Doch er war wahrhaftig nicht in der Stimmung, auch noch mit ihr über dieses lästige Thema zu sprechen.

„Allein saufen macht keinen Spaß.“

Martin schreckte aus seinen Gedanken auf, als er Swattkopp und Melchior so unvermutet vor seinem Tisch stehen sah.

„Wo kommt ihr denn her?“, fragt er verwirrt, als die beiden sich zu ihm setzten.

„Es gibt auch noch gute Geister in diesem verwunschenen Schloss, mein lieber Martin.“ Swattkopp grinste Martin unverfroren an, während Wilhelmine, die die neuen Gäste längst wahrgenommen hatte, ihnen drei Krüge auf den Tisch stellte. Noch bevor sie sich wieder entfernen konnte, schlug ihr Swattkopp freundschaftlich auf das ausladende Hinterteil. Martin vermutete, dass die Köchin Swattkopp über seinen Aufenthalt in der Burgstube informiert haben musste. Zumal Martin wusste, dass die beiden heimlich miteinander verbandelt waren.

Der Sergeant fuhr fort: „Trübsal blasen ist nicht die vorgegebene Marschrichtung. Angriff ist die wahre Verteidigung.“

„Eure soldatischen Fähigkeiten in allen Ehren, Swattkopp, aber dazu müsste man den Feind erst einmal kennen.“

„Dazu bedarf es nicht unbedingt eines hellen Geistes“, warf Melchior ein. „Wer hätte denn den größten Vorteil davon, wenn es die Figur nicht mehr geben würde, die dem Herzog sehr nahe steht und dem er uneingeschränkt vertraut? Hast du dich das schon einmal gefragt?“

„Ich denke, auf meinen Posten schielen so manche Speichellecker.“

„Das ist zwar richtig, aber darum geht es offensichtlich nicht. Der Einfluss, den du auf den Herzog hast, ist von Vernunft und Geradlinigkeit geprägt. Du sagst ihm unverblümt, was du weißt und was du für richtig hältst. Das schätzt er an dir. Und in den meisten Fällen folgt er auch deinem Rat. Zum Ärger von ...?“ Herausfordernd sah Melchior seinen Freund an.

„Du meinst, die Herzogin hat das Ganze inszeniert?“

„Jede andere Erklärung wäre unlogisch."

„Außerdem vergesst nicht, es gibt auch noch einen Prinzen, der Euch lieber heute als morgen vor die Kanone gespannt sehen möchte."

Martin sah seine beiden Freunde mit offenem Mund an, doch bevor er etwas sagen konnte, hörte er hinter sich eine weitere bekannte Stimme.

„Ich habe gehört, heute ist Kriegsrat. Aber nicht ohne mich."

Martin fuhr herum. „Mensch, Daniel, was machst du denn hier? Solltest du nicht bei deiner Familie sein?"

„Grundsätzlich schon, lieber Freund, aber es gibt Dinge im Leben, die sind wichtiger. Vorausgesetzt, du gibst einem armen Schmiedemeister ein Bier aus."

Martin wusste nichts davon, dass Swattkopp, als er von Martins Anwesenheit in der Burgstube gehört hatte, einen Pagen zu Daniels Haus im Segenhörn geschickt hatte, um ihn über ihr Treffen zu informieren.

„Du hast auch von diesem blödsinnigen Gerücht gehört?"

„Wer nicht im Schloss? Es gab doch heute kein anderes Thema." Daniel hob seinen Krug, den Wilhelmine ihm zwischenzeitlich gebracht hatte.

„Daniel, glaubst du auch, dass die Herzogin und ihr Bruder hinter diesem ganzen Wahnwitz stehen könnten?"

„Wer sonst? Wenn irgendein missgünstiger Höfling versucht, dir ans Bein zu pinkeln, dann lachen doch alle darüber und nehmen ihn nicht ernst. Wenn allerdings die Herzogin beteuert, dass du ihr zu nahe getreten bist, und ihr widerlicher Bruder das auch noch bestätigt, dann hat das ein ganz anderes Gewicht."

Martin sah seine Freunde nach wie vor zweifelnd an, konnte ihren Argumenten jedoch nichts entgegenhalten. „Und was können wir dagegen tun?“, fragte er mit Hoffnungslosigkeit in der Stimme. „Welche Bedeutung hat denn noch mein Wort?“

„Das ist vollkommen gleichgültig. Worte hin, Worte her, es müssen Taten folgen.“

„Swattkopp, Ihr habt gut reden. Wie sollen die denn aussehen?“

„Das soll nicht Eure Sorge sein. Ihr macht Euren Dienst wie bisher. Tragt Euren Kopf hoch und verhaltet Euch weiter aufrecht und ehrenvoll.“

„Ihr wollt damit sagen, dass ich mich auf Euch verlassen soll? Ich soll die Hände in den Schoß legen und darauf warten, dass sich schon alles richten wird?“

„Genauso ist es. Dazu sind Freunde da“, verkündete Sergeant Swattkopp überzeugt. „Außerdem kann man die Freundschaft noch bekräftigen, indem man eine weitere Runde Bier bestellt.“

Er hatte eine unruhige Nacht hinter sich. Als Martin am Morgen erwachte, konnte er sich nicht daran erinnern, wann und wie er sein Schlafgemach gefunden hatte. In seinem Kopf dröhnten unzählige Schmiedehämmer. Kaum hatte er sein Sekretariat betreten, verlangte der Herzog bereits nach ihm.

„Es werden gravierende Vorwürfe gegen Euch erhoben, Martin“, begann Herzog Johann ohne lange Vorrede. „Die Herzogin teilte Uns mit, dass Ihr sie mehrfach in anzüglicher Weise bedrängt haben sollt. Es gibt Zeugen, die Euch in ihren Gemächern gesehen haben wollen. Was sagt Ihr dazu?“

Martin sah den Fürsten entsetzt an. Er hatte ihn noch nie in einem so verärgerten und verzweifelten Zustand gesehen. Eine tiefe Falte hatte sich zwischen seinen Augenbrauen gebildet.

„Durchlaucht, es bleibt mir nichts anderes übrig, als Euch zu versichern, dass an diesen Anschuldigen wirklich nichts dran ist. Ich habe mich ihrer Durchlaucht, der Herzogin, gegenüber stets respektvoll und korrekt verhalten."

„Auch Unser Schwager, Prinz Roderich, bestätigt Uns, dass er Euch in eindeutig anrüchiger Weise in den Gemächern der Herzogin ertappt hat."

Martin schüttelte den Kopf. Was sollte er noch tun? Mehr als die Wahrheit sagen konnte er nicht. Doch was brachte ihm seine Ehrlichkeit gegen die bedrohlichen Bezichtigungen einer Herzogin und eines Prinzen. „Es tut mir leid, Durchlaucht, aber ich kann mich nur wiederholen: Ich habe mich Euer Gemahlin gegenüber uneingeschränkt höflich verhalten."

„Wollt Ihr damit suggerieren, dass die Herzogin und auch der Prinz die Unwahrheit sagen?"

„Ich möchte mich nicht den Gerüchten und Spekulationen im Schloss anschließen, Durchlaucht, ich kann Euch nur aufrecht und wahrhaftig gegenübertreten. So, wie ich bisher meine Aufgabe in Euren Diensten versehen habe."

„Uns wurde berichtet, dass Ihr auch anderen Hofdamen nachstellen würdet. Von einer jungen Baronesse war die Rede. Entspricht auch das nach Eurer Fasson nicht der Wahrheit?"

Martin wusste nicht mehr ein noch aus. Wurde jetzt auch noch seine Liebe zu Anna-Sophie in den Dreck gezerrt? Welche schmutzigen Register wurden in dieser widerwärtigen Intrige noch gezogen?

„Es ist wahr, Durchlaucht, dass ich zu Baronesse von Söfkenberg eine gewisse Zuneigung empfinde. Wobei ich betonen möchte, dass die Baronesse einen tadellosen Lebenswandel führt und ich es mit Vehemenz zurückweisen muss, wenn ihre Tugendhaftigkeit in Zusammenhang mit diesen mich betreffenden, haltlosen Vorwürfen gebracht wird."

Der Herzog hob die linke Augenbraue, als er merkte, dass sein sonst so gefasster Sekretär bei seinen letzten Worten die Stimme erhoben hatte und seine Entrüstung offensichtlich wurde. „Martin, Ihr seid Uns bisher ein treuer Diener gewesen. Wir haben Euch vertraut. Mehr als manch anderem in diesen Mauern. Diese Angelegenheit bringt Uns in eine Situation, die Uns zornig und traurig zugleich werden lässt. Wir werden eine Entscheidung treffen müssen."

„Wenn Ihr es für nötig erachtet, Durchlaucht, werde ich noch heute meinen Posten als Euer Sekretär verlassen."

„Das ist nicht Unser Ansinnen. Ihr werdet Uns weiter dienen. Vorbehaltlos. Ohne Einschränkungen, bis diese unsägliche Affäre geklärt ist. Ihr könnt gehen!"

Martin verbeugte sich und verließ das Kabinett des Herzogs. Wie war er nur in eine solche Lage geraten? Nicht nur, dass alle Vorwürfe haarsträubend waren, jetzt zogen sie auch noch Anna-Sophie in diesen verlogenen Sumpf. Wie würde die Arme darauf reagieren, wenn sie davon erfuhr? Martin wusste nicht mehr ein noch aus. Es war ihm unvorstellbar, wie sich in nur wenigen Stunden das harmonische Bild seines Lebens in ein chaotisches Wirrwarr hatte verwandeln können. Martin brauchte frische Luft. Vielleicht ließen sich bei einem Spaziergang im Schlossgarten seine Gedanken ordnen.

Bevor er die Brücke über den Schlossgraben erreicht hatte, stieß er unverhofft mit Anna-Sophie zusammen.

„Ich habe es nicht mehr ausgehalten, Martin. Ich wollte zu dir."

Er zog die junge Baronesse in eine Nische und umarmte sie.

Liebevoll schmiegte sie sich an ihn. „Was ist denn bloß los?" Anna-Sophie blickte sorgenvoll zu Martin auf.

„Wenn ich das nur wüsste. So, wie es aussieht, haben die Herzogin und der Prinz diese Gerüchte in die Welt gesetzt."

„Wirklich? Warum denn?"

„Ich weiß es nicht. Ich kann nur vermuten, dass sie in mir eine Gefahr sehen. Vielleicht ist es ihnen auch nicht recht, dass der Herzog mir vertraut."

„Du sollst nur wissen, dass ich von Anfang an gewusst habe, dass das alles nur Lügen sind, die sie über dich erzählen."

Martin lächelte Anna-Sophie an und streichelte ihr zärtlich über die Wange. „Das hatte ich gehofft, Anna." Über die Andeutungen des Herzogs schwieg er. Er wollte nicht, dass diese unschicklichen Vorwürfe ihre Liebe berührten. Außerdem würde es seine geliebte Anna nur noch mehr beunruhigen.

„Und was geschieht jetzt? Hat denn der Herzog schon etwas dazu gesagt?"

„Ja, er hat gerade mit mir gesprochen. Er hängt irgendwie zwischen Baum und Borke. Er weiß nicht so recht, wem er glauben soll. Die Herzogin hat ihm erzählt, dass ich ihr mehrfach zu nahe getreten sei ..."

„Das kann doch nicht wahr sein", entrüstete sich Anna-Sophie.

„Es kommt noch besser. Der Prinz hat das bestätigt und auch noch behauptet, dass er mich in den Gemächern der Herzogin ertappt hätte."

„Und das glaubt der Herzog?"

„Ich vermute, nicht so ganz. Er will, dass ich weiter meinen Dienst verrichte. Ich habe ihm versichert, dass von alledem nichts wahr ist. Eine hässliche Situation auch für ihn, wenn am Ende die Erkenntnis steht, dass seine Gemahlin und sein Schwager Lügner sind."

„Martin, was immer auch geschehen mag ..." Die Baronesse verstummte, als sie Schritte auf der Treppe vernahmen.

„Wir sehen uns später." Martin küsste sie hastig, und während Anna-Sophie eilig dem Schlosshof zustrebte, öffnete er die Tür zur Brücke des Schlossgartens.

Prinz Roderich von Württemberg-Weiltingen sonnte sich in seiner eigenen Wohlgefälligkeit. Es würde nicht mehr lange dauern, bis die Lunte, die er gelegt hatte, letztlich auch zu der gewünschten Explosion führte. Das hatten allein schon die Fragen seines Schwagers bewiesen. Auf jeden Fall waren die Gerüchte über seinen zügellosen und brünstigen Sekretär bereits beim Herzog angekommen. Auch seine Schwester hatte sich bei ihrem Gemahl aufgelöst und entrüstet über diesen triebhaften Menschen niederer Herkunft beklagt. Es konnte gar nicht besser laufen. Ihm selbst war das weibliche Geschlecht nach wie vor wohlgesonnen. Auch wenn die Hofdamen sich seinen Avancen gegenüber meist geziert zurückhielten, so genossen einige von ihnen die Aufmerksamkeit, die der Prinz ihnen zuteilwerden ließ. Seinen Trieb befriedigte er jedoch beim Umgang mit willigem Fleisch aus dem gemeinen Volk. Gefällige Zofen und dralle Küchenmägde waren eher nach seinem Geschmack.

Genussvoll dachte er an die zu erwartenden Abendstunden. Clara, eine wohlgerundete Mamsell aus der Küche, die sich beim ersten Mal im Weinkeller noch etwas geziert und gewehrt hatte, hatte ihm heute beim Mittagsmahl unauffällig einen Zettel zugesteckt, der ihm für diesen Abend ausgefallene Freuden in seinem Schlafgemach versprach. Prinz Roderich konnte es kaum erwarten.

Nur mit einem seidenen Schlafrock bekleidet lag Prinz Roderich auf seinem Bett, ein Pokal mit rotem Wein in der Hand, in freudiger Erwartung der Dinge, die da kommen sollten. Ein leichter Luftzug ließ die Kerzen flackern, als sich wenig später die Tür zu seinem Schlafgemach öffnete.

Vor ihm stand Clara und lächelte ihn verführerisch an. „Mein Prinz, seid Ihr bereit für einen Abend voller bisher nie entdeckter Lust?“

„Du machst mich neugierig, Clara.“

Die Mamsell ließ ihren Mantel von den Schultern gleiten. Darunter trug sie ein dünnes Hemd, das ihre prachtvollen Rundungen nicht nur ahnen ließen. Mit gierigen Augen verfolgte der Prinz ihre Bewegungen.

„Lasst Euch fallen, mein Prinz. Begebt Euch ganz in meine Hände.“ Clara nahm dem Prinzen den Weinpokal aus der Hand und stellte ihn auf einem kleinen Tisch ab. „Schließt die Augen!“

„Was soll das?“ Der Prinz schien irritiert zu sein, denn er war es gewohnt, das Heft des Handels in der Hand zu behalten.

„Ganz ruhig, mein Prinz! Ihr könnt mir vertrauen.“ Clara hatte den Schlafrock des Prinzen geöffnet und strich sanft mit ihren Händen über Bauch und Schenkel, bis seine Erregung deutlich sichtbar war.

„Schließt die Augen und streckt Arme und Beine weit von Euch!“

In unruhiger Vorfreude folgte der Prinz den Wünschen der Mamsell, die plötzlich seine Arme an die Pfosten am Kopfende des Bettes fesselte.

„Clara, hör auf!“ Prinz Roderich wollte sich aufrichten, doch die Fesseln hinderten ihn daran.

„Ruhig, mein Prinz. Ihr seid zu ungeduldig. Wartet ab! Schließt wieder die Augen!“ Mit ihren Händen glitt sie wie zufällig über die zuckende Manneskraft, so dass der Prinz sich stöhnend in die Kissen zurücklehnte. Im gleichen Atemzug fesselte Clara die Füße des Prinzen an die gegenüberliegenden Bettpfosten.

„Clara, komm zu mir! Erlöse mich von meinen lustvollen Qualen.“ Als Prinz Roderich lediglich ein hastiges Rascheln und ein Knarren der Dielen hörte, öffnete er die Augen und erstarrte. An seinem Bett stand nicht, wie er erwartet hatte, Clara, das Objekt seiner Begierde. Zwei dunkle Gestalten in schwarzen Gewändern und mit Masken vor dem Gesicht musterten ihn durch ihre Augenschlitze. Einen Aufschrei unterdrückte er in dem Moment, als er eine Messerspitze an seiner Kehle spürte.

„Lust ist vergänglich, verehrter Prinz. Trotzdem solltet Ihr jetzt aufmerksam zuhören. Ein unbedachter Laut, und es war Euer letzter. Mein Freund mit dem Dolch hat nervöse Finger. Vergesst das nie!"

Mit weit aufgerissenen Augen starrte Prinz Roderich die Maskierten an. Die messerscharfe Klinge des Dolches wanderte über seinen Hals.

„Wir wollen nicht viel von Euch. Wir haben hier ein Dokument, das Ihr lediglich unterschreiben und siegeln müsst. Lest es Euch in Ruhe durch." Der Maskierte hielt dem Prinzen ein Papier vor die Augen, das dieser eilig überflog.

„Was soll der Irrsinn? Das unterschreib ich nicht." Prinz Roderich schüttelte den Kopf und zerrte an seinen Fesseln.

„Das würde ich mir an Eurer Stelle aber noch einmal überlegen. Die Alternative wäre, dass Ihr in Zukunft ohne Euren Lustschwengel auskommen müsstet. Für meinen nervösen Freund wäre es keine große Mühe, Euch von Eurem bedauerlich mickrigen Stängel zu befreien."

Mit Entsetzen verfolgte Prinz Roderich, wie der zweite Maskierte mit dem Dolch um seine erschlaffte Männlichkeit herumfuhr. Die Messerspitze war deutlich zu spüren. „Nein! Nein!", stieß er atemlos hervor.

„Eine überaus weise Entscheidung, verehrter Prinz." Der Maskierte mit dem Dolch zerschnitt das Band, mit dem die rechte Hand des Prinzen an den Bettpfosten gefesselt war. Der andere Maskierte hatte Tinte und Feder hervorgezaubert und hielt ihm das Dokument zur Unterschrift hin. Widerwillig unterzeichnete der Prinz das Schreiben, da er erneut den Dolch an seinem Gemächte spürte. Danach schmolz der Maskierte

Siegellack an einer Kerze, tropft ihn auf das Dokument und presste den Ring des Prinzen in den Lack.

„Seht Ihr, Prinz, so einfach kann die Welt sein. Träumt was Schönes." Ein kurzer Schlag an die Schläfe versetzte den Prinzen in das Land der Träume, in denen es weder dralle Küchenmägde noch schwarze Masken, geschweige denn spitze Dolche gab.

Verwundert sah Martin den Kanzleidirektor und den Hofmarschall an, als er am Morgen sein Sekretariat betrat. „Oh, meine Herren, habe ich etwas versäumt oder bin ich gar zu spät?"

„Nein, es ist alles gut, aber seine Durchlaucht scheint äußerst ungeduldig. Er wartet schon auf Euch."

Wenig später stand Martin vor dem Schreibtisch des Herzogs.

„Ah", rief dieser, „gut, dass Ihr da seid. Ihr könnt die Konfusion sicherlich aufklären. Habt Ihr Uns dieses Dokument gestern Abend auf den Tisch gelegt?" Der Herzog reichte seinem Sekretär ein Papier, das nur wenige Zeilen enthielt und gesiegelt war.

Martin warf einen kurzen Blick darauf. „Nein, Durchlaucht, ich kenne das Schreiben nicht. Ihr wisst, dass ich Euch jene Dokumente, die an Euch gerichtet sind, stets persönlich vorlege."

„Gewiss, Martin, umso mehr beunruhigt Uns der Umstand, dass Wir dieses Dokument mit dem verwunderlichen Inhalt heute Morgen auf Unserem Schreibtisch vorgefunden haben. Cassius, was haltet Ihr davon?" Der Herzog reichte dem Kanzleidirektor das Papier.

„Unglaublich!" Graf Cassius schüttelte den Kopf, nachdem er die Zeilen gelesen hatte, und reichte das

Schreiben nach einem zustimmenden Nicken des Herzogs an den Hofmarschall weiter.

Auch Graf Kamphausen schien bestürzt zu sein, sagte aber nichts. Als Martin das Dokument in den Händen hielt, las er:

„Hiermit erkläre ich vor Gott, dem Allmächtigen, dass ich, Prinz Roderich von Württemberg-Weiltingen, in unrechtmäßiger Weise den Secretarius Martin Seedorf der Liebschaft mit meiner Schwester, Herzogin Julia Felicitas, bezichtigt habe. Derselbige hat sich zu allen Zeiten stets höflich und korrekt verhalten. Dieses bezeuge ich mit meinem Namen und meinem Siegel."

Martin blickte den Herzog und die beiden Grafen ratlos an und reichte das Schreiben an den Herzog zurück. „Ich weiß nicht, was ich dazu sagen soll, Durchlaucht."

„Da seid Ihr nicht allein. Graf Kamphausen, sorgt dafür, dass Uns der Prinz unverzüglich aufsucht."

Der Hofmarschall eilte davon. Es war keine Minute vergangen, als er mit dem Major der Schlossgarde zurückkam. „Durchlaucht, verzeiht, aber ich höre gerade von Graf Freienfels, dass seine Hoheit das Schloss bereits heute Nacht verlassen hat."

„Was bedeutet das, Major?" Der Herzog musterte Graf Freienfels verdrossen.

„Die Torwache meldet, dass Prinz Roderich am gestrigen Abend in hoher Erregung das Außentor zu Pferd passiert hat. Er war ausgerüstet mit Packtaschen und gekleidet, als würde er auf eine längere Reise gehen. Dieser Eindruck wurde auch von dem Stalljungen bestätigt, der das Pferd des Prinzen gesattelt hat."

„Eigenartig! Warum sollte er das Schloss so fluchtartig verlassen?"

„Wenn wir davon ausgehen, dass das Papier, das Ihr in der Hand haltet, echt ist, Durchlaucht, dann wird er in weiser Voraussicht vor Eurer Ungnade geflohen sein."

„Ihr mögt recht haben, Cassius. Aber es will Uns eines nicht in den Kopf: Wenn er der Vater dieser hinterhältigen Intrige gewesen ist, wie er hier bekundet, was hat ihn dann wenige Tage später zu diesem Bekenntnis gebracht?"

„Wir wissen es nicht, Durchlaucht. Vielleicht Reue?"

Herzog Johann sah seinen Kanzleidirektor stirnrunzelnd an, schließlich waren auch ihm die wahren Charakterzüge seines Schwagers nicht verborgen geblieben. „Cassius, gibt es eine Möglichkeit, die Echtheit dieses Dokuments zu prüfen?"

„Erkennbar ist, Durchlaucht, dass der Text nicht vom Prinzen persönlich geschrieben wurde. Nun, das ist nichts Ungewöhnliches. Auch Eure Erlasse werden von Eurem Sekretär verfasst und Euch dann zur Unterzeichnung und Besiegelung vorgelegt."

„Wenn Ihr erlaubt, Durchlaucht, könnten wir einen Vergleich herstellen. Ich bin davon überzeugt, dass der Hofkämmerer in seinem Archiv über ein Schriftstück verfügt, das der Prinz unterzeichnet und gesiegelt hat."

„Wie kommt Ihr darauf?"

„Verzeiht, Durchlaucht, die finanziellen Möglichkeiten des Prinzen waren – dezent ausgedrückt – überschaubar, so dass er auf Weisung ihrer Durchlaucht, der Herzogin, zeitweise die herzogliche Schatulle bemüht hat. Wie wir den Hofkämmerer kennen, wird er darüber genauestens Buch geführt und ohne eine Unterschrift des Prinzen nichts herausgegeben haben."

„Sehr gut, Martin. Instruiert den Kämmerer, dass er

ein entsprechendes Dokument für den Vergleich unverzüglich heraussuchen und Uns vorlegen soll."

Die überstürzte Abreise des Prinzen war im Eutiner Schloss ebenso der Ursprung abenteuerlicher Gerüchte wie auch das Auftauchen des ominösen Schreibens, das den Secretarius Martin Seedorf von allen Vorwürfen reingewaschen haben sollte. Nur wenige kannten den wahren Grund der hoheitlichen Flucht, und kaum einer konnte einen logischen Zusammenhang mit dem Dokument herstellen, dessen Unterschrift und Siegel sich bei der Überprüfung als echt herausgestellt hatte.

Die Explosion, die sich Prinz Roderich aufgrund seiner ausgelegten Lunte schon erwartungsfroh vorgestellt hatte, entlud sich auf einem ganz anderen Schlachtfeld, als ursprünglich geplant. Als der Herzog seiner Gemahlin das Schreiben zeigte und ihr vorwarf, die Intrige gegen seinen Sekretär gemeinsam mit ihrem Bruder gesponnen zu haben, erregte sie sich derart, dass erneut Gegenstände durch die Fenster in den Schlossgraben flogen. Zudem weigerte sie sich konstant, mit dem Herzog an den gemeinsamen Audienzen teilzunehmen. Wie sie auch seit diesem Vorfall jeden Kontakt zu ihrem Gemahl mied. Der Herzog nahm ihr Verhalten ohne weitere Gemütsregung zur Kenntnis und äußerte sich über die Eskapaden seiner Gemahlin nie abfällig. Seinem Sekretär gegenüber stellte er nur fest, dass er zu keiner Zeit an seiner Loyalität gezweifelt hätte. Martin wertete das als Entschuldigung. Mehr konnte er von seinem Fürsten nicht erwarten.

Seit dieser Aufregung, bei der zu seinem Bedauern auch seine Beziehung zu Baronesse von Söfkenberg öffentlich diskutiert wurde, hielten die beiden Liebenden es nicht mehr für nötig, sich in der Fürstenloge oder an anderen Verstecken heimlich zu treffen. Gemeinsame Spaziergänge der Hofgesellschaft im Schlossgarten boten den beiden auch immer wieder die Möglichkeit, hinter verschwiegenen Rosenbüschen oder in lauschigen Pavillons ihr kurzes Glück zu genießen. Natürlich nährten sie damit auch den üblichen Hofklatsch, störten sich aber nicht daran und nahmen das Gerede gelassen hin.

Einige Tage nach dem turbulenten Ereignis waren die Abreise des Prinzen und Martins Rehabilitation immer noch Gesprächsthema Nummer eins im Schloss. So auch, als die vier Freunde am Abend in der Burgstube beim Bier zusammensaßen.

„Swattkopp, Ihr gehört doch zu den bestinformierten Männern im Schloss. Wisst Ihr nicht, weshalb der Prinz so Hals über Kopf getürmt ist?“

„Martin, wollt Ihr mich mit Eurer Bemerkung auf das Niveau eines schludernden Waschweibes stellen?“

„Niemals, verehrter Sergeant, wie käme ich dazu? Ich suche doch nur die Antwort auf eine Frage, die uns alle quält.“

„Ich weiß gar nicht, wieso Ihr Euch mit solchen Banalitäten beschäftigt, Martin? Ihr müsstet doch am meisten darüber jubeln, dass dieses Prachtstück von Prinz über alle Berge ist. Ob ihn zu diesem Schritt sein schlechtes Gewissen geführt hat oder ein verklemmter Furz, ist doch völlig belanglos. Hauptsache, er ist weg und Ihr könnt wieder erhobenen Hauptes durch das Schloss marschieren, ohne dass die Damen Euch schief anglotzen.“

„Swattkopp hat recht“, pflichtete Melchior dem Sergeanten bei. „Der Störenfried Roderich ist fort und der Herzog hat seiner Gemahlin die Grenzen aufgezeigt. Somit wäre die Sache zur Zufriedenheit geregelt.“

„Das ist ja alles richtig, was Ihr erzählt, aber Ihr habt doch ebenso wie ich den Charakter des Prinzen erlebt. Der verkrümelt sich nicht einfach so. Und ein Gewissen, geschweige denn ein schlechtes, habe ich bei ihm nie entdecken können.“ Martin sah seine Freunde provozierend an, war er doch mit ihren Antworten nicht zufrieden.

„Es könnte rein theoretisch sein, dass irgendjemand dem Prinzen einen Vorschlag unterbreitet hat, der ihn zu diesem Entschluss geführt hat“, mischte sich jetzt auch Daniel in das Gespräch ein.

„Den kann nur ein großer Beutel Geld gelockt haben“, stellte Melchior trocken fest.

„Oder ein kräftiger Tritt in den Arsch“, war Swattkopps logische Schlussfolgerung.

„Da für diesen lausigen Prinzen niemand auch nur einen Kreuzer gespendet haben würde, tendiere ich eher zu Swattkopps Variante“, warf Melchior schmunzelnd ein.

„Was wiederum eine weitere Frage aufwirft: Wer hat so viel Macht, einen garstigen Prinzen davon zu überzeugen, nach seinen Weisungen zu handeln?“

Swattkopp verdrehte die Augen. „Oh, nein, Martin, Ihr seid wie eine lästige Scheißhausfliege. So was von penetrant. Nehmt doch die Dinge, wie sie sind! Keiner von uns beklagt sich darüber, dass dieser Mistkerl von Prinz das Weite gesucht hat. Im Gegenteil. Und nun fangt Ihr an, im Nebel herumzustochern. Wozu soll das gut sein?“

„Ist ja gut. Ich höre schon auf. Aber denken darf man doch wohl noch in dieser Runde."

„Ja, Martin, das darf man. Aber nicht so'n Mist." Swattkopp erhob seinen Bierkrug und setzte zu seinem Lieblingstrinkspruch an: „À nos femmes, à nos chevaux et à ceux qui les montent, vive la cavalerie!"

Kapitel 32

„Wie ist es Euch nur gelungen, Pater Simon, mich von der Seite des Herzogs zu entführen?“

„Ich habe dem Herzog vorgeschlagen, dass ich auf meiner heiklen Mission nach Lübeck einen vertrauenswürdigen Sekretär benötige, dem aufgrund der turbulenten Ereignisse der letzten Zeit ein wenig Abstand zum höfischen Alltag in Eutin guttun würde. Dem hat der Herzog bereitwillig zugestimmt. Hast du denn grundsätzlich etwas dagegen, mich nach Lübeck zu begleiten?“

„Oh nein, ganz und gar nicht, Pater Simon. Meint Ihr, ich hätte Zeit, meine Schwester Elsbeth und ihre Familie einmal kurz zu besuchen? Ich habe sie lange nicht gesehen.“

Dekan Simon nickte. „Wir haben zunächst im Auftrag des Bischofs eine unliebsame Angelegenheit mit dem Dompropst zu klären. Ist das befriedigend erledigt, liegt es bei uns, wann wir die Rückreise antreten. Natürlich wirst du deine Schwester sehen. Und selbstverständlich werden wir uns die Zeit nehmen, die prachtvolle Stadt zu erkunden.“

Der Dekan hatte Martin, während sie in der Kutsche der Hansestadt entgegenschaukelten, den Grund ihrer Reise nach Lübeck erklärt. Dem Herzog war zu Ohren gekommen, dass sich der Dompropst in eine äußerst delikate Lage manövriert und das Ansehen des

Fürstentums Lübeck und seiner Geistlichen in Misskredit gebracht hatte. Während eines Gastmahls im Hause des Dompropstes waren der Lübecker Stadtkommandant Oberst Hartwig Schack und der Gutsherr Otto Blume derart aneinandergeraten, dass sie sich noch am selben Abend vor den Toren der Stadt in Krempelsdorf zu einem Duell getroffen hatten. Nachdem sie sich beim Schusswechsel mit Pistolen verfehlt hatten, waren sie mit Degen aufeinander losgegangen. Dabei hatten sie sich gegenseitig so verhängnisvoll getroffen, dass beide aufgrund ihrer Verletzungen noch am Ort ihres Duells gestorben waren. Während der Gutsherr Blume wenig später in der Nähe seines Gutes bei Kiel beigesetzt worden war, weigerten sich einige Geistliche des Domkapitels, den Stadtkommandanten von Lübeck gleichermaßen ehrenvoll zu bestatten.

Martin beugte sich weit aus dem Kutschfenster, um nichts von dem atemberaubenden Anblick der Lübecker Türme zu versäumen. Mächtige Wälle, wuchtige Bastionen und geschlossene Stadtmauern schienen diese majestätischen Gebäude zu beschützen. Nach kurzer Kontrolle durch die Stadtwache am Holstentor stemmten sich die beiden Kutschpferde kraftvoll ins Geschirr, um den steilen Anstieg bis zur Stadtmitte zu schaffen. Hier, am Kohlmarkt, steuerte der Kutscher den Wagen nach rechts und ließ ihn über den Pferdemarkt dem Dom entgegenrollen.

„Auch wenn Euer Besuch bereits avisiert wurde, so fällt es mir schwer, dessen Notwendigkeit zu erkennen." Dompropst Johann Friedrich von Winterfeld schien verschnupft zu sein, als Dekan Simon und Martin ihn noch am Nachmittag in seinen Räumen aufsuchten.

Bereits bei der Ankunft auf dem Domhof waren ihnen keine freundlichen Blicke begegnet. Die Geistlichen, denen sie auf dem Weg zum Dompropst begegnet waren, hatten sie abweisend gemustert. Auch der Kaplan im Vorzimmer des Propstes hatte sich nur widerwillig von seinem Stuhl erhoben, als Dekan Simon und Martin eintraten.

„Verehrter Dompropst, wie Ihr wisst, war es der ausdrückliche Wunsch seiner Exzellenz, des Bischofs, aus Eurem berufenen Munde zu erfahren, wie Ihr gedenkt, den entstandenen Schaden zu beheben und den guten Ruf des Bistums wiederherzustellen."

„Was fällt Euch ein? Von welchem Schaden sprecht Ihr überhaupt? Ich sehe keine Veranlassung, mich vor subalternen Dienern des Herzogs zu rechtfertigen." Der Dompropst hatte den beiden nach der unterkühlten Begrüßung noch nicht einmal einen Stuhl angeboten.

Dekan Simon ergriff das Wort. „Um es kurz zu machen: Da Ihr augenscheinlich nach der Ankündigung unseres Besuches noch nicht genügend Zeit gefunden habt, Euch darauf vorzubereiten, setze ich die offizielle Untersuchung für morgen um zehn Uhr an. Ich gehe davon aus, da wir beide im Dienste des Bischofs stehen und uns der christlichen Lehre unterworfen haben, dass auch Ihr Euch bis dahin an die üblichen Regeln der Nächstenliebe und eines wohlgefälligen Miteinanders erinnern könnt." Ohne eine Reaktion des vollkommen konsternierten Dompropstes abzuwarten, drehte er sich um und verließ den Raum. Martin folgte ihm mit schnellen Schritten.

Der Kaplan, der anscheinend an der Tür gelauscht hatte, schien von dem Auftritt des Dekans aus Eutin beeindruckt zu sein. „Wenn Ihr erlaubt, ehrwürdiger Bruder, führe ich Euch zu den Räumlichkeiten, die wir für Euch vorgesehen haben.“

Pater Simon lächelte Martin augenzwinkernd an und wandte sich schließlich an den Kaplan: „Äußerst aufmerksam von Euch. Wenn Ihr dann noch sicherstellen könntet, dass wir morgen einen ungestörten Raum mit Tisch und Stühlen sowie genügend Papier und Tinte zur Verfügung haben, dann wäre uns fürs Erste gedient.“

Nach einem eher kargen Abendmahl kehrte Martin bald wieder in seine spärlich eingerichtete Schlafkammer zurück. Sein letzter Gedanke, bevor er nach den Strapazen der Reise einschlief, galt den bedrohlich hoch aufragenden Zwillingstürmen des Doms, zu deren Füßen er lag.

Die Stimmung des Dompropstes hatte sich bis zum nächsten Morgen nicht gebessert. Mit verbittertem Gesicht saß er Dekan Simon und Martin gegenüber – neben sich zwei weitere Kapitelherren, die ebenso feindlich dreinblickten. Vermutlich hatte er sie zu seiner moralischen Unterstützung mitgebracht.

„Uns ist bekannt, Dompropst, dass Ihr am 3. Juni dieses Jahres ein Gastmahl gegeben habt, zu dem auch der Stadtkommandant Oberst Schack und der Gutsherr Blume geladen waren, die auf tragische Weise noch am selben Tage das Zeitliche segneten. Könnt Ihr uns berichten, welches der Grund der Zwistigkeiten war, die bereits während des Mahls in Eurem Haus aufgeflammt sein sollen?“

„Unterliegen wir hier jetzt der Inquisition oder was soll diese Fragerei?“

„Können wir uns auf eine einigermaßen sinnvolle Verständigung einigen? Entweder Ihr gebt mir ebenso sachliche Antworten, wie ich Euch Fragen stelle, oder ich sehe mich gezwungen, seine Exzellenz, den Bischof, zu informieren, dass Ihr seine Weisungen missachtet. Es ist Eure Entscheidung."

Der Dompropst presste die Lippen zusammen und funkelte Dekan Simon grimmig an. „Soviel ich weiß, hatte sich Stadtkommandant Schack abfällig über eine Dame geäußert, die in der Obhut des Gutsherrn Blume stand", brachte er widerwillig hervor.

„Und ein beruhigender Einfluss auf die beiden aufgebrachten Kontrahenten war nicht möglich?"

„Es ist nicht meine Aufgabe, aufgeplusterte Kampfhähne zur Raison zu bringen. Insbesondere dann nicht, wenn es um leichtfertige Weibsleute geht."

„Vielleicht darf ich Euch daran erinnern", warf Dekan Simon ungeduldig ein, „dass Ihr Gastgeber und Seelsorger in einer Person wart. Wäre es da nicht Eure göttliche Pflicht gewesen, die beiden aus dem Schatten des bischöflichen Gotteshauses in friedlichem Miteinander zu verabschieden?"

„Macht weiter, Dekan! Was fordert Ihr? Nur Buße von mir – oder gleich meine Todesstrafe?" Erregt beugte sich der Dompropst vor. Seine beiden Begleiter tuschelten miteinander. Dekan Simon lehnte sich zurück und blickte alle drei mit ausdrucksloser Miene an.

Martin hatte den Disput aufmerksam verfolgt und die Fragen und Antworten säuberlich notiert. Das hochnäsige Verhalten des Dompropstes gefiel ihm ganz und gar nicht. Der Zynismus seiner letzten Bemerkung war einfach unerträglich. „Wie viel ist Euch ein

Menschenleben wert?", fragte er ihn. „Wie hoch siedelt Ihr Eure kirchliche Würde im Vergleich zum Leben zweier Menschen an, die möglicherweise noch leben könnten, hättet Ihr zur rechten Zeit die richtigen Worte gefunden?"

„Es ist doch wohl das Allerletzte, dass ich mir von einem dahergelaufenen ..."

Ein ohrenbetäubender Knall unterbrach das Aufbrausen des Dompropstes. Dekan Simon hatte mit seiner flachen Hand auf die Tischplatte geschlagen. „Ich kann dem bischöflichen Secretarius nur recht geben. Die Geisteshaltung in diesem Hause scheint doch mehr als fragwürdig zu sein. Ich darf Euch daran erinnern, dass wir hier über den Tod zweier Menschen sprechen, die wie wir Kinder Gottes sind, ganz gleich auf welchem irdischen Wege sie auch gefehlt haben mögen. Daher meine nächste Frage: Ist es wahr, dass der Stadtkommandant bis heute nicht ehrenvoll beigesetzt wurde?"

Die gefährlich klingende Stimmlage des Dekans hatte eine einschüchternde Wirkung. So hatte Martin ihn noch nie erlebt. Der ansonsten besonnene und ruhige Mensch zeigte hier eine fordernde und fast bedrohliche Präsenz, die sogar den selbstgefälligen und aufgeblasenen Dompropst in seine Grenzen zu weisen schien.

Dieser ließ den Dekan nicht lange auf eine Antwort warten. „Das Töten eines Menschen im Duell verhöhnt die Ordnung unseres Schöpfers. Nur er allein darf über Leben und Tod entscheiden. Somit ist ein Begräbnis in geheiligtem Boden undenkbar."

„Ihr wollt nicht ernsthaft mit mir einen Diskurs über die göttliche Ordnung führen, wo Ihr noch nicht einmal die Grundlagen unseres Glaubens beherzigt und praktiziert. Sind Begriffe wie ‚Barmherzigkeit' und ‚Vergebung' denn Fremdworte für Euch?"

Martin merkte, dass Dekan Simon aufgrund der Ignoranz des Dompropstes seine Geduld verlor.

„Ihr habt meine Frage noch nicht beantwortet. Ist der Stadtkommandant inzwischen beigesetzt worden?"

„Nein!", antwortete der Dompropst einsilbig.

„Verstehe ich Euch recht: Der Stadtkommandant ist am 3. Juni bei dem Duell verstorben und bis heute – wir schreiben inzwischen den 1. September – nicht ehrenvoll begraben worden? Wo ist sein Leichnam?"

„In der Domkapelle."

Das Entsetzen war Dekan Simon ins Gesicht geschrieben. Ungläubig sah er Martin an und schüttelte den Kopf. Dann richtete er seinen Blick wieder auf den Dompropst und erhob sich. Zögerlich standen auch seine drei Gegenüber auf.

„Im Namen seiner Exzellenz, Bischof Johann, ordne ich an, dass der tote Stadtkommandant Oberst Schack am 3. September mit seinem Rang entsprechenden Ehren beigesetzt wird. Für die ordnungsgemäße Durchführung seid Ihr, Dompropst Winterfeld, verantwortlich. Ich werde mich morgen über den Fortschritt Eurer organisatorischen Vorbereitungen informieren. Sollte der Stadtkommandant übermorgen entgegen meiner Weisung nicht in geweihter Erde ruhen, werde ich Euch im Auftrag seiner Exzellenz, des Bischofs, arretieren lassen."

Dem Dompropst schien es die Sprache verschlagen zu haben, ebenso wie seinen beiden Begleitern. Voller Empörung schnappten sie abwechselnd nach Luft, bis der Propst sich rasend vor Zorn umdrehte und, gefolgt von den beiden anderen Geistlichen, aus dem Raum rauschte.

Dekan Simon ließ sich wieder auf seinen Stuhl fallen, legte schweigend beide Hände auf die Tischplatte und schloss die Augen. Nach einer Weile blickte er auf. „Hast du alles notiert, Martin?“

„Ja, Pater Simon, Wort für Wort.“

„Gut so, mein Sohn. Lass es dir eine Lehre sein! Menschliche Abgründe sind vielfältig. Doch es gibt nur eines, gegen das wir Sterblichen ohnmächtig sind und gegen das kein Kraut der Welt gewachsen ist: Das ist die menschliche Dummheit.“

Martin war froh, dass er am nächsten Tag dem düsteren Umfeld des Doms entfliehen konnte. Auch wenn ihn das mächtige Gotteshaus mit den beiden Türmen beeindruckte und es innen wie außen immer wieder etwas Neues zu entdecken gab, so schwebte über allem stets der bedrückende Geist des Dompropstes. Seine Anwesenheit und die des Dekans wurde als störend empfunden. Entsprechend feindselig begegneten ihnen die meisten Geistlichen. Umso mehr freute sich Martin darauf, noch an diesem Tage seine Schwester Elsbeth mit einem Besuch überraschen zu können.

Frohen Mutes schlenderte er die Mühlenstraße entlang und lenkte seine Schritte in die Wahmstraße, in der das Haus des Kaufmanns Hinrich Gerdes stand, mit dem seine Schwester verheiratet war. Staunend betrachtete Martin das hoch aufragende Backsteingebäude, an dessen Giebel ein Kranbalken herausragte. Vier Männer waren damit beschäftigt, Säcke auf ein stabiles Brett zu legen, das sie dann mit einem Seil nach oben hievten. In schwindelnder Höhe sah Martin in einer Luke unter dem Kranbalken zwei weitere Männer, die die Last, als sie auf ihrer Höhe war, zu sich heranzogen und diese in der Luke verschwinden ließen. Kurze Zeit später baumelte das leere Brett wieder zur Erde, um eine neue Fuhre aufzunehmen.

„Guten Morgen, ich wollte zu Frau Elsbeth Gerdes. Wisst Ihr, ob sie zu Hause ist?“, fragte Martin einen der Arbeiter.

„Nee, dat wet ick nich. Frag man bi dat Kontor no.“

Martin bedankte sich und betrat das Kaufmannshaus durch eine schwere Holztür. In einer großen Diele mit festen Steinplatten auf dem Boden sah er zu seiner Rechten einen mit Brettern abgetrennten Raum. Durch ein Fenster und die geöffnete Tür erblickte er an einem Stehpult einen älteren Mann, der sich ihm zuwandte, nachdem er das Knarren der Eingangstür vernommen hatte. Er kam Martin ein paar Schritte entgegen.

„Was wollt Ihr?“, blaffte er den vermeintlichen Störenfried an.

„Ich würde gern die Hausherrin, Frau Elsbeth Gerdes, sprechen.“

„Und wer seid Ihr?“

„Es soll eine Überraschung sein. Deshalb möchte ich meinen Namen noch nicht verraten.“

„Dann seht zu, dass Ihr Land gewinnt. Irgendwelche namenlosen Streuner sind in diesem ehrenwerten Haus nicht willkommen.“

„Ihr seid wohl nicht ganz richtig im Kopf, guter Mann. Wenn Ihr Eure Augen aufmacht, werdet Ihr wohl erkennen können, dass ich kein Landstreicher bin. Wenn Ihr nicht sofort der Hausherrin meinen Besuch ankündigt, dann werde ich Euch Beine machen. Habt Ihr das verstanden?“ Martin war dem aufsässigen Kerl bedenklich nahe getreten, so dass dieser erschrocken zurückwich. Erst jetzt bemerkte Martin, dass ein Junge im Kontor gesessen hatte, der bei den lauten Worten neugierig um die Ecke schielte.

„Wentzel, lauf hoch zur Herrin und sag ihr, ein Herr will sie sprechen“, wies der widerborstige Buchhalter den Jungen an, der daraufhin in Windeseile in seinen Holzpantinen die Treppe hinaufpolterte.

„So viel zur Lübecker Gastfreundschaft“, konnte sich Martin nicht verkneifen zu bemerken. Woraufhin der Alte sich grummelnd wieder in seinem Kontor verkroch.

Es dauerte nicht lange, bis der Junge zurückkehrte. Kaum hatte er die letzten Stufen der Treppe erreicht, da rief ihn eine weibliche Stimme zur Ordnung. „Wentzel, wie oft habe ich dir schon gesagt, dass du deine Pantinen ausziehen sollst, wenn du nach oben kommst.“

Sekunden später erschien auf der Galerie eine junge Frau, die Martin beinahe nicht wiedererkannte. Er hatte seine Schwester das letzte Mal bei ihrer Hochzeit vor vier Jahren gesehen. Jetzt war aus dem jungen Mädchen eine imposante Erscheinung geworden. Eine ehrbare Lübecker Kaufmannsfrau. Eine Mutter von zwei Kindern.

„Nein, ich glaub es nicht! Martin! Oh, Martin!“ Elsbeth flog die Treppe herunter, ließ dabei zwei bis drei Stufen aus und landete in den Armen ihres Bruders, der sie am Treppenabsatz auffing und sich mit ihr mehrmals im Kreise drehte.

„Meine kleine Schwester“, konnte Martin nur mit Mühe hervorbringen, während Elsbeth ihn mit schwesterlichen Küssen eindeckte.

„Was machst du in Lübeck? Wieso hast du uns nicht vorher benachrichtigt? Ich freue mich so sehr!", sprudelte es aus Elsbeth heraus. Sie hatte sich bei Martin untergehakt und zog ihn mit sich die Treppe hinauf. Fassungslos blickten der Buchhalter und der Junge dem total verrückten Paar hinterher.

Nachdem Martin seiner Schwester von den Neuigkeiten aus Eutin und dem Grund ihres Aufenthalts in Lübeck berichtet hatte, schlug Elsbeth vor, dass sie unbedingt einen Spaziergang zum Hafen machen müssten, um ihren Mann Hinrich im Hafenkontor zu besuchen. Martin stimmte dem Vorschlag zu, und als er seine beiden pausbäckigen Neffen, die ein und drei Jahre alt waren, bewundert hatte, verließen er und seine Schwester das Haus in der Wahmstraße und flanierten über den Kohlmarkt die Breite Straße entlang. Martin war beeindruckt von dem stattlichen Rathaus mit seinen glänzenden Backsteinen. Elsbeth hatte sich bei ihrem Bruder eingehakt und genoss den Spaziergang. Immer wieder wurden sie von Passanten gegrüßt, die nicht selten danach ihre Köpfe zusammensteckten und ihnen verwundert hinterherblickten.

„Du scheinst eine bekannte Persönlichkeit zu sein, kleine Schwester", stellte Martin anerkennend fest.

„Das liegt nur daran, dass Hinrich in dieser Stadt als bedeutender Kaufmann gilt. Es ist im Gespräch, dass er sehr bald in die Bürgerschaft gewählt werden soll. Viel lustiger finde ich jedoch, dass die ehrenwerten Lübecker sich jetzt ihre Mäuler darüber fusselig reden werden, dass die Ehefrau des Kaufmanns Hinrich Gerdes am hellen Tag mit einem wildfremden, gut aussehenden Mann eng umschlungen durch die Stadt spaziert ist."

Martin musste lachen. So liebte er seine kleine Schwester. Ihre Freude daran, andere Menschen zu necken und ihnen letztlich ihre eigene Engstirnigkeit vorzuhalten, hatte sie bis heute nicht verloren. Als sie die Arkaden des Kanzleigebäudes verließen und in die Mengstraße einbogen, blieb Martin stehen. Fast andächtig betrachtete er die Marienkirche, jenes alles überragende Gotteshaus mit den zwei Türmen, das in seiner bedrohlichen Wuchtigkeit dem Dom in nichts nachstand.

„Kaum zu glauben, dass es in Lübeck zwei so große Kirchen gibt."

„Oh, Martin, das lass lieber keinen Lübecker Kaufmann hören. Die sind besonders stolz darauf, dass ihre Marienkirche zehn Meter höher ist als der Dom. Und außerdem gibt es ja auch noch andere Kirchen. Lübeck – die Stadt der sieben Türme."

Gemessen daran sollte man annehmen, dass die Bürger der Hansestadt äußerst gottesfürchtig sein müssten, dachte Martin. Seine Begegnung mit dem Dompropst ließ ihn daran zweifeln. Doch er wollte Elsbeth mit diesen Gedanken nicht die gute Laune verderben. Vorbei an den Kaufmannshäusern in der Mengstraße gelangten sie zum Hafen. In dem Wald voller Masten konnte Martin kaum die einzelnen Schiffe unterscheiden. Am Ufer hatten sie Mühe, ungehindert voranzukommen. Fuhrwerke mit schweren Lasten, Hafenarbeiter mit Handkarren, Männer, die Kisten und Säcke schleppten – sie alle vermittelten Martin den Eindruck eines wuselnden Ameisenhaufens. Unerwartet zerrte Elsbeth ihn in ein Haus, durch dessen Tor ununterbrochen Waren getragen wurden.

„Karl, sag dem Lademeister, er soll den Kapitän noch einmal zu mir schicken, wenn alles an Bord ist."

Der Kaufmann hielt seine Leute auf Trab.

„Matthes, die drei Fässer Wein vor der Luke sieben müssen heute noch in den Ratskeller."

Martin sah seinen Schwager Hinrich Gerdes bewundernd an. An seinen Worten gab es nichts zu rütteln.

Ein Leuchten ging über Hinrichs Gesicht, als er Elsbeth und Martin entdeckte. „Ich habe euch schon erwartet. Martin, sei herzlich begrüßt." Hinrich umarmte seinen Schwager überschwänglich und klopfte ihm freundschaftlich auf die Schulter.

„Wieso hast du uns schon erwartet?", fragte Elsbeth überrascht.

„Du weißt doch, meine Liebe, Lübeck ist ein Dorf. Lange bevor ihr hier wart, wurde mir unter dem Mantel der absoluten Verschwiegenheit geflüstert, dass mein mir angetrautes Weib mit einem fremden, überaus ansprechenden Mann lustwandelt und die beiden äußerst vertraut miteinander umgehen."

„Und das hat dich nicht eifersüchtig gemacht?"

„Oh doch, liebe Elsbeth! Wäret ihr nicht rechtzeitig gekommen und hättet diesen grausigen Verdacht aufgeklärt, wäre ich voller Gram mit meinem Schiff davongesegelt."

„Du bist unmöglich, Hinrich Gerdes. Hast du das gehört, Martin? Mit diesem garstigen Menschen bin ich nun verheiratet. Und das Schlimme an der Sache ist, dass ich ihn liebe, obwohl er es eigentlich nicht verdient hat."

„Vielleicht kann ich ja als neutraler Vermittler dienen, vorausgesetzt, ihr ladet mich zum Abendessen ein."

Hinrich lächelte. „Eine vorzügliche Idee, Martin. Wir haben uns sicherlich eine Menge zu erzählen. Ich schlage vor, ihr schlendert noch ein bisschen durch Lübeck und liefert den Lästermäulern und Klatschbasen weitere Munition. Ich werde rechtzeitig zu Hause sein."

Die Erlebnisse in Lübeck beschäftigten Martin auch noch, als sie bereits die Türme der Hansestadt hinter sich gelassen hatten. Nach einem fröhlichen Abend bei Elsbeth und Hinrich hatten Dekan Simon und er am nächsten Tag an dem feierlichen Begräbnis des Lübecker Stadtkommandanten teilgenommen. Der Leichenzug war von Pauken und Trompeten begleitet worden. Bürgermeister, Ratsherren, Adel und vier Kompanien Soldaten hatten sich der Prozession zur Domkirche angeschlossen. Für Dekan Simon und Martin waren dies eindeutige Beweise dafür, welch hohes Ansehen der Stadtkommandant in Lübeck genossen und wie geradezu unchristlich sich der Dompropst verhalten hatten.

„Wir wollen heute Nachmittag der Kirche einen Besuch abstatten, Martin. Sorgt dafür, dass der Pastor informiert ist. Der Dekan und der Kanzleidirektor mögen Uns begleiten. Und Ihr natürlich."

„Gibt es einen besonderen Anlass, Durchlaucht?"

„Nein, nein. Wir möchten Uns nur einen persönlichen Eindruck verschaffen. Kein Aufhebens. Wir werden sogar der Empfehlung eines seinerzeit unbekümmerten Kanzleigehilfen folgen und die wenigen Schritte zu Fuß gehen."

„Wir Ihr wünscht, Durchlaucht. Ich denke, dieser Kanzleigehilfe ist mir entfernt bekannt."

„Dessen sind Wir ganz sicher."

Eine Woche war vergangen, seit Dekan Simon und Martin von ihrer Mission aus Lübeck zurückgekehrt waren. Wie ein aufgescheuchter Hühnerhof reagierte die Hofgesellschaft, als sie am Nachmittag mitbekam, dass der Herzog mit kleinem Gefolge über den Schlossplatz schritt. Am Tor erwartete ihn eine Eskorte von sechs Soldaten der Schlossgarde, die ihn begleitete, als er das Schloss verließ und auf die Kirche zusteuerte.

Auf den Stufen des Portals saß ein alter Bettler, der sich bemühte aufzustehen, als er die hohen Herrschaften bemerkte. Eilig ging Martin auf ihn zu. „Bleib sitzen, Falko. Seine Durchlaucht weiß deine gute Absicht zu würdigen." Er steckte dem Bettler eine Münze zu.

„Du bist zu gütig, Martin."

„Ihr kennt den Bettler?", fragte der Herzog, der verwundert stehen geblieben war.

„Ich bitte um Entschuldigung, Durchlaucht. Aber dieser Mann ist ein alter Freund. Er heißt Falko und ich habe ihm unendlich viel zu verdanken."

„Das hört sich eigentümlich an. Erzählt Uns mehr davon."

„Wir haben gemeinsam die unliebsame Bekanntschaft mit finsteren Kerkerlöchern gemacht. Ohne Falkos Mut und seinen Zuspruch wäre ich verzweifelt und vermutlich dem Wahnsinn verfallen. Ich bin ihm ewig dankbar dafür."

„Eine äußerst interessante Geschichte. Ihr müsst Uns später mehr darüber berichten. Habt Ihr ihn denn nicht angemessen für seine gute Tat entlohnt?"

„Oh doch, Durchlaucht. Mein Vater hat ihm ständiges Wohnrecht in seinem Haus angeboten, ebenso wie ausreichend Geld für ein einfaches, aber sorgenfreies Leben. Doch Falko wollte es nicht."

Der Herzog wandte sich dem Bettler zu, der Martins Worte aufmerksam verfolgt hatte. „Seid Ihr glücklich, alter Mann?"

Falko versuchte erneut aufzustehen, als der Herzog ihn so unmittelbar ansprach, doch der gab ihm zu verstehen, dass er sitzen bleiben möge.

„Glück ist Ausdruck innerer Ruhe, Durchlaucht. Ich bin zufrieden mit mir und der Welt."

„Ein weiser Mann, Euer Freund." Herzog Johann nickte dem Bettler wohlwollend zu und gab Graf Cassius mit einem Blick zu verstehen, dem alten Mann ein paar Münzen zu überlassen.

Pastor Praetorius schien den Herzog schon ungeduldig zu erwarten. In einem schwarzen, flatternden Gewand beteuerte er aufgeregt seine Freude über den Besuch des Bischofs, während zehn Vikare und Priester andächtig ein Spalier bildeten.

„Pastor Praetorius, wie Wir hören, ist Euer Acker gut bestellt. Nicht nur, dass die Bürger Eutins ein gottesfürchtiges Volk sind, wenn man die rege Teilnahme an den Gottesdiensten bedenkt, auch Unsere Kapitelherren sind voll des Lobes über die Sorgfalt, die Ihr Unserer Stiftskirche zuteilwerden lasst."

„Mein bescheidener Beitrag im Dienste des Herrn, Durchlaucht."

„Wir wollen Uns besinnen. Lasst Uns eine Weile allein." Der Herzog ging gemessenen Schrittes dem Altar entgegen, während seine Begleiter Abstand wahrten. Vor dem Altar kniete er nieder und verweilte einige

Minuten im Gebet. Als er sich wieder erhob, winkte er den Pastor heran. „Das Haus des Herrn erfüllt Uns mit einem gewissen Stolz. Doch eines, Pastor Praetorius, vermissen Wir. Es kommt einer Sünde gleich, dass Wir diesen Fehler nicht längst behoben haben."

„Ich bin zutiefst betrübt, wenn ich Euren Wünschen nicht gerecht geworden bin, und bitte um eine gerechte Strafe." Der Pastor machte Anstalten, in seiner Not vor dem Herzog niederzuknien.

Doch Dekan Simon hinderte ihn gerade noch daran. „Durchlaucht, spannt den armen Hirten Gottes nicht allzu sehr auf die Folter."

„Ihr habt recht, Dekan Simon. Wir nehmen an, dass Ihr wie Wir das Manko dieses Gotteshauses längst erfasst habt."

„Ich denke schon, Durchlaucht. Ihr haltet vermutlich eine Kanzel für dringend erforderlich."

Herzog Johann lächelte den Dekan freundlich an. „Wie wohltuend, einen Freund im Geiste in Unserer Nähe zu wissen. Ihr habt es gehört, Pastor, ein Gotteshaus ohne Kanzel ist wie ein Kirchturm ohne Wetterhahn. Wer nach oben blickt, wird nie sehen, woher der Wind weht. Martin, beauftragt den Hoftischler noch heute, eine würdige Kanzel zu bauen."

Inzwischen hatte es sich in der Stadt herumgesprochen, dass der Herzog zu Fuß vom Schloss in die Kirche gegangen war. Folglich musste er denselben Weg auch wieder zurückgehen. Für die Bürger Eutins eine seltene Gelegenheit, ihren Fürsten so nahe zu erleben. Als Herzog Johann an diesem Nachmittag mit seinem kleinen Gefolge die Kirche wieder verließ, standen die Menschen dicht gedrängt in der Burgstraße und vor dem Schlosstor. Kaum hatte sich die Eskorte formiert und der Herzog die Kirchenstufen verlassen, jubelten ihm Groß und Klein zu. Einige von ihnen verbeugten sich brav, andere wiederum klatschten begeistert und ließen ihren Bischof Hans ausgelassen hochleben.

Der Herzog genoss die spontane Kundgebung. Ein mildes Lächeln umspielte seinen Mund und er winkte seinen entzückten Untertanen zu. „Wir sollten uns öfter entscheiden, einen kurzen Spaziergang in die Stadt zu unternehmen“, stellte er zufrieden fest, als sie den Schlosshof betraten.

Seine eben noch gütig gestimmten Gesichtszüge verhärteten sich augenblicklich, als ihm am Schlossportal unvermutet die Herzogin, Julia Felicitas, begegnete. Sie musterte ihren Gemahl mit abfälligem Blick.

„Wie ich sehe, traut sich der große Fürst ohne Begleitschutz nicht mehr unter das Volk. Oder wird das Fürstentum bereits von Euren Marionetten regiert?“ Die Herzogin schoss Blicke wie Giftpfeile auf den Dekan, den Kanzleidirektor und auf Martin.

„Ihr solltet Euch diesen schönen Tag nicht mit Gram im Herzen verderben, meine Liebe.“ Der Herzog wandte sich ab und betrat die Stufen zum Schloss.

„Eines Tages, das prophezeie ich Euch, wird Eure geheuchelte Milde vom Zorn Gottes aufgefressen werden.“

Die Hofdamen, die die rasende Herzogin begleiteten, rissen die Augen auf und hielten sich erschrocken die Hände vor den Mund.

Der Herzog hingegen ignorierte seine auffahrende Gemahlin und wandte sich seinem Sekretär zu. „Martin, vergesst nicht, den Hoftischler zu informieren.“

„Er erhält noch heute Euren Auftrag, Durchlaucht. Ich werden veranlassen, dass er Euch eine Skizze seines Entwurfs vorlegt."

„Ein gute Idee, Martin. Wir sind ganz gespannt darauf."

Als sich, kurz nachdem der Herzog in seinen Räumen verschwunden war, Martin gerade an seinen Schreibtisch gesetzt hatte, zerplatzten in seinem Kopf ein greller Blitz und ein Zerrbild der Herzogin. Ihr Gesicht war von Wut und Zorn zerfressen. Über ihrem von Schlangen umrankten Haupt schwang sie einen bluttriefenden Säbel. In zuckenden Nebelschwaden versuchte der Herzog sich der Attacken seiner wie eine Furie gebärdenden Gemahlin zu erwehren. Martin presste die Hände gegen seinen Kopf und konnte die Schreckensbilder nur mit großer Anstrengung verscheuchen.

Er wusste nicht, wie lange er schon über seinen Schreibtisch gebeugt dagelegen hatte. Gott sei Dank hatte ihn niemand in diesem Zustand angetroffen. Nur mühsam kehrte er von diesem erneuten ekstatischen Anfall in die Wirklichkeit zurück. Auf wackeligen Beinen verließ er sein Sekretariat, um dem Hoftischler Lille den Auftrag für die Kanzel zu überbringen.

Die Schreckensbilder, die Martin überwältigt hatten, stürzten ihn in große Unruhe. Der Herzog war in Gefahr. Deutlich war zu sehen, dass diese Bedrohung von der Herzogin ausging. Aber konnte es sein, dass der Hass ihrem Gemahl gegenüber so groß war, dass sie ihn ernsthaft mit einer Waffe bedrohen würde? Martin wusste weder ein noch aus. Wer würde diesem Horrorszenario

Glauben schenken, wenn er etwas sagte? Nein, er würde niemandem von seinen Wahnvorstellungen erzählen. Zu stark waren seine Erinnerungen an die Zeit im Kerker und an die Anklage, er sei ein Hexer. Irgendetwas Bedrohliches, das wusste er, schwebte über dem Kopf des Herzogs. Und nur er konnte es aufhalten. Aber wie? Eine zusätzliche Wache oder Soldaten vor der Tür würden unwillkürlich Fragen aufwerfen, die er nicht wahrheitsgemäß beantworten konnte. Die Wahrscheinlichkeit, dass der Herzog am Tag attackiert werden würde, war nicht sehr groß, denn Martin oder auch Melchior, sein Kammerdiener, waren meistens in seiner Nähe. Doch wie war es nachts? Die Schlafgemächer von Herzog und Herzogin lagen im Westflügel des Schlosses und nicht weit auseinander. Wachen gab es hier nicht. Auch die Dienerschaft zog sich üblicherweise zur Nachtzeit zurück.

Für Martin bestand nur eine Möglichkeit: Auf irgendeine Weise musste er unbeobachtet in die Nähe des Schlafgemachs des Herzogs gelangen, um ihn bewachen zu können. Nur so konnte er sicher sein, dass der Fürst nicht im Schlaf überrascht und einem Anschlag zum Opfer fallen würde. Die Zeichen der Vision waren eindeutig. In absehbarer Zeit würde ein Unglück geschehen.

Noch am selben Tag begab sich Martin in das Obergeschoss des Schlosses und inspizierte den Großen Tanzsaal. Eine Aufgabe, die ihm oblag, wenn er Audienzen vorzubereiten hatte. Bei dieser Gelegenheit wagte er einen Blick in den angrenzenden Raum, der dem Schlafgemach des Herzogs vorgelagert war. Hier bot sich ihm keine Möglichkeit, sich zu verstecken. Aber ein angrenzendes kleines Kabinett schien dafür bestens geeignet zu sein. Von hier aus konnte er ungesehen den Zugang zum Schlafgemach des Herzogs überwachen.

„Habt Ihr Euch verlaufen oder was sucht Ihr hier?"

Erschrocken fuhr Martin herum. Vor ihm stand Graf von Hoselfeld, der Rüschengraf, wie sie den alten Griesgram nannten, der schon öfter versucht hatte, Martin das Leben schwer zu machen.

„Graf Hoselfeld, welche Überraschung! Im Auftrag seiner Durchlaucht inspiziere ich den Großen Tanzsaal und die angrenzenden Räume. Aber dieselbe Frage, an Euch gerichtet, brennt mir auf den Nägeln. Was macht Ihr in den persönlichen Gemächern des Herzogs?"

„Glaubt Ihr, dass ich Euch, einem hergelaufenen Kretin, Rechenschaft schuldig bin?"

„Mir? Niemals, Euer Gnaden. Ich bitte um Verzeihung. Mir war nicht bekannt, dass es neuerdings zu Euren vordringlichen Pflichten gehört, seiner Durchlaucht zur Nacht die Kissen aufzuschütteln."

Noch bevor sich der Rüschengraf weiter aufplustern konnte, machte Martin kehrt und ging grübelnd davon. Was hatte der alte Wichtigtuer tatsächlich in den Räumen des Herzogs zu suchen? Aus welcher Ecke lauerte die Gefahr? Wie unberechenbar sie war, hatte die Herzogin bereits in ihren unzähligen Wutanfällen bewiesen. Und seit dem Aufdecken ihrer Intrige gegen Martin steigerte sie sich in eine wahre Feindseligkeit dem Herzog gegenüber hinein. Konnte es sein, dass sie für ihre bösen Absichten auch noch Helfer um sich geschart hatte? Beispielsweise den Rüschengrafen? Martin musste wachsam sein.

Am Abend, als er sicher sein konnte, dass der Herzog und die Dienerschaft sich zur Ruhe begeben hatten, schlich er, peinlich darauf bedacht, keine Geräusche zu verursachen und niemandem zu begegnen, durch den Großen Tanzsaal in das kleine Kabinett. Dort setzte er sich auf eine Decke, die er mitgebracht hatte, und lehnte sich gegen die Wand. Unterhalb der Tür zum Schlafgemach des Herzogs war ein schwacher Lichtschein zu sehen, der auch noch bis spät in die Nacht scheinen sollte. Vermutlich war der Fürst kein Freund der Dunkelheit. Von draußen war nur das Rauschen der Bäume zu hören, wenn der Wind durch ihre Kronen strich. Nächtliche Stille im Schloss.

Martin fuhr hoch, als er das Knarren der Dielen hörte. Er musste eingenickt sein. Zu seinem Entsetzen sah er, dass bereits das Tageslicht durch die Vorhänge schien. Hastig rollte er seine Decke zusammen, warf einen Blick durch die Tür des kleinen Kabinetts und huschte gerade noch unbemerkt hinaus, bevor zwei Kammerjunker das Vorgemach betraten.

In der kommenden Nacht bezog Martin erneut seinen Lauschposten. Aber auch in den quälenden Stunden der Dunkelheit geschah nichts. Er hatte schon Zweifel, ob er nicht zur Hysterie neigte und seine Wahrnehmungen überbewertete. Doch eines stand fest: Den einstigen Traumbildern waren in der Vergangenheit immer auch grausame Wahrheiten gefolgt. Wann würde es diesmal geschehen?

Am dritten Abend spürte Martin, dass es ihm immer schwerer fiel, die Augen offen zu halten. Schlaflose Nächte forderten ihren Tribut. Auf der Decke im kleinen Kabinett bemühte er sich bewusst darum, keine allzu bequeme Position einzunehmen, um nicht einzuschlafen, doch immer wieder fiel ihm das Kinn auf die Brust.

War es Traum oder Wirklichkeit? Ein Lichtschein, der mehr offenbarte als bisher der Türspalt, ließ Martin hochschrecken. Er sprang auf und sah die geöffnete Tür zum herzoglichen Schlafgemach. Eine Erscheinung mit wehendem Haarschopf und wallendem weißem Gewand schwang einen Säbel über ihrem Kopf und wollte sich auf den schlafenden Herzog stürzen. Mit einem beherzten Satz versuchte Martin dem Meuchelmörder in den Arm zu fallen, doch der schien ihn gehört zu haben, drehte sich zu ihm um und zog den Säbel nach unten. Ein stechender Schmerz schoss Martin durch den rechten Oberschenkel, aber noch im Sturz umklammerte er den Attentäter mit beiden Armen und riss ihn mit sich zu Boden. Ein infernalischer Schrei entfuhr dem Körper, der krampfhaft versuchte, sich seiner Umklammerung zu entwinden. Die Töne, die dem Körper entwichen, wurden immer schriller.

Die Herzogin! Erst jetzt erkannte Martin, dass die Person, die er fest umschlungen hielt, die Herzogin war. Mit großen Augen saß der Herzog im Bett und beobachtete die beiden Gestalten, die sich vor ihm auf dem Boden wälzten, mit wachsendem Entsetzen. Martin hatte der vollkommen ungezügelten und keifenden Herzogin den Säbel abgenommen, sie mit dem Gesicht auf den Boden gedrückt und sich auf ihren Rücken gesetzt. Hinter sich hörte er hastige Schritte.

„Oh, mein Gott!" Melchior war in das Schlafgemach des Herzogs gestürmt und mit ihm, aufgeschreckt durch die markerschütternden Schreie der Herzogin, drei weitere Kammerjunker. Entsetzt starrte Melchior auf das Bild des Schreckens, das sich vor ihm auftat: im Bett ein leichenblasser Herzog und zu seinen Füßen die Herzogin, die immer noch schrie und von seinem Freund Martin kraftvoll auf den Boden gepresst wurde. Ihr weißes Gewand war blutbesudelt.

„Helft dem Sekretär!“, war sein Befehl an die Junker.

Die drei jungen Männer sprangen Martin zur Seite, ergriffen die Arme der Herzogin und stellten sie auf die Beine, nachdem sich Martin ächzend von ihrem Rücken erhoben hatte. Beinahe wäre er, als er sein rechtes Bein belasten wollte, erneut zu Boden gestürzt, doch Melchior fing ihn auf.

„Du bist verletzt. Das sieht nicht gut aus“, stellte Melchior fest, als er sah, dass aus Martins Wunde am Oberschenkel ununterbrochen Blut hervorquoll. Aus den Augenwinkeln sah er, dass jetzt auch einige Hofdamen, durch den Lärm aufgeschreckt, aus dem Westflügel des Schlosses gekommen waren und die unglaubliche Szene im Schlafgemach des Herzogs verfolgten.

„Gräfin, begleitet bitte die Herzogin in ihre Gemächer“, wies Melchior die Erste Hofdame an, die mit offenem Haar vor ihm stand. „Ihr weicht nicht von der Seite ihrer Durchlaucht, solange nicht Soldaten der Schlossgarde die Gemächer der Herzogin bewachen“, befahl er den Junkern, die die Herzogin mit festem Griff in ihre Mitte genommen hatten. Mit wutverzerrtem Gesicht versuchte diese sich zu befreien, während die Hofjunker sie aus dem Gemach des Herzogs führten.

„Martin, oh nein!“ Anna-Sophie stürzte auf Martin zu, als sie ihren verletzten Geliebten erblickte.

„Bitte, Baronesse, kümmert Euch um sein Bein, damit er nicht noch mehr Blut verliert." Melchior hatte Martin auf einen Stuhl gesetzt und wandte sich dann dem Herzog zu, der den grausamen Tumult erstarrt aus seinem Bett verfolgt hatte. „Kann ich Euch behilflich sein, Durchlaucht? Ihr solltet vielleicht ein anderes Gemach aufsuchen."

Herzog Johann sah seinen Kammerdiener an, als käme er aus einer anderen Welt. „Ihr habt recht, Melchior. Wir sollten diesen Ort verlassen." Wie abwesend stieg er aus seinem Bett und schlüpfte in einen Hausmantel, den Melchior ihm reichte.

Erst jetzt schien er die Baronesse und seinen verletzten Sekretär wahrzunehmen. „Martin", stieß er hervor. „Wir stehen tief in Eurer Schuld."

Wie betäubt folgte der Herzog seinem Kammerdiener und verließ den Ort des Grauens.

Kapitel 33

Martin hielt es nicht mehr aus. Seit einer Woche war er ans Bett gefesselt und konnte sich nicht bewegen. Anna hatte seine stark blutende Wunde nur notdürftig verbinden können, so dass sein Onkel Hartmut ihn noch in der Nacht mit einer Kutsche in sein Elternhaus gefahren hatte, wo sein Vater den klaffenden Säbelhieb mit mehr als zwanzig Stichen nähen musste. Peinlich genau war man im Hause Seedorf darauf bedacht, alles menschlich Mögliche für den Verletzten zu tun. Ein Wundfieber wie auch der gefürchtete Wundbrand mussten unbedingt vermieden werden, wollte man nicht Martins Leben gefährden.

Doch die Geduld des Patienten wurde auf eine harte Probe gestellt, auch wenn er sich über genügend Besuch und Aufmerksamkeit nicht beklagen konnte. Seine Schwester Margret und sein Bruder Andreas, der inzwischen mit Greta, der Weberin, verheiratet war, schauten ebenso bei ihm herein wie auch seine Freunde Daniel und Melchior. Onkel Hartmut bestellte gute Wünsche von Sergeant Swattkopp, und selbst Dekan Simon fand die Zeit, Martin einen kurzen Besuch abzustatten und die Grüße des Herzogs zu übermitteln.

„Wie hat denn der Herzog diese Aufregung überstanden? Und wie kommt er ohne mich klar? Was ist mit der Herzogin geschehen? Wie geht es Anna-Sophie?“ Martin überschüttete seinen Freund Melchior mit

Fragen, als dieser am Nachmittag wieder einmal nach ihm sah.

„Hör auf, Martin, dir Sorgen über andere Leute zu machen. Siehe zu, dass dein Bein wieder zusammenwächst."

„Das heilt von ganz allein. Da ist meine Hilfe gar nicht vonnöten. Nun erzähl schon!"

„Natürlich war der Herzog in den ersten Tagen nach dem versuchten Anschlag mehr als beunruhigt, aber jetzt hat er Nägel mit Köpfen gemacht."

„Was heißt das?"

„Er hat entschieden, dass ihre säbelschwingende Durchlaucht ein für alle Mal vom Hofe verbannt wird, und sie auf das Gut nach Mönchneversdorf abgeschoben."

„Für immer?"

„Das denke ich schon, denn sechs Kutschen waren allein mit ihrem Hausrat und ihren Kleidern beladen. Außerdem hat sie einige ihrer Hofdamen mitgenommen."

„Auch Baronesse Söfkenberg?"

„Ja, Martin. Das ist die traurige Nachricht. Deine Anna ist jetzt auch nicht mehr im Schloss."

Entsetzt sah Martin seinen Freund an. Bis auf einen Zettel, den sie in Eile geschrieben hatte – „Ich hoffe, es geht dir gut. In Liebe Anna" –, fehlte bisher jede Nachricht von ihr. Ein Brief, den er Melchior vor einigen Tagen mitgegeben hatte, war nicht beantwortet worden.

„Hast du ihr denn meinen Brief geben können?"

„Ja, natürlich. Noch am selben Tag. Aber ich bin ihr seitdem nicht wieder begegnet. Anscheinend hat die Herzogin sie bei ihren Abreisevorbereitungen vollkommen vereinnahmt."

Martin schüttelte betreten den Kopf. Dass Melchior ihm von weiteren Ereignissen aus dem Schloss berichtete, hörte er nur noch mit einem halben Ohr. Ihn beschäftigte nichts mehr als die Frage, warum sich Anna nicht wieder bei ihm gemeldet hatte. Wie sollte er sie in Mönchneversdorf je erreichen?

Auch in den nächsten Tagen quälten ihn immer wieder Zweifel. Wie wollten sie je zueinanderfinden? Was hatte er ihr zu bieten? Ihr, einer Baronesse aus herrschaftlichem Hause? Einer Hofdame eines Fürstenhauses? Nicht mehr als seine aufrichtige Liebe. Die Liebe eines Apothekersohnes, der von herzoglichen Gnaden zum Sekretär ernannt worden war. Ein Hofnarr, der von heute auf morgen in Ungnade fallen konnte und dann vor dem Nichts stehen würde.

Vielleicht hatte auch Anna ihre Ausweglosigkeit inzwischen erkannt und meldete sich aus diesem Grunde nicht. Möglich wäre sogar, dass die Verbannung der Herzogin nach Mönchneversdorf für sie eine willkommene Gelegenheit gewesen war, Martin auf elegante Weise Lebwohl zu sagen.

Das Ende eines Traums! Unvergessen waren die Stunden ihrer liebevollen Zweisamkeit, ihr gegenseitiges Vertrauen und ihre vage Hoffnung. Das sollte es alles nicht mehr geben? Und das nur wegen dieser irren Herzogin. Aus Martins Zweifeln wurde Wut, die er bald auch gegen die Menschen richtete, die ihm halfen und ihm wohlgesonnen waren.

Nach einer weiteren Woche hielt es Martin nicht mehr in seiner Kammer. Schwerfällig humpelte er die Treppe hinunter, um das Haus zu verlassen, als er unvermutet auf seinen Schwager Hartwig Hufnagel traf, der gerade aus dem Laboratorium kam.

„Wo willst du denn hin, Martin?“

„Das geht dich gar nichts an“, schimpfte der und versuchte, zur Haustür zu humpeln.

Doch der Mann seiner Schwester hielt ihn am Arm fest. „Martin, sei vernünftig! Die Wunde an deinem Bein ist gerade auf dem besten Wege zu heilen. Durch deine Unvernunft machst du alles wieder kaputt. Was meinst du, wie dein Vater das finden würde?“

Erbost riss sich Martin los. „Ihr wisst doch alle gar nicht, wie es mir wirklich geht. Ihr glaubt, es reicht aus, mir täglich den Verband zu wechseln, mir regelmäßig etwas zu essen zu bringen und ...“

„Dann erzähl mir, was dich bedrückt!“

Martin starrte seinen Schwager ungläubig an, nachdem dieser ihn unterbrochen hatte. „Was?“

„Wenn wir nicht wissen, wie es dir geht, dann sprich darüber! Ich höre dir zu.“

In Martins Augen war Hartwig Hufnagel bisher nur der Apothekergehilfe gewesen, der seine Schwester Margret geheiratet hatte und ihr nach seinem Wissen auch ein treu sorgender Ehemann war. Freundschaftliche Gefühle hatte er ihm gegenüber nie empfunden und diese auch von seiner Seite nicht erwartet.

Als Martin weiterhin schwieg und ihn erstaunt ansah, ergriff Hartwig Hufnagel wieder seinen Arm. „Komm, Martin, wir gehen jetzt an die frische Luft, und dann erzählst du mir alles!“

Auf Hartwig gestützt humpelte Martin in den Hof, wo sie sich auf die Bank unter den Ahornbaum setzten. Als hätte man einen Springbrunnen angestellt, sprudelte es mit einem Mal aus Martin heraus. Leidenschaftlich und ausführlich sprach er über die hohen Anforderungen, die der Herzog täglich an ihn stellte, die unterschwelligen Anfeindungen vonseiten der Hofgesellschaft, die Attacke der verwirrten Herzogin und seine ausweglose Liebe zu Anna. Hartwig hörte schweigend zu, bis Martin geendet hatte.

„Geht es dir jetzt besser?“

„Ja, ich glaube schon, Hartwig, vielen Dank.“

„Du musst mir nicht danken, Martin. Ich habe nur zugehört. Aber vielleicht darf ich dir doch noch den einen oder anderen Rat geben.“

Martin nickte.

„Die Herzogin hat mit ihrem Säbelhieb offensichtlich nicht nur dein Bein verletzt, sondern auch intensiv an deiner Seele gekratzt. Du hast bisher gut funktioniert, Martin. Alles lief bestens. Auch Missgunst und Neid bist du souverän begegnet. Der Herzog war zufrieden mit dir. Und die Baronesse liebt dich. Auf einmal bist du ans Bett gefesselt, und plötzlich hast du Zeit, über deine tatsächliche Situation nachzudenken. Deine sonstigen täglichen Aktivitäten können dich nicht daran hindern. Und was ist deine Erkenntnis?“ Hartwig blickte seinen Schwager fragend an.

„Dass ich ein Narr bin, der alle anderen für meine Situation verantwortlichen machen will, nur nicht mich selbst?“

„So könnte man es ausdrücken.“

„Und was schlägst du vor? Was soll ich tun?“

„Ergehe dich nicht in Selbstmitleid, sondern handle. Aber überlegt. Wenn du weißt, was du willst, wenn du klare Vorstellungen von deiner Zukunft hast, dann geh zum Herzog und schildere ihm deine Ziele. So, wie du ihn mir beschrieben hast, wird er dich verstehen. Und wenn du deine Baronesse liebst und sie dir ebenso zugetan ist, dann kämpfe um sie."

Martin lächelte. „Ich danke dir, Hartwig. Und ich entschuldige mich dafür, dass mir bisher nicht klar war, dass ich in dir nicht nur einen Schwager, sondern auch einen Freund habe."

„Ist schon gut. Jetzt werden wir dich erst einmal wieder in deine Kammer verfrachten und morgen bringe ich dir einen Handstock mit – ein Erbstück von meinen Großvater aus Ebenholz mit Silberkrücke."

Das Gespräch mit seinem Schwager hatte Martin wohlgetan. Jeden Tag machte er, gestützt auf den Handstock von Hartwigs Großvater, Gehversuche im Haus und auf dem Hof. Er hatte sich entschieden, nach seiner Genesung den Herzog um eine neue Aufgabe zu bitten, die ihm eine gewisse Eigenständigkeit verschaffen würde. Außerdem war er wild entschlossen, nach Mönchneversdorf zu reiten, um endlich mit Anna zu sprechen.

Während er eines Tages unter dem Ahornbaum saß und darüber nachgrübelte, wann er mit seinem verwundeten Bein wohl wieder ein Pferd besteigen könnte, trat sein Vater auf den Hof, mit ihm Sergeant Swattkopp in voller Paradeuniform.

„Martin, der Sergeant hat einen Auftrag des Herzogs zu übermitteln."

Während sich Martin erhob, trat Sergeant Swattkopp vor. „Martin Seedorf, seine herzogliche Durchlaucht erwartet Euch in einer Stunde im Schloss. Ich werde Euch begleiten. Eine Kutsche steht vor der Tür. Ich darf Euch bitten, Euch in angemessene Kleidung zu gewanden."

„Mein Gott, Swattkopp, wieso seid Ihr denn so formell? Worum geht es überhaupt?"

„Herr Secretarius, ich darf Euch bitten, Euch zu beeilen", war dessen förmliche Antwort.

Martin schüttelte den Kopf, während er langsam auf das Haus zuging. „Wisst Ihr, Vater, was das alles soll?"

„Ich bin genauso ratlos wie du, mein Sohn."

Als Martin sich umgezogen hatte, trat er in seinen besten Kleidern vor das Haus. Erstaunt starrte er die offene Kutsche mit herzoglichem Wappen und die zwei Schimmel an. Auf dem Bock saß ein Kutscher in Livree und neben der Kutschtür wartete ein Page, der Martin in den Wagen helfen wollte. Sergeant Swattkopp wies Martin mit einer Handbewegung an, die Kutsche zu besteigen.

Erst als er sich gesetzt und der Sergeant neben ihm Platz genommen hatte, fielen ihm die Menschen auf, die sich auf dem Markplatz versammelt hatten und das Geschehen neugierig begafften. Als der Page die Tür geschlossen und sich ebenfalls auf den Kutschbock geschwungen hatte, schnalzte der Kutscher kurz und ließ die Pferde anziehen. Verfolgt von sensationslüsternen Blicken überquerten sie in gemäßigtem Schritt den Marktplatz .

„Swattkopp, was geht hier eigentlich vor?", flüsterte Martin dem Sergeanten zu, als sie in die Pfaffenstraße einbogen.

„Das weiß ich auch nicht, Martin. Ich habe nur den Auftrag, Euch hochoffiziell in den Großen Tanzsaal zum Herzog zu begleiten."

„Und was will er von mir?“

„Das könnt Ihr ihn ja gleich selbst fragen. Ich weiß es nicht.“

Irgendetwas stimmte hier ganz und gar nicht. Ungläubig starrte Martin das Spalier der Wache an, die angetreten war, als sie durch das Schlosstor fuhren. Als die Kutsche ihre Runde um den Brunnen im Schlosshof drehte, um am Portal zu halten, erkannte er links und rechts weitere Wachen, die normalerweise nicht dort standen. Ansonsten war der Innenhof menschenleer. Noch etwas mühsam am Stock gehend folgte er dem Sergeanten in die erste Etage in den Großen Tanzsaal.

„Ich freue mich außerordentlich, Euch wieder aufrecht zu sehen, mein lieber Martin.“ Kurz bevor sie den Saal erreicht hatten, war Graf Cassius auf die beiden zugetreten.

„Könnt Ihr mir verraten, was dieser ganze Aufwand soll, Herr Graf?“

„Seid unbesorgt, Martin. Es hat alles seine Richtigkeit. Nehmt die Dinge heute einfach so, wie sie kommen. Und nun folgt mir bitte.“ Der Graf wandte sich um und ging auf die Tür zum Großen Tanzsaal zu. Martin zögerte, als er in den Raum blickte. Die vollzählige Hofgesellschaft war dort versammelt und sah ihn erwartungsvoll an. Ihm fiel auf, dass selbst die Kavaliere, die sich ihm gewöhnlich reserviert gegenüber verhielten, ihm heute anerkennend zunickten. Vielleicht waren die sonst so anspruchsvollen Gemüter von seiner mutigen Rettungstat beeindruckt.

Kaum hatte Martin den Saal betreten, ging ein anerkennendes Raunen durch die Reihen. Kanzleidirektor Cassius führte Martin bis kurz vor das erhöhte Podest, auf dem der Sessel für den Herzog stand. „Benötigt Ihr einen Stuhl oder erlaubt Euch Euer Bein das Stehen?“

„Nein, nein. Vielen Dank, Herr Graf. Es geht schon. Ich habe ja meine Stütze bei mir.“ Schmunzelnd zeigte Martin auf seinen Handstock.

„Seine fürstbischöfliche Durchlaucht Herzog Johann X. zu Schleswig-Holstein-Gottorf“, erklang die durchdringende Stimme des Zeremonienmeisters. Gleich darauf erschien der Herzog, und mit ihm Dekan Simon und Hofmarschall Graf Kamphausen.

Der Herzog nahm nicht wie sonst üblich gleich auf seinem Podium Platz, sondern ging direkt auf Martin zu. Als er vor ihm stand, legte er ihm beide Hände auf die Oberarme und lächelte ihn väterlich an. „Wie geht es Unserem Lebensretter?“

„Danke der Nachfrage, Durchlaucht. Es geht immer besser.“

Der Herzog nickte Martin aufmunternd zu, drehte sich um und setzte sich auf seinen Sessel. Die Hofgesellschaft hatte die Geste aufmerksam verfolgt, war sie doch Ausdruck einer ganz besonderen Gunst des Fürsten gewesen.

Auch Dekan Simon und der Hofmarschall hatten ihm warmherzig zugenickt.

„Martin Seedorf, herzoglicher Secretarius, tretet vor!“

Martin erschrak, als die durchdringende Stimme des Hofmarschalls erklang. Er ging drei Schritte auf das Podest zu und verbeugte sich formvollendet vor dem Herzog.

„Höret nunmehr“, fuhr der Hofmarschall fort. „Wir, Johann X., von Gottes Gnaden Bischof zu Lübeck und

Herzog zu Schleswig-Holstein-Gottorf, verfügen über das durchlauchtigste Recht unserer Vorfahren, diejenigen, welche sich durch Treue und Ergebenheit gegenüber Unserer Person, dem Thron und dem Staat ausgezeichnet haben, der Öffentlichkeit bekannt zu geben und vorzüglich mit dem Adelsstand zu belohnen. Wir erheben danach für seine Verdienste Martin Seedorf, seiner Profession nach herzoglicher Secretarius, samt seiner ehelichen Nachkommenschaft beiderlei Geschlechter für alle künftigen Zeiten in den Adelsstand mit der Adelsbezeichnung Baron Martin von Hohenstein. Wir erteilen ihm nunmehr die Befugnis, diesen Titel zu führen und von jedermann in allen rechtlichen und adligen Handlungen geehret zu werden. Unsere Gnaden verfügen zudem, dass Baron Martin von Hohenstein fortan uneingeschränkt Herr über die Ländereien derer von Hohenstein sein wird und deren Wappen zu führen befugt ist. Gezeichnet, besiegelt und beurkundet Johann X., Bischof von Lübeck und Herzog von Schleswig-Holstein-Gottorf."

Martin sah mit offenem Mund von einem zum anderen. Auch wenn die Worte des Hofmarschalls äußerst verschnörkelt geklungen hatten, war die Botschaft doch bei ihm angekommen. Dennoch zweifelte er.

Der Herzog hatte ihn soeben geadelt? Er war jetzt ein Baron? Und wieso von Hohenstein? Der Landsitz gehörte doch der Familie von Pater Simon. Noch bevor sich Martin besinnen konnte, erklangen anerkennende Rufe. Applaus brandete auf. Beschämt senkte Martin den Kopf. Im Tanzsaal trat augenblicklich wieder Ruhe ein, als sich der Herzog erhob.

„Baron Hohenstein, unser Amt verlangt von uns vielfältige Pflichten. Es gab bisher kaum einen Tag, der Uns mit solcher Freude erfüllt hat wie dieser. Selbst die Wehmut, die Uns bedrängt, wenn Ihr jetzt dem Schloss den Rücken kehren werdet, wiegt nicht so schwer wie Unser innerer Wunsch, Euch mit Gottes Segen eine hoffnungsvolle Zukunft zu bereiten. Wir erwarten Euch in einer Stunde in Unserem Kabinett."

Noch bevor Martin Dankesworte an den Herzog richten konnte, hatte der den Saal bereits verlassen. Auch Dekan Simon war nicht mehr zu sehen.

„Meinen aufrichtigen Glückwunsch, Baron Hohenstein."

„Ich danke Euch, Graf Kamphausen. Seid Ihr sicher, dass ich das alles hier gerade nicht nur geträumt habe?"

Der Hofmarschall lachte.

„Da bin ich ganz sicher. Doch nun genießt erst einmal Euren neuen Ruhm. Ihr habt es verdient."

Graf Cassius gratulierte Martin ebenso herzlich wie manch anderer der Hofgesellschaft.

Martins Freund Melchior wich nicht mehr von seiner Seite. „Nun, Baron, wie fühlst du dich?", flüsterte er ihm zu, während sie sich von den Pagen je einen Weinpokal reichen ließen.

„Graf Detlev von Kamphausen, Hofmarschall seiner fürstbischöflichen Durchlaucht", unterbrach der Ruf des Zeremonienmeisters das Stimmengewirr.

„Verehrte Damen, meine Herren, erhebt mit mir gemeinsam das Glas zum Wohl des Barons Martin von Hohenstein. Möge sein Weg vom Glück beschienen sein und sein Bein alsbald genesen. Auf Euer Wohl, Baron Hohenstein!"

Hofdamen und Kavaliere erhoben ihre Gläser und stießen mit ihm an, gratulierten ihm, mancher von ihnen klopfte ihm anerkennend auf die Schulter. Von allen Seiten begegneten Martin freundliche Gesichter.

Nur mit Mühe konnte Melchior seinen Freund wenig später aus dem Kreis der Gratulanten entführen, um ihn rechtzeitig zum Kabinett des Herzogs zu bringen. Als der soeben ernannte Baron dort eintraf, bemerkte er verwundert, dass er nicht nur vom Herzog erwartet wurde. Kanzleidirektor Cassius, Hofmarschall Kamphausen und Dekan Simon waren bereits anwesend.

„Wie es scheint, ist es an der Zeit, Euch ein wenig von Eurer Verwirrung zu nehmen", stellte der Herzog schmunzelnd fest, nachdem sie alle Platz genommen hatten. „Die Beweggründe, weshalb Wir Euch geadelt haben, müssen Wir nicht erläutern. Wohl aber könnte die Übertragung der Besitzungen von Hohenstein Euch verwirrt haben, daher wird Dekan Simon Euch jetzt aufklären."

Alle wandten sich dem Dekan zu.

„Zunächst habe ich die traurige Aufgabe, auch dir, Martin, mitzuteilen, dass mein Bruder vor zehn Tagen das Zeitliche gesegnet hat."

Martin sah Dekan Simon bestürzt an, doch bevor er seine Anteilnahme ausdrücken konnte, hob dieser abwehrend die Hand.

„Schon bei meinem letzten Besuch habe ich feststellen müssen, dass seine Gesundheit stark angegriffen war. Möge Gott seiner Seele gnädig sein. Wie du weißt, habe ich keine nahen Verwandten, die Hohenstein erben könnten. Als seine Durchlaucht so gütig war, mich von seinen Absichten, dich zu adeln, zu informieren, sah ich plötzlich auch für Hohenstein wieder eine rosige Zukunft. Ich bin dir, lieber Martin, und deiner Familie zu uneingeschränktem Dank verpflichtet. Ohne dich würde ich nicht mehr auf Gottes Acker wandeln. Wie es aussieht, vereint sich das Schicksal seiner Durchlaucht und meines in deiner Person, der wir auf diese Weise mit unseren bescheidenen Möglichkeiten Respekt zollen und Dank sagen."

„Ihr habt Uns aus dem Herzen gesprochen, Dekan Simon. Ob Wir Uns allerdings daran gewöhnen können, dass vor Unserer Tür kein junger Mann mehr sitzt, der Uns bei jeder Gelegenheit, wenn auch mit wohlgesetzten Worten, unverblümt die Wahrheit sagt und dadurch einen Herzog und Bischof daran erinnert, dass auch er nur ein Geschöpf Gottes ist, darüber sind Wir Uns noch nicht ganz im Klaren."

„Es tut mir aufrichtig leid, Durchlaucht, dass Ihr meinetwegen solche Ungelegenheiten habt. Erlaubt mir trotzdem, Euch für Eure Großzügigkeit zu danken. Auch Euch, Pater Simon. Ich hoffe, ich werde Eure Erwartungen nicht enttäuschen. Das Einzige, das ich versprechen kann, ist, dass ich mein Bestes geben werde."

„Davon sind Wir überzeugt, Baron Hohenstein. Eine Frage brennt Uns allerdings noch auf unserer Seele: Wieso wart Ihr in der Nähe, als Unsere Gemahlin Uns nach dem Leben trachtete?"

Martin erstarrte. Sollte dieser freudige Tag am Ende doch mit Grausen enden?

„Durchlaucht, die Wege des Herren sind, wie wir alle wissen, unergründlich, daher sollten wir dankbar sein, dass Martin durch Gottes Hand geleitet wurde und Euch vor dem Unfassbaren bewahrt hat."

Martin fiel ein Stein vom Herzen, als er Dekan Simons Worte hörte und der Herzog offensichtlich mit dieser Antwort zufrieden war.

„Ihr habt recht, Dekan Simon. Danken Wir dem Herren und Martins glücklicher Hand. Wenn Euch die Langeweile auf Eurem Gut im Holsteinischen zu groß wird, seid Ihr in Unserem Schloss stets willkommen. Graf Kamphausen, stellt sicher, dass der Baron wohlbehalten in sein Elternhaus zurückkehrt."

Martin hatte kaum die Räume des Herzogs verlassen, als Melchior ihm entgegengeeilt kam. „Ich muss unbedingt mit dir sprechen." Er zog Martin in eine Fensternische. „Ich habe gerade gehört, dass die Hofdamen, die mit der Herzogin nach Mönchneversdorf beordert wurden, dort wie Sklavinnen gehalten werden. Gräfin Lobenstein bewacht die Damen wie ein Kerkermeister und erlaubt keinen Kontakt zum Hof nach Eutin. Daher ist es auch kein Wunder, dass du von deiner Anna nie eine Nachricht bekommen hast."

Martin gefiel die Erklärung seines Freundes ganz und gar nicht. Grübelnd sah er ihn an.

„Was brütest du aus?"

„Im Schlosshof steht doch die Kutsche, die mich nach Hause bringen soll."

„Ja, warum? Du meinst ...?" Melchior ging ein Licht auf.

„Genau, wir holen Anna da raus. Kommst du mit?"

„Ich werde doch einen humpelnden Baron nicht allein lassen."

Nachdem sie den Schlosshof betreten hatten, ging Melchior auf den wartenden Kutscher zu. „Wir müssen noch heute nach Mönchneversdorf. Sind wir bis Einbruch der Dunkelheit wieder zurück?“

„Wie Ihr befehlt, Herr Graf. Die Pferde sind frisch, die Wege trocken. Es müsste möglich sein, wenn wir nicht allzu lange in Mönchneversdorf verweilen.“

„Das hört sich bestens an, guter Mann. Dann lasst uns losfahren.“

Der Kutscher behielt recht. Die beiden Pferde schienen Freude daran zu haben, entspannt durch die Landschaft zu traben. Ohne sie antreiben zu müssen und die Peitsche zu bemühen, steuerte er die adligen Fahrgäste sicher über Feld- und Waldwege gen Norden.

„Hast du schon einen Plan, wie wir überhaupt unter den Augen des gräflichen Drachen an Anna herankommen sollen?“, fragte Melchior, als die ersten Häuser des Dorfes in Sicht kamen.

„Das Beste wird sein, wir fahren vor, als kämen wir in offizieller Mission. Dann behaupten wir, dass wir Anna im Auftrag des Herzogs nach Eutin bringen sollen.“

„Und wenn jemand fragt, warum der Herzog Anna sehen will?“

„Woher sollen wir die Absichten des Herzogs kennen?“

„Na gut, hoffen wir das Beste.“

„Kutscher, direkt zum Haupteingang des Herrenhauses“, rief Martin. „Wir werden nicht lange bleiben. Gebt den Tieren zwischenzeitlich etwas zu saufen und haltet Euch bereit.“

Kaum hatten sie die Kutsche verlassen, öffnete sich die Tür des Herrenhauses und der Gutsherr, ein Mann mit stattlichem Bauch, trat heraus. Als er die Kutsche mit dem bischöflichen Wappen entdeckte, hob er kritisch eine Augenbraue.

„Wir kommen im Auftrag seiner Durchlaucht, Herzog Johann. Mein Begleiter ist Graf Melchior von Hutzfeld, ich bin Baron von Hohenstein. Wäret Ihr so nett, die Gräfin Lobenstein rufen zu lassen.“

Der Gutsherr knurrte und drehte sich um, gab aber mit einem Fingerzeig zu verstehen, dass sie eintreten sollten. Als er eine Magd beauftragt hatte, die Gräfin zu holen, lud er Melchior und Martin ein, in seinem Jagdzimmer Platz zu nehmen, doch sie wollten lieber im Vestibül auf die Gräfin warten.

Wenig später rauschte die Erste Hofdame heran. Ihr ohnehin schon hageres Gesicht schien noch mehr scharfe Konturen bekommen zu haben. Abschätzend musterte sie Martin und Melchior. „Was führt Euch hierher?“

„Gräfin, verzeiht, dass wir so unangemeldet eindringen, aber seine Durchlaucht verlangt umgehend nach Baronesse von Söfkenberg.“

„Was heißt das? Ihr wollt sie gleich mitnehmen?“

„Ganz richtig. Die Kutsche steht bereit.“

„Undenkbar, gänzlich undenkbar. Ohne das Einverständnis der Herzogin geht das nicht. Und wann ihre Durchlaucht gewogen ist, eine derartige Entscheidung zu erwägen, bestimmt sie immer noch ganz allein.“

„Wir möchten Euch nicht zu nahe treten, Gräfin, aber der Herzog hat eine unmissverständliche Weisung erteilt, der sich weder Ihr noch die Herzogin verschließen könnt. Also sorgt bitte dafür, dass Baronesse von Söfkenberg informiert wird.“ Fordernd trat Martin einen Schritt auf die Gräfin zu.

„Ohne die Herzogin zu konsultieren, ist das nicht möglich.“

„Dann sucht sie bitte sofort auf und unterbreitet ihr den Befehl des Herzogs."

„Nur mit äußerster Missbilligung." Die Gräfin drehte sich um und schritt gemächlich davon. Martin und Melchior folgten ihr. Verwundert warf sie einen Blick zurück. „Was soll das?"

„Wir wollen nur sichergehen, Gräfin, dass Ihr auch den richtigen Weg wählt, um des Herzogs Weisung zu vollziehen."

Wütend drehte sie sich wieder um und ging einen langen Flur entlang, der in einem kleinen Raum endete, der vermutlich der Gräfin als Schreibkabinett diente. „Ihr wartet hier! Ich werde prüfen, ob ihre Durchlaucht für derlei Unfug empfänglich ist." Sie verließ das Kabinett durch eine weitere Tür.

Als Martin aus der Terrassentür in den Garten blickte, entdeckte er zu seiner Überraschung zwei Hofdamen, die auf einer Bank vor einer mannshohen Hecke saßen und lasen. Eine von ihnen war Anna-Sophie.

„Melchior", rief er, „versuche die Gräfin aufzuhalten!" Kurz entschlossen öffnete Martin die Tür und trat hinaus in den Garten. Die beiden Damen hoben die Köpfe, als sie das Geräusch hörten.

Anna-Sophie starrte ihn verwundert an, erhob sich aber sogleich, als er sie heranwinkte. „Martin, was machst du hier?"

„Anna, hör jetzt genau zu. Frage bitte nicht, sondern folge schnellstens meinen Weisungen." Bevor sie antworten konnte, zerrte Martin sie in das Kabinett.

„Melchior, Ihr seid auch hier?"

„Wir dürfen keine Zeit mehr verlieren, Anna. Sag schnell, wo ist dein Gemach?"

Immer noch blickte Anna die beiden ungläubig an. „Hier, den Flur entlang.“

„Hol einen Mantel, einen Umhang – irgendetwas Wärmendes. Mehr Zeit haben wir nicht.“

Als sie das Kabinett der Gräfin verlassen hatten, drehte Melchior sich um, schloss die Tür und stellte einen Stuhl unter die Türklinke.

Die Baronesse eilte in ihre Kammer und raffte einen Mantel und ein Tuch zusammen. Kaum hatte sie den Flur wieder betreten, nahmen Martin und Melchior sie in die Mitte und hasteten, verfolgt von den erstaunten Blicken des Gutsherrn, dem Ausgang zu.

Kaum hatte sie die Kutsche erreicht, ergriff Melchior Anna an den Hüften, hob sie hoch und setzte sie schwungvoll in die Polster. Martin segelte ebenso vehement neben Anna, weil Melchior auch sein Einsteigen mit voller Kraft unterstützt hatte.

„Ich setze mich nach vorn auf den Bock. Los, Kutscher, lasst die Peitsche knallen! Wir müssen hier weg.“

Der Kutscher ließ sich nicht lange bitten. Die Pferde sprangen ins Geschirr, so dass Anna und Martin in die Polster geschleudert wurden. In zügigem Galopp verließen sie das Gut. Melchior drehte sich noch einmal um und sah in der Gutshoftür die Gräfin stehen und wild mit den Armen fuchteln.

„Ich glaube, jetzt können wir es ruhiger angehen lassen“, wies Melchior den Kutscher nach einer Weile an. „Wir wollen doch unsere wertvolle Fracht nicht zu sehr durchschütteln.“

Der alte Mann nickte schmunzelnd und ließ die Pferde in Trab fallen. Anna, die noch immer nicht wusste, wie ihr geschah, legte sich ihr Tuch über die Schultern.

„Mein Gott, Martin, was war das denn eben?“

Martin nahm ihren Kopf in beide Hände und küsste sie leidenschaftlich. Nach einer Weile lehnte er sich zurück und lächelte. „So, das war meine Begrüßung. Und nun zu deiner Frage: Ich glaube, wir haben dich soeben entführt.“

„Wusste denn die Herzogin nichts davon?“

„Nein, dann hätten wir dich doch nie da rausbekommen. Sie und die Gräfin sind es schließlich gewesen, die jeden Kontakt zum Hof in Eutin unterbunden haben. Ich habe dir unzählige Briefe geschrieben. Hast du sie je erhalten?“

„Nein, keinen einzigen. Ich habe dir auch geschrieben.“

„Und auch ich habe keine Post bekommen. Dafür hat der Hausdrachen der Herzogin schon gesorgt. Ich war ernsthaft in Sorge um dich, als Melchior mir erzählte, wie sie euch in Mönchneversdorf behandelt haben.“

„Und dann habt ihr einfach beschlossen, mich zu holen?“

„Wie du siehst, mit Erfolg.“

„Weiß der Herzog davon?“

„Nein, aber der wird nichts dagegen haben.“

„Wieso bist du dir da so sicher?“

„Na ja, weil ich mir vorstellen kann, dass es ganz in seinem Sinne wäre, wenn ich sehr bald ein liebendes Weib an meiner Seite hätte.“

„Martin, du sprichst in Rätseln.“

„Was würdest du antworten, wenn ein Baron Hohenstein dich bittet, ihn zu heiraten?“

„Du weißt doch, dass ich nur dich liebe. Ich würde dem Baron Soundso sagen, dass er sich eine andere aussuchen soll.“

„Was würdest du aber sagen, wenn der Baron Hohenstein und ich ein und dieselbe Person wären?“

Ungläubig blickte Anna in Martins strahlendes Gesicht.

„Wirklich? Du sagst die Wahrheit?“ Anna war sprachlos. „Aber wieso Hohenstein?“

Martin nahm Anna in den Arm und schmiegte sich ganz dicht an sie. „Jetzt erzähle ich meiner kleinen Baronesse einmal ein wunderschönes Märchen. Und wenn sie genau zuhört, wird es vielleicht wahr werden.“

Epilog

Gut Hohenstein, im Spätsommer 1666

„Lilly, wie siehst du schon wieder aus, du kleines Ferkel?"

„Ich muss doch Ella beim Backen helfen, Großvater. Sonst haben wir kein Brot mehr. Und Brot ist wichtig, damit man groß und stark wird."

„Da hast du absolut recht, meine Kleine. Dann hilf man der Ella weiter. Ohne dich kommt sie ohnehin nicht zurecht."

Baron Martin von Hohenstein blickte seiner sechsjährigen Enkelin, die von oben bis unten mit Mehl bestäubt war, schmunzelnd hinterher. Elisabeth – wie das Mädchen eigentlich hieß, aber alle riefen sie nur Lilly –, war ein aufgewecktes Kind, das alle gleich in ihr Herz schlossen. Auch der Herr von Hohenstein, ihr Großvater. Natürlich liebte der Baron auch seine anderen fünf Enkel, doch Lilly gelang es mit ihrer unbändigen Lebensfreude, ihrer grenzenlosen Neugier, ihrem Entdeckergeist und ihrem fröhlichen, offenen Wesen immer wieder, ihn zu erfreuen. Dann konnte er innehalten und den Moment genießen. Wie wenig gehörte dazu, den Alltag eines Menschen mit guter Laune und Hoffnung zu erfüllen? Ein verschmitztes Lächeln. Blitzende Kinderaugen – mehr bedurfte es nicht.

Wie schnell verflog die Unbekümmertheit der Jugendzeit? Warum verloren Erwachsene ihre Leichtigkeit, ihre Fröhlichkeit? Konnte eine Person von Bedeutung nicht albern, ausgelassen und manchmal auch ein wenig närrisch sein? Baron von Hohenstein seufzte wehmütig.

Lilly nahm den Teig für ihren eigenen Brotlaib von der Küchenmagd Ella entgegen und knetete ihn. Die Kleine legte besonderen Wert darauf, dass neben den großen Laiben immer ein kleiner gebacken wurde. Das war Lillys Brot, das sie stets ganz allein aufaß. Sollte einmal etwas davon übrig bleiben, verfütterte sie den Rest an die Schweine. Niemand sonst sollte davon probieren.

Lächelnd beobachtete Martin von Hohenstein das kleine Mädchen, das unermüdlich seinen Brotteig knetete und sich dabei angeregt mit der stämmigen Magd unterhielt.

Es versprach eine vortreffliche Ernte zu werden. Der Roggen stand gut und die Äste der Obstbäume beugten sich unter der Last der Früchte. Martin ritt gemächlich über die Feldwege und genoss die wärmende Sonne. Das Gut Hohenstein war prächtig aufgestellt. Zufrieden blickte er über die Felder. Es schien eine Ewigkeit her zu sein, dass er Hohenstein das erste Mal mit seiner geliebten Anna-Sophie betreten hatte. Seine Zeit als

Sekretär des Herzogs gehörte in eine andere Welt. Die verlässliche Hand des Verwalters, zahlreiche gute Geister und ihre gemeinsame Liebe für die Natur hatten sie fast mühelos alle Hürden nehmen lassen. Ihre Kinder und Enkel machten das Glück perfekt.

Der Baron erschrak, als er sich dem Gutshof näherte und sah, dass dunkle Rauchwolken aus dem Backhaus aufstiegen. Martin gab dem Pferd die Sporen.

Beschwerlich glitt er wenig später aus dem Sattel und riss die Tür zum Backhaus auf. Dicke Rauchschwaden quollen aus dem Ofen hervor. Es roch angebrannt. Mit einem Holzrechen rakte er die verkohlten Brote heraus und ließ sie auf den Boden poltern. Hinter sich hörte er aufgeregte Stimmen.

„Mein Gott, wie konnte das denn nur passieren?“ Vor ihm stand sein Verwalter und schüttelte ungläubig den Kopf.

„Das frage ich mich auch. Wo ist Ella?“

„Hier bin ich, Herr Baron“, rief die Küchenmagd schon von Weitem und eilte, so schnell es ihr fülliger Leib zuließ, auf ihren Herrn zu. „Es ist meine Schuld, Herr Baron. Es tut mir leid. Bitte vergebt mir!“ Zitternd stand sie vor Martin und knetete mit beiden Händen verlegen ihre Schürze.

„Was ist los, Ella? Wir haben uns doch sonst immer auf dich verlassen können.“

„Oh, die ganzen Brote“, rief eine Kinderstimme. „Wie schrecklich! Dabei haben wir doch nur die neuen Ferkel beguckt, Großvater.“

Martins Zorn legte sich unverzüglich, als er Lillys kleine Hand in seiner spürte. „Es ist schon gut, meine Kleine. Es gibt Schlimmeres. Ella, sieh zu, dass der Unrat hier fortgeräumt wird, und kremple die Ärmel auf, damit wir heute Abend frisches Brot auf den Tisch bekommen."

„Ich kann Ella doch helfen." Lissy sah ihren Großvater bittend an.

Martin nahm das Mädchen auf den Arm. „Das schafft Ella schon allein. Ich werde dich erst einmal zu deiner Mutter bringen, damit sie dich kleinen Mehlwurm in den Waschzuber steckt."

Lilly lachte. „Weißt du eigentlich, was komisch ist, Großvater? Ich habe heute Nacht geträumt, dass alle Brote verbrennen werden."

Dichtung und Wahrheit

Es liegt in der Natur eines historischen Romans, dass er sich auf eine Gratwanderung zwischen geschichtlicher Realität und der Fantasie seines Autors begibt. So auch „Der Narr von Eutin". Damit sich das Rätselraten in Grenzen hält, möchte ich abschließend ein wenig Licht in das Wahre und das Erfundene bringen.

Meine Hauptfigur, Martin Seedorf, der Narr, ist einzig und allein meiner Fantasie entsprungen. Ihn hat es nie gegeben. Sein Elternhaus habe ich allerdings an den Marktplatz gestellt, an jenen Ort, wo auch heute noch das älteste Bürgerhaus Eutins steht, welches der Apotheker Henricus Wesche 1635 erbaut hat. Wer die Fassade des Hauses (heute Markt Nr. 10) betrachtet, wird einen entsprechenden Eintrag an einem der Fachwerkbalken finden. Nebenbei sei bemerkt, dass jener Apotheker auch der erste seiner Zunft war, der von Bischof Hans zum Hofapotheker ernannt wurde.

Herzog Johann X. von Schleswig-Holstein-Gottorf, der von der Eutiner Bevölkerung nach seinem Einzug in das Eutiner Schloss bald liebevoll „Bischof Hans" genannt wurde, war auf seine Art eine herausragende Figur seiner Zeit. Er tat sehr viel Gutes für die Bürger seines kleinen Fürstentums. Die von ihm gestiftete Kanzel in der St. Michaeliskirche kann man heute noch bewundern. Er trat auch als erster Fürstbischof in den Stand der Ehe. Mit der Wahl der Prinzessin Julia Felicitas von Württemberg-Weiltingen hatte er dagegen keine glückliche Hand. Ihre Eskapaden und dramatischen Ausfälle sind geschichtlich dokumentiert, selbst der mehrfach versuchte Mord an ihrem Gemahl. Man schrieb schon damals, sie sei „übermäßig hoffärtig, unglaublich boshaft und höchst undankbar“ gewesen. Später attestierte man ihr sogar „gefährliche Gemüths-Blödigkeit und Schwermuth“ sowie „Schwacheit deß Hauptes und Verstandts“. Die Herzogin starb im Alter von 42 Jahren in Mönchneversdorf. Die beiden hatten vier gemeinsame Kinder, von denen drei in jungen Jahren starben. Aus rein dramaturgischen Gründen habe ich diese unterschlagen. Ebenso wie Christina Clüver, eine Kammerzofe, bei der der Herzog Trost gesucht und die er später „zur linken Hand“ geheiratet hatte. Wer heute das Eutiner Schloss besucht, der wird auch das Konterfei von Bischof Hans im Rittersaal finden. Ein Bild von Herzogin Felicitas wird man hingegen vergeblich suchen.

Tatsächlich gelebt hat auch Christian Cassius, mit dem der Herzog lebenslang freundschaftlich verbunden war. In seiner Zeit als Kanzleidirektor setzte er sich mehrfach segensreich für die Eutiner Bürger ein, die ihn geradezu verehrten. Dazu gehörte auch seine Stiftung eines neuen Altars in der St. Michaeliskirche. Besondere Verdienste erlangte er, als er bei den schwierigen Friedensverhandlungen am Ende des Dreißigjährigen Krieges in Osnabrück den Bestand des geistlichen Fürstentums sicherte und zudem die Zusage errang, dass auch die nächsten sechs Bischöfe aus dem Hause Holstein-Gottorf zu wählen waren. Eine Entscheidung, die dem dänischen Königshaus in Kopenhagen nicht gefiel, da sie die Versorgung ihrer Prinzen auf diesem Posten bevorzugten. Was dann auch zu den geschilderten Kriegshandlungen führte. Ich habe mir erlaubt, die Kanonenschüsse auf das Eutiner Schloss sowie die Verteidigung durch Capitain Nummers, die Erschießung des Kutschers Asmus Jürgens und den tragischen Tod des dänischen Generals von Passow ein paar Jahrzehnte vorzuziehen, erstreckten sich doch die Animositäten durch die dänischen Könige über einen langen Zeitraum.

Aber es haben nicht nur wahre Könige und Herzöge ihren Platz in meinem Buch gefunden. So ist auch die Geschichte um den fälschlich als Hexer beschuldigten Hans Klindt wahr, ebenso wie sein grausamer Tod durch den Zorn des Volkes. Fortuno Columbo, der vom Herzog engagierte italienische Gartenbaumeister, ist ebenfalls keine Erfindung. Er war tatsächlich maßgeblich an der Gestaltung des neuen Schlossgartens beteiligt. Auch das erwähnte Duell des Lübecker Stadtkommandanten Schack mit dem Gutsherrn Blume, das für beide tödlich endete, fand in beschriebener Form statt. Der wahre Grund ihres Zwistes war jedoch nicht die Ehre eines Weibes, sondern nicht weniger als nur der Streit um die Sitzordnung beim Festmahl des Dompropstes.

Selbst der Mohr, den ich Samuel genannt habe, hat gelebt. Er wurde von der Mutter des Herzogs wie ihr Lieblingssohn „Hans" gerufen, wurde in Eutin als Orgelgeselle ausgebildet, starb aber in jungen Jahren an der Schwindsucht.

Zu Irritationen mögen den einen oder anderen Leser meine Titulierungen der geistlichen Figuren führen. Der fürstbischöfliche Hof in Eutin bestand aus einer Vielzahl kirchlicher Würdenträger unterschiedlichen Ranges. Der Vertreter des Bischofs war der Dompropst, der jedoch in Lübeck weilte. In Eutin zählte nach dem Fürstbischof der Dekan zu den höchsten kirchlichen Repräsentanten in jener Zeit. Ihm nachgeordnet waren Kapitelherren, Priester, Vikare, Diakone, Kaplane, Pastoren, Küster und Organisten. Zum allgemeinen Verständnis habe ich Anreden wie „Pater“ und „Bruder“ gewählt, sehr wohl in dem Bewusstsein, dass dies in der Regel Anredeformen für Ordensgeistliche waren.

Auch wenn ich sie bei meinen Erzählungen nur am Rande erwähnt habe, so waren Feuersbrünste, Pest, Einquartierungen unterschiedlichster Truppen und Gräueltaten marodierender Landsknechte ständige Begleiter und grausame Realität für die Menschen in der Zeit des Dreißigjährigen Krieges.

Wer mit offenen Augen durch die Kreisstadt Eutin schlendert, der wird auch heute noch mühelos auf den Pfaden wandeln können, die damals die Figuren meines Romans gegangen sind. Der Marktplatz befand sich schon im 17. Jahrhundert an derselben Stelle wie heute, nur dass das Rathaus einst mitten auf dem Platz stand. Zugegeben, bei der Beschreibung des Schlosses habe ich mich etwas mehr an die heutige architektonische Darstellung angelehnt als an die vor rund 400 Jahren. Allerdings habe ich bewusst den größten Raum des Schlosses „Großer Tanzsaal“ genannt, wie er damals auch bezeichnet wurde. Heute heißt er „Rittersaal“. Die Straßenzüge der Innenstadt, die Kirche, die Kapitelhöfe und auch Schloss und Schlossgarten verlangen von uns nicht allzu viel Fantasie, um in die Welt von damals einzutauchen.

Sie alle stehen noch an ihrem Platz und ermöglichen einen anschaulichen Rückblick in jene Zeit, als hier Herzog, Grafen, Hofdamen, Ratsherren und „Der Narr von Eutin“ lustwandelten.

Jürgen Vogler

Weitere historische Romane des Autors Jürgen Vogler:

„Der Mohr von Plön“
Jürgen Vogler

ISBN: 978-3-9813966-8-3
12,90 Euro, 571 Seiten, auch als eBook erhältlich

Sommer 1672: In der Residenzstadt Plön herrschen Missgunst und Neid. Grund dafür ist der Mohr, Christian Gottlieb, der durch die Gunst des Herzogs vom Stalljungen zum Hoftrompeter aufsteigt. Offene Feindschaft schlägt dem Mohren entgegen, als er sich in die Tochter des Bürgermeisters verliebt. Der junge Mann nimmt den Kampf um Anerkennung und seine große Liebe auf ...
Basierend auf einer wahren Begebenheit – die Grabplatte von Christian Gottlieb steht heute vor der St. Johanniskirche in Plön.

„Der Marquis von Lübeck“
Jürgen Vogler

ISBN: 978-3-944399-50-8
14,90 Euro, 544 Seiten

1794: Der aus Paris geflohene Artillerieoffizier Charles de Villers begegnet in Göttingen der Doktorin der Philosophie Dorothea Schlözer. Es ist Liebe auf den ersten Blick, doch sie hat ihr Ja-Wort dem reichen Kaufmann Matthäus Rodde gegeben. Als sie sich Jahre später in Lübeck wiedersehen, haben sich ihre Gefühle nicht verändert. Charles wird ständiger Gast in ihrem Haus. Die „Ménage à trois“ droht jedoch zu zerbrechen, als preußische und napoleonische Truppen in die Stadt einfallen. Die Franzosenzeit wird für die Bürger von Lübeck zu einer Zeit des Schreckens.

Auf tatsächlichen Fakten basierend verwebt der Autor das Leben dreier historischer Figuren in der wohl blutigsten Episode der Lübecker Geschichte zu einer spannenden Lektüre.

Küstenkrimis Nord- und Ostsee

„MeerMorde“
Petra Tessendorf Hrsg.

ISBN: 978-3-944399-40-9
10,90 Euro, 202 Seiten

Windiges aus der Lübecker Bucht
Achtzehn Kurzkrimis von fast gewöhnlichen Menschen (und Schafen), die in vertrackte Situationen geraten.
Immer begleitet vom Rauschen des Meeres, vom Wind und von ausgefallenen Ideen, um den Widersacher aus dem Weg zu räumen.
Geschichten – so unterschiedlich wie Steine am Strand: originell, verdreht oder schön schräg.

„Kleine KüstenMorde“
Jobst Schlennstedt

ISBN: 978-3-944399-46-1
10,90 Euro, 201 Seiten

Zwischen Nord- und Ostsee ist nichts und niemand sicher. Egal ob auf Sylt, Amrum, in St. Peter-Ording, Heiligenhafen, Travemünde ... – hinter jeder Ecke lauert das Verbrechen.
Da gibt es die betrogene Ehefrau, die ihrem Gatten ein Essen serviert, das er so schnell nicht vergessen wird. Den Bußgeldbescheid, der einen unbescholtenen Bürger zum Mörder werden lässt. Und die Antwort auf die Frage, warum im Mund eines toten Fischers ein Hering steckt...

Vierzehn Kurzkrimis – fesselnd, tragisch, lustig, norddeutsch!

Die Anthologien sind auch als eBook erhältlich.

Bücher aus der Reihe „Kriminelle Reiseführer“

„Mörderische Ostsee“ Bd. 1
Lübecker Bucht
Hrsg. Dietlind Kreber
ISBN: 978-3-9813966-0-7
11,– Euro, 192 Seiten
mit Kurzkrimis von Eva Almstädt, Michael Mehrgardt, Ute Haese u. a.

„Mörderische Ostsee“ Bd. 2
Fehmarn – Kiel
Hrsg. Petra Tessendorf
ISBN: 978-3-9813966-4-5
11,90 Euro, 224 Seiten
mit Kurzkrimis von Andrea Tillmanns, Walter M. Dobrow, Petra Tessendorf u. a.

„Krimineller Reiseführer“ Bd. 3
HAMBURG
Hrsg. Dietlind Kreber
ISBN: 978-3-9813966-5-2
12,90 Euro, 240 Seiten
mit Kurzkrimis von Jürgen Ehlers, Regula Venske, Gunter Gerlach, Eva Almstädt u. a.

„Krimineller Reiseführer“ Bd. 4
SYLT
Hrsg. Dietlind Kreber
ISBN: 978-3-944399-01-0
12,90 Euro, 240 Seiten
Kurzkrimis von Sina Beerwald, Bettina Dethloff, Regine Kölpin, Andrea Tillmanns u. a.

„Krimineller Reiseführer“ Bd. 5
BERLIN
Hrsg.Petra Tessendorf
ISBN: 978-3-944399-19-5
12,90 Euro, 249 Seiten
Kurzkrimis von Martina Arnold, Horst Bosetzky, Stephan Hähnel, Regine Röder-Ensikat u. a.